U0654653

聊斋志异

文白对照（图文版）

（清）蒲松龄　著
于立文 主编

第三卷

吉林文史出版社

卷七

聊斋志异

罗　祖

【原文】

罗祖，即墨人也，少贫。总族中应出一丁戍北边，即以罗往。罗居边数年，生一子。驻防守备雅厚遇之。会守备迁陕西参将，欲携与俱去，罗乃托妻子于其友李某者，遂西。自此三年不得返。

适参将欲致书北塞，罗乃自陈，请以便道省妻子，参将从之。罗至家，妻子无恙，良慰。然床下有男子遗舄，心疑之；既而至李申谢。李致酒殷勤，妻又道李恩义，罗感激不胜。明日谓妻曰："我往致主命，暮不能归，勿伺也。"出门跨马而去。匿身近处，更定却归。闻妻与李卧语，大怒，破扉。二人惧，膝行乞死。罗抽刃出，已，复韬之曰："我始以汝为人也，今如此，杀之污吾刀耳！与汝约：妻子而受之，籍名亦而充之，马匹械器具在。我逝矣！"遂去。乡人共闻于官，官笞李，李以实告。而事无验见，莫可质凭，远近搜罗，则绝匿名迹。官疑其因奸致杀，益械李及妻；逾年并桎梏以死。乃驿送其子归即墨。

后石匣营有樵人入山，见一道人坐洞中，未尝求食。众以为异，赍粮供之。或有识者盖即罗也。馈遗满洞，罗终不食，意似厌嚣，以故来者渐寡。积数年，洞外蓬蒿成林。或潜窥之，则坐处不曾少移。又久之，见其出游山上，就之已杳；往瞰洞中，则衣上尘蒙如故。益奇之。更数日而往，则玉柱下垂，坐化已久。土人为之建庙，每三月间，香楮相属于道。其子往，人皆呼以小罗祖，香税悉归之。今其后人犹岁一往收税金焉。沂水刘宗玉向予言之甚详。予笑曰："今世诸檀越，不求为圣贤，但望成佛祖。请遍告之：若要立地成佛，须放下刀

子去。”

【译文】

罗祖是山东即墨人，小时家庭贫穷。家族中应出一名壮丁戍守北部边塞，就派罗祖前去服役。

罗祖在边疆戍守了数年，妻子生了一个儿子。驻防的守备大人对他十分器重。恰值守备升为陕西参将，想带罗祖和他一起去。于是罗祖把妻儿托付给一位姓李的朋友照顾，就往陕西去了。

此后过了三年，也没有机会回家。恰巧参将要派人送信到北部边塞，罗祖请求派他去，顺便看望一下妻子和儿子，参将同意了。

罗祖到家，看到妻儿平安无恙，感到很欣慰。然而在床下发现了一双男人的鞋子，心中产生了怀疑，接着他去拜访姓李的朋友，表达他的谢意，朋友买来酒殷勤地招待他。妻子也讲了不少李姓朋友的深恩厚义，罗祖不胜感激。

第二天，他对妻子说：“我要替参将去送信，晚上回不来，不要等我。”说完，出门跨上马走了。

罗祖在附近躲藏起来，天黑后返回家中。这时听到妻子和姓李的朋友躺在床上说话，心中大怒，踹开门冲入屋内。妻子和姓李的吓得跪在地上，爬行叩头，请求饶命。罗祖愤怒地抽出刀来，接着犹豫了一下，又把刀插入鞘内，说：“最初我还把你当人看待，现在你如此猪狗不如，杀了你会弄脏我的刀，我告诉你，从今以后我的妻子和儿子就都是你的了，我在军籍中的姓名也由你来充当，马匹武器都在这里。我走了。”说完扬长而去。

乡邻们把此事报告了官府。官府把姓李的抓起来拷打，姓李的把全部实情都讲了出来。但事情没人看见，也没有凭据。派人远近四处搜查了一遍，也找不到罗祖的踪迹。官府怀疑罗祖已被奸夫杀死，就把姓李的和罗祖的妻子一起关押起来。过了一年，两人都死在狱中，官府派人把罗祖的儿子送回了即墨。

后来，石匣营村有个打柴人上山打柴，看到一道人坐在山洞中，从没见他吃过东西。众人感到很奇怪，就带上粮食送到洞中。有人认出了这个道士，原来就是罗祖。人们送来的食品摆满了山洞，罗祖最终也没吃，还表现出厌烦的情绪，因此来看他的人渐渐减少。

过了数年，山洞外的蓬蒿长得如小树林一样茂盛，有人偷偷窥视，罗祖仍坐在原处一动没动。又过了好久，有人看到他出来在山上行走，近前去看，杳不见人。再往洞中窥视，罗祖仍坐在原处，衣服上的尘土也原封不动，人们更加感到奇怪。过了几天再去看，罗祖已坐化成仙，死去很久了。

当地人为他建了一座庙，每逢三月，前来烧香的人络绎不绝。他的儿子也来烧香，人们称他为小罗祖，把香火钱都送给了他。现在罗祖的后代每年仍到庙里来一次，收取香火钱。

沂水人刘宗玉向我详细地讲述了这件事。我笑着说：“现在那些信佛的人，不想成为圣人贤人，只希望成为神仙。请告诉这些人，若要立地成佛，必须放下手中的屠刀。”

刘姓

【原文】

邑刘姓，虎而冠者也。后去淄居沂，习气不除，乡人咸畏恶之。有田数亩，与苗某连垄。苗勤，田畔多种桃。桃初实，子往攀摘，刘怒驱之，指为己有，子啼而告诸父。父方骇怪，刘已诟骂在门，且言将讼。苗笑慰之。怒不解，忿而去。

时有同邑李翠石作典商于沂，刘持状入城，适与之遇。以同乡故相熟，问：“作何干？”刘以告，李笑曰：“子声望众所共知；我素识苗，甚平善，何敢占骗？将毋反言之也！”乃碎其词纸，曳入肆，将与调停。刘恨恨不已，窃肆中笔，复造状藏怀中，期以必告。未几苗至，细陈所以，因哀李为之解免，言：“我农人，半世不见官长。但得罢讼，数株桃何敢执为已有。”李呼刘出，告以退让之意。刘又指天画地，叱骂不休，苗惟和色卑词，无敢少辩。

既罢，逾四五日，见其村中人传刘已死，李为惊叹。异日他适，见杖而来者俨然刘也。比至，殷殷问讯，且请顾临。李逡巡问曰：“日前忽闻凶讣，一何妄也？”刘不答，但挽入村，至其家，罗浆酒焉。乃言：“前日之传，非妄也。曩出门见二人来，捉见官府。问何事，但言不知。自思出入衙门数十年，非怯见官长者，亦不为怖。从去至公廨，见南面者有怒容，曰：‘汝即某耶？罪恶贯盈，不自悛悔；又以他人之物，占为已有。此等横暴，合置铛鼎！’一人稽簿曰：‘此人有一善合不死。’南面者阅簿，其色稍霁，便云：‘暂送他去。’数十人齐声呵逐。余曰：‘因何事勾我来？又因何事遣我去？还祈明示。’吏持簿下，指一条示之。上记：崇祯十三年，用钱三百，救一人夫妇完聚。吏曰：‘非此，则今日命当绝，宜

堕畜生道。'骇极，乃从二人出。二人索贿，怒告曰：'不知刘某出入公门二十年，专勒人财者，何得向老虎讨肉吃耶？'二人乃不复言。送至村，拱手曰：'此役不曾啾得一掬水。'二人既去，入门遂苏，时气绝已隔日矣。"

李闻而异之，因诘其善行颠末。初，崇祯十三年，岁大凶，人相食。刘时在淄，为主捕隶。适见男女哭甚哀，问之，答云："夫妇聚裁年余，今岁荒，不能两全，故悲耳。"少时，油肆前复见之，似有所争。近诘之，肆主马姓者便云："伊夫妇饿将死，日向我讨麻酱以为活；今又欲卖妇于我，我家中已买十余口矣。此何要紧？贱则售之，否则已耳。如此可笑，生来缠人！"男子因言："今粟贵如珠，自度非得三百数，不足供逃亡之费。本欲两生，若卖妻而不免于死，何取焉？非敢言直，但求作阴骘行之耳。"刘怜之，便问马出几何。马言："今日妇口，止直百许耳。"刘请勿短其数，且愿助以半价之资，马执不可。刘少负气，便谓男子："彼鄙琐不足道，我请如数相赠。若能逃荒，又全夫妇，不更佳耶？"遂发囊与之。夫妻泣拜而去。刘述此事，李大加奖叹。

刘自此前行顿改，今七旬犹健。去年李诣周村，遇刘与人争，众围劝不能解，李笑呼曰："汝又欲讼桃树耶？"刘芒然改容，呐呐敛手而退。

异史氏曰："李翠石兄弟皆称素封。然翠石又醇谨，喜为善，未尝以富自豪，抑然诚笃君子也。观其解纷劝善，其生平可知矣。古云：'为富不仁。'吾不知翠石先仁而后富者耶？抑先富而后仁者耶？"

【译文】

临淄有个姓刘的人，简直如同老虎披上了人皮，为人十分凶恶。后来离开临淄搬到沂县去居住，恶习仍然不改，乡里人对他既恨又怕。

刘家有数亩地，与姓苗人家的土地连垄。苗家的人很勤俭，在田边种了不少桃树。桃子刚熟时，苗家的儿子上树摘桃，姓刘的看见大怒，恶狠狠地将苗家的儿子赶走，并说桃树是自己的。苗家的儿子哭着将此事告诉了父亲。苗父听后感到很惊诧，正在这时，姓刘的已经骂上门来，还声言要到衙门去告状。姓苗的赶快笑着抚慰他，但姓刘的仍怒气不消，忿恨而去。

当时，姓刘的一位老乡李翠石正在沂县开当铺，姓刘的拿着状纸进城，恰巧碰上了李翠石。因为是同乡的缘故，二人很熟。李翠石便问："干什么去啊?"姓刘的把要打官司的事告诉了他。李翠石笑着说："你老先生的名声是人所共知的，我早就认识姓苗的那个人，他为人很和善，哪敢占骗你的桃树呢！恐怕你说的是反话吧！"于是，把姓刘的状纸撕碎，把他拉进铺子里，准备给他们调停调停。姓刘的仍忿恨不已，暗中拿铺子的笔又写了一张状纸，藏在怀里，非要去告状不可。

不久，姓苗的来了，把事情的经过详细地告诉了李翠石，并央求李翠石给说合说合，别让姓刘的去告状。姓苗的说："我是个庄稼人，活了半辈子没见过官长，只要不打官司，几棵桃树怎敢非得据为己有呢？”李翠石把姓刘的叫出来，告诉他姓苗的表示退让，要把桃树让给他。姓刘的又指天画地骂不绝口，姓苗的只是一个劲儿地和颜悦色说好话，不敢辩驳一句。

事后，过了四五天，李翠石碰见村中人，传言说姓刘的已经死去，李翠石吃惊地叹息了一番。有一天，李翠石出门到别处去，看见道上走来一个拄拐杖的人，原来就是姓刘的。等走到跟前，姓刘的热情向他问好，并请他到家中去坐。李翠石吞吞吐吐地问：“前些日子忽然听到你的凶信，怎么能这样瞎传啊！”姓刘的没有答话，拉着他进村，到家摆上酒，才说：“前些日子的传言不是假的。前几天我出门的时候，遇见了两个人，要把我抓到官府去。我问他们因为什么事，他们说不知道。我想自己出入衙门数十年，也不是怕见官的人，也没害怕，就跟他们去了。到了衙门，见面朝南坐的官长面带怒容，说：‘你就是那个姓刘的吗？你恶贯满盈，不知悔改，又把别人的东西占为己有。像你这样蛮横凶暴，真该下油锅！’一个人查过簿子说：‘这个人曾干过一一善事，还不该死。’那位官长看过簿子，脸色缓和了一些，就说：‘暂时送他回去吧。’数十人大声呵斥撵我走。

“我说：‘为什么事把我抓来，又为什么放我回去，还请明示。’一名小吏拿着簿子走下来，指着上面的一条给我看。簿子上写着：崇祯十三年，用三百钱，帮一对夫妇团聚。那小吏说：‘不是这件事，你今日就没命了，要转生为畜牲的。’听到这话，我害怕极了，就赶快跟着抓我的那两个人出来了。那两人向我索要贿赂，我生气地说：‘你们不知道我刘某人在衙门出入了二十多年，是专门勒索别人钱财的吗？你们怎么敢向老虎讨肉吃呢？’二人这才不吱声了。送我到村里，朝我拱拱手说：‘这趟差事连一杯水也没有喝上。’二人走后，我进门就苏醒过来，原来我已气绝两天了。”

李翠石听了很奇怪，便问他干那件好事的经过。当初，是崇祯十三年，那年是大灾年，甚至出现了人吃人的事。那时，姓刘的还在临淄，在县衙当捕头。一次看见一男一女哭得特别伤心，就上前去问。对方回答说：“我们是一对夫妻，结婚才一年多，今年闹饥荒，夫妻不能两全，所以悲伤。”过了一会儿，在油坊门口又碰上了那两口子，好像在争论什么。近前一问，油坊马掌柜说：“这对夫妇快要饿死了，前些日子和我讨麻酱度日，现在又要把老婆卖给我。我家里已经买了十几口人了，哪还急着买人？价钱便宜我就买，否则就不买。哪有这般可笑的，一个劲儿地来缠人。”男子听后就说：“眼下粮食贵如珍珠，算来没有三百文钱，不够我逃荒的费用。我卖掉老婆是想两个人都能活下来，如果卖了妻子我还是不免一死，我何必选择这条路呢？不是我敢于和您讨价还价，权当您做好事积阴德吧！”

姓刘的很可怜那对夫妻，便问马掌柜愿出什么价钱。马掌柜说：“如今一名妇女，顶多值一百个钱吧。”姓刘的请他不要少于三百，自己愿意帮助出一半的

钱。马掌柜坚决不同意。姓刘的当时年轻气盛，便对那男人说：“这个掌柜的太小气，不必和他讲了。我送给你们三百文钱，如果一起去逃荒，夫妻又不拆散，不是更好吗?”于是从兜里掏出三百文钱给了那夫妻。夫妻二人流着泪磕头拜谢，然后走了。姓刘的讲完了这件事，李翠石对他大加赞叹。

自此以后，姓刘的将以前的恶行都改了，现在他年已七十，身体仍很结实。去年，李翠石到周村去，正好碰上姓刘的与人争执，众人围着劝解也不行。李翠石笑着大声招呼说：“你又想为桃树的事告状吗?”姓刘的一听，立刻显出茫然的样子，马上改变了怒容，抄起手，老老实实地退后了。

异史氏说：李翠石兄弟，都是没有官位的富人，然而李翠石为人更为厚道谨慎，喜欢做善事，不以自己富有而称霸乡里，真是位诚实恭谨的君子。只看他调解纠纷劝人行善的事，他一生的作为就可想而知了。古语说“为富不仁”，我不知道李翠石是先有了仁义的品行而后致富的，还是先致富而后行仁义的。

[一冯镇峦] 先哲云：“见人不是处。只消一个‘容’字，处己难过处，只消一处‘忍’字。”关尹子曰：“困天下之智，不在智而在愚；穷天下之辩，不在辩而在讷；服天下之勇，不在勇而在怯。”世人笑他莫用，不知正是他的大妙用处。若苗某可师也。

[一何守奇] 罪恶和悛，合置鼎铛，可惧也。一事之善，可赎贯盈，可勉也。

邵九娘

【原文】

柴廷宾，太平人，妻金氏不育，又奇妒。柴百金买妾，金暴遇之，经岁而死。柴忿出，独宿数月，不践闺闼。

一日柴初度，金卑词庄礼为丈夫寿，柴不忍拒，始通言笑。金设筵内寝招柴，柴辞以醉。金华妆自诣柴所，曰：“妾竭诚终日，君即醉，请一盏而别。”柴乃入，酌酒话言。妻从容曰：“前日误杀婢子，今甚悔之。何便仇忌，遂无结发情耶？后请纳金钗十二，妾不汝瑕疵也。”柴益喜，烛尽见跋，遂止宿焉。由此敬爱如初。

金便呼媒媪来，嘱为物色佳媵，而阴使迁延勿报，己则故督促之。如是年余。柴不能待，遍嘱戚好为之购致，得林氏之养女。金一见，喜形于色，饮食共之，脂泽花钏任其所取。然林固燕产，不习女红，绣履之外须人而成。金曰：“我家素勤俭，非似王侯家，买作画图看者。”于是授美锦，使学制，若严师诲弟子。初犹呵骂，继而鞭楚。柴痛切于心，不能为地。而金之怜爱林尤倍于昔，往往自为妆束，匀铅黄焉。但履跟稍有折痕，则以铁杖击双弯，发少乱则批两颊。林不堪其虐，自经死。柴悲惨心目，颇致怨怼。妻怒曰：“我代汝教娘子，有何罪过?”柴始悟其奸，因复反目，永绝琴瑟之好。阴于别业修房闼，思购丽

人而别居之。

荏苒半载，未得其人。偶会友人之葬，见二八女郎，光艳溢目，停睇神驰。女怪其狂顾，秋波斜转之。询诸人，知为邵氏。邵贫士，止此女，少聪慧，教之读，过目能了。尤喜读《内经》及冰鉴书。父爱溺之，有议婚者，辄令自择，而贫富皆少所可，故十七岁犹未字也。柴得其端末，知不可图，然心低徊之。又冀其家贫，或可利动。谋之数媪，无敢媒者，遂亦灰心，无所复望。

忽有贾媪者，以货珠过柴，柴告所愿，赂以重金，曰："止求一通诚意，其成与否所勿责也。万一可图，千金不惜。"媪利其有，诺之。登门，故与邵妻絮语。睹女，惊赞曰："好个美姑姑！假到昭阳院，赵家姊妹何足数得！"又问："婿家阿谁？"邵妻答："尚未。"媪言："若个娘子，何愁无王侯作贵客也！"邵妻叹曰："王侯家所不敢望；只要个读书种子，便是佳耳。我家小孽冤，翻复遴选，十无一当，不解是何意向？"媪曰："夫人勿须烦怨。恁个丽人，不知前身修何福泽才能消受得！昨一大笑事，柴家郎君云：于某家茔边望见颜色，愿以千金为聘。此非饿鸱作天鹅想耶？早被老身呵斥去矣！"邵妻微笑不语。媪曰："便是秀才家难与较计，若在别个，失尺而得丈，宜若可为矣。"邵妻复笑不言。媪抚掌曰："果尔，则为老身计亦左矣。日蒙夫人爱，登堂便促膝赐浆酒；若得千金，出车马，入楼阁，老身再到门，则阍者呵叱及之矣。"邵妻沉吟良久，起而去与夫语；移时唤其女；又移时三人并出。邵妻笑曰："婢子奇特，多少良匹悉不就，闻为贱媵则就之。但恐为儒林笑也！"媪曰："倘入门得一小哥子，大夫人便如何耶！"言已，告以别居之谋。邵益喜，唤女曰："试同贾媪言之。此汝自主张，勿后悔，致怼父母。"女腼然曰："父母安享厚奉，则养女有济矣。况自顾命薄，若得佳偶，必减寿数，少受折磨，未必非福。前见柴郎亦福相，子孙必有兴者。"

媪大喜，奔告。柴喜出非望，即置千金，备舆马，娶女于别业，家人无敢言

者。女谓柴曰："君之计，所谓燕巢于幕，不谋朝夕者也。塞口防舌以冀不漏，何可得乎？请不如早归，犹速发而祸小。"柴虑摧残，女曰："天下无不可化之人。我苟无过，怒何由起？"柴曰："不然。此非常之悍，不可情理动者。"女曰："身为贱婢，摧折亦自分耳。不然，买日为活，何可长也？"柴以为是，终踌躇而不敢决。

一日柴他往，女青衣而出，命苍头控老牝马，一妪携襆从之，竟诣嫡所，伏地而陈。妻始而怒，既念其自首可原，又见容饰兼卑，气亦稍平。乃命婢子出锦衣衣之，曰："彼薄幸人播恶于众，使我横被口语。其实皆男子不义，诸婢无行，有以激之。汝试念背妻而立家室，此岂复是人矣？"女曰："细察渠似稍悔之，但不肯下气耳。谚云：'大者不伏小。'以礼论：妻之于夫，犹子之于父，庶之于嫡也。夫人若肯假以词色，则积怨可以尽捐。"妻云："彼自不来，我何与焉？"即命婢媪为之除舍。心虽不乐，亦暂安之。

柴闻女归，惊惕不已，窃意羊入虎群，狼藉已不堪矣。疾奔而至，见家中寂然，心始稳贴。女迎门而劝，令诣嫡所，柴有难色。女泣下，柴意少纳。女往见妻曰："郎适归，自惭无以见夫人，乞夫人往一姗笑之也。"妻不肯行，女曰："妾已言：夫之于妻，犹嫡之于庶。孟光举案，而人不以为谄，何哉？分在则然耳。"妻乃从之，见柴曰："汝狡兔三窟，何归为？"柴俯不对。女肘之，柴始强颜笑。妻色稍霁，将返。女推柴从之，又嘱庖人备酌。自是夫妻复和。女早起青衣往朝，盥已授帨，执婢礼甚恭。柴入其室，苦辞之，十余夕始肯一纳。妻亦心贤之，然自愧弗如，积惭成忌。但女奉侍谨，无可蹈瑕，或薄施呵谴，女惟顺受。

一夜，夫妇少有反唇，晓妆犹含盛怒。女捧镜，镜堕，破之。妻益恚，握发裂眦。女惧，长跪哀免。怒不解，鞭之至数十。柴不能忍，盛气奔入，曳女出，妻呶呶逐击之。柴怒，夺鞭反扑，面肤绽裂，始退。由是夫妻若仇。柴禁女无往，女弗听，早起，膝行伺幕外。妻捶床怒骂，叱去，不听前。日夜切齿，将伺柴出而后泄愤于女。柴知之，谢绝人事，杜门不通吊庆。妻无如何，惟日挞婢媪以寄其恨，下人皆不可堪。

自夫妻绝好，女亦莫敢当夕，柴于是孤眠。妻闻之，意亦稍安。有大婢素狡黠，偶与柴语，妻疑其私，暴之尤苦。婢辄于无人处，疾首怨骂。一夕轮婢值宿，女嘱柴，禁无往，曰："婢面有杀机，叵测也。"柴如其言，招之来，诈问："何作？"婢惊惧，无所措词。柴益疑，检其衣得利刃焉。婢无言，惟伏地乞死。柴欲挞之，女止之曰："恐夫人所闻，此婢必无生理。彼罪固不赦，然不如鬻之，既全其生，我亦得直焉。"柴然之。会有买妾者，急货之。妻以其不谋故，罪柴，益迁怒女，诟骂益毒。柴忿，顾女曰："皆汝自取。前此杀却，乌有今日？"言已而走。妻怪其言，遍诘左右并无知者，问女，女亦不言。心益闷怒，捉裾浪骂。柴乃返，以实告。妻大惊，向女温语，而心转恨其言之不早。

柴以为嫌隙尽释，不复作防。适远出，妻乃召女而数之曰："杀主者罪不赦，汝纵之何心？"女造次不能以词自达。妻烧赤铁烙女面欲毁其容，婢媪皆为之不平。每号痛一声，则家人皆哭，愿代受死。妻乃不烙，以针刺胁二十余下，始挥之去。柴归，见面创，大怒，欲往寻之。女捉襟曰："妾明知火坑而故蹈之。当嫁君时，岂以君家为天堂耶？亦自顾薄命，聊以泄造化之怒耳。安心忍受，尚有满时；若再触焉，是坎已填而复掘之也。"遂以药糁患处，数日寻愈。忽揽镜喜曰："君今日宜为妾贺，彼烙断我晦纹矣！"朝夕事嫡，一如往日。

金前见众哭，自知身同独夫，略有愧悔之萌，时时呼女共事，词色平善。月余忽病逆，害饮食。柴恨其不死，略不顾问。数日腹胀如鼓，日夜寝困。女侍伺不遑眠食，金益德之。女以医理自陈；金自觉畴昔过惨，疑其怨报，故谢之。金为人持家严整，婢仆悉就约束；自病后，皆散诞无操作者。柴躬自经理，劬劳甚苦，而家中米盐，不食自尽。由是慨然兴中馈之思，聘医药之。金对人辄自言为"气蛊"，以故医脉之，无不指为气郁者。凡易数医，卒罔效，亦濒危矣。又将烹药，女进曰："此等药百裹无益，只增剧耳。"金不信。女暗撮别剂易之。药下，食顷三遗，病若失。遂益笑女言妄，呻而呼之曰："女华陀，今如何也？"女及群婢皆笑。金问故，始实告之。泣曰："妾日受子之覆载而不知也！今而后，请惟家政，听子而行。"

无何病痊，柴整设为贺。女捧壶侍侧，金自起夺壶，曳与连臂，爱异常情。更阑，女托故离席，金遣二婢曳还之，强与连榻。自此，事必商，食必偕，即姊妹无其和也。无何，女产一男。产后多病，金亲为调视，若奉老母。

后金患心疼，痛起则面目皆青，但欲觅死。女急市银针数枚，比至，则气息濒尽，按穴刺之，画然痛止。十余日复发，复刺；过六七日又发。虽应手奏效，不至大苦，然心常惴惴，恐其复萌。夜梦至一处，似庙宇，殿中鬼神皆动。神问："汝金氏耶？汝罪过多端，寿数合尽；念汝改悔，故仅降灾以示微谴。前杀两姬，此其宿报。至邵氏何罪，而惨毒如此？鞭打之刑，已有柴生代报，可以相准；所欠一烙、二十三针，今三次止偿零数，便望病根除耶？明日又当作矣！"醒而大惧，犹冀为妖梦之诬。食后果病，其痛倍切。女至刺之，随手而瘥。疑曰："技止此矣，病本何以不拔？请再灼之。此非烂烧不可，但恐夫人不能忍受。"金忆梦中语，以故无难色。然呻吟忍受之际，默思欠此十九针，不知作何变症，不如一朝受尽，庶免后苦。炷尽，求女再针，女笑曰："针岂可以泛常施用耶？"金曰："不必论穴，但烦十九刺。"女笑不可。金请益坚，起跪榻上，女终不忍。实以梦告，女乃约略经络刺之如数。自此平复，果不复病。弥自忏悔，临下亦无戾色。

子名曰俊，秀惠绝伦。女每曰："此子翰苑相也。"八岁有神童之目，十五岁以进士授翰林。是时柴夫妇年四十，如夫人三十有二三耳。舆马归宁，乡里荣之。邵翁自鬻女后，家暴富，而士林羞与为伍，至是始有通往来者。

异史氏曰："女子狡妒，其天性然也。而为妾媵者，又复炫美弄机以增其怒。呜呼！祸所由来矣。若以命自安，以分自守，百折而不移其志，此岂梃刃所能加乎？乃至于再拯其死，而始有悔悟之萌。呜呼！岂人也哉！如数以偿，而不增之息，亦造物之恕矣。顾以仁术作恶报，不亦慎乎！每见愚夫妇抱疴终日，即招无知之巫，任其刺肌灼肤而不敢呻，心尝怪之，至此始悟。"

闽人有纳妾者，夕入妻房，不敢便去，伪解屦作登榻状。妻曰："去休！勿作态！"夫尚徘徊，妻正色曰："我非似他家妒忌者，何必尔尔。"夫乃去。妻独卧，辗转不得寐，遂起，往伏门外潜听之。但闻妾声隐约，不甚了了，惟"郎罢"二字略可辨识。郎罢，闽人呼父也。妻听逾刻，痰厥而踣，首触扉作声。夫惊起启户，尸倒入。呼妾火之，则其妻也。急扶灌之。目略开，即呻曰："谁家郎罢被汝呼！"妒情可哂。

【译文】

柴廷宾是太平州人，妻子金氏，不会生育，又特别嫉妒。柴廷宾用一百两银子买了一个妾，金氏残忍地虐待她，过了一年，妾就死了。柴廷宾气愤地离开金氏，独自住宿了几个月，不进金氏的房门。

一天，正是柴廷宾的生日，金氏说着赔礼道歉的话，恭恭敬敬地行礼，给丈夫拜寿。柴廷宾不忍心拒绝，夫妻二人这才和好。金氏在卧房摆设酒席，请丈夫进来吃酒。柴廷宾说自己已喝醉了，推辞不去。金氏打扮得漂漂亮亮亲自到柴廷宾独宿的地方，说："我诚心诚意地等了你一整天，即使你喝醉了，就请只喝一杯再走吧！"柴廷宾进入内室，与金氏聊天饮酒。金氏从容和缓地说："前些日子误杀了那个丫头，如今特别后悔，你何必就因此记仇，连结发夫妻的情分都没有了呢？今后你就是纳五六个妾，我也不说一句闲话了。"

柴廷宾一听此言十分高兴，眼见蜡烛将尽，就留在内室住宿了。从此以后，夫妻敬爱如初。金氏也将媒婆喊来，嘱托他为丈夫物色美貌女子，但暗中又让媒婆拖延不办，她自己则假装督促催问。这样过了一年，柴廷宾等得不耐烦了，遍托亲朋好友帮助物色购买，终于得到了林家的养女。

金氏见到林女，表现出非常喜欢的样子。两个人吃喝都在一起，金氏的脂粉首饰，让林女任意挑选使用。但林女是燕地人，不会做针线活，除了绣鞋以外，其他针线都需别人给做。金氏说："我们家向来勤俭，不像王侯之家，买来女人当画儿看。"于是拿来绸缎，让林女学做衣服，就如同严师教诲弟子一样。最初只是呵斥责骂，接着就开始鞭打。柴廷宾看到这种情形，痛彻于心，也想不出解救的办法。然而金氏对林女较前更加倍地疼爱，往往亲自给他梳妆打扮，搽胭脂扑粉。但鞋跟稍有一点儿皱折，就用铁棍打她的双脚；头发稍乱，就抽她耳光。林女受不了虐待，上吊而死。

柴廷宾痛心惨目，表现出对金氏的怨恨。金氏发怒说："我替你调教娘子，有什么罪过?”这时柴廷宾才看透了金氏的奸计。因此二人又翻了脸，断绝了夫妻之间的来往。柴廷宾暗中在别墅里让人装修好房子，想买个漂亮女子单独居住。

不觉又过了半年，也没找到理想的佳人。一次偶然参加朋友的葬礼，看到一位十六七岁的女郎，容貌光艳夺目，柴廷宾不停地注目而视，看得出了神。女郎见他这样傻呆呆地看着自己，感到很奇怪，就不由地斜转眼光瞟了他一下。柴廷宾向人询问，知道这女郎姓邵。女郎的父亲是个贫穷的读书人，只有这么一个女儿，自幼就很聪明，教她读书，过目不忘。尤其喜欢读医书和相术一类的书。父亲很溺爱她，有人来提婚，就让她自己做主选择。但是无论贫家富家，都没有她看中的，所以到十七岁还未许配。

柴廷宾了解到这些情况，知道没办法得到女郎，但内心里却仍想着这件事，又想她家贫穷，也许可以用钱打动。找了几个媒婆去商议，没有人敢去做媒，柴廷宾也就灰了心，不敢再有奢望。忽然有个姓贾的老太婆，因为卖珠子来找柴廷宾，柴廷宾把想娶邵女的想法告诉了她，并送给贾婆很多钱，说:“只求你把我的诚意转达一下，事成不成，我不在乎。万一有希望，花费千金，在所不惜。”贾婆图他有钱，就答应了。

贾婆来到邵家，故意与邵妻拉家常，看到了邵女，装作吃惊的样子赞叹说:“好个漂亮姑娘，假如选到了昭阳院，那赵飞燕姊妹还能数得着吗!”又问:“婆家是谁啊?”邵妻回答说:“还没有婆家。”贾婆说:“这么美貌的娘子，何愁没有王侯做女婿啊!”邵妻叹息着说:“嫁给王侯家不敢奢望，只要是个读书种子，也就很好了。我家这个小冤家，翻来覆去挑选，十个也没一个能选上的，不知道她是怎么想的。”贾婆说:“夫人不要烦恼，这么漂亮的姑娘，不知前生修下什么福泽的男人，才能够娶到她啊!昨天碰到一个大为可笑的事:姓柴的那位先生说:在某家的坟地边上，曾看到你家小姐，愿意出千金为聘礼。这不是饿昏了的猫头鹰想吃天鹅肉吗?早被我老婆子训斥一顿不敢再说了。”邵妻听了微笑着没有答话。贾婆又说:“只是在咱们秀才家，此事难以核计;若是别的人家，丢一尺而得一丈，这事真可以考虑啊!”邵妻听了还是笑笑没有说话。贾婆又拍着手说:“这事如果真的成了，对我老婆子来说也是不合算的。我经常受到夫人的厚爱，一进屋就陪着说话，斟茶倒酒;如果得到千金聘礼，出门骑马坐车，回来楼房绣阁，我老婆子再登门时，看门人就会呵斥我了。”

邵妻听了这些话，沉吟了好一会儿，就起身进里屋去，同她丈夫说了一会儿话。过了一会儿，又把女儿叫过去。又过了一阵子，三人一起出来了。邵妻笑着说:“这丫头真奇怪，多少不错的人都看不上，听说给人做妾倒愿意去，恐怕要被读书人耻笑啊!”贾婆说:“如果进门以后生个儿子，那大夫人便没奈何了。”说完，又告诉了柴廷宾打算与大老婆分开居住的打算。邵妻听了更加高兴，把女儿叫过来说:“你自己和贾姥姥说说，这事是你自己主张的，不要后悔，以致埋

怨父母。”邵女不好意思地说：“父母得到女儿的报偿，养活闺女就算得济了。何况我自己命薄，如果找个高贵人家，必然要减寿，稍微受点儿折磨，未必不是福气。上次看见柴郎也是个福相，子孙必然有兴旺发达的。”贾婆听了这番话非常高兴，赶快连颠带跑地去报告柴廷宾。

柴廷宾听到这消息喜出望外，立即备足了千金，套上车马，把邵女娶到别墅来，家中的人也不敢告诉金氏。邵女对柴廷宾说：“你的这个办法，就如同燕子把巢筑在布帘上，不考虑会朝不保夕啊。让别人都不说话，希望事情不泄漏出去，这可能吗？请你不如早点儿带我回家，事情早点儿挑明，祸还小一些。”柴廷宾担心邵女会受到摧残。邵女说：“天下没有不能改变的人，如果我没有过错，她又怎能发怒呢？”柴廷宾说：“不是你讲的这样，她这人非常凶悍，简直不可理喻。”邵女说：“我本来就是地位卑贱的小妾，受折磨也是应该的。不然的话，花钱买日子过，怎么能够长久呢？”柴廷宾觉得她说得很对，但始终拿不定主意，不敢下决心回去。

一天，柴廷宾有事外出，邵女换上婢女穿的青衣出门，让老仆人赶着匹老马，老妈子拿着行李跟随，一直来到金氏的住所，跪在地上讲了事情的经过。金氏开始很生气，继而觉得邵女主动上门自首可以原谅，又见她衣着朴素，态度谦卑，气也渐渐平息了一些。就让婢女拿绸缎衣服让邵女穿上，说：“那个无情无义的人在众人面前说我坏话，让我背上了恶名。其实全都是男人不义，那几个婢子没有德性，激我发怒。你想一想，背着妻子又另立家室的人，这还算个人吗？”邵女说：“我仔细观察，他好像也有些后悔，只是不肯低声下气认错罢了。俗话说‘大者不伏小’，以礼来论，妻子对丈夫来说就如同儿子对父亲、妾对妻一样，夫人如果肯对他体贴宽容一些，积怨就可以完全消除了。”金氏说：“他自己不来，我怎么办呢？”就让女仆们为邵女布置房间，心里虽然不高兴，暂时没有发怒。

柴廷宾听说邵女回家了，既吃惊又忧惧，暗想这如同羊入虎群，可能邵女早就给摧残得不成样子了。急忙奔回家中，见家里安安静静，心才安定下来。邵女出门相迎，劝他到金氏屋中去。柴廷宾面有难色。邵女又去见金氏，说：“郎君刚才回来了，自觉无脸面来见夫人，请夫人过去给他个笑脸吧！”金氏不肯去。邵女说：“我已经说过，丈夫对于妻子，就如同嫡妻对于小妾。孟光对丈夫举案齐眉，而人们不以为是谄媚，为什么呢？是因为按名分应该这样做。”金氏这才听从了。见到柴廷宾，金氏说：“你是狡兔三窟啊，还回来干什么？”柴廷宾低头不语。邵女用胳膊肘碰了他一下，柴廷宾才勉强笑了一笑。金氏的脸色也平和了。金氏将要回到内室，邵女推柴廷宾跟着一起去，又嘱咐厨子准备酒菜。从此夫妻又和好了。

邵女每天早晨穿着婢女的服装向金氏夫妻问安，侍候他们梳洗，如同婢女一样，礼貌十分周到。柴廷宾进入邵女的房间，邵女苦苦地劝他走，十多天才肯留他住一晚。金氏也认为邵女很贤惠，但觉得自己比不上邵女，渐渐地从惭愧变成了忌恨。因邵女侍奉得非常周到，找不到她的毛病。有时训斥几句，邵女都逆来顺受。

一天夜里，金氏与柴廷宾有点儿小争吵，第二天早晨梳洗的时候仍然怒气不消。邵女为她捧着镜子，不小心镜子掉在地上，打碎了。金氏大发雷霆，握着头发，眼睛瞪得贼大。邵女很害怕，直挺挺地跪在地上，哀求金氏饶恕。金氏怒气不消，抽打邵女数十鞭。柴廷宾忍不下去，怒冲冲地奔进屋里，把邵女拉出来。金氏吼叫着在后面追赶，柴廷宾大怒，夺过鞭子抽打金氏，金氏脸上和身上都被抽破了，才退回去了，从此夫妻二人如仇人一般。

柴廷宾让邵女不要再到金氏屋里去，邵女不听，早晨起来，跪地前行，等候在金氏的帐外。金氏捶着床怒骂，不让邵女前来，日夜咬牙切齿，想等柴廷宾出去再拿邵女出气。柴廷宾知道金氏的想法，谢绝交往，闭门不出。金氏无可奈何，只好每天鞭打其他的女仆，来发泄愤怒，仆人们都受不了她的虐待。

自从夫妻反目，邵女也不敢和柴廷宾住在一起，柴廷宾只好孤眠。金氏知道了，心情稍为安定。有一个年纪稍大的婢女，偶尔和柴廷宾说了句话，金氏怀疑她与柴廷宾有私情，打得格外凶，婢女经常在没人的地方，恶狠狠地咒骂。

一天，轮到这个婢女伺候金氏，邵女嘱咐柴廷宾不要让这个婢女去，说："这个婢女面有杀气，居心难测。"柴廷宾听信了邵女的话，把婢女叫来，诈问说："你想干什么？"婢女惊吓地无言对答。柴廷宾更加怀疑，搜她衣服，发现了一把锋利的刀子。婢女无话可说，只是伏在地上求死。柴廷宾要打她，邵女制止说："恐怕夫人会听到，这样这个婢女就没命了。她的罪过固然不可饶恕，然而不如卖掉她，既保住了她的性命，我们还能得到身价钱。"柴廷宾同意了。正巧有人要买妾，急忙把她卖了。金氏因为这事没和她商量，怪罪柴廷宾，越加迁怒邵女，骂得更凶了。柴廷宾生气地看着邵女说："都是你自己招来的，前些日子她要被人杀了，哪会弄到今天这个样子。"说完转身走了。金氏觉得这话很奇怪，问遍了身边的人，没有一个人知道。问邵女，邵女也不说，金氏闷得发怒，提着衣襟大骂。这时柴廷宾又返回来，把实情告诉了她。金氏大吃一惊，对邵女说话时也温和多了，然而内心又恨她不早点儿对自己说。

柴廷宾以为二人前嫌已释，就不再提防。恰巧有事出远门，这时金氏就叫来邵女数落说："杀主人的，罪不能赦，你把她放走了，是何居心？"邵女在仓猝之间找不到合适的话来回答。金氏烧红了烙铁烙邵女的脸，想毁坏她的容貌。其他的婢女仆妇都为邵女感到不平。邵女每哀号一声，其他的人都哭起来，说愿意代她去死。这时金氏才不烙了，用针扎她的肋下二十多针，才挥手让她走了。

柴廷宾回来，看到邵女脸上的烧伤，大怒，要去找金氏。邵女拉着他的衣襟说："我明知这是个火坑，却故意往里跳的。我嫁人的时候，难道认为你家是天堂吗？也是因为自己命薄，因此来让上天发泄怒气罢了。安心忍受，还有尽头，

如果再去触犯，是把填平的土坑又掘开啊！”于是将伤口涂上药，过了几天就好了。有一天照镜子，忽然高兴地说：“夫君今天应当向我道贺，她把我脸上那道晦气的纹路烙断了。”此后邵女仍一如既往，朝夕不断地侍奉金氏。金氏见她烙邵女时，家中的人都哭，她知道自己已成为孤家寡人，略有愧悔之意，经常叫着邵女和她一起做事，言辞和态度都比较和善。

过了一个多月，金氏忽然得了呕吐的病，吃不下东西。柴廷宾恨不得她早点儿死，所以也不来看视照顾。过了几天，金氏腹胀如鼓，日夜难眠。邵女悉心侍候，顾不上吃饭睡觉，金氏更加感动。邵女讲了一些医治此病的办法，金氏内心觉得过去对待邵女太残忍刻薄，疑心邵女会报复，谢绝了她提的医治办法。

金氏为人持家都很严厉有方，婢女仆人都听从她的管束。自从她病了以后，众人都懒懒散散不好好干活。柴廷宾亲自出来操持家务，十分辛苦，而家中的米盐，没吃就没有了。因此，联想到妻子原先管家的不易，于是请医生为金氏看病。金氏对人们都说自己患的是“气蛊”病，因此医生诊脉时，都说是气郁造成的。换了几个医生，都没有效果，生命处于垂危之中。又熬药时，邵女对金氏说：“这样的药，吃一百剂也不顶用，只会增加病情。”金氏不信。邵女暗中换了别的方药。金氏吃下药，一顿饭工夫拉了三次肚子，病就好了。更加笑话邵女的话不对，假作呻吟状喊邵女说：“女华陀，现在怎么样啊！”邵女和婢女们都笑起来。金氏问笑什么，邵女才如实说了。金氏流着泪说：“我今天受到你这样的大恩大德，却还不知道！从今以后，家中的事，全都由你做主吧！”

不久，金氏的病全好了，柴廷宾设宴为她贺喜，邵女捧酒壶站在旁边侍候。金氏起来夺过酒壶，拉着她和自己坐在一起，异常地友爱。夜深了，邵女借故离席，金氏让两个婢女把她拉回来，非让她和自己住在一起。从此后，有事一起商量，吃饭在一个桌上，比亲姐妹还要亲密。

不久，邵女生了一个男孩。产后邵女经常生病，金氏亲自调养护理，如同照顾自己的母亲一样。后来，金氏得了心口疼病，疼起来，脸色都变青了，简直不想再活下去。邵女急忙去买了几枚银针，买回来，金氏已近气绝。邵女赶快依穴位扎针，疼痛立刻止住了。过了十几天，金氏又犯病了，邵女又为她针灸。过了六七天病又复发，虽然手到病除，不至于有大的痛苦，但金氏心中常常惴惴不安，惟恐犯病。

一天夜里，金氏在梦中来到一个地方，好像是庙宇，殿中的鬼神都会动。神问：“你就是金氏吗？你的罪过太多，寿数也到头了，念你能够悔改，所以只降点儿灾难，以示谴责。以前你杀的那两个妾，这是她们命中注定的报应。至于邵氏，她有什么罪过，而要受到如此惨毒的对待呢？你鞭打她的刑罚，已有柴廷宾替她报了，可以抵销了，你欠她的一烙铁和二十三针，至今她才还报了三针，只还了个零头，这样就指望消除病根吗？明天又该犯病了！”金氏梦醒之后非常害怕，但还侥幸地希望那恶梦不会成为现实。吃完饭后果然又发病了，而且加倍地疼痛。邵女来，用针一灸，病立即好了。邵女疑惑不解地说："我的技能就这些了，病根怎么不去呢？"金氏说："请再用艾火灸灸，这个病非得烧烂了不成。"邵女说："只怕夫人不能忍受。"金氏回忆梦中神说的话，因此面无难色。然而在呻吟着忍受痛苦的时候，心中默想：还欠下的十九针，不知还会出现什么病症来偿还，不如这一次把痛苦受尽，以免将来再受痛苦。艾柱烧完了，金氏请求邵女再用针灸。邵女笑着说："针灸怎可随便乱用呢？"金氏说："不必按穴位，只麻烦你再扎十九针。"邵女笑着说不能这样做。金氏坚决请求，起床跪着哀求。邵女还是不忍心。金氏把梦中的事以实相告，邵女才按着穴位扎了十九针。从此以后，金氏的病就好了，果然不再复发。她更加深自忏悔，对仆人也不再恶声严气了。

邵女生的儿子名叫柴俊，聪明绝顶。邵女常说："这个孩子是富贵相。"八岁时被人看作神童，十五岁考中进士，授予翰林的官职。这时，柴廷宾夫妇年纪四十岁，邵女只有三十二三岁。柴俊衣锦还乡，乡亲们都感到荣耀。邵女的父亲自从卖了闺女，家中暴富，但读书人都羞于和他为伍，到这时，才有人和他往来。

异史氏说：女子狡黠嫉妒，这是她们的天性。而那些做妾的，又要炫耀她们的美色和机智，来增加正妻的愤怒。唉，灾祸就是由此产生的啊！如果做妾的能够安于自己的命运，守住自己的本分，受到任何挫折也不改变态度，难道棒打刀割的刑罚还能加在身上吗？至于像金氏这样，妾挽救了她的生命，她才开始有悔悟的表现。唉，这种人还算个人吗？上天只是按照她的罪行如数惩罚了，而没有增加利息多加责罚，这已经是上天对她的宽恕了。看看那些对别人的仁爱而报之以恶的人，不是太颠倒是非了吗！常常看到一些愚蠢的夫妇整天生病，就找那些无知的巫医来医治，任凭他针刺火烧也不敢呻吟，心中感到很奇怪，听了金氏的事，才明白是怎么回事了。

有个福建人娶了个妾，他晚上到妻子的房中去，不敢马上就离开，就装作脱鞋上床的姿态。妻子说："快去吧！别装模作样了。"丈夫还装作犹豫的样子，妻子脸色庄重地说："我不是那种爱嫉妒的人，你何必做出这个样子呢！"这样丈夫才走了。妻子独卧房中，辗转反侧，无法入眠，于是就起床，到妾的房门外偷听。只隐约能听到妾的声音，但听不清楚，只听得"郎罢"二字，约略可分辨出来。"郎罢"，是福建人对父亲的称呼。妻子听了一刻多钟，一口痰涌上来，憋得昏倒在地，头撞到门上发出了响声。丈夫惊慌地起来，打开门，一个人僵尸般地倒进屋里，赶快喊妾拿灯，一照，原来是妻子，急忙扶起来给灌了几口水。妻子刚略微睁开眼，就呻吟着说："谁家的郎罢让你叫啊！"其嫉妒之情真是好笑啊！

[何守奇] 邵女屈身为妾，与络绣同而立志自别。

[王芑孙] 金之惨毒极矣，而邵女之安命守分，世所鲜也。逆来顺受，备尝

其苦，而终无怨言·宜有以化此恶妇，而顿生其愧悔也。

巩仙

【原文】

巩道人，无名字，亦不知何里人。尝求见鲁王，阍人不为通。有中贵人出，揖求之，中贵见其鄙陋，逐去之；已而复来。中贵怒，且逐且扑。至无人处，道人笑出黄金二百两，烦逐者覆中贵："为言我亦不要见王；但闻后苑花木楼台，极人间佳胜，若能导我一游，生平足矣。"又以白金赂逐者。其人喜，反命；中贵亦喜，引道人自后宰门入，诸景俱历。又从登楼上，中贵方凭窗，道人一推，但觉身堕楼外，有细葛绷腰，悬于空际；下视则高深晕目，葛隐隐作断声。惧极，大号。无何数监至，骇极。见其去地绝远，登楼共视，则葛端系槛上，欲解援之，则葛细不堪用力。遍索道人，已杳矣。束手无计，奏之鲁王，王诣视大奇之，命楼下藉茅铺絮，将因而断之。甫毕，葛崩然自绝，去地乃不咫耳。相与失笑。

王命访道士所在。闻馆于尚秀才家，往问之，则出游未复。既，遇于途，遂引见王。王赐宴坐，便请作剧，道士曰："臣草野之夫，无他庸能。既承优宠，敢献女乐为大王寿。"遂探袖中出美人置地上，向王稽拜已。道士命扮"瑶池宴"本，祝王万年。女子吊场数语。道士又出一人，自白"王母"。少间，董双成、许飞琼，一切仙姬次第俱出。末有织女来谒，献天衣一袭，金彩绚烂。光映一室。王意其伪，索观之，道士急言："不可！"王不听，卒观之，果无缝之衣，非人工所能制也。道士不乐曰："臣竭诚以奉大王，暂而假诸天孙，今则浊气所染，何以还故主乎？"王又意歌者必仙姬，思欲留其一二，细视之，则皆宫中乐伎耳。转疑此曲非所夙谙，问之，果茫然不自知。道士以衣置火烧之，然后纳诸袖中，再搜之，则

已无矣。

王于是深重道士，留居府内。道士曰：“野人之性，视宫殿如藩笼，不如秀才家得自由也。”每至中夜，必还其所，时而坚留，亦遂宿止。辄于筵间，颠倒四时花木为戏。王问曰：“闻仙人亦不能忘情，果否？”对曰：“或仙人然耳；臣非仙人，故心如枯木矣。”一夜宿府中，王遣少妓往试之。入其室，数呼不应，烛之，则瞑坐榻上。摇之，目一闪即复合；再摇之，齁声作矣。推之，则遂手而倒，酣卧如雷；弹其额，逆指作铁釜声。返以白王。王使刺以针，针弗入。推之，重不可摇；加十余人举掷床下，若千斤石堕地者。旦而窥之，仍眠地上。醒而笑曰：“一场恶睡，堕床下不觉耶！”后女子辈每于其坐卧时，按之为戏，初按犹软，再按则铁石矣。

道士舍秀才家，恒中夜不归。尚锁其户，及旦启扉，道士已卧室中。初，尚与曲妓惠哥善，矢志嫁娶。惠雅善歌，弦索倾一时。鲁王闻其名，召入供奉，遂绝情好。每系念之，苦无由通。一夕问道士：“见惠哥否？”答言：“诸姬皆见，但不知其惠哥为谁。”尚述其貌，道其年，道士乃忆之。尚求转寄一语，道士笑曰：“我世外人，不能为君塞鸿。”尚哀之不已。道士畏其袖曰：“必欲一见，请入此。”尚窥之，中大如屋。伏身入，则光明洞彻，宽若厅堂；几案床榻，无物不有。居其内，殊无闷苦。道士入府，与王对弈。望惠哥至，阳以袍袖拂尘，惠哥已纳袖中，而他人不之睹也。尚方独坐凝想时，忽有美人自檐间堕，视之惠哥也。两相惊喜，绸缪臻至。尚曰：“今日奇缘，不可不志。请与卿联之。”书壁上曰：“侯门似海久无踪。”惠续云：“谁识萧郎今又逢。”尚曰：“袖里乾坤真个大。”惠曰：“离人思妇尽包容。”书甫毕，忽有五人入，八角冠，淡红衣，认之都与无素。默然不言，捉惠哥去。尚惊骇，不知所由。道士既归，呼之出，问其情事，隐讳不以尽言。道士微笑，解衣反袂示之。尚审视，隐隐有字迹，细裁如虮，盖即所题句也。后十数日，又求一入。前后凡三入。

惠哥谓尚曰：“腹中震动，妾甚忧之，常以紧帛束腰际。府中耳目较多，倘一朝临蓐，何处可容儿啼？烦与巩仙谋，见妾三叉腰时，便一拯救。”尚诺之。归见道士，伏地不起。道士曳之曰：“所言，予已了了。但请勿忧。君宗祧赖此一线，何敢不竭绵薄。但自此不必复入。我所以报君者，原不在情私也。”后数月，道士自外入，笑曰：“携得公子至矣。可速把褓来！”尚妻最贤，年近三十，数胎而存一子；适生女，盈月而殇。闻尚言，惊喜自出。道士探袖出婴儿，酣然若寐，脐梗犹未断也。尚妻接抱，始呱呱而泣。

道士解衣曰：“产血溅衣，道家最忌。今为君故，二十年故物，一旦弃之。”尚为易衣。道士嘱曰：“旧物勿弃却，烧钱许，可疗难产，堕死胎。”尚从其言。居之又久，忽告尚曰：“所藏旧衲，当留少许自用，我死后亦勿忘也。”尚谓其言不祥。道士不言而去，入见王曰：“臣欲死！”王惊问之，曰：“此有定数，亦复何言。”王不信，强留之；手谈一局，急起，王又止之。请就外舍，从之。道

士趋卧，视之已死。王具棺木，以礼葬之。尚临哭尽哀，始悟曩言盖先告之也。遗衲用催生，应如响，求者踵接于门。始犹以污袖与之；既而剪领衿，罔不效。及闻所嘱，疑妻必有产厄，断血布如掌，珍藏之。

会鲁王有爱妃临盆，三日不下，医穷于术，或有以尚生告者，立召入，一剂而产。王大喜，赠白金、彩缎良厚，尚悉辞不受。王问所欲，曰："臣不敢言。"再请之，顿首曰："如推天惠，但赐旧妓惠哥足矣。"王召之来，问其年，曰："妾十八入府，今十四年矣。"王以其齿加长，命遍呼群妓，任尚自择，尚一无所好。王笑曰："痴哉书生！十年前订婚嫁耶？"尚以实对。乃盛备舆马，仍以所辞彩缎为惠哥作妆，送之出。

惠所生子，名之秀生。秀者，袖也。是时年十一矣。日念仙人之恩，清明则上其墓。有久客川中者，逢道人于途，出书一卷曰："此府中物，来时仓猝，未暇璧返，烦寄去。"客归，闻道人已死，不敢达王，尚代奏之。王展视，果道士所借。疑之，发其冢，空棺耳。后尚子少殇，赖秀生承继，益服巩之先知云。

异史氏曰："袖里乾坤，古人之寓言耳，岂真有之耶？抑何其奇也！中有天地、有日月，可以娶妻生子，而又无催科之苦，人事之烦，则袖中虮虱，何殊桃源鸡犬哉！设容人常住，老于是乡可耳。"

【译文】

巩道人，没有名字，也不知是哪里人。有一次，他到鲁王府求见鲁王，门人不给通报。这时，一个太监从里面出来，巩道人向太监作揖，求他通报。太监见他像个低贱的人，就把他赶走了。不一会儿，巩道人又来了，太监发了怒，叫人对他边赶边打。走到一个没人的地方，巩道人笑着拿出二百两黄金，请追打他的人告诉那位太监："对他说我也不是要见王爷，只是听说王府后花园的花木楼台，是人间少有的景物，如果能领着我去看一看，今生的愿望就满足了。"又拿出银子送给追打的人。这人很高兴，回去把这话就告诉了太监。

太监听了这事也很高兴，就领着巩道人从王府后门进了花园，各种景物全都看到了。又领着他上了楼。太监刚走到窗前，道人一推，太监就觉得身子坠到了楼外，有一根细葛藤绷住了腰，身子悬在半空中，往下一看，离地很远，头晕目眩，葛藤还发出了要断的声音。太监害怕极了，大声喊叫起来。不一会儿，来了好几个太监，都吓得要命。见悬在空中的太监离地太远，就赶快登上楼去看，只见葛藤的一端系在窗棂上，想解开葛藤把人救下来，但葛藤太细，不敢用力，到处寻找道人，已不知去向。众人束手无策，只好报告了鲁王。

鲁王来到一看，也感到很奇怪，下令在楼下铺上茅草和棉絮，然后再把葛藤弄断。刚把茅草和棉絮铺好，葛藤"嘣"的一声自己断了，太监掉在地上，原来离地面不过一尺。人们相视大笑。

鲁王下令查访道人住在什么地方，听说住在尚秀才家中，派人询问，道人出游还没回来。随即，差人在回府的途中遇到了道人，就领着他来见鲁王。鲁王设下酒宴，请道人入座，并请他变戏法。道人说："我本是草野之民，没有什么能耐，既然承蒙王爷优待宠爱，我就斗胆献上一台戏为大王祝寿吧！"于是从袖中掏出一个美女，放在地上。美女向鲁王磕头以后，道人命她演《瑶池宴》这出戏，祝福鲁王万寿无疆。美女念完了开场白，道人又从袖中掏出一个女子，女子自称王母娘娘。一小会儿，董双成、许飞琼等许多仙女，一个个地出来。最后织女出来了，献上一件天衣，金光灿烂，光辉照映全室。鲁王怀疑是假的，要拿过来观看。道人急忙说："不可以。"鲁王不听，最后还是要过来看了，果然是无缝的天衣，不是人工能够缝制出来的。道人不高兴地说："我竭尽诚心侍奉大王，暂时从织女那儿借来天衣，现在被浊气污染了，怎么还给主人呀！"

鲁王又以为那些唱歌演戏的女子必定是仙女，想留下一二人在身边，但仔细一看，原来都是自己宫中的乐妓。又怀疑她们演唱的曲子不是原来就会的，一问，果然茫然无知。道人把天衣放在火上烧了一烧，然后放在衣袖内，再一看他的袖内，天衣已经没有了。

鲁王因此特别器重道人，让他住在府内。道人说："我这山野人的性情，看这宫殿就如同笼子一样，不如住在秀才家自由。"每当半夜时分，必定回到秀才家中。有时鲁王坚决挽留他，也就住下来，总是在筵席上变出不当时令的花木作为游戏。鲁王问："听说仙人也不能忘记男女之情，是吗？"道人回答说："也许仙人是那样吧！臣不是仙人，所以心如枯木一样啊！"

一天夜里，道人住在王府，鲁王派了一名年轻的歌妓去试探他。歌妓进入道人住的屋子，喊了几声也没人答应，点上灯一看，只见道人闭目坐在床上，用手摇一摇，道人睁一下眼又闭上了，再摇，道人则打起了鼾声。用手一推，随手而倒，躺在床上鼾声如雷。弹弹道人的额头，像碰到坚硬的东西，发出敲击铁锅的声音。歌妓回去报告了鲁王。鲁王让人用针去扎，针扎不进，用手去推，重得不可摇动。让十多个人把道人抬起来扔到床下，好像千斤巨石落地一般。天亮去看，道人仍睡在地上。道人醒后笑着说："好一场恶睡，掉到床下都不知道啊！"后来一些女子每当在道人打坐时，就按道人来开玩笑，刚按时他的身体还是软的，再按就如同铁石一样硬了。道人住在尚秀才家，经常到半夜还不回来，秀才就锁上了门，到早晨打开门时，道人已经睡在卧室内了。

当初，尚秀才与一名卖唱的女子惠哥相好，二人发誓要结为夫妇。惠哥歌唱得很好，乐器也弹奏得不错。鲁王听到她的名声，把她召入王府来侍奉自己，于是和尚秀才无缘相见了。尚秀才经常想念她，苦于没人通个消息。有一天，尚秀才问道人："你见到惠哥没有？"道人说："王府的歌姬我都见到了，只是不知道哪个是惠哥。"尚秀才描述了她的容貌，说了她的年龄，道人就想起来了。尚秀才求道人转告一句，道人笑着说："我是世外之人，不能为你鸿雁传书啊！"尚秀才不停地哀求，道人把袖子展开说："你一定要见惠哥，请进袖里来吧！"尚秀才往袖里一看，里面像屋子那样大。伏下身进去，里边明亮宽绰，像厅堂一样，桌椅床凳，样样俱全。住在里边，一点儿也不憋闷烦恼。

道儿进了王府，和鲁王下棋，看到惠哥来了，装作用袍袖拂尘，袖子一挥，惠哥已进入了袖中，周围的人什么也没有看到。尚秀才正独坐沉思时，忽然看到一位美人从房檐上掉下来，一看，原来是惠哥，两人万分惊喜，亲热备至。尚秀才说："今日这段奇缘，不能不记下来，咱俩合作一首诗吧！"尚秀才提笔在墙上写道："侯门似海久无踪。"惠哥续写："谁识萧郎今又逢。"尚秀才又写："袖里乾坤真个大。"惠哥续写："离人思妇尽包容。"刚书写完毕，忽然进来五个人，戴着八角冠，穿着淡红衣，仔细一看，都不认识。五人一语不发，把惠哥抓走了。尚秀才又惊又怕，不知是怎么回事。

道人回到尚秀才家后，叫尚秀才从袖中出来，问他会见惠哥的事情，尚秀才隐瞒了一些事，没有全部讲出来。道人微笑着，把道袍脱下来，翻过袖子让尚秀才看。尚秀才仔细一看，隐隐约约有字迹，像虮子般大小，原来是他们题写的诗句。

又过了十几天，尚秀才又请求进入袖中和惠哥相见，前后共见了三次。惠哥对尚秀才说："我腹中的胎儿已经在动了，我很忧愁，经常用带子束住腰。王府中耳目众多，如果一旦临产，哪里容得下孩儿的哭声呢？快和巩仙人商量一下，见我三次叉腰的时候，请他救一救我。"尚秀才答应了。回家见到道人，跪地行礼不起。道人把他拉起来说："你们所说的话，我已经知道了。请你们不要发愁，你家传宗接代就靠这个孩子了，我怎敢不竭尽全力呢？但从此以后你就不要进去了，我所以报答你的，原本不在儿女私情上啊！"

过了几个月，道人从外边回来，笑着说："我把公子给带来了，赶快把包孩子的小被子拿来！"尚秀才的妻子非常贤惠，年龄已近三十，生了几个孩子，只活下来一个儿子。这时刚生了一个女儿，出了满月就死了。听尚秀才说有个儿子，其妻惊喜地从屋内出来。道人从袖中抱出婴儿，孩子还酣然而睡，脐带还没有断呢。尚妻把孩子接过来，孩子才"呱呱"地哭起来。道人把道袍解下来说："产血粘在衣服上，道家是最忌讳的。今天我为了您，穿了二十年的道袍只好抛弃了。"尚秀才为他换了一件衣服。道人嘱咐说："旧道袍不要扔，把一小块烧成灰，可以治疗难产，堕下死胎。"尚秀才听从他的话把道袍收藏起来。

道人在尚秀才家又住了很久，忽然告诉尚秀才说："你收藏的道袍，要留一点儿自己用，我死后也不要忘记这件事。"尚秀才认为道人的话不吉利，道人也没再说什么就走了。道人进王府对鲁王说："臣要死了！"鲁王吃惊地问怎么回事，道人说："这是有定数的，也没什么可说的了。"鲁王不相信，坚留道人住在府中。二人刚下了一盘棋，道人急忙站起来要走，鲁王又不让他走。请求到外面的屋子去，鲁王答应了。道人跑到屋里就躺下了，一看，已经死了。鲁王为他备下棺木，以礼安葬。尚秀才到坟前痛哭，十分哀伤，这时才醒悟道人原来的话是预先告诉他。

道人留下的道袍用来催生，十分灵验，来尚家求药的人一个接一个。开始时尚秀才把沾了血的部分给人，后来剪下衣襟、领子，照样有效。尚秀才听了道人的嘱咐，怀疑妻子将来会有难产，就剪下手掌大的一块沾血的道袍，珍藏起来。恰遇鲁王的爱妃生孩子，三天也没有生下来，医生也束手无策了，有人把尚生的事报告了鲁王，鲁王立即把尚秀才召来，爱妃只吃了一次袍灰，孩子就生下来了。鲁王大喜，赠给尚秀才许多白银和彩缎。尚秀才一概辞退不要。鲁王问他想要什么，尚秀才说："臣不敢说。"鲁王一再催他讲出来，他才跪地磕头说："如果王爷开恩，把以前的歌妓惠哥赐给我，我就心满意足了。"鲁王把惠哥叫来，问她的年龄，惠哥说："妾十八岁时入府，至今已十四年了。"鲁王觉得她年岁大了，就把所有的歌女都叫来，任凭尚秀才自己挑选。尚秀才一个都不喜欢。鲁王笑着说："真是个呆头呆脑的书生啊！难道十年前你们订下婚约了吗？"尚秀才把实情告诉了鲁王，鲁王庄重地为他准备了车马，仍把他推辞不要的白银、彩缎送给他，作为惠哥的嫁妆，送他们回家。

惠哥所生的儿子，名叫秀生，也就是袖生的意思，这时他已经十一岁了。经常想起道人的恩情，清明就去上坟扫墓。

有一位长时间住在四川的客人，在道上遇到了巩道人，道人拿出一卷书来，说："这是鲁王府内的东西，我来四川时比较仓猝，没有时间归还，就烦劳你捎回去吧！"客人回来，听说道人已死，不敢把此事报告鲁王。尚秀才替他禀奏上去，鲁王打开一看，果然是道人借去的书。对道人的死发生了怀疑，打开道人的坟墓，一看棺材是空的。后来，尚秀才的大儿子很年轻就死了，幸亏有秀生承继。因此更加佩服巩道人有未卜先知之明。

异史氏说：袖里乾坤，是古人的寓言罢了，难道真有这样的事吗？这是何等奇怪的事情呀！袖中有天地，有日月，还可以在里边娶妻生子，而且没有交税役的苦恼，没有人们各种纠纷的烦恼。那么袖子里的虮子虱子就如同桃花源中的鸡犬了。如果容许人在里边长住，在那里住到死也是可以的啊！

［何守奇］道士之袖，可谓一芥纳须弥矣。"袖里乾坤大"，信然。

二商

【原文】

莒人商姓者，兄富而弟贫，邻垣而居。康熙间，岁大凶，弟朝夕不自给。一日，日向午，尚未举火，枵腹蹀躞，无以为计。妻令往告兄，商曰："无益。脱兄怜我贫也，当早有以处此矣。"妻固强之，商便使其子往，少顷空手而返。商曰："何如哉！"妻详问阿伯云何，子曰："伯踌躇目视伯母，伯母告我曰：'兄弟析

居，有饭各食，谁复能相顾也。’”夫妻无言，暂以残盎败榻，少易糠秕而生。

里中三四恶少，窥大商饶足，夜逾垣入。夫妻惊寤，鸣盥器而号。邻人共嫉之，无援者。不得已疾呼二商，商闻嫂鸣欲趋救，妻止之，大声对嫂曰：“兄弟析居，有祸各受，谁复能相顾也！”俄，盗破扉，执大商及妇炮烙之，呼声綦惨。二商曰：“彼固无情，焉有坐视兄死而不救者！”率子越垣，大声疾呼。二商父子故武勇，人所畏惧，又恐惊致他援，盗乃去。视兄嫂两股焦灼，扶榻上，招集婢仆。乃归。

大商虽被创，而金帛无所亡失，谓妻曰：“今所遗留，悉出弟赐，宜分给之。”妻曰：“汝有好兄弟，不受此苦矣！”商乃不言。二商家绝食，谓兄必有一报，久之寂不闻。妇不能待，使子捉囊往从贷，得斗粟而返。妇怒其少，欲反之，二商止之。逾两月，贫馁愈不可支。二商曰：“今无术可以谋生，不如鬻宅于兄。兄恐我他去，或不受券而恤焉，未可知；纵或不然，得十余金，亦可存活。”妻以为然，遣子操券诣大商。大商告之妇，且曰：“弟即不仁，我手足也。彼去则我孤立，不如反其券而周之。”妻曰：“不然。彼言去，挟我也；果尔，则适堕其谋。世间无兄弟者，便都死却耶？我高葺墙垣，亦足自固。不如受其券，从所适，亦可以广吾芒。”计定，令二商押署券尾，付直而去。二商于是徙居邻村。

乡中不逞之徒，闻二商去，又攻之。复执大商，搒楚并兼，梏毒惨至，所有金资，悉以赎命。盗临去，开廪呼村中贫者，恣所取，顷刻都尽。次日二商始闻，及奔视，则兄已昏愦不能语，开目见弟，但以手抓床席而已。少顷遂死。二商忿诉邑宰。盗首逃窜，莫可缉获。盗粟者百余人，皆里中贫民，州守亦莫如何。

大商遗幼子，才五岁，家既贫，往往自投叔所，数日不归；送之归，则啼不止。二商妇颇不加青眼。二商曰：“渠父不义，其子何罪？”因市蒸饼数枚，自送之。过数日，又避妻子，阴负斗粟于嫂，使养儿。如此以为常。又数年，大商卖其田宅，母得直足自给，二商乃不复至。后岁大饥，道殣相望，二商食指益

繁，不能他顾。侄年十五，荏弱不能操业，使携篮从兄货胡饼。一夜梦兄至，颜色惨戚曰："余惑于妇言，遂失手足之义。弟不念前嫌，增我汗羞。所卖故宅，今尚空闲，宜僦居之。屋后蓬颗下，藏有窖金，发之可以小阜。使丑儿相从，长舌妇余甚恨之，勿顾也。"既醒，异之。以重直啗第主，始得就，果发得五百金。从此弃贱业，使兄弟设肆廛间。侄颇慧，记算无讹，又诚悫，凡出入，一锱铢必告。二商益爱之。一日泣为母请粟，商妻欲勿与，二商念其孝，按月廪给之。数年家益富。大商妇病死，二商亦老，乃析侄，家资割半与之。

异史氏曰："闻大商一介不轻取与，亦狷洁自好者也。然妇言是听，愦愦不置一词，恝情骨肉，卒以吝死。呜呼！亦何怪哉！二商以贫始，以素封终。为人何所长？但不甚遵阃教耳。呜呼！一行不同，而人品遂异。"

【译文】

莒县有姓商的兄弟，哥哥家里富足，弟弟贫穷，两家隔墙而居。康熙年间，发生了大灾荒，弟弟家连早晚两顿饭也吃不上。一天，已快到中午了，商老二家还没有做饭，饿得走来晃去，也没有办法。妻子让他去向哥哥求告，商老二说："没用，如果哥哥可怜咱们穷苦，早就会给咱们想办法了。"妻子坚持让他去，他便让儿子去了。一小会儿，儿子空着手回来了。商老二问："怎么样啊？"妻子又详细问儿子伯父都说了些什么话。儿子说："伯父犹犹豫豫，眼睛直看着伯母，伯母对我说：'兄弟已经分居，有饭各人吃各人的，谁还顾得了谁啊！'"商老二夫妻听了这话默默不语，暂时把家中的破烂家具换了点儿糠秕来吃。

村里有三四个恶棍，看到商老大有钱，夜里翻墙进了院子。商老大夫妻从梦中惊醒，赶快敲着盆子大声呼喊。邻居们都痛恨他们，没有来救援的。不得已，他们只好赶忙去喊商老二。商老二听到嫂子呼救，想立刻就去。老二的妻子拦住他不让他去，大声对嫂子说："兄弟已经分居，有祸各人承受，谁还顾得了谁啊！"不一会儿，强盗打破了老大的家门，把老大和他妻子捆起来，用烧红的烙铁来烙。老大两口子的叫声十分悲惨。商老二说："他们固然无情，但也不能坐视哥哥死而不救啊！"于是领着儿子跳过墙去，大声疾呼。老二父子本来就勇敢有力气，人们有所畏惧，盗贼又怕引来别人援救，就都跑了。老二一看兄嫂，两条腿都被烙焦了。他把兄嫂扶到床上，把丫鬟仆人都叫回来，然后才回家。

商老大虽然受了伤，但财产没有什么损失。老大对妻子说："现在留下的这些财产，全是弟弟给保留的，应该分给他一些。"妻子说："你要有个好兄弟，也不至于受这个苦了。"老大也就不说话了。老二家又没粮食吃了，心想这次哥哥必定会有报答。过了好久，也没有动静。老二的妻子等不得，叫儿子提着口袋去老大家借粮。儿子拿回来一斗小米。老二的妻子嫌少，气得要送回去，被老二制止了。

过了两个月，老二贫穷得支持不住了，老二说："现在没有别的办法谋生，

不如把房子卖给哥哥。哥哥如果怕我离他远去，或许不要咱的房契而能帮助点儿也未可知，即使不这样，我们能得十几两银子，也可以活下去。”妻子觉得很有道理，就让儿子带着房契去见老大。商老大把这事告诉了妻子，并且说：“弟弟即使不好，也是我的亲手足啊！他走了我们就孤立了，不如把房契还给他，周济他一些钱财。”老大妻子说：“你说得不对，他说要走，实际是威胁我们；如果按你说的办，恰恰中了他的计。世上没有兄弟的人，便都死了不成？我们把墙修得高高的，足以自卫。不如留下他的房契，任凭他到别处去，还可以扩大我们的住宅。”商量定了，让商老二在房契上画了押，给了房钱，就让他们走了。商老二于是搬到了邻村。

原来村中的那些流氓恶棍，听说商老二搬走了，又闯进商老大家，把商老大捆起来，又抽又打，用了各种刑罚，十分悲惨。家中所有的钱财都给了强盗用来赎命。强盗临走时，打开粮仓，呼喊村中的穷人任意来拿，顷刻之间，粮食就被拿光了。第二天，商老二才听说了这件事，跑去一看，哥哥已神智不清，不能说话，睁开眼看了看弟弟，只是用手抓了抓床席，不一会儿就死了。

商老二愤怒地到县衙告状，为首的强盗已经逃窜，无法捉拿。抢米的老百姓有百余人，都是村里的贫民，官府也无可奈何。商老大留下的儿子才五岁，家里已经穷了，孩子往往自己跑到叔叔家，住了几天都不愿回去，要送他走，他就啼哭不止。商老二的妻子也没有好脸色，老二说：“他父亲不义，儿子有什么罪？”就买了几个蒸饼，亲自把孩子送回去。过了几天，又避开妻子，暗中背了一斗米送给嫂子，让他抚养儿子。这样做，已成了常事。

又过了几年，商老大家把田地房屋都卖了，老大的妻子得了钱，足以自给，老二才不到老大家去。后来有一年，又闹灾荒，路上经常看到饿死的人，商老二家人口也多了，顾不上照顾别人。商老大的儿子十五岁了，身体很弱，干不了营生，就让他提个篮子跟着叔叔家的哥哥卖烧饼。

一天夜里，商老二梦见哥哥来了，面容凄惨地对他说：“我误听了你嫂子的话，以致失去了兄弟情义。弟弟你不记前嫌，真让我羞愧啊！卖掉的那座老房子，现在还空闲着，你赶快去租来住进去，屋后的草棵子下，藏有一窖银子，挖出来，可以小富，让我那不成器的儿子跟随你吧，那个长舌妇我很恨她，就不要管她了。”老二醒后，感到很奇怪，出了高价向房主租房，才住进了老房子，果然挖出了五百两银子。

从此以后，不再让儿子和侄儿卖烧饼，让他们兄弟在街上开了一间店铺。侄儿很聪明，记账算钱都不出差错，又诚实谨慎，凡是银钱出入，一文钱也向叔叔禀告，商老二更加喜欢这个侄儿。有一天，侄儿哭着请求叔叔给他母亲一点儿米，老二的妻子不想给，老二看侄儿孝顺，就按月给嫂嫂一些钱粮。过了几年，商老二家更加富裕。商老大的妻子病死了，商老二也老了，就和侄儿分家另过，把一半家产给了侄儿。

异史氏说：听说商老大一文钱也不轻易收取或送人，也是一个洁身自好的人。但他一味听从老婆的话，糊里糊涂不辨是非，对骨肉兄弟冷淡无情，最后因吝啬而死。唉！这有什么可奇怪的呢？商老二开始贫穷，后来终于富贵，他为人有什么长处呢？只是不一味听从老婆的话罢了。唉，行为不同，而人品高低就不一样了。

[何守奇] 读赞，知阃教之不可遵也如是。

[但明伦] 妇有长舌，为厉之阶，古今所同慨叹也。女子纯阴，其性疑。习惯自然，终身莫解。贤媛懿德，固史不绝书：而彼妇之见，翻覆云雨，颠倒是非，狃以为常，牢不可破·虽未必尽然，而亦恒有之

沂水秀才

【原文】

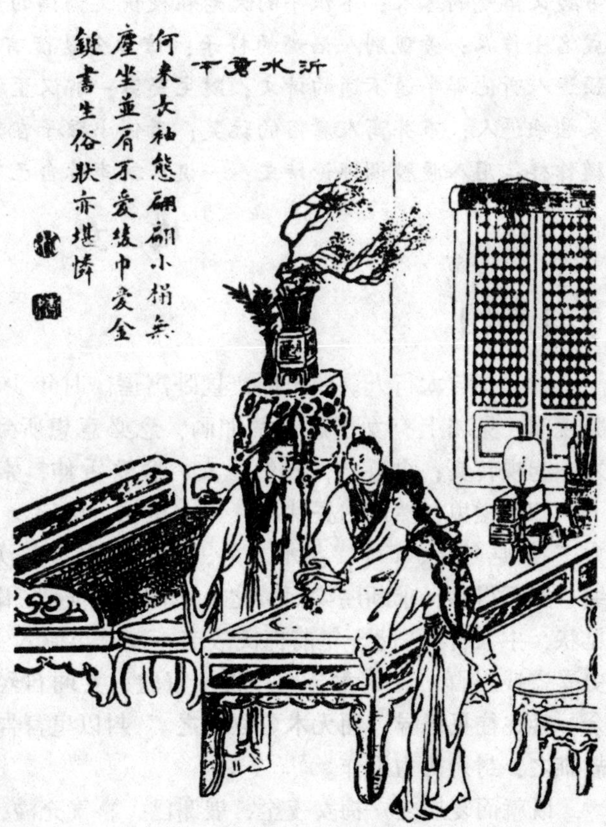

沂水某秀才，课业山中。夜有二美人入，含笑不言，各以长袖拂榻。相将坐，衣软无声。少间一美人起，以白绫巾展几上，上有草书三四行，亦未尝审其何词。一美人置白金一铤. 可三四两许，秀才掇内袖中。美人取巾，握手笑出，曰：“俗不可耐！”秀才扪金则乌有矣。丽人在坐，投以芳泽，置不顾，而金是取，是乞儿相也，尚可耐哉！狐子可儿，雅态可想。

友人言此，并思不可耐事，附志之：对酸俗客。市井人作文语。富贵态状。秀才装名士。旁观谄态。信口谎言不倦。揖坐苦让上下。歪诗文强人观听。财奴哭穷。醉人歪缠。作满洲调。体气若逼人语。市井恶谑。任憨儿登筵抓肴果。假人余威装模样。歪科甲谈诗文。语次频称贵戚。

【译文】

沂水地方的一个秀才，在山中读书。夜里来了两个美女，含笑不言，各自用长袖拂了拂床，一起坐下来，衣料柔软，没有一点儿声音。

一会儿，一个美女站起来，把一块白绫子铺在桌子上，绫子上有三四行草书，秀才也没细看写的是什么字。另一个美人放在案上一块银子，大约有三四两重。秀才把银子收入袖中，美女把白绫子收起来，两人拉着手笑着出去了，临走说了句："俗不可耐。"秀才摸摸袖中的银子，已经没有了。

美女在座，送来美好的东西，秀才弃而不顾，见到银子立即收起，这是乞儿的行径啊，怎让人忍受呢！狐仙这可爱的人儿，文雅的神态可以让人想见。

友人说到这件事，我又想到一些让人不能忍受的事，附记下来：面对那些又穷酸又俗气的客人；不识字的大老粗硬说文诌诌的话；做出富贵的样子；秀才装成名士作派；旁观别人谄媚的样子；信口全是谎言；没完没了地作揖谦让座次；强迫人听他那半通不通的诗文；财主哭穷；醉汉歪缠；汉人作满人腔调；说出话来咄咄逼人；市井商人庸俗的玩笑；听任小孩子在筵席上抓东西吃；狐假虎威装模作样；用八股腔调评论诗文；一说话就声称自己有富贵的亲戚。

梅女

【原文】

封云亭，太行人。偶至郡，昼卧寓屋。时年少丧偶，岑寂之下，颇有所思。凝视间，见墙上有女子影依稀如画，念必意想所致，而久之不动，亦不灭，异之。起视转真；再近之，俨然少女，容蹙舌伸，索环秀领，惊顾未已，冉冉欲下。知为缢鬼，然以白昼壮胆，不大畏怯。语曰："娘子如有奇冤，小生可以极力。"影居然下，曰："萍水之人，何敢遽以重务浼君子。但泉下槁骸，舌不得缩，索不得除，求断屋梁而焚之，恩同山岳矣。"诺之，遂灭。呼主人来，问所见状，主人言："此十年前梅氏故宅，夜有小偷入室，为梅所执，送诣典史。典史受盗钱三百，诬其女与通，将拘审验，女闻自经。后梅夫妻相继卒，宅归于余。客往往见怪异，而无术可以靖之。"封以鬼言告主人，计毁舍易楹，费不赀，故难之，封乃协力助作。

既就而复居之。梅女夜至，展谢已，喜气充溢，姿态嫣然。封爱悦之，欲与为欢。瞒然而惭曰："阴惨之气，非但不为君利，若此之为，则生前之垢，西江不可濯矣。会合有时，今日尚未。"问："何时？"但笑不言。封问："饮乎？"答曰："不饮。"封曰："坐对佳人，闷眼相看，亦复何味？"女曰："妾生平戏技，惟谙打马。但两人寥落，夜深又苦无局。今长夜莫遣，聊与君为交线之戏。"封从之。促膝戟指，翻变良久，封迷乱不知所从，女辄口道而颐指之，愈出愈幻，

不穷于术。封笑曰：“此闺房之绝技。”女曰：“此妾自悟，但有双线，即可成文，人自不之察耳。”更阑颇怠，强使就寝，曰：“我阴人不寐，请自休。妾少解按摩之术，愿尽技能，以侑清梦。”封从其请。女叠掌为之轻按，自顶及踵皆遍；手所经，骨若醉。既而握指细擂，如以团絮相触状，体畅舒不可言：擂至腰，口目皆慵；至股，则沉沉睡去矣。

及醒，日已向午，觉骨节轻和，殊于往日。心益爱慕，绕屋而呼之，并无响应。日夕，女始至，封曰：“卿居何所，使我呼欲遍？”曰：“鬼无所，要在地下。”问：“地下有隙可容身乎?’，曰：“鬼不见地，犹鱼不见水也。”封握腕曰：“使卿而活，当破产购致之。”女笑曰：“无须破产。”戏至半夜，封苦逼之。女曰：“君勿缠我。有浙娼爱卿者，新寓北邻，颇极风致。明夕招与俱来，聊以自代，若何?”封允之。次夕，果与一少妇同至，年近三十已来，眉目流转，隐含荡意。三人狎坐，打马为戏。局终，女起曰：“嘉会方殷，我且去。”封欲挽之，飘然已逝。两人登榻，于飞甚乐。诘其家世，则含糊不以尽道，但曰：“郎如爱妾，当以指弹北壁，微呼曰：‘壶卢子’，即至。三呼不应，可知不暇，勿更招也。”天晓，入北壁隙中而去。次日女来，封问爱卿，女曰：“被高公子招去侑酒，以故不得来。”因而剪烛共话。女每欲有所言，吻已启而辄止；固诘之，终不肯言，欷嘘而已。封强与作戏，四漏始去。自此二女频来，笑声彻宵旦，因而城社悉闻。

典史某，亦浙之世族，嫡室以私仆被黜。继娶顾氏，深相爱好，期月天殂，心甚悼之。闻封有灵鬼，欲以问冥世之缘，遂跨马造封。封初不肯承，某力求不已。封设筵与坐，诺为招鬼妓。日及曛，叩壁而呼，三声未已，爱卿即入。举头见客，色变欲走；封以身横阻之。某审视，大怒，投以巨碗，溘然而灭。封大惊，不解其故，方将致诘。俄暗室中一老妪出，大骂曰：“贪鄙贼！坏我家钱树子！三十贯索要偿也!”以杖击某，中颅。某抱首而哀曰：“此顾氏，我妻也！

少年而殒，方切哀痛，不图为鬼不贞。于姥乎何与？”妪怒曰：“汝本浙江一无赖贼，买得条乌角带，鼻骨倒竖矣！汝居官有何黑白？袖有三百钱便而翁也！神怒人怨，死期已迫。汝父母代哀冥司，愿以爱媳入青楼，代汝偿贪债，不知耶？”言已又击，某宛转哀鸣。方惊诧无从救解，旋见梅女自房中出，张目吐舌，颜色变异，近以长簪刺其耳。封惊极，以身障客。女愤不已，封劝曰：“某即有罪，倘死于寓所，则咎在小生。请少存投鼠之忌。”女乃曳妪曰：“暂假余息。为我顾封郎也。”某张皇鼠窜而去。至署患脑痛，中夜遂毙。

次夜，女出笑曰：“痛快！恶气出矣！”问：“何仇怨？”女曰：“曩已言之：受贿诬奸，衔恨已久。每欲浼君一为昭雪，自愧无纤毫之德，故将言而辄止。适闻纷拏，窃以伺听，不意其仇人也。”封讶曰：“此即诬卿者耶？”曰：“彼典史于此十有八年，妾冤殁十六寒暑矣。”问：“妪为谁？”曰：“老娼也。”又问爱卿，曰：“卧病耳。”因𫐐然曰：“妾昔谓会合有期，今真不远矣。君尝愿破家相赎，犹记否？”封曰：“今日犹此心也。”女曰：“实告君：妾殁日，已投生延安展孝廉家。徒以大怨未伸，故迁延于是。请以新帛作鬼囊，俾妾得附君以往，就展氏求婚，计必允谐。”封虑势分悬殊，恐将不遂。女曰：“但去无忧。”封从其言。女嘱曰：“途中慎勿相唤；待合卺之夕，以囊挂新人首，急呼曰：‘勿忘勿忘！’”封诺之。才启囊，女跳身已入。

携至延安，访之，果有展孝廉，生一女，貌极端好，但病痴，又常以舌出唇外，类犬喘日。年十六岁无问名者，父母忧念成疼。封到门投刺，具通族阀。既退，托媒。展喜，赘封于家。女痴绝，不知为礼，使两婢扶曳归室。群婢既去，女解衿露乳，对封憨笑。封覆囊呼之，女停眸审顾，似有疑思。封笑曰：“卿不识小生耶？”举之囊而示之。女乃悟，急掩衿，喜共燕笑。诘旦，封入谒岳。展慰之曰：“痴女无知，既承青眷，君倘有意，家中慧婢不乏，仆不靳相赠。”封力辨其不痴，展疑之。无何女至，举止皆佳，因大惊异。女但掩口微笑。展细诘之，女进退而惭于言，封为略述梗概。展大喜，爱悦逾于平时。使子大成与婿同学，供给丰备。年余，大成渐厌薄之，因而郎舅不相能，厮仆亦刻疵其短。展惑于浸润，礼稍懈。女觉之，谓封曰：“岳家不可久居；凡久居者，尽阘茸也。及今未大决裂，宜速归！”封然之，告展。展欲留女，女不可。父兄尽怒，不给舆马，女自出妆资贯马归。后展招令归宁，女固辞不往。后封举孝廉，始通庆好。

异史氏曰：“官卑者愈贪，其常情然乎？三百诬奸，夜气之牿亡尽矣。夺嘉偶，入青楼，卒用暴死。吁！可畏哉！”

康熙甲子，贝丘典史最贪诈，民咸怨之。忽其妻被狡者诱与偕亡。或代悬招状云：“某官因自己不慎，走失夫人一名。身无余物，止有红绫七尺，包裹元宝一枚，翘边细纹，并无阙坏。”亦风流之小报也。

【译文】

封云亭是太行人。偶然来到郡城，白天在寓所内休息。当时正年少丧妻，孤单寂寞之时，不觉情思绵绵。正对着墙壁出神，见墙上有个女人身影，模模糊糊好像一张画。他想，很可能是自己思虑过度而产生的幻觉。可是过了好一会儿，那画像不动，也不灭。封云亭感到很奇怪，站起来看，女子的形象更清楚了。再走近一看，确实是个少女，愁眉苦脸，伸着舌头，秀美的脖颈上还套着一条绳索。封云亭吃了一惊，还在看着，那少女好像要从墙上走下来。他知道这是个吊死鬼，但因为大白天胆壮，不太害怕，就对女子说："小娘子如果有奇冤，我可以极力帮助你。"墙上的人影居然走下来，说："我和您萍水相逢，怎敢冒然以大事麻烦您呢。但我九泉下的尸骸，舌头缩不回去，脖子上的绳索拿不下来，求您把这屋梁弄断烧掉，对我就恩重如山了。"

封云亭答应了她，那少女立刻不见了。封云亭把房主叫来，告诉他见到的事，并问是怎么回事。主人说："这座房子十年前是梅家的住宅，夜里有小偷入室，被梅家抓住了，送到县衙典史处理。典史收受了小偷三百钱的贿赂，诬陷梅家的女儿和小偷通奸，还要传到公堂上审问，梅家姑娘听到后上吊而死。后来梅氏夫妇相继去世，这座宅子就归了我。客人往往能看到一些怪异的事情，但没法消除。"

封云亭把鬼的话告诉了主人，商议拆房换梁，费用太多，有些为难。封云亭就出钱出力帮助改建，建成后还住在这间屋里。梅女夜里又来了，道谢完毕，脸上充满了喜气，姿态妩媚。封云亭十分喜爱梅女，想与她同床共枕，梅女惭愧地说："如果现在和你结合在一起，不仅我身上的阴惨之气对你不利，若做出这种行为，那我生前遭受的污辱，倾尽西江之水也洗不清了。你我结合有期，现在还不到时候。"封云亭问："什么时候？"梅女笑而不答。封云亭又问："喝酒吗？"梅女说："不喝。"封云亭说："面对佳人，闷眼相看，还有什么趣味呀？"梅女说："我一生对于游戏，只会玩'打马'这种纸牌游戏，但两人玩太没意思，夜深又难以玩完一局，现在漫漫长夜无可消遣，我就和你玩用线翻股的游戏吧！"

封云亭听从了梅女的话，二人促膝而坐，翘起手指翻起股来，翻了好久，翻出很多花样，封云亭迷惑了，不知如何翻。梅女一边讲一边用下巴颏指示，愈变愈奇，花样不断。封云亭笑着说："真是闺房的绝技啊！"梅女说："这是我自己悟出来的，只要有两根线，就可变出各种花样，人们只是没有仔细钻研罢了。"夜深了，二人都很疲倦，封云亭非要梅女一起就寝，梅女说："我们阴间人不睡觉，请你自己睡吧。我稍会一点儿按摩术，愿尽我的本事，帮你进入梦乡。"封云亭同意了她的请求。梅女两手相叠，轻轻给他按摩，从头顶到脚跟都按摩遍了，手所经过的地方，舒服得骨头都酥了一样。接着梅女又握拳轻轻地捶，好像棉花团挨着一样，浑身舒畅得难以形容。捶到腰部时，封云亭眼也懒得睁，嘴也懒得张，捶到大腿时，就沉沉睡着了。

封云亭一觉醒来，天已快到晌午，只觉得浑身骨节轻松，和往日大不相同。心中对梅女更加爱慕，绕着屋子喊她，没有人答应。太阳落山时，梅女才来。封云亭说："你住在什么地方，让我到处呼喊？"梅女说："鬼没有固定的住处，大多都在地下。"封云亭问："难道地下有缝隙可以容身吗？"梅女说："鬼看不到地，就和鱼儿看不到水一样。"封云亭握着梅女的手腕说："假如你能复活，我就是倾家荡产也要把你娶来。"梅女笑着说："不需要倾家荡产。"两人说笑到半夜，封云亭苦苦求梅女和他同寝。梅女说："你不要缠我，有个浙江的妓女叫爱卿的，刚住到我的北边，很有风韵。明天晚上，让她和我一起来，让她替我陪你，怎么样？"封云亭答应了。

第二天晚上，果然有一位少妇和梅女一同来，少妇约有三十岁左右，眉目流转，隐含着一种轻佻的神气。三人亲热地坐在一起，玩起了"打马"的游戏，一局终了，梅女站起来说："美好的相会真让人高兴，我暂且先回去了。"封云亭想要挽留，梅女飘然已逝。封云亭和爱卿上床就寝，男欢女爱，竭尽欢乐。封云亭问爱卿的家世，她含含糊糊不肯说明，只是说："郎君如果喜欢我，只要用手指弹弹北墙，小声呼唤'壶卢子'，我立刻就到。喊三次我还没来，就是我没空暇，就不要再呼唤我了。"天亮时，爱卿由北墙的缝隙里走了。

第二天，梅女来，封云亭打听爱卿，梅女说："被高公子叫去陪酒了，因此不能来。"两人就在灯下说话。梅女总好像要说什么话，嘴已经张开要讲，却又停止了。封云亭再三追问，梅女始终不肯说，只是低声地叹息不已。封云亭尽力与她玩笑嬉戏，四更过后，梅女才离去。

从此以后，梅女和爱卿经常到封云亭的住处来，欢笑之声通宵达旦，因而城里的人都知道了这件事。衙门中有位典史，也是浙江的名门望族，他的妻子和仆人私通被他休回了娘家。又娶了顾氏为妻，两人感情很好。不料刚过了一个月顾氏就死了，典史很怀念她。听说封云亭家中有灵鬼，想问问自己能否和顾氏再结冥世之缘。于是骑马来拜访封云亭。开始时封云亭不想管他的事，但典史不停地请求，封云亭就摆下酒席让他入座，答应把鬼妓召来。黄昏时，封云亭叩了叩北墙呼唤，还没呼到三声，爱卿就进来了。爱卿抬头看到典史，脸色立刻变了，转身要走，封云亭连忙用身体把她挡住。典史仔细一看，大怒，拿起一个大碗向爱卿砸去，爱卿一下子就不见了。封云亭大吃一惊，不知是什么缘故，刚想询问，这时在暗室中走出一个老太太，大骂典史说："你这个贪婪卑鄙的贼，坏了我家的摇钱树，你要出三十贯钱赔偿我！"用手中的拐杖向典史打去，正打在典史的头上。典史抱头痛苦地说："这女人是顾氏，是我的妻子。年纪很轻就死了，我正悲痛得不得了，没想到她成了鬼而不贞节。这事和您老有什么关系呀？"老太太怒冲冲地说："你本是浙江一个无赖贼，买了一个小官当，你就美得鼻孔朝天了！你当官分什么是非黑白？袖子里有三百文钱就是你老子！你弄得神怒人怨，死期眼看到了，你父母代你向阎王爷求情，愿意把他们心爱的媳妇送入青楼，替你偿还那些贪心债，你难道不知道吗？"说完又用拐杖打起来。典史痛得倒地哀号。封云亭惊诧万分而又无法解救，这时就看到梅女从房中出来了，瞪着眼，吐着舌头，脸色变得怕人，走近典史，用长簪子扎他的耳朵。封云亭十分吃惊，就用身子挡住了典史。梅女愤恨不已，封云亭劝她说：“他即使有罪，如果死在我的寓所内，就要归罪于我了。投鼠忌器，请为我想一想吧。”梅女这才拉开老太太说：“暂时留他一条命，为了我，不要连累封郎啊！”这时典史仓皇抱头鼠窜而去，跑回衙门，因头痛难忍，半夜就死了。

第二天夜里，梅女出来笑着说：“真痛快！这口恶气可出了！”封云亭问：“你和他有什么仇怨？”梅女说：“从前我和你说过，官府接受贿赂诬陷我有奸情，我含恨很久了。我常想求你，帮我洗冤昭雪，但又自愧对你无丝毫好处，所以欲言又止。正巧听到你屋中的吵闹声，暗中偷听窥视，不想正是我的仇人。”封云亭惊讶地说：“这就是诬陷你的那个人啊？”梅女说：“他在这里当典史，已经十八年了，我含冤而死也已十六个寒暑了。”封云亭又问：“那老太太是谁？”梅女说：“是个老妓女。”封云亭又问爱卿怎么样了，梅女说：“生病了。”梅女嫣然一笑说：“我以前曾说咱俩会合有期，现在真的不远了。你曾说愿倾家荡产来娶我，还记得吗？”封云亭说：“今天我还是这个心思啊！”梅女说：“实话对你说吧，我死的那天，已投生到延安展孝廉家，只因怨仇未报，所以拖延到今天还在这里。请你用新绸子做个装鬼的口袋，使我能跟随你一起走。你到展氏家求婚，肯定一说就会答应。”封云亭担心自己和展孝廉家地位悬殊，恐怕不会答应。梅女说：“放心去吧，不要担忧。”封云亭听从了她的话。梅女嘱咐说：“在路上千万不要呼唤我，等到新婚之夜，你把这个装我鬼魂的袋子挂在新娘子的头上，急呼‘勿忘勿忘！’”封云亭记下了，他刚打开袋子，梅女就跳了进去。

封云亭携带着口袋来到延安，一打听，果然有个展孝廉，他生有一个女儿，容貌非常美丽，但得了痴呆病，又常常把舌头伸在唇外，就像暑天狗热得喘气一样。已经十六岁了，没有人来提亲，父母愁得都得了病。封云亭到展家门口递上了名片，见面后介绍了自己的家世。回来后，就请媒人去提亲。展孝廉很高兴，就招赘封云亭为女婿。展女痴呆病很严重，不知礼节，展家就让两个婢女把她扶人新房。婢女走后，展女解衣露乳，对着封云亭傻笑。封云亭把装着梅女鬼魂的口袋蒙在展女头上，喊着“勿忘勿忘”。展女注目仔细看了看封云亭，好像在思索什么，封云亭笑着说：“你不认识我了吗？”举起口袋让她看了看，展女于是明白过来，赶快掩上衣襟，两人高兴地谈笑着……

第二天早晨，封云亭去拜见岳父，展孝廉安慰他说：“我那个傻女儿什么也不懂，既然承蒙你看得上她，你如果有意，家中有不少聪慧的丫鬟，我会毫不吝惜地送给你。”封云亭极力辩白展女不痴呆，展孝廉感到很疑惑。不一会儿，展女来了，举止都很得体，展孝廉大为惊奇。展女只是掩着口微笑。展孝廉仔细盘问，展女犹犹豫豫，羞于开口。封云亭便把事情的大概叙述了一下。展孝廉听了非常高兴，对女儿更加疼爱，让儿子展大成与女婿一起读书，一切供给都很丰盛。

过了一年多，展大成对封云亭渐渐有点儿厌烦，郎舅二人越来越不和，仆人们也对封云亭吹毛求疵说长道短。展孝廉听了别人的谗言，对封云亭也不如以前好了。展女觉察了，就对封云亭说："岳父家不可久住，凡是长住在岳父家的，都是无能之辈。趁现在还没撕破脸皮，应该赶快回家。"封云亭感到展女说得很对，就告诉展孝廉要带展女回家。展孝廉想把女儿留下来，女儿不同意。展氏父子大为恼怒，不给预备车马。展女拿出自己的嫁妆雇了车马回去。后来展孝廉又捎信让女儿回娘家，展女坚决不回去。后来封云亭中了举人，两家才又有了来往。

异史氏说：官位越低的人越贪婪，难道真是人之常情吗？那个典史为了三百钱而诬陷别人通奸，纯正的道德已丧失尽了。上天夺去了他美丽的妻子，又让他美丽的妻子在阴间成了妓女，而典史自己也因祸暴死。唉！这样的报应也实在可怕呀！

康熙甲子年间，山东贝丘的典史最为贪婪狡诈，老百姓都非常怨恨他。忽然他的妻子被坏人拐骗走了，有人代他贴了一张寻人启事："某官因自己不慎，走失夫人一名，身上没有带什么东西，只有红绫七尺，包裹着元宝一枚，翘边细纹，并无缺损之处。"也是一份风流小报。

[何守奇] 青蚨三百，所获几何？至妻入青楼，犹不能代偿贪债，孰谓冥可欺乎哉！

[但明伦] 乌角带实费资本得来，焉得不贪？但未见有如三百诬奸，毫无天良之至于此者。嘉耦入青楼，卒用暴死，当头棒喝，挽回得多少贞妇，成全了多少善终。

郭秀才

【原文】

东粤士人郭某，暮自友人归，入山迷路，窜榛莽中。约更许，闻山头笑语，急趋之，见十余人藉地饮。望见郭，哄然曰："坐中正欠一客，大佳，大佳！"郭既坐，见诸客半儒巾，便请指迷。一人笑曰："君真酸腐！舍此明月不赏，何求道路？"即飞一觥来。郭饮之，芳香射鼻，一引遂尽。又一人持壶倾注。郭故善饮，又复奔驰吻燥，一举十觞。众人大赞曰："豪哉！真吾友也！"郭放达喜谑，能学禽语，无不酷肖。离坐起溲，窃作燕子鸣。众疑曰："半夜何得此耶？"又效杜鹃，众益疑。郭坐，但笑不言。方纷议间，郭回首为鹦鹉鸣曰："郭秀才醉矣，送他归也！"众惊听，寂不复闻；少顷又作之。既而悟其为郭，始大笑。皆撮口从学，无一能者。

一人曰："可惜青娘子未至。"又一人曰："中秋还集于此，郭先生不可不

来。”郭敬诺。一人起曰：“客有绝技，我等亦献踏肩之戏，若何？”于是哗然并起。前一人挺身矗立；即有一人飞登肩上，亦矗立；累至四人，高不可登；继至者，攀肩踏臂如缘梯状。十余人顷刻都尽，望之可接霄汉。方惊顾间，挺然倒地，化为修道一线。郭骇立良久，遵道得归。

翼日腹大痛，溺绿色似铜青，着物能染，亦无溺气，三日乃已。往验故处，则肴骨狼藉，四围丛莽，并无道路。至中秋郭欲赴约，朋友谏止之。设斗胆再往一会青娘子，必更有异，惜乎其见之摇也！

【译文】

广东有个姓郭的读书人，傍晚从朋友家归来，在山里迷了路，走进了树丛中。到一更天的时候，听到山头有笑声，急忙跑过去。看见有十几个人，坐在地上喝酒。看见郭秀才，吵吵嚷嚷地说：“我们这儿正缺少一个客人，太好了，太好了！”

郭秀才坐下以后，见这些客人大多都戴着秀才帽子，便请他们给指指路。一个人笑着说：“你真酸腐，舍弃这样的明月不赏，还求人指什么路！”说着递过一杯酒来。郭秀才一喝，觉得芳香扑鼻，一口气就喝干了。另一个人拿来酒壶又给他斟满。郭秀才本来就喜欢饮酒，又因为在山中奔走，口干舌燥，一连喝了十大杯。众人大为称赞说：“好酒量啊！真是我们的朋友啊！”

郭秀才为人不拘礼法，又喜欢开玩笑，能学鸟叫，学得惟妙惟肖。他起身去小便，暗中学燕子叫。众人听到叫声疑惑地说：“半夜怎么会有燕子叫呢？”郭秀才又模仿杜鹃的声音，众人更加疑惑。郭秀才坐下以后，只是笑而不言，大家正纷纷议论时，郭秀才扭过头去学鹦鹉声说：“郭秀才醉了，送他回家吧！”众人听到吃了一惊，再听又没有声音了。过了一会儿，郭秀才又学了一次，这时大家才明白是郭秀才学的鸟叫，一齐“哈哈”大笑起来。大家都撮着口跟郭秀才学鸟叫，没有一个学的像的。一个人说：“可惜青娘子没有来。”另一个人说：“中秋节我们还在这里聚会，郭先生不能不来。”郭秀才郑重地答应了。

这时，又有一个人站起来说：“客人有这样的绝技，我们也献上一个叠罗汉，怎么样？”于是，人们连说带笑地站起来，便有一个人走上前挺身站立，立即有一个人飞快地登到他的肩上，也站直了。连续上了四个人，叠得很高，人不能一

下子登上去，以后的人攀着肩膀，踏着胳膊，好像登梯子一样，十多个人全都上去了，看上去高可接天。郭秀才正惊讶地观看，这十几个人突然直挺挺地倒在地上，变成了一条长长的道路。郭秀才吃惊地站立了很长时间，才顺着这条道回了家。

第二天，肚子疼得厉害，尿全是绿色，像铜锈似的，碰到的东西都染成了绿色，也没有尿臊气，三天才没有绿尿。到他们共同喝酒的地方去看，只见剩骨头剩菜扔了满地，四周围全是杂草树木，根本没有道路。中秋节到了，郭秀才想去赴约，朋友把他劝住了。假如他大着胆子再去，会一会青娘子，必然会有更稀奇的事情，可惜他的主意改变了。

［何守奇］郭秀才学诸禽言，放诞可想。

死 僧

【原文】

某道士云游，日暮投止野寺。见僧房扃闭，遂藉蒲团，趺坐廊下。夜既静，闻启阖声，旋见一僧来，浑身血污，目中若不见道士，道士亦若不见之。僧直入殿登佛座，抱拂头而笑，久之乃去。及明视室，门扃如故。怪之，入村道所见。众如寺发扃验之，则僧杀死在地，室中席箧掀腾，知为盗劫。疑鬼笑有因；共验佛首，见脑后有微痕，刓之，内藏三十余金。遂用以葬之。

异史氏曰："谚有之：'财连于命。'不虚哉！夫人俭啬封殖，以予所不知谁何之人，亦已痴矣；况僧并不知谁何之人而无之哉！生不肯享，死犹顾而笑之，财奴之可叹如此。佛云：'一文将不去，惟有孽随身。'其僧之谓夫！"

【译文】

有个道士，各处云游，一天傍晚在郊外一座寺庙借宿。只见僧房的门锁着，他就找来一个蒲团，坐在廊下打坐。

夜深人静，道士听到开关门的声音，旋即看到一个和尚走进来，浑身是血，好像没有看见道士，道士也装作没看见他。和尚一直走进殿内，登上佛座，抱着佛头而笑。过了好久，才离去。

天亮了，道士看看僧房，门照旧锁着。他感到很奇怪，到村里把见到的情况说了。村里人赶快到寺里来，打开锁一看，和尚被杀死在地上，屋里的箱子席子都被掀开翻得乱七八糟，知道是被盗贼抢劫了。人们又怀疑鬼笑还有什么缘故，共同去查看佛像头，只见脑后有细微的痕迹，挖开_看，里边藏着三十多两银子。于是，就用这笔钱把和尚安葬了。

异史氏说：谚语说："财和命相连。"这话真是不假啊！有人俭朴吝啬，拼命攒钱，却不知道留给什么样的人，也是太傻了。何况和尚连那个不知道的什么样的人也没有呀！活着的时候不肯享受，死后还看着那些钱笑，守财奴让人可叹到了这种地步。佛说：“死后一文钱带不走，只有罪孽随身带。”说的不就是这个僧人吗？

阿英

【原文】

甘玉字璧人，庐陵人，父母早丧。遗弟珏字双璧，始五岁，从兄鞠养。玉性友爱，抚弟如子。后珏渐长，丰姿秀出，又惠能文。玉益爱之，每曰：“吾弟表表，不可以无良匹。”然简拔过刻，姻卒不就。

适读书匡山僧寺，夜初就枕，闻窗外有女子声。窥之，见三四女郎席地坐，数婢陈肴酒，皆殊色也。一女曰：“秦娘子，阿英何不来？”下座者曰：“昨自函谷来，被恶人伤右臂，不能同游，方用恨恨。”一女曰：“前宵一梦大恶，今犹汗悸。”下座者摇手曰：“莫道，莫道！今宵姊妹欢会，言之吓人不快。”女笑曰：“婢子何胆怯尔尔！便有虎狼衔去耶？若要勿言，须歌一曲，为娘行侑酒。”女低吟曰：“闲阶桃花取次开，昨日踏青小约未应乖。付嘱东邻女伴少待莫相催，着得凤头鞋子即当来。”吟罢，一座无不叹赏。

谈笑间，忽一伟丈夫岸然自外入，鹘睛荧荧，其貌狞丑。众啼曰：“妖至矣！”仓卒哄然，殆如鸟散。惟歌者婀娜不前，被执哀啼，强与支撑。丈夫吼怒，龁手断指，就便嚼食。女郎踣地若死。玉怜恻不可复忍，乃急袖剑拔关出，挥之中股；股落，负痛逃去。扶女入室，面如尘土，血淋衿袖，验其手则右拇断矣，裂帛代裹之。女始呻曰：“拯命之德，将何以报？”玉自初窥时，心已隐为弟谋，因告以意。女曰：“狼疾之人，不能操箕帚矣。当别为贤仲图之。”诘其姓氏，答言：“秦氏。”玉乃展衾，俾暂休养，自乃襆被他所。晓而

视之，则床已空，意其自归。而访察近村，殊少此姓；广托戚朋，并无确耗。归与弟言，悔恨若失。

珏一日偶游涂野，遇一二八女郎，姿致娟娟，顾之微笑，似将有言。因以秋波四顾而后问曰："君甘家二郎否？"曰："然。"曰："君家尊曾与妾有婚姻之约，何今日欲背前盟，另订秦家？"珏云："小生幼孤，夙好都不曾闻，请言族阀，归当问兄。"女曰："无须细道，但得一言，妾当自至。"珏以未禀兄命为辞，女笑曰："騃郎君！遂如此怕哥子耶？妾陆氏，居东山望村。三日内当候玉音。"乃别而去。珏归，述诸兄嫂。兄曰："此大谬语！父殁时，我二十余岁，倘有是说，那得不闻？"又以其独行旷野，遂与男儿交语，愈益鄙之。因问其貌，珏红彻面颈不出一言。嫂笑曰："想是佳人。"玉曰："童子何辨妍媸？纵美，必不及秦；待秦氏不谐，图之未晚。"珏默而退。

逾数日，玉在途，见一女子零涕前行，垂鞭按辔而微睨之，人世殆无其匹。使仆诘焉，答曰："我旧许甘家二郎；因家贫远徙，遂绝耗问。近方归，复闻郎家二三其德，背弃前盟。往问伯伯甘璧人，焉置妾也？"玉惊喜曰："甘璧人，即我是也。先人曩约，实所不知。去家不远，请即归谋。"乃下骑授辔，步御以归。女自言："小字阿英，家无昆季，惟外姊秦氏同居。"始悟丽者即其人也。玉欲告诸其家，女固止之。窃喜弟得佳妇，然恐其佻达招议。久之，女殊矜庄，又娇婉善言。母事嫂，嫂亦雅爱慕之。

值中秋，夫妻方狎宴，嫂招之，珏意怅惘。女遣招者先行，约以继至；而端坐笑言良久，殊无去志。珏恐嫂待久，故连促之。女但笑，卒不复去。质旦，晨妆甫竟，嫂自来抚问："夜来相对，何尔怏怏？"女微哂之。珏觉有异，质对参差，嫂大骇："苟非妖物，何得有分身术？"玉亦惧，隔帘而告之曰："家世积德，曾无怨仇。如其妖也，请速行，幸勿杀吾弟！"女靦然曰："妾本非人，只以阿翁夙盟，故秦家姊以此劝驾。自分不能育男女，尝欲辞去，所以恋恋者，为兄嫂待我不薄耳。今既见疑，请从此诀。"转眼化为鹦鹉，翩然逝矣。

初，甘翁在时，蓄一鹦鹉甚慧，尝自投饵。时珏四五岁，问："饲鸟何为？"父戏曰："将以为汝妇。"间鹦鹉乏食，则呼珏云："不将饵去，饿煞媳妇矣！"家人亦皆以此为戏。后断锁亡去。始悟旧约云即此也。然珏明知非人，而思之不置；嫂悬情尤切，旦夕啜泣。玉悔之而无如何。

后二年为弟聘姜氏女，意终不自得。有表兄为粤司李，玉往省之，久不归。适土寇为乱，近村里落，半为丘墟。珏大惧，率家人避山谷。山上男女颇杂，都不知其谁何。忽闻女子小语，绝类英，嫂促珏近验之，果英。珏喜极，捉臂不释，女乃谓同行者曰："姊且去，我望嫂嫂来。"既至，嫂望见悲哽。女慰劝再三，又谓："此非乐土。"因劝令归。众惧寇至，女固言："不妨。"乃相将俱归。女撮土拦户，嘱安居勿出，坐数语，反身欲去。嫂急握其腕，又令两婢捉左右足，女不得已，止焉。然不甚归私室；珏订之三四，始为之一往。嫂每谓新妇不

能当叔意。女遂早起为姜理妆，梳竟，细匀铅黄，人视之，艳增数倍；如此三日，居然丽人。嫂奇之，因言："我又无子。欲购一妾，姑未遑暇。不知婢辈可涂泽否?"女曰："无人不可转移，但质美者易为力耳。"遂遍相诸婢，惟一黑丑者，有宜男相。乃唤与洗濯，已而以浓粉杂药末涂之，如是三日，面色渐黄；四七日，脂泽沁入肌理，居然可观。日惟闭门作笑，并不计及兵火。

一夜，噪声四起，举家不知所谋。俄闻门外人马鸣动，纷纷俱去。既明，始知村中焚掠殆尽；盗纵群队穷搜，凡伏匿岩穴者悉被杀掳。遂益德女，目之以神。女忽谓嫂曰："妾此来，徒以嫂义难忘，聊分离乱之忧。阿伯行至，妾在此，如谚所云，非李非桃，可笑人也。我姑去，当乘间一相望耳。"嫂问："行人无恙乎?"曰："近中有大难。此无与他人事，秦家姊受恩奢，意必报之，固当无妨。"嫂挽之过宿，未明已去。

玉自东粤归，闻乱，兼程进。途遇寇，主仆弃马，各以金束腰间，潜身丛棘中。一秦吉了飞集棘上，展翼覆之。视其足，缺一指，心异之。俄而群盗四合，绕莽殆遍，似寻之。二人气不敢息。盗既散，鸟始翔去。既归，各道所见，始知秦吉了即所救丽者也。

后值玉他出不归，英必暮至；计玉将归而早出。珏或会于嫂所，间邀之，则诺而不赴。一夕玉他往，珏意英必至，潜伏候之。未几英果来，暴起，要遮而归于室。女曰："妾与君情缘已尽，强合之，恐为造物所忌。少留有余，时作一面之会，如何?"珏不听，卒与狎。天明诣嫂，嫂怪之。女笑云："中途为强寇所劫，劳嫂悬望矣。"数语趋出。

居无何，有巨狸衔鹦鹉经寝门过。嫂骇绝，固疑是英。时方沐，辍洗急号，群起噪击，始得之。左翼沾血，奄存余息。抱置膝头，抚摩良久，始渐醒。自以喙理其翼。少选，飞绕室中，呼曰："嫂嫂，别矣！吾怨珏也!"振翼遂去，不复来。

【译文】

甘玉，字璧人，是庐陵地方人。父母早丧，留下一个弟弟叫甘珏，字双璧，当时只有五岁，由哥哥抚养。甘玉对弟弟特别友爱，如同对自己的孩子一样。后来甘珏渐渐长大成人，人才出众，又聪明会写文章。甘玉更加喜爱弟弟，经常说："我弟人材出众，不能不找个好媳妇。"然而挑选的太厉害了，一直也未能成婚。

当甘玉在匡山僧寺读书时，有一天晚上刚刚躺下，就听到窗外有女子说话的声音。偷偷一看，看到三四个少女席地而坐，有几个丫鬟在端酒上菜，长得都非常漂亮。一个少女说："秦娘子，阿英为何不来?"坐在下座的女子说："昨天从函谷关来，被恶人打伤了右臂，不能和大家一起游玩，正气得要命呢!"另一位女子说："昨天晚上我做了一个恶梦，现在想起来还吓得直流汗呢!"在下座的女子摇着手说："不要说了，不要说了，今宵我们姊妹欢乐地会聚在一起，说那些可怕的事情叫人不愉快。"那个女子说："这丫头怎么这样胆小，难道会有虎

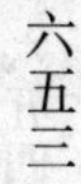

狼把你叼走？要想不让我们说，必须唱首歌，为姊妹们喝酒助兴。”女子低声唱道：

闲阶桃花取次开，昨日踏青小约未应乖。付嘱东邻女伴少待莫相催，着得凤头

鞋子即当来。唱完，满座的人都大加赞叹。

正谈笑间，忽然一个高个子男人从外边气昂昂地走进来，鼓鼓的眼珠子还直冒光，那模样又丑又可怕。女人们哭喊着说：“妖怪来了！”仓猝间如鸟兽散。只有唱歌的少女体态柔弱，没能跑走，被那怪人抓住，拚命挣扎。那怪人发怒吼叫，咬断了少女的手指，便嚼着吃了。少女倒地昏死过去。甘玉怜惜少女，心中怒不可忍，急忙抽出宝剑冲上前去，宝剑一挥，砍在怪人的大腿上，怪人受伤逃走。甘玉将少女扶进屋内，只见她面如尘土，鲜血染红了衣袖，一看她的手，右手拇指已断。甘玉撕块布替她裹上。这时少女呻吟着说：“救命的大恩，将怎样报答呢？”

甘玉刚看到这些少女时，心中已想替弟弟选一个媳妇，因此把自己的想法告诉了少女。少女说：“我受到这样的伤害，已经不能操持家务了，我会另替你弟弟物色一个。”甘玉问她的姓氏，她回答说：“姓秦。”甘玉替她铺好被子，让她好好休养，自己拿着被子到别处去了。天亮过来一看，床已空了，心想女子自己回家去了。但访察附近的村子，没有这个姓秦的女子，广托亲戚朋友，也无确切消息。回家与弟弟谈起这事，十分懊悔，如同失去了什么一样。

有一天，甘珏偶然到郊外去游玩，遇到一位十五六的少女，十分美丽，看着甘珏微笑，好像有什么话要说。接着用水汪汪的大眼睛向四周看了看，问道：“你是甘家的二郎吗？”甘珏说：“是的。”少女说：“您的父亲曾与我有约，聘我做你的妻子，为何今日背弃了前约，另和秦家订婚？”甘珏说：“我从小失去了父母，这门亲事我从未听说过，请说说你家的姓氏，我回去问问哥哥。”少女说：“不须细说，只要你愿意，我就会来到你家。”甘珏说还未禀告哥哥，不能马上答应。少女笑着说：“傻郎君，竟这样怕你哥哥吗？我姓陆，住在东山望村，三日内，等候你的佳音。”说完告别离去。

甘珏回到家中，把此事告诉了兄嫂。哥哥说：“她说的都是谎话，父亲去世时，我二十多岁了，如果有这样的事，我怎么没听说？”又因为这少女独自在旷野行走，又和男人随便交谈，更加鄙视她。又问女子的容貌，甘珏面红到脖颈，不说一句话。嫂嫂笑着说：“想必是个美貌女子。”甘玉说：“小孩子怎会辨别美丑，纵然美丽，也比不上秦氏，等秦氏的事不成，再考虑这个也不晚。”甘珏没说话回到自己房里去了。

过了几天，甘玉在路上看到一位女子，边哭边向前走。他勒住了缰绳用眼光瞄了一下，看到女子美丽非凡，简直人世无双。让仆人过去询问，女子回答说：“我曾经许配给甘家二郎，后因家贫搬到远处，就断绝了音信。最近我回来，听

到郎家不讲信用，要背弃婚约。我要前去问问大哥甘璧人，将我怎么办呢？”甘玉听后惊喜地说：“我就是甘璧人啊！老人订下的婚约，我实在不知道，这儿离家不远，请回家商量吧。”说着下了马，让女子骑上，他赶着马一起回家。

女子自我介绍说：“我的小名叫阿英，没有其他兄弟姐妹，只有表姐秦氏和我住在一起。”这时甘玉才明白，上次弟弟遇到的美丽女子就是她。甘玉想将婚姻之事告知阿英的家庭，阿英竭力阻止。心中又暗喜弟弟得到这样一个好媳妇，但又担心阿英为人轻佻，招人议论。时间久了，发现阿英举止非常庄重，又有少女的娇媚，还善于言谈。对待嫂嫂如同对母亲一样尊敬，嫂嫂也特别喜欢她。

中秋节那天，甘珏夫妻亲密地在一起宴饮，嫂嫂派人请阿英过去，甘珏不愿让妻子离开。阿英让叫她的人先走，说自己随后就来。但仍坐着谈笑，好长时间也没有去的意思。甘珏恐怕嫂嫂等的时候太久，因此连连催促阿英快去。阿英只是笑笑，最终也没去。

第二天早上，阿英刚梳洗完毕，嫂嫂走过来关心地问：“昨天夜里咱们在一起，为何显得闷闷不乐呢？”阿英没有说什么，只是微微一笑。甘珏觉得有些异常，双方讲的情况有了差异。嫂嫂大为惊骇，说：“如果不是妖怪，怎么会有分身术呢？”甘玉也很害怕，隔着门帘对阿英说：“我家世世代代都行善积德，没有和人积下怨仇。如果你是妖怪，请赶快走吧，请不要害我的弟弟！”阿英不好意思地说：“我本来不是人，只因为公爹给订了婚约，故此秦家姐姐也劝我来成亲。自知不能生男育女，曾经想离开，所以恋恋不走，是因为兄嫂待我不薄。现在既然对我有了怀疑，请从此分手吧！”说话之间，转眼变成了一只鹦鹉，翩翩飞走了。

当初，甘父在世时，家中养的一只鹦鹉很聪明，甘父经常亲自喂食。当时甘珏只有四五岁，问道：“养鸟干什么呀？”父亲逗他说：“给你做媳妇啊。”有时鹦鹉没有食了，就喊甘珏去喂，说：“再不去喂，饿死你的媳妇了！”家里人也用这些话和甘珏玩笑。后来锁链断了，鹦鹉飞走了。这次，才知道阿英所说的婚约就是这件事。甘珏明知阿英不是人，但无时无刻地思念着她，嫂嫂对阿英更加想念，日夜哭泣。甘玉很后悔，但也无可奈何。

过了两年，甘玉为弟弟娶了一位姓姜的姑娘，然而甘珏还是感到郁郁不乐。甘玉有个表兄在广东做官，甘玉去那里探望，去了很长时间没有回来。这时，正赶上闹土匪，附近的村庄大多成了废墟。甘珏十分害怕，也率领全家人逃到山谷。山谷中避难的男男女女很多，互相都不认识。忽然听到女子小声说话，声音特别像阿英。嫂嫂催促甘珏到跟前看一看，果然是阿英。甘珏高兴极了，抓住阿英的胳膊不放。阿英对她的同伴说：“姐姐先去，我看看嫂嫂就来。”来到嫂嫂面前，嫂嫂看见便伤心地哽噎哭泣。阿英再三劝慰，又说：“这里也不是安全的地方。”劝他们回家去。众人害怕强盗再来，阿英肯定地说：“不会有事。”于是大家一起回去了。阿英抓了一些土挡住大门，嘱咐家人好好住着不要出去。又坐

下嘱咐了几遍，转身要走。嫂嫂急忙握住她的手腕，又让两个丫鬟抓住她两只脚。阿英不得已，只好留下。然而不常回到卧室中，甘珏再三叮嘱，她才去一次。嫂嫂常同她说甘珏对新娶的姜氏感到不满意。于是阿英早晨起来就为姜氏梳妆打扮，梳好头，仔细为她搽粉化妆，人们一看，姜氏比以前漂亮了好几倍。这样经阿英打扮了三四天，居然变成了美人。嫂嫂感到很怪，就说："我没有生儿子，想给你大哥买个妾，还没来得及，不知在丫鬟中能否选一个打扮漂亮点儿？"阿英说："没有不能改变的人，但原本长相好的容易改变罢了。"于是把丫鬟们都看了一遍，只有一名长得又黑又丑的，有将来能生男孩的长相。就喊来让她洗了洗，接着用浓粉和各种药末给她涂在脸上。这样涂了三天，丫鬟的面孔逐渐由黑变黄，又过四天、七天，脂粉沁人肌肤里面，居然好看了。全家人每天只是关了门说笑，并不再想兵荒马乱的事。

一天夜里，忽听外面骚乱声四起，全家不知如何是好。不一会儿听到门外人喊马嘶，接着纷纷远去了。天亮以后，才知村里几乎被烧抢光，强盗又分成小股到处搜查，凡是躲藏在山谷中的人，不是被杀就是被掳。于是全家人更加感激阿英，把她看成了神人。阿英忽然对嫂嫂说："我这次来，只是因为难忘嫂嫂的情义，帮你分担一些离乱中的忧愁。大哥就要回来了，我在这里，就如同谚语所说：非桃非李，成了一个可笑的人。我姑且回去，以后有空就来看望嫂嫂。"嫂嫂问："你大哥在路上不会有事吧？"阿英说："在路上有大难，但和其他人没有关系。秦家姐姐受过哥哥大恩，一定会报答的，所以不会有什么事。"嫂嫂挽留阿英再住一宿，天还没亮她就走了。

甘玉从广东回来时，听到家乡兵荒马乱，日夜兼程往家赶。路上遇到土匪，主仆扔下马，把银子缠在腰上，躲藏在荆棘丛中。一只秦吉了鸟飞落在荆棘上，展翅遮住他们主仆二人。甘玉一看鸟足，缺一个脚趾，心中很奇怪。接着强盗从四面围了上来，绕着荆棘丛搜查，好像在寻找他们，二人连气也不敢出。强盗散去后，秦吉了才飞走。

甘玉回到家中，他与家中人各自叙述了双方的遭遇，才知道秦吉了鸟就是甘玉曾经救过的美丽少女。以后凡遇到甘玉外出不回家时，阿英晚上必来，估计甘玉将要回来，就早早走了。甘珏有时在嫂嫂屋里遇到阿英，乘机请她到自己屋里去，阿英答应了却不去。一天夜里，甘玉又到别处去了，甘珏估计阿英一定会来，就躲藏起来等候。不一会儿，阿英果然来了，甘珏突然走出来，拦住阿英回到自己的卧室。阿英说："我和你的情缘已经尽了，勉强再结合在一起，恐怕上天会怪罪。如果稍留余地，不时还能见上一面，怎么样？"甘珏不听，最终还是住在了一起。天亮时，去见嫂嫂，嫂嫂奇怪夜间怎么不来。阿英笑着说："中途遭到强盗打劫，让嫂嫂惦念了。"说了几句话就急忙走了。

过了不久，有一只大猫叼着一只鹦鹉经过嫂嫂房门口。嫂嫂吓得要命，暗想肯定是阿英。当时正在洗发，急忙停止，大声呼叫。家里人一起连喊带打，才夺回了鹦鹉。只见鹦鹉的左翼沾着血，只存一点儿气息。嫂嫂把它放在膝上，抚摸了好久，鹦鹉才苏醒过来。它自己用嘴梳理着翅膀，过了一会儿，在屋内飞了一圈，呼叫道：“嫂嫂，别了，我怨恨甘珏呀！”说完鼓起双翅飞走了，再也没有回来。

［何守奇］守义报德，禽鸟亦犹人。独易丑为美一节，尤无可解耳。

橘 树

【原文】

陕西刘公为兴化令，有道士来献盆树，视之，则小橘细裁如指，摈弗受。刘有幼女，时六七岁，适值初度。道士云：“此不足供大人清玩。聊祝女公子福寿耳。”乃受之。女一见，不胜爱悦，置诸闺闼，朝夕护之惟恐伤。刘任满，橘盈把矣，是年初结实。简装将行，以橘重赘，谋弃之。女抱树娇啼。家人绐之曰：“暂去。且将复来。”女信之，涕始止。又恐为大力者负之而去，立视家人移栽墀下，乃行。

女归，受庄氏聘。庄丙戌登进士，释褐为兴化令，夫人大喜。窃意十余年，橘不复存；及至，则橘已十围，实累累以千计。问之故役。皆云：“刘公去后，橘甚茂而不实，此其初结也。”更奇之。庄任三年，繁实不懈；第四年，憔悴无少华。夫人曰：“君任此不久矣。”至秋，果解任。

异史氏曰：“橘其有夙缘于女与？何遇之巧也。其实也似感恩，其不华也似伤离。物犹如此，而况于人乎？”

【译文】

陕西的刘先生，曾任兴化县令。有一位道士送来一棵盆栽的树，一看是一棵细如手指的橘树，推辞不要。刘知县有个小女儿，当时只有六七岁，正赶上过生日。道士说：“这个不配供大人

欣赏，聊为女公子祝寿吧！”刘知县这才收下。

女孩子一见，非常喜欢，放在闺房内，早晚精心护理，唯恐小树受到伤害。刘知县任职期满时，橘树已长到一把粗了，这年第一次结果。这时刘知县将整理行装离任，因橘树沉重累赘，打算扔下。女儿抱着橘树哭了起来，家人骗她说："我们只是暂时离开，不久还要回来。"女孩儿相信了，才停止了啼哭。又恐怕橘树被有力气的人给扛走，眼看着家里人把树栽在台阶下，全家才离开。

女儿回到家乡，后来聘为庄家的媳妇。庄家姑爷在丙戌年中了进士，被授于兴化县令。庄夫人大喜，心想已过去了十几年，橘树大概已不存在了。到了兴化，橘树已长成合抱的大树了，树上果实累累，大约有千数个。询问当年的衙役，他们都说："刘老爷走后，树长得很茂盛但不结果，这是第一次结果。"大家感到更是怪事。

庄知县在兴化任职三年，橘树年年果实累累。到第四年，树木憔悴没有开花。庄夫人对庄知县说："你在此当官的时间不会太长了。"到秋天，果然卸任了。

异史氏说：橘树难道和刘女有夙缘吗？事情为什么这么巧呢？橘树结果好像是在感恩，不开花好像在伤感离别。草木都如此，何况人呢？

［何守奇］献橘表异，道士游戏三昧耳。乃橘初实而刘女始去，橘再实而刘女复来，岂真为女公子作祥瑞耶？何缘之巧也？

牛成章

【原文】

牛成章，江西之布商也。娶郑氏，生子、女各一。牛三十三岁病死。子名忠，时方十二；女八九岁而已。母不能贞，货产入囊，改醮而去，遗两孤难以存济。有牛从嫂，年已六秩，贫寡无归，送与居处。数年妪死，家益替。而忠渐长，思继父业而苦无资。妹适毛姓，毛富贾也，女哀婿假数十金付兄。兄从人适金陵，途中遇寇，资斧尽丧，飘荡不能归。

偶趋典肆，见主肆者绝类其父，出而潜察之，姓字皆符，骇异不谕其故。惟日流连其旁，以窥意旨，而其人亦略不顾问。如此三日，觇其言笑举止，真父无讹。即又不敢拜识，乃自陈于群小，求以同乡之故，进身为佣。立券已，主人视其里居、姓氏，似有所动，问所从来。忠泣诉父名，主人怅然若失，久之，问："而母无恙乎？"忠又不敢谓父死，婉应曰："我父六年前经商不返，母醮而去。幸有伯母抚育，不然，葬沟渎久矣。"主人惨然曰："我即是汝父也。"于是握手悲哀。又导入参其后母。后母姬，年三十余，无出，得忠喜，设宴寝门。

牛终欷歔不乐，即欲一归故里。妻虑肆中乏人，故止之。牛乃率子纪理肆务。居之三月，乃以诸籍委子，取装西归。既别，忠实以父死告母，姬乃大惊，言："彼负贩于此，曩所与交好者留作当商，娶我已六年矣，何言死耶？"忠又细述之。相与疑念，不喻其由。逾一昼夜而牛已返，携一妇人，头如蓬葆，忠视之则其所生母也。牛摘耳顿骂："何弃吾儿！"妇慑伏不敢少动。牛以口龁其项，妇呼忠曰："儿救吾！儿救吾！"忠大不忍，横身蔽鬲其间。牛犹忿怒，妇已不见。众大惊，相哗以鬼。旋视牛，颜色惨变，委衣于地，化为黑气，亦寻灭矣。母子骇叹，举衣冠而瘗之。忠席父业，富有万金。后归家问之，则嫁母于是日死，一家皆见牛成章云。

【译文】

牛成章是江西的布商。娶妻郑氏，生了一子一女。他在三十三岁时生病死了，他的儿子名叫牛忠，当时才十二岁，女儿只有八九岁。郑氏不能守寡，把财产都据为已有，改嫁走了，丢下两个孤儿，难以生存。

牛成章有个叔伯嫂子，已经六十岁了，贫穷守寡，无依无靠，就与两个孩子一起生活。过了几年，嫂嫂死了，家中更穷愁潦倒。这时牛忠渐渐长大，想继承父业而苦于没有本钱。妹妹嫁给了毛家，毛家是个富商，妹妹哀求丈夫借给哥哥数十两银子。牛忠和别人一起到南京去贩布，路上遇到强盗，钱全部被抢走，飘泊异乡不能回家。

一天，牛忠偶然来到一家当铺，见掌柜的很像自己的父亲，出来后暗中打听，姓名也和父亲相同。他心中非常惊诧，不知是什么缘故。只是每天在当铺周围转游，暗中观察掌柜的动静，而掌柜的也不闻不问。这样过了三天，看掌柜的言谈举止，真就是自己的父亲，但又不敢去相认。于是通过当铺的小伙计，求掌柜的看在同乡的份上，让他到当铺当个佣人。立完契约，掌柜的看他的原籍、姓名，似乎有所触动，就问他从哪里来。牛忠哭着诉说了父亲的名字，掌柜的听后

怅然若失。过了好一会儿，掌柜的问："你的母亲好吗？"牛忠又不敢说父亲已死，婉转地回答说："我父亲六年前外出经商没有回家，母亲改嫁走了。幸亏有伯母抚育，不然，早就葬身沟壑了。"掌柜的悲伤地说："我就是你的父亲呀！"说着握着他的手哭了。又带他进去拜见了后娘。

后母姬氏，三十多岁，没生儿女，见到牛忠很高兴，在内室摆酒宴招待他。牛成章一直郁郁寡欢，很想回到故乡去。姬氏担心店里无人照看，阻止他回去，牛成章就领着儿子一起经营当铺。

过了三个月，牛成章把当铺交给儿子经营，他收拾好行装准备回乡。分别以后，牛忠把父亲已死的实情告诉了后母。姬氏听了大吃一惊，说："你父亲到这里做买卖，从前和他交情很好的人，挽留他做当铺生意。他娶我已经六年了，怎么说他已经死了呢？"牛忠又把详情说了一遍，两个人都疑虑重重，不明白其中的缘由。

过了一天一夜，牛成章回来了，带来了一个妇人，头发像乱草。牛忠一看，原来是自己的母亲。牛成章揪着女人的耳朵顿脚大骂："为什么抛弃我儿子？"女人吓得伏在地上不敢动。牛成章用嘴咬她的脖子。女人喊叫牛忠："儿子救救我！儿子救救我！"牛忠于心不忍，横身隔在父母之间。牛成章仍然愤恨不已，这时女人已不见了。

众人大惊，大嚷见到鬼了，再看看牛成章，面色变得很难看，衣服落在地上，他化作一团黑气，很快也不见了。牛忠和继母又惊又怕，把牛成章的衣帽收拾起来埋了。

牛忠继承了父亲的生意，赚了万贯家财。后来回故乡一问，改了嫁的母亲正是那天死的。全家人都看见了牛成章。

[何守奇] 足以警负心再醮者。

[但明伦] 子已十二，又有产可以抚之，乃不贞他适；又复货产入囊，弃两孤于膜外，其死宜矣。独怪牛已病殂，何又负贩金陵而再成家室，六七年间，终恝然置家不问也？待子言而后知，岂主典肆者果非鬼乎？藉曰非也，又何以一昼夜而往还千里，携妇而入，摘耳龁项，妇鬼灭而牛亦委衣为黑气也？然以千里之遥。数年之久，卒能正其弃儿之罪，转恨天下之鬼不如牛。

青娥

【原文】

霍桓字匡九，晋人也。父官县尉，早卒。遗生最幼，聪惠绝人，十一岁以神童入泮。而母过于爱惜，禁不令出庭户，年十三尚不能辨叔伯甥舅焉。

同里有武评事者，好道，入山不返。有女青娥，年十四，美异常伦。幼时窃读父书，慕何仙姑之为人，父既隐，立志不嫁，母无奈之。一日，生于门外瞥见之。童子虽无知，只觉爱之极，而不能言；直告母，使委禽焉。母知其不可，故难之，生郁郁不自得。母恐拂儿意，遂托往来者致意武，果不谐。

生行思坐筹，无以为计。会有一道士在门，手握小镵，长裁尺许，生借阅一过，问：“将何用?”答云：“此斸药之具，物虽微，坚石可入。”生未深信。道士即以斫墙上石，应手落如腐。生大异之，把玩不释于手，道士笑曰：“公子爱之，即以奉赠。”生大喜，酬之以钱，不受而去。持归，历试砖石，略无隔阂。顿念穴墙则美人可见，而不知其非法也。更定逾垣而出，直至武第，凡穴两重垣，始达中庭。见小厢中尚有灯火，伏窥之，则青娥卸晚装矣。少顷烛灭。寂无声，穿墉入，女已熟眠。轻解双履，悄然登榻，又恐女郎惊觉，必遭呵逐，遂潜伏绣褶之侧，略闻香息，心愿窃慰。而半夜经营，疲殆颇甚，少一合眸，不觉睡去。女醒，闻鼻气休休，开目见穴隙亮入。大骇，暗中拔关轻出，敲窗唤家人妇，共燕火操杖以往。则见一总角书生酣眠绣榻，细审识为霍生。推之始觉，遽起，目灼灼如流星，似亦不大畏惧，但靦然不作一语。众指为贼，恐呵之。始出涕曰：“我非贼，实以爱娘子故，愿以近芳泽耳。”众又疑穴数重垣，非童子所能者。生出镵以言其异，共试之，骇绝，讶为神授。将共告诸夫人，女俯首沉思，意似不以为可。众窥知女意，因曰：“此子声名门第，殊不辱玷。不如纵之使去，俾复求媒焉。诘旦，假盗以告夫人，如何也?”女不答。众乃促生行。生索镵，共笑曰：“骏儿童！犹不忘凶器耶?”生觑枕边，有凤钗一股，阴纳袖中。已为婢子所窥，急白之，女不言亦不怒。一媪拍颈曰：“莫道他骥，若意念乖绝也。”乃曳之，仍自窦中出。

既归，不敢实告母，但嘱母复媒致之。母不忍显拒，惟遍托媒氏，急为别觅

良姻。青娥知之，中情皇急，阴使腹心者风示媪。媪悦，托媒往。会小婢漏泄前事，武夫人辱之，不胜恚愤。媒至，益触其怒，以杖画地，骂生并及其母。媒惧窜归，具述其状。生母亦怒曰："不肖儿所为，我都懵懵。何遂以无礼相加！当交股时，何不将荡儿淫女一并杀却？"由是见其亲属，辄便披诉。女闻愧欲死，武夫人大悔，而不能禁之使勿言也。女阴使人婉致生母，且矢之以不他，其词悲切。母感之，乃不复言，而论亲之媒，亦遂辍矣。

会秦中欧公宰是邑，见生文，深器之，时召入内署，极意优宠。一日问生："婚乎？"答言："未。"细诘之，对曰："夙与故武评事女小有盟约，后以微嫌，遂致中寝。"问："犹愿之否？"生靦然不言，公笑曰："我当为子成之。"即委县尉教谕，纳币于武。夫人喜，婚乃定，逾岁娶女归。女入门，乃以镵掷地曰："此寇盗物，可将去！"生笑曰："勿忘媒妁。"珍佩之，恒不去身。女为人温良寡默，一日三朝其母，余惟闭门寂坐，不甚留心家务。母或以吊庆他往，则事事经纪，罔不井井。年余生一子孟仙，一切委之乳保，似亦不甚顾惜。又四五年，忽谓生曰："欢爱之缘，于兹八载。今离长会短，可将奈何！"生惊问之，即已默默，盛妆拜母，返身入室。追而诘之，则仰眠榻上而气绝矣。母子痛悼，购良材而葬之。

母已衰迈，每每抱子思母，如摧肺肝，由是遘病，遂惫不起。逆害饮食，但思鱼羹，而近地则无，百里外始可购致。时厮骑皆被差遣，生性纯孝，急不可待。怀资独往，昼夜无停趾。返至山中，日已沉冥，两足跛跨，步不能咫。后一叟至，问曰："足得毋泡乎？"生唯唯。叟便曳坐路隅，敲石取火，以纸裹药末熏生两足讫。试使行，不惟痛止，兼益矫健。感极申谢，叟问："何事汲汲？"答以母病，因历道所由。叟问："何不另娶？"答云："未得佳者。"叟遥指山村曰："此处有一佳人，倘能从我去，仆当为君作伐。"生辞以母病待鱼，姑不遑暇。叟乃拱手，约以异日入村，但问老王，乃别而去。

生归烹鱼献母，母略进，数日寻瘳。乃命仆马往寻叟，至旧处迷村所在。周章逾时，夕暾渐坠，山谷甚杂，又不可以极望。乃与仆分上山头，以瞻里落；而山径崎岖，苦不可复骑，跋履而上，昧色笼烟矣。蹀躞四望，更无村落。方将下山，而归路已迷，心中燥火如烧。荒窜间，冥堕绝壁，幸数尺下有一线荒台，坠卧其上，阔仅容身，下视黑不见底。惧极不敢少动。又幸崖边皆生小树，约体如栏。

移时，见足傍有小洞口，心窃喜，以背着石，螬行而入。意稍稳，冀天明可以呼救。少顷，深处有光如星点。渐近之，约三四里许，忽睹廊舍，并无釭烛，而光明若昼。一丽人自房中出，视之则青娥也。见生，惊曰："郎何能来？"生不暇陈，抱袪呜恻。女劝止之，问母及儿，生悉述苦况，女亦惨然。生曰："卿死年余，此得无冥间耶？"女曰："非也，此乃仙府。曩时非死，所瘗一竹杖耳。郎今来，仙缘有分也。"因导令朝父，则一修髯丈夫坐堂上，生趋拜。女曰："霍郎来。"翁惊起，握手略道平素。曰："婿来大好，分当留此。"生辞以母望，不能久留。翁曰："我亦知之。但迟三数日，即亦何伤。"乃饵以肴酒，即令婢设榻于西堂，施锦裀焉。生既退，约女同榻寝，女却之曰："此何处，可容狎亵？"生捉臂不舍。窗外婢子笑声嗤然，女益惭。方争拒间，翁入叱曰："俗骨污吾洞府！宜即去！"生素负气，愧不能忍，作色曰："儿女之情，人所不免，长者何当伺我？无难即去，但令女须便将去。"翁无辞，招女随之，启后户送之，赚生离门，父子阖扉去。

回首峭壁巉岩，无少隙缝，只影茕茕，罔所归适。视天上斜月高揭，星斗已稀。怅怅良久，悲已而恨，面壁叫号，迄无应者。愤极，腰中出镵，凿石攻进，瞬息洞入三四尺许。隐隐闻人语曰："孽障哉！"生奋力凿益急。忽洞底豁开二扉，推娥出曰："可去，可去！"壁即复合。女怨曰："既爱我为妇，岂有待丈人如此者？是何处老道士授汝凶器，将人缠混欲死？"生得女，意愿已慰，不复置辩，但忧路险难归。女折两枝，各跨其一，即化为马，行且驶，俄顷至家。时失生已七日矣。初，生之与仆相失也，觅之不得，归而告母。母遣人穷搜山谷，并无踪绪。正忧惶所，闻子自归，欢喜承迎。举首见妇，几骇绝。生略述之，母益忻慰。女以形迹诡异，虑骇物听，求即播迁，母从之。异郡有别业，刻期徙往，人莫之知。

偕居十八年，生一女，适同邑李氏。后母寿终。女谓生曰："吾家茅田中有雉抱八卵，其地可葬，汝父子扶榇归窆。儿已成立，宜即留守庐墓，无庸复来。"生从其言，葬后自返。月余孟仙往省之，而父母俱杳。问之老奴，则云："赴葬未还。"心知其异，浩叹而已。

孟仙文名甚噪，而困于场屋，四旬不售。后以拔贡入北闱，遇同号生，年可十七八，神采俊逸，爱之。视其卷，注顺天廪生霍仲仙。瞪目大骇，因自道姓名。仲仙亦异之，便问乡贯，孟悉告之。仲仙喜曰："弟赴都时，父嘱文场中如逢山右霍姓者，吾族也，宜与款接，今果然矣。顾何以名字相同如此？"孟仙因诘高、曾并严、慈姓讳，已而惊曰："是我父母也！"仲仙疑年齿之不类。孟仙曰："我父母皆仙人，何可以貌信其年岁乎？"因述往迹，仲仙始信。

场后不暇休息，命驾同归。才到门，家人迎告，是夜失太翁及夫人所在。两人大惊。仲仙入而询诸妇，妇言："昨夕尚共杯酒，母谓：'汝夫妇少不更事。明日大哥来，吾无虑矣。'早旦入室，则阒无人矣。"兄弟闻之，顿足悲哀。仲仙犹欲追觅，孟仙以为无益，乃止。是科仲领乡荐。以晋中祖墓所在，从兄而归。犹冀父母尚在人间，随在探访，而终无踪迹矣。

异史氏曰："钻穴眠榻，其意则痴；凿壁骂翁，其行则狂；仙人之撮合之者，惟欲以长生报其孝耳。然既混迹人间，狎生子女，则居而终焉，亦何不可？乃三十年而屡弃其子，抑独何哉？异已！"

【译文】

霍桓，字匡九，是山西人。父亲曾任县尉，早就去世了。霍桓是最小的儿

子，聪明过人。十一岁时，有了神童的名声，进入县学读书。但母亲对他过分地爱怜，禁止他走出家门，十三岁了还分辨不清叔叔、伯伯、外甥、舅舅。

同乡有个武评事，喜欢道术，进山修炼不再回家。他有个女儿青娥，十四岁了，异常美丽。小时偷偷地读父亲的道书，向往何仙姑的为人。父亲隐居深山后，青娥立志不出嫁，她母亲也无可奈何。

一天，霍桓在门外偶然看见了青娥，尽管他年少无知，还是觉得非常喜欢青娥，只是说不出来。回家后，把心思直接告诉了母亲，让她托媒人去提亲。霍母知道这是不可能的，因此很为难。霍桓心中闷闷不乐。霍母怕儿子不高兴，便托和武家有往来的人试着提一提，果然不成。霍桓无论干什么，都在想着这件事，但也没想出好办法。

有一天，正巧有位道士来到门前，手里握着一把小铲子，有一尺多长。霍桓借过小铲子看了看，说："这铲子做什么用？"道士回答说："这是挖药用的工具，东西虽小，但可挖动坚硬的石头。"霍桓不相信。道士就用铲子砍墙上的石头，那石头如腐烂了一样，应手而落。霍桓感到很惊奇，玩弄着小铲子爱不释手。道士笑着说："公子既然喜爱，那就送给你吧！"霍桓听了大喜，拿出钱来酬谢，道士不要，走了。

霍桓把铲子拿回家，多次用它铲砖头、石块，都很容易铲掉。他突然想，如果用铲子把墙铲个洞，就可以见到青娥了，但他却不知道这样做是非法的。打更以后，霍桓跳墙离了家，一直来到武家门外，打通了两道墙壁，到达到中庭，见小厢房里还有灯光，伏下身子窥视，只见青娥正在卸晚妆。一小会儿，灯灭了，静得没一点儿声音，霍桓穿墙进入屋内，青娥已经睡着了。霍桓轻轻地脱了鞋，悄悄地上了床，恐怕惊醒青娥，会遭到辱骂驱逐，于是蹑手蹑脚地躺在青娥的被子边，微微闻到青娥身上的香气，心愿也算满足了。但因忙碌了半夜，已十分疲倦，刚一合眼，不觉睡着了。

青娥醒来，听到有呼吸的声音，睁眼一看，从墙洞透出了亮光。青娥大吃一惊，急忙起来，暗中拔开门栓，轻轻地出了屋门，敲窗户叫醒了仆妇，手执灯火、棍棒一起来到青娥屋内。只见一个梳着两只抓髻的少年在青娥的床上酣睡，仔细一看，认得是霍桓，推推他，他才醒来，一骨碌坐起来，两只眼灼灼有神，看看这个，看看那个，似乎不怎么害怕，但也有些不好意思，不说一句话。众人骂他是贼，大声地呵斥他，他才哭着说："我不是贼，实在是因为喜爱小姐，愿意亲近亲近她。"众人又怀疑凿通了好几道墙，不是小孩子能干的。霍桓拿出小铲子说明它的神异。人们当场试验，惊奇万分，认为是神仙赐给的。

众人想将此事报告夫人，青娥低头沉思，好像不同意。众人看出了青娥的心意，于是说："这孩子的人品才学和门第，一点儿也不辱没我家，不如放他回去，让他请个媒人来求婚。天亮后，向老妇人撒个谎，说有贼来了，怎么样？"青娥没有回答。众人催促霍桓快走。霍桓索要铲子，众人笑道："傻小子，还不忘拿走凶器呀！”霍桓偷看枕边有一只凤钗，暗中收入袖中。这事已被一个小丫鬟看见，急忙告诉了小姐，青娥不说话也不生气。一个年岁大的仆妇拍着霍桓的脖子说：“别说他是个傻小子，他心里可精透了。”就拽着他，仍从墙洞出去了。

霍桓回到家，不敢把实情告诉母亲，只是请求母亲再托媒人去武家提亲。霍母不忍心直接拒绝，只好遍托媒人，抓紧给霍桓另觅佳偶。青娥知道，心中非常焦急，暗中派个心腹之人给霍母透个话。霍母很高兴，立刻托媒人去提亲。这时武家的一个小丫鬟泄露了那天夜里发生的事，武夫人感到受了污辱，十分恼怒。媒人来到，更触发了武夫人的怒气，用拐杖点着地，大骂霍桓并连及其母。媒人吓得赶快逃回来，并叙述了当时的情况。霍母也生气了，说：“这个不争气的儿子干的事，我都一点儿不知道，为何要这样无礼谩骂？当他们睡在一起时，为何不将这荡儿淫女一齐杀掉？”从此以后，见到武家的亲戚，便把这事诉说一遍。

青娥听说后，羞愧得要死，武夫人也特别懊悔，可也无法禁止霍母到处乱讲。青娥暗中派人委婉地向霍母说明事情原委，并且发誓不嫁他人，言语甚为悲哀恳切。霍母感动了，再也不乱讲了。但提亲的事，也搁置不谈了。

这时正遇上陕西欧大人来这里当县令，看到霍桓的文章，很器重霍桓，不时将他召进衙署，极其优待宠信。一天，欧大人问霍桓：“成亲了吗？”霍桓回答说：“还没有。”欧大人又仔细询问其中的缘由。霍桓回答说：“从前与故去的武评事的女儿订下婚约，后来由于有些小误会，所以耽搁了。”欧大人又问：“还愿意吗？”霍桓不好意思回答。欧大人笑着说：“我当为你们成全这件事。”就委派县尉、教谕，到武家送聘礼，武夫人很高兴，婚事就定了。

过了一年，把青娥娶进了门，青娥进门后，就把小铲子扔在地上说：“这是做贼用的东西，扔掉吧！”霍桓笑着说：“不要忘了媒人。”一刻不离地珍藏在身上。青娥为人温柔善良，沉默寡言，一天除了早中晚三次问候婆婆外，其余时间闭门静坐，也不怎么留心家事。婆婆如果因婚丧之事到亲朋家去，青娥事事都管，每件事都处理得井井有条。过了一年多，生了个儿子取名孟仙，照料孩子的事全都交给乳母佣人，好像对孩子也不特别疼爱。

又过了四五年，忽然对霍桓说：“我们恩爱的缘分，至今已经八载，现在离别的日子长，相见的日子短，将怎么办呢？”霍桓吃惊地询问怎么回事，青娥又沉默不言了。只见她仔细地打扮一番，拜见了婆婆，回到了自己房中。霍桓追进屋去，只见她仰卧在床上已经气绝。霍氏母子万分悲痛，买了一口好棺材把青娥埋葬了。

霍母年迈体衰，每当抱起孙子就想起了儿媳，悲伤得肝胆俱碎，因此得了病，卧床不起。不想吃东西，只想喝点儿鱼汤，可是附近没有鱼，非到百里之外才能买到。而当时仆人和马都出外没有回来，霍桓天性孝顺，急不可待，带着钱独自上路，昼夜不停地赶路。返回时，走到山中，日已西沉。他两脚一瘸一拐，一步也迈不出半尺。后来过来一个老头，问道：“脚上大概打泡了吧？”霍桓连连答应。老头便拉他坐在路边，敲石取火，用纸裹上药末，点着熏霍桓的两脚，熏完，让他试着走走，不但不疼，步履更加矫健了，霍桓再三表示感谢。老头问："什么事？这样急不可待？"霍桓说为了治母亲的病，并把始末缘由说了一遍。老头问："为什么不再娶一个呢？"霍桓说："没有找到合适的。"老头遥指着山村说："这里有一个好姑娘，如果能跟我去，我当给你做媒。"霍桓说母亲生病等着吃鱼，暂时没有时间。老头向他拱拱手，约他以后来山村，只打听老王就行，说完告别而去。

霍桓回到家中，做好鱼给母亲吃。母亲稍吃了一些，过了几天病就好了。霍桓于是带着仆人骑着马去寻找老头。来到与老头分手的地方，找不到要去的村庄。徘徊寻找了好一会，夕阳渐渐西下，山谷地势复杂，又看不到远处，于是与仆人分头上山，想找个村落。但山路崎岖，不能骑马，只好徒步行走，这时天气已被暮气笼罩，不停地向四处张望，也找不到村落。刚要下山，又迷了路。心中烦燥得像火烧一样。正在荒草间找路，突然从峭壁上掉了下来。幸好在峭壁数尺下面有一块突出的石台，就掉在了石台上。石台仅能容身，往下一看，深不见底。霍桓害怕极了，一点儿也不敢动。又庆幸的是崖边都长有小树，挡着身体，如同栏杆似的。过了一阵子，发现脚边有个小洞口，心中暗喜，用背靠着石壁，滚着进入了洞内。这时心里才稳定下来，盼望天亮可以呼救。

不一会儿，发现洞的深处有点点亮光，霍桓一步步向亮处走去，约走了三四里，忽然看到房舍，没有灯光，但亮堂堂如同白天一样。一个漂亮的女子从房里走出来，霍桓一看，原来是青娥。青娥见了霍桓，吃惊地说："郎君怎么能来到这里？"霍桓没顾得说话，一把抱住青娥的衣袖伤心呜咽。青娥劝他止住哭泣，问婆婆和儿子的情况。霍桓把家中艰难的情况说了，青娥心中也很难过。霍桓问："你死了一年多了，这里大概是阴间吧？"青娥说："这不是阴间，而是仙府。以前我没有死，所埋的只是一根竹杖罢了。郎君今天来了，也是有仙缘啊。"说完带着他去见父亲，只见一位长胡子老头坐在屋里，霍桓赶快上前拜见。青娥说："霍郎来了。"老头吃惊地站起来，握着霍桓的手略加寒暄，说："女婿来太好了，应当留在这里。"霍桓说母亲在家盼望，不能久留。老岳父说："这我也知道，但晚回去三四天，有什么关系？"于是摆上酒菜招待霍桓，又让丫鬟在西屋铺床，放上锦缎被褥。霍桓吃完饭回到屋里，约青娥与他同床睡。青娥拒绝说："这里是什么地方，怎么容许这种轻慢的行为？"霍桓抓住青娥的手臂不放。窗外丫鬟们"嗤嗤"地笑，青娥更加羞愧。两人正推拉时，老岳父进来了，斥责说："你这个凡夫俗子沾污了我的洞府，要马上离开！"霍桓一向自尊心很强，羞愧难忍，也变了脸色说："儿女之情，人所不免，当长辈的怎能监视？你难以让我马上离开，除非让你的女儿同我一起走。"

老岳父无辞可答，招呼女儿跟着，打开后门送他们出去。等把霍桓骗出了门，父女俩把门一关就回去了。霍桓回头一看，只见峻岩峭壁，连个缝隙也没有，只有自己孤孤单单，不知该往何处去。看看天空，月亮已经偏西，星星也稀稀落落。霍桓惆怅了很久，由悲转恨，对着峭壁大声呼叫，也没人回答，愤怒极了，从腰中掏出小铲子，砍凿着石壁，向前推进，一边凿一边骂。不一会儿打进去三四尺。隐隐听到有人在说："孽障呀！"霍桓更加奋力地凿起来。忽然洞底开了两扇门，老岳父把青娥推出来说："去吧！去吧！"峭壁又合上了。青娥抱怨说："既然爱我娶我为妻，怎能这样对待老丈人呢？是哪里的老道士，给了你这件凶器，把人缠得要死！"霍桓得到了青娥，已心满意足，也不再分辩，只是发愁路险难以回家。青娥折了两根树枝，每人骑上一枝，树枝立即变成了马，连走带跑，一会儿就到了家。这时霍桓已经走失七天了。

当初，霍桓与仆人失散后，仆人找不到霍桓，就回家告诉了霍母。霍母派人到山中四处搜寻，没有一点儿踪迹。正忧愁焦急的时候，听说儿子自己回来了，高兴地走出迎接。抬头看见了青娥，几乎吓死。霍桓把经过情形略述了一遍，霍母听了更加高兴。青娥因自己死而复生的事，怕别人知道了害怕，请求搬家，霍母同意了。正好在别处还有一处住宅，选个日子就搬走了，人们也不知道。

他们一起又共同生活了十八年，生了一个女儿，嫁给了同县的李家。后来霍母去世了，青娥对霍桓说："我们家的茅田里，有一只野鸡生了八个蛋，这块地可安葬母亲。你们父子可扶灵回去安葬，儿子已长大成人，应该留在那儿守墓，就不要回来了。"霍桓听从了妻子的话，安葬完母亲就独自返回了。

过了一个多月，儿子孟仙回来探望父母，父母都没在家，问老仆人，则说："去安葬老夫人还没有回来。"孟仙心知有奇异的事情，只能长叹罢了。孟仙文章写得好，很有名气，但是科考却不顺利，到四十岁也没考中。后来以拔贡的身份参加顺天府的乡试，遇到也来应试的一个考生，大约有十七八岁，神采俊逸，孟仙很喜欢他。看他的试卷，注明顺天府廪生霍仲仙。孟仙惊奇地睁大了眼睛，向他讲了自己的姓名。霍仲仙也感到很奇怪，就问孟仙是什么地方人，孟仙都告诉了他。仲仙高兴地说："小弟进京时，父亲嘱咐如果在考场遇到山西姓霍的，是一家子，应热情相待，现在果然如此。然而为什么我俩的名字这样相同呢？"孟仙就询问仲仙、高祖父、曾祖父、父、母的姓名，听后吃惊地说："这是我的父母啊！'，仲仙怀疑年龄不符，孟仙说："我们的父母都是仙人，怎能从他们的容貌来判断年龄呢！"于是叙述了以前的事情，仲仙才相信了。

考完没有休息，兄弟二人一起坐车回家。刚到家门口，仆人迎上前禀告，昨夜不知老爷和夫人到哪里去了。两人大吃一惊，仲仙进屋去询问妻子，妻子说："昨天晚上还在一起吃酒，母亲说：'你们夫妇年纪轻不懂事，明天大哥来了，我就放心了。'早晨进母亲屋里一看，已经没有人了。"兄弟二人听说，跺着脚嚎啕大哭。仲仙还打算去追寻，孟仙认为那只是徒劳无益，才没去寻找。

这次考试，仲仙中了举人，因为祖先的坟墓都在山西，就跟着哥哥回山西了。他们还是想父亲仍在人间，所以随处探访，但始终打探不到踪迹。

异史氏说：钻墙入室，睡卧小姐身旁，这人也太痴情了。凿开墙壁骂老岳

父，行为也太狂放了。仙人将他们撮合为夫妇，只为了让他们长生不老来表彰他们的孝行。既然已经混迹在人间，结婚生子，就永远住在那里，又有什么不可以的呢？但三十年当中几次抛弃自己的孩子，这又是为了什么呢？太奇怪了！

［何守奇］人贵有仙骨，尤贵有仙缘；前之道士，后之老叟，皆是物也。青娥曰："郎今来，仙缘有分也。仙乎仙乎！曷不令我闻此言乎！"

［但明伦］此篇写孝子之报，由良缘而得仙缘，分外出奇生色。

镜听

【原文】

益都郑氏兄弟，皆文学士。大郑早知名，父母尝过爱之，又因子并及其妇；二郑落拓，不甚为父母所欢，遂恶次妇，至不齿礼。冷暖相形，颇存芥蒂。次妇每谓二郑："等男子耳，何遂不能为妻子争气？"遂摈弗与同宿。于是二郑感愤，勤心锐思，亦遂知名。父母稍稍优顾之，然终杀于兄。

次妇望夫綦切，是岁大比，窃于除夜以镜听卜。有二人初起，相推为戏，云："汝也凉凉去！"妇归，凶吉不可解，亦置之。闱后，兄弟皆归。时暑气犹盛，两妇在厨下炊饭饷耕，其热正苦。忽有报骑登门，报大郑捷，母入厨唤大妇曰："大男中式矣！汝可凉凉去。"次妇忿恻，泣且炊。俄又有报二郑捷者，次妇力掷饼杖而起，曰："侬也凉凉去！"此时中情所激，不觉出之于口；既而思之，始知镜听之验也。

异史氏曰："贫穷则父母不子，有以也哉！庭帏之中，固非愤激之地；然二郑妇激发男儿，亦与怨望无赖者殊不同科。投杖而起，真千古之快事也！"

【译文】

益都有郑氏兄弟，都是善写文章的读书人。老大早就出了名，父母特别的喜欢他，因此对他的妻子也格外地好。弟弟没什么名气，父母不是特别喜欢他，因此连他的妻子也看不上眼，甚至给她气受。两个媳妇因受到不同的对待，彼此也产生了矛盾。

二媳妇每每对丈夫说："都是男子汉，你为何不能为妻子争口气？"于是赌气不让丈夫与她睡在一起。老二受到刺激，开始愤发图强，努力钻研，也出了名。父母对他也逐渐喜爱了，但还不如哥哥。

二媳妇望夫成名心切，这年正赶上科考，就偷偷地在除夕夜出门捧着镜子以听街人偶语来占卜。这时有两个人刚刚起床，互相推着开玩笑，说："你也凉快凉快去吧！"二媳妇听到后，弄不清这句话象征着吉还是凶，也就不再想了。

科考过后，兄弟二人都回来了，当时天气很热，两个媳妇在厨房做饭，准备送给在田里干活的人。两人正热得要命，忽然有骑马报喜的人来到门口，报告郑老大考中了。郑母来到厨房喊大媳妇："老大考中了，你可以凉快凉快去了。"二媳妇又气又难过，一边哭泣一边做饭。

不一会儿，又有人来报告郑老二也考中了，二媳妇用力把擀面杖一扔，抬起身就走，口中说道："我也凉快凉快去！"这时由于内心情绪激动，不知不觉说出了这句话，后来一想，才知道用镜子占卜的事应验了。

异史氏说：人贫穷了，父母也不把你当儿子看待，是有原因的啊！家庭之中，固然不是激励男儿愤发图强的地方，然而郑老二的妻子激励自己的丈夫，与那些百般抱怨不懂事理的人大不相同。她投杖而起的情景，也是千古以来的痛快事啊！

［何守奇］闺情如见。

牛　瘟

【原文】

陈华封，蒙山人。以盛暑烦热，枕籍野树下。忽一人奔波而来，首着围领，疾趋树阴，掬石而坐，挥扇不停，汗下如流沈。陈起座，笑曰："若除围领，不扇可凉。"客曰："脱之易，再着难也。"就与倾谈，颇极蕴藉。既而曰："此时无他想，但得冰浸良酝，一道冷芳，度下十二重楼，暑气可消一半。"陈笑曰："此愿易遂，仆当为君偿之。"因握手曰："寒舍伊迩，请即迂步。"客笑而从之。

至家，出藏酒于石洞，其凉震齿。客大悦，一举十觥。日已就暮，天忽雨，于是张灯于室，客乃解除领巾，相与磅礴。语次，见客脑后时漏灯光，疑之。无何，客酩酊眠榻上。陈移灯窃窥之，见耳后有巨穴如盏大，数道厚膜间鬲如棂；棂外软革垂蔽，中似空空。骇极，潜抽髻簪，拨膜觇之，有一物状类小牛，随手飞出，破窗而去。益骇不敢复拨。方欲转步，而客已醒。惊曰："子窥见吾隐矣！放牛癀出，将为奈何？"陈拜诘其故，客曰："今已若此，尚复何讳。实相告：我六畜瘟神耳。适所纵者牛癀，恐百里内牛无种矣。"陈故以养牛为业，闻之大恐，拜求术解。客曰："余且不免于罪，其何术之能解？惟苦参散最效，其广传此方，

勿存私念可也。”言已谢别出门，又掬土堆壁龛中，曰：“每用一合亦效。”拱不复见。

居无何，牛果病，瘟疫大作。陈欲专利，秘其方不肯传，惟传其弟。弟试之神验。而陈自锉啖牛，殊罔所效。有牛两百蹄躈，倒毙殆尽；遗老牝牛四五头，亦逡巡就死。中心懊恼，无所用力。忽忆龛中掬土，念未必效，姑妄投之，经夜牛乃尽起。始悟药之不灵，乃神罚其私也。后数年，牝牛繁育，渐复其故。

【译文】

陈华封是蒙山人，因盛夏暑热难耐，在村外大树下躺着乘凉。忽然跑过来一个人，头上裹着围巾，快步跑到树阴下，抱了块儿石头坐下，不停地搧着扇子，汗如雨下。

陈华封坐起来，笑着对来人说：“如果取下围巾，不搧扇子也可以凉快了。”客人说：“拿下来容易，再围上就难了。”陈华封就与他聊天，客人很有涵养。过了一会儿，客人说：“此时没有别的可想，只要有冰镇的美酒，一口饮下，又凉又香，从嗓子直流到肚里，暑气可消去一半。”陈华封笑着说：“这个愿望容易满足，我可以使您如愿以偿。”就握着客人的手说：“寒舍很近，请劳驾走去吧！”客人笑着跟他去了。

到了家，从石洞里拿出贮藏的美酒，凉得冰牙。客人非常高兴，一气喝了十大杯。这时天已黑了，天上忽然下起雨来，于是在屋里点上灯，客人解下了围巾，两人海阔天空地谈了起来。

说话的时候，看到客人的脑后不时漏出灯光，陈华封感到很奇怪。不一会儿，客人酩酊大醉，在床上睡着了。陈华封端着灯到客人脑后偷看，只见耳朵后面有个大洞，有杯口那样大，里面有几道厚膜，间隔像窗棂，棂外一块软皮遮掩着，里面好像是空的。陈华封怕极了，暗中拔下头簪上的簪子，拨开软膜往里看。有一个东西，形状像小牛，随着手飞了出来，穿破窗纸飞走了。陈华封更加害怕，不敢再拨了。

刚要转身，客人已经醒了，吃惊地说：“你看到我的秘密了，把牛疒皇放出去，这可怎么办啊？”陈华封连忙施礼，问是怎么回事。客人说：“现在已经到了这个地步，还有什么可隐瞒的呢？实话告诉你吧，我是六畜的瘟神啊。刚才放出去的是牛疒皇，恐怕百里之内的牛都要死绝了。”

陈华封本来就以养牛为业，听了以后非常害怕，赶忙下拜求客人想个解除灾害的办法。客人说：“我也免不掉被治罪，有什么办法可以解除呢？只有苦参散最有效，你能广传此方，不存私心就可以了。”说完，道谢出门。又捧了一捧土放在壁龛内，说：“每次用一点儿也有效。”拱拱手就不见了。

过了不久，牛果然生了病，瘟疫流行。陈华封只想个人得利，将药方的事保密，不肯外传，只传给了他弟弟，弟弟试试，果然灵验。而陈华封自己制成药喂牛，一点儿效果也没有，他有四十头牛，几乎死光，只剩下老母牛四五头，眼看也要死掉，心里懊恼，不知如何是好。

忽然想到壁龛上的土，心想也不见得有效，姑且试试。过了一夜，牛全好了，这才明白药不灵验，是神仙惩罚他自私自利。后来过了几年，母牛繁殖，牛群又逐渐恢复到原来的数量。

[何守奇] 一怀私意，则方遂不效，人之不可自私也如此。

金姑夫

【原文】

会稽有梅姑祠。神故马姓，族居东莞，未嫁而夫早死，遂矢志不醮，三旬而卒。族人祠之，谓之梅姑。

丙申，上虞金生赴试经此，入庙徘徊，颇涉冥想。至夜梦青衣来，传梅姑命招之。从去，入祠，梅姑立候檐下，笑曰：“蒙君宠顾，实切依恋。不嫌陋拙，愿以身为姬侍。”金唯唯。梅姑送之曰：“君且去。设座成，当相迓耳。”醒而恶之。是夜，居人梦梅姑曰：“上虞金生今为吾婿，宜塑其像。”诘旦，村人语梦悉同。族长恐玷其贞，以故不从，未几一家俱病。大惧，为肖像于左。既成，金生告妻子曰：“梅姑迎我矣。”衣冠而死。妻痛恨，诣祠指女像秽骂；又升座批颊数四，乃去。今马氏呼为金姑夫。

异史氏曰：“未嫁而守，不可谓不贞矣。为鬼数百年，而始易其操，抑何其无耻也？大抵贞魂烈魄，未必即依于土偶；其庙貌有灵，惊世而骇俗者，皆鬼狐凭之耳。”

【译文】

浙江会稽有个梅姑祠，供奉的神女原来姓马，家住山东东莞，没过门未婚夫

就死了，于是她立誓不再嫁人，三十岁时去世，同族的人修了祠庙纪念她，称她为梅姑。

顺治十三年，上虞人金生，赶考经过此地，进入庙中参观浏览，有些想入非非。到夜里，梦见来了一个丫鬟，告诉他梅姑请他去。他跟着丫鬟走了。进入祠庙，梅姑等候在屋檐下，笑着对他说："承蒙先生眷顾，我确实依恋。如不嫌我拙陋，我愿以身相许，做您的侍姬。"金秀才连声答应。梅姑送他走时说："先生暂时先离开，等座位建好了，就迎接你来。"金生梦醒后，心里很厌恶。

当天夜里，当地人梦见梅姑说："上虞的金生，现在是我的夫婿，你们应该给他塑个像。"第二天早晨，村里人说起来，都做了同样的梦。族长恐怕玷污了梅姑的贞洁，因此没有听从。不久，全家都生了病。族长很害怕，就在梅姑像的左边塑了一尊像。像塑好后，金生告诉妻子说："梅姑来接我了。"穿好衣服便死了。

金生的妻子痛恨梅姑，来到祠庙，指着梅姑像骂了好多不堪入耳的话，又登上神座打了梅姑好一顿嘴巴，这才离去。至今马家的人还称金秀才为金姑夫。

异史氏说：为未婚夫守节不嫁，不可谓不贞节。当了数百年的鬼，忽然又改变节操，这是何等地无耻啊！大体说来，贞魂烈魄，未必会依附于泥塑的偶像上，这座庙好像有些灵验，出了这样惊世骇俗的事，都是鬼狐在作怪罢了。

[何守奇] 族长之见甚是，惜守之不坚。赞得之。

[但明伦] 定是邪鬼所凭；贞魂受玷，而马氏乃姑夫之，殊觉无耻。

梓潼令

【原文】

常进士大忠，太原人。候选在都。前一夜梦文昌投刺，拔签得梓潼令，奇之。后丁艰归，服阕候补，又梦如前。默思岂复任梓潼乎？已而果然。

【译文】

进士常大忠，是太原人，在京城等候任命官职。任命前天夜里，梦见梓潼帝君来拜访他。

第二天，拿到任职令，果然是任梓潼县令，他感到很奇怪。

后来为父守丧，离职回家。孝满后又在京等候任命，又梦见梓潼帝君来访。他暗想，难道还是出任梓潼县令吗？不久任命下来，果然仍为梓潼县令。

［何守奇］文昌投刺，其令必贤，已可想见常公为人。

鬼津

【原文】

李某昼卧，见一妇人自墙中出，蓬首如筐，发垂蔽面，至床前，始以手自分，露面出，肥黑绝丑。某大惧，欲奔。妇猝然登床，力抱其首，便与接唇，以舌度津，冷如冰块，浸浸入喉。欲不咽而气不得息，咽之稠粘塞喉。才一呼吸，而口中又满，气急复咽之。如此良久，气闭不可复忍。闻门外有人行声，妇始释手去。由此腹胀喘满，数十日不食。或教以参芦汤探吐之，吐出物如卵清，病乃瘥。

【译文】

一个姓李的人白天睡觉，看见一个女人从墙里出来，头像个装着乱草的筐，头发垂下来遮住了脸，来到床前，才用手把头发分开，肥胖丑陋之极。

李某非常害怕，想跑。女人突然上了床，用力抱着他的头，就与他接吻，并用舌头把津液度入他的口中，津液冷如冰块，一点儿一点儿进入喉咙内。想不咽下去，但喘不过气来，咽下去又稠又粘塞住喉咙。刚一呼吸，口中又满了，一喘气又咽了下去。这样过了好长时间，憋着气已不能忍耐。

这时忽然听到门外有人走路的声音，女人才松开手走了。从此以后，李某腹胀得直喘，数十天不能吃东西。有人告诉他喝点参芦汤试试看能否吐出来，结果吐出的东西像鸡蛋清一样，病才好了。

仙人岛

【原文】

王勉字黾斋，灵山人。有才思，屡冠文场，心气颇高，善诮骂，多所凌折。偶遇一道士，视之曰："子相极贵，然被'轻薄孽'折除几尽矣。以子智慧，若反身修道，尚可登仙籍。"王嗤曰："福泽诚不可知，然世上岂有仙人！"道士曰："子何见之卑？无他求，即我便是仙耳。"王乃益笑其诬。

道士曰："我何足异。能从我去，真仙数十，可立见之。"问："在何处？"

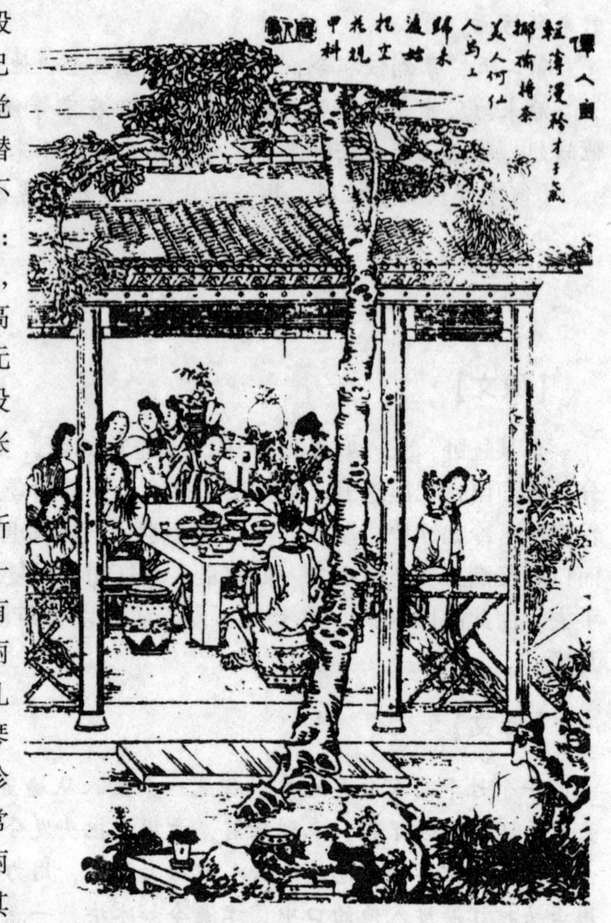

曰：“咫尺耳。…遂以杖夹股间，即以一头授生，令如己状。嘱合眼，呵曰：“起！”觉杖粗如五斗囊，凌空翕飞，潜扪之，鳞甲齿齿焉。骇惧，不敢复动。移时，又呵曰：“止！”即抽杖去，落巨宅中，重楼延阁，类帝王居。有台高丈余，台上殿十一楹，弘丽无比。道士曳客上，即命童子设筵招宾。殿上列数十筵，铺张炫目。道士易盛服以伺。

少顷，诸客自空中来，所骑或龙、或虎、或鸾凤，不一类。又各携乐器。有女子，有丈夫，有赤其两足。中独一丽者跨彩凤，宫样妆束，有侍儿代抱乐具，长五尺以来，非琴非瑟，不知其名。酒既行，珍肴杂错，入口甘芳，并异常馐。王默然寂坐，惟目注丽者，然心爱其人，而又欲闻其乐，窃恐其终不一弹。酒阑，一叟倡言曰：“蒙崔真人雅召，今日可云盛会，自宜尽欢。请以器之同者，共队为曲。”于是各合配旅。丝竹之声，响彻云汉。独有跨凤者，乐伎无偶。群声既歇，侍儿始启绣囊，横陈几上。女乃舒玉腕，如搯筝状，其亮数倍于琴，烈足开胸，柔可荡魄。弹半炊许，合殿寂然，无有咳者。既阕，铿尔一声，如击清磬。共赞曰：“云和夫人绝技哉！”大众皆起告别，鹤唳龙吟，一时并散。

道士设宝榻锦衾，备王寝处。王初睹丽人心情已动，闻乐之后涉想尤劳；念己才调，自合芥拾青紫，富贵后何求弗得；顷刻百绪，乱如蓬麻。道士似已知之，谓曰：“子前身与我同学，后缘意念不坚，遂坠尘网。仆不自他于君，实欲拔出恶浊；不料迷晦已深，梦梦不可提悟。今当送君行。未必无复见之期，然作天仙须再劫矣。”遂指阶下长石，令闭目坐，坚嘱无视。已，乃以鞭驱石。石飞起，风声灌耳，不知所行几许。忽念下方景界未审何似，隐将两眸微开一线，则见大海茫茫，浑无边际。大惧，即复合，而身已随石俱堕，砰然一响，汩没若鸥。

幸夙近海，略谙泅浮。闻人鼓掌曰："美哉跌乎！"危殆方急，一女子援登舟上，且曰："吉利，吉利，秀才'中湿'矣！"视之，年可十六七，颜色艳丽。王出水寒栗，求火燎之。女子言："从我至家，当为处置。苟适意，勿相忘。"王曰："是何言哉！我中原才子，偶遭狼狈，过此图以身报，何但不忘！"女子以棹催艇，疾如风雨，俄已近岸。于舱中携所采莲花一握，导与俱去。

半里许入村，见朱户南开，进历数重门，女子先驰入。少间，一丈夫出，是四十许人，揖王升阶，命侍者取冠袍袜履，为王更衣。既，询邦族。王曰："某非相欺，才名略可听闻。崔真人切切眷恋，招升天阙。自分功名反掌，以故不愿栖隐。"丈夫起敬曰："此名仙人岛，远绝人世。文若，姓桓，世居幽僻，何幸得近名流。"因而殷勤置酒。又从容而言曰："仆有二女，长者芳云年十六矣，只今未遭良匹，欲以奉侍高人，如何？"王意必采莲人，离席称谢。桓命于邻党中，招二三齿德来。顾左右，立唤女郎。无何，异香浓射，美姝十余辈，拥芳云出，光艳明媚，若芙蕖之映朝日。拜已即坐，群姝列侍，则采莲人亦在焉。

酒数行，一垂髫女自内出，仅十余龄，而姿态秀曼，笑依芳云肘下，秋波流动。桓曰："女子不在闺中，出作何务？"乃顾客曰："此绿云，即仆幼女。颇惠，能记典、坟矣。"因令对客吟诗，遂诵《竹枝词》三章，娇婉可听，便令傍姊隅坐。桓因谓："王郎天才，宿构必富，可使鄙人得闻教乎？"王即慨然诵近体一作，顾盼自雄，中二句云："一身剩有须眉在，小饮能令块磊消。"邻叟再三诵之。芳云低告曰："上句是孙行者离火云洞，下句是猪八戒过子母河也。"一座抚掌。桓请其他，王述《水鸟》诗云："潴头鸣格磔……"忽忘下句。甫一沉吟，芳云向妹咕咕耳语，遂掩口而笑。绿云告父曰："渠为姊夫续下句矣。云：'狗腚响硼巴。'"合席粲然。王有惭色。桓顾芳云，怒之以目。

王色稍定，桓复请其文艺。王意世外人必不知八股业，乃炫其冠军之作，题为"孝哉闵子骞"二句，破云："圣人赞大贤之孝……"绿云顾父曰："圣人无字门人者，'孝哉……'一句，即是人言。"王闻之，意兴索然。桓笑曰："童子何知！不在此，只论文耳。"王乃复诵，每数句，姊妹必相耳语，似是月旦之词，但嗫嚅不可辨。王诵至佳处，兼述文宗评语，有云："字字痛切。"绿云告父曰："姊云：'宜删"切"字。'"众都不解。桓恐其语嫚，不敢研诘。王诵毕，又述总评，有云："羯鼓一挝，则万花齐落。"芳云又掩口语妹，两人皆笑不可仰。绿云又告曰："姊云：'羯鼓当是四挝。'"众又不解。绿云启口欲言，芳云忍笑诃之曰："婢子敢言，打煞矣！"众大疑，互有猜论。绿云不能忍，乃曰："去'切'字，言'痛'则'不通'。鼓四挝，其声云'不通又不通'也。"众大笑。桓怒诃之，因而自起泛卮，谢过不遑。

王初以才名自诩，目中实无千古，至此神气沮丧，徒有汗淫。桓谀而慰之曰："适有一言，请席中属对焉：'王子身边，无有一点不似玉。'"众未措想，绿云应声曰："黾翁头上，再着半夕即成龟。"芳云失笑，呵手扭胁肉数四。绿

云解脱而走，回顾曰："何预汝事！汝骂之频频不以为非，宁他人一句便不许耶？"桓咄之，始笑而去。邻叟辞别。

诸婢导夫妻入内寝，灯烛屏榻，陈设精备。又视洞房中，牙签满架，靡书不有。略致问难，响应无穷。王至此，始觉望洋堪羞。女唤"明珰"，则采莲者趋应，由是始识其名。屡受诮辱，自恐不见重于闺闼；幸芳云语言虽虐，而房帏之内，犹相爱好。王安居无事，辄复吟哦。女曰："妾有良言，不知肯嘉纳否？"问："何言？"曰："从此不作诗，亦藏拙之一道也。"王大惭，遂绝笔。

久之，与明珰渐狎，告芳云曰："明珰与小生有拯命之德，愿少假以辞色。"芳云乃即许之。每作房中之戏，招与共事，两情益笃，时色授而手语之。芳云微觉，责词重叠，王惟喋喋，强自解免。一夕对酌，王以为寂，劝招明珰。芳云不许，王曰："卿无书不读，何不记'独乐乐'数语？"芳云曰："我言君不通，今益验矣。句读尚不知耶？'独要，乃乐于人要；问乐。孰要乎？曰：不。'"一笑而罢。适芳云姊妹赴邻女之约，王得间，急引明珰，绸缪备至。当晚，觉小腹微痛，痛已而前阴尽肿。大惧，以告芳云。云笑曰："必明珰之恩报矣！"王不敢隐，实供之。芳云曰："自作之殃，实无可以方略。既非痛痒，听之可矣。"数日不瘳，忧闷寡欢。芳云知其意，亦不问讯，但凝视之，秋水盈盈，朗若曙星。王曰："卿所谓'胸中正，则眸子瞭焉'。"芳云笑曰："卿所谓'胸中不正，则瞭子眸焉'。"盖"没有"之"没"，俗读似"眸"，故以此戏之也。王失笑，哀求方剂。曰："君不听良言，前此未必不疑妾为妒意。不知此婢，原不可近。曩实相爱，而君若东风之吹马耳，故唾弃不相怜。无已，为若治之。然医师必审患处。"乃探衣而咒曰："'黄鸟黄鸟，无止于楚！'"王不觉大笑，笑已而瘳。

逾数月，王以亲老子幼，每切怀忆，以意告女。女曰："归即不难，但会合无日耳。"王涕下交颐，哀与同归，女筹思再三，始许之。桓翁张筵祖饯。绿云提篮入，曰："姊姊远别，莫可持赠。恐至海南，无以为家，夙夜代营宫室，勿嫌草创。"芳云拜而受之。近而审谛，则用细草制为楼阁，大如橼，小如橘，约二十余座，每座梁栋榱题历历可数，其中供帐床榻类麻粒焉。王儿戏视之，而心窃叹其工。芳云曰："实与君言：我等皆是地仙。因有夙分，遂得陪从。本不欲践红尘，徒以君有老父，故不忍违。待父天年，须复还也。"王敬诺。桓乃问："陆耶？舟耶？"王以风涛险，愿陆。出则车马已候于门。

谢别而迈，行踪骛驶。俄至海岸，王心虑其无途。芳云出素练一匹，望南抛去。化为长堤，其阔盈丈。瞬息驰过，堤亦渐收。至一处，潮水所经，四望辽邈。芳云止勿行，下车取篮中草具，偕明珰数辈，布置如法，转眼化为巨第。并入解装，则与岛中居无稍差殊，洞房内几榻宛然。时已昏暮，因止宿焉。

早旦，命王迎养。王命骑趋诣故里，至则居宅已属他姓。问之里人，始知母及妻皆已物故，惟老父尚存。子善博，田产并尽，祖孙莫可栖止，暂僦居于西村。王初归时，尚有功名之念，不恝于怀；及闻此况，沉痛大悲，自念富贵纵可

携取，与空花何异。驱马至西村见父，衣服滓敝，衰老堪怜。相见，各哭失声；问不肖子，则出赌未归。王乃载父而还。芳云朝拜已毕，燂汤请浴，进以锦裳，寝以香舍。又遥致故老与谈宴，享奉过于世家。子一日寻至其处，王绝之不听入，但予以廿金，使人传语曰："可持此买妇，以图生业。再来，则鞭打立毙矣！"子泣而去。王自归，不甚与人通礼；然故人偶至，必延接盘桓，㧑抑过于平日。独有黄子介，夙与同门学，亦名士之坎坷者，王留之甚久，时与秘语，赂遗甚厚。居三四年，王翁卒，王万钱卜兆，营葬尽礼。时子已娶妇，妇束男子严，子赌亦少间矣；是日临丧，始得拜识姑嫜。芳云一见，许其能家，赐三百金为田产之费。翼日，黄及子同往省视，则舍宇全渺，不知所在。

异史氏曰："佳丽所在，人且于地狱中求之，况享受无穷乎？地仙许携姝丽，恐帝阙下虚无人矣。轻薄减其禄籍，理固宜然，岂仙人遂不之忌哉？彼妇之口，抑何其虐也！"

【译文】

王勉，字黾斋，灵山人。才思敏捷，考试时屡考第一。又心高气傲，善于说俏皮话，很多人都被他讽刺挖苦过。偶然遇到一位道士，道士看了看王勉，说："你的相貌极为尊贵，然而被你挖苦别人造的孽折损尽了。以您的智慧，如果改变念头来修道，还可能成为仙人。"王勉嗤之以鼻说："福泽诚然是不可知的，但是世上哪有仙人！"道士说："您的见识为何这样短浅啊？不必到别处去找，我就是仙人。"王勉更笑话他在说假话了。道士说："我有什么神异的，如果你能跟我去，可以立刻见数十位真正的仙人。"王勉问："在什么地方？"道士说："近在咫尺。"

道士把手杖夹在两腿之间，另一头递给王勉，让他也像自己这样骑上，嘱咐他闭上眼，喊一声："起！"王勉感到手杖粗得如同装着五斗米的袋子，凌空飞起来。他偷偷一摸，上面鳞甲片片，心中害怕，不敢再动。过了一段时间，道士又喊了一声："止！"把手杖抽出去，他们就落在一所大宅中。只见重楼高阁，像帝王的宫殿一样。有个台子有一丈多高，台上有十一根大柱子，弘丽无比。

道士拽着王勉上了殿台，就下令童子准备筵席招待客人。殿上设置了数十桌筵席，铺张得让人眼花瞭乱，道士换上华贵的衣服等待着。

一会儿，客人们从空中来了，他们骑着的，有的是龙，有的是虎，有的是鸾凤，各不相同。每人还携带着乐器。有女的，有男的，还有的光着脚。客人中有一个漂亮女子，骑着五彩凤凰，像皇宫中的装束，有侍女帮她抱着乐器。这乐器有五尺多长，不是琴也不是瑟，不知叫什么名。

开始饮酒了，各种山珍海味一样样摆上来，吃到嘴里异常香甜，同一般的菜肴大不一样。王勉默默地静坐着，只是不停地看着那漂亮的女子，心里很喜欢她，又想听她演奏乐器，暗中又担心怕她不演奏。酒喝得差不多了，一个老头提

议："承蒙崔真人把我们召来，今天可以说是个盛会了，自然应当尽情欢乐，请拿着相同乐器的，共同演奏一曲。"于是各自组合相配，演奏起来，丝竹之声响彻云霄。只有骑凤凰的女子，没有人的乐器能和她的相配。大家演奏完毕，拿乐器的侍女解开装乐器的绣囊，把乐器横放在几上。女子轻舒玉腕，像弹筝的手法，乐音比琴音响亮数倍，响亮得足以使人心胸开旷，柔和得使人销魂荡魄。弹了半顿饭工夫，整个殿内寂静无声，连咳嗽声都没有。弹完一曲，铿锵一声，如同击磬。大家齐声称赞说："真是云和夫人的绝技呀！"大家都起身告别，鹤鸣龙吟，一会儿都走了。

道士铺设床榻锦被，供王勉睡觉。王勉刚看到那美丽女子时，爱心已萌；听到她演奏后，思慕之情更加热烈。又想到凭自己的才能，获取高官如同拾个芥菜子，富贵后什么不可得到，顷刻之间，思绪万端，乱如蓬麻。

道士好像已知道他心中的想法，对他说："你前世与我是同学，后来因为你意志不坚定，才坠入尘世。我不把你看作外人，实在是想从污泥中把你拔出来，不料你误入迷途太深，糊里糊涂不能醒悟。现在就送你走，我们未必没有再见面的日子，但是想做天仙还得再遭一次劫难。"于是指着台阶下的长石，让他闭目坐在石上，一再嘱咐他不要睁眼。说完，就用鞭子驱赶石头。石头飞了起来，风声灌耳，不知道飞行了多远。

忽然想到不知下面的景物是什么样的，暗中微微将眼睁开一条缝，只见大海茫茫，无边无际。十分害怕，赶快闭上眼睛，这时身体已和石头一齐从空中掉下来，"噗通"一声，像海鸥潜入水中一样。多亏自小在海边长大，略会游泳。这时听到有人鼓掌说："跌得美呀！"正在危险之际，一位女子把他救到船上，并且说："吉利，吉利，秀才'中湿'了！"王勉一看，女子大约十六七岁，容貌美丽。出水以后冷得直打寒战，请求烤烤火，女子说："跟我一起到家里去，我为你设法。如果满意了，可不要忘记我啊！"王勉说："你这说的什么话啊！我是中原的才子，偶然碰到这样的狼狈处境，逃过此难我会以身相报，何只是不忘呢！"女子握桨划船，快如风雨，一小会儿已靠近岸边。又从船仓中取出一把所采的莲花，领着王勉离船上岸。

走了半里多地，进了一个村子，看见一家朱漆的大门朝南开，进去以后走过了几道门，女子先进去了。一小会儿，一个男子走出来，大约四十多岁，向王勉作揖，请他走上台阶进入屋内，让侍者取来衣帽鞋袜，为他换上。换完以后，询问他的家族姓氏。王勉说："实不相瞒，我的名气人们也是知道的，崔真人对我很是眷恋，招我到仙境去。我自认为取得功名易如反掌，所以不愿隐居。"男子站起来恭敬地说："这里叫仙人岛，远离人世，我名叫文若，姓桓，世代居住在这幽僻的地方，今天有幸见到名流。"于是殷勤地摆上酒菜。又从容地说："我有两个女儿，大的叫芳云，今年十六岁了，只是至今没有遇到佳偶。我想让他侍奉您这位高雅的人，怎么样啊？"王勉心想，一定是那美丽的采莲女子，连忙起

身道谢。

桓文若让从邻居中请来了几位德高望重的老人，他看了看这些人，让立即把女儿叫来。一会儿，异香扑鼻，十几个美女，簇拥着芳云出来了。只见芳云光艳明媚，如盛开的荷花映着朝阳。行礼毕，就坐下来。那些美女站在她的旁边，那采莲的女子也在其中。

几杯酒过后，一个梳着短发的小姑娘从屋里走出来，仅有十来岁，姿容神态秀丽可爱，笑着靠在芳云的身旁，双眼左顾右盼。桓文若看着说："女孩子不呆在自己房内，出来做什么？"又对客人说："这是绿云，是我的小女儿。挺聪明，能背诵各种古书。"就让她为客人朗诵诗。于是绿云朗诵了三首《竹枝词》，声音婉转动听。朗诵完毕，又让她挨着姐姐坐下。桓文若接着对王勉说："王郎是个天才，作品一定很多，能让我领教领教吗？"王勉慨然答应，立即朗诵了一首近体诗，朗诵完，左顾右盼，洋洋得意。诗中有两句是：

一身剩有须眉在，小饮能令块磊消。邻居的老人再三吟诵。芳云低声告诉他说："上句说的是孙行者离开火云洞，下句说的是猪八戒过子母河。"在座的人听了都拍手大笑。

桓文若又请王勉再朗诵一些别的作品，王勉又朗读《水鸟诗》："潴头鸣格磔……"念完这句，忽然忘了下句，刚一沉吟，芳云向妹妹悄声耳语，说完掩口而笑。绿云对父亲说："姐姐为姐夫续了下句，就是'狗腚响弸巴'。"满座的人听了哗然大笑。王勉有些惭愧的样子，桓文若发怒地瞪了芳云一眼，王勉神色才镇定了一些。

桓文若又请王勉谈谈他的文章。王勉心想，这些隐居的人必然不知道八股文，就炫耀他考第一的那篇八股文，题目是"孝哉，闵子骞"这两句，破题是"圣人赞大贤之孝……"绿云望着父亲说："圣人不会用字来称呼弟子，'孝哉……'一句，就是别人的话。"王勉听了，兴奋劲儿一下子没有了。桓文若笑着说："小孩子懂个什么，文章好坏不在这里，只看文章本身如何。"王勉又接着往下背诵。每念几句，姐妹俩必定耳语一番，好像是评论之词，只是嘀嘀咕咕听不清楚。王勉背诵到得意之处，还把考官的评语也叙述一番，有的评语说："字字痛切。"绿云告诉父亲说："姐姐说，应删去'切'字。"众人都不知是什么意思。桓文若怕这句话有轻视王勉的意思，不敢深问。王勉诵读完，又叙述考官的总评，有"羯鼓一挝，则万花齐落"的话。芳云又掩口对妹妹耳语，两人笑得前仰后合。绿云又告诉父亲说："姐姐说'羯鼓应当是四挝'。"众人又不明白是什么意思。绿云开口要说，芳云忍住笑呵斥说："鬼丫头敢说，打死你！"众人更加疑惑，互相猜测。绿云忍不住了，才说："去掉'切，字，说痛，就是身体血脉不通。(字字痛，就是"字字不通")。鼓敲四挝，那声音就是'不通不通又不通'呀！"众人听了大笑，桓文若生气地训斥了两姐妹，又亲自站起来斟酒，赶忙赔礼道歉。

王勉开始时还自认为才高名声大，把古往今来的人都不放在眼里，到这里，神气沮丧，只有汗颜而已。桓文若讨好地安慰说："正好有一句话，请在座的对个对子：'王子身边，无有一点不似王。'"众人还未想好，绿云应声说："黾翁头上，再着半夕即成龟。"芳云忍不住笑出声来，手捂着嘴，用手在绿云腋下拧了几下。绿云赶快逃开了。回头说道："关你什么事！你骂个没完没了，就没事，怎么别人说一句，就不许了？"桓文若呵斥了几句，她们才笑着走了。邻居的老翁也告辞回去了。

婢女们引导着王勉和芳云夫妻二人走进卧室，灯烛、屏风、床褥等，陈设精美完备。又看到洞房内，满架书籍，几乎无书不有。略微提个难题，芳云对答如流。王勉到此时，才有了望洋兴叹的羞愧。芳云喊"明趟"，那采莲的女子快步应着进来，这时才知道了采莲女子的名字。王勉屡次受人讥笑，担心芳云看不起自己，幸而芳云说话虽然刻薄，而在闺房之内，夫妻之间还是十分恩爱。

王勉安居无事，经常还吟吟诗。芳云说："我有句良言，不知你肯不肯听从？"王勉问："什么话？"芳云说："从此不再作诗，也是藏拙的一种方法啊！"王勉十分惭愧，再也不写诗了。时间长了，王勉和明珰渐渐好上了。王勉告诉芳云说："明珰对我有救命之恩，望你对她能好一些。"芳云当即就答应了。每当夫妻二人在房中嬉戏时，都把明珰叫来一起玩，这样王勉和明珰的感情更加深了，不时的用眉目传情，用手势说话。芳云略有觉察，便多次地责备他。王勉只是支支唔唔，极力自我辩解。

一天晚上，夫妻二人对坐饮酒，王勉觉得不热闹，劝把明珰叫来，芳云不许。王勉说："你无书不读，怎不记得'独乐乐'这几句话？"芳云说："我说你不通，现在更证实我说对了。你连断句都不知道吗？应该这样断：'独要，乃乐于人要；问乐，孰要乎？曰：不。"'说完一笑。正巧芳云姐妹应邻居女伴的邀请去玩，王勉乘机找来明踏，二人亲热备至。当晚，感到小腹稍有点儿疼痛；疼痛过后，小便肿了。王勉很害怕，告诉了芳云。芳云笑着说："这肯定是报答明珰之恩的结果吧！"王勉不敢隐瞒，把实情讲了出来。芳云说："自己找来的祸殃，实在无法可治，既然不痛不痒，听之任之就行了。"好几天病也不好，王勉忧闷寡欢。芳云知道他的想法，也不询问，只是凝视着他，两只眼睛如秋水般明澈，如晨星般晶亮。王勉说："你这个样子正像书中说的：'胸中正，则眸子瞭焉。'"芳云笑着说："你这个样子，是'胸中不正，则瞭子眸焉。"'原来"没有"的"没"，一般读为"眸"（瞭子，指男子生殖器），她故意以此戏弄王勉。王勉听了也不由得失声笑了，哀求芳云想办法治一治。芳云说："你不听良言，这以前未必不怀疑我嫉妒，不知这个丫头本来是不可靠近的。原来我是出于相爱，而你却如同东风吹马耳一样，所以我才故意唾弃你，不怜爱你，没办法，还是给你治治，但医生必须查看患处。"于是把手伸进王勉的衣服里面，口中念叨着："黄鸟黄鸟。无止于楚！"（黄鸟，借指男子生殖器；楚，暗指疼痛），王勉

不觉大笑起来，笑完病就好了。

过了几个月，王勉因家中父母年老，孩子幼小，心中十分思念。把心意告诉了芳云，芳云说："你回去不难，只是我们再见可不知何日了。"王勉听了流下泪来，哀求芳云和他一起回家。芳云踌躇再三，才同意了。

桓文若摆酒宴为王勉夫妇饯行。绿云提着篮子进来，说："姐姐远别，没有什么可赠送，恐怕到海南以后没有房屋居住，我日夜不停为你们营造了一座宫室，别嫌粗陋。"芳云施礼后接受了。王勉走近细看，则是用细草编制的楼阁，大的如橙子，小的像橘子，约有二十多座，每座都雕梁画栋，历历可数。里面的帐幔床榻，像芝麻粒一样。王勉把这些只看作是小孩子玩具，但心中却感叹做得精巧。芳云说："实话对你说吧，我们都是地仙。因为与你有缘分，所以才陪你一起去。我本来不想到人世间去，只因为你有老父，所以不忍心违背你的心意。等父亲百年之后，还必须回来呀！"王勉恭敬地答应了。

桓文若问："走陆路，还是乘船？"王勉因坐船风浪危险，愿走陆路。出了门车马已等候在门外了。王勉谢过了桓文若就上路了，车像飞一样奔驰，一会儿就到了海边。王勉担心没有道路，芳云拿出一匹白绸子，向南抛去，变成了一道长堤，有一丈多宽。眨眼之间从堤上驶过，堤也渐渐没了。又到了一个地方，潮水从这里经过，四望辽阔无际。芳云让停下来别走，下车取出篮子里草编的宫室，和明珰等丫鬟一一布置，转眼之间变为高大的宅第。大家一起进去，解下行装，就与在岛上居住没有一点儿差别，洞房内的床榻几褥等设备也和原来一样。这时天已黑了，就住在这里。

第二天，让王勉去家中接老人、孩子。王勉让车子直奔老家，到了一看，房子已换了主人。向村里人打听，才知母亲和妻子都已去世，只有老父亲还在。儿子好赌博，把家产全输光了，祖孙二人无处可住，暂时借住在西村。王勉刚到家时，还有参加科考当官的念头，等到家中看到这种情况，心中非常悲痛，心想富贵纵然能够得到，与虚幻的花朵有什么两样。赶着车马到了西村，见父亲衣服褴褛，身体衰老得让人可怜。父子相见，一齐失声痛哭。王勉问起他那不成器的儿子，原来赌钱还没回来。王勉就把父亲接回来了。芳云拜见了公公，施礼之后，准备了热水请父亲沐浴，拿来了锦缎衣服，让老人睡在香喷喷的屋里。又请来一些故旧、老人与老父一起聊天宴饮，老人的享受超过了世家大族。

一天，王勉的儿子也找到这里来了，王勉拒绝见他，不让他进门，只给了他二十两银子，让人传话说："拿这些钱买个媳妇，找个过日子的办法，如果再来，就用鞭子打死你。"儿子哭泣着走了。

王勉回家以后，不大与人来往，但是有老朋友来了，必定热情接待，谦虚的态度超过了平日。特别有个叫黄子介的，早先与王勉同学，也是个名士而遭遇坎坷，王勉留他住的时间很长，不时还和他密谈，赠送的礼物也很丰厚。

过了三四年，王勉的父亲死了，王勉花了许多钱选择了好坟地，依礼把父亲

安葬了。这时儿子已经娶了媳妇，儿媳对儿子管束很严，儿子也很少赌博了。到父亲下葬这天，才让儿媳拜见了公公婆婆。芳云看到儿媳，称赞她能管好家，送给她三百两银子作为购买田产的费用。第二天，黄子介和儿子同来看望，可房舍全不见了，不知到哪儿去了。

异史氏说：凡有美丽女子的地方，即使是地狱中，也有人去追求，何况还能长寿呢？地仙如果允许将美人带去，恐怕帝都之下就空虚无人了。王勉因为为人轻薄而没有得到禄位，按理说是应该的，难道仙人就不在乎他的轻薄吗？他夫人的那张嘴，是何等的刻薄啊！

［何守奇］以轻薄折其禄籍，然尚许为仙，岂所谓慧业文人，当生天上者耶？彼钝根人，应无从措喙耳。

［但明伦］轻薄子好陵折人，往往为人陵折；所谓自侮而人侮之也。报施之道，不惟不爽，或且过当；至当场出丑，鼓掌雷同，愧汗津津，望洋兴叹，平日之自称才子者，今者羞缩成龟矣；况禄籍之灭，早干天怒哉！安得渊博便利侍人。为之内助，使彼梦梦者拔恶浊，深纳良言，早知藏拙，化盛气，而抑。寓精明于浑厚，即终其身不富贵，而尘网已脱，又何殊乎地仙旲。

阎罗薨

【原文】

巡抚某公父，先为南服总督，殂谢已久。公一夜梦父来，颜色惨栗，告曰："我生平无多孽愆，只有镇师一旅，不应调而误调之，途逢海寇，全军尽覆。今讼于阎君，刑狱酷毒，实可畏凛。阎罗非他，明日有经历解粮至，魏姓者是也。当代哀之，勿忘！"醒而异之，意未深信。既寐，又梦父让之曰："父罹厄难，尚弗镂心，犹妖梦置之耶？"公大异之。

明日，留心审阅，果有魏经历，转运初至，即刻传入，使两人捺坐，而后起拜，如朝参礼。拜已，长跽涟洏而告以故。魏不自任，公伏地不起。魏乃云："然，其有之。但阴曹之法，非若阳世懵懵，可以上下其手，即恐不能为力。"公哀之益切，魏不得已诺之。公又求其速理，魏筹回虑无静所，公请为粪除宾廨，许之。公乃起。又求一往窥听，魏不可。强之再四，嘱曰："去即勿声。且冥刑虽惨，与世不同，暂置若死，其实非死。如有所见，无庸骇怪。"

至夜潜伏廨侧，见阶下囚人，断头折臂者纷杂无数。墀中置火铛油镬，数人炽薪其下。俄见魏冠带出，升座，气象威猛，迥与曩殊。群鬼一时都伏，齐鸣冤苦。魏曰："汝等命戕于寇，冤自有主，何得妄告官长？"众鬼哗言曰："例不应调。乃被妄檄前来，遂遭凶害，谁贻之冤？"魏又曲为解脱，众鬼嗥冤，其声汹动。魏乃唤鬼役："可将某官赴油鼎，略入一爍，于理亦当。"察其意似欲借此以泄众忿。言一出，即有牛首阿旁执公父至，即以利叉刺入油鼎。公见之，中心

惨怛，痛不可忍，不觉失声一号。庭中寂然，万形俱灭矣。

公叹咤而归。及明视魏，则已死于廨中。松江张禹定言之。以非佳名，故讳其人。

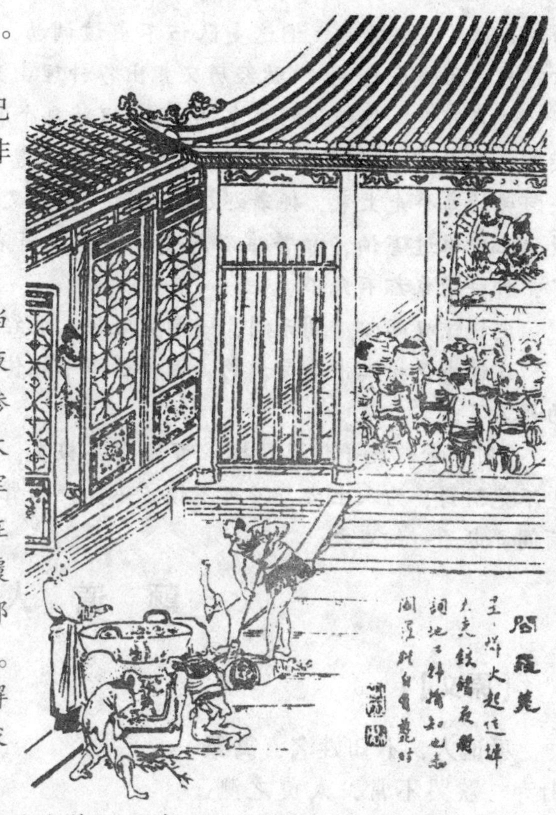

【译文】

某巡抚的父亲，先前在南方当过总督，死去已经很久了。一天夜里巡抚梦见父亲来了，面容凄凄惨惨，告诉他说："我一辈子没有太多的罪孽，只有镇守边防的一支军队，不应该调动而错误地调了，在行军途中遇到了海盗，结果全军覆没。现在兵士们告到阎王那里，那儿刑罚酷烈狠毒，实在让人害怕。阎王不是别人，明日有位经历押解粮食到此，姓魏的就是，你代我求求他，千万不要忘记！"

醒后感到很奇怪，但还不太信这个梦。睡着后，又梦见父亲责备说："父亲遭到危难，你不放在心上，还以为是怪梦而置之脑后吗?"巡抚感到更加奇怪。

第二天，留心审阅文件，果然有个魏经历，转运粮食刚到。巡抚立刻传他进来，让两个人拉他坐下，然后就向他行礼磕头，如朝见皇帝一般。参拜完毕，直挺挺地跪在那里涕泪交加地诉说了梦中的事。魏经历不承认自己是阎王，巡抚爬在地上不起来。魏经历才说："是的，有这么回事，但阴曹地府的事，不像阳世这样糊里糊涂，可以上下其手循私舞弊，恐怕我无能为力。"巡抚哀求得更恳切了，魏经历不得已，只好答应。巡抚又请求赶快审理，魏经历担心没有清静的地方，巡抚请求把衙门的房子打扫干净以供使用，魏经历同意了。巡抚这才站起身来。巡抚又要求让他偷着听听看看，魏经历不许可。巡抚再三强求，魏经历嘱咐说："去了不要出声，阴间的刑罚虽然残酷，但和人世不同，上刑时好像死了，其实并没死。如果看到什么，不要大惊小怪。"

到夜间，巡抚潜伏在官厅的旁边，看见阶下的犯人，断头折臂的，纷纷攘攘数不清。厅前的空地上放着水锅、油锅，几个人在锅下烧柴禾。一会儿看到魏经历穿着官服出来了，升堂入座，气象威猛，和原来看到的样子大不一样。群鬼一下子都跪在地上，齐声喊冤叫苦。

魏经历说："你们都死在海寇手里，冤有头债有主，为何妄告官长?"众鬼

纷纷说道："按规定我们这支队伍不应该调动，我们被错调前去，才遭到杀害，这冤死是谁造成的呢？"魏经历又想出各种理由为巡抚的父亲解脱，众鬼大声喊冤，喊声震天。魏经历叫来鬼卒说："可将那个官送到油锅里，略微进去炸一炸，按理也应当。"观察他的意思，是想借此来平息一下众鬼的怨愤。这时那个叫牛头阿旁的鬼卒走上来，抓着巡抚的父亲，用利叉挑进放入油锅。巡抚看到这个情景，心中难过害怕，痛苦难以忍受，不觉失声哀叫了一声。这时院中立刻静寂了，种种景象都不见了。

巡抚惊叹而归，到天明，一看魏经历，已经死在官舍内。

这件事是松江张禹定讲的，因为这事不能传下什么美名，所以就不写当事人的姓名了。

［何守奇］父子位至督抚，可谓贵显极矣。父又无他罪愆，只以误调镇师。遂不免阴罚，为人上者，不可不慎。不知此折臂断头诸侯，合是命该如此否？更烦阎罗老子一细查之。

颠 道 人

【原文】

颠道人，不知姓名，寓蒙山寺。歌哭不常，人莫之测，或见其煮石为饭者。

会重阳，有邑贵载酒登临，舆盖而往，宴毕过寺，甫及门，则道人赤足着破衲，自张黄盖，作警跸声而出，意近玩弄。邑贵乃惭怒，挥仆辈逐骂之。道人笑而却走。逐急，弃盖，共毁裂之，片片化为鹰隼，四散群飞。众始骇。盖柄转成巨蟒，赤鳞耀目。众哗欲奔，有同游者止之曰："此不过翳眼之幻术耳，乌能噬人！"遂操刃直前。蟒张吻怒逆，吞客咽之。众骇，拥贵人急奔，息于三里之外。使数人逡巡往探，渐入寺，则人蟒俱无。方将返报，闻老槐内喘急如驴，

骇甚。初不敢前，潜踪移近之，见树朽中空，有窍如盘。试一攀窥，则斗蟒者倒植其中，而孔大仅容两手，无术可以出之。急以刀劈树，比树开而人已死，逾时少苏，舁归。道士不知所之矣。

异史氏曰：“张盖游山，厌气浃于骨髓。仙人游戏三昧，一何可笑！予乡殷生文屏，毕司农之妹夫也，为人玩世不恭。章丘有周生者，以寒贱起家，出必驾肩而行。亦与司农有瓜葛之旧。值太夫人寿，殷料其必来，先候于道，着猪皮靴，公服持手本。俟周舆至，鞠躬道左，唱曰：‘淄川生员，接章丘生员！’周惭，下舆，略致数语而别。少间，同聚于司农之堂，冠裳满座，视其服色，无不窃笑；殷傲睨自若。既而筵终出门，各命舆马。殷亦大声呼：‘殷老爷独龙车何在？’有二健仆，横扁杖于前，腾身跨之。致声拜谢，飞驰而去。殷亦仙人之亚也。”

【译文】

颠道人，不知他姓名，住在蒙山寺中，时歌时笑，人们也不知道是怎么回事，有人见他煮石头当饭吃。

正值九月九重阳节，城中一位有钱有势的人带着酒登高望远，坐车到蒙山来。宴饮完毕路过蒙山寺，刚到寺门，就看到道士赤着脚穿着破道袍，自己打着一把黄伞，口中念着戒严的号令从寺里走出来，意思好像在戏弄登山的人。这位有钱有势的人又羞又怒，命令仆人们赶逐谩骂道人。

道人边笑边退，追急了就扔掉黄伞。仆人们上去撕坏了黄伞，碎片变成了老鹰，四散飞走了。众人看了很害怕，伞柄又变成了巨蟒，红色的鳞片耀人眼目。众人乱叫着要逃跑。这时一起登山的一位游人让大家止步说：“这不过是障眼的幻术而已，怎能吃人呢！”说着拿起刀迎上前去。蟒张开大口发怒，一口把那人吞下去咽了。

众人更加害怕，急忙簇拥着贵人跑，在三里地之外休息。派几个人回去探访，几个人走走停停地慢慢到了寺内，那里人、蟒都没有了。刚要返回去报告，听到老槐树内有毛驴似的喘息声，非常害怕。开始时不敢靠前，后来偷偷地往前移动，看到槐树干中间是空的，有盘子大一个孔。试着攀上树一看，只见和蟒搏斗的那个人头朝下栽在里面，而树洞中只容得下两只手，没办法把那人弄出来。急忙用刀劈树，等树劈开了，那人已经昏死过去。过了一会儿，那人才慢慢苏醒，人们把他抬了回去。道士却不知到哪儿去了。

异史氏说：张着伞游山，俗气已深入骨髓。仙人对这贵人的戏弄，又多么可笑。我家乡的秀才殷文屏，是毕司农的妹夫，为人玩世不恭。章丘有个周秀才，出身寒贱，外出必坐轿，他与毕司农有些交情。有一次恰值毕司农母亲的生日，殷秀才估计周秀才必定会来，先在路上等候，他脚穿猪皮靴，身穿公服，手拿着文书。等周秀才的轿子一到，他就在道左鞠躬，大声报告说：“淄川生员迎接章

丘生员！”周秀才很惭愧，下轿后，和殷秀才寒暄了几句就告别了。一会儿，大家都在毕司农的客厅里聚会，满座客人都是华服高冠，一看殷秀才的装束，大家都偷偷发笑，但殷秀才傲然自若。到了席散出门的时候，客人们都招呼车轿。殷秀才也大声呼道：“殷老爷的独龙车何在？”马上有两名健壮的仆人，抬着一根扁担横放在殷秀才面前，殷秀才腾身跨上去，说了声拜谢，飞驰而去。殷生也是仙人一类的人啊！

胡四娘

【原文】

程孝思，剑南人，少惠能文。父母俱早丧，家赤贫，无衣食业，求佣为胡银台司笔札。胡公试使文，大悦之，曰：“此不长贫，可妻也。”

银台有三子四女，皆褓中论亲于大家；止有少女四娘，孽出，母早亡，笄年未字，遂赘程。或非笑之，以为惛髦之乱命，而公弗之顾也，除馆馆生，供备丰隆。群公子鄙不与同食，仆婢咸揶揄焉。生默默不较短长，研读甚苦，众从旁厌讥之，程读弗辍；群又以鸣钲锽聒其侧，程携卷去读于闺中。

初，四娘之未字也，有神巫知人贵贱，遍观之，都无谀词，惟四娘至，乃曰：“此真贵人也！”及赘程，诸姊妹皆呼之“贵人”以嘲笑之，而四娘端重寡言，若罔闻之。渐至婢媪，亦率相呼。四娘有婢名桂儿，意颇不平，大言曰：“何知吾家郎君，便不作贵官耶？”二姊闻而嗤之曰：“程郎如作贵官，当抉我眸子去！”桂儿怒而言曰：“到尔时，恐不舍得眸子也！”二姊婢春香曰：“二娘食言，我以两睛代之。”桂儿益恚，击掌为誓曰：“管教两丁盲也！”二姊忿其语侵，立批之，桂儿号哗。夫人闻知，即亦无所可否，但微哂焉。桂儿噪诉四娘，四娘方绩，不怒亦不言，绩自若。

会公初度，诸婿皆至，寿仪充庭。大妇嘲四娘曰："汝家祝仪何物？"二妇曰："两肩荷一口！"四娘坦然，殊无惭怍。人见其事事类痴，愈益狎之。独有公爱妾李氏，三姊所自出也，恒礼重四娘，往往相顾恤。每谓三娘曰："四娘内慧外朴，聪明浑而不露，诸婢子皆在其包罗中而不自知。况程郎昼夜攻苦，夫岂久为人下者？汝勿效尤，宜善之，他日好相见也。"故三娘每归宁，辄加意相欢。

是年，程以公力得入邑庠。明年，学使科试士，而公适薨，程缞哀如子，未得与试。既离苫块，四娘赠以金，使趋入"遗才"籍。嘱曰："曩久居，所不被呵逐者，徒以有老父在，今万分不可矣！倘能吐气，庶回时尚有家耳。"临别，李氏、三娘赂遗优厚。程入闱，砥志研思，以求必售。无何放榜，竟被黜。愿乖气结，难于旋里，幸囊资小泰，携卷入都。

时妻党多任京秩，恐见诮讪，乃易旧名，诡托里居，求潜身于大人之门。东海李兰台见而器之，收诸幕中，资以膏火，为之纳贡，使应顺天举，连战皆捷，授庶吉士。自乃实言其故。李公假千金，先使纪纲赴剑南，为之治第。时胡大郎以父亡空匮，货其沃墅，因购焉。既成，然后贷舆马往迎四娘。

先是，程擢第后，有邮报者，举宅皆恶闻之；又审其名字不符，叱去之。适三郎完婚，戚眷登堂为馔，姊妹诸姑咸在，惟四娘不见招于兄嫂。忽一人驰入，呈程寄四娘函信，兄弟发视，相顾失色。筵中诸眷客始请见四娘，姊妹惴惴，惟恐四娘衔恨不至。无何，翩然竟来。申贺者，捉坐者，寒暄者，喧杂满屋。耳有听，听四娘；目有视，视四娘；口有道，道四娘也：而四娘凝重如故。众见其靡所短长，稍就安帖，于是争把盏酌四娘。方宴笑间，门外啼号甚急，群致怪问。俄见春香奔入，面血沾染，共诘之，哭不能对。二娘呵之，始泣曰："桂儿逼索眼睛，非解脱，几抉去矣！"二娘大惭，汗粉交下；四娘漠然；合座寂无一语，各始告别。四娘盛妆，独拜李夫人及三姊，出门登车而去。众始知买墅者，即程也。

四娘初至墅，什物多阙。夫人及诸郎各以婢仆、器具相赠遗，四娘一无所受；惟李夫人赠一婢受之。居无何，程假归展墓，车马扈从如云。诣岳家，礼公柩，次参李夫人。诸郎衣冠既竟，已升舆矣。胡公殁，群公子日竟资财，柩之弗顾。数年，灵寝漏败，渐将以华屋作山丘矣。程睹之悲，竟不谋于诸郎，刻期营葬，事事尽礼。殡日，冠盖相属，里中咸嘉叹焉。

程十余年历秩清显，凡遇乡党厄急罔不极力。二郎适以人命被逮，直指巡方者，为程同谱，风规甚烈。大郎浼妇翁王观察函致之，殊无裁答，益惧。欲往求妹，而自觉无颜，乃持李夫人手书往。至都，不敢遽进。觑程入朝，而后诣之。冀四娘念手足之义，而忘睚眦之嫌。阍人既通，即有旧媪出，导入厅事，具酒馔，亦颇草草。食毕，四娘出，颜温霁，问："大哥人事大忙，万里何暇枉顾？"大郎五体投地，泣述所来。四娘扶而笑曰："大哥好男子，此何大事，直复尔尔？妹子一女流，几曾见呜呜向人？"大郎乃出李夫人书。四娘曰："诸兄家娘子都是天人，各求父兄即可了矣，何至奔波到此？"大郎无词，但顾哀之。四娘作色

曰："我以为跋涉来省妹子，乃以大讼求贵人耶！"拂袖径入。大郎惭愤而出。归家详述，大小无不诟詈，李夫人亦谓其忍。逾数日，二郎释放宁家，众大喜，方笑四娘之徒取怨谤也。俄而四娘遣价候李夫人。唤入，仆陈金币，言："夫人为二舅事，遣发甚急，未遑字覆。聊寄微仪，以代函信。"众始知二郎之归，乃程力也。后三娘家渐贫，程施报逾于常格。又以李夫人无子，迎养若母焉。

【译文】

程孝思是剑南人，从小就聪明，会写文章。父母早就去世了，家中十分贫穷，没有赖以谋生的办法，他请求做通政司胡长官的文书。胡大人让他写了篇文章，看后很高兴，说："这个人不会永远受穷，可以把女儿嫁给他。"

胡大人有三子四女，都是在幼小时就与有权势的人家订了亲。只有小女儿四娘，是小老婆生的，母亲死得早，到十五六岁还没定亲，于是招程孝思为入赘女婿。

有人讥笑胡大人，认为他老糊涂了才作了这样的决定。但胡大人不顾别人的非议，收拾了一间书房让程孝思住，还供给他丰盛的日用物品。胡家公子都看不起程孝思，不愿与他同桌吃饭，男女仆人们也都嘲弄他。

程孝思默默不语，也不记较短长，只是更加刻苦地读书。众人在旁边挖苦讥笑，他读书不停，众人又敲钲打鼓地扰乱他，他就拿着书本离开，到卧室中去读。

当初，四娘还没订亲时，有个神婆能预知人的贵贱，遍观胡家人，没有一句奉承话，只有看到四娘时，才说："这是真正的贵人啊！"等程孝思入赘以后，四娘的姐姐都称呼她"贵人"来嘲笑她。但四娘端重寡言，对这些嘲笑置若罔闻，渐渐地丫鬟仆妇们也都喊她"贵人"。

四娘有个小丫鬟名叫桂儿，对此很感不平，大声说："怎知我们姑老爷就不能做大官呢！"二姐听到这话，嗤之以鼻地说："程姑爷如果当了大官，你把我的眼珠子挖去！"桂儿气呼呼地说："到那时，恐怕你就舍不得眼珠子了！"二姐的丫鬟春香说："如果二小姐食言，就用我的两个眼珠子代替。"桂儿听了更加生气，和春香击掌立誓说："准叫你变成两眼瞎！"二姐认为这句话冒犯了自己，立刻打了桂儿两个嘴巴。桂儿大哭大嚎起来。胡夫人听到了，也没说什么话，只是微笑了一下。桂儿吵吵嚷嚷地将这事告诉了四娘，四娘正在纺线，没生气也没说话，照旧不停地纺线。

在胡大人生日这天，几个女婿都来了，献上的寿礼摆满了庭院。大嫂嘲笑四娘说："你家带的寿礼是什么啊？"二嫂说："两个肩上扛个嘴。"四娘听了，坦然处之，没有一点儿惭愧的表现。

人们看到四娘遇到任何事情都是这个态度，好像傻子，就更加戏弄她了。只有胡大人的爱妾李氏，是三小姐的母亲，一直对四娘以礼相待，往往照顾体恤。

经常对三小姐说：“四娘内心聪慧，外表朴实，聪明浑然不露，这些丫鬟们都在她的包涵之下，她们自己还不知道。何况程姑爷昼夜苦读，难道是久为人下的人吗？你不要跟她们学，要好好待四娘，将来也好相见呀！”因此三小姐每当回到娘家，也特意对四娘表示友好。

这年，程孝思凭借胡大人的势力进入了县学。第二年，学使举行科考，这时胡大人去世了，程孝思如儿子一样守孝，没有参加考试。孝满以后，四娘给了他一些银子，让他参加“录遗”考试，以便进入“遗才”的名册。四娘嘱咐说：“以前长久住在这里，所以没被撵出去，只是因为老父亲还健在，现在是万分不可能了。倘若你能考中，回来时大概还会有个家。”临别，李氏和三小姐赠给他很多银钱。

程孝思进了考场，对考卷细心思考研究，以求考中。不久，竟然榜上无名。愿望没能实现，心中郁闷，难以回家，好在钱还不少，就带着书箱子来到京城。当时妻子家的亲戚好多在京城当官，他怕被这些人讥笑，就改了名字，假说了一个籍贯，托人在大官家中找点儿事做谋生。

东海的李御史，见到程孝思后对他很是器重，留在府中当幕僚，供给他生活费用，还为他捐了个贡生，让他参加顺天府考试。程孝思连连取得优异成绩，被皇帝授于庶吉士的官职。这时他才把自己的真实情况讲出来，李御史先替他拿出一千两银子，派仆人到剑南去，给他购置宅第。当时胡家的大儿子因父亲死后家中经济困难，出卖一所很好的田宅，仆人就替程孝思买下了。房屋安排好后，就派车马去接四娘。

在此之前，程孝思科考登第以后，喜报到了家中，胡家的人都不愿听这个消息，又发觉喜报上的名字不符合，把报喜的人呵斥走了。这时正赶上胡家三儿子结婚，亲戚们都来吃喜酒，众姊妹都在，只有四娘没有受到兄嫂邀请。忽然一个人骑马跑来，让交给四娘一封信，兄弟们打开信一看，大家都傻了眼。这时酒筵上的女眷们才来请四娘相见，姊妹们都惴惴不安，惟恐四娘恼怒不来。

不一会儿，四娘竟翩然而至，有的人向四娘道喜，有的人拉着四娘人座，有的人过来说客气话，满屋子闹闹嚷嚷。耳朵听着的是四娘，眼睛看着的是四娘，口中说的还是四娘，但四娘端庄凝重一如以往。众人见她并没有说短道长，这才安下心来，于是争着给四娘斟酒。

正在谈笑饮酒时，门外突然传来了哭喊声，大家都奇怪地询问。一会儿只见春香跑了进来，满脸是血。大家一起追问，春香哭着说不出话来。二小姐大声呵斥她，她才哭着说：“桂儿逼着要挖我的眼珠子，不是我挣脱了，几乎被她抠去啊！”二小姐特别羞愧，汗把脸上搽的粉都冲下来了。四娘默默不语，凝重如故，满座中静悄悄没一个人说话，客人也开始告别离去。

四娘身着盛装，只与李氏夫人和三姐行礼告别，然后出门上车走了。这时人们才知道买宅院的人就是程孝思。四娘刚到新买的宅院，日常用的家什缺少，老

夫人及哥哥各以丫鬟、仆人和各种器具相赠，四娘一概不接受，只有李夫人送来的一个小丫鬟她留下了。

过了不久，程孝思请假回家扫墓，车马随从如云。到了岳父家，先去拜岳父的灵柩，然后参拜李夫人。胡家弟兄们穿好礼服来见他，他已经坐上车走了。

胡大人死后，胡家的几个公子天天争家产，不管父亲的灵柩。过了几年，停放棺木的地方就漏雨了，渐渐地简直把暂停棺木的地方变成掩埋棺木的坟丘。程孝思看到这情景，心中很悲伤，他没有和胡家公子们商量，选个日子把棺木下葬了，事事依礼而行。下葬这天，很多有地位的人都来送葬，家乡的人都赞叹不已。

程孝思当了十多年清廉显要的官，凡是乡邻们遇到困难，没有不竭力帮助的。胡家老二这时因牵连人命的事被逮捕了，主管这个案件的官，是和程孝思同榜考中的，为人方正严厉。胡家老大央求其岳父王观察写信求情，没有回信，胡家更加害怕。想去求四妹，又自觉没脸开口，于是拿着李夫人的亲笔信去了。

到了京城，不敢贸然进家，暗中看着程孝思上朝去了，才来求见妹妹，希望四娘看在手足情分上，能忘记以前的怨恨。门人通报以后，就有从前的女仆出来，把他领到大厅内，准备了酒饭，也不过是简单的饭菜。吃完饭，四娘出来了，面色温和地问："大哥那么多事情要忙，怎么有空万里来看我啊？"胡老大匍匐在地，哭着述说了来意。四娘将他扶起来笑着说："大哥是个好男子，这是什么大事，值得这个样子？妹子只是个女流之辈，什么时候看见我呜呜对人哭过？"

胡老大这才拿出李夫人的信。四娘说："各位哥哥的夫人都是了不起的人物，各个去找找她们的娘家，就可以了，何必大老远跑到这里来？"胡老大无言对答，只是一再哀求。四娘变了脸色，说道："我以为你跋山涉水是来看望妹妹，原来是为了一场官司来求贵人的啊！"说完一甩袖子进里屋去了。胡老大又羞又怒地走了，回家详细说了见到四娘的情况，一家大小无不骂四娘无情，李夫人也认为四娘心太硬了。

过了几天，胡老二被释放回了家，大家都很高兴，讥笑四娘不会作人情白白遭人怨恨辱骂。不久四娘派仆人来问候李夫人。把仆人叫进来，仆人呈上了金币，说："我家夫人为了二舅爷的事，让我尽快来，没有来得及写信，只是带来少许银钱，聊表问候。"众人这才知道，胡老二平安归来，原来靠的是程孝思的努力。

后来，三小姐家逐渐穷了，程孝思对她的报答超出了常规。又因为李夫人没有儿子，他们把她接到家中赡养，如同对待母亲一样。

[冯镇峦] 此篇写炎凉世态，浅薄人情，写到十分，令人涕笑不得。

[何守奇] 世俗悠悠，固不足道。使非胡、李二公独具只眼，几令英雄埋没死矣。卒之刻自振奋，致身青云，并令室人吐气，可不谓豪杰之士哉！彼俗眼无瞳，如二姊者，正未堪多抉耳。

[但明伦] 写银台之卓识，写孝思之力学，写四娘之端默，中间杂以旁人之

非笑，诸子之鄙薄，仆婢之揶揄，神巫之风鉴，婢媪之嘲呼，桂儿之忿恚，纷纭杂遝，聒耳乱心；而若纲在纲，如衣挈颂，如阵步燕，然首尾相应。以叙笔为提笔，以间笔为伏笔，人第赏其后半之工，殊不知其得力全在此等处。

僧 术

【原文】

黄生，故家子，才情颇赡，夙志高骞。村外兰若有居僧某，素与分深。既而僧云游，去十余年复归。见黄，叹曰："谓君腾达已久，今尚白纻耶？想福命固薄耳。请为君贿冥中主者。能置十千否？"答言："不能。"僧曰："请勉办其半，余当代假之。三日为约。"黄诺之，竭力典质如数。

三日，僧果以五千来付黄。黄家旧有汲水井，深不竭，云通河海。僧命束置井边，戒曰："约我到寺，即推堕井中。候半炊时，有一钱泛起，当拜之。"乃去。黄不解何术，转念效否未定，而十千可惜。乃匿其九，而以一千投之。少间巨泡突起，铿然而破，即有一钱浮出，大如车轮。黄大骇，既拜，又取四千投焉。落下击触有声，为大钱所隔不得沉。日暮僧至，谯让之曰："胡不尽投？"黄云："已尽投矣。"僧曰："冥中使者止将一千去，何乃妄言？"黄实告之，僧叹曰："鄙吝者必非大器。此子之命合以明经终，不然甲科立致矣。"黄大悔，求再禳之，僧固辞而去。黄视井中钱犹浮，以绠钓上，大钱乃沉。是岁，黄以副榜准贡，卒如僧言。

异史氏曰："岂冥中亦开捐纳之科耶？十千而得一第，直亦廉矣。然一千准贡，犹昂贵耳。明经不第，何值一钱！"

【译文】

黄生原是大户人家的儿子，很有才学，志向高远。村外有座寺庙，居住着一位和尚，一向与黄生交情很深。

后来和尚外出云游，去了十多年才回来。看到黄生，感叹说："我还以为你早就飞黄腾达了，没想到现在还是个普通百姓啊！想来你的福分太薄了，请让我替你去给阴间的大王送点儿礼，你能筹备一万钱吗？"黄生回答说："不能。"和尚说："请尽力预备五千钱，其余的我帮你借借，三日内准备好。"黄生答应了，又当又借尽力凑足了钱数。

第三天，和尚果然拿来五千钱交给黄生。黄家原有一口吃水的井，井很深，井水从不枯竭，有人说这口井通着江海，和尚让黄生把钱捆好放在井沿上，告诫说："估计我回到庙里，就把钱推到井里。过半顿饭工夫，有一个钱漂上来，你就磕头拜谢。"说完就走了。

黄生不知这是什么法术，又想到有没有效验还不肯定，把一万钱扔到井里太可惜了，就藏起了九千，只把一千钱投入井内。

一会儿，井里冒起大泡，“嘣”的一声水泡破了，就有一个钱浮了上来，有车轮那样大。黄生很害怕，赶快磕头下拜，又取出四千钱投下去，落下以后，发出碰撞的声音，被大钱挡住了，沉不下去。

天黑了，和尚来了，责备他说：“为什么不全扔进去？”黄生说：“已经全都投进去了。”和尚说：“阴间的使者只拿到了一千钱，你怎么说谎？”黄生把实情告诉了和尚，和尚叹息着说：“吝啬鬼绝对成不了大器，你命中注定只能当个贡生了，不然的话，进士都能取得啊！”

黄生特别后悔，请求和尚再次作法，和尚坚决拒绝，然后走了。黄生看到扔到井中的钱还浮着，用绳子把这些钱钓上来，大钱才沉下去。这年，黄生考了个备取的贡生，结果与和尚说的一样。

异史氏说：难道阴间也开了个用钱买官的门路吗？用一万钱可以得一个进士，也太便宜了。然而一千钱才给一个贡生，又太昂贵了。贡生如果考不中进士，一文钱也不值呀！

［何守奇］鄙吝者必非大器，是矣。然科甲者究不能无鄙吝，此又何说？

禄 数

【原文】

某显者多为不道，夫人每以果报劝谏之，殊不听信。适有方士能知人禄数，诣之。方士熟视曰：“君再食米二十石、面四十石，天禄乃终。”归语夫人。计一人终年仅食面二石，尚有二十余年天禄，岂不善所能绝耶？横如故。逾年，忽病“除中”，食甚多而旋饥，一昼夜十余餐。未及周岁，死矣。

【译文】

某大官做了许多不法的事情，他的夫人经常用因果报应的道理来规劝他，可他就是不相信。

恰巧有个算命先生，能知道人的官能做多大。某大官就去见算命先生。算命先生看了他好一会儿，才说：“大人再能吃米二十石，面四十石，寿禄就终结了。”

大官回去告诉了夫人。算了一下，一人一年只能吃面二石，还有二十多年的寿禄，做坏事怎么会折人的寿禄呢？依旧横行不法。

过了一年，忽然得了糖尿病，吃得很多，但一会儿又饿了，一昼夜要吃十几顿饭，不到一年就死了。

[何守奇] 或问：“饥而不食，不知能饥死否？”曰：“彼固不能不食，所以谓之数耳。”

柳 生

【原文】

周生，顺天宦裔也，与柳生善。柳得异人之传，精袁许之术。尝谓周曰：“子功名无分，万钟之资尚可以人谋，然尊阃薄相，恐不能佐君成业。”未几妇果亡，家室萧条，不可聊赖。

因诣柳，将以卜姻。入客舍坐良久，柳归内不出。呼之再三，始方出，曰：“我日为君物色佳偶，今始得之。适在内作小术，求月老系赤绳耳。”周喜问之，答曰：“甫有一人携囊出，遇之否？”曰：“遇之。褴褛若丐。”曰：“此君岳翁，宜敬礼之。”周曰：“缘相交好，遂谋隐密，何相戏之甚也！仆即式微，犹是世裔，何至下昏于市侩？”柳曰：“不然。犁牛尚有子，何害？”周问：“曾见其女耶？”答曰：“未也。我素与无旧，姓名亦问讯知之。”周笑曰：“尚未知犁牛，何知其子？”柳曰：“我以数信之。其人凶而贱，然当生厚福之女。但强合之必

有大厄，容复禳之。”周既归，未肯以其言为信，诸方觅之，迄无一成。

一日柳生忽至，曰：“有一客，我已代折简矣。”问：“为谁？”曰：“且勿问，宜速作黍。”周不谕其故，如命治具。俄客至，盖傅姓营卒也。心内不合，阳浮道与之；而柳生承应甚恭。少间酒肴既陈，杂恶草具进。柳起告客：“公子向慕已久，每托某代访，曩夕始得晤。又闻不日远征，立刻相邀，可谓仓卒主人矣。”饮间傅忧马病不可骑，柳亦俯首为之筹思。既而客去，柳让周曰：“千金不能买此友，何乃视之漠漠？”借马骑归，因假周命，登门持赠傅。周既知，稍稍不快，已无如何。

过岁将如江西，投臬司幕。诣柳问卜，柳言：“大吉！”周笑曰：“我意无他，但薄有所猎，当购佳妇，几幸前言之不验也，能否？”柳云：“并如君愿。”及至江西，值大寇叛乱，三年不得归。后稍平，选日遵路，中途为土寇所掠，同难人七八位，皆劫其金资释令去，惟周被掳至巢。盗首诘其家世，因曰：“我有息女，欲奉箕帚，当即无辞。”周不答，盗怒，立命枭斩。周惧，思不如暂从其请，因从容而弃之。遂告曰：“小生所以踟蹰者，以文弱不能从戎，恐益为丈人累耳。如使夫妇得相将俱去，恩莫厚焉。”盗曰：“我方忧女子累人，此何不可从也。”引入内，妆女出见，年可十八九，盖天人也。当夕合卺，深过所望。细审姓氏，乃知其父即当年荷囊人也。因述柳言，为之感叹。

过三四日，将送之行，忽大军掩至，全家皆就执缚。有将官三员监视，已将妇翁斩讫，寻次及周。周自分已无生理，一员审视曰：“此非周某耶？”盖傅卒已以军功授副将军矣。谓僚曰：“此吾乡世家名士，安得为贼！”解其缚，问所从来。周诡曰：“适从江臬娶妇而归，不意途陷盗窟，幸蒙拯救，德戴二天！但室人离散，求借洪威，更赐瓦全。”傅命列诸俘，令其自认，得之。饷以酒食，助以资斧，曰：“曩受解骖之惠，旦夕不忘。但抢攘间，不遑修礼，请以马二匹、

金五十两，助君北旋。”又遣二骑持信矢护送之。

途中，女告周曰：“痴父不听忠告，母氏死之。知有今日久矣，所以偷生旦暮者，以少时曾为相者所许，冀他日能收亲骨耳。某所窖藏巨金。可以发赎父骨，余者携归，尚足谋生产。”嘱骑者候于路，两人至旧处，庐舍已烬，于灰火中取佩刀掘尺许，果得金，尽装入橐，乃返。以百金赂骑者，使瘗翁尸，又引拜母冢，始行。至直隶界，厚赐骑者而去。周久不归，家人谓其已死，恣意侵冒，粟帛器具，荡无存者。及闻主人归，大惧，哄然尽逃；只有一妪、一婢、一老奴在焉。周以出死得生，不复追问。及访柳，则不知所适矣。

女持家逾于男子，择醇笃者，授以资本而均其息。每诸商会计于檐下，女垂帘听之，盘中误下一珠，辄指其讹。内外无敢欺。数年夥商盈百，家数十巨万矣。乃遣人移亲骨厚葬之。

异史氏曰：“月老可以贿嘱，无怪媒妁之同于牙侩矣。乃盗也而有是女耶？培塿无松柏，此鄙人之论耳。妇人女子犹失之，况以相天下士哉！”

【译文】

周生是顺天府官宦人家的后裔，和柳生是好朋友。柳生得到异人的传授，精通相面之术。柳生曾对周生说：“你命中不能当官，要想发财致富，还可以想想办法，但您的夫人是个薄命相，恐怕不能帮你创立家业。”

不久，周生的夫人果然死了，从此家中萧条冷落，无依无靠。于是去找柳生，想让他给算算婚姻的事。

进了柳生住的地方，坐了好长时间，柳生进了里屋不出来。叫了很多次，他才出来，对周生说：“我每天都在为你物色好配偶，今天才找到。刚才在屋内作个小法术，请求月下老人给你们系上红绳。”

周秀才高兴地问找个什么样人，柳生说：“刚才有个人拿着口袋出去，你遇见了吗？”周生说：“遇见了，穿得破破烂烂像个乞丐。”柳生说：“这是你的岳父，你应该礼貌地对待他。”周生说：“因为咱们俩交情很好，才把婚姻这样隐秘的事和你商量，为什么要这样戏弄我呢？我即使再倒楣，还是世家大族的后代，何至于和低贱的市井小民去联姻呢？”

柳生说：“不是这样。杂毛牛也会生出纯毛仔。低贱的父亲也会有高贵的儿子，这有什么妨害。”周生又问：“你曾见过他的女儿吗？”柳生回答：“没有见过。我素来和他没有交往，姓名还是刚问过才知道。”周生笑着说：“你连杂毛牛都不知道，怎能知道牛仔？”柳生说：“我是依照命中的定数相信的。这个人凶恶又下贱，但命中注定要生个有福气的女儿。然而勉强结合必有大难，容我再作法求求。”周生回家以后，不肯把柳生的话当真，到各处请人说媒，一直没有成功。

一天，柳生忽然来了，说：“有一位客人，我已替你下请帖邀请来了。”周

生问："是谁？"柳生说："暂且不要问，请快做饭。"周生不明白什么原因，按柳生的吩咐准备饭。一小会儿客人来了，原来是姓傅的兵卒。周生内心不高兴，表面虚与应付，但柳生对这名小卒却十分恭敬。过了一会儿，摆上了酒菜，还夹杂一些粗劣的食物，一起端了上来。柳生站起来对客人说："周公子仰慕您已经很久了，每每托我代为访求，今天晚上才得以见面。又听说您不久又要远征，所以立刻相邀，可以说是仓猝的主人啊！"

饮酒中间，姓傅的担忧他的马生了病，不能再骑了。柳生也低着头替他想办法。不久客人走了，柳生责备周生说："即使用千金也不能买来这样的朋友，你为什么这样轻视他？"说完借周生的马骑着回家。于是假托是周生的意思，到姓傅的家中把马送给了他。周生知道后，心中有点儿不痛快，但也无可奈何了。

过了年，周秀才要到江西去，投奔按察使衙门去当幕僚。行前找柳生占卜吉凶，柳生说："大吉！"周生笑着说："我没有更多的打算，只想有点儿收入，能娶一个好媳妇，希望你以前说的话不应验，能吗？"柳生说："都能如愿。"

到了江西，正遇上强盗叛乱，三年回不了家。后来稍稍太平，就择日上路，中途又被土匪抓住，一起遭难的有七八个人，钱财都被抢走了，土匪把别人都放了，只把周生带回了匪巢。

土匪首领盘问了周生的家世，于是说："我有个亲生女儿，想许配给你当媳妇，不要推辞。"周生不说话。土匪首领发怒了，立即下令将他砍头。周生害怕了，心想，不如暂时答应他，以后再慢慢想法把她丢弃。于是对匪首说："小生所以犹豫，是因为自己是个文弱书生，不能跟着队伍打仗，恐怕增加岳父大人的累赘。如果能让我们夫妇一块儿离开，那恩情就无比了。"土匪首领说："我正担忧女孩子拖累人，这有什么不能答应呢。"把周生带到内室，女儿打扮好了出来相见，只见女孩子有十七八岁，长得天仙一样美丽。

当天晚上二人成了亲，找到这样的女子超过了周生的愿望。仔细问了其父的情况，才知道她的父亲就是自己当年遇到的拿着口袋的人。于是周生又讲述了柳生的话，两人感叹了一番。

过了三四天，将要为他们送行，忽然官军围上来，全家都被抓住了。有三名军官监视，已将妻子的父亲砍头，接着轮到了周生。周生心想已无活命的可能。这时一名军官仔细打量了他一会儿说："你不是周生吗？"原来姓傅的兵卒因立了军功已升为副将军了。他对同僚说："这人是我们家乡出身世家的名士，怎么会当土匪呢！"替他松了绑，问他从什么地方来。周生撒谎说："刚从江西按抚使衙门娶亲回家，不想途中陷入盗窟。幸蒙搭救，使我获得了第二次生命。但是妻子离散了，请借助您的威望，使我们夫妻团聚。"

傅将军下令将俘虏带上来，让周生自己寻找，找到了。傅将军请他们吃了饭，还资助了路费，说："从前受过您赠马的恩惠，日夜不忘。但战乱期间不能讲究礼节，请让我用战马二匹、银子五十两，帮助您北上还乡。"又派了两个骑兵带着令箭护送。

途中，妻子告诉周生说："我那固执的父亲不听忠告，母亲为此死了，早就知道会有今日的下场，所以一天天苟且偷生，是因为小时相面的人曾说我将来会找个好夫婿，希望他日能收葬父亲的尸骨啊！有个地窖里埋藏着很多金银，可以取出来赎父亲的尸骨，其余的带回家去，还足以维持生计。"嘱咐护送他们的骑兵在路上等着，夫妻二人回到原来住的地方，房屋已被烧毁，在灰火下用刀挖掘了一尺多深，果然发现了金银，全部装入口袋，又沿原路返回。用一百两银子贿赂护送的骑兵，让他帮助掩埋了其父的尸首，又领着周生到母亲坟上行了礼，这时才开始走上返家的路。到了河北境界，又重金谢了护送的骑兵，让他返回去。

周生很久没有回家，家中仆人以为他已经死了，任意侵吞他的财物，粮食、布匹、器具全都没有了，听到主人回来，十分害怕，全都逃走了，只有一个老妈子、一个丫鬟和一个老仆人还在。周生因为自己也是死里逃生，就不再追究以往的事，去拜访柳生，也不知柳生到哪儿去了。

妻子操持家事胜过男人，挑选忠厚老实的人，交给他资本让他去做生意，挣来的钱对半分。每当周生和众商人在房檐下算账时，妻子都在帘子后听着，一个算盘珠子拨错了，她都能够指出来。里里外外，没有人敢欺骗。过了数年，与他家合伙经商的人超过了百人，他的家产达到了数十万。于是派人为父母迁坟，以厚礼安葬。

异史氏说：月下老人可以用贿赂收买，那么人们把媒婆和市上的牙侩看成同样的人就没有什么可奇怪的了。盗贼也会有这样的女儿吗？小丘长不出松柏，这是无见识者的论调罢了。对妇人、女孩子都看不清她们的命运，何况来相天下的士人呢！

［何守奇］不求月老系此妇，无从得巨金；系此妇不令交付，又不能脱于厄。辗转相引，要知柳生苦心。

冤狱

【原文】

朱生，阳谷人，少年佻达，喜诙谑。因丧偶往求媒媪，遇其邻人之妻，睨之美，戏谓媪曰："适睹尊邻，雅少丽，若为我求凰，渠可也。"媪亦戏曰："请杀其男子，我为若图之。"朱笑曰："诺。"

更月余，邻人出讨负，被杀于野。邑令拘邻保，血肤取实，究无端绪。惟媒媪述相谑之词，以此疑朱。捕至，百口不承。令又疑邻妇与私，榜掠之，五毒参至，妇不能堪，诬伏。又讯朱，朱曰："细嫩不任苦刑，所言皆妄。既是冤死，而又加以不节之名，纵鬼神无知，予心何忍乎？我实供之可矣：欲杀夫而娶其

妇，皆我之为，妇不知之也。”问：“何凭？”答言：“血衣可证。”及使人搜诸其家，竟不可得。又掠之，死而复苏者再。朱乃云：“此母不忍出证据死我耳，待自取之。”因押归告母曰：“予我衣，死也；即不予，亦死也；均之死，故迟也不如其速也。”母泣，入室移时，取衣出付之。令审其迹确，拟斩。再驳再审，无异词。经年余，决有日矣。

令方虑囚，忽一人直上公堂，怒目视令而大骂曰：“如此愦愦，何足临民！”隶役数十辈，将共执之。其人振臂一挥，颓然并仆。令惧欲逃，其人大言曰：“我关帝前周将军也！昏官若动，即便诛却！”令战惧悚听。其人曰：“杀人者乃宫标也，于朱某何与？”言已倒地，气若绝。少顷而醒，面无人色。及问其人，则宫标也，榜之，尽服其罪。

盖宫素不逞，知某讨负而归，意腰橐必富，及杀之竟无所得。闻朱诬服，窃自幸，是日身入公门，殊不自知。令问朱血衣所自来，朱亦不知之。唤其母鞫之，则割臂所染，验其左臂，刀痕犹未平也。令亦愕然。后以此被参揭免官，罚赎羁留而死。年余，邻母欲嫁其妇，妇感朱义，遂嫁之。

异史氏曰：“讼狱乃居官之首务，培阴骘，灭天理，皆在于此，不可不慎也。躁急污暴，固乖天和；淹滞因循，亦伤民命。一人兴讼则数农违时，一案既成则十家荡产，岂故之细哉！余尝谓为官者不滥受词讼，即是盛德。且非重大之情，不必羁候；若无疑难之事，何用徘徊？即或乡里愚民，山村豪气，偶因鹅鸭之争，致起雀角之忿，此不过借官宰之一言，以为平定而已，无用全人，只须两造，笞杖立加，葛藤悉断。所谓神明之宰非耶？

“每见今之听讼者矣：一票既出，若故忘之。摄牒者入手未盈，不令消见官之票；承刑者润笔不饱，不肯悬听审之牌。蒙蔽因循。动经岁月，不及登长吏之庭，而皮骨已将尽矣！而俨然而民上也者，偃息在床，漠若无事。宁知水火狱中有无数冤魂，伸颈延息以望拔救耶！然在奸民之凶顽，固无足惜；而在良民之株累，亦复何堪？况且无辜之干连，往往奸民少而良民多；而良民之受害，且更倍于奸民。何以故？奸民难虐，而良民易欺也。皂隶之所殴骂，胥徒之所需索，皆相良者而施之暴。

"自入公门，如蹈汤火。早结一日之案，则早安一日之生，有何大事，而顾奄奄堂上若死人，似恐溪壑之不遽饱，而故假之以岁时也者！虽非酷暴，而其实厥罪维均矣。尝见一词之中，其急要不可少者，不过三数人；其余皆无辜之赤子，妄被罗织者也。或平昔以睚眦开嫌，或当前以怀璧致罪，故兴讼者以其全力谋正案，而以其余毒复小仇。带一名于纸尾，遂成附骨之疽；受万罪于公门，竟属切肤之痛。人跪亦跪，状若乌集；人出亦出，还同猱系。而究之官问不及，吏诘不至，其实一无所用，只足以破产倾家，饱蠹役之贪囊；鬻子典妻，泄小人之私愤而已。深愿为官者，每投到时，略一审诘：当逐逐之，不当逐芟之。不过一濡毫、一动腕之间耳，便保全多少身家，培养多少元气。从政者曾不一念及于此，又何必桁杨刀锯能杀人哉！"

【译文】

朱生是阳谷县人，年少轻浮，爱开玩笑。因妻子去世，去找媒婆提亲。路上遇到媒婆邻居的妻子，他一看很美，就对媒婆开玩笑说："刚才看到你的贵邻居，实在是年轻貌美，你如果给我做媒，这个人就可以了。"媒婆也开玩笑说："请杀了他的丈夫，我就给你想办法。"朱生笑着说："好吧！"

过了一个多月，媒婆的邻人出门去讨债，被人杀死在野外。县官把被害人的邻居和同一保甲的人都抓起来，打得皮开肉绽逼取口供，但始终没有头绪。只有媒婆说出了和朱生开玩笑的话，因此怀疑朱生是杀人凶手。

把朱生抓到县衙，朱生百口不承认。县官又怀疑被害者的妻子与朱生私通，又对其妻用刑，各种刑罚都用遍了，邻妇不堪忍受，只好违心招认。又审讯朱生，朱生说："女人细皮嫩肉经受不住酷刑，她所招认的都是假的。她既受冤而死，又加上不贞节的罪名，纵然鬼神无知，我又于心何忍呢？我从实招来就是了：我想杀死她的丈夫来娶她为妻子，这些都是我干的，这个女人实在不知真情啊！"县官问："有什么凭证？"朱生说："有血衣可证。"县官派人到他家搜查，竟找不到血衣。又拷打他，打得死去活来了好几次。朱生才说："这是我母亲不忍心拿出证据让我送死啊，可以让我自己去取。"

于是押着朱生回家，朱生对母亲说："给我血衣，我是死；就是不给，我也是死，结果是一样的，迟一天不如早一天。"母亲哭了，进屋好一会儿，取出血衣来。县官审查确实是血衣，判决朱生死刑。又再三覆审，朱生还是原来的那些供词。

过了一年多，行刑的日子已经定下来了。县令正准备最后一次审讯，忽然有一个人径直走上公堂，瞪着县令大骂说："像你这样的昏官，怎能治理百姓！"数十名衙役拥上来，想抓这个人，这人振臂一挥，衙役全都摔倒了。县官害怕了，要逃，那人大声说："我是关老爷跟前的周将军，昏官敢动一动，我就马上把你杀掉！"

县令战战兢兢地听着。那人说："杀人的人乃是宫标，与朱生有什么关系？"说完，倒在地上，好像没气了。过了一会儿醒了，面无人色。问他是什么人，原来是宫标，一拷打，全部招认了他的罪行。

原来宫标平素就是个不法之徒，知道媒婆的邻居讨债归来，心想他身上必然带着许多钱，等杀了人以后，竟然一无所得。听说朱生被屈打成招，暗自庆幸。这天他自己来到公堂上，自己也不知道是怎么回事。

县令问朱生血衣是怎么来的，朱生也不知道。叫来朱母一问，才知道是朱母割开自己的胳膊染上的血，看了看她的左胳膊，刀痕还没有长好，县令对此也很惊愕。

后来县令因此事被参奏免了官，罚他赎罪留在当地，后来死了。过了一年多，媒婆邻居的母亲想叫媳妇改嫁，媳妇感激朱生的义气，就嫁给了朱生。

异史氏说：审理案件是当官的首要任务，积阴德，丧天良，都在这件事上，不可不慎重。性情急躁，贪污凶暴，固然与天理不符。拖拉敷衍，将错就错，也会伤害人命。一个人告状，就会连带几个农民耽误农时；一个案子宣判，就会牵连十家荡产，难道是小事吗？我曾对当官的人说，不要胡乱地接受诉状，这就是积了大德。如果不是重大的案情，不必将人拘禁起来等候判决；若是没有疑难的事情，何须犹豫不决？即使有邻里间无知小民，或山村中有豪气的村民，偶尔因鹅鸭的事发生争论，以致引起了小的纠纷，这些事不过借官长的一句话，为他们评定一下而已，不必全部人员到庭，只需原告被告两方传到，板子、鞭子立刻加身，他们之间纠缠不清的矛盾立刻解决了。所说的料事如神的长官不是这样的吗？

我经常看到现今的办案官员，传票一发出去，好像就忘记了。手拿传票的人收的贿赂还不丰厚，就不撤销见官的传票；判案人员得到的好处不足，就不肯悬挂听审的牌子。如此蒙蔽拖拉，动不动就成年累月，不等登上审判庭，油水已被榨干了。但那些俨然高居于民上的父母官，却悠然高卧在床，漠然无事。怎知水深火热的牢狱中，有无数的冤魂，伸着脖子苟延残喘，等待搭救呢！

当然对待那些凶顽的刁民，是没什么可怜惜的；但是善良的百姓受到牵连，他们怎能忍受呢？何况受到无辜牵连的，往往是奸民少而良民多；而良民受到的伤害，比奸民受到的伤害加倍地酷烈。为什么呢？因为对奸民难以凌虐，而良民则易于欺压。衙役们殴打辱骂的，官差们伸手勒索的，都看他们是良民而敢于对他们施以暴行。这些良民一进官府大门，如同进入火海。早结一天案子，就早一天安生。有什么大事，看着公堂上那奄奄快死的人，好像惟恐深沟中死尸填不

满，而故意拖延时日让他们死掉呢！这种做法虽然还说不上残酷暴烈，而所造的罪孽是一样的啊！

我曾经看到一份案卷，其中急需审问的要犯，不过三四个人，其余都是无辜的老百姓，都是被错误地牵连进来的。这些人也许一时有些细微的矛盾而涉嫌，或因目前有些钱财而获罪，所以告状的人用全力来谋求主案的解决，用余下歹毒心肠报小仇。如果名字被写在状纸的末尾，就如同患了深入骨髓的毒瘤。在衙门受尽各种罪，竟成了切肤之痛。人家跪自己跟着跪，就好像群鸟集在一处。人家出来自己也出来，如同拴在一起的猿猴。而审问官问不到他，小吏也问不到他，其实对断案一无所用，只足以让他倾家破产，让衙役中饱贪囊；只足以让他典妻卖子，让小人泄泄私愤而已。

我深愿那些为官的人，每当投到一个人犯时，略一审问，该放的就放，不该放的就处罚。这样做，只不过是用笔蘸蘸墨，动动手腕的事，却保全了多少人的身家性命，培养了多少正气。从政官员既不能在保护百姓上用心思，又何必用刑具刀锯杀人害人呢！

［何守奇］一言之戏，几至杀身，可为不谨言之戒。妇后归朱，似亦可以不必矣。赞戒听讼淹迟株累，可作座右铭

［但明伦］逞一时之戏谈，罹杀身之惨祸，佻达诙谑，其害可胜言哉！独怪俨然为民父母者，借彼谑辞，定斯疑狱，予以极刑之惨，加以不节之名！绝少端倪，凭何判断？

鬼　令

【原文】

教谕展先生，洒脱有名士风。然酒狂不持仪节，每醉归，辄驰马殿阶。阶上多古柏。一日纵马入，触树头裂，自言：“子路怒我无礼，击脑破矣！”中夜遂卒。

邑中某乙者，负贩其乡，夜宿古刹。更静人稀，忽见四五人携酒入饮，展亦在焉。酒数行，或以字为令曰：“田字不透风。十字在当中；十字推上去，古字赢一钟。”一人曰：“回字不透风，口字在当中；口字推上去，吕字赢一钟。”一人曰：“囹字不透风，令字在当中；令字推上去，含字赢一钟。”又一人曰：“困字不透风，木字在当中；木字推上去，杏字赢一钟。”末至展，凝思不得。众笑曰：“既不能令，须当受命。”飞一觥来。展即云：“我得之矣：曰字不透风，一字在当中……”众又笑曰：“推作何物？”展吸尽曰：“一字推上去，一口一大钟！”相与大笑，未几出门去。某不知展死，窃疑其罢官归也。及归问之，则展死已久，始悟所遇者鬼耳。

【译文】

教官展先生为人洒脱，有名士风度。但一喝醉了酒，就不讲究礼节了。每当喝醉酒归来，就骑马在文庙殿前的台阶上奔驰。台阶上有很多古柏树。有一天，他纵马跑入树间，头撞在树上碰破了，他自言自语说："子路怪我无礼，打破我的脑袋了！"当天半夜就死了。

县里的某人，做买卖来到展先生的家乡，夜间住在古庙中。更深人静时，忽然看到四五个人带着酒进庙里来喝，展先生也在其中。

酒过数巡以后，一个人用字行起酒令来，他说："田字不透风，十字在当中；十字推上去，古字赢一盅。"另一个人说："回字不透风，口字在当中；口字推上去，吕字赢一盅。"还有一个人说："图字不透风，令字在当中；令字推上去，含字赢一盅。"又有一个人说："困字不透风，木字在当中；木字推上去，杏字赢一盅。"

最后轮到展先生，凝思许久也想不出来。众人笑着说："既然说不出酒令，就该受罚。"送来一大杯酒。展先生说："我想出来了。日字不透风，一字在当中；……"众人又笑着说："推上去是什么字？"展先生喝完最后一口酒说："一字推上去，一口一大盅。"大家都笑了起来，不久出门走了。

某人不知展先生已死，还以为他是被罢官回到了家乡。等他回到县里一问，才知道展先生已经死去很久了，这才知道所看到的是鬼。

甄 后

【原文】

洛城刘仲堪，少钝而淫于典籍，恒杜门攻苦，不与世通。一日方读，忽闻异

香满室，少间佩声甚繁。惊顾之，有美人入，簪珥光采，从者皆宫妆。刘惊伏地下，美人扶之曰："子何前倨而后恭也？"刘益惶恐，曰："何处天仙，未曾拜识。前此几时有侮？'，美人笑曰："相别几何，遂尔懵懵！危坐磨砖者非子耶？"乃展锦荐，设瑶浆，捉坐对饮，与论古今事，博洽非常。刘茫茫不知所对。美人曰："我止赴瑶池一回宴耳，子历几生，聪明顿尽矣！"遂命侍者，以汤沃水晶膏进之。刘受饮讫，忽觉心神澄彻。既而曛黑，从者尽去，息烛解襦，曲尽欢好。

未曙，诸姬已复集。美人起，妆容如故，鬓发修整，不再理也。刘依依苦诘姓字，答曰："告郎不妨，恐益君疑耳。妾，甄氏；君，公干后身。当日以妾故罹罪，心实不忍，今日之会，亦聊以报情痴也。"问："魏文安在？"曰："丕，不过贼父之庸子耳。妾偶从游嬉富贵者数载，过即不复置念。彼曩以阿瞒故，久滞幽冥，今未闻知。反是陈思为帝典籍，时一见之。"旋见龙舆止于庭中，乃以玉脂合赠刘，作别登车，云推而去。

刘自是文思大进。然追念美人，凝思若痴，历数月渐近羸殆。母不知其故，忧之。家一老妪，忽谓刘曰："郎君意颇有所思否？"刘以言隐中情，告之，妪曰："郎试作尺一书，我能邮致之。"刘惊喜曰："子有异术，向日昧于物色。果能之，不敢忘也。"乃折柬为函，付妪便去。半夜而返曰："幸不误事。初至门，门者以我为妖，欲加缚絷。我遂出郎君书，乃将去。少顷唤入，夫人亦欷歔，自言不能复会。便欲裁答。我言：'郎君羸惫，非一字所能瘳。'夫人沉思久，乃释笔云：'烦先报刘郎，当即送一佳妇去。'濒行，又嘱：'适所言乃百年计，但无泄，便可永久矣。'"刘喜，伺之。

明日，果一老媪率女郎诣母所，容色绝世，自言："陈氏；女其所出，名司香，愿求作妇。"母爱之，议聘；更不索资，坐待成礼而去。惟刘心知其异，阴问女："系夫人何人？"答云："妾铜雀故妓也。"刘疑为鬼，女曰："非也。妾与夫人俱隶仙籍，偶以罪过谪人间。夫人已复旧位；妾谪限未满，夫人请之天曹，暂使给役，去留皆在夫人，故得长侍床箦耳。”

一日，有瞽媪牵黄犬丐食其家，拍板俚歌。女出窥，立未定，犬断索咋女，女骇走，罗衿断。刘急以杖击犬。犬犹怒，齿乞断幅，顷刻碎如麻。瞽媪捉领毛，缚以去。刘入视女。惊颜未定，曰：“卿仙人，何乃畏犬？”女曰：“君自不知，犬乃老瞒所化，盖怒妾不守分香戒也。”刘欲买犬杖毙，女不可，曰：“上帝所罚，何得擅诛？”

居二年，见者皆惊其艳，而审所从来，殊恍惚，于是共疑为妖。母诘刘，刘亦微道其异。母大惧，戒使绝之，刘不听。母阴觅术士来，作法于庭。方规地为坛，女惨然曰：“本期白首，今老母见疑，分义绝矣。要我去亦复非难，但恐非禁咒可遣耳！”乃束薪燕火，抛阶下。瞬息烟蔽房屋，对面相失。忽有声震如雷，既而烟灭，见术士七窍流血死矣。入室，女已渺。呼妪问之，妪亦不知所去。刘始告母：“妪盖狐也。”

异史氏曰：“始于袁，终于曹，而后注意于公干，仙人不应若是。然平心而论：奸瞒之篡子，何必有贞妇哉？犬睹故妓，应大悟分香卖履之痴，固犹然妒之耶？呜呼！奸雄不暇自哀，而后人哀之已！”

【译文】

洛阳人刘仲堪，从小愚钝，但特别喜爱读书，经常闭门苦读，不与人交往。

一天，正在读书，忽然闻到满屋充满了奇异的香味。一会儿，又听到玉佩等首饰相碰的声音。刘仲堪吃惊地一看，有一个漂亮的女子进来了，头上戴的簪子，耳上的耳环发出闪闪的光彩，跟随她的人也都是宫中的装束。

刘仲堪赶快匍匐在地上，那个美女上前扶他起来说：“你怎么从前那么倨傲而现在如此恭敬呢？”刘仲堪更加惶恐，说：“您是何处的天仙，一向未曾拜识，以前什么时候对您有过不恭啊？”美人笑着说：“相别才多少时间呀，你就这么糊里糊涂了，直挺挺坐着磨砖的，不就是你吗？”于是铺好了锦绣的被褥，摆上了美酒，拉着刘仲堪对饮，和他谈论古今的事情，知识异常广博。刘仲堪茫然不知如何对答。

美人说：“我只到瑶池赴过一次宴，你经历了几世，聪明劲儿全都没有了！”就让侍者炖水晶膏给刘仲堪喝。刘仲堪喝完以后，忽然觉得心神清澈。不久天就黑了，跟随的人都走了，只剩下他们二人，息了灯解衣睡觉，欢愉非常。

天还没亮，宫女们又来了。美人起了床，装束打扮和昨天一样，头发一丝不乱，不用重新梳妆。刘仲堪依依不舍，苦苦追问她的姓名，美人回答说：“告诉郎君也不妨，只恐怕更增添你的怀疑罢了，我就是甄氏，你是刘公幹的后身，当年因为我的缘故你犯了罪，我实在于心不忍。今天的相会，也是为了报答你的痴情啊！”刘仲堪问：“魏文帝在哪儿呢？”甄氏说：“曹丕，不过是他那贼父的庸子罢了。我不过偶然和这些富贵的人们游戏了几年，过后就不再挂怀了。曹丕前些时因曹操的缘故，长久滞留阴间，现在的情况就不知道了。反而是陈思王曹植给上帝管理文书，不时还能见到。”接着刘仲堪看到一辆龙车停在院中，甄氏赠给了一个玉脂盒，就登车告别，驾云而去。

刘仲堪自此以后写文章的才能大为长进，然而成天想念美人，凝思沉想像傻了一样，几个月以后，身体渐渐瘦弱。他母亲不知什么原因，很忧愁。家中有个老女仆，忽然对刘仲堪说：“少爷心中在想念什么人吗?”刘仲堪因为她说中了自己的心思，就把事情告诉了这个老太婆。老太婆说：“少爷不妨试着写封信，我能给你送去。”刘仲堪又惊又喜，说：“你有神术，过去没有发现，果真能办到，我决不会忘记你啊!”于是写了封信折叠好，交给老太婆立即去送。到了半夜，老太婆就回来了，说：“幸好没有误事。刚到门口时，守门的以为我是妖精，要把我捆绑起来，于是我拿出少爷的信，他就把信拿进去了。不一会儿喊我进去，夫人也不停地叹息，说不能再相会了，要写回信。我说：‘少爷瘦弱不堪，不是写封信就能治好的。’夫人沉思了好久，才放下笔说：‘麻烦你先回去告诉刘郎，马上给他送去一个好媳妇。’我临走时，夫人又嘱咐我说：‘刚才我说的话是为了以后长远打算，只要不泄露出去，就可以永久在一起了。’”刘仲堪高兴地等待着。

第二天，果然有个老太太带着一位姑娘来到刘仲堪母亲的屋里，姑娘的容貌美丽无双，老太太自我介绍说：“我姓陈，这是我的女儿，名叫司香，想许配给你家做媳妇。”刘母很喜爱这个姑娘，就商量聘礼，老太太什么也不要，一直坐等举行了婚礼才走。只有刘仲堪知道其中的奥秘。他暗中问司香：“你是夫人的什么人?”司香回答说：“我是铜雀台的歌伎。”刘仲堪怀疑她是鬼。司香说：“我不是鬼，我和夫人都名列仙籍，偶然因犯了过错贬谪到人间。夫人已恢复了仙位，我因期限未满，夫人请求过天神，暂时让我服侍夫人，我的去留都由夫人决定，所以能长期在您身边服侍您啊!”

一天，有个瞎老太婆牵着一条黄狗到刘家乞讨，打着竹板，唱着村歌。司香出来看，还未站稳，黄狗挣断了绳索来咬。司香吓得往后跑，衣襟被狗咬断。刘仲堪急忙用棍子打狗，狗还狂叫不止，乱咬扯下的衣襟，衣襟顷刻间成了碎片。瞎老太婆抓住狗脖子上的毛，用绳子把狗拴住，牵上走了。刘仲堪进屋去看司香，司香仍惊魂未定。刘仲堪问：“你是仙人，怎么怕狗呢?”司香说：“你怎么不知道，这只犬是曹操变的，他大概恨我没有遵守当年守节的遗令吧!”刘仲堪想把黄狗买来打死，司香不同意，说：“上帝惩罚他变成狗，怎么能擅自杀死呢!”

过了二年，见到司香的人都惊叹她容貌美丽，问她从何处来，说得又恍恍惚惚，于是都怀疑她是妖怪。刘母追问刘仲堪，刘仲堪也稍微透露了一些司香的来历。刘母非常害怕，告诫儿子要和司香断绝关系，刘仲堪不听。

刘母暗中找来个术士，在院子里施展法术。刚在地上划好神坛，司香面容凄惨地说："本希望白头偕老，现在受到婆母怀疑，我们的缘分断绝了，要我走，也不是难事，但恐怕不是咒语能把我打发走的。"于是拿起柴火点上火，扔到台阶下。瞬息之间，浓烟遮避了房屋，对面看不见人，有雷鸣般的声音，接着烟灭了，只见术士七窍流血死了。

刘仲堪进屋一看，司香已无踪影，想招呼老女仆来问，老女仆也不知去向。刘仲堪告诉母亲说："老女仆可能是狐精。"

异史氏说：最初嫁到袁家，最终嫁给曹家，而后来又留情于刘公干，仙人不应该这样。但平心而论，奸雄曹操那篡夺汉朝江山的儿子，何必有贞节的夫人呢？曹操变成的黄狗看到铜雀台上的旧歌妓，应该对他让夫人姬妾守节的命令有所醒悟，但他仍然妒意不消啊！唉！奸雄无暇哀怜自己，而后人却在哀怜他啊！

宦娘

【原文】

温如春，秦之世家也。少癖嗜琴，虽逆旅未尝暂舍。客晋，经由古寺，系马门外，暂憩止。入则有布衲道人，趺坐廊间，筇杖倚壁，花布囊琴。温触所好，因问："亦善此也？"道人云："顾不能工，愿就善者学之耳。"遂脱囊授温，视之，纹理佳妙，略一勾拨，清越异常。喜为抚一短曲，道人微笑，似未许可。温乃竭尽所长，道人哂曰："亦佳，亦佳！但未足为贫道师也。"温以其言夸，转请之。道人接置膝上，裁拨动，觉和风自来；又顷之，百鸟群集，庭树为满。温惊极，拜请受业。道人三复之，温侧耳倾心，稍稍会其节奏。道人试使弹，点正疏节，曰："此尘间已无对矣。"温由是精心刻画，遂称绝技。

后归程，离家数十里，日已暮，暴雨莫可投止。路旁有小村，趋之，不遑审择，见一门匆匆遽入。登其堂，阒无人；俄一女郎出，年十七八，貌类神仙。举首见客，惊而走入。温时未偶，系情殊深。俄一老妪出问客，温道姓名，兼求寄宿。妪言："宿当不妨，但少床榻；不嫌屈体，便可藉藁。"少旋以烛来，展草铺地，意良殷。问其姓氏，答云："赵姓。"又问："女郎何人？"曰："此宦娘，老身之犹子也。"温曰："不揣寒陋，欲求援系，如何？"妪颦蹙曰："此即不敢应命。"温诘其故，但云难言，怅然遂罢。妪既去，温视藉草腐湿，不堪卧处，因危坐鼓琴，以消永夜。雨既歇，冒夜遂归。

邑有林下部郎葛公，喜文士，温偶诣之，受命弹琴。帘内隐约有眷客窥听，忽风动帘开，见一及笄人，丽绝一世。盖公有一女，小字良工，善词赋，有艳名。温心动，归与母言，媒通之，而葛以温势式微不许。然女自闻琴以后，心窃倾慕，每冀再聆雅奏；而温以姻事不谐，志乖意沮，绝迹于葛氏之门矣。一日，女于园中拾得旧笺一折，上书《惜余春词》云：“因恨成痴，转思作想，日日为情颠倒。海棠带醉，杨柳伤春，同是一般怀抱。甚得新愁旧愁，铲尽还生，便如青草。自别离，只在奈何天里，度将昏晓。今日筒蹙损春山，望穿秋水，道弃已拚弃了！芳衾妒梦，玉漏惊魂，要睡何能睡好？漫说长宵似年，侬视一年，比更犹少：过三更已是三年，更有何人不老！”女吟咏数四，心悦好之。怀归，出锦笺，庄书一通置案间，逾时索之不可得，窃意为风飘去。适葛经闺门过，拾之；谓良工作，恶其词荡，火之而未忍言，欲急醮之。临邑刘方伯之公子，适来问名，心善之，而犹欲一睹其人。公子盛服而至，仪容秀美。葛大悦，款延优渥。既而告别，坐下遗女舄一钩。心顿恶其儇薄，因呼媒而告以故。公子亟辨其诬，葛弗听，卒绝之。

先是，葛有绿菊种，吝不传，良工以植闺中。温庭菊忽有一二株化为绿，同人闻之，辄造庐观赏，温亦宝之。凌晨趋视，于畦畔得笺写《惜余春词》，反复披读，不知其所自至。以“春”为己名，益惑之，即案头细加丹黄，评语亵嫚。适葛闻温菊变绿，讶之，躬诣其斋，见词便取展读。温以其评亵，夺而挼莎之。葛仅读一两句，盖即闺门所拾者也。大疑，并绿菊之种，亦猜良工所赠。归告夫人，使逼诘良工。良工涕欲死，而事无验见，莫有取实。夫人恐其迹益彰，计不如以女归温。葛然之，遥致温，温喜极。是日招客为绿菊之宴，焚香弹琴，良夜方罢。既归寝，斋童闻琴自作声，初以为僚仆之戏也；既知其非人，始白温。温自诣之，果不妄。其声梗涩，似将效己而未能者。燕火暴入，杳无所见。温携琴去，则终夜寂然。因意为狐，固知其愿拜门墙也者，遂每夕为奏一曲，而设弦任操若师，夜夜潜伏听之。至六七夜，居然成曲，雅足听闻。

温既亲迎，各述曩词，始知缔好之由，而终不知所由来。良工闻琴鸣之异，

往听之，曰："此非狐也，调凄楚，有鬼声。"温未深信。良工因言其家有古镜，可鉴魑魅。翌日遣人取至，伺琴声既作，握镜遽入；火之，果有女子在，仓皇室隅，莫能复隐，细审之，赵氏之宦娘也。大骇，穷诘之。泫然曰："代作蹇修，不为无德，何相逼之甚也？"温请去镜，约勿避；诺之。乃囊镜。女遥坐曰："妾太守之女，死百年矣。少喜琴筝，筝已颇能谙之，独此技未能嫡传，重泉犹以为憾。惠顾时，得聆雅奏，倾心向往；又恨以异物不能奉裳衣，阴为君腰合佳偶，以报眷顾之情。刘公子之女舄，《惜余春》之俚词，皆妾为之也。酬师者不可谓不劳矣。"夫妻咸拜谢之。宦娘曰："君之业，妾思过半矣，但未尽其神理，请为妾再鼓之。"温如其请，又曲陈其法。宦娘大悦曰："妾已尽得之矣！"乃起辞欲去。良工故善筝，闻其所长，愿以披聆。宦娘不辞，其调其谱，并非尘世所能。良工击节，转请受业。女命笔为绘谱十八章，又起告别。夫妻挽之良苦，宦娘凄然曰："君琴瑟之好，自相知音；薄命人乌有此福。如有缘，再世可相聚耳。"因以一卷授温曰："此妾小像。如不忘媒妁，当悬之卧室，快意时焚香一炷，对鼓一曲，则儿身受之矣。"出门遂没。

【译文】

温如春出身于陕西的世家大族，从小喜爱弹琴，即使外出住在旅馆中也不忘带琴。

一次到山西去，经过一座古寺，他把马拴在门外，暂时到寺中休息。进入寺内，看到一位穿着粗布道袍的道人在廊下打坐，一根竹手杖靠在墙边，还有一个花布口袋装着一张琴。这触动了温如春的嗜好，因此问道："你也善于弹琴吗？"道士说："弹得不太好，想找个弹得好的学一学。"于是解开花布口袋把琴递给温如春。温如春一看，琴的纹理特别好，略微拨一下琴弦，发出的声音清越异常。温如春高兴地弹了一支短曲。道人微笑了一下，好像并不赞许。温如春于是把他的琴技全部使出来弹了一曲，道人笑着说："还好！还好！但还不足以当贫道的老师。"温如春觉得他的话有些夸张，就送过琴请道人弹一曲。

道人接过琴放在膝上，刚一拨动琴弦，就觉得和煦的风微微吹来；过了一会儿，百鸟成群飞来，院中的树上都落满了。温如春惊异万分，忙拜道人为师，向他请教琴技。道人教了他三遍，温如春全神贯注，侧耳倾听，稍稍领会了琴曲的节奏。道人让他试着弹弹，指点它的一些缺陷，说："你现在的琴技，在人世间已没有对手了。"温如春从此更加精心琢磨，练成了绝技。

后来回家，在归途中，离家还有数十里，天已黑了，下起了暴雨，无处投宿。见路旁有个小村，赶快跑过去，顾不得仔细看，看到一个门，就匆匆忙忙进去了。进屋后，静悄悄没有一点声音。一会儿，一个姑娘走出来，大约有十七八岁，长得貌似天仙。姑娘抬头看见客人，吃了一惊，转身回去了。温如春当时尚未成亲，对姑娘一见钟情。

过了一会儿，出来一位老太太，问客人来意。温如春说了自己的姓名，并请求借宿。老太太说："借宿可以，但是缺少床铺，如不嫌委屈，可铺些草睡。"老太太进屋一小会儿，拿出蜡烛来，又把草铺在地上，态度很热情。温如春问她的姓氏，她回答说："姓赵。"温如春又问："那姑娘是谁?"老太太说："她是宦娘，是我的侄女。"温如春说："我也不怕自己寒酸浅陋，想和您家结亲，怎么样啊?"老太太皱着眉说："这件事不敢答应。"温如春追问是何缘故，老太太说难以说明，温如春怅然若失，只好作罢。

老太太走后，温如春一看铺的草又湿又烂，不能垫着睡，只好端坐弹琴，来消磨这个长夜。雨停了一会儿，温如春就冒着淋雨的可能赶快回家了。

县城有位退职的部郎葛先生，喜欢结交文人雅士。温如春偶然去拜访他，应主人之请弹琴。这时门帘内隐约有女眷在偷听。忽然风吹开了帘子，看到一位十六七岁的少女，美丽无比，原来葛老先生有个女儿，小名叫良工，善于填词作赋，长得美丽出了名。温如春心里产生了爱慕之情，回家告诉了母亲，请媒人去提亲。葛老先生因温家家势衰微，没有答应。但是良工自从听到琴声以后，心中也暗暗爱上了温如春，每每盼望再听到他那优美的琴声。但温如春因求亲不成，心情沮丧，再也不登葛家门了。

一天，良工在花园里捡到一张旧信笺，上面写着一首《惜余春》的词：

因恨成痴，转思作想，日日为情颠倒。海棠带醉，杨柳伤春，同是一般怀抱。甚得新愁旧愁，划尽还生，便如青草。自别离，只在奈何天里，度将昏晓。

今日个蹙损春山，望穿秋水，道弃已拚弃了。芳衾妒梦，玉漏惊魂，要睡何能睡好?漫说长宵似年；侬视一年，比更犹少。过三更已是三年，更有何人不老！

良工吟诵了好几遍，很喜欢这首词，就揣着信笺回到屋里，拿出印花信笺，工工整整地抄写了一遍，放在书桌上。过了一阵儿去找，没有找到，以为被风吹走了。正巧葛老先生经过女儿闺房门口，捡到了，还以为是良工作的词，嫌恶词句轻浮，烧掉了而不忍心责备女儿，急于给她找个婆家。

山东临邑刘布政使的儿子正巧来求亲，葛老先生觉得这门亲事不错，但还想看看刘公子本人。刘公子身着盛装来了，仪态面容端雅清秀。葛老先生十分高兴，盛情款待。刘公子坐了一会儿就告别了，座位下丢下一只女人鞋子。葛老先生顿时厌恶刘公子的轻薄，叫来媒人告诉了这件事。刘公子极力辩白这事和他无关，葛老先生不听，这件婚事就完了。

原先，葛家有一种绿色的菊花，秘不外传，良工把绿菊养在自己的闺房里。温如春院中的菊花忽然有一二株变为绿菊花，朋友们听说都到他家来观赏，温如春也很珍惜这种绿菊。凌晨时跑到院中去看，在花畦旁边捡到写着《惜余春》词的信笺，他反复阅读，不知信笺从何处来的。因为"春"字是自己的名字，更加疑惑，放在书桌上逐字逐句细加评点，评语有些轻薄词句。正巧葛老先生听说温家的菊花变绿了，很惊讶，亲自到温如春的书斋，看到写词的信笺，就拿过来看。温如春觉得评语太轻薄了，一把夺过来揉成一团。葛老先生仅看到一两句，原来就是在女儿房门口捡到的那首词。他更加疑惑，连绿菊的品种，也怀疑是良工赠送的。回去将此事告诉了夫人，让夫人逼问良工。良工听后哭着要寻死，而事情又没人看见，不能证实。夫人恐怕这事被外人知道，心想不如把女儿嫁给温如春。葛老先生也觉得这个主意很好，就给温如春透了个信。

温如春听到这个消息高兴极了，当天就请来客人举行绿菊之宴，在宴会上温如春焚香弹琴，直到深夜才结束。就寝后，书童听到琴自己发出声来，最初还以为其他仆人在开玩笑呢！后来发现无人弹奏，才告诉了温如春。温如春亲自来听，果然不假。琴声梗涩，好像模仿自己的弹法还没有学好。他点着灯猛地冲进屋中，什么也没有看到。温如春把琴带到卧室，直到天亮也没发出声音，因此猜想这是狐狸，是想拜他为师学艺的，于是每天晚上温如春为它演奏一曲，并定好琴弦，任它去弹，像老师一样，夜夜都潜伏着偷听琴声。到第六七夜时，琴声居然奏出了曲调，足以让人聆听。

温如春结婚后，夫妻二人都说起了以前那首词，这才知道结成夫妻的缘由，但不知那首词是从哪里来的。良工听说琴不弹自鸣的怪事，就去听琴，说："这不是狐狸，音调凄楚，有鬼声。"温如春不太相信。良工说她家有古镜，可以照出妖怪。第二天，派人去取，等到琴声响起，拿着古镜马上进屋，点灯一看，果然有个女子在屋里，慌慌张张躲到墙角，再不能隐藏。细细盘问，是赵家的宦娘。

温如春大吃一惊，不停地追问，宦娘流着泪说："为你们做媒，不能说对你们没有恩德吧，为什么这么苦苦地逼迫我呢？"温如春让把古镜拿开，与宦娘约好不要躲走，宦娘答应了。于是把古镜收了起来。宦娘远远地坐着说："我是知府的女儿，死了已经一百年了，从小喜欢弹奏琴和筝。筝已经比较熟练了，只有弹琴没有得到真传，在九泉之下也深感遗憾。您光临我家时，得以聆听您美好的琴声，对您倾心向往。又很遗憾身为鬼魂不能侍奉在您身旁，暗中为您撮合理想的配偶，来报答您对我的眷恋之情。刘公子座下的女鞋，《惜余春》那首俗词，都是我干的呀，我对老师的报答不可谓不辛苦啊！"

温如春夫妻听了这番话，一齐向宦娘拜谢。宦娘说："您的琴技，我已经学到一多半了，但是没有学透神理，请再为我弹弹。"温如春按她的请求弹奏起来，还详细地讲解弹奏的方法。宦娘非常高兴地说："我已经完全学到了。"于是起身要走。

良工本来善于弹筝，听说宦娘也善于弹筝，想叫宦娘弹奏一曲。宦娘也不推辞，她弹的曲调和乐谱，都是人世间没有的。良工打着节拍欣赏，又进一步要求向宦娘学习。宦娘让人拿笔来为良工写了十八章乐谱，又要起身告别。温如春夫妇苦苦挽留，宦娘凄然地说："你们夫妻感情那么好，彼此又是知音，我这个薄命人哪有这个福气。如果有缘分，来世再相聚吧！”说着拿出一个卷轴交给温如春说：“这是我的小像，如果不忘媒人，请把它挂在卧室，高兴时点上一柱香，对着像弹上一曲，就如同我亲身领受了啊！”

说罢，出门就不见了。

［何守奇］宦娘爱慕琴音，终不及乱，诚能以贞自守者。良工能辨鬼声，而得聆雅奏，虽欲不倾慕得乎？

［但明伦］鲜不谓良工之归于温，宦娘之力也。顾温之感宦娘也以琴，而温之琴所以能感宦娘者，实得之布衲道人；则谓道人为琴师也可，谓道人为月老也亦可。

阿 绣

【原文】

海州刘子固，十五岁时，至盖省其舅。见杂货肆中一女子，姣丽无双，心爱好之。潜至其肆，托言买扇。女子便呼父，父出，刘意沮，故折阅之而退。遥睹其父他往，又诣之，女将觅父，刘止之曰：“无须，但言其价，我不靳直耳。”女如言固昂之，刘不忍争，脱贯竟去。明日复往，又如之。行数武，女追呼曰：“返来！适伪言耳，价奢过当。”因以半价返之。刘益感其诚，蹈隙辄往，由是日熟。女问：“郎居何所？”以实对。转诘之，自言：“姚氏。”临行，所市物，女以纸代裹完好，已而以舌舐粘之。刘怀归不敢复动，恐乱其舌痕也。积半月为仆所窥，阴与舅力要之归。意惓惓不自得。以所市香帕脂粉等类，密置一箧，无人时，辄阖户自捡一过，触类凝思。

次年复至盖，装甫解即趋女所，至则肆宇阖焉，失望而返。犹意偶出未返，早又诣之，阖如故。问诸邻，始知姚原广宁人，以贸易无重息，故暂归去，又不审何时可复来。神志乖丧，居数日怏怏而归。母为议婚，屡梗之，母怪且怒。仆私以曩事告母，母益防闲之，盖之途由是绝。刘忽忽遂减眠食。母忧思无计，念不如从其志。于是刻日办装使如盖，转寄语舅，媒合之。舅即承命诣姚。逾时而返，谓刘曰：“事不谐矣！阿绣已字广宁人。”刘低头丧气，心灰绝望。既归，捧箧啜泣，而徘徊顾念，冀天下有似之者。

适媒来，艳称复州黄氏女。刘恐不确，命驾至复。入西门，见北向一家，两扉半开，内一女郎怪似阿绣。再属目之，且行且盼而入，真是无讹。刘大动，因僦其东邻居，细诘知为李氏。反复疑念，天下宁有此酷肖者耶？居数日，莫可夤缘，惟目眈眈伺候其门，以冀女或复出。一日日方西，女果出，忽见刘，即返身走，以手指其后；又复掌及额，乃入。刘喜极，但不能解。凝思移时，信步诣舍后，见荒园寥廓，西有短垣，略可及肩。豁然顿悟，遂蹲伏露草中。久之，有人自墙上露其首，小语曰：“来乎？”刘诺而起，细视真阿绣也。因大恸，涕堕如

绠。女隔堵探身，以巾拭其泪，深慰之。刘曰："百计不遂，自谓今生已矣，何期复有今夕？顾卿何以至此？"曰："李氏，妾表叔也。"刘请逾垣。女曰："君先归，遣从人他宿，妾当自至。"刘如言，坐伺之。少间女悄然入，妆饰不甚炫丽，袍裤犹昔。刘挽坐，备道艰苦，因问："卿已字，何未醮也?，'女曰："言妾受聘者，妄也。家君以道里赊远，不愿附公子婚，此或托舅氏诡词以绝君望耳。"既就枕席，宛转万态，款接之欢不可言喻。四更遽起，过墙而去。刘自是不复措意黄氏矣。旅居忘返，经月不归。

一夜仆起饲马，见室中灯犹明，窥之，见阿绣，大骇。顾不敢言主人，旦起访市肆，始返而诘刘曰："夜与还往者，何人也?"刘初讳之，仆曰："此第岑寂，狐鬼之薮，公子宜自爱。彼姚家女郎，何为而至此?"刘始觍然曰："西邻是其表叔，有何疑沮?"仆言："我已访之审：东邻止一孤媪，西家一子尚幼，别无密戚。所遇当是鬼魅；不然，焉有数年之衣尚未易者？且其面色过白，两颊少瘦，笑处无微涡，不如阿绣美。"刘反复思，乃大惧曰："然且奈何?"仆谋伺其来，操兵入共击之。至暮女至，谓刘曰："知君见疑，然妾亦无他，不过了夙分耳。"言未已，仆排闼入。女呵之曰："可弃兵！速具酒来，当与若主别。"仆便自投，若或夺焉。刘益恐，强设酒馔。女谈笑如常，举手向刘曰："悉君心事，方将图效绵薄，何竟伏戎？妾虽非阿绣，颇自谓不亚，君视之犹昔否耶?"刘毛发俱竖，噤不语。女听漏三下，把盏一呷，起立曰："我且去，待花烛后，再与新妇较优劣也。"转身遂杳。

刘信狐言，径如盖。怨舅之诳已也，不舍其家；寓近姚氏，托媒自通，啖以重赂。姚妻乃言："小郎为觅婿广宁，若翁以是故去，就否未可知。须旋日方可计校。"刘闻之，彷徨无以自主，惟坚守以伺其归。逾十余日，忽闻兵警，犹疑讹传；久之信益急，乃趣装行。中途遇乱，主仆相失，为侦者所掠。以刘文弱，疏其防，盗马亡去。至海州界，见一女子，蓬鬓垢耳，出履蹉跌，不可堪。刘驰过之，女遽呼曰："马上人非刘郎乎？"刘停鞭审顾，则阿绣也。心仍讶其为狐，曰："汝真阿绣耶？"女问："何为出此言？"刘述所遇。女曰："妾真阿绣也。父携妾自广宁归，遇兵被俘，授马屡堕。忽一女子握腕趣遁，荒窜军中，亦无诘者。女子健步若飞隼，苦不能从，百步而屦屡褪焉。久之，闻号嘶渐远，乃释手曰：'别矣！前皆坦途，可缓行，爱汝者将至，宜与同归。'"刘知其狐，感之。因述其留盖之故。女言其叔为择婿于方氏，未委禽而乱适作。刘始知舅言非妄。携女马上，叠骑归。入门则老母无恙，大喜。系马入，俱道所以。母亦喜，为之盥濯，竟妆，容光焕发。母抚掌曰："无怪痴儿魂梦不置也！"遂设裀褥，使从己宿。又遣人赴盖，寓书于姚。不数日姚夫妇俱至，卜吉成礼乃去。

刘出藏箧，封识俨然。有粉一函，启之，化为赤土。刘异之。女掩口曰："数年之盗，今始发觉矣。尔日见郎任妾包裹，更不及审真伪，故以此相戏耳。"方嬉笑间，一人搴帘入曰："快意如此，当谢蹇修否？"刘视之，又一阿绣也，急呼母。母及家人悉集，无有能辨识者。刘回眸亦迷，注目移时，始揖而谢之。女子索镜自照，赧然趋出，寻之已杳。夫妇感其义，为位于室而祀之。一夕刘醉归，室暗无人，方自挑灯，而阿绣至。刘挽问："何之？"笑曰："醉臭熏人，使人不耐！如此盘诘，谁作桑中逃耶？"刘笑捧其颊，女曰："郎视妾与狐姊孰胜？"刘曰："卿过之。然皮相者不辨也。"已而合扉相狎。俄有叩门者，女起笑曰："君亦皮相者也。"刘不解，趋启门，则阿绣入，大愕。始悟适与语者，狐也。暗中又闻笑声。夫妻望空而祷，祈求现像。狐曰："我不愿见阿绣。"问："何不另化一貌？"曰："我不能。"问："何故不能？"曰："阿绣，吾妹也，前世不幸夭殂。生时，与余从母至天宫见西王母，心窃爱慕，归则刻意效之。妹子较我慧，一月神似；我学三月而后成，然终不及妹。今已隔世，自谓过之，不意犹昔耳。我感汝两人诚意，故时复一至，今去矣。"遂不复言。

自此三五日辄一来，一切疑难悉决之。值阿绣归宁，来常数日住，家人皆惧避之。每有亡失，则华妆端坐，插玳瑁簪长数寸，朝家人而庄语之："所窃物，夜当送至某所；不然，头痛大作，悔无及！"天明，果于某所获之。三年后，绝不复来。偶失金帛，阿绣效其装吓家人，亦屡效焉。

【译文】

海州人刘子固，十五岁时，到盖县去探望舅舅。见一个杂货店里有一位姑娘，娇艳无比，心里很爱慕。他一个人来到店里，假装要买扇子。姑娘便喊她的父亲。其父出来了，刘子固很扫兴，故意压低价钱，没买就走了。远远看着姑娘的父亲到别处去了，就又来到店中。姑娘要去找父亲，刘子固拦住说："不必去找，你只管说个价钱，我不会吝惜钱的。"姑娘依他说的，故意抬高价钱，刘子固不忍心与姑娘讨价还价，把钱都给了她就走了。

第二天刘子固又去了，又像昨天那样。他刚离开店几步，姑娘追着喊道："回来！刚才我说的不是真话，价钱要的太高了。"于是把钱退还了一半。刘子固被姑娘的诚实所感动，有空就到杂货店去，因此二人一天天熟悉了。姑娘问："你住在什么地方啊？"刘子固以实相告。又反问姑娘的姓氏，姑娘说："姓姚。"刘子固离开店时，他买的东西，姑娘都用纸替他包好，然后用舌头舐舐。刘子固把纸包拿回家后不敢打开，惟恐弄乱了姑娘的舌痕。

过了半个多月，刘子固的行踪被仆人发现了，暗中告诉了刘子固的舅舅，逼着刘子固回家。刘子固心情郁闷情绪不振。把买来的手帕脂粉等东西秘密地放在一个小箱里，没人时，就关起门来翻看一遍，触物伤情。

第二年，他又来到盖县，刚放下行李，就急忙奔向姑娘的杂货店，到了一看，店门紧闭，只好失望而回。心想可能姚家的人偶而出门还未回来，第二天又早早去了，门仍然紧紧关着。向邻居一问，才知姚家原来是广宁县人，因做这买卖赚钱不多，所以暂时回去了，何时回来就不清楚了。

刘子固听了这些，情绪低落，魂不守舍。住了几天，就怏怏不乐地回家了。母亲让人给他提亲，每次他都反对，母亲又奇怪又生气。仆人私下里把盖县的事告诉了刘母，母亲对他看管得更严了，到盖县也去不成了。刘子固每天闷闷不乐，觉也睡不着，饭也吃不下。刘母愁得没有办法，心想不如满足儿子的心愿。于是选好日子，整理行装，让他到盖县去，转告舅舅，让舅舅请媒人去提亲。

舅舅按照刘母的嘱托请媒人到姚家去，过了一些时候回来了，对刘子固说："事情不成了，阿绣已许给广宁人了。"刘子固听了低头丧气，心灰望绝。回到家以后，捧着装东西的小箱子啜泣，且思且想，希望天下能有一个长得像阿绣的姑娘。正好有媒人来，说复州黄家的女儿长得很漂亮。刘子固怕媒人的话不真实，自己坐车到复州去了。进了县城西门，见向北的一户人家，两扇门半开着，院内有个姑娘，特别像阿绣。再定睛细看，那姑娘也边走边回头看，进屋去了，真的是阿绣。刘子固心中激动不已，便在这家的东邻租了屋子住下来。仔细打听，知道这家姓李。刘子固翻来覆去地想：天下难道有长得这样相似的人吗？住了几天，找不到机会见面，只好每天盯着她家的大门张望，希望那姑娘会走出门来。

一天，太阳刚偏西，姑娘果然出来了。忽然看到刘子固，马上返身往回走，用手指指后面，又把手掌放在额上，就进去了。刘子固高兴极了，但不明白姑娘动作的意思。沉思了好半天，信步来到屋后，见一个长满荒草的空阔园子，西边有道短墙，约有肩高。心中豁然明白了，就蹲伏在草丛中。过了好一会儿，有人从墙上露出头来，小声问："来了吗？"刘子固答应着站起来，仔细一看，真是阿绣。不由得激动地哭起来，鼻涕眼泪不停地流。姑娘隔墙探过身来，用手帕给他擦泪，不停地安慰他。刘子固说："想尽了办法也不能如愿，还以为今生见不到了，怎想到还有今天啊？但是你怎么到这儿来的呢？"阿绣说："李家是我的表叔。”刘子固请她跳过墙来，阿绣说：“你先回去，让仆人们到别处去睡，我会去找你。”刘子固按照她说的，回去坐着等候。

一小会儿，阿绣悄悄进来了，穿着打扮不太华丽，仍然穿着昔日的裤褂。刘子固拉着她的手坐下，仔细说了寻找她的艰辛。接着问道：“你已许配人家了，为何还没过门？”阿-绣说：“说我受聘那是假话，我父亲因两家距离远，不愿意答应你的亲事，或者托你舅舅说个假话，来打消你的念头罢了。”说着上床休息，情意绵绵，极尽欢娱，非言语能够形容。到四更天，阿绣马上起床，翻墙回去。刘子固从此不再留意黄家的女儿。住在这里，忘了回家，一个月也没有回去。

一天夜里，仆人起来喂马，见刘子固屋中灯还亮，偷偷一看，看到了阿绣，大吃一惊。他没敢和主人讲，早晨起来，到街上查问了一番，才回来问刘子固：“夜里和您在一起的是什么人呀？”刘子固最初还不愿说。仆人说：“这座房子很冷清，正是鬼狐藏身的地方，公子要自己珍重。那姚家的姑娘，怎么会到这里来呢？”刘子固这才不好意思地说：“西边的这家是她的表叔，有什么可怀疑的？”仆人说：“我已经打听清楚了，东边的邻居只有一个孤老婆子，西边这家有个儿子还小，没有亲近的亲戚。你所遇到的一定是鬼魅，不然的话，为什么数年前穿的衣裳，至今还未更换？况且她的面色太白，两颊有点儿瘦，笑时也没有酒窝，不如阿绣漂亮。”刘子固思来想去，十分害怕，说：“那该怎么办啊？”仆人出主意，看到女子再来时，拿着棍棒一起进来打她。

到了晚上，女子来了，对刘子固说：“知道你产生了怀疑，但我也没有别的意思，不过了却以前的缘分罢了。”话未说完，仆人推开门闯进来。女子呵斥说：“把棍子扔掉，快拿酒来，这就与你家主人告别。”仆人立即扔下棍子，好像有人从他手中夺去一样。刘子固更加害怕，勉强摆好酒菜，女子谈笑如平常一样，举手指着刘子固说：“我知道了你的心事，正想着如何尽力帮助你，为何设下伏兵？我虽然不是阿绣，自认为不比她差，你看看是不是往日的阿绣？”刘子固吓得头发都竖立起来，说不出一句话。女子听见打三更了，把杯中的酒一口喝完，站起来说：“我暂时离开，等你洞房花烛夜时，再同新媳妇比比谁美。”一转身就不见了。

刘子固相信狐怪的话，径直来到盖县。怨恨舅舅欺骗自己，没住舅舅家，住在姚家附近，自己托媒人去提亲，答应重赏媒人。阿绣的母亲说：“我家小叔在广宁给找了个女婿，她爹因此到广宁去了，亲事能不能成还不知道。等些日子，才可商量。”刘子固听后，惶惶不安，六神无主，只好耐心等待他们归来。

过了十多天，忽然发生了战事，开始还以为是谣传，时间久了，消息更紧急了，于是收拾行装回家。在途中遇到战乱，主仆失散了，刘子固被巡逻的抓住了。因为他长得文弱，看守得不严，他乘机偷了匹马逃走了。到了海州地界，看见一个女子，蓬头垢面，一瘸一拐地走着，已经走不动了。刘子固骑马从女子身边驰过，女子突然喊道：“马上的人莫非是刘郎吗？”刘子固勒住马仔细一看，

原来是阿绣。心里仍然怀疑这是狐魅，说：“你真的是阿绣吗？”女子说：“怎么说出这样的话啊？”刘子固叙述了自己遇到的事情。女子说：“我是真的阿绣啊！父亲带我从广宁回来，遇到兵被抓住了，给我一匹马骑，我总是从马上掉下来。忽然有一个女子，拉着我的手催我逃跑，我们在军队里东跑西窜，也没有人盘问。那女子健步如飞，我苦于跟不上她，跑了百十来步鞋子掉了好几次。过了好长时间，人喊马叫声渐渐远了，女子才放开手说：‘我们在此分别了，前面都是平坦大道，可以慢点走了，爱你的人就要来了，你可以和他一起回去。’”刘子固知道那女子就是狐魅，心中很感激，又把他在盖县逗留的原因说了说。阿绣说他叔叔给他找了个女婿是方家，还没下聘礼就遇到了战乱。刘子固这才知道舅舅并没有欺骗他。他把阿绣抱上马，两人骑着马一起回去了。

进门看到母亲身体很好，非常高兴，把马拴好，进屋，把事情的经过都讲了，母亲也很高兴，给阿绣梳妆，打扮完了，容光焕发。母亲拍着手说：“难怪这个傻小子梦魂里也放不下哩！”于是铺好被褥，让阿绣跟自己一起睡。又派人到盖县去，送信给姚家。不几天，姚氏夫妇都来了，选了个吉日举行了婚礼才回去。

刘子固拿出他藏东西的小箱子，纸包还原封没动。有一包粉，打开一看，变成了红土。刘子固很奇怪。阿绣捂着嘴笑着说：“几年前的赃物，现在才发现啊！那时我见你任凭我包裹，也不看东西真假，所以包上红土开个玩笑。”夫妻二人正在说笑时，一个人掀开帘子进来说：“这样快活，不应当谢谢媒人吗？”刘子固一看，又是一个阿绣，急忙喊母亲，母亲及家里人都来了，没有人能分清谁是真的阿绣。刘子固一转眼也迷惑了。专心看了半天，才向假阿绣作揖道谢。假阿绣要过镜子一照，羞愧地跑出去了，再寻找也杳无踪影。

刘子固夫妇感激狐狸的恩义，在屋内设下牌位祭祀。一天夜里，刘子固喝醉回屋，屋内黑暗无人，自己刚要点灯，阿绣就来了。刘子固挽着她的手问：“到哪儿去了？”阿绣笑着说：“酒气熏人，真叫人受不了，如此盘问，难道我跟别人幽会去了吗？”刘子固笑着捧着阿绣的脸颊。阿绣说：“你看我和狐狸姐姐比谁更漂亮？”刘子固说：“你比她漂亮，但只看外表也分辨不出。”说完关上门亲热起来。一会儿有人敲门，阿绣起来笑着说：“你也是个只看外表的人啊！”

刘子固不明白她话中的意思，赶快去开门，阿绣进来了，刘子固大为惊讶。这时才明白刚才和他说话的是狐狸。在黑暗中又听到笑声，夫妻二人望空行礼祷告，请求现现形。狐狸说：“我不愿见阿绣。”刘子固说：“为什么不另外变一个模样？”狐狸说：“我不能。”又问：“为什么不能？”狐狸说：“阿绣是我的妹妹，前世不幸夭亡。活着时，我们跟着母亲到天宫，看到西王母，心中暗自倾慕，回来后就刻意效仿。妹妹比我聪明，学了一个月就神似了。我学三个月才学成，但还是不如妹妹。如今已经隔世，我满以为已超过妹妹，没想到还和从前一样。我被你们二人的诚意所感动，因此有时前来，现在我走了。”于是不再说话。

从此以后，过三五天就来，凡遇到疑难的事她都能解决。遇到阿绣回娘家的时候，她就常常住几天都不走，家里人都害怕躲开。每逢家中丢了东西，狐狸就身着盛装端坐，头上插着数寸长的玳瑁簪子，对着家人严肃地说：“你们所偷的东西，夜里要送到某处，不然要头痛难忍，后悔也来不及。”天亮时，果然在某处找到了丢失的东西。

三年之后，狐狸再不来了，偶然丢了贵重东西，阿绣仿效狐狸的装束，吓唬家人，也屡屡有效。

[何守奇] 阿绣前身亦狐也，转世乃更关。如此堕落野狐身，安知非慧根耶？

[但明伦] 究之似阿绣者愧不如阿绣。冒阿绣者不愿见阿绣，乃知学之而得其貌者，终不及学之得其神者。然学有渊源，终非效颦者比：故以似阿绣者代真阿绣，而阿绣神；且以真阿绣者效赝阿绣，而阿绣益神。

杨疤眼

【原文】

一猎人夜伏山中，见一小人，长二尺已来，踽踽行涧底。少间又一人来，高亦如之。适相值，交问何之。前者曰：“我将往望杨疤眼。前见其气色晦黯，多罹不吉。”后人曰：“我亦为此，汝言不谬。”猎者知其非人，厉声大叱，二人并无有矣。夜获一狐，左目上有瘢痕大如钱。

【译文】

一位猎人，夜里埋伏在山中，看见一个小矮人，有二尺多高，在山涧底孤独地行走。一会儿，又来了一个人，高矮和他差不多。两人相遇了，互相问讯到哪里去。前一个小矮人说：“我要去看

望杨疤眼，前些天见他气色不好，多半要碰到不吉利的事。”后来的那个人说：“我也为了这事，你说得不错。”

猎人知道他们不是人类，厉声大喊，两个小矮人就不见了。

当天夜里猎人找到一只狐狸，狐狸的左眼上有块儿疤痕，像铜钱那么大。

小翠

【原文】

王太常，越人。总角时，昼卧榻上。忽阴晦，巨霆暴作，一物大于猫，来伏身下，展转不离。移时晴霁，物即径出。视之非猫，始怖，隔房呼兄。兄闻，喜曰：“弟必大贵，此狐来避雷霆劫也。”后果少年登进士，以县令入为侍御。

生一子名元丰，绝痴，十六岁不能知牝牡，因而乡党无与为婚。王忧之。适有妇人率少女登门，自请为妇。视其女，嫣然展笑，真仙品也。喜问姓名。自言：“虞氏。女小翠，年二八矣。”与议聘金。曰：“是从我糠覈不得饱，一旦置身广厦，役婢仆，厌膏粱，彼意适，我愿慰矣，岂卖菜也而索直乎！”夫人大悦，优厚之。妇即命女拜王及夫人，嘱曰：“此尔翁姑，奉侍宜谨。我大忙，且去，三数日当复来。”王命仆马送之，妇言：“里巷不远，无烦多事。”遂出门去。

小翠殊不悲恋，便即奁中翻取花样。夫人亦爱乐之。数日妇不至，以居里问女，女亦憨然不能言其道路。遂治别院，使夫妇成礼。诸戚闻拾得贫家儿作新妇，共笑姗之；见女皆惊，群议始息。女又甚慧，能窥翁姑喜怒。王公夫妇，宠惜过于常情，然惕惕焉惟恐其憎子痴，而女殊欢笑不为嫌。第善谑，刺布作圆，蹋蹴为笑。着小皮靴，蹴去数十步，绐公子奔拾之，公子及婢恒流汗相属。一日王偶过，圆訇然来，直中面目。女与婢俱敛迹去，公子犹踊跃奔逐之。王怒，投之以石，始伏而啼。王以告夫人，夫人往责女，女俯首微笑，以手刓床。既退，憨跳如故，以脂粉涂公子作花面如鬼。夫人见之怒甚，呼女诟骂。女倚几弄带，不惧亦不言。夫人无奈之，因杖其子。元丰大号，女始色变，屈膝乞宥。夫人怒顿解，释杖去。女笑拉公子入室，代扑衣上尘，拭眼泪，摩挲杖痕，饵以枣栗。公子乃收涕以忻。女阖庭户，复装公子作霸王，作沙漠人；己乃艳服，束细腰，婆娑作帐下舞；或髻插雉尾，拨琵琶，丁丁缕缕然，喧笑一室，日以为常。王公以子痴，不忍过责妇，即微闻焉，亦若置之。

同巷有王给谏者，相隔十余户，然素不相能；时值三年大计吏，忌公握河南道篆，思中伤之。公知其谋，忧虑无所为计。一夕早寝，女冠带饰冢宰状，剪素丝作浓髭，又以青衣饰两婢为虞候，窃跨厩马而出，戏云：“将谒王先生。”驰至给谏之门，即又鞭挝从人，大言曰：“我谒侍御王，宁谒给谏王耶！”回辔而归。比至家门，门者误以为真，奔白王公。公急起承迎，方知为子妇之戏。怒甚，谓夫人曰：“人方蹈我之瑕，反以闺阁之丑登门而告之，余祸不远矣！”夫

人怒，奔女室，诟让之。女惟憨笑，并不一置词。挞之不忍，出之则无家，夫妻懊怨，终夜不寝。时冢宰某公赫甚，其仪采服从，与女伪装无少殊别，王给谏亦误为真。屡侦公门，中夜而客未出，疑冢宰与公有阴谋。次日早朝，见而问曰：“夜相公至君家耶？”公疑其相讥，惭言唯唯，不甚响答。给谏愈疑，谋遂寝，由此益交欢公。公探知其情，窃喜，而阴嘱夫人劝女改行，女笑应之。

逾岁，首相免，适有以私函致公者，误投给谏。给谏大喜，先托善公者往假万金，公拒之。给谏自诣公所。公觅巾袍，并不可得；给谏伺候久，怒公慢，愤将行。忽见公子衮衣旒冕，有女子自门内推之以出，大骇；已而笑抚之，脱其服冕而去。公急出，则客去远。闻其故，惊颜如土，大哭曰：“此祸水也！指日赤吾族矣！”与夫人操杖往。女已知之，阖扉任其诟厉。公怒，斧其门，女在内含笑而告之曰：“翁无烦怒。有新妇在，刀锯斧钺妇自受之，必不令贻害双亲。翁若此，是欲杀妇以灭口耶？”公乃止。给谏归，果抗疏揭王不轨，衮冕作据。上惊验之，其旒冕乃粱藍心所制，袍则败布黄袱也。上怒其诬。又召元丰至，见其憨状可掬，笑曰：“此可以作天子耶？”乃下之法司。给谏又讼公家有妖人，法司严诘臧获，并言无他，惟颠妇痴儿日事戏笑，邻里亦无异词。案乃定，以给谏充云南军。

王由是奇女。又以母久不至，意其非人，使夫人探诘之，女但笑不言。再复穷问，则掩口曰：“儿玉皇女，母不知耶？”无何，公擢京卿。五十余每患无孙。女居三年，夜夜与公子异寝，似未尝有所私。夫人舁榻去，嘱公子与妇同寝。过数日，公子告母曰：“借榻去，悍不还！小翠夜夜以足股加腹上，喘气不得；又惯掐人股里。”婢妪无不粲然。夫人呵拍令去。一日女浴于室，公子见之，欲与偕；女笑止之，谕使姑待。既出，乃更泻热汤于瓮，解其袍裤，与婢扶之人。公子觉蒸闷，大呼欲出。女不听，以衾蒙之。少时无声，启视已绝。女坦笑不惊，

曳置床上，拭体干洁，加复被焉。夫人闻之，哭而入。骂曰："狂婢何杀吾儿!"女辴然曰："如此痴儿，不如勿有。"夫人益恚，以首触女；婢辈争曳劝之。方纷噪间，一婢告曰："公子呻矣!"辍涕抚之，则气息休休，而大汗浸淫，沾浃裀褥。食顷汗已，忽开目四顾，遍视家人，似不相识，曰："我今回忆往昔，都如梦寐，何也?"夫人以其言语不痴，大异之。携参其父，屡试之果不痴，大喜，如获异宝。至晚，还榻故处，更设衾枕以觇之。公子入室，尽遣婢去。早窥之，则榻虚设。自此痴颠皆不复作，而琴瑟静好如形影焉。

年余，公为给谏之党奏劾免官，小有罣误。旧有广西中丞所赠玉瓶，价累千金，将出以贿当路。女爱而把玩之，失手堕碎，惭而自投。公夫妇方以免官不快，闻之，怒，交口呵骂。女奋而出，谓公子曰："我在汝家，所保全者不止一瓶，何遂不少存面目?实与君言：我非人也。以母遭雷霆之劫，深受而翁庇翼；又以我两人有五年夙分，故以我来报曩恩、了夙愿耳。身受唾骂，擢发不足以数，所以不即行者，五年之爱未盈。今何可以暂止乎!"盛气而出，追之已杳。公爽然自失，而悔无及矣。公子入室，睹其剩粉遗钩，恸哭欲死；寝食不甘。日就羸。公大忧，急为胶续以解之，而公子不乐。惟求良工画小翠像，日夜浇祷其下，几二年。

偶以故自他里归，明月已皎，村外有公家亭园，骑马墙外过，闻笑语声，停辔，使厩卒捉鞚，登鞍一望，则二女郎游戏其中。云月昏蒙，不甚可辨，但闻一翠衣者曰："婢子当逐出门!"一红衣者曰："汝在吾家园亭，反逐阿谁?"翠衣人曰："婢子不羞!不能作妇，被人驱遣，犹冒认物产也?"红衣者曰："索胜老大婢无主顾者!"听其音酷类小翠，疾呼之。翠衣人去曰："姑不与若争，汝汉子来矣。"既而红衣人来，果小翠。喜极。女令登垣承接而下之，曰："二年不见，骨瘦一把矣!"公子握手泣下，具道相思。女言："妾亦知之，但无颜复见家人。今与大姊游戏，又相邂逅，足知前因不可逃也。"请与同归，不可；请止园中，许之。公子遣仆奔白夫人。夫人惊起，驾肩舆而往，启钥入亭。女即趋下迎拜；夫人捉臂流涕，力白前过，几不自容，曰："若不少记榛梗，请偕归慰我迟暮。"女峻辞不可。夫人虑野亭荒寂，谋以多人服役。女曰："我诸人悉不愿见．惟前两婢朝夕相从，不能无眷注耳；外惟一老仆应门，余都无所复须。"夫人悉如其言。托公子养疴园中，日供食用而已。

女每劝公子别婚，公子不从。后年余，女眉目音声渐与曩异，出像质之，迥若两人。大怪之。女曰："视妾今日何如畴昔美?"公子曰："今日美则美矣，然较畴昔则似不如。"女曰："意妾老矣!"公子曰："二十余岁何得速老!"女笑而焚图，救之已烬。一日谓公子曰："昔在家时，阿翁谓妾抵死不作茧，今亲老君孤，妾实不能产，恐误君宗嗣。请娶妇于家，旦晚侍奉公姑，君往来于两间，亦无所不便。"公子然之，纳币于钟太史之家。吉期将近，女为新人制衣履，赍送母所。及新人入门，则言貌举止，与小翠无毫发之异。大奇之。往至园亭，则女亦不知所在。问婢，婢出红巾曰："娘子暂归宁，留此贻公子。"展巾，则结玉玦一枚，心知其不返，遂携婢俱归。虽顷刻不忘小翠，幸而对新人如觌旧好焉。始悟钟氏之姻，女预知之，故先化其貌，以慰他日之思云。

异史氏曰："一狐也，以无心之德，而犹思所报；而身受再造之福者，顾失声于破甑，何其鄙哉！月缺重圆，从容而去，始知仙人之情，亦更深于流俗也！"

【译文】

太常寺的王侍御史是浙江人。他小的时候，有一天白天躺在床上，忽然天气阴了，天空雷声大作。一个比猫大一些的动物，跑来趴在他的身下，总不离开他的身体。过了一会儿天晴了，这个动物才出来。他一看，不是猫，这才感到害怕，隔着墙叫他哥哥。哥哥听了此事高兴地说："弟弟将来必定能当大官，这是狐狸来躲避雷击的劫难啊！"后来果然很年轻就考中了进士，当了县令又升为侍御史。

王御史生了个儿子，取名元丰，特别傻，十六岁了还不会喊爹娘，因而没有人家愿意和他家结亲。王御史很发愁，碰巧有个妇人领着一位少女来到王家，主动请求和他家结亲。王御史看了看少女，少女嫣然一笑，真像仙女一样，便高兴地问这妇人姓什么。妇人说："我姓虞，女儿小翠，十六岁了。"王御史和她商量要多少聘金。虞氏说："这孩子跟着我吃糠都吃不饱，一旦来到您家，住上高楼大厦，使唤奴婢仆人，吃腻了细粮肥肉，她满意了，我就放心了，难道能像买菜那样讲价钱吗？"王御史的夫人也很高兴，热情地招待她们。虞氏就让小翠给王御史和夫人叩头行礼，嘱咐说："这是你的公公、婆婆，要小心侍奉，我太忙了，先回去，过三五天再来。"王御史命仆人备马送她。虞氏说："家离这里不远，不必麻烦了。"于是出门走了。

小翠见妈妈走了一点儿也不悲伤留恋，就在梳妆匣中翻取绣花样子，王夫人也挺喜欢她。过了几天，小翠妈妈也没来，问小翠家在哪里，她也傻乎乎地说不清道路。于是收拾了另外一所房子，为小两口举行婚礼。亲戚们听说他家拣了个穷人家的女儿做媳妇，都笑话他们，但一见到小翠，都惊叹她的美貌，闲话都停止了。

小翠又很聪明，能看出公婆的喜怒。王御史夫妇宠爱儿媳超过了常情，然而心中还是惴惴不安，恐怕小翠嫌弃傻儿子。但是小翠每天都乐呵呵的，一点儿也不嫌弃。小翠也喜欢逗元丰玩，她用布缝了一个球，踢球逗元丰笑。她穿着小皮靴，把球踢出去几十步远，让元丰跑过去捡，累得元丰和丫鬟们大汗淋漓。

一天，王御史偶然经过儿子房前，一个圆乎乎的东西突然飞起来，正打在他的脸上。小翠和丫鬟们都吓得躲走了，只有元丰还奔跳着去追这个布球。王御史大怒，捡起石块向儿子投去，这时元丰才趴在地上哭起来。王御史把这事告诉了夫人。夫人去责备小翠，小翠只是低着头微笑，用手指抠着床。夫人走后，依然

憨态可掬地蹦蹦跳跳，把脂粉涂在元丰的脸上，涂成了花鬼脸。夫人看见了，更加生气，把小翠喊来大骂。小翠靠在桌边玩弄着衣服上的带子，不害怕也不说话。夫人无可奈何，就只好拿起棍子打元丰。元丰大哭，小翠这才吓得变了脸色，跪在地上求饶。夫人怒气顿消，扔下棍子走了。小翠笑着拉起元丰，进屋给他拍去衣服上的尘土，擦干眼泪，按揉棍子打痛的地方，拿枣和栗子给他吃。这时公子不再涕哭而露出了笑容。小翠关上院门，又把公子打扮成霸王，打扮成蒙古人模样，自己穿上艳丽的服装，把腰束得细细的，在帐下翩翩起舞，或在发髻上插上野鸡尾，弹着琵琶，"叮叮咚咚"地响，满屋欢声笑语，几乎每天都是这样。王御史因为儿子呆痴不忍过分责备儿媳，即使听说了这些事，也不再过问。

和王御史同巷住着一位王给谏，与他家相隔着十几户远，但两家人向来不和。这时正当朝廷三年一次考核官吏，王给谏忌妒王御史掌管河南道的监察大权，想中伤他。王御史得知王给谏的阴谋，心中很发愁，想不出对付的办法。一天晚上，王御史睡得很早，小翠穿上了官服，打扮成宰相的样子，剪了一些白丝粘在下巴上当成胡须，又让两个丫鬟穿上黑色衣服打扮成随从，偷偷骑上马厩里的马出去了，开玩笑说："我要去拜访王大人。"骑马跑到王给谏门口，就用鞭子抽打两个随从，大声说："我要去拜访侍御史王大人，哪里是拜访王给谏大人呀！"调转马头就回来了。到了家门口，守门人还误以为真的宰相来了，赶快跑去报告王御史。王御史急忙从床上起来，出门迎接，一看原来是儿媳妇在闹着玩。王御史气坏了，对夫人说："人家正在找我的毛病，反而把家中的丑事登门去告诉人家，我的祸事不远了。"夫人也特别生气，跑到儿媳屋里，把小翠大骂一通。小翠只是憨笑，一句话也不分辩。夫人想打她吧，又不忍心；休了吧，她又没有家。王御史夫妇二人懊恼抱怨，一夜也没有睡着。

当时，那位宰相正是显赫的时候，他的仪容、服饰、随从，和小翠伪装的没什么分别，王给谏也误以为真是宰相来了，多次派人到王御史门前探听，直到半夜也没见客人出来，怀疑宰相和王御史在暗中商量什么事情。第二天早晨上朝，见到王御史就问："昨夜宰相到您府上来了吗？"王御史以为他是故意讽刺，不好意思地应答了两声，声音也不大。王给谏更产生了疑问，他就打消了中伤王御史的念头，从此还主动和王御史往来结交。

王御史知道了真情，暗暗高兴，私下嘱咐夫人，劝儿媳改一改以往的行为，小翠笑着答应了。

过了一年，宰相被免了官，他有一封私人信件要交给王御史，但被误送给了王给谏。王给谏高兴万分，先托一位和王御史关系好的人到王御史家中借一万两银子，王御史拒绝了。王给谏亲自来到王御史家，王御史找帽子、衣服，好穿着去迎接，可是找不着。王给谏等候时间长了，见王御史不出来迎接，很生气，要转身回去。忽然看到元丰穿着龙袍，戴着皇冠，被一个女子从门外推了出来，他吓了一跳，接着一看是元丰，笑着抚摸了一下，脱下他的龙袍、皇冠拿走了。王

御史急忙出来，但客人已经走远了。听到刚才发生的事，吓得面如土色，大哭着说："这是祸水啊！有朝一日我们全家都要被杀头啊！"和夫人一起拿棍子到儿子这边来。小翠已知他们要来，关上屋门任凭他们大骂，王御史气极了，拿来斧头砍他们屋门。小翠在屋里含笑对公婆说："公公不要发怒，有儿媳在，刀锯斧砍，由儿媳来承当，决不会连累双亲。公公这样做，是想杀死儿媳来灭口吗？"王御史这才住了手。

王给谏回家后，果然向皇帝上了奏章，揭发王御史图谋不轨，并说有龙袍、皇冠为证。皇帝吃了一惊，一查罪证，皇冠原来是高粱秆做的，龙袍是一个破黄布包袱皮。皇帝对王给谏的诬告非常生气，又宣元丰上殿，一看他傻乎乎的样子，笑着说："这个样子还能当天子吗？"就把王给谏交给法官去审问。王给谏又告发王御史家中有妖人，法官严厉讯问王御史家的仆人，都说没有其他人，只有一个疯媳妇和一个傻儿子，成天嬉笑玩耍。邻居也没说出其他情况。案子审定了，王给谏被判充军云南。

王御史从此感到小翠不是一般的女子，又因她的母亲一直没来，猜想她不是人类。让夫人去盘问小翠，小翠只是笑，不说一句话。再一追问，小翠则捂着嘴说："孩儿是玉皇大帝的女儿，婆婆不知道吗？"

不久，王御史升为东堂，五十多岁了，时常为没有孙子发愁。小翠来王家三年了，夜夜和元丰分开睡，好像没有发生过关系。夫人让人抬走了一张床，嘱咐元丰和小翠同睡。过了几天，元丰告诉母亲说："借走床，怎么还不还？小翠夜夜把腿放在我的肚子上，压得我喘不上气来，还老掐我的大腿。"丫鬟仆妇听了无不大笑。夫人呵斥拍打着他，让他走了。

一天，小翠在屋里洗澡，元丰见了，要和她一起洗。小翠笑着制止他，让他先等一会儿。小翠洗完以后，又在洗澡的瓮里添了热水，把元丰的衣服裤子脱掉，同丫鬟一起把元丰扶入瓮里。元丰觉得又闷又热，大声叫着要出来。小翠不让，用被子把瓮蒙上。不一会儿，没声音了，打开一看，元丰已经没气了。小翠坦然地笑着，一点儿也不惊慌，把元丰拖到床上，擦干身上的水，又用被子盖上。夫人听说这事，哭着来了，骂道："疯丫头为什么杀我的儿子？"小翠微微笑着说："这样的傻儿子，不如没有。"夫人更生气了，用头去撞小翠，丫鬟们又劝又拉。正在吵闹时，一个丫鬟来告诉说："公子哼哼了。"夫人停止哭泣，抚摸儿子，只见他气喘吁吁，浑身大汗淋漓，沾湿了被褥。过了一顿饭工夫，汗止了，忽然睁开眼环顾四周，把家中人都看了一遍，好像不认识似的，说："我现在回忆以往的事，好像做梦，这是怎么回事呀？"夫人看他说的不像傻话，特别惊异。领着他去见父亲，多次试验，果然不傻了。全家大喜，如获至宝一般。到了晚上，把床又放回原来的地方，还放好被褥枕头，来观察他。元丰进屋以后，把丫鬟们都打发走了。早晨一看，那张床空在那儿，如同虚设。从此以后，儿子媳妇的疯病傻病全没有了，小两口感情特别好，形影不离。

过了一年多，王御史因受到王给谏同党的弹劾被免了官，还受到了一些牵连。家中原有广西中丞赠送的一只玉瓶，价值千金，准备送给当权的大官。小翠很喜爱这只玉瓶，捧在手中欣赏，失手掉在地上摔碎了，心中很愧疚，赶快告诉了公婆。公婆正因为丢了官心中不快，听到此事大怒，二人交口大骂。小翠气得一扭头跑出来了，回去对元丰说："我在你家，保全你家不止一个玉瓶，为什么就不给我多少留点儿面子？实话对你说吧，我不是人类。因为我母亲遭到雷击的劫难，得到你父亲的庇护，又因为我们两人有五年的缘分，所以我来你家报答以前的恩情，完成我们的夙愿。我受到的斥骂，比头发还要多，我所以不离你而去，是因为五年的恩爱还未期满，现在我怎能再呆下去呢！"小翠赌气出门，元丰去追，已不见踪影。

王御史心中若有所失，后悔也来不及了。元丰回到屋内，看到小翠用过的粉，穿过的鞋，痛哭欲死，寝不能眠，食不甘味，一天比一天消瘦。王御史非常忧虑，急忙想为儿子续娶一房妻室，以解除元丰的烦恼，但元丰不愿意，只请技艺高超的画家画了一幅小翠的像，日夜在像前祭祀祷告，这样的生活持续了近二年。

一天，元丰偶然从别处回来，这时天空明月皎洁，村外有王御史家的一座亭园，元丰骑马从墙外路过，听到里面有笑语声。他勒住马，让跟随的仆人拉住缰绳，站在马鞍上向里张望，只见两位女子在里边游戏。因月亮被云彩遮住，看不太清楚。只听穿绿衣服的女子说："应该把你这丫头赶出门去。"一个红衣女子说："你在我家的亭园里，反而撵谁啊？"绿衣女子说："丫，头不知害羞，没有当好媳妇，被人赶了出来，还要冒认是自家的产业吗？"红衣女子又说："那也比你老大个丫头还没有婆家的强！"元丰听说话的声音酷似小翠，急忙呼叫。绿衣人一边离去一边说："暂时不和你争了，你的汉子来了。"不一会儿，红衣女子来了，果然是小翠，元丰高兴极了。小翠让他登上墙头，然后把他接下来，说："两年不见，你瘦成一把骨头了。"元丰拉着小翠的手不由流下泪来，详述了相思之情。小翠说："我也知道，但我无颜见家中的人。今天与大姐游戏，又和你相遇，足见我们的缘分是天定的啊！"

元丰请求小翠一起回家，小翠不答应。请求在园中住下，小翠同意了。元丰让仆人赶快跑回去报告夫人。夫人吃惊地站起来，坐上轿子就到花园来，开锁进入园中，小翠赶快跑过来迎接，下拜行礼。夫人抓住她的胳膊，流着泪说以前都是自己的过错，几乎无地自容。夫人说："如果你不记恨原来的事情，请和我一起回去，对我的晚年也是个安慰。"小翠坚决不回去。夫人考虑村外的园子荒凉冷清，想多派几个人来服侍，小翠说："别的人我都不愿见，只有以前在我身边的两个丫鬟朝夕服侍我，我忘不了她们，另外再来一个老仆人看看门，其他的都不需要了。"夫人全照小翠的话做了。对别人只说元丰在园中养病，每天供给一些吃用的东西。小翠经常劝元丰另娶一个媳妇，元丰不同意。

过了一年多，小翠的声音容貌渐渐变得和原来不一样了，拿出原来的画像一对比，简直判若两人，元丰很奇怪。小翠说：“看看现在的我，比以前漂亮吗？”元丰说：“现在还是很漂亮，然而比以前好像不如。”小翠说：“我想我是老了。”元丰说：“二十多岁，怎么就老得那么快。”小翠笑着烧毁了画像，元丰来抢救，已经晚了。

一天，小翠对元丰说：“从前在家的时候，说我至死也不能生儿育女。现在公婆已经年老，只你一个儿子，我确实不能生育，恐怕耽误你家传宗接代。请你在家娶个媳妇，早晚侍奉公婆，你可以在我和她这里两边往来，也没什么不便。”元丰觉得小翠讲得也有道理，就和钟太史的女儿定了亲。婚期将近，小翠为新媳妇做新衣新鞋，让人送到婆婆那里。

等新娘子过了门，相貌言谈举止，都和小翠分毫不差，元丰大为惊奇。到花园去看，小翠也不知去向。问丫鬟，丫鬟拿出一块红手帕说：“夫人暂时回娘家去了，留下这个给公子。”展开手帕一看，里面有玉块一块，元丰知道小翠不会回来了，于是带着丫鬟回到家中，但一刻也不能忘记小翠。幸而看着新媳妇就如同看到小翠一样，这时才明白和钟家结亲，小翠预先知道，所以先改变成钟家姑娘的容貌，以此来慰藉以后的相思之情。

异氏史说：一个狐狸，对于王家无意之中施于的恩德，还想着报答。而王家受到小翠再生之福，却因为打破一个花瓶而失声痛骂，品格是何等低下啊！和公子分手而又破镜重圆，找好替身又从容离去，以此可知仙人的情义，比世俗之人更加深厚啊！

［何守奇］德无不报，虞之报王公也至矣，其能免于雷霆之劫也固宜。

［但明伦］嫁衣代作，玉玦留贻，化笑貌于新人，慰怀思于后日，若小翠者，其仙而多情者耶？抑多情而仙仙者也。

金和尚

【原文】

金和尚，诸城人。父无赖，以数百钱鬻于五莲山寺。少顽钝，不能肄清业，牧猪赴市若佣保。后本师死，稍有遗金，卷怀离寺，作负贩去。饮羊、登垄，计最工。数年暴富，买田宅于水坡里。

弟子繁有徒，食指日千计。绕里膏田千百亩。里中起第数十处，皆僧无人；即有亦贫无业，携妻子，僦屋佃田者也。每一门内，四缭连屋，皆此辈列而居。僧舍其中，前有厅事，梁楹节棁，绘金碧，射人眼。堂上几屏，晶光可鉴。又其后为内寝，朱帘绣幕，兰麝香充溢喷人。螺钿雕檀为床，床上锦茵褥，褶叠厚尺有咫。壁上美人、山水诸名迹，悬粘几无隙处。一声长呼，门外数十人轰应如雷，细缨革靴者皆乌集鹄立，受命皆掩口语，侧耳以听。客仓卒至，十余筵可咄

嗟办，肥醴蒸薰，纷纷狼藉如雾霈。但不敢公然蓄歌妓，而狡童十数辈，皆慧黠能媚人，皂纱缠头，唱艳曲，听睹亦颇不恶。

金若一出，前后数十骑，腰弓矢相摩戛。奴辈呼之皆以“爷”；即邑人之若民，或“祖”之，“伯、叔”之，不以“师”，不以“上人”，不以禅号也。其徒出，稍稍杀于金，而风鬟云辔，亦略与贵公子等。金又广结纳，即千里外呼吸亦可通，以此挟方面短长，偶气触之，辄惕自惧。而其为人，鄙不文，顶趾无雅骨。生平不奉一经持一咒，迹不履寺院，室中亦未尝蓄铙鼓，此等物，门人辈弗及见，并弗及闻。凡僦屋者，妇女浮丽如京都，脂泽金粉，皆取给于僧；僧亦不之靳，以故里中不田而农者以百数。时而恶佃决僧首瘗床下，亦不甚穷诘，但逐去之，其积习然也。

金又买异姓儿，私子之。延儒师，教帖括业。儿聪慧能文，因令入邑庠；旋援例作太学生；未几赴北闱，领乡荐。由是金之名以“太公”噪。向之“爷”之者“太”之，膝席者皆垂手执儿孙礼。

无何，太公僧薨。孝廉缞绖卧苫块，北面称孤；诸门人释杖满床榻；而灵帏后嘤嘤细泣，惟孝廉夫人一而已。士大夫妇咸华妆来，搴帏吊唁，冠盖舆马塞道路。殡日，棚阁云连，幡幢翳日。殉葬刍灵，饰以金帛，舆盖仪仗数十事，马千匹，美人百袂，皆如生。方弼、方相，以纸壳制巨人，皂帕金铠，空中而横以木架，纳活人内负之行。设机转动，须眉飞舞，目光铄闪，如将叱咤。观者惊怪，或小儿女遥望之，辄啼走。冥宅壮丽如宫阙，楼阁房廊连垣数十亩，千门万户，入者迷不可出。祭品象物，多难指名。会葬者盖相摩，上自方面，皆伛偻入，起拜如朝仪；下至贡监簿史，则手据地以叩，不敢劳公子，劳诸师叔也。

当是时，倾国瞻仰，男女喘汗属于道，携妇襁儿，呼兄觅妹者声鼎沸。杂以鼓乐喧豗，百戏鞺鞳，人语都不可闻。观者自肩以下皆隐不见，惟万顶攒动而已。有孕妇痛急欲产，诸女伴张裙为幄罗守之；但闻儿啼，不暇问雌雄，断幅绷怀中，或扶之，或曳之，蹩躠以去。奇观哉！

葬后，以金所遗资产，瓜分而二之：子一，门人一。孝廉得半，而居第之南、之北、之东西，尽缁党；然皆兄弟叙，痛痒犹相关云。

异史氏曰："此一派也，两宗未有，六祖无传，可谓独辟法门者矣。抑闻之：五蕴皆空，六尘不染，是谓'和尚'；口中说法，座上参禅，是谓'和样'；鞋香楚地，笠重吴天，是谓'和撞'；鼓钲锽聒，笙管敖曹，是谓'和唱'；狗苟钻缘，蝇营淫赌，是谓'和幛'。金也者，'尚'耶？'样'耶？'撞'耶？'唱'耶？抑地狱之'幛'耶？"

【译文】

金和尚是山东诸城人，父亲是个无赖，几百个大钱把他卖到五莲山寺。

金和尚小时顽皮愚钝，不会诵经念佛，只干些放猪和上街买东西的杂活，就如同雇工佣人一样。后来他的师傅死了，留下了一点儿钱，他就带着这些钱离开了五莲山寺，去做买卖。弄虚作假，投机倒把，最有心计，几年就发了大财，在水坡里买了房屋土地。他有很多徒弟，每天吃饭的有百十多人，围绕水坡里的良田有上千亩，在里中盖起了数十处宅院，住的都是和尚，没有普通百姓。即使有也是贫苦无业之民，带着妻子儿女，租屋种田的。每一座门内，围绕四边的屋子，都住着这些贫苦百姓。金和尚的房屋在中间，前有厅堂，雕梁画栋，金碧辉煌，耀人眼目。堂上的桌案屏风，锃光明亮，可以照人。后面是卧室，绣花的门帘和帐子，气味芳香扑鼻，檀木雕花的大床上镶着用螺壳玳瑁磨刻的花鸟人物，床上铺着锦缎褥子，有一尺多厚。墙上挂着名家画的美人山水画，几乎挂满了墙壁。一声招呼，门外有数十人，应答的声音犹如打雷，戴着小帽穿着皮靴的人都排成队恭敬地站立着，接受指示时都掩着口侧着耳朵听。如果有客人突然而至，喘口气的工夫就可摆出十几桌筵席，各种做法的佳肴，纷纷端上桌来，云蒸雾罩。但是不敢公开留养歌妓，而是有十几个漂亮少年，都聪明伶俐，讨人喜欢，用黑纱缠头，唱着艳丽的歌曲，听着看着都赏心悦目。

金和尚一出来，前呼后拥跟着数十个骑马的人，他们腰上挂的弓箭相碰"叮当"作响。这些奴仆们都管金和尚叫爷，县里的百姓，有的呼他为祖，有的呼他为伯、叔，不叫师父和上人，不叫和尚的法名。他的徒弟出行，威风劲儿比金和尚稍差些，但高头骏马，华贵的鞍辔，也和贵族公子差不多。

金和尚又广为结纳各方人士，即使千里之外，也有人为他卖力，仗着这些挟制官府，有人偶而冲撞了他，都恐惧万分。但金和尚的为人，粗鄙不通文字，从头顶到脚跟没有一点儿文雅的地方。一辈子没念过一本经，没念过一句咒，从不到寺院中去，屋里也不摆设金铙皮鼓这些佛家法器，他的徒弟没有见过也没有听说过这些东西。

凡是租住他的房屋的，妇女打扮得漂漂亮亮如同京城妇女一样，擦脸的脂粉，都由金和尚出钱供给，他也毫不吝啬，因此村中不种田的农民有一百多人。

有时有些佃户中的恶人把僧人杀了，将脑袋埋在床下，金和尚也不太追究，只是把这人赶走而已，这已成为习惯了。

金和尚又买了一个异姓孩子，作为自己的儿子，请老师教八股文，这孩子很聪明能作文章，因此又送到县里上学，很快按照惯例当上了太学生。不久应试，中了举。从此金和尚又被称为“金太公”，名声更大了。以前称他为爷的改称太爷，过去向他行跪拜礼的现在都恭恭敬敬地行儿孙礼。

不久，金太公和尚死了，金举人披麻戴孝跪在灵前，口称孤儿；众门人的哭丧棒摆满了床榻，在灵幛后面小声哭泣的，只有举人夫人一个人而已。士大夫的夫人们都穿着盛装前来吊唁，车马轿子把道路都堵塞了。出殡那天，高大的灵棚一个接着一个，招魂灵幡遮住了日光。殉葬的纸人纸马等都用帛装饰，车马仪仗有数十件，纸马千匹，纸人百个，全都像活人一样。用纸扎的方弼、方相开道巨人，外面是纸制的壳，再戴上黑帽子，穿上金铠甲，里边是空的，横架一个木架，活人钻到里面扛着架子而行。纸人内部还设有机关转动，连着脸上的胡子眉毛都在动，目光一闪一闪的，如同喊叫一样。围观的人都很惊奇，小孩子远远看到，就吓得哭着跑了。阴宅也修建得很壮丽，像宫殿一样，楼阁房廊连接着，占地数十亩，里面千门万户，进去就会迷路，连出来都很困难。祭品供品很多，都难以叫出名称。送葬的人摩肩接踵，上自官长，都低头弯腰进来，叩头下拜，如上朝一样。下至衙门的小吏，都爬在地上叩头前行，不敢有劳金公子和各位师叔。那时候，全城的人都来瞻仰，男男女女汗流浃背往来于道上，有的领着老婆背着孩子，有的呼兄喊妹的，人声鼎沸。再加上鼓乐喧天，上演各种戏剧的敲锣打鼓，人们的说话声都听不到了。看热闹的人从肩膀以下都看不见，只见万头攒动而已。还有个孕妇肚子疼了要生产，女伴们只好围成一圈张开裙子来遮挡，守候着，只听见婴儿啼哭，没工夫问是男是女，扯下一块裙子把孩子包上抱在怀中，有的扶着产妇，有的搀着，一扭一拐地回家去，真是奇观啊！

下葬以后，把金和尚留下的资产分为两份，他的儿子得一份，众门人得一份。金举人分得了一半，住宅的南北东西，全是和尚的同党，都以兄弟相称，仍然痛痒相关，互相照应。

异史氏说：这是单独的一派，禅家的南北两宗都没有这派。六祖也没有传授给他们衣钵，可以说是独辟法门。我听说过，五蕴（色、受、想、行、识）皆空，六尘（眼、耳、鼻、舌、身、意）不染，称作“和尚”；口中说法，座上参禅，叫作“和样”，脚踏楚地，头顶吴天，四处云游，称作“和撞”；锣鼓喧天，笙管喧闹，称作“和唱”，狗苟蝇营，厚颜无耻，吃喝嫖赌，称作“和幛”，金和尚这个人，是“尚”呢？“样”呢？“撞”呢？“唱”呢？或者是地狱中的“幛”呢？

[但明伦] 文以“奇观哉”三字冷语结之，通篇字字皆成斧钺。为佛门护法，为世教防闲，功德不少。

卷八

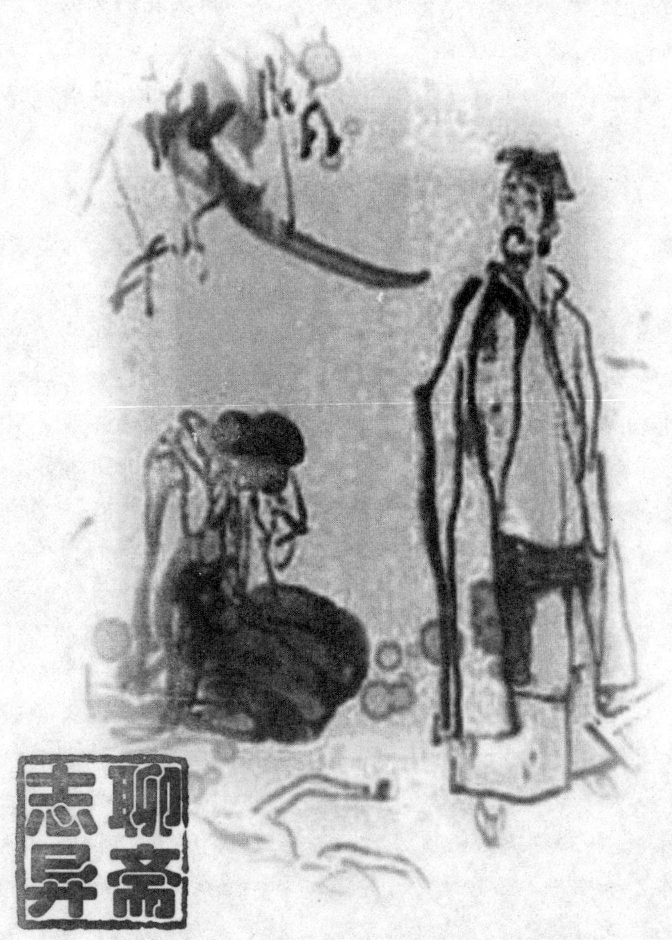
聊斋志异

画马

【原文】

临清崔生家屡贫，围垣不修，每晨起，辄见一马卧露草间，黑质白章；惟尾毛不整，似火燎断者。逐去，夜又复来，不知所自。崔有好友官于晋，欲往就之，苦无健步，遂捉马施勒乘去，嘱家人曰：“倘有寻马者，当如以告。”既就途，马骛驶，瞬息百里。夜不甚饫刍豆，意其病。次日紧衔不令驰，而马蹄嘶喷沫，健怒如昨。复纵之，午已达晋。时骑入市廛，观者无不称叹。晋王闻之，以重直购之。崔恐为失者所寻，不敢售。

居半年，无耗，遂以八百金货于晋邸，乃自市健骡归。后王以急务，遣校尉骑赴临清。马逸，追至崔之东邻，入门不见。索诸主人，主曾姓，实莫之睹。及入室，见壁间挂子昂画马一帧，内一匹毛色浑似，尾处为香炷所烧，始知马，画妖也。校尉难复王命，因讼曾。时崔得马资，居积盈万，自愿以直贷曾，付校尉去。曾甚德之，不知崔即当年之售主也。

【译文】

临清人崔生，家境贫寒，院子围墙坏了也没修。每天早晨起来，就看见一匹马卧在沾满露水的草丛间，这马黑底白花，只是尾毛不整齐，好像被火烧断的。崔生把马赶走，它夜里又回来了，不知是从哪里来的。

崔生有位好朋友，在山西当官。崔生要去找这个朋友，苦于没有车马，就抓住马加上鞍子缰绳到山西去，临走前嘱咐家人说：“如果有人来找马，你们就派人到山西告诉我。”

上路以后，马就奔驰起来，瞬息之间就走了一百多里。夜里马也不怎么吃草料，崔生以为马生病了。第二天他拉紧了缰绳不让马快跑，而马奋蹄喷沫，嘶叫不已，和昨天一样健壮。崔生放开缰绳，中午就到了山西。当时他骑着上了太原大街，看到马的人无不称赞。

晋王听说了这匹马，就要出高价购买。崔生恐怕失主来寻找，不敢出售。过了半年，家中也没有失主找马的消息，于是崔生就以八百两银子的价钱把马卖给了晋王府，他又买了一匹健壮的骡子骑着回去了。

后来晋王因为紧急事务，派一名校尉骑着马赶赴临清。马跑了，校尉追到崔生东边的邻居家，进了门，马就不见了。向这家主人索要，主人姓曾，说实在没有看见有马。进到屋里，看他家墙上挂着一幅赵子昂画的马，其中一匹马的毛色和丢失的马很相似，马尾处被香火烧了。这才知道，这马原来是画妖。

校尉难以向晋王交待，就告发了曾家。这时崔生得到卖马的钱以后，以此为资本发了财，积聚了上万两银子，自愿借给曾家钱，赔偿了马钱，校尉才回去了。曾家十分感谢崔生，不知崔生就是当年的卖马人。

［何守奇］神画，但不可寄桓温耳。

局 诈

【原文】

某御史家人，偶立市间，有一人衣冠华好，近与攀谈。渐问主人姓字、官阀，家人并告之。其人自言："王姓，贵主家之内使也。"语渐款洽，因曰："宦途险恶，显者皆附贵戚之门，尊主人所托何人也？"答曰："无之。"王曰："此所谓惜小费而忘大祸者也。"家人曰："何托而可？"王曰："公主待人以礼，能覆翼人。某侍郎系仆阶进。倘不惜千金贽，见公主当亦不难。"家人喜，问其居止。便指其门户曰："日同巷不知耶？"家人归告侍御。侍御喜，即张盛筵，使家人往邀王。王欣然来。筵间道公主情性及起居琐事甚悉，且言："非同巷之谊，即赐百金赏，不肯效牛马。"御史益佩戴之。临别订约，王曰："公但备物，仆乘间言之，旦晚当有报命。"

越数日始至，骑骏马甚都，谓侍御曰："可速治装行。公主事大烦，投谒者踵相接，自晨及夕，不得一间。今得一间，宜急往，误则相见无期矣。"侍御乃出兼金重币，从之去。曲折十余里，始至公主第，下骑祗候。王先持贽入。久之，出，宣言："公主召某御史。"即有数人接递传呼。侍御伛偻而入，见高堂上坐丽人，姿貌如仙，服饰炳耀；侍姬皆着锦绣，罗列成行。侍御伏谒尽礼，传命赐坐檐下，金碗进茗。主略致温旨，侍御肃而退。自内传赐缎靴、貂帽。

既归，深德王，持刺谒谢，则门阖无人，疑其侍主未归。三日三诣，终不复见。使人询诸贵主之门，则高扉扃锢。访之居人，并言："此间曾无贵主。前有数人僦屋而居，今去已三日矣。"使反命，主仆丧气而已。

副将军某，负资入都，将图握篆，苦无阶。一日有裘马者谒之，自言："内兄为天子近侍。"茶已，请间云："目下有某处将军缺，倘不吝重金，仆嘱内兄游扬圣主之前，此任可致，大力者不能夺也。"某疑其妄。其人曰："此无须踟蹰。某不过欲抽小数于内兄，于将军锱铢无所望。言定如干数，署券为信。待召见后方求实给，不效则汝金尚在，谁从怀中而攫之耶？"某乃喜，诺之。

次日复来引某去，见其内兄，云："姓田。"煊赫如侯家。某参谒，殊傲睨不甚为礼。其人持券向某曰："适与内兄议，率非万金不可，请即署尾。"某从之。田曰："人心叵测，事后虑有反复。"其人笑曰："兄虑之过矣。既能予之，宁不能夺之耶？且朝中将相，有愿纳交而不可得者。将军前程方远，应不丧心至此。"某亦力矢而去。其人送之，曰："三日即复公命。"

逾两日，日方西，数人吼奔而入，曰："圣上坐待矣！"某惊甚，疾趋入朝。见天子坐殿上，爪牙森立。某拜舞已。上命赐坐，慰问殷勤，顾左右曰："闻某武烈非常，今见之，真将军才也！"因曰："某处险要地，今以委卿，勿负朕意，侯封有日耳。"某拜恩出。即有前日裘马者从至客邸，依券兑付而去。于是高枕待绶，日夸荣于亲友。过数日探访之，则前缺已有人矣。大怒，忿争于兵部之堂，曰："某承帝简，何得授之他人？"司马怪之。及述宠遇，半如梦境。司马怒，执下廷尉。始供其引见者之姓名，则朝中并无此人。又耗万金，始得革职而去。

异哉！武弁虽骏，岂朝门亦可假耶？疑其中有幻术存焉，所谓"大盗不操矛弧"者也。

嘉祥李生，善琴。偶适东郊，见工人掘土得古琴，遂以贱直得之。拭之有异光，安弦而操，清烈非常。喜极，若获拱璧，贮以锦囊，藏之密室，虽至戚不以示也。

邑丞程氏新莅任，投刺谒李。李故寡交游，以其先施故，报之。过数日又招

饮，固请乃往。程为人风雅绝伦，议论潇洒，李悦焉。越日折柬酬之，欢笑益洽。从此月夕花晨，未尝不相共也。年余，偶于丞廨中，见绣囊裹琴置几上，李便展玩。程问："亦谙此否？"李曰："生平最好。"程讶曰："知交非一日，绝技胡不一闻？"拨炉燕沉香，请为小奏。李敬如教。程曰："大高手！愿献薄技。勿笑小巫也。"遂鼓《御风曲》，其声泠泠，有绝世出尘之意。李更倾倒，愿师事之。自此二人以琴交，情分益笃。

年余，尽传其技。然程每诣李，李以常琴供之，未肯泄所藏也。一夕薄醉，丞曰："某新肄一曲，无亦愿闻之乎？"为奏《湘妃》，幽怨若泣。李亟赞之。丞曰："所恨无良琴；若得良琴，音调益胜。"李欣然曰："仆蓄一琴，颇异凡品。今遇钟期，何敢终密？"乃启椟负囊而出。程以袍袂拂尘，凭几再鼓，刚柔应节，工妙入神。李击节不置。丞曰："区区拙技，负此良琴。若得荆人一奏，当有一两声可听者。"李惊曰："公闺中亦精之耶？"丞笑曰："适此操乃传自细君者。"李曰："恨在闺阁，生不得闻耳。"丞曰："我辈通家，原不以形迹相限。明日请携琴去，当使隔帘为君奏之。"李悦。

次日抱琴而往。丞即治具欢饮。少间将琴入，旋出即坐。俄见帘内隐隐有丽妆，顷之，香流户外。又少时弦声细作，听之，不知何曲；但觉荡心媚骨，令人魂魄飞越。曲终便来窥帘，竟二十余绝代之姝也。丞以巨白劝釂，内复改弦为《闲情之赋》，李形神益惑。倾饮过醉，离席兴辞，索琴。丞曰："醉后防有蹉跌。明日复临，当令闺人尽其所长。"李归。

次日诣之，则廨舍寂然，惟一老隶应门。问之，云："五更携眷去，不知何作，言往复可三日耳。"如期往伺之，日暮，并无音耗。吏皂皆疑，白令破扃而窥其室，室尽空，惟几榻犹存耳。达之上台，并不测其何故。

李丧琴，寝食俱废。不远数千里访诸其家。程故楚产，三年前，捐赀授嘉祥。执其姓名，询其居里，楚中并无其人。或云："有程道士者善鼓琴，又传其有点金术。三年前，忽去不复见。"疑即其人。又细审其年甲、容貌，吻合不谬。乃知道士之纳官，皆为琴也。知交年余，并不言及音律；渐而出琴，渐而献技，又渐而惑以佳丽；浸渍三年，得琴而去。道士之癖，更甚于李生也。天下之骗机多端，若道士，犹骗中之风雅者矣。

【译文】

某御史的一个仆人，偶然在街市上闲站，有个衣帽华美的人走近与他攀谈。聊一会儿就问他主人的姓名、官职，仆人都告诉了这个人，这个人自我介绍说："我姓王，是某公主家的贴身侍役。"

两人越谈越亲密，那人说："官场上风险很多，当大官的都要依附于皇亲国戚门下，不知您的主人依附的是哪位贵戚？"仆人说："没有。"姓王的说："这就是所说的爱惜小钱而忘掉大祸呀！"仆人问："可以托附谁呢？"姓王的说：

“我家公主以礼待人，又能庇护人。某位侍郎就是通过我走公主的门路升官的。如果不惜用千金作为见面礼，见见公主也不是难事。”仆人很高兴，问姓王的住在哪里。姓王的指着一个门说：“成天住在一个巷内还不知道吗？”

仆人回家将此事告诉了御史。御史很高兴，准备了丰盛的筵席，让仆人去邀请姓王的。姓王的欣然赴席，筵席间谈起公主的性情和起居琐事，说得很详细，并且说：“若不是看在同巷邻居的情分上，就是给我一百两银子，我也不帮这个忙。”御史对他更加感谢佩服。临别约好下一步的办法。姓王的话：“你只管准备好礼物，我找个机会替你进言，早晚就会给您送信儿。”

过了好几天，姓王的才来，骑着高头大马。对御史说：“可赶快准备一下行装跟我走，公主的事情太多，求见的人一个接一个，从早到晚，没有间断。这会儿稍有空闲，应赶快去，这次耽误了，再想见就不知什么时候了。”御史带着大量金银，跟着姓王的去了。

曲曲折折走了十多里，才到了公主的府邸，下马等候。姓王的拿着礼物先进去了，过了好久，才出来高声喊道：“公主召见某某御史。”接着有几个人传递着呼喊，御史低着身子进去。看见高堂上坐着一位美丽的女人，貌如仙女，服装首饰光辉灿烂。两旁的侍女都穿着锦绣的服装，排列成行，御史跪拜行礼。公主传下旨意，让御史坐在檐下，用金碗送上香茶。公主略微说了几句劝勉的话，御史就恭敬地退了出来。又从堂内传出公主赏赐的缎靴、貂帽。

御史回家后，非常感谢姓王的，就带着名片去拜访他，可是大门关着没人答应。御史以为他到公主府中还没回来。三天去了三次，都没有见到。派人到公主府去询问，只见大门紧锁。问了问邻里，都说：“这里从来没有什么公主，前几天有几个人租这所房子住过，如今已走了三天了。”这人回去报告了情况，主仆二人只有垂头丧气而已。

某位副将军，带着不少钱来到了京城，想升任个正职，苦于没有门路。

一天，有个穿皮袍骑大马的人来拜访他，自己介绍说：“我的内兄是皇上的贴身侍卫。”喝完茶，让副将军身边的人退出去，对副将军说：“眼下有某处的将军空缺，如果你不惜重金，我可以嘱咐内兄在皇上面前替你说说话，这个职位就可到手，有势力的人也夺不走。”副将军怀疑他说的不是实话。这个人说：“对这事你不要拿不定主意。我不过想从内兄那里抽取几个小钱，在您这里我是分文不取的。咱们说好数目，立下文书作为凭证。待皇上召见以后，再把钱交来，如果不成，那你的钱还在，谁能从你怀中把钱抢走呢？”副将军很高兴，答应下来。

第二天，这人又来了，带着副将军去见其内兄。内兄说：“我姓田。”内兄家富丽堂皇像王侯家一样。副将军参见时，姓田的非常傲慢，不予回礼。这人拿着文书对副将军说：“刚才我和内兄商议，算起来非一万两银子不可，请在文书末尾签上名字吧。”副将军听从了。姓田的话：“人心叵测，事后怕他翻悔。”这

人笑着说："兄长的疑虑也太多了。既然给了他这个官，难道不能夺去吗？况且朝中的将相，有愿交钱来换取这个官职还得不到呢，将军这个官前程远大，按说他不应丧失良心到这个程度。"副将军也发誓说一定守信用，就回去了。这人出来送他，说："三天就给你回信儿。"

过了两天，第三天太阳西落时，几个人呼喊着跑进副将军的住处，说："皇上正等着见你呢？"副将军非常吃惊，赶快连跑带颠地上朝。见皇上坐在殿上，四周侍卫林立。副将军跪拜完毕，皇上下令赐坐，殷勤地勉励他。环顾左右的人说："听说这位将军勇武异常，今天见了，真是将军之才啊！"接着说："某处地势险要，现在就交给你去守卫，不要辜负朕对你的信任，封侯也是有希望的啊！"副将军向皇上谢了恩就出来了。当即前几天那个穿皮袍骑大马的人跟他一起到了旅馆，依照文书给了那人一万两银子，那人就走了。副将军高枕无忧，等待朝廷的任命，每天以此向亲朋夸耀。

过了几天，他一打听，原先许给他的将军空缺已经有人补上了。副将军大怒，气愤地到兵部大堂去质问，说："我已得到皇帝的任命，为什么又将这个官职授给了别人？"兵部尚书感到很奇怪，听副将军叙述皇上对他的恩宠，如同说梦话。尚书大怒，立即把副将军抓起来交付廷尉审讯。这时他才供出引见他的那个人的姓名，可是朝中并没有这么个人。结果副将军多耗费了万两白银，最后落得个革职的结果。奇怪啊！武夫虽然呆傻，朝廷宫殿还能做假吗？也许这里有幻术作怪，正是所说的大盗用不着刀枪弓箭啊！

嘉祥县的李生，善于弹琴。有一天偶然到县城东郊去，看见工人挖土时挖出了一架古琴，他就用很便宜的价钱买了回来。擦去琴上的尘土，琴身放出了奇异的光彩，装好弦一弹，琴声清烈异常。李生高兴极了，如获至宝，用锦囊把琴装起来，藏到密室，即使是至亲好友也不让看见。

本县县丞程氏，新上任，拿名片来拜访李生。李生本来很少与人交往，因对方先来拜访自己，所以也作了回访。过了几天，程氏又邀请李生到他家饮酒，再三邀请，李生才去了。程氏为人高雅脱俗，议论潇洒，李生很喜欢他。过了一天，李生又下请柬酬答程氏，二人谈笑欢聚，感情更为融洽。从此以后，月夜花辰，没有不在一起的时候。

过了一年多，李生偶而在县丞官舍中看见一个绣囊装着琴放在桌子上，于是打开玩赏。程氏问："你也精通琴技吗？"李生回答："这是我平生最喜欢的。"程氏惊讶地说："我们相交也不是一天了，你的绝技怎么不让我听一听啊？"于是把火炉拨旺，点上沉香，请李生弹奏一曲。李生郑重地按程氏的要求弹奏，程氏说："真是高手啊，我也愿献上薄技，请不要笑我班门弄斧啊！"于是弹了一首《御风曲》，琴声清越，有超世出尘的雅趣。李生对程氏更加佩服，愿意拜他为师。从此，二人又成了琴友，感情更加深厚。

过了一年多，程氏把自己的琴技都传给了李生，但是程氏每次到李家去，李生都拿出平常的琴让他弹奏，不肯泄露他藏有古琴的事。

一天夜里，二人吃酒都有点儿微醉。程氏说："我新学会了一首曲子，不知你是否愿意听听？"于是演奏了一首《湘妃曲》，此曲哀怨深沉，如泣如诉。李生大为赞赏，程氏说："只可惜没有好琴，如果有一架好琴，音调还会优美。"李生欣然说："我收藏一架琴，和普通的琴不一样，今天遇到了知音，怎敢始终密藏着呀！"于是打开琴匣，抱着锦囊出来。

程氏用衣袖拂去琴上的灰尘，放在桌上再奏一曲《湘妃曲》，只听得琴声刚柔应节，美妙出神。李生不停地打着节拍。程氏说："我这区区拙技，辜负了这架好琴。如果让我内人弹奏一下，可能会有一两声可听。"李生吃惊地说："您夫人也精通琴艺吗？"程氏笑着说："刚才我弹的那首曲子就是她教给我的。"李生说："只可惜夫人在闺阁之中，小生我听不到她的琴声啊！"程氏说："我们这样的良朋密友，本来也不用受这些礼节的限制。明天请你带着琴去，让她隔帘为你弹奏一曲。"李生听了很高兴。

第二天，李生抱着琴到程家去，程家马上准备了酒菜，一起欢饮。一小会儿，程氏把琴拿进去了，马上又出来坐下。这时隐隐看见帘内有穿着艳装的女子，一会儿，一股幽香飘出帘外。又过了一小会儿，轻柔的琴声响起，李生听了不知是什么曲子，只觉得荡心媚骨，令人魂魄飞扬。曲终，李生向帘内偷偷一看，竟是一位二十多岁的绝代佳人。

程氏用大杯向李生劝酒，帘内佳人又改弦弹了一首《闲情之赋》，李生形神更加迷乱，饮酒过量而大醉，离席告别，向程氏要琴。程氏说："您喝醉了，恐怕会跌倒把琴弄坏。明天您再来，让我内人把她的绝技都献出来。"李生就回去了。

第二天，李生又到程氏家去，但公馆已经寂静无人，只有一个老仆人看门。问他，他说："五更时分带着家眷走了，不知去干什么，只说来回大约三天。"三天后李生又去看，这时天色已晚，还是没有一点儿音信。官府中的小吏衙役也怀疑发生了什么事，报告县令砸开门锁进屋看看，只见屋内空空荡荡，只剩下桌椅床榻。报告了上司，也弄不清是怎么回事。

李生丢失了古琴，吃不下饭，睡不着觉，不远数千里到程氏的家乡去寻访。程氏是湖北人，三年前，出钱买了个官，当上了嘉祥县丞。李生说出程氏的姓名，询问他的居住地，湖北没有这么个人。有人说："有个程道士，善于弹琴，又传说他会点金术，三年前，忽然走了，再也没有看见。"李生怀疑就是这个道士。又仔细问了道士的年龄、容貌，和程氏一一吻合。这才知道道士出钱买官，原来是为了这张古琴。相交一年多，并不谈及音乐的事；渐渐地拿出自己的一张琴，接着又表演琴技，又让美人来诱惑，用了三年工夫，终于得到琴离去。道士对于古琴的癖好，更比李生还要强烈啊。天下的骗术五花八门，像道士这样，还是骗子中的一位风雅之士啊！

[何守奇] 迩来骗局，有出于意所不及者。若道士之骗，则无人不入其局

中矣。

[但明伦] 此一局较前二局亦文雅、亦神妙，其人其事，弥缝无隙，使人堕其术而不知；即稍有知识音，亦将被其瞒过。若前二局只足骗愚昧之人耳。盖君子固难罔以非其道者也

放蝶

【原文】

长山王进士蚪生为令时，每听讼，按律之轻重，罚令纳蝶自赎；堂上千百齐放，如风飘碎锦，王乃拍案大笑。一夜梦一女子，衣裳华好，从容而入，曰：“遭君虐政，姊妹多物故。当使君先受风流之小谴耳。”言已化为蝶，回翔而去。明日，方独酌署中，忽报直指使至，皇遽而出，闺中戏以素花簪冠上，忘除之。直指见之，以为不恭，大受诟骂而返。由是罚蝶之令遂止。

青城于重寅，性放诞。为司理时，元夕以火花爆竹缚驴上，首尾并满，牵登太守之门，击柝而请，自白：“某献火驴，幸出一览。”时太守有爱子患痘，心绪方恶，辞之。于固请之。太守不得已，使阍人启钥。门甫辟，于火发机，推驴入。爆震驴惊，踶趹狂奔；又飞火射人，人莫敢近。驴穿堂入室，破瓯毁甑，火触成尘，窗纱都烬。家人大哗。痘儿惊陷，终夜而死。太守痛恨，将揭劾之。于浼诸司道，登堂负荆，乃免。

【译文】

长生县的王蚪生进士任县令时，每判案时，依照犯罪的轻重，罚犯人交纳蝴蝶赎罪。于是公堂上千万只蝴蝶上下飞舞，如同风吹剪碎的锦缎，王蚪生看了拍案大笑。

一天夜里，王蚪生梦见一位女子，穿着华丽的衣服，从容地走进屋来，对他说：“因为遭到你的虐政，很多姊妹都死了。我要让你先受点儿风流的小惩罚。”

说完，化作一只蝴蝶，回旋飞翔着走了。

第二天，王岕生正在衙门中自斟自饮，忽然衙役报告，说直指使大人来了。王岕生慌忙出去迎接，官帽上还插着妻子开玩笑时放上去的一朵白花，忘了摘下来。直指使看见了，认为他对自己不恭敬，把他大骂了一顿，他垂头丧气地回来了。从此以后，罚交蝴蝶的命令就停止了。

青城人于重寅，性格狂放不羁。他当司理这个官时，元宵节这天晚上，把烟花和爆竹绑在驴子身上，头上尾巴上都绑满了，牵着驴来到太守门前，敲着梆子请太守开门，说："我来敬献火驴，请太守出来观看。"

当时太守的爱子正出水痘，太守心绪很乱，就推辞了。于重寅不停地请求，太守不得已，就让守门人打开了门锁。门刚打开，于重寅就点燃了驴身上的烟花爆竹，把驴推进门内。爆竹炸响，驴受到惊吓，拼命狂奔。烟花爆竹又向人身上飞射，人不敢靠近。驴子穿堂入室，打破了瓶瓶罐罐，火到哪儿哪里就燃烧起来，窗纱都烧成了灰烬。

太守家中乱成一片，出水痘的儿子受到惊吓，折腾了一夜死了。

太守十分痛恨于重寅，要弹劾他。于重寅请了位司道官员说情，他自己亲自登门负荆请罪，太守才不予追究。

[何守奇] 王以风流害物，于以风流放诞且害人，风流放诞者不可不思。

[但明伦] 物虽微，亦具生理，致和育物，性命之功。按律之轻重，而罚蝶以供一笑，不惟戕物性，且坏法律矣。受风流之小谴，犹是便宜。

男生子

【原文】

福建总兵杨辅有娈童，腹震动。十月既满，梦神人剖其两胁去之。及醒，两男夹左右啼。起视胁下，剖痕俨然。儿名之天舍、地舍云。

异史氏曰："按此吴藩未叛前事也。吴既叛，闽抚蔡公疑杨欲图之，而恐其为乱，以他故召之。杨妻夙智勇，疑之，沮杨行，杨不听。妻涕而送之。归则传齐诸将，披坚执锐，以待消息。少间闻夫被诛，遂反攻蔡。蔡仓皇不知所为，幸标卒固守，不克乃去。去既远，蔡始戎装突出，率众大噪。人传为笑焉。后数年，盗乃就抚。未几蔡暴亡；临卒，见杨操兵入，左右亦皆见之。呜呼！其鬼虽雄，而头不可复续矣！生子之妖，其兆于此耶？"

【译文】

福建总兵杨辅，有个供他淫乐的男孩，忽然觉得腹内震动。满十个月，梦见神人在他的两边肋下开了两个口子就走了。醒来以后，两个男孩在他的左右啼哭，起身看看肋下，剖开的痕迹很清楚，给两个孩子取名天舍、地舍。

异史氏说：这是吴三桂未叛乱之前的事。吴三桂叛乱之后，福建巡抚蔡公怀疑杨辅要加害自己，怕他作乱，以别的理由召见他。杨辅的妻子向来智能双全，怀疑蔡公有诈，不让杨辅前去。杨辅不听，妻子哭着送他。妻子回家以后，就把全体将领召集起来，披甲执戈，等待杨辅的消息。没多久，听到丈夫被杀，于是起兵攻打蔡公。蔡公仓皇之间不知所措，幸而有士兵固守，杨妻攻城不克撤走了。撤走很远，蔡公才穿上战袍从城中出来，率领士兵大喊一通，此事被人传为笑谈。过了好几年，反叛的人才被招安。不久，蔡公暴死，临死前，看见杨辅带兵器进来，他身边的人也看见了。唉！他的鬼魂虽然英雄，但他的脑袋再也接不上了。生儿子这样的怪事，也许就是他遇害的先兆吧！

钟 生

【原文】

钟庆余，辽东名士，应济南乡试。闻藩邸有道士知人休咎，心向往之。二场后至趵突泉，适相值。年六十余，须长过胸，一皤然道人也。集问灾祥者如堵，道士悉以微词授之。于众中见生，忻然握手，曰：“君心术德行，可敬也！”挽登阁上，屏人语，因问：“莫欲知将来否？”曰：“然。”曰：“子福命至薄，然今科乡举可望。但荣归后，恐不复见尊堂矣。”生至孝，闻之泣下，遂欲不试而归。道士曰：“若过此已往，一榜亦不可得矣。”生云：“母死不见，且不可复为人，贵为卿相何加焉？”道士曰：“某夙世与君有缘，今日必合尽力。”乃以一丸授之曰：“可遣人夙夜将去，服之可延七日。场毕而行，母子犹及见也。”

生藏之，匆匆而出，神志丧失。因计终天有期，早归一日，则多得一日之奉养，携仆贳驴，即刻东迈。驱里许，驴忽返奔，下之不驯，控之则蹶。生无计，躁汗如雨。仆劝止之，生不听。又贳他驴，亦如之。日已衔山，莫知为计。仆又劝曰：“明日即完场矣，何争此一朝夕乎？请即先主而行，计亦良得。”不得已，从之。

次日草草竣事，立时遂发，不遑啜息，星驰而归。则母病绵惙，下丹药，渐就痊可。入视之，就榻泫泣。母摇首止之，执手喜曰："适梦之阴司，见王者颜色和霁。谓稽尔生平，无大罪恶；今念汝子纯孝，赐寿一纪。"生亦喜。历数日，果平健如故。

未几闻捷，辞母如济。因赂内监，致意道士。道士欣然出，生便伏谒。道士曰："君既高捷，太夫人又增寿数，此皆盛德所致。道人何力焉！"生又讶其先知，因而拜问终身。道士云："君无大贵，但得耄耋足矣。君前身与我为僧侣，以石投犬，误毙一蛙，今已投生为驴。论前定数，君当横折；今孝德感神，已有解星入命，固当无恙。但夫人前世为妇不贞，数应少寡。今君以德延寿，非其所偶，恐岁后瑶台倾也。"生恻然良久，问继室所在。曰："在中州，今十四岁矣。"临别嘱曰："倘遇危急，宜奔东南。"

后年余，妻病果死。钟舅令于西江，母遣往省，以便途过中州，将应继室之谶。偶适一村，值临河优戏，士女甚杂。方欲整辔趋过，有一失勒牡驴，随之而行，致骡蹄趹。生回首以鞭击驴耳，驴惊大奔。时有王世子方六七岁，乳媪抱坐堤上；驴冲过，扈从皆不及防，挤堕河中。众大哗，欲执之。生纵骡绝驰，顿忆道士言，极力趋东南。

约三十余里，入一山村，有叟在门，下骑揖之。叟邀入，自言"方姓"，便诘所来。生叩伏在地，具以情告，叟言："不妨。请即寄居此间，当使徼者去。"至晚得耗，始知为世子，叟大骇曰："他家可以为力，此真爱莫能助矣！"生哀不已。叟筹思曰："不可为也。请过一宵，听其缓急，倘可再谋。"生愁怖，终夜不枕。次日侦听，则已行牒讥察，收藏者弃市。叟有难色，无言而入。生疑惧，无以自安。中夜叟来，入坐便问："夫人年几何矣？"生以鳏对。叟喜曰："吾谋济矣。"问之，答云："余姊夫慕道，挂锡南山；姊又谢世。遗有孤女，从仆鞠养，亦颇慧。以奉箕帚如何？"生喜符道士之言，而又冀亲戚密迩，可以得其周谋，曰："小生诚幸矣。但远方罪人，深恐贻累丈人。"叟曰："此为君谋也。姊夫道术颇神，但久不与人事矣。合卺后，自与甥女筹之，必合有计。"生喜极，赘焉。

女十六岁，艳绝无双。生每对之欷歔。女云："妾即陋，何遂遽见嫌恶？"生谢曰："娘子仙人，相偶为幸。但有祸患，恐致乖违。"因以实告。女怨曰："舅乃非人！此弥天之祸，不可为谋，乃不明言，而陷我于坎窞！"生长跪曰："是小生以死命哀舅，舅慈悲而穷于术，知卿能生死人而肉白骨也。某诚不足称好逑，然家门幸不辱寞。倘得再生，香花供养有日耳。"女叹曰："事已至此，夫复何辞？然父自削发招提，儿女之爱已绝。无已同往哀之，恐担挫辱不浅也。"乃一夜不寐，以毡绵厚作蔽膝，各以隐着衣底。然后唤肩舆，入南山十余里。山径拗折绝险，不复可乘。下舆，女跬步甚艰，生挽臂拽扶之，竭蹶始得上达。不远，即见山门，共坐少憩。女喘汗淫淫，粉黛交下。生见之，情不可忍，曰：

“为某故，遂使卿罹此苦！”女愀然曰：“恐此尚未是苦！”困少苏，相将入兰若，礼佛而进。曲折入禅堂，见老僧趺坐，目若瞑，一僮执拂侍之。方丈中，扫除光洁；而坐前悉布沙砾，密如星宿。女不敢择，入跪其上；生亦从诸其后。僧开目一瞻，即复合去。女参曰：“久不定省，今女已嫁，故偕婿来。”僧久之，启视曰：“妮子大累人！”即不复言。夫妻跪良久，筋力俱殆，沙石将压入骨，痛不可支。又移时，乃言曰：“将骡来未？”女答曰：“未。”曰：“夫妻即去，可速将来。”二人拜而起，狼狈而行。

既归，如命，不解其意，但伏听之。过数日，相传罪人已得，伏诛讫。夫妻相庆。无何，山中遣僮来，以断杖付生云：“代死者，此君也。”便嘱瘗葬致祭，以解竹木之冤。生视之，断处有血痕焉。乃祝而葬之。夫妻不敢久居，星夜归辽阳。

【译文】

钟庆馀是辽东的名士，到济南去参加乡试。听说藩王府中有一位道士，能预知人的祸福，他很想见见道士。考完两场以后，钟生来到趵突泉，正巧遇到道士。

道士有六十多岁，长髯过胸，须发斑白。聚集起来向他问吉凶的人围得像一道墙，道士都用含糊的隐语回答他们。他在众人中发现了钟生，高兴地和钟生握手，说：“您的心地和德行，都让人钦佩啊！”挽着他的手登上楼阁，屏退了其他人，问道：“您想知道将来的事吗？”钟生说：“是的。”道士说：“您的福命很薄，但这次乡试可望中举。中举回家后，恐怕见不到令堂大人了。”

钟生是个大孝子，听到这话就流下泪来，想不参加考试就回去。道士说：“如果错过了这次机会，以后一榜也考不上了。”钟生说：“母亲临死，我不去和她老人家再见一面，我还如何做人？就是富贵如公卿宰相，有什么用呢？”道士说：“我前世与你有缘，今天一定尽力帮助你。”于是给了他一个药丸，说：“可派个人连夜给你母亲送去，吃了可延寿七天，你考完了再回家，母子还来得及相见。”

钟生把药丸收藏好，急匆匆地出来了，简直像失魂落魄一样。他又想母亲归天的日子已定，早回去一天，就能多侍奉母亲一天，于是带着仆人，雇了头驴子，即刻东行。走了一里多路，毛驴忽然返回头猛跑，钟生下驴吆喝，驴子不听，想拉住它，它却倒地不走。钟生无法可施，急得汗下如雨。仆人劝他留下，他也不听。又雇了一头毛驴，这头驴子也像头先的驴子一样倒地不走。太阳已经下山了，不知如何才好。仆人又劝道：“明天就考最后一场了，何必在乎这一天呢？请让我先回去送药，这也是个好办法。”不得已，钟生只好同意。

第二天，钟生匆忙考试完毕，立刻出发，来不及喝口水歇口气，星夜往家里赶。当时母亲已卧床不起，吃药以后，渐渐好转。钟生到家进屋探问时，伏在床

前哭泣。母亲摇头让他别哭，拉着他的手高兴地说："刚才我做梦到了阴司，看到阎王爷和颜悦色对我说：'考查你平生的作为，没有什么大罪恶，如今念你儿子至孝，再赐你十二年阳寿。'"钟生听了也很高兴，过了几天，果然康复如初。

不久，又听到中举的捷报，钟生辞别了母亲回到济南。给藩王府的太监送了点儿礼，让太监代他向道士致意。道士高兴地出来见他，他便向道士下拜致谢。道士说："您已经高中举人，太夫人又增阳寿，这都是您德行高尚所致。我这个道士出了什么力啊！"钟生对道士已经知道这些事十分惊讶，因而又恭敬地问自己的终生结果。道士说："您不会大富大贵，只要能健康长寿就足够了。您前生和我一起当和尚，因用石头打狗，误打死一只青蛙，青蛙已投生为驴。论你命中的定数，你应当横死夭亡，现在您的孝行感动了神明，已经有解难救灾的星宿来帮助，不会有什么灾难。但您的夫人前世做女人时不守贞节，命定应当年少守寡。现在您因德高而延长了寿命，她就不会和您白头到老了，恐怕年后会有生命之忧。"

钟生难过了好一会儿，又问他将来续娶的妻子在什么地方。道士说："在中州，今年十四岁了。"临别时嘱咐他说："如果遇到危急，应当往东南方向走。"

过了一年多，钟生的妻子果然病死了。钟生的舅舅在江西当县令，母亲让他去看望舅舅，以便途中路过中州，去应道士说继室在中州的预言。偶而走过一个村庄，正好赶上在河边演戏，男女混杂观看。钟生刚想拉紧缰绳赶快过去，忽然一头挣脱缰绳的公驴跟着他后边跑，钟生骑的骡子扬起后蹄踢驴，钟生回过头，用鞭子抽驴耳，驴受了惊，猛跑。这时有位王府的小王子，才六七岁，正由奶妈抱着坐在堤上，驴冲过来，卫士仆人们来不及防备，小王子被挤落河中。众人大喊大叫，要抓钟生。钟生打着骡子拼命跑，这时忽然想起道士的话，极力向东南方奔去。

大约走了二十多里，来到一个山村，有一位老人站在门口，钟生下骡向老人作揖行礼。老人请他进家，说自己姓方，又问钟生从哪里来。钟生跪地叩头，把实情全告诉了老人。老人说："不要紧，请你就寄住在我家，我有办法让追你的人离去。"到了晚上，才知掉到河里的小孩是位王子。老人大惊失色地说："要是别的人家，我还可以想法帮帮忙，现在我真是爱莫能助了。"钟生哀求不已，老人寻思了半天说："没办法了，请等一夜，听听风声缓急，再想其他法子。"

钟生又愁又怕，一夜没睡。第二天老人一打听，官府已下令稽查肇事者，掩藏者也要被杀头。老人面有难色，一声不吭地进了屋。钟生疑惧万分，难以安心。半夜，老人来到钟生屋里坐下，问道："你夫人今年多大了？"钟生说妻子已去世。老人高兴地说："我想的办法能行了。"钟生问什么办法，老人回答说："我的姐夫信奉佛教，在南山出家修行。姐姐已故去了，留下一个孤女，由我抚养，也挺聪明，你娶她当继室如何？"钟生听了心中高兴，这正符合道士的预言，又希望和老人结为亲戚，关系近了，可以得到他更多的帮助。就说："小生实在

太幸运了，但只怕我这远方来的罪人，深恐会连累将来的岳父大人。”老人说：“我这是为你着想啊，我姐夫的道术很神奇，但好久都不过问人世间的事了，成婚后，你自己与我外甥女商量，必然会有办法。”

钟生高兴极了，就当了入赘女婿。新娘十六岁，长得美貌无双。钟生常对着她长吁短叹。新娘说：“我就是丑陋，也不至于这么快就被嫌恶呀！”钟生赔礼说：“娘子仙人一般，和你结亲感到三生有幸。但我身遭祸患，恐怕要被迫分离。”于是把实情告诉了她。新娘抱怨说：“舅舅真不是人，这是弥天大祸，自己想不出办法，又不明说，而把我推到火坑里。”钟生长跪在地说：“是小生死命哀求舅舅，舅舅心地慈悲但又没有办法解救，知道你能让死人复活，白骨生肉，一定能救我。我确实算不上一个好丈夫，然而家世门第还不至于辱没你。倘若能脱此大难获得再生，我会日日向你献上香花啊！”新娘叹息着说：“事已至此，还有什么可说的呢？但是自从父亲削发出家，对儿女的恩爱已经断绝。没别的办法，我们一起去哀求他，恐怕要受到不少挫折和羞辱啊！”

于是新娘子一夜没睡，用毡子和棉花缝了两副厚厚的护膝，衬在裤腿里，然后叫来轿子上南山。走了十多里，山路曲折盘旋，十分危险，不能再坐轿，只好下轿步行。新娘子步履艰难，钟生挽着她的胳膊，扶着她跌跌撞撞地向上爬。走了不远，就看到了山门，二人坐下休息。新娘子汗水淋淋，把脸上的脂粉都冲下来了。钟生看见，心中难过，说：“都是为了我，让你受这样的苦。”新娘子忧愁地说：“恐怕这还算不上苦！”

稍好一些，就相互搀扶着进了寺庙，向佛像施了礼，曲曲折折地走进去，进入了禅堂。只见一个老和尚在打坐，双目好像都闭着，一个小僮拿着佛尘一旁侍立。禅堂内，打扫得很干净，在和尚的坐位前铺满了沙砾，密如天上的繁星。新娘子不敢挑地方，进去就跪在沙砾上，钟生也跟着跪在她后面。老和尚睁眼看了一下，立即又闭上了眼睛。新娘子参拜和尚说：“很久没来问候你老人家了，如今女儿已经出嫁，所以和女婿一起来了。”老和尚沉默好久，才睁开眼说：“小妮子太累人！”就不再说话。

夫妻二人跪了好长时间，筋疲力尽，沙石被压在膝下都快嵌入骨头了，痛不可忍。又过了一会儿，才说：“骡子牵来了吗？”女儿回答：“没有。”老和尚说：“你们夫妻二人快回去，速把骡子牵来。”二人叩拜后起来，狼狈不堪地回家。到家以后，按父亲吩咐把骡子送到庙里，但不明白这其中的用意，只好回家等着消息。

过了几天，听人传说罪人已经抓住，又听说已被处死。夫妻庆幸躲过了灾祸。不久，山中派来了小僮，把一根断了的竹杖交给钟生说：“代替你死的，就是这位竹君。”便嘱咐他将竹杖埋葬，举行祭奠，以解除竹木的冤枉。钟生看看竹杖，断处还有血痕呢。于是向神明祷告埋葬了竹杖。夫妻不敢在此久居，星夜起程回到了钟生的故乡辽阳。

［何守奇］授药延生，断杖代死，并是孝德所感致耳。此父女不见姓名。

［王艺孙］钟生至孝，至孝可以感神，所以母寿得增，得以奉养，以尽其孝思也。

鬼妻

【原文】

泰安聂鹏云，与妻某，鱼水甚谐。妻遘疾卒，聂坐卧悲思，忽忽若失。一夕独坐，妻忽排扉入，聂惊问：“何来？”笑云：“妾已鬼矣。感君悼念，哀白地下主者，聊与作幽会。”聂喜，携就床寝，一切无异于常。从此星离月会，积有年余。聂亦不复言娶。伯叔兄弟惧堕宗主，私谋于族，劝聂鸾续，聂从之，聘于良家。然恐妻不乐，秘之。未几吉期逼迩，鬼知其情，责之曰：“我以君义。故冒幽冥之谴；今乃质盟不卒，钟情者固如是乎？”聂述宗党之意，鬼终不悦，谢绝而去。聂虽怜之，而计亦得也。

迨合卺之夕，夫妇俱寝，鬼忽至，就床上挝新妇，大骂：“何得占我床寝！”新妇起，方与挡拒。聂惕然赤蹲，并无敢左右袒。无何，鸡鸣，鬼乃去。新妇疑聂妻故并未死，谓其赚己，投缳欲自缢。聂为之缅述，新妇始知为鬼。日夕复来，新妇惧避之。鬼亦不与聂寝，但以指掐肤肉；已乃对烛目怒相视，默默不语。如是数夕，聂患之。近村有良于术者，削桃为杙，钉墓四隅，其怪始绝。

【译文】

泰安人聂鹏云与妻子感情很好，如同鱼水般和谐。后来妻子得病死了，聂鹏云坐卧不宁，日夜沉浸在悲痛之中，以至神情恍惚，怅然若失。

一天夜里，聂鹏云独自在家中坐着，妻子忽然推开门进来。聂鹏云吃惊地问：“从哪里来？”妻子笑着说：“我已变成鬼了，感激你对我的悼念，哀求阴间的阎王，暂来和你幽会。”聂鹏云很高兴，拉着她上床睡觉，一切和以前一样。

从此晚上来天不亮就走，有一年多时间。聂鹏云也不再谈续娶的事。聂鹏云的叔伯兄弟怕他绝了后，劝他续娶。聂鹏云听从了，聘定了一位出身很好的姑娘，但他又怕妻子不高兴，就没有告诉她。

不久，结婚的日子临近了，鬼知道了实情，责备聂鹏云说：“我因为你对我有情义，所以我冒着受阎王爷责罚的危险来和你相会。如今你不守我们的盟誓，钟情的人难道是这样的吗？”聂鹏云说这是叔伯兄弟们的意思。鬼始终不高兴，告别走了。聂鹏云虽然也很爱怜她，但也想不出更好的办法。

在新婚之夜，夫妻二人都睡了，鬼忽然来了，在床上猛打新妇，大骂道：“为什么占我的床铺？”新妇爬起来，和鬼扭打在一起。聂鹏云很害怕，赤着身子蹲在一边，不敢偏袒哪一方。过了一会儿，鸡叫了，鬼才走。

新妇疑心聂鹏云的妻子并没有死，认为他骗了自己，就要上吊寻死。聂鹏云告诉了她往日的事情，新妇才知是鬼。第二天晚上鬼又来了，新妇吓得躲开了，鬼也不和聂鹏云一起睡，只是用手掐他的皮肉，接着在灯下怒目瞪着他，默默不语。这样过了好几夜，聂鹏云很害怕，附近村子有位精通法术的人，削了几个桃木楔子，钉在鬼妻墓的四周，鬼妻才不见了。

[何守奇] 世有妒者，谓骨头落地，当不复尔，今观此鬼殊不然。

医术

【原文】

张氏者，沂之贫民。途中遇一道士，善风鉴，相之曰：“子当以术业富。”张曰：“宜何从？”又顾之，曰：“医可也。”张曰：“我仅识‘之无’耳。乌能是？”道士笑曰：“迂哉！名医何必多识字乎？但行之耳。”既归，贫无业，乃摭拾海上方，即市廛中除地作肆，设鱼牙蜂房，谋升斗于口舌之间，而人亦未之奇也。

会青州太守病嗽，牒檄所属征医。沂故山僻，少医工，而令惧无以塞责，又责里中使自报。于是共举张，令立召之。张方痰喘不能自疗，闻命大惧，固辞。令弗听，卒邮送之去。路经深山，渴极，咳愈甚。入村求水，而山中水价与玉液等，遍乞之无与者。见一妇漉野菜，菜多水寡，盎中浓浊如涎。张燥急难堪，便乞余沈饮之。少间渴解，嗽亦顿止。阴念：殆良方也。比至郡，诸邑医工已先施治，并未痊减。张入求密所，伪作药目，传示内外；复遣人于民间索诸藜藿，如法淘汰讫，以汁进太守。一服病良已，太守大悦，赐赉甚厚，旌以金匾。

由此名大噪，门常如市，应手无不悉效。有病伤寒者，言症求方。张适醉，误以疟剂予之。醒而悟，不敢以告人。三日后有盛仪造门而谢者，问之，则伤寒之人，大吐大下而愈矣。此类甚多。张由此称素封，益以声价自重，聘者非重资

安舆不至焉。

益都韩翁，名医也。其未著时，货药于四方。暮无所宿，投止一家，则其子伤寒将死，因请施治。韩思不治则去此莫适，而治之诚无术。往复踌躇，以手搓体，而污成片，捻之如丸。顿思以此给之，当亦无所害。晓而不愈，已赚得寝食安饱矣。遂付之。中夜主人挝门甚急，意其子死，恐被侵辱，惊起，逾垣疾遁。主人追之数里，韩无所逃始止。乃知病者汗出而愈矣。挽回，款宴丰隆；临行，厚赠之。

【译文】

张氏是沂县的贫民，在路上遇到一位道士，善于相面，为张氏相面后说：“你能以某种技艺致富。”张氏问：“从事什么技艺呢？”道士又看了看他的面相，说：“可以当医生。”张氏说：“我连字都认识不了几个，怎能当医生呢？”道士笑着说：“你太迂了啊！名医何必要多识字呢？你就去干吧！”

张氏回家后，贫穷无以为生，就收集了一些民间偏方，在街市上摆个地摊，摆上鱼牙、蜂房之类东西，靠一张嘴挣钱糊口，人们也不觉得是什么奇怪的事。

这时正巧青州太守得了咳嗽病，发出文告在属下的县里征召医生。沂县是偏僻山区，医生很少，而县令害怕无法交差，就命令各乡村自报，于是人们共同推举张氏。县令立即召他前去。

这时张氏自己正犯痰喘病，自己的病都不能治疗，听到这道命令十分害怕，一再推辞。县令不听，派吏卒把他送到青州太守那里去。路过深山，张氏渴极了，咳得更加厉害。到村里讨水喝，但山里的水和琼浆玉液一样贵，走遍了全村，没人给他水喝。这时看见一妇女正在洗野菜，菜多水少，盆里的水混浊得如粘涎一样。张氏焦渴难忍，便乞求把洗菜剩下的脏水给他喝。刚喝下一会儿，渴就解了，咳喘也止住了。他暗想：这大概是个好药方。

他到了青州，各县的医生都为太守医治过了，但毫不见效。张氏进去以后，要求住在一个秘密的地方，假装开出一个药方，传给外面的人看。又一边派人到民间去采集野菜，按山中妇人的方法淘洗完，把剩下的脏水汁送给太守喝。只喝了一次，病就好了。太守十分高兴，赏赐非常丰厚，并送了一块金匾。从此名声

大振，门庭若市，用这个方子，手到病除。

有个患伤寒病的人，讲了病症请求治疗。这时张氏正喝醉了，误把治虐疾的药给了他。酒醒之后知道了，不敢告诉别人。三天以后，有人带着丰盛的礼品登门道谢，一问，原来是得伤寒病的人，大吐大泻以后病就痊愈了。这样的事情很多。张氏因此富比王侯，名声大噪，身价越来越高，请他去治病没有重金好车是不去的。

益都的韩翁，是一位名医。他还不著名的时候，到各处去卖药。夜里没处住宿，就到一家去投宿，这家人的儿子得了伤寒病快要死了，就请他医治。韩翁想，不治的话，离开这里没处住宿，治又没有良方。他就在屋里踱来踱去，不由地用手搓着身体，这时身上的脏东西很多，搓搓成了泥丸。忽然想，把这泥丸给病人吃，也不会有害。即使到天亮病还不好，已经能赚个饱吃安睡了。于是把泥丸给了病人。半夜时分，主人敲门声很急，韩翁以为他的儿子死了，恐怕受到打骂，慌慌张张爬起来，翻过墙急逃。主人追了好几里，韩翁无处逃了，才停了下来。这时才知病人出汗后已痊愈了。主人把他挽留回来，盛情款待，临走，又赠给他丰富的酬金。

［何守奇］推造命十二宫，一曰命，二日相，可见人生之富贵福禄，未有不本于命与相者。相当以医术致富，即仅识之无，何必不然？即以率之科第可也。

藏虱

【原文】

乡人某者，偶坐树下，扪得一虱，片纸裹之，塞树孔中而去。后二三年，复经其处，忽忆之，视孔中纸裹宛然。发而验之，虱薄如麸。置掌中审顾之。少顷，掌中奇痒，而虱腹渐盈矣。置之而归。痒处核起，肿数日，死焉。

【译文】

有个乡下人，偶然坐在树下，从身上摸到一个虱子，用一个纸片包上，塞在树洞中走了。过了二三年，又经过这里，忽然想起了这个纸包，看看树洞里纸包还在，打开一看，虱子还在，薄得像一层麦麸，他把虱子放在掌心细看。一小会儿，觉得手掌心奇痒难忍，而虱子的肚子渐渐大了。他把虱子扔了就回家了，到家以后，手掌发痒的地方肿起了核桃大的一个包，肿了几天，这人就死了。

［刘瀛珍］扪虱则杀之，人之恒也。乡人悯而舍焉。一念之仁，可谓善矣，乃卒死于虱者。何也‘？有不赦之罪，而使之漏网，未有不反受其殃者。大人操生杀之权，可勿断欤！

梦狼

【原文】

白翁，直隶人。长子甲筮仕南服，二年无耗。适有瓜葛丁姓造谒，翁款之。丁素走无常。谈次，翁辄问以冥事，丁对语涉幻；翁不深信，但微哂之。

别后数日，翁方卧，见丁又来，邀与同游。从之去，入一城阙。移时，丁指一门曰："此间君家甥也。"时翁有姊子为晋令，讶曰："乌在此？"丁曰："倘不信，入便知之。"翁入，果见甥，蝉冠豸绣坐堂上，戟幢行列，无人可通。丁曳之出，曰："公子衙署，去此不远，亦愿见之否？"翁诺。少间至一第，丁曰："入之。"窥其门，见一巨狼当道，大惧不敢进。丁又曰："入之。"又入一门，见堂上、堂下，坐者、卧者，皆狼也。又视墀中，白骨如山，益惧。丁乃以身翼翁而进。公子甲方自内出，见父及丁良喜。少坐，唤侍者治肴蔌。忽一巨狼，衔死人入。翁战惕而起，曰："此胡为者？"甲曰："聊充庖厨。"翁急止之。心怔忡不宁，辞欲出，而群狼阻道。进退方无所主，忽见诸狼纷然嗥避，或窜床下，或伏几底。错愕不解其故。俄有两金甲猛士怒目入，出黑索索甲。甲扑地化为虎，牙齿巉巉，一人出利剑，欲枭其首。一人曰："且勿，且勿，此明年四月间事，不如姑敲齿去。"乃出巨锤锤齿，齿零落堕地。虎大吼，声震山岳。翁大惧，忽醒，乃知其梦。

心异之，遣人招丁，丁辞不至。翁志其梦，使次子诣甲，函戒哀切。既至，见兄门齿尽脱；骇而问之，则醉中坠马所折；考其时则父梦之日也，益骇。出父书。甲读之变色，为间曰："此幻梦之适符耳，何足怪。"时方赂当路者，得首荐，故不以妖梦为意。弟居数日，见其蠹役满堂，纳贿关说者中夜不绝，流涕谏止之。甲曰："弟日居衡茅，故不知仕途之关窍耳。黜陟之权，在上台不在百姓。上台喜，便是好官；爱百姓，何术能令上台喜也？"弟知不可劝止，遂归告父，

翁闻之大哭。无可如何，惟捐家济贫，日祷于神，但求逆子之报，不累妻孥。

次年，报甲以荐举作吏部，贺者盈门；翁惟欷歔，伏枕托疾不出。未几，闻子归途遇寇，主仆殒命。翁乃起，谓人曰："鬼神之怒，止及其身，佑我家者不可谓不厚也。"因焚香而报谢之。慰藉翁者，咸以为道路讹传，惟翁则深信不疑，刻日为之营兆。而甲固未死。先是四月间，甲解任，甫离境，即遭寇，甲倾装以献之。诸寇曰："我等来，为一邑之民泄冤愤耳，宁专为此哉！"遂决其首。又问家人："有司大成者谁是？"司故甲之腹心，助纣为虐者。家人共指之，贼亦杀之。更有蠹役四人，甲聚敛臣也，将携入都。——并搜决讫，始分资入囊，骛驰而去。

甲魂伏道旁，见一宰官过，问："杀者何人？"前驱者曰："某县白知县也。"宰官曰："此白某之子，不宜使老后见此凶惨，宜续其头。"即有一人掇头置腔上，曰："邪人不宜使正，以肩承领可也。"遂去。移时复苏。妻子往收其尸，见有余息，载之以行；从容灌之，亦受饮。但寄旅邸，贫不能归。半年许，翁始得确耗，遣次子致之而归。甲虽复生，而目能自顾其背，不复齿人数矣。翁姊子有政声，是年行取为御史，悉符所梦。

异史氏曰："窃叹天下之官虎而吏狼者，比比也。即官不为虎，而吏且将为狼，况有猛于虎者耶！夫人患不能自顾其后耳；苏而使之自顾，鬼神之教微矣哉！"

邹平李进士匡九，居官颇廉明。常有富民为人罗织，门役吓之曰："官索汝二百金，宜速办；不然，败矣！"富民惧，诺备半数。役摇手不可，富民苦哀之，役曰："我无不极力，但恐不允耳。待听鞫时，汝目睹我为若白之，其允与否，亦可明我意之无他也。"少间，公按是事。役知李戒烟，近问："饮烟否？"李摇其首。役即趋下曰："适言其数，官摇首不许，汝见之耶？"富民信之，惧，许如数。役知李嗜茶，近问："饮茶否？"李颔之。役托烹茶，趋下曰："谐矣！适首肯，汝见之耶？"既而审结，富民果获免，役即收其苞苴，且索谢金。呜呼！官自以为廉，而骂其贪者载道焉，此又纵狼而不自知者矣。世之如此类者更多，可为居官者备一鉴也。

又，邑宰杨公，性刚鲠，撄其怒者必死；尤恶隶皂，小过不宥。每凛坐堂上，胥吏之属无敢咳者。此属间有所白，必反而用之。适有邑人犯重罪，惧死。一吏索重赂，为之缓颊。邑人不信，且曰："若能之，我何靳报焉！"乃与要盟。少顷，公鞫是事。邑人不肯服。吏在侧呵语曰："不速实供，大人械梏死矣！"公怒曰："何知我必械梏之耶？想其赂未到耳。"遂责吏，释邑人。邑人乃以百金报吏。要知狼诈多端，此辈败我阴骘，甚至丧我身家。不知居官者作何心腑，偏要以赤子饲麻胡也！

【译文】

白翁是河北人，他的大儿子白甲，初次到南方去当官，三年没有音信。正巧有位和他家有点儿亲戚关系的丁某来拜访，白翁热情地招待他。丁某向来能魂游阴曹，谈话当中，白翁问他一些阴曹地府的事，丁某的回答荒诞虚幻，白翁不太相信，只微微笑了笑。

过了几天，白翁正躺在床上，见丁某又来了，邀请他一起去游玩。白翁跟着去了，进了一座城，过了一会儿，丁某指着一个门说："这是您外甥的家。"当时白翁姐姐的儿子在山西当县令，就惊讶地说："怎么会在这里？"丁某说："如果不信，进去便知道了。"白翁进去，果然看到了外甥，穿着官服戴着官帽坐在堂上，执戟打旗的士卒站在两旁，没人上去给他通报。丁某把白翁拉出来，说："您公子的衙门离此不远，也愿去看看吗？"白翁同意了。一会儿，来到一座府第，丁某说："进去吧！"往门里一看，有一只大狼站在道上，白翁非常害怕，不敢进去。丁某又说："进去吧！"又进了一道门，见堂上、堂下、坐着的、躺着的，都是狼。又看台阶上白骨如山，更加恐惧。丁某用身子护着白翁向前走。这时白翁的儿子白甲正从里边出来，看见父亲和丁某很高兴。坐了一会儿，喊手下人去置办酒席。忽然一只大狼，叨了一个死人进来。白翁吓得站起来说："这是要干什么？"白甲说："用来做点儿菜。"白翁急忙制止，心中惶惶不安，想告辞出来，但群狼挡住了道路。正在进退两难的时候，忽然看见群狼嗥叫四散奔逃，有的窜到床下，有的伏在桌下，白翁十分惊愕，不知什么缘故。一会儿有两个穿金铠甲的猛士横眉怒目地闯进来，拿出一条黑绳把白甲捆起来。白甲扑在地上变成了一只虎，牙齿尖利。一个猛士拿出剑来要砍虎头。另一个猛士说："且慢！且慢！宰它是明年四月间的事，不如先敲掉它的牙齿。"于是拿出大锤敲虎的牙齿，牙齿一个个落在地上，老虎疼得大声吼叫，声震山岳。

白翁非常害怕，忽然醒了，才知是一场梦。心里感到很奇怪，派人去叫丁某，丁某推辞不来。白翁把这个梦写在信中，派二儿子去送给白甲，信中对他百般劝诫。

二儿子到了白甲那里，看见哥哥门牙都掉了，惊骇地询问，原来是喝醉酒从马上掉下来跌的，推算时间，正是父亲做梦的那天。老二更加害怕，拿出父亲的信，白甲读后脸色大变，解释说："这是梦境恰与实事巧合，不必大惊小怪。"当时白甲正因贿赂当权人物，首先被举荐升官，所以不把怪梦放在心上。

弟弟住了几天，看到满堂都是害民的吏役，行贿走后门的人，到半夜还往来不断，就流着泪劝诫哥哥改正。白甲说："弟弟每天住在草屋中，所以不了解仕途的诀窍。决定升降的大权，在上司不在百姓，上司喜欢你，你就是好官，你光爱护百姓，有什么办法让上司喜欢你呢？"弟弟知道劝也没有用，就回家了。

到家把哥哥的情况告诉了父亲，白翁听后大哭，但也无可奈何，只有用自己的家产来救济贫民，每天向神明祷告，只求上天对逆子的报应，不要牵连到老婆孩子。

第二年，有人来报告白甲由于别人的举荐当了吏部尚书，来贺喜的人盈门。

白翁只是不停地叹息，趴在枕头上假托有病不出来见客。不久，听说白甲在回家途中遇到强盗，主仆都死了。白翁才起身，对家里人说："鬼神的愤怒，只报应在他一个人身上，对我家的护祐不可谓不厚啊！"于是焚香表示感谢。前来安慰白翁的人，都说这消息是在路上传错了，只有白翁深信不疑，定下日子为白甲准备墓葬。

可是白甲确实没死。原先，在四月间，白甲解任赴京，刚离开县境，就遇到强盗，白甲把随身财物都献了出来，群盗说："我们来，是为一县的百姓报仇雪恨的，难道只是为了钱财吗？"于是砍下他的头。又问跟随白甲的人："有个叫司大成的，是哪一个？"原来司大成是白甲的心腹，是个助纣为虐的人。随从们一起指出来，强盗把司大成也杀了。还有四个坑害百姓的吏役，是帮白甲搜刮钱财的帮手，白甲准备把他们带进京去，也被搜出来杀了。这时才把白甲献出的财物分装在袋中，飞驰而去。

白甲的魂魄伏在道旁，看见一个县官模样的人过来，问道："被杀的是什么人？"在前面开路的人说："这是某县的白知县。"县官说："他是白翁的儿子，不应让老人看到这凶惨的模样，应该把他的头接上。"这时就有一个人拾起白甲的头放在脖子上，说："邪人不要让他的脑袋长正，让头歪在肩上就行了。"接完头就走了。

过了些时，白甲复活了。他妻子来收尸，看看还有一口气，运了回去，慢慢灌点儿水，也能喝下去。但只能寄居在旅店，穷得回不了家。

过了半年多，白翁才得到确切消息，派二儿子去见白甲把他带回来。白甲虽然死而复生，但是头歪在肩上，眼睛能看见自己的后背，人们已不把他当人看待。

白翁姐姐的儿子为官清廉，这年被任命为御史，这些都和白翁的梦境相符。

异史氏说：我暗自感叹，天下官如虎吏如狼的情况，比比皆是啊！即使官不像虎，那些小吏也如同豺狼，何况那些官还猛于虎呢！怕只怕人不考虑自己以后的情形，像白甲那样苏醒后能够看自己的后背，鬼神对人的诫教也够隐微的了！

邹平县的进士李匡九，做官很是廉正清明。曾经有一位富民被人诬陷，守门的衙役吓唬他说："县太爷让你交二百两银子，你要赶快准备好，不然的话，官司就输定了。"

富民害怕了，答应给一半钱。衙役摇摇手说不行。富民苦苦哀求，衙役说："我不是不尽力，只怕县官不答应，等审问的时候，你可亲眼看到我为你说情，看县官是否允许，也可以看到我没有别的意思。"

一会儿，县官审问此案。衙役知道李县令戒了烟，走近问道："您抽烟吗？"李县令摇了摇头。衙役就走下去对富民说："我刚才说了你想交的银两数，县官摇头说不行，你看见了吧！"富民相信了，很害怕，同意如数交纳。衙役又知道李县令喜欢喝茶，走近问道："您喝茶吗？"县令点了点头，衙役假借去煮茶，

快步走下来说："行了，刚才他点头，你看到了吧？"

不久案子审完了，富民被无罪释放，衙役就收取富民的钱，并且还索要谢钱。唉！官自以为廉洁，但骂他是贪官的人满街都是，这又是纵容如狼的衙役而自己还不知道啊！世上像这样的官员更多，可以作为当官者的借鉴。

［何守奇］天不欲生虎狼者，理也。其不得不生虎狼者，气也。至虎狼不可胜杀，则理随气转，天且无如之何矣。

［但明伦］通牧令之署者何人哉？蠹役耳，蠹书耳，纳赂关说之徒耳。獬豸在堂，豺狼避道，自无人可通矣，行取内台复何愧！

夏　雪

【原文】

丁亥年七月初六日，苏州大雪。百姓皇骇，共祷诸大王之庙。大王忽附人而言曰："如今称老爷者皆增一大字；其以我神为小，消不得一大字耶？"众悚然，齐呼"大老爷"，雪立止。由此观之，神亦喜谄，宜乎治下部者之得车多矣。

异史氏曰："世风之变也，下者益谄，上者益骄。即康熙四十余年中，称谓之不古，甚可笑也。举人称爷，二十年始；进士称老爷，三十年始；司、院称大老爷，二十五年始。昔者大令谒中丞，亦不过老大人而止；今则此称久废矣。即有君子，亦素谄媚行乎谄媚，莫敢有异词也。若缙绅之妻呼太太，裁数年耳。昔惟缙绅之母，始有此称；以妻而得此称者，惟淫史中有林乔耳，他未之见也。唐时上欲加张说大学士，说辞曰：'学士从无大名，臣不敢称。'今之大，谁大之？初由于小人之谄，而因得贵倨者之悦，居之不疑，而纷纷者遂遍天下矣。窃意数年以后，称爷者必进而老，称老者必进而大，但不知大上造何尊称？匪夷所思矣！"

丁亥年六月初三日，河南归德府大雪尺余，禾皆冻死，惜乎其未知媚大王之

术也。悲夫！

【译文】

丁亥年七月初六这天，苏州下了大雪。百姓十分惊恐，一齐到大王庙祷告。大王忽然附在人体上说了话："如今称老爷的人，都增加了一个'大'字，你们以为我这个神小，当不起一个'大'字吗？"众人都很害怕，齐呼"大老爷"，雪立刻停了。以此来看，神也喜欢别人奉承，难怪越会谄媚的人得到的好处越多呢！

异史氏说：世人风俗的变化，在下位的人越是谄媚，在上位的人越加骄奢。就在康熙皇帝当政的四十多年中，称谓不符合古制，很是可笑。举人称爷，从康熙二十年开始；进士称老爷，从康熙三十年开始；司、院官员称大老爷，从康熙二十五年开始。从前县令拜见中丞，也不过称呼老大人而已，现在这个称呼早就废止了。即使是君子，也见惯了谄媚，自己也开始谄媚，不敢有不同意见。如官员士绅的妻子被称为太太，才是几年的事。从前只有官员士绅的母亲，才有这个称谓，妻子被称为太太的，只有淫史中的林乔才这么称呼，其他没有见过。在唐朝，皇帝要封张说为大学士，张说辞谢说："学士从来没有加大字的，臣不敢要这个称号。"今天这个"大"，是谁加上的？最初由于小人的谄媚，而得到达官贵人的欢喜，他们以大自居毫无愧疚，于是纷纷加上"大"字，遍天下都如此了。我私下猜想，几年之后，称爷的人必定会进一步加上"老"字，称老爷的必定进一步加上"大"字，只是不知道在"大"上还有什么尊称，真是根据常理难以想到的啊！

丁亥年六月初三，河南归德府下了一尺多厚的大雪，庄稼都冻死了，可惜当地百姓不知道谄媚大王的方法，才遭此祸殃，真让人悲伤啊！

禽侠

【原文】

天津某寺，鹳鸟巢于鸱尾。殿承尘上，藏大蛇如盆，每至鹳雏团翼时，辄出吞食净尽。鹳悲鸣数日乃去。如是三年，人料其必不复至，而次岁巢如故。约雏长成，即径去，三日始还，入巢哑哑，哺子如初。蛇又蜿蜒而上。甫近巢，两鹳惊，飞鸣哀急，直上青冥。俄闻风声蓬蓬，一瞬间天地似晦。众骇异，共视乃一大鸟翼蔽天日，从空疾下，骤如风雨，以爪击蛇，蛇首立堕，连摧殿角数尺许，振翼而去。鹳从其后，若将送之。巢既倾，两雏俱堕，一生一死。僧取生者置钟楼上。少顷鹳返，仍就哺之，翼成而去。

异史氏曰："次年复至，盖不料其祸之复也；三年而巢不移，则报仇之计已决；三日不返，其去作秦庭之哭，可知矣。大鸟必羽族之剑仙也，飘然而来，一击而去，妙手空空儿何以加此？”

济南有营卒，见鹳鸟过，射之，应弦而落。喙中衔鱼，将哺子也。或劝拔矢放之，卒不听。少顷带矢飞去。后往来近郭间两年余，贯矢如故。一日卒坐辕门下，鹳过，矢坠地。卒拾视曰：“矢固无恙耶？”耳适痒，因以矢搔耳。忽大风摧门，门骤阖，触矢贯脑而死。

【译文】

天津的一座寺庙，有鹳鸟在大殿屋脊上筑巢，在大殿的天花板上，藏着一条盆那样粗的大蛇，每当鹳鸟哺育小鸟时，就出来把小鸟全吃掉，鹳悲鸣好几天才飞走。这样的情况继续了三年，人们预料鹳鸟不会再来了，但过了一年仍旧到此筑巢。等雏鸟长成，大鸟就飞走了，三天才飞回来，回巢仍然“哑哑”地叫，仍旧哺育幼鸟。大蛇又蜿蜒爬了上来，刚接近鸟巢，两只鹳鸟被惊起，飞鸣哀叫，直上青天。

一会儿，听到“呜呜”的风声，一瞬间，天地就暗了。众人感到很惊异，一看，原来是一只大鸟，羽翼遮天蔽日，从空中急速飞下，快如风雨，用爪子击蛇，蛇头立刻掉下来，连带着还打坏了几尺宽的殿角，然后振翅飞走了。鹳鸟跟在它后面飞，好像在送它。鹳鸟的巢被打翻，两只小鸟都掉在地上，一只死了，一只还活着。和尚把活着的小鸟放到钟楼上，一会儿，鹳鸟返回来了，仍然哺育小鸟，直到小鸟长大才离开。

异史氏说：鹳鸟过了一年又回来，是因为没料到祸事还会发生；三年鸟巢仍不移走，那是报仇的办法已经定了；三日不返，是哭着去请求帮助，从它的行动就可以知道，那只大鸟必定是鸟类中的剑侠，飘然而来，一击而去，就是剑侠中的妙手空空儿，也难以相比啊！

济南有个士兵，见鹳鸟飞过，用箭去射，鹳鸟应声落地，嘴里还叼着一条鱼，是要去喂养幼鸟的。有人劝士兵拔掉箭头放走鹳鸟，士兵不听，一会儿，鹳鸟带着箭飞走了。后来这鸟在城内外飞来飞去，有两年多，都带着这支箭。

一天，士兵坐在辕门下，鹳鸟从天上飞过，箭掉在地上。士兵捡起来看了看说："箭啊，别来无恙吗？"这时正巧耳朵发痒，就用箭头去挠耳朵，忽然大风吹动大门，门猛然合上，门碰到箭，箭穿透脑袋，士兵当时就死了。

［但明伦］受一矢，还一矢，往来近郭，何以两年而后坠耶？矢固无恙也，请君入瓮矣。

象

【原文】

粤中有猎兽者，挟矢如山。偶卧憩息，不觉沉睡，被象鼻摄而去。自分必遭残害。未几释置树下，顿首一鸣，群象纷至，四面旋绕，若有所求。前象伏树下，仰视树而俯视人，似欲其登。猎者会意，即足踏象背，攀援而升。虽至树巅，亦不知其意向所存。少时有狻猊来，众象皆伏。狻猊择一肥者，意将搏噬，象战栗，无敢逃者，惟共仰树上，似求怜拯。猎者会意，因望狻猊发一弩，狻猊立殪。诸象瞻空，意若拜舞。猎者乃下，象复伏，以鼻牵衣，似欲其乘，猎者随跨身其上。象乃行至一处，以蹄穴地，得脱牙无算。猎人下，束治置象背。象乃负送出山，始返。

【译文】

广东有位猎人，带的箭很多，像小山一样。有一天偶然躺着休息，不觉沉沉睡去，被大象用鼻子卷走了。他心想必然会遭到大象残害，不久，大象把他放在树下，然后低头一叫，一群象纷纷来了，都围绕着他，好像有事求他。那只播他来的象伏在树下，抬头看看树又低头看看猎人，好像要让他登上象背。猎人明白了象的意思，就脚踏象背，爬到了树上。到了树顶，也不知象的目的是什么。

不一会儿，有一只狮子来了，众象都伏在地上，狮子挑了一只肥象，想要吃

掉。群象吓得哆嗦，没有敢逃走的，只是一起仰望树上，似乎要求猎人搭救，猎人会意，向狮子射了一箭，狮子立刻死了。

众象望着空中，好像是高兴地拜谢舞蹈。猎人就从树上下来了。象又趴下，用鼻子拉了拉猎人的衣裳，好像让他骑上。猎人于是跨在它身上，象这才往前行。走到一处，用蹄子扒开一个洞，得到了很多象牙。猎人从象背上下来，把象牙捆好放在象背上，象驮着猎人和这些象牙出了山，才返回去。

[何守奇] 知猎人能制狻猊而鼻摄而去，顿首而求，颐指而升。伏身以待；遂乃应弦饮羽，取彼凶残。今之自戕其类，择肥而搏噬者到处有之。有怜而拯之之人，且杀身图报而不惜。岂第脱牙相送已哉！

负尸

【原文】

有樵夫赴市，荷杖而归，忽觉杖头如有重负。回顾，见一无头人悬系其上，大惊。脱杖乱击之，遂不复见。骇奔至一村，时已昏暮，有数人爇火照地，似有所寻。近问讯，盖众适聚坐，忽空中堕一人头，须发蓬然，倏忽已渺。樵人亦言所见，合之适成一人，究不解其何来。后有人荷篮而行，忽见其中有人头，人讶诘之，始大惊，倾诸地上，宛转而没。

【译文】

有位打柴人到市上卖柴，卖完后扛着扁担回家，忽然觉得扁担头上像有个重物，回头一看，见一个无头人悬挂在扁担上。打柴人大吃一惊，甩脱死尸用扁担乱打，死尸就不见了。

打柴人吓得飞奔，来到一个村子，天已昏黑，有几个人点着火把照地，好像在寻找什么东西。走近一问，原来这几个人正一起坐着，忽然从空中掉下一个人头，须发乱蓬蓬的，一下子又不见了。打柴人也把他看到的说了，看来头和身子合起来正好是一个人，但不知是从何处来的。

后来有个人提个篮子行走，忽然看见篮子里有个人头，别人惊奇地问是怎么回事，这人才大吃一惊，把人头倒在地上，转了几下就没有了。

紫花和尚

【原文】

诸城丁生，野鹤公之孙也。少年名士，沉病而死，隔夜复苏，曰："我悟道矣。"时有僧善参玄，因遣人邀至，使就榻前讲《楞严》。生每听一节，都言非

是，乃曰：“使吾病痊，证道何难。惟某生可愈吾疾，宜虔请之。”盖邑有某生者，精岐黄而不以术行，三聘始至，疏方下药，病愈。既归，一女子自外入，曰：“我董尚书府中侍儿也。紫花和尚与妾有夙冤，今得追报，君又活之耶？再往，祸将及。”言已遂没。某惧，辞丁。丁病复作，固要之，乃以实告。丁叹曰：“孽自前生，死吾分耳。”寻卒。后寻诸人，果曾有紫花和尚，高僧也，青州董尚书夫人尝供养家中；亦无有知其冤之所自结者。

【译文】

诸城县的丁生，是丁野鹤先生的孙子，是位少年名士，得重病死了。隔了一夜又复活过来，说：“我悟道了。”当时有位和尚善于讲解玄妙的佛经，就派人把他请来，在丁生床前讲解《楞严经》。丁生每听一节，都说讲得不对，还说：“如果把我的病治好，讲经论道是什么难事呢？只有某生可治好我的病，请虔诚地请他来。”

原来县里有位某生，精通医术但不出来行医。请了几次才来，开了药方给了药，丁生病就好了。

某生回到家里，一女子从外面进来说：“我是董尚书府中的侍女。紫花和尚和我有宿仇，如今得以报仇，你为什么又救活他？再去给他治病，你也要遭到灾祸。”说完就不见了。

某生害怕了，就不再为丁生治病。丁生的病复发了，一再来请他，某生就把实情告诉了他。丁生叹息着说：“罪孽是前生结下的，死也是命中注定的。”不久就死了。

后来向不少人询问，果然曾有位紫花和尚，是位高僧，青州董尚书的夫人曾把他请到家中供养，不知他和这侍女是怎样结下怨仇的。

［何守奇］供养高僧。求拯脱也，岂知其与侍儿已结夙生冤哉？可为听闺中佞佛者戒。

周克昌

【原文】

淮上贡生周天仪，年五旬，止一子，名克昌，爱昵之。至十三四岁，丰姿益秀；而性不喜读，辄逃塾从群儿戏，恒终日不返。周亦听之。一日既暮不归，始寻之，殊竟乌有。夫妻号啕，几不欲生。

年余昌忽自至，言："为道士迷去，幸不见害。值其他出，得逃而归。"周喜极，亦不追问。及教以读，慧悟倍于畴曩。逾年文思大进，既入郡庠试，遂知名。世族争婚，昌颇不愿。赵进士女有姿，周强为娶之。既入门，夫妻调笑甚欢；而昌恒独宿，若无所私。逾年秋战而捷，周益慰。然年渐暮，日望抱孙，故尝隐讽昌，昌漠若不解。母不能忍，朝夕多絮语。昌变色出曰："我久欲亡去，所不遽舍者，顾复之情耳。实不能探讨房帷以慰所望。请仍去，彼顺志者且复来矣。"媪追曳之，已踣，衣冠如蜕。大骇，疑昌已死，是必其鬼也。悲叹而已。

次日昌忽仆马而至，举家惶骇。近诘之，亦言：为恶人略卖于富商之家；商无子，子焉。得昌后，忽生一子。昌思家，遂送之归。问所学，则顽钝如昔。乃知此为昌；其入泮乡捷者鬼之假也。然窃喜其事未泄，即使袭孝廉之名。入房，妇甚狎熟；而昌觍然有怍色，似新婚者。甫周年，生子矣。

异史氏曰："古言庸福人，必鼻口眉目间具有少庸，而后福随之；其精光陆离者，鬼所弃也。庸之所在，桂籍可以不入闱而通，佳丽可以不亲迎而致；而况少有凭藉，益之以钻窥者乎！"

【译文】

淮上的贡生周天仪，五十岁了，只有一个儿子，名叫克昌，周天仪非常溺爱他。克昌长到十三四岁，少年英俊，但生性不喜读书，经常逃学，和其他孩子去玩，终日不愿回家，周天仪也听之任之。

有一天，天黑还没有回来，这时才开始寻找，竟没有踪影。夫妻嚎啕大哭，痛不欲生。

过了一年多，克昌忽然自己回来了，说："被一个道士骗去，幸而没有伤害。这次趁道士外出，得以逃回。"周天仪高兴极了，也没有进一步追问。等教他读书，发现比以前加倍聪明。过了一年，写文章的能力大为提高，就入县学考试，成了秀才，当地的世族大姓争着要和他家结亲，克昌不愿意。

赵进士有个女儿，长得不错，周天仪不管克昌是否同意，硬把她娶了过来。过门以后，小夫妻有说有笑，十分融洽，但克昌一直独自睡，没有和妻子同床。又过了一年，克昌中了举，周天仪更加欣慰。但是因逐渐接近晚年，日夜渴望能抱上孙子，所以曾经向克昌暗示此事，克昌很冷漠，好像不懂男女之间的事。母亲忍不住了，整天在他耳旁絮絮叨叨，克昌变了脸，走出家门，说：“我早想离开家，所以没有马上离开，是念父母养育的恩情。我实在不能使妻子怀上孩子，以满足父母的愿望。请还是让我走吧，能顺从你们意愿的人就要来了。”母亲追出去拽着他的衣服，克昌跌倒了，一看地下，只留下了衣帽。母亲大惊失色，怀疑克昌已经死了，这必定是他的鬼魂，也只有悲叹而已。

第二天，克昌忽然骑着马带着仆人回到家里，全家人惊惶万分，走近他一问，也说：“被坏人骗去卖给了一富商家，商人没有儿子，就把他当作儿子。有了克昌这个儿子以后，商人忽然生了一个儿子。克昌想家，商人就送他回来了。问他学问的事，同从前一样愚钝。这才知道他是真的克昌，那个当秀才中举人的，是鬼装的。但暗喜这事没有泄露出去，就让真克昌承袭了举人的身份。进入内屋，妻子和他十分亲热熟悉，而克昌非常腼腆羞涩，好像个新郎官。刚到一周年，就生了个儿子。

异史氏说：古人说傻人有福，必须是鼻口眉目之间有一点儿傻相的人，福才会随之而来。那种精灵鬼似的人，鬼也不愿和他在一起。看似有点儿傻的人，功名可以不经考试就可取得，美貌的媳妇可以不用迎娶就可得到，何况那种本来就有依靠，再加上钻营奔走呢？

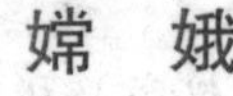
[何守奇] 同克昌，钝者也，非鬼代，乌乎孝廉？此情可想。

嫦娥

【原文】

太原宗子美，从父游学，流寓广陵。父与红桥下林妪有素。一日父子过红桥，遇之，固请过诸其家，瀹茗共话。有女在旁，殊色也。翁亟赞之，妪顾宗曰：“大郎温婉如处子，福相也。若不鄙弃，便奉箕帚，如何？”翁笑，促子离席，使拜媪曰："一言千金矣！"先是妪独居，女忽自至，告诉孤苦。问其小字，则名嫦娥。妪爱而留之，实将奇货居之也。

时宗年十四，睨女窃喜，意翁必媒定之，而翁归若忘，心灼热，隐以白母。翁笑曰："曩与贪婆子戏耳。彼不知将卖黄金几何矣，此何可易言！"逾年翁媪并卒。子美不能忘情嫦娥，服将阕，托人示意林妪。妪初不承，宗忿曰："我生平不轻折腰，何媪视之不值一钱？若负前盟，须见还也！"妪乃云："曩或与而翁戏约，容有之。但无成言，遂都忘却。今既云云，我岂留嫁天王耶？要日日装束，实望易千金，今请半焉可乎？"宗自度难办，亦遂置之。

适有寡媪僦居西邻，有女及笄，小名颠当。偶窥之，雅丽不减嫦娥。向慕之，每以馈遗阶进；久而渐熟，往往送情以目，而欲语无间。一夕逾垣乞火，宗喜挽之，遂相燕好。约为嫁娶，辞以兄负贩未归。由此蹈隙往来，形迹周密。

一日偶经红桥，见嫦娥适在门内，疾趋过之。嫦娥望见，招之以手，宗驻足；女又招之，遂入。女以背约让宗，宗述其故。女入室，取黄金一铤付之，宗不受，辞曰："自分永与卿绝，遂他有所约。受金而为卿谋，是负人也；受金而不为卿谋，是负卿也：诚不敢有所负。"女良久曰："君所约，妾颇知之。其事必无成；即成之，妾不怨君之负心也。其速行，媪将至矣。"宗仓卒无以自主，受之而归。

隔夜告之颠当，颠当深然其言，但劝宗专心嫦娥。宗不语。颠当愿下之，宗乃悦。即遣媒纳金林妪，妪无辞，以嫦娥归宗。入门后，悉述颠当言，嫦娥微笑，阳怂恿之。宗喜，急欲一白颠当，而颠当迹久绝。嫦娥知其为己，因暂归宁，故予之间，嘱宗窃其佩囊。已而颠当果至，与商所谋，但言勿急。及解衿狎笑，胁下有紫荷囊，将便摘取。颠当变色起曰："君与人一心，而与妾二！负心郎！请从此绝。"宗曲意挽解，不听竟去。一日过其门探察之，已另有吴客僦居其中，颠当子母迁去已久，影灭迹绝，莫可问讯。

宗自娶嫦娥，家暴富，连阁长廊，弥亘街路。嫦娥善谐谑，适见美人画卷，宗曰："吾自谓如卿天下无两，但不曾见飞燕、杨妃耳。"女笑曰："若欲见之，此亦何难。"乃执卷细审一过，便趋入室，对镜修妆，效飞燕舞风，又学杨妃带醉。长短肥瘦，随时变更；风情态度，对卷逼真。方作态时，有婢自外至，不复能识，惊问其僚；既而审注，恍然始笑。宗喜曰："吾得一美人，而千古之美人，皆在床闼矣！"

一夜方熟寝，数人撬扉而入，火光射壁。女急起，惊言："盗入！"宗初醒，即欲鸣呼。一人以白刃加颈，惧不敢喘。又一人掠嫦娥负背上，哄然而去。宗始号，家役毕集，室中珍玩，无少亡者。宗大悲，恇然失图，无复情地。告官追捕，殊无音息。

荏苒三四年，郁郁无聊，因假赴试入都。居半载，占验询察，无计不施。偶过姚巷，值一女子，垢面敝衣，俇儴如丐。停趾相之，乃颠当也。骇曰："卿何憔悴至此？"答云："别后南迁，老母即世，为恶人掠卖旗下，挞辱冻馁，所不忍言。"宗泣下，问："可赎否？"曰："难矣。耗费烦多，不能为力。"宗曰："实告卿：年来颇称小有，惜客中资斧有限，倾装货马，所不敢辞。如所需过奢，当归家营办之。"女约明日出西城，相会丛柳下，嘱独往，勿以人从。宗曰："诺。"次日早往，则女先在，袿衣鲜明，大非前状。惊问之，笑曰："曩试君心耳，幸绨袍之意犹存。请至敝庐，宜必得当以报。"北行数武，即至其家，遂出肴酒，相与谈宴。宗约与俱归，女曰："妾多俗累，不能从。嫦娥消息，固颇闻之。"宗急询其何所，女曰："其行踪缥缈，妾亦不能深悉。西山有老尼，一目眇，问之当自知。"遂止宿其家。

天明示以径。宗至其处，有古寺，周垣尽颓，丛竹内有茅屋半间，老尼缀衲其中。见客至，漫不为礼。宗揖之，尼始举头致问。因告姓氏，即白所求。尼曰："八十老瞽，与世睽绝，何处知佳人消息？"宗固求之。乃曰："我实不知。有二三戚属，来夕相过，或小女子辈识之，未可知。汝明夕可来。"宗乃出。次日再至，则尼他出，败扉扃焉。伺之既久，更漏已催，明月高揭，徘徊无计，遥见二三女郎自外入，则嫦娥在焉。宗喜极，突起，急揽其袪。嫦娥曰："莽郎君！吓煞妾矣！可恨颠当饶舌，乃教情欲缠人。"宗曳坐，执手款曲，历诉艰难，不觉恻楚。女曰："实相告：妾实姮娥被谪，浮沉俗间，其限已满；托为寇劫，所以绝君望耳。尼亦王母守府者，妾初谴时，蒙其收恤，故暇时常一临存。君如释妾，当为代致颠当。"宗不听，垂首陨涕。女遥顾曰："姊妹辈来矣。"宗方四顾，而嫦娥已杳。宗大哭失声，不欲复活，因解带自缢。恍惚觉魂已出舍，伥伥靡适。俄见嫦娥来，捉而提之，足离于地；入寺，取树上尸推挤之，唤曰："痴郎，痴郎！嫦娥在此。"忽若梦醒。少定，女恚曰："颠当贱婢！害妾而杀郎君，我不能恕之也！"下山赁舆而归。既命家人治装，乃返身出西城，诣谢颠当，至则舍宇全非，愕叹而返。窃幸嫦娥不知。

入门，嫦娥迎笑曰："君见颠当耶？"宗愕然不能答。女曰："君背嫦娥，乌得颠当？请坐待之，当自至。"未几颠当果至，仓皇伏榻下。嫦娥叠指弹之，曰："小鬼头陷人不浅！"颠当叩头，但求赊死。嫦娥曰："推人坑中，而欲脱身天外耶？广寒十一姑不日下嫁，须绣枕百幅、履百双，可从我去，相共操作。"颠当恭白："但求分工，按时赍送。"女不许，谓宗曰："君若缓颊，即便放却。"颠当目宗，宗笑不语，颠当目怒之。乃乞还告家人，许之，遂去。宗问其生平，乃知其西山狐也。买舆待之。

次日果来，遂俱归。然嫦娥重来，恒持重不轻谐笑。宗强使狎戏，惟密教颠当为之。颠当慧绝，工媚。嫦娥乐独宿，每辞不当夕。一夜漏三下，犹闻颠当房中，吃吃不绝。使婢窃听之，婢还，不以告，但请夫人自往。伏窗窥之。则见颠当凝妆作己状，宗拥抱，呼以嫦娥。女哂而退。未几，颠当心暴痛，急披衣，曳宗诣嫦娥所，入门便伏。嫦娥曰："我岂医巫厌胜者？汝自欲捧心效西子耳。"颠当顿首，但言知罪。女曰："愈矣。"遂起，失笑而去。颠当私谓宗："吾能使娘子学观音。"宗不信，因戏相赌。嫦娥每趺坐，眸含若瞑。颠当悄以玉瓶插柳置几上；自乃垂发合掌，侍立其侧，樱唇半启，瓠犀微露，睛不少瞬。宗笑之。嫦娥开目问之，颠当曰："我学龙女侍观音耳。"嫦娥笑骂之，罚使学童子拜。颠当束发，遂四面朝参之，伏地翻转。逞诸变态，左右侧折，袜能磨乎其耳。嫦娥解颐，坐而蹴之。颠当仰首，口衔凤钩，微触以齿。嫦娥方嬉笑间，忽觉媚情一缕，自足趾而上直达心舍，意荡思淫，若不自主。乃急敛神，呵曰："狐奴当死！不择人而惑之耶？"颠当惧，释口投地。嫦娥又厉责之，众不解。嫦娥谓宗曰："颠当狐性不改，适间几为所愚。若非夙根深者，堕落何难！"自是见颠当，每严御之。颠当惭惧，告宗曰："妾于娘子一肢一体，无不亲爱；爱之极，不觉媚之甚。谓妾有异心，不惟不敢，亦不忍。"宗因以告嫦娥，嫦娥遇之如初。然以狎戏无节，数戒宗，宗不听；因而大小婢妇，竞相狎戏。

一日，二人扶一婢效作杨妃。二人以目会意，赚婢懈骨作酣态，两手遽释，婢暴颠墀下，声如倾堵。众方大哗；近抚之，而妃子已作马嵬薨矣。众大惧，急白主人。嫦娥惊曰："祸作矣！我言如何哉！"往验之，不可救。使人告其父。父某甲，素无行，号奔而至，负尸入厅事，叫骂万端。宗闭户惴恐，莫知所措。嫦娥自出责之，曰："主郎虐婢至死，律无偿法；且邂逅暴殂，焉知其不再苏？"甲噪言："四支已冰，焉有生理！"嫦娥曰："勿哗。纵不活，自有官在。"乃入厅事抚尸，而婢已苏，抚之随手而起。嫦娥返身怒曰："婢幸不死，贼奴何得无状！可以草索絷送官府！"甲无词，长跪哀免。嫦娥曰："汝既知罪，姑免究处。但小人无赖，反复何常，留汝女终为祸胎，宜即将去。原价如干数，当速措置来。"遣人押出，俾浼二三村老，券证署尾。已，乃唤婢至前，使甲自问之："无恙乎？"答曰："无恙。"乃付之去。已，遂召诸婢，数责遍扑。又呼颠当，为之厉禁。谓宗曰："今而知为人上者，一笑嚬亦不可轻。谑端开之自妾，而流

弊遂不可止。凡哀者属阴，乐者属阳；阳极阴生，此循环之定数。婢子之祸，是鬼神告之以渐也。荒迷不悟，则倾覆及之矣。”宗敬听之。颠当泣求拔脱。嫦娥乃掐其耳，逾刻释手，颠当怃然为间，忽若梦醒，据地自投，欢喜欲舞。由此闺阁清肃，无敢哗者。

婢至其家，无疾暴死。甲以赎金莫偿，浼村老代求怜恕，许之；又以服役之情，施以材木而去。宗常患无子。嫦娥腹中忽闻儿啼，遂以刃破左胁出之，果男；无何，复有身，又破右胁而出一女。男酷类父，女酷类母，皆论昏于世家。

异史氏曰：“阳极阴生，至言哉！然室有仙人，幸能极我之乐，消我之灾，长我之生，而不我之死。是乡乐，老焉可矣，而仙人顾忧之耶？天运循环之数，理固宜然；而世之长困而不亨者，又何以为解哉？昔宋人有求仙不得者，每曰：‘作一日仙人，而死亦无憾。’我不复能笑之也。”

【译文】

太原人宗子美，跟随父亲去求学，辗转到扬州住了下来，父亲和红桥下居住的林妈素有交往。

一天，父子二人经过红桥，在路上遇到了林妈，林妈再三邀请他们到家中一起饮茶聊天。这时有一个女孩子在旁边，长得十分美丽。宗子美的父亲极力夸赞，林妈看着宗父说：“你家大儿子温和厚道，真像个大姑娘，是个福相。如不嫌弃，把这个女孩儿许配给他，你看怎样？”宗父笑着让儿子离开座位拜谢林妈，并说：“您这真是一言千金啊！”

原先，林妈独自一个居住，这女孩儿忽然来到她家，诉说自己孤苦无依，问她的小名，她说叫嫦娥。林妈很喜欢她，就留她住下，其实是觉得奇货可居，想在她身上发一笔财。这年宗子美十四岁，看到嫦娥，内心很喜欢，心想父亲一定会让媒人去提亲，但宗父回来后好像忘记了这件事。宗子美急得火烧火燎，偷偷告诉了母亲。宗父听说后笑着说：“前几天只不过与那贪心婆子说句笑话，你不知她要将那姑娘卖多少黄金呢，这件事谈何容易！”

过了一年，宗子美父母都去世了，但他仍不能忘情嫦娥，服丧期满后，托人向林妈提了提她曾许婚的事。林妈起初不承认，宗子美气愤地说：“我平生不轻易向人折腰，为什么林妈把我看得不值一文？如果背弃以前的诺言，必须承担后果！”林妈听了这话才说：“从前和令尊大人说笑话许婚的事，也许是有的，但没有正式定约，于是就都忘了。今天既然这样说，我难道要把姑娘留着嫁给天王吗？我每天把她打扮得漂漂亮亮，实指望能换得千两白银，现在只请你出一半，可以吗？”宗子美自料难以筹划这笔钱，也就作罢了。

当时正有个寡妇，租了房子住在宗子美家的西边。她有个女儿，刚十六七岁，小名叫颠当。宗子美偶然看见，美貌不亚于嫦娥，因而十分倾慕，经常送给她家一些东西作为接近的理由。久而久之，渐渐熟了，往往眉目传情，但找不到谈话的机会。一天晚上，颠当爬过墙头来借火，宗子美高兴地拉住她的手，于是二人成了好事。宗子美要颠当嫁给他，颠当说等哥哥出外经商回来以后再说。从此以后二人有机会就相会，非常秘密，不露形迹。

有一天，宗子美偶然路过红桥，见嫦娥正好在门内，就快走几步，想越过门去。嫦娥看见了宗子美，向他招手；宗子美停住了脚步，嫦娥又招手，他就进了她家。嫦娥责备宗子美背弃了约言。宗子美叙述了事情的原委，嫦娥听了便进内屋去，取出一锭黄金交给他。宗子美不接受，推辞说："我料想和你的缘分永远断绝了，于是又和别人定了婚约，如果接受黄金与你订亲，就辜负了别人；接受黄金而不与你订亲，又辜负了你，因此实在不敢有负于任何人啊！"嫦娥过了好一会儿才说："你订的婚约，我也知道，这桩亲事肯定不能成功；如果成了，我也不会埋怨你负心，你快走吧，林妈快回来了。"宗子美在仓猝之时难以自主，就把嫦娥给的金子拿了回来。第二天，把这事告诉了颠当。颠当认为嫦娥说得很对，劝宗子美专心迎娶嫦娥。宗子美沉默不语，颠当表示愿居嫦娥之下，宗子美才高兴起来。立即派媒人把那锭金子交给林妈，林妈没理由推辞，就把嫦娥嫁给了宗子美。

嫦娥过门以后，宗子美向她叙述了颠当的话，嫦娥微微一笑，假装怂恿宗子美纳颠当为妾。宗子美很高兴，急着想告诉颠当，可是颠当已很久不见踪影了。嫦娥知道这是为了躲避自己的缘故，她就暂时回到娘家，故意给颠当造成机会，嘱咐宗子美偷来颠当佩带的香囊。不久颠当果然来了，宗子美和她商量纳她为妾的事，颠当说不要着急。等解开衣服和宗子美调笑亲昵时，腰间果然有个紫色的荷包，宗子美就要摘取。颠当发觉了，变了脸色说："你和别人一条心，而和我两条心！负心汉，从此和你绝交了！"宗子美想方设法解释挽留，颠当不听，竟然走了。有一天，宗子美路过颠当家门，进去一打听，已另有苏州的客人租住在这里，颠当母女离去已很久了，踪影全无，无处探寻。

宗子美自从娶了嫦娥以后，家中暴富，楼阁长廊，连接街巷。嫦娥善于嬉戏玩笑，有一次看到一幅美人画卷，宗子美说："我暗想，像你这样美丽的女人，天下不会有第二个，但不曾见过古代的赵飞燕和杨贵妃啊！"嫦娥说："你如想见见，这又有何难呢！"于是拿着画卷仔细看了一遍就进了内室，对着镜子修饰打扮。仿效弱不禁风的赵飞燕的舞姿，又学丰腴的杨贵妃醉酒的神态，长短肥瘦，随时变更，风情神态，和画卷上的形象一模一样。正在表演时，有个丫鬟从外面进来，一时认不出是嫦娥，惊问别的丫鬟，然后又仔细观看，才恍然大悟，不觉笑了起来。宗子美高兴地说："我得到一个美人，但千古的美人都在我的闺房之内了。"

一天夜里，正在熟睡，有几个人撬门而人，火把照亮了四壁。嫦娥急忙起来，惊慌地说："强盗来了！"宗子美刚醒，想要大喊，一个人把刀子放在他的脖子上，吓得他气也不敢喘。又有一个人把嫦娥背在背上，喊叫着一起出门走

了。这时宗子美才开始哭喊，仆人们都来了，一看家中的珍宝细软，一件也没丢。宗子美极其悲伤，惊慌地失去主张，什么情绪都没有了。告到官府追捕，又没有消息。渐渐过了三四年，宗子美郁闷无聊，因而借应试之机到京城去散散心。在京城住了半年，算卦问卜，想尽办法，打听嫦娥的下落。

有一天，偶然经过一条叫姚巷的小巷，遇到一个女子，满面灰土，衣衫褴褛，急急前行，好像个乞丐。宗子美停步细看，原来是颠当。宗子美吃惊地说："你怎么憔悴成这个样子？"颠当回答说："分别后迁居到南方，母亲去世了，我被坏人抢去卖到旗人家中，挨打挨骂，受冻挨饿，我都不忍心说啊！"宗子美听了流下泪来，问道："可以把你赎出来吗？"颠当说："那就难了，要花很多钱，恐怕你无能为力。"宗子美说："实话对你讲吧，这几年家境还比较富足，只可惜我现在出门在外，带的钱有限，但卖掉所有的衣物车马，也在所不辞。如果需要的钱太多，我就回家去筹办。"颠当约他明天出西城，在柳树林相会，嘱咐他独自一人来，不要带随从，宗子美说："好。"

第二天，宗子美很早就来了，颠当已经先到，衣服鲜艳华美，和昨天完全不一样。宗子美吃惊地询问。颠当笑着说："昨天只是试试你的心罢了，幸而你不忘旧情。请到寒舍坐坐，我一定要报答你。"向北走了不远，就到了颠当家，颠当摆上美酒佳肴，和宗子美饮酒聊天。宗子美邀她一起回家，颠当说："我还有很多俗事在身，不能和你一起去。嫦娥的消息，我却听到一些。"宗子美急忙询问嫦娥在何处。颠当说："她的行踪缥缈，我也知道的不确切。西山有位老尼姑，一只眼睛瞎了，你去问她，她应该知道。"当晚宗子美就住在颠当家。

天亮后，颠当为宗子美指明了去西山的道路，宗子美顺此路到了西山。山上有座古寺，围墙已坍塌，在竹林中有半间茅屋，一位老尼姑正在缝补僧衣。看到客人来到，也不打招呼。宗子美向前作揖行礼，尼姑抬起头询问。宗子美告诉了自己的姓名，并说出自己的请求。尼姑说："我这八十岁的瞎子，与世隔绝，从何处得知嫦娥的消息？"宗子美再三恳求，尼姑才说："我实在不知道，有二三位亲戚，明天晚上要来看我，或许其中的小姑娘们有认识嫦娥的，也说不定，你可以明天晚上再来。"宗子美这才告辞出来。

第二天再去，尼姑有事到别处去了，破门也锁上了。宗子美等候了好长时间，已到深更半夜，明月高悬，他焦急徘徊，无法可想。这时远远看到二三位姑娘从外边进来，嫦娥就在其中。宗子美高兴极了，突然走过去，急忙拉住嫦娥的衣襟。嫦娥说："莽郎君，吓死我了！可恨颠当这个饶舌鬼，又让儿女之情来缠人。"

宗子美拽着嫦娥坐下，拉着她的手叙述相思之情，讲到遭受的艰难，不觉凄然泪下。嫦娥说："实话对你说吧，我本是月宫里的嫦娥，被贬谪到人间，在尘世漂泊，期限已满。所以假托强盗劫持，是为了断绝你的希望。老尼姑也是王母娘娘府上的看门人，我刚被贬谪到人间时，承蒙她收留，因此有空时常到她那儿去。你如果放我走，我会让颠当嫁给你。”宗子美不听，低着头流泪。嫦娥看着远处说：“姊妹们来了！”宗子美向四周观看，嫦娥已不见了。

宗子美大哭失声，痛不欲生，就解下腰带上吊。恍恍惚惚觉得灵魂已离开身体，怅然无主，不知到何处去为好。一会儿见嫦娥走来，抓住他提起来，脚离开地面，进入寺内，取下树上的尸体推挤他，呼唤说：“痴郎，痴郎，嫦娥在此。”宗子美忽如梦醒，定了定神，嫦娥愤恨地说：“颠当这个贱婢，害了我又杀郎君，我决不能饶恕她！”下山雇了轿子便回去了。

宗子美让仆人准备行装，自己返身出西城，要向颠当道谢。到了颠当家门口，看到房舍面貌全非，宗子美惊愕异常，叹息着返回旅舍。暗自庆幸嫦娥不知此事。进门以后，嫦娥笑着迎了出来，说：“你看到颠当了吗？”宗子美愕然，无言对答。嫦娥说：“你背着嫦娥做事，怎能得到颠当呢？请坐下等待，颠当自己就会来到。”不一会儿，颠当果然来了，进屋后慌忙跪伏在床前，嫦娥用手指弹她的额头，说：“小鬼头害人不浅！”颠当连连叩头，只求别让她死。嫦娥说：“把人推到坑里，还想脱身天外吗？广寒宫十一姑最近要下嫁人间，你必须绣一百对枕头，一百双鞋，你可跟我去，一起制做。”颠当恭恭敬敬地说：“只求分我一部分活计，我按时交来。”嫦娥不答应，对宗子美说：“你如果给讲情，我就放过她。”颠当看着宗子美，宗子美笑着不说话。颠当怒目看着宗子美，并请求回家和客人讲一声，嫦娥允许了，颠当才走。宗子美向嫦娥问颠当的生平，才知她是西山的一个狐仙。宗子美买好车马等待她。第二天，颠当果然来了，就与她们一起回家了。

然而嫦娥这次重新回家，态度持重，不轻易谈笑。宗子美硬要和她亲热，嫦娥偷着叫颠当代替她。颠当极其聪明，善于迷惑男人。嫦娥愿意独宿，经常推辞，不让宗子美和她一起睡。有一夜，已三更时分，还听到颠当房里“吃吃”的笑声。嫦娥让丫鬟去偷听，丫鬟回来什么也不说，只是请夫人亲自去看一看。嫦娥从窗户偷偷往里一看，只见颠当打扮成自己的模样，宗子美抱着她，口喊嫦娥。嫦娥笑着退回来。不久，颠当突然心头暴痛，她急忙披上衣服，拉着宗子美来到嫦娥屋里，进门便伏在地上。嫦娥说：“我难道是会施法术的巫士吗？是你自己想效仿那捧心的西施吧！”颠当不停地磕头，只是一个劲儿地说知罪。嫦娥说：“好了。”颠当站起来，不好意思地笑了笑走了。

颠当对宗子美说：“我能让娘子学观音。”宗子美不信，因而二人打赌。嫦娥每当盘腿坐着时，双眼紧闭，颠当拿只玉瓶插上柳枝，悄悄放在嫦娥身边的桌案上，自己则把头发垂下来，合掌侍立在嫦娥身旁，樱唇半开，玉齿微露，眼光不动。宗子美看到这情景就笑了。嫦娥睁开眼问怎么回事，颠当说：“我在学龙女侍奉观音。”嫦娥笑着骂她，罚她学童子下拜。颠当把头发束成童子模样，朝四面跪拜，一会儿又伏地翻转，变出各种姿态，向左右弯曲身体，脚尖能挨到耳朵。嫦娥高兴地笑了，坐着用脚一踢，颠当仰起头来，口衔嫦娥的小脚，微微用

牙齿一咬，嫦娥正在嬉笑时，忽然觉得一缕春情，从脚尖往上涌，直达心窝，神迷意荡，欲火难忍。这时她急忙收敛心神，呵斥颠当说：“狐奴该死，不看看是谁，就来媚惑吗？”颠当害怕了，赶快松开口匍匐在地上。嫦娥又严厉地责骂她，众人不知为什么。嫦娥对宗子美说：“颠当狐性不改，刚才差点儿被她作弄，若不是我夙根深厚，堕落是很容易的。”从此以后，嫦娥见到颠当，就严加防范。颠当既惭愧又害怕，对宗子美说：“我对娘子的一肢一体，无不觉得可亲可爱，爱之极，不觉媚之甚。如果认为我有异心，不只是不敢，也不忍心啊？”宗子美把这话告诉了嫦娥，嫦娥对待她和当初一样。但因为颠当和宗子美狎昵嬉戏没有节制，屡次劝戒宗子美，宗子美不听，因而大小丫鬟婆子，竟相嬉戏玩笑。

有一天，两个人扶着一个丫鬟，扮作杨贵妃。两个人传递了一下眼色，骗那个扮贵妃的丫鬟装作酣醉的样子，然后两人一松手，扮贵妃的丫鬟猛然摔到台阶下，发出很大的声音，如同墙倒了一样。众人齐声惊叫，走近一摸，那个丫鬟已经死了。众人都很害怕，急忙报告主人。嫦娥惊慌地说：“大祸临头了，我说的怎么样？”过去又看了看，已经没救了。派人告诉死去丫鬟的父亲，其父某甲，素来品行不好，听到这事，号叫着来了，背着女儿尸体来到厅堂，大骂不止。宗子美吓得关上房门，不知所措。嫦娥自己走出去责备某甲：“主子虐待奴婢至死，按法律也不偿命，况且你女儿是偶然暴死，怎知她不会复活？”某甲大喊：“四肢都冰冷了，哪有复活之理？”嫦娥说：“你不要乱嚷，纵然活不了，不是还有官府吗？”于是进到厅堂摸了摸尸体，这时丫鬟已经苏醒了，随即站了起来。嫦娥返身怒斥某甲说：“这丫鬟幸好没死，你这贱奴何以如此猖狂！可用草绳捆起来送到官府！”某甲无话可说，长跪着哀求饶恕。嫦娥说：“你既然已知罪，姑且免予追究。但是小人无赖，反复无常，留下你的女儿最终也是祸胎，你可以把她带回去。原来身价若干数，快去筹措送来。”派人把某甲押出去，让他请来二三位村上的老人，在文书上画押担保。接着把那丫鬟喊到面前，让某甲亲自问她：“没什么伤吧？”丫鬟说：“没有。”就让她随其父走了。之后，又把其他丫鬟叫来，严加斥责，挨个打了一顿。又把颠当叫来，严厉禁止她再搞这套游戏。又对宗子美说：“今天你应该知道，处于人上之人，一笑一皱眉也不可轻易表示，戏谑之事是由我开头的，上行下效，流弊不可收拾。凡哀伤的事属阴，欢乐事属阳，阳极阴生，乐极悲生，阴阳循环是有定数的。这次这个丫鬟的祸殃，是鬼神给的一个警告，如果执迷不误，家破人亡的事就会临头了。”宗子美恭敬地倾听嫦娥的教诲。颠当哭泣着请求嫦娥挽救她。嫦娥用手掐着她的耳朵，过了一刻时间才放手，颠当茫然不知，过了一会儿忽如梦醒，伏地拜倒，高兴地要跳起舞来。

从此闺阁里清静整肃，没有人再敢喧闹嬉笑。那个丫鬟回到她家，没病没灾地突然死了。某甲拿不出赎金，请村老代求嫦娥开恩免除，嫦娥答应了。又念丫鬟服侍主人的情义，赏了她一口棺材。

宗子美常为没有儿子发愁。嫦娥腹中忽然有婴儿的哭声，于是用刀划破左肋，取出婴儿，果然是个男孩。不久又有了身孕，又划破右肋，取出一个女孩，男孩酷似父亲，女孩酷似母亲，长大后都和世家大族结了亲。

异史氏说：阳极阴生，真是至理名言啊！然而屋内有位仙人幸而能够使我欢乐，消我灾祸，延长我的生命，而使我不死。这温柔乡里如此快乐，就是老死在这里也行，但是仙人为什么还忧虑呢？因为天道循环往复是有一定之数的，道理本应如此。可是世人那些处于长久困顿境域而不顺的人，又怎样解释呢？从前宋代有个人，想成为仙人没有成功，总是说："做一天神仙，死了也无憾了。"我听了这话笑也笑不出来了。

[何守奇] 嫦娥谪满，犹在人间，未免有情，神仙仍复尔尔。

[但明伦] 惟仙多情，亦惟仙能制情；惟仙真乐，亦惟仙不极乐：此则文之梗概也。

褚生

【原文】

顺天陈孝廉，十六七岁时，尝从塾师读于僧寺，徒侣甚繁。内有褚生，自言山东人，攻苦讲求，略不暇息；且寄宿斋中，未尝一见其归。陈与最善，因诘之，答曰："仆家贫，办束金不易，即不能惜寸阴，而加以夜半，则我之二日，可当人三日。"陈感其言，欲携榻来与共寝。褚止之曰："且勿，且勿！我视先生，学非吾师也。阜城门有吕先生，年虽耄，可师，请与俱迁之。"盖都中设帐者多以月计，月终束金完，任其留止。于是两生同诣吕。吕，越之宿儒，落魄不能归，因授童蒙，实非其志也。得两生甚喜，而褚又甚慧，过目辄了，故尤器重之。两人情好款密，昼同几，夜同榻。

月既终，褚忽假归，十余日不复至。共疑之。一日陈以故至天宁寺，遇褚廊下，劈苘淬硫，作火具焉。见陈，忸怩不安，陈问："何遽废读？"褚握手请间，戚然曰："贫无以遗先生，必半月贩，始能一月读。"陈感慨良久，曰："但往读，自合极力。"命从人收其业，同归塾。戒陈勿泄，但托故以告先生。陈父固肆贾，居物致富，陈辄窃父金代褚遗师。父以亡金责陈，陈实告之。父以为痴，遂使废学。褚大惭，别师欲去。吕知其故，让之曰："子既贫，胡不早告？"乃悉以金返陈父，止褚读如故，与共饔飧，若子焉。陈虽不入馆，每邀褚过酒家饮。褚固以避嫌不往，而陈要之弥坚，往往泣下，褚不忍绝，遂与往来无间。逾二年陈父死，复求受业。吕感其诚，纳之，而废学既久，较褚悬绝矣。

居半年，吕长子自越来，丐食寻父。门人辈敛金助装，褚惟洒涕依恋而已。吕临别，嘱陈师事褚。陈从之，馆褚于家。未几，入邑庠，以"遗才"应试。

陈虑不能终幅，褚请代之。至期，褚偕一人来，云是表兄刘天若，嘱陈暂从去。陈方出，褚忽自后曳之，身欲踣，刘急挽之而去。览眺一过，相携宿于其家。家无妇女，即馆客于内舍。

居数日，忽已中秋。刘曰："今日李皇亲园中，游人甚夥，当往一豁积闷，相便送君归。"使人荷茶鼎、酒具而往。但见水肆梅亭，喧啾不得入。过水关，则老柳之下，横一画桡，相将登舟。酒数行，苦寂。刘顾僮曰："梅花馆近有新姬，不知在家否？"僮去少时，与姬俱至，盖勾栏李遏云也。李，都中名妓，工诗善歌，陈曾与友人饮其家，故识之。相见，略道温凉。姬戚戚有忧容。刘命之歌，为歌《蒿里》。陈不悦，曰："主客即不当卿意，何至对生人歌死曲？"姬起谢，强颜欢笑，乃歌艳曲。陈喜，捉腕曰："卿向日《浣溪纱》读之数过，今并忘之。"姬吟曰："泪眼盈盈对镜台，开帘忽见小姑来，低头转侧看弓鞋。强解绿蛾开笑面，频将红袖拭香腮，小心犹恐被人猜。"陈反复数四。已而泊舟，过长廊，见壁上题咏甚多，即命笔记词其上。日已薄暮，刘曰："闱中人将出矣。"遂送陈归，入门即别去。

陈见室暗无人，俄延间褚已入门，细审之却非褚生。方疑，客遽近身而仆。家人曰："公子惫矣！"共扶拽之。转觉仆者非他，即己也。既起，见褚生在旁，惚惚若梦。屏人而研究之。褚曰："告之勿惊：我实鬼也。久当投生，所以因循于此者，高谊所不能忘，故附君体，以代捉刀；三场毕，此愿了矣。"陈复求赴春闱，曰："君先世福薄，悭吝之骨，诰赠所不堪也。"问："将何适？"曰："吕先生与仆有父子之分，系念常不能置。表兄为冥司典簿，求白地府主者，或当有说。"遂别而去。陈异之；天明访李姬，将问以泛舟之事，则姬死数日矣。又至皇亲园，见题句犹存，而淡墨依稀，若将磨灭。始悟题者为魂，作者为鬼。

至夕，褚喜而至，曰："所谋幸成，敬与君别。"遂伸两掌，命陈书褚字于上以志之。陈将置酒为饯，摇首曰："勿须。君如不忘旧好，放榜后，勿惮修阻。"陈挥涕送之。见一人伺候于门，褚方依依，其人以手按其顶，随手而匾，

掬入囊，负之而去。过数日，陈果捷。于是治装如越。吕妻断育几十年，五旬余忽生一子，两手握固不可开。陈至，请相见，便谓掌中当有文曰“褚”。吕不深信。儿见陈，十指自开，视之果然。惊问其故，具告之。共相欢异。陈厚贻之乃返。后吕以岁贡，廷试入都，舍于陈；则儿十三岁入泮矣。

异史氏曰：“吕老教门人，而不知自教其子。呜呼！作善于人，而降祥于己，一间也哉！褚生者，未以身报师，先以魂报友，其志其行，可贯日月，岂以其鬼故奇之与！”

【译文】

顺天的陈孝廉，十六七岁时，曾在一座寺庙中跟随老师读书。当时学生很多，其中有一位姓褚的学生，自己说是山东人，读书十分刻苦，几乎都不休息，寄宿在寺庙中，没有见他回过家。

陈生和褚生关系最好，因而问褚生为何这样刻苦。褚生回答说：“我家很穷，筹措学费不容易，即使不能爱惜每一寸光阴，但每天多读半夜书，那么我的两天就相当于别人的三天。”陈生听了他的话很受感动，想把床搬来和他一起住。褚生阻止说：“且不要来，且不要来，我看这位先生，够不上当我们的老师。阜城门有位吕先生，年纪虽老些，但可以做我们的老师，让我们一起搬到他那儿去吧！”——原来京城中设馆招收学生大多按月计收学费，到月底学费用完，任学生去留。于是褚生和陈生一起到吕老师那儿去读书。

吕先生是越地有名气的大儒，因穷困潦倒回不了家乡，就在此设馆教书，这实在不是他的志向。得到陈生、褚生这两个学生，吕先生很高兴，褚生又特别聪明，过目不忘，所以吕先生对他尤为器重。

褚、陈二生感情很好，亲密无间，白天同桌读书，夜晚同榻而眠。到月末，褚生忽然请假回家，十几天还没回来，大家都感到奇怪。

有一天，陈生因事到天宁寺去，在寺内廊下遇到褚生，褚生正在劈木片涂硫黄，制作引火用的取灯。他看到陈生，忸怩不安。陈生问：“为何突然放弃读书？”褚生握住陈生的手请他来到一个没人的地方，悲戚地说：“贫穷不能向先生交学费，必须做半个月生意，才能读一个月书。”陈生感叹了好一会儿，说：“你去读书吧，我会尽力帮助你。”让跟随他的人收起褚生的东西，一同回到吕老师那里。褚生嘱咐陈生不要把他的事泄露出去，先借个理由来告诉先生。

陈生的父亲本来是个商人，后来靠囤积居奇发了财。陈生常常偷拿父亲的钱，代褚生交纳学费。陈父因丢了钱责问陈生，陈生把实情告诉了父亲，父亲以为他是傻子，就不让他读书了。褚生因此很惭愧，告别老师要离开，吕先生知道了缘由，责备他说：“你既然没钱，为什么不早告诉我？”把他交来的学费都还给了陈父，让褚生依旧在此读书，和老师一起吃饭，如同儿子一样。

陈生虽然不再到学堂读书，但经常邀请褚生到酒店饮酒，褚生为避嫌一再推辞不去，而陈生邀请得更加殷勤，往往流下泪来。褚生不忍心过于拒绝，因此二人仍不断往来。

过了两年，陈父去世了，陈生又来吕先生门下读书。吕先生被他的诚意感动，就收留了他。但因辍学的时间太长，比起褚生的学业就相差太远了。过了半年，吕先生的大儿子从越地来，是一路行乞来寻找父亲的。吕先生的学生都出资帮助先生准备行装，褚生只能洒泪表示依依不舍之情而已。吕先生临别时，嘱咐陈生要以褚生为师，陈生听从了，请褚生到家中教他。不久，陈生入县学，以"遗才"身份应试。陈生恐怕自己写不好文章，褚生请求代他去考。到了考期，褚生带一个人同来，说这人是他表兄刘天若，嘱咐陈生暂时跟他去。陈生刚出门，褚生忽然从后边拉了他一下，陈生差点儿跌倒，刘天若急忙拉着他走了。二人向四周看了一番，然后拉着手回到刘天若家住宿。刘天若家没有女眷，陈生就住在内舍。

住了几天，就到了中秋节，刘天若说："今天李皇亲的花园内游人很多，我们去逛一逛散散心中的闷气，顺便送你回家。"让人带看茶具、酒具前去。只见园中水阁梅亭，人声喧闹，不能进去。过了水关，在一棵老柳树下横着一条画船，二人携手登船。喝了几杯酒，觉得寂寞无聊，刘天若对侍者说："梅花馆新近来了名歌妓，不知在家没有？"侍者去了一会儿，与歌妓一起来了，就是妓院的李遏云。

李遏云是京城的名妓，能诗善歌，陈生曾和朋友在她家喝过酒，因此认识。相见后，略致问候，看到李遏云脸上有忧戚的神色。刘天若让她唱歌，她唱了一首挽歌《蒿里》，陈生很不高兴，说："我们主客即使不合您的心意，何至于对着活人唱死人的曲子啊！"李遏云起身致歉，强颜欢笑，唱了一首艳曲。陈生很高兴，抓住李遏云的手腕说："你以前写的《浣溪纱》我读过好多遍，现在都忘了。"李遏云吟诵道：

泪眼盈盈对镜台，开帘忽见小姑来，低头转侧看弓鞋。强解绿蛾开笑面，频将红袖拭香腮，小心犹恐被人猜。陈生反复又吟诵了几遍。接着船靠了岸。上船走过长廊，见壁上题写了很多诗词，陈生让人拿来笔把李遏云的词题在壁上。这时已到黄昏，刘天若说："考场中的人快出来了。"于是送陈生回家，进门以后，刘天若就走了。

陈生见室内黑暗，褚生也没在，正犹豫间，褚生已进了门，再仔细一看，却不是褚生。正惊疑时，来客遽然走到他面前仆倒在地，家中的仆人说："公子疲倦了！"一起把他搀扶起来。这时又觉得仆倒的不是别人，而是自己。起来以后，看见褚生在旁边，陈生恍恍惚惚，如同做梦一样。于是屏退他人，想探讨个究竟。褚生说："告诉你实情，你不要害怕。我其实是鬼，久该投生转世，所以留在此地没走，是不能忘怀你对我的深情厚谊，所以附在你的身体上，代你考试。现在三场考完，这个心愿已经了结了。"陈生请求他再代替去参加一场春闱考试，

褚生说："你先辈人福薄，吝啬人的骨血，承受不了诰封。"陈生问："你将要到哪里去？"褚生说："吕先生和我有父子情分，我常常想念他，不能忘怀。我的表兄在阴间管理典册文书，我求他告诉地府的主事者，或者有所关照。"说完告别走了。陈生觉得很奇怪。

天亮以后，陈生去看李遏云，想问问一同乘船游玩的事，可是李遏云已经死了好几天了。陈生又来到皇亲园，见题诗还在壁上，但墨色很淡，好像快磨灭的样子。这时才醒悟题写者是鬼魂，写诗的是鬼。

到了晚上，褚生高兴地来了，说："我谋求的事有幸成功，现在郑重地与你告别。"于是伸出两只手掌，让陈生写上"褚"字以作纪念。陈生想置办酒席为褚生饯行，褚生摇着头说："不必。你如果不忘旧友，放榜以后，不要怕路途遥远，去看看我。"陈生挥泪送别，见一个人等候在门口，褚生正在依依不舍时，此人用手按住他的脖子，褚生的身体随手就变成扁的，被放入袋内，背走了。

过了几天，陈生果然中了举，于是整理行装到越地去。吕先生的妻子已有十几年不生育了，年纪已五十多，忽然生了一个儿子，这个孩子，两手紧握着不能张开。陈生到了，请见见这个孩子，并说孩子的手掌中有一个"褚"字，吕先生不太相信。孩子看见陈生，十个手指自己张开了，一看果然有个"褚"字，吕先生惊问其中的缘故，陈生把实情都告诉了他。大家既欢乐又惊异。陈生送给吕先生丰厚的礼品，就回家了。

后来吕先生以岁贡的身份到京城参加廷试，住在陈生家中，这时吕先生的儿子已十三岁，进入县学读书了。

异史氏说：吕先生设馆教授学生，并不知道正在教的就是自己的儿子。唉！为别人做善事，而给自己带来了福气，这二者是相连的啊！褚生还没有以身报答老师时，先以魂魄报答了朋友，他的志向品行，可与日月同辉，怎么能因为他是鬼魂而感到奇异呢！

[何守奇] 鬼仍须读。陈之于褚，前既友之，后复师之，意亦诗书有缘耳。德无不报，褚之于吕，分则师徒，情犹父子，岂以死生为间哉！

盗户

【原文】

顺治间，滕、峄之区，十人而七盗，官不敢捕。后受抚，邑宰别之为"盗户"。凡值与良民争，则曲意左袒之，盖恐其复叛也。后讼者辄冒称盗户，而怨家则力攻其伪。每两造具陈，曲直且置不辨，而先以盗之真伪，反复相苦，烦有司稽籍焉。适官署多狐，宰有女为所惑，聘术士来，符捉入瓶，将炽以火。狐在瓶内大呼曰："我盗户也！"闻者无不匿笑。

异史氏曰："今有明火劫人者，官不以为盗而以为奸；逾墙行淫者，每不自认奸而自认盗：世局又一变矣。设今日官署有狐，亦必大呼曰'吾盗'无疑也。"

章丘漕粮徭役，以及征收火耗，小民尝数倍于绅衿，故有田者争求托焉。虽于国课无伤，而实于官橐有损。邑令钟，牒请厘弊，得可。初使自首。既而奸民以此要上，数十年鬻去之产，皆诬托诡挂，以讼售主。令悉左袒之。故良懦者多丧其产。有李生亦为某甲所讼，同赴质审。甲呼之"秀才"，李厉声争辩，不居秀才之名。喧不已。令诘左右，共指为真秀才，令问："何故不承？"李曰："秀才且置高阁，待争地后再作之不晚也。"噫！以盗之名则争冒之；以秀才之名则争辞之，变异矣哉！有人投匿名状云："告状人原壤，为抗法吞产事：身以年老不能当差，有负郭田五十亩，于隐公元年，暂挂恶衿颜渊名下。今功令森严，理合自首。讵恶久假不归，霸为己有。身往理说，被伊师率恶党七十二人，毒杖交加，伤残胫股；又将身锁置陋巷，日给箪食瓢饮，囚饿几死。互乡地证，叩乞革顶严究，俾血产归主，上告。"此可以继柳跖之告夷、齐矣。

【译文】

顺治年间，滕县、峄县地区，十个人中就有七个人是盗贼，官府不敢拘捕。后来这些盗贼受了招安，县衙门专门称他们为"盗户"。凡盗户与良民发生争执，官府多方袒护这些盗户，这是害怕他们再次叛乱。后来凡是来打官司的就冒充盗户，而仇家则竭力说明对方不是盗户，每当打官司的双方递上状子，是非曲直且放下不说，而要弄清谁是盗户，就要不停地争执，还要让有关部门去核对文书档案。正巧官府中多狐精，县令的女儿被狐精迷惑，请术士来施法术，把狐狸画上符放入瓶内，将要用火烧。狐狸在瓶内大声呼叫："我是盗户！"听到的人无不暗自发笑。

异史氏说：如今有明火执杖抢人钱财的，官府不判他是盗贼而判为奸淫；有跳墙奸淫的，自己往往不承认奸淫而自认是盗贼，这是世道的又一变化啊。假若

今日官署中有狐狸，也必然大声呼叫“我是盗贼”，这一点儿是无疑的。

章丘这地方，为运送公粮摊派劳役，以及征收火耗银两，普通百姓往往比豪绅大户要多好几倍，因此有田产的小民争着托靠在大户名下。这样做虽然对国家的税收没有影响，但对地方官的收入却有损害。县令钟某，向上写了请求文书，请求革除这个弊病，得到朝廷许可。

最初，允许托靠大户的百姓自首，接着，有些奸民以此当作讹诈要挟的手段，数十年内已卖出去的田产，都胡说成挂名托靠，和原来的买主打官司。钟县令袒护这些奸民，因此一些善良懦弱的人大多丧失了田产。

有一位李生被某甲告到官府，一同上堂对质。某甲称呼李生为“秀才”，李生厉声争辩，声明自己不是秀才，在公堂上喧闹不已。县令问左右的人，大家都说李生是真正的秀才。钟县令问：“为什么不承认自己是秀才！”李生说：“把这秀才的名号且置之高阁，等争地的事弄清以后，再当秀才也不晚。”唉！盗贼的名声，大家都争着冒充；秀才的名称，都争着推辞，世界变得真怪异啊！

有人投了一张匿名状子说：“告状人原壤，因有人违抗法律侵吞田产的事向官府申诉：我因年老不能当差服役，有城边的良田五十亩，于春秋时代鲁隐公元年，暂时挂在可恶的书生颜渊名下。现在国家法令很严，依旧应当自首。于是颜渊这个恶棍，长期霸占我的田产不归还，我前去与他说理，被他的老师率领着七十二个恶徒用棍棒将我毒打，把胳膊腿打残，又把我锁在陋巷之中，每天只给箪食瓢饮，连关押带挨饿，我几乎丧命。这里有我们同乡人的证明，请求革去颜渊的功名严加追究，使我的血汗产业物归原主，以此上告。”

这张奇特的状文可以和有人写的盗跖控告伯夷、叔齐的状子相媲美了。

某乙

【原文】

邑西某乙，故梁上君子也。其妻深以为惧，屡劝止之；乙遂翻然自改。居二三年，贫窭不能自堪，思欲一作冯妇而后已之。乃托贸易，就善卜者以决趋向。术者曰：“东南吉。利小人，不利君子。”兆隐与心合，窃喜。遂南行抵苏、松间，日游村郭，凡数月。偶入一寺，见墙隅堆石子二三枚，心知其异，亦以一石投之，径趋龛后卧。日既暮，寺中聚语，似有十余人。忽一人数石。讶其多，因共搜之，龛后得乙，问：“投石者汝耶?”乙诺。诘里居、姓名，乙诡对之。乃授以兵，率与共去。至一巨第，出软梯，争逾垣入。以乙远至，径不熟，俾伏墙外，司传递、守囊橐焉。少顷掷一裹下，又少顷缒一箧下。乙举箧知有物，乃破箧，以手揣取，凡沉重物，悉纳一囊，负之疾走，竟取道归。由此建楼阁、买良田，为子纳粟。邑令匾其门曰“善士”。后大案发，群寇悉获；惟乙无名籍，莫

可查诘，得免。事寝既久，乙醉后时自述之。

曹有大寇某，得重资归，肆然安寝。有二三小盗逾垣入，捉之，索金。某不与；棰灼并施，罄所有乃去。某向人曰：“吾不知炮烙之苦如此！”遂深恨盗，投充马捕，捕邑寇殆尽。获曩寇，亦以所施者施之。

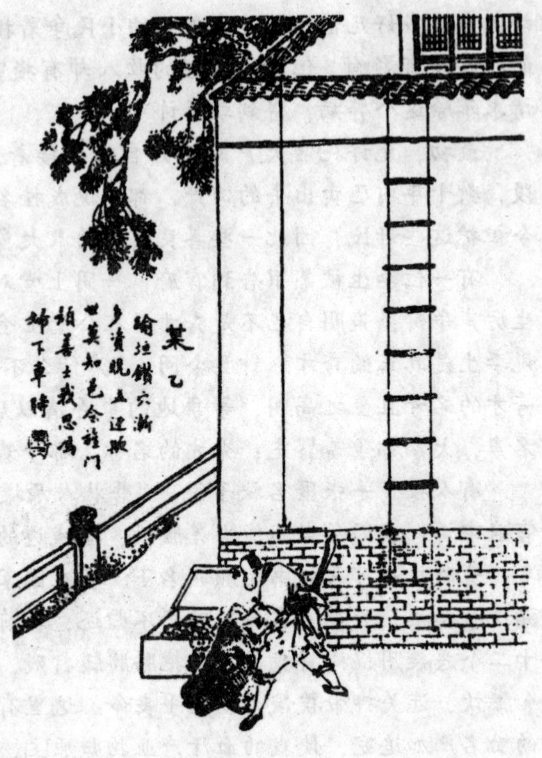

【译文】

城西的某乙，是个小偷。他的妻子很为他担忧害怕，常常劝阻他，某乙于是翻然改过自新。过了二三年，穷得实在受不了，想去再偷一次然后洗手不干。以做生意为名，向善于占卜的人问到什么方向去为好。占卜的人算了一卦说：“往东南方吉利，利于小人，不利于君子。”这卦和他的心思相合，心中暗喜。于是向南行，到达了苏州、吴淞一带。每天在各村游荡，达数月之久。

有一天，某乙偶然进入一座寺庙，见墙角堆放着二三枚石子，心知这其中有奥秘，也往里投了一枚石子，然后到佛龛后面躺下。天黑以后，有人在寺中相聚说话，好像有十多个人。忽然一个人数了数石子，惊讶地发现多了一个，一起到佛龛后搜查，发现了某乙。众人问：“投石子的是你吗？”某乙承认了，众人又问他的籍贯、姓名，某乙编了个假话回答。众人给了他一件武器，带领他一起去。

来到一座高门大院前，盗贼们拿出软梯，争先跳墙进入院内。因为某乙是外地人，不熟悉道路，就让他隐蔽在墙外，负责传递和守护物品的事。一小会儿，从墙上扔下一个包裹；又一会儿，缒下一个箱子。某乙举着箱子，知道里面有东西，于是弄破箱子，用手掏取，凡是沉重的东西，都装到一个口袋里，背上赶快走，找到回家的路回了家。

从此，某乙建楼阁，买良田，为儿子捐了个监生，县令在他家门口挂上了“善士”的牌匾。后来那些盗窃案被破获，众盗贼都被抓住了，只有某乙没有真实的籍贯、姓名，无法查找，免于被捕。这件事是事情过去很久以后，某乙醉后自己讲出来的。

曹州有个大盗某人，窃得很多钱回到家中，放心大睡，有二三个小偷，跳墙进入他家，抓住大盗，向他索要金钱。大盗不给，小偷们就对他施以鞭打火烧的酷刑，大盗把所有的钱都给了他们，小偷才走了。大盗说："我不知炮烙的刑罚是这么痛苦！"于是深深地痛恨盗贼，报名去当了缉捕盗贼的马捕，把全县的盗贼差不多都捕获了。后来抓住了那几个进入他家的小偷，也用同样的刑罚施用在他们身上。

霍　女

【原文】

朱大兴，彰德人。家富有而吝啬已甚，非儿女婚嫁，座无宾、厨无肉。然佻达喜渔色，色所在冗费不惜。每夜逾垣过村，从荡妇眠。一夜遇少妇独行，知为亡者，强胁之，引与俱归。烛之，美绝。自言"霍氏"。细致研诘，女不悦，曰："既加收齿，何必复盘察？如恐相累，不如早去。"朱不敢问，留与寝处。顾女不能安粗粝，又厌见肉月霍，必燕窝、鸡心、鱼肚白作羹汤，始能餍饱。朱无奈，竭力奉之。又善病，日须参汤一碗。朱初不肯。女呻吟垂绝，不得已投之，病若失。遂以为常。女衣必锦绣，数日即厌其故。如是月余，计费不赀，朱渐不供。女啜泣不食，求去；朱惧，又委曲承顺之。每苦闷，辄令十数日一招优伶为戏；戏时，朱设凳帘外，抱儿坐观之。女亦无喜容，数相诮骂，朱亦不甚分解。居二年，家渐落，向女婉言求少减；女许之，用度皆损其半。久之仍不给，女亦以肉糜相安；又渐而不珍亦御矣。朱窃喜。忽一夜，启后扉亡去。朱怊怅若失，遍访之，乃知在邻村何氏家。

何大姓，世胄也，豪纵好客，灯火达旦。忽有丽人，半夜入闺闼。诘之。则朱家之逃妾也。朱为人，何素藐之；又悦女美，竟纳焉。绸缪数日，益惑之，穷极奢欲，供奉一如朱。朱得耗，坐索之，何殊不为意。朱质于官。官以其姓名来历不明，置不理。朱货产行赇，乃准拘质。女谓何曰："妾在朱家，原非采礼媒定者，胡畏之？"何喜，将与质成。座客顾生谏曰："收纳逋逃，已干国纪；况此女入门，日费无度，即千金之家，何能久也？"何大悟，罢讼，以女归朱。

过一二日，女又逃。有黄生者，故贫士，无偶。女叩扉入，自言所来。黄见艳丽忽投，惊惧不知所为。黄素怀刑，固却之，女不去。应对间，娇婉无那。黄心动，留之，而虑其不能安贫。女早起，躬操家苦，劬劳过旧室焉。黄为人蕴藉潇洒，工于内媚，因恨相得之晚，止恐风声漏泄，为欢不久。而朱自讼后，家益贫；又度女终不能安，遂置不究。女从黄数岁，亲爱甚笃。

一日忽欲归宁，要黄御送之。黄曰："向言无家，何前后之舛？"曰："曩漫

言之。妾镇江人。昔从荡子流落江湖，遂至于此。妾家颇裕，君竭资而往，必无相亏。”黄从其言，赁舆同去。至扬州境，泊舟江际。女适凭窗，有巨商子过，惊其艳，反舟缀之，而黄不知也。女忽曰：“君家甚贫，今有一疗贫之法，不知能从否？”黄诘之，女曰：“妾相从数年，未能为君育男女，亦一不了事。妾虽陋，幸未老耄，有能以千金相赠者，便鬻妾去，此中妻室、田庐皆备焉。此计如何？”黄失色，不知何故。女笑曰：“君勿急，天下固多佳人，谁肯以千金买妾者？其戏言于外，以觇其有无。卖不卖，固自在君耳。”黄不肯。女自与榜人妇言之，妇目黄，黄漫应焉。妇去无几，返言：“邻舟有商人子，愿出八百。”黄故摇首以难之。未几复来，便言如命，即请过船交兑。黄微哂，女曰：“教渠姑待，我嘱黄郎，即令去。”女谓黄曰：“妾日以千金之躯事君，今始知耶？”黄问：“以何词遣之？”女曰：“请即往署券，去不去固自在我耳。”黄不可。女逼促之，黄不得已诣焉。立刻兑付。黄令封志之，曰：“遂以贫故，竟果如此，遽相割舍。倘室人必不肯从，仍以原金璧赵。”方运金至舟，女已从榜人妇从船尾登商舟，遥顾作别，并无凄恋。黄惊魂离舍，嗌不能言。俄商舟解缆，去如箭激。黄大号，欲追傍之，榜人不从，开舟南渡矣。

瞬息达镇江，运资上岸，榜人急解舟去。黄守装闷坐，无所适归，望江水之滔滔，如万镝之丛体。方掩泣间，忽闻娇声呼“黄郎”。愕然回顾，则女已在前途。喜极，负装从之，问：“卿何遽得来？”女笑曰：“再迟数刻，则君有疑心矣。”黄乃疑其非常，固诘其情。女笑曰：“妾生平于吝者则破之，于邪者则诳之也。若实与君谋，君必不肯，何处可致千金者？错囊充牣，而合浦珠还，君幸足矣，穷问何为？”乃雇役荷囊，相将俱去。

至水门内，一宅南向，径入。俄而翁媪男妇，纷出相迎，皆曰：“黄郎来也！”黄入参公姥。有两少年揖坐与语，是女兄弟大郎、三郎也。筵间味无多品，

玉桦四枚，方几已满。鸡蟹鹅鱼，皆脔切为个。少年以巨碗行酒，谈吐豪放。已而导入别院，俾夫妇同处。衾枕滑软，而床则以熟革代棕藤焉。日有婢媪馈致三餐，女或时竟日不出。黄独居闷苦，屡言归，女固止之。一日谓黄曰："今为君谋：请买一人为子嗣计。然买婢媵则价奢；当伪为妾也兄者，使父与论婚，良家子不难致。"黄不可，女弗听。有张贡士之女新寡，议聘金百缗，女强为娶之。新妇小名阿美，颇婉妙。女嫂呼之；黄瑟踧不自安，女殊坦坦。他日，谓黄曰："妾将与大姊至南海一省阿姨，月余可返，请夫妇安居。"遂去。

夫妻独居一院，按时给饮食，亦甚隆备。然自入门后，曾无一人复至其室。每晨，阿美入觐媪，一两言辄退。娣姒在旁，惟相视一笑。既流连久坐，亦不款曲，黄见翁亦如之。偶值诸郎聚语，黄至，既都寂然。黄疑闷莫可告语，阿美觉之，诘曰："君既与诸郎伯仲，何以月来都如生客？"黄仓猝不能对，吃吃而言曰："我十年于外，今始归耳。"美又细审翁姑阀阅，及妯娌里居。黄大窘，不能复隐，底里尽露。女泣曰："妾家虽贫，无作贱媵者，无怪诸宛若鄙不齿数矣！"黄惶怖莫知筹计，惟长跪一听女命。美收涕挽之，转请所处。黄曰："仆何敢他谋，计惟孑身自去耳。"女曰："既嫁复归，于情何忍？渠虽先从，私也；妾虽后至，公也。不如姑俟其归，问彼既出此谋，将何以置妾也？"

居数月，女竟不返。一夜闻客舍喧饮，黄潜往窥之，见二客戎装上座：一人裹豹皮巾，凛若天神；东首一人，以虎头革作兜牟，虎口衔额，鼻耳悉具焉。惊异而返，以告阿美，竟莫测霍父子何人。夫妻疑惧，谋欲僦寓他所，又恐生其猜度。黄曰："实告卿：即南海人还，折证已定，仆亦不能家此也。今欲携卿去，又恐尊大人别有异言。不如姑别，二年中当复至。卿能待，待之；如欲他适，亦自任也。"阿美欲告父母而从之，黄不可。阿美流涕，要以信誓，乃别而归。黄入辞翁姑。时诸郎皆他出，翁挽留以待其归，黄不听而行。

登舟凄然，形神丧失。至瓜州，忽回首见片帆来，驶如飞；渐近，则船头按剑而坐者霍大郎也。遥谓曰："君欲遄返，胡再不谋？遗夫人去，二三年谁能相待也？"言次，舟已逼近。阿美自舟中出，大郎挽登黄舟，跳身径去。先是，阿美既归，方向父母泣诉，忽大郎将舆登门，按剑相胁，逼女风走。一家慑息，莫敢遮问。女述其状，黄不解何意，而得美良喜，开舟遂发。

至家，出资营业，颇称富有。阿美常悬念父母，欲黄一往探之；又恐以霍女来，嫡庶复有参差。居无何，张翁访至，见屋宇修整，心颇慰，谓女曰："汝出门后，遂诣霍家探问，见门户已扃，第主亦不之知，半年竟无消息。汝母日夜零涕，谓被奸人赚去，不知流离何所。今幸无恙耶？"黄实告以情，因相猜为神。

后阿美生子，取名仙赐。至十余岁，母遣诣镇江，至扬州界，休于旅舍，从者皆出。有女子来，挽儿入他室，下帘，抱诸膝上，笑问何名。儿告之。问："取名何义？"答云："不知。"女曰："归问汝父当自知。"乃为挽髻，自摘髻上花代簪之；出金钏束腕上。又以黄金内袖，曰："将去买书读。"儿问其谁，曰：

"儿不知更有一母耶？归告汝父：朱大兴死无棺木，当助之，勿忘也。"老仆归舍，失少主，寻至他室，闻与人语，窥之则故主母。帘外微嗽，将有咨白。女推儿榻上，恍惚已杳。问之舍主，并无知者。

数日，自镇江归，语黄，又出所赠。黄感叹不已。及询朱，则死裁三日，露尸未葬，厚恤之。

异史氏曰："女其仙耶？三易其主不为贞。然为吝者破其悭，为淫者速其荡，女非无心者也。然破之则不必其怜之矣，贪淫鄙吝之骨，沟壑何惜焉？"

【译文】

朱大兴是彰德县人，家境富有但非常吝啬，不是遇到儿女结婚出嫁的事，家中没有客人，饭桌上没有肉。但是他为人轻佻好色，为了女人，花多少钱都在所不惜。每天夜晚，他都翻墙头过村寨，和一些荡妇睡觉。

一天夜里，他遇到一位独行的少妇，知道这少妇是逃跑出来的，就强迫她跟自己走，领着一起回了家。到家用灯光一照，这少妇非常美丽，自己说姓霍。朱大兴又仔细盘问，霍女不高兴地说："既然已经收留了我，何必还要一再盘查呢？如果怕连累了你，不如让我早点儿离开。"朱大兴不敢再问，留她和自己一起住。

霍女不愿吃粗茶淡饭，又讨厌肉食，吃的必须是燕窝，或者用鸡心、鱼肚做成羹汤，才能吃饱。朱大兴无可奈何，只好竭力供给。霍女又爱生病，每日须喝一碗人参汤。朱大兴最初不肯给，霍女不停地呻吟，眼看要死了，不得已，给她喝了人参汤，病立刻就好，以后喝参汤就成了常例。霍女穿衣必须穿绸缎锦绣，穿几天就嫌衣服旧了，要换新的。这样过了一个多月，花费了很多钱财，朱大兴渐渐难以供给。霍女哭着不吃饭，要求离开，朱大兴害怕了，又想方设法供她吃用。霍女每当苦闷时，就让朱大兴隔十几天招来戏子演戏，演戏时，朱大兴放个凳子在帘外，抱着儿子观看，霍女也没一点儿笑容。多次谩骂朱大兴，朱大兴也不分辨。

又过了两年，朱大兴家渐渐败落，他向霍女婉言说明，请减少一点儿花销，霍女允许了，用费减少了一半。时间长了，仍然负担不起，霍女吃点儿肉粥也行了，又渐渐地没有珍羞美味也吃了。朱大兴心中暗暗高兴。

忽然有一夜，霍女打开后门逃走了。朱大兴怅然若失，到处寻访，才知道跑到了邻村何家去了。何家也是大姓，世代为官，性情豪放好客，经常通宵达旦地宴饮玩乐。一天，忽然有一位美女，半夜来到何家的卧室，一问，原来是朱家的逃妾。对朱大兴的为人，何氏向来看不起，又看上了这个美女，就把霍女留下了。两人亲热了几天，何氏更加迷恋霍女，竭尽家中的一切让霍女享用，供给和朱家一样。

朱大兴得到消息后，派人去向何家要人，何家根本不理。朱大兴向官府告状，官府因霍女的姓名来历不明，也搁置不问。朱大兴卖了家产行贿，才允许拘传被告到大堂对质。霍女对何氏说："我在朱家，原本不是明媒正娶的，有什么可害怕的？"何氏大喜，准备打赢这场官司。何家的一位客人顾生劝告说："你收纳了逃跑的人，已经犯了国法，何况此女进门以后，每天耗费无度，即使有万贯家财，能长久支持吗？"何氏醒悟了，不打官司，把霍女送还了朱家。

过了一二天，霍女又逃走了。有一位黄生，是个贫穷书生，妻子死后没有再娶。霍女敲门进了他家，并说明从何处来的。黄生见一个美人忽然来投奔他，又惊又怕，不知如何是好。黄生向来遵纪守法，因而拒不收留。霍女不走，在和黄生说话时，显得十分娇媚动人。黄生动了心，把她留下了，但恐怕她不能安于贫穷的生活。

霍女每天早早起来，亲自操持家务，比黄生的前妻还要勤劳。黄生为人风流潇洒，很会疼爱妻子，因而二人相见恨晚，只怕走露了风声，欢爱不能长久。而朱大兴自从告状以后，家境更加贫困，又考虑霍女不能安于贫困的生活，也就不再寻找了。

霍女和黄生过了好几年，二人感情更加亲密深厚。有一天，霍女忽然提出要回娘家，让黄生备车送她。黄生说："你一直说没有家，为何前后说的不一样啊？"霍女说："从前是随便说的，我是镇江人，从前嫁了个荡子，流落到江湖上，就到了这里。我娘家很富裕，你花尽家产送我去，必然不会亏待你。"黄生听从了她的话，雇了车和她一起回去。

到了扬州境界，把船停在江边。霍女正在窗口眺望，有个大商人的儿子从此经过，对霍女的美丽惊叹不已，把船又划回来，靠在霍女的船旁，而黄生对此一无所知。霍女忽然对黄生说："你家境实在太贫寒了，现在我有一个救治的办法，不知你是否能听从？"黄生问什么办法，霍女说："我跟随你多年，不能为你生儿育女，这也是我心中一件不安的事。我虽丑陋，幸而还不太老，如果有人肯出一千两银子，你就把我卖掉，这样，妻室、田产就都会有了。这个办法如何？"黄生听了大惊失色，不知为何说出这些话。霍女笑着说："你不要着急，天下美丽的女子多的是，谁肯出千金来买我啊！我只是说说笑话，看看有没有人买我，卖不卖就由我做主了。"黄生不肯这么做。

霍女就把这些话说给船夫的妻子听，船夫妻子看了看黄生，黄生随便点了个头，好像答应了。船夫妻子出去了一会儿，回来说："邻舟有个商人的儿子，愿意出八百两。"黄生故意摇头来为难他。不久，船夫妻子又来了，说对方同意按他的要求出一千两，请立即到对方船上取钱交人。黄生微微一笑，霍女对船夫妻子说："叫他等一会儿，我嘱咐一下黄郎，就让他去。"霍女对黄生说："我每日以千金之躯侍奉你，现在你知道了吧？"黄生问："用什么话来打发他呢？"霍女说："请你这就去签署文书，去不去在我自己了。"黄生不去，霍女逼迫催促他快去，黄生不得已，就过船去见富商的儿子，立刻将银子点好交付。黄生让人将银子包好封上，作好记号，他对商人儿子说："因为我太贫穷，所以才到了这一

步，遽然割舍了夫妻情义。如果我妻子坚决不愿跟你去，银子仍如数奉还。”

正当把银子运回自己船上时，霍女已跟着船夫妻子从船尾登上了商人儿子的船，远远看着黄生并向他告别，并没有留恋难舍的意思。黄生惊慌得魂飞天外，呜咽着说不出话来。一小会儿，商人船只解开了缆绳，船像箭一般飞驶而去。黄生放声大哭，想追上商人的船，船夫不同意，开船向南行驶。瞬息之间到达了扬州，把行李运上岸，船夫就把船划走了。

黄生守着行李闷坐，不知该到哪儿去，望着滔滔的江水，如同万箭穿心般痛苦。正在掩面哭泣，忽听有人娇声呼唤“黄郎”，黄生惊愕地四下张望，霍女已经在前面的路上。黄生高兴极了，背着行李就追上了她，问：“你怎么来得这么快呀？”霍女笑着说：“再迟一会儿，你就会起疑心了。”黄生怀疑霍女不是普通的人，一再问她的底细。霍女笑着说：“我平生对吝啬的人就叫他破家，对有邪念的人就想法骗他。如果把真实打算告诉你，你必然不肯这么做。从哪儿能得到一千两银子啊！如今钱袋装得满满的，失去的人也回来了，你应该感到满足了，还穷问个什么？”于是雇人背上行李，一起向霍家走去。

到了水门内，有一座向南的宅子，霍女就带着黄生径直进去了。一会儿，男女老少纷纷出来迎接，都说：“黄郎来了。”黄生进去拜见了岳父岳母。有两位少年，向黄生作揖问候，坐下交谈，这是霍女的兄弟，大郎和三郎。在欢迎他们的宴席没有太多的菜肴，只摆了四个大玉盘，方桌就满了。鸡蟹鹅鱼，都是切开又拼为整个的，大郎三郎用大碗劝酒，谈吐豪放。饭后领他们进入另一个院落，让他们夫妇二人住在一起。卧床的被子枕头柔软光滑，床则是用皮革代替棕藤条制成的。每天有丫鬟仆妇送来三餐，霍女有时整天不出房门。黄生住在单独的小院中有些苦闷，多次想回家，霍女总是劝他别走。

有一天，霍女对黄生说：“现在替你着想，想给你买一个女人，好有个儿子传宗接代。可是买个婢妾价钱太高，你假装是我的哥哥，让我父亲出面为你提亲，找个好人家的女儿是不难的。”黄生不同意这样做。霍女不听从，有位张贡士，他的女儿刚刚死了丈夫，商量好出一百两聘银，霍女强迫黄生娶了她。

新媳妇小名叫阿美，长得不错。霍女喊她为嫂嫂，黄生局促不安，但霍女却很坦然，有一天，霍女对黄生说：“我将和大姐一起到南海去看望姨妈，一个多月可以返回，请你们夫妇安心在这里住着吧！”说完就走了。

黄生和阿美单独住在一个小院内，女仆们按时送来饮食，也很丰盛。但自从阿美进门后，没有看见一个人到他们屋里来，每天早晨，阿美去问候婆婆，说一两句话就退了出来。妯娌们在旁边，见面时只是笑笑而已。即使阿美在那边待的时间长一些，也不怎么聊天。黄生见岳父时，也是这种情况。偶尔遇到霍女的兄弟正在一起谈话，黄生一去，就都不说话了。黄生很纳闷，但不知该向谁诉说。阿美发觉后，问道：“你既然和他们是弟兄，为什么这一个多月都像生客一样？”黄生仓促间无以对答，只好结结巴巴地说：“我在外边住了十年，如今刚刚归来。”阿美又细问公公婆婆的家世，以及妯娌的家乡等情况，黄生答不出来，十分窘迫，看来不能再隐瞒下去，就把实情都告诉了阿美。

阿美哭泣着说：“我家贫穷，但没有给人做贱妾的，难怪他们这样看不起我啊！”黄生恐惧不安，不知怎么办才好，只好跪在地上听凭阿美发落。阿美止住哭泣把黄生拉起来，问他有什么打算。黄生说：“我还敢有什么打算，只有一个办法，你一个人回到娘家去吧！”阿美说：“既然已经嫁给你，再离开你，于情何忍？她虽然先跟了你，是私奔；我虽然是后来的，却是明媒正娶，不如暂且等她回来，问她出了这个主意，打算如何安排我啊？”又过了好几个月，霍女仍然没有回来。

一天夜里，听到客房中有客人饮酒说笑声，黄生偷偷去看，见二位穿着军服的人坐在上座：一人裹着豹子皮，威风凛凛，像一位天神；东边的一位，用虎头毛皮做头盔，额头衔在虎口中，虎的鼻子耳朵都有。黄生看完吃惊地回了屋，把这些告诉了阿美，竟猜不透霍氏父子到底是什么人。夫妻二人既怀疑又害怕，商量租个房子搬到别处去住，但又怕霍家人生疑心。

黄生对阿美说：“实话告诉你吧，即使去南海的人回来，这些事实已定，我也不能在此安家了。现在想带你一起走，又恐怕令尊大人有不同意见。不如暂时分别，两年内我会再来，你能等我就等着，如果想另嫁他人，也由你决定。”

阿美想告诉父母和黄生一起走，黄生不同意。阿美泪流满面，要黄生立下誓言，就告别黄生回娘家去了。黄生进去向霍女父母辞行，这时霍家兄弟都出门去了，霍父挽留黄生等他们回来再走，黄生不听，立即上路。登上船以后，心情很悲伤，失魂落魄似的。到了瓜洲，回头忽然看见一只帆船，飞快驶来，船渐渐近了，一看，船头按剑坐着的竟是霍大郎。远远地对黄生说：“你想赶快回家，为什么不和我们商量商量？你把夫人留在这里，让等二三年，谁能等待啊？”说着，船已靠近。阿美从船中出来，大郎搀扶她上了黄家的船，然后回到自己船上返回去了。

原来，阿美回到娘家，正在向父亲哭诉，忽然霍大郎带着车马来到家里，按着剑，逼着阿美上车，风风火火地赶着车走了。阿美一家吓得不敢喘气，没有人敢问敢拦。阿美说完这些情况，黄生也不知是怎么回事，但得到阿美非常高兴，就开船回家。

到家以后，拿出银子经商，生活颇为富足。阿美常常挂念父母，想让黄生去看看他们，但又怕霍女跟来，又产生妻妾之分的烦恼。过了不久，阿美的父亲张翁找来了，见霍生家房舍整齐洁净，颇为欣慰。对阿美说：“你出门后，我就去霍家探问，见门已锁上，房主也不知到哪儿去了，半年竟没有一点儿消息。你母亲日夜哭泣，说你被坏人骗走了，不知流落到何处。现在幸亏一切都好啊！”

黄生把实情告诉了张翁，大家都猜测霍家是神人。后来阿美生了一个儿子，取名仙赐。仙赐长到十几岁，阿美让他到镇江去，来到扬州地界，住在旅馆中，

跟随他的人都外出了。这时有个女子进来，拉着他的手进了另一间屋子，放下门帘，把他抱在膝上，笑着问他叫什么名字。仙赐告诉了她。女子说："取这个名是什么意思？"仙赐说："不知道。"女子说："回去后问问你的父亲自然会知道。"还给仙赐梳理好发髻，从自己头上摘下花给仙赐戴上，拿出金手镯戴在仙赐手腕上，又把黄金放在仙赐袖筒里，说："拿去买书读。"仙赐问她是谁，女子说："你不知道还有一位母亲吗？回去告诉你父亲，朱大兴死了没有棺木，应帮助他，千万别忘了。"

老仆人回到旅店，见小主人不在，就到别的房间去找，听到他和别人的说话声，偷偷一看，原来是主人以前的妻子。仆人在帘外轻轻咳嗽了一声，想进去说几句话，这时霍女把仙赐推到床上，恍惚之间霍女就不见了。问旅店主人，他们什么也不知道。

过了几天，仙赐从镇江归来，把这事告诉了父亲，并拿出霍女所赠的东西。黄生感叹不已。等到打听朱大兴的消息，朱大兴死了才三天，尸体暴露还没有下葬，黄生很好地安葬了他。

异史氏说：这个女子难道是个仙人吗？换了三个男人，不能算是贞洁；然而对那些吝啬鬼让他破财，对那些好色者让他荡产，这女子不是个没有心计的人。但是让他们破财荡产就不必再怜惜他们了，那些贪淫吝啬鬼的尸骨，扔到沟壑中又有什么可惜的呢？

［何守奇］其兄弟似侠，其二客似神，意此女直是狐耳。细阅前后自知。

［但明伦］只是"吝则破之，邪则诳之"两语为一篇主脑，而叙次描摹，皆极精致。

司文郎

【原文】

平阳王平子，赴试北闱，赁居报国寺。寺中有余杭生先在，王以比屋居投刺焉，生不之答；朝夕遇之多无状。王怒其狂悖，交往遂绝。

一日，有少年游寺中，白服裙帽，望之傀然。近与接谈，言语谐妙，心爱敬之。展问邦族，云："登州宋姓。"因命苍头设座，相对噱谈。余杭生适过，共起逊坐。生居然上座，更不㧑挹。卒然问宋："尔亦入闱者耶？"答曰："非也。驽骀之才，无志腾骧久矣。"又问："何省？"宋告之。生曰："竟不进取，足知高明。山左、右并无一字通者。"宋曰："北人固少通者，而不通者未必是小生；南人固多通者，然通者亦未必是足下。"言已，鼓掌，王和之，因而哄堂。生惭忿，轩眉攘腕而大言曰："敢当前命题，一校文艺乎？"宋他顾而哂曰："有何不敢！"便趋寓所，出经授王。王随手一翻，指曰："'阙党童子将命。'"生起，

求笔札。宋曳之曰："口占可也。我破已成：'于宾客往来之地，而见一无所知之人焉。'"王捧腹大笑。生怒曰："全不能文，徒事嫂骂，何以为人！"王力为排难，请另命佳题。又翻曰："'殷有三仁焉。'"宋立应曰："三子者不同道，其趋一也。夫一者何也？曰：仁也。君子亦仁而已矣，何必同？"生遂不作，起曰："其为人也小有才。"遂去。

王以此益重宋。邀入寓室，款言移晷，尽出所作质宋。宋流览绝疾，逾刻已尽百首，曰："君亦沉深于此道者？然命笔时，无求必得之念，而尚有冀幸得之心，即此已落下乘。"遂取阅过者一一诠说。王大悦，师事之；使庖人以蔗糖作水角。宋啖而甘之，曰："生平未解此味，烦异日更一作也。"从此相得甚欢。宋三五日辄一至，王必为之设水角焉。余杭生时一遇之，虽不甚倾谈，而傲睨之气顿减。一日以窗艺示宋，宋见诸友圈赞已浓，目一过，推置案头。不作一语。生疑其未阅，复请之，答已览竟。生又疑其不解，宋曰："有何难解？但不佳耳！"生曰："一览丹黄，何知不佳？"宋便诵其文，如夙读者，且诵且訾。生跼蹐汗流，不言而去。移时宋去，生入，坚请王作，王拒之。生强搜得，见文多圈点，笑曰："此大似水角子！"王故朴讷，觍然而已。次日宋至，王具以告。宋怒曰："我谓'南人不复反矣'，伧楚何敢乃尔！必当有以报之！"王力陈轻薄之戒以劝之，宋深感佩。

既而场后以文示宋，宋颇相许。偶与涉历殿阁，见一瞽僧坐廊下，设药卖医。宋讶曰："此奇人也！最能知文，不可不一请教。"因命归寓取文。遇余杭生，遂与俱来。王呼师而参之。僧疑其问医者，便诘症候。王具白请教之意，僧笑曰："是谁多口？无目何以论文？"王请以耳代目。僧曰："三作两千余言，谁耐久听！不如焚之，我视以鼻可也。"王从之。每焚一作，僧嗅而颔之曰："君初法大家，虽未逼真，亦近似矣。我适受之以脾。"问："可中否？"曰："亦中得。"余杭生未深信，先以古大家文烧试之。僧再嗅曰："妙哉！此文我心受之

矣，非归、胡何解办此！”生大骇，始焚己作。僧曰：“适领一艺，未窥全豹，何忽另易一人来也？”生托言：“朋友之作，止彼一首；此乃小生作也。”僧嗅其余灰，咳逆数声，曰：“勿再投矣！格格而不能下，强受之以膈，再焚则作恶矣。”生惭而退。

数日榜放，生竟领荐；王下第。生与王走告僧，僧叹曰：“仆虽盲于目。而不盲于鼻；帘中人并鼻盲矣。”俄余杭生至，意气发舒，曰：“盲和尚，汝亦啖人水角耶？今竟何如？”僧曰：“我所论者文耳，不谋与君论命。君试寻诸试官之文，各取一首焚之，我便知孰为尔师。”生与王并搜之，止得八九人。生曰：“如有舛错，以何为罚？”僧愤曰：“剜我盲瞳去！”生焚之，每一首，都言非是；至第六篇，忽向壁大呕，下气如雷。众皆粲然。僧拭目向生曰：“此真汝师也！初不知而骤嗅之，刺于鼻，刺于腹，膀胱所不能容，直自下部出矣！”生大怒，去，曰：“明日自见！勿悔！勿悔！”

越二三日竟不至，视之已移去矣。乃知即某门生也。宋慰王曰：“凡吾辈读书人，不当尤人，但当克己：不尤人则德益弘，能克己则学益进。当前踧落，固是数之不偶；平心而论，文亦未便登峰，其由此砥砺，天下自有不盲之人。”王肃然起敬。又闻次年再行乡试，遂不归，止而受教。宋曰：“都中薪桂米珠，勿忧资斧。舍后有窖镪，可以发用。”即示之处。王谢曰：“昔窦、范贫而能廉，今某幸能自给，敢自污乎？”王一日醉眠，仆及庖人窃发之。王忽觉，闻舍后有声，出窥则金堆地上。情见事露，并相慑伏。方诃责问，见有金爵，类多镌款，审视皆大父字讳。盖王祖曾为南部郎，入都寓此，暴病而卒，金其所遗也。王乃喜，称得金八百余两。明日告宋，且示之爵，欲与瓜分，固辞乃已。以百金往赠瞽僧，僧已去。

积数月，敦习益苦。及试，宋曰：“此战不捷，始真是命矣！”俄以犯规被黜。王尚无言，宋大哭不能止，王反慰解之。宋曰：“仆为造物所忌，困顿至于终身，今又累及良友。其命也夫！其命也夫！”王曰：“万事固有数在。如先生乃无志进取，非命也。”宋拭泪曰：“久欲有言，恐相惊怪。某非生人，乃飘泊之游魂也。少负才名，不得志于场屋。佯狂至都，冀得知我者传诸著作。甲申之年，竟罹于难，岁岁飘蓬。幸相知爱，故极力为‘他山’之攻，生平未酬之愿，实欲借良朋一快之耳。今文字之厄若此，谁复能漠然哉！”王亦感泣，问：“何淹滞？”曰：“去年上帝有命，委宣圣及阎罗王核查劫鬼，上者备诸曹任用，余者即俾转轮。贱名已录，所未投到者，欲一见飞黄之快耳。今请别矣！”王问：“所考何职？”曰：“梓潼府中缺一司文郎，暂令聋僮署篆，文运所以颠倒。万一幸得此秩，当使圣教昌明。”

明日，忻忻而至，曰：“愿遂矣！宣圣命作《性道论》，视之色喜，谓可司文。阎罗稽簿，欲以‘口孽’见弃。宣圣争之乃得就。某伏谢已，又呼近案下，嘱云：‘今以怜才，拔充清要；宜洗心供职，勿蹈前愆。’此可知冥中重德行更甚于文学也。君必修行未至，但积善勿懈可耳。”王曰：“果尔，余杭其德行何在？”曰：“不知。要冥司赏罚，皆无少爽。即前日瞽僧亦一鬼也，是前朝名家。以生前抛弃字纸过多，罚作瞽。彼自欲医人疾苦，以赎前愆，故托游廛肆耳。”王命置酒，宋曰：“无须。终岁之扰，尽此一刻，再为我设水角足矣。”王悲怆不食，坐令自啖。顷刻，已过三盛，捧腹曰：“此餐可饱三日，吾以志君德耳。向所食都在舍后，已成菌矣。藏作药饵，可益儿慧。”王问后会，曰：“既有官责，当引嫌也。”又问：“梓潼祠中，一相酹祝，可能达否？”曰：“此都无益。九天甚远，但洁身力行，自有地司牒报，则某必与知之。”言已，作别而没。王视舍后，果生紫菌，采而藏之。旁有新土坟起，则水角宛然在焉。

王归，弥自刻厉。一夜，梦宋舆盖而至，曰：“君向以小忿误杀一婢，削去禄籍，今笃行已折除矣。然命薄不足任仕进也。”是年捷于乡，明年春闱又捷。遂不复仕。生二子，其一绝钝，啖以菌，遂大慧。后以故诣金陵，遇余杭生于旅次，极道契阔，深自降抑，然鬓毛斑矣。

异史氏曰：“余杭生公然自诩，意其为文，未必尽无可观；而骄诈之意态颜色，遂使人顷刻不可复忍。天人之厌弃已久，故鬼神皆玩弄之。脱能增修厥德，则帘内之‘刺鼻棘心’者，遇之正易，何所遭之仅也。”

【译文】

山西平阳人王平子，到京城参加科考，租住在报国寺内。寺中先住着一位馀杭县来的书生，王生因与这位馀杭生是邻居，就递了张名片去拜访。馀杭生不加理睬，早晚相遇时，也很不礼貌。王生对他的狂悖无理十分生气，就不再与他来往。

有一天，有位青年到寺中游览，身着白衣白帽，看去身材高大，器宇轩昂。走近和他交谈，言语诙谐巧妙。王生内心很敬重他，问他姓氏家乡，他说：“家在登州，姓宋。”王生让仆人设座，二人相对谈笑。这时馀杭生正巧走过来，王、宋二人起身让座。馀杭生竟然坐在上位，没有一点儿谦让的表示，猛然问宋生：“你也是来应考的吗？”宋生回答说：“不是。我这种平庸之人，早就不思飞黄腾达了。”馀杭生又问：“你是哪省的。”宋生告诉了他。馀杭生说：“你不打算进取，足见还有自知之明。山东、山西两省都没有通一个字的。”宋生说：“北方人‘通’的固然不多，但不通的人未必是我；南方人‘通’的固然不少，但‘通’的也未必是您。”说完就鼓掌，王生也一起鼓起掌来，因此二人哄堂大笑。馀杭生又羞又恼，横眉怒目，伸胳膊挽袖子，大声说道：“你敢和我当面命题，比比谁的文章写得好吗？”宋生眼望别处，笑一笑说：“有何不敢！”说完就跑回住所取来四书五经交给王生。

王生随手一翻，指着一句说：“就这句‘阙党童子将命（意思是说阙里的童子不懂礼节）’。”馀杭生站起来，要找纸笔。宋生拉住他说：“咱们就口述罢

了。我文章的‘破题’已想好了：‘于宾客往来之地，而见一无所知之人焉（在宾客往来的地方，看到一个一无所知的人）。’”王生听了捧腹大笑。馀杭生大怒说：“你根本不会作文，只是谩骂，算个什么人？”王生竭力为他们调解，说再选一个好题。又翻了一页书，说：“‘殷有三仁焉（殷朝有三位志士仁人）。’”宋生立刻应声朗诵自己的文章：“三子者不同道，其趋一也。夫一者何也？曰：仁也。君子亦仁而已矣，何必同（三位贤人走的道路不同，目标却是一样的，什么目标呢？就是仁。君子达到仁就行了，何必要走相同的道路）。”馀杭生听了宋生的文章自己就不作了，站起来说：“你这个人还有点儿小才。”说完走了。

王生因此更加敬佩宋生，请他到自己的住室，长时间交谈，拿出自己的全部文章请宋生指教。宋生浏览得很快，不一会儿就看完了近百篇，说：“你对文章方面还是刻苦钻研过的，但在下笔的时候，不要有一定要考中的念头，如果还有希望侥幸考中的心理，这样文章就会落入下等。”于是拿过已看过的文章一篇篇为王生指点讲解。王生非常高兴，像对待老师那样对待宋生，让厨子做了糖馅的水饺给他吃。宋生觉得很好吃，说：“平生没吃过这种味道的东西，请你过几天再给我做一次。”从此二人相处的更加亲密融洽。宋生隔三五天就来看望王生，王生必定用糖馅水饺招待他。馀杭生有时也会遇见宋生，虽然不怎么深谈，但他的傲气还是消了不少。

有一天，馀杭生把自己的文章给宋生看。宋生见文章已被他的朋友们圈点、批赞得满篇都是，目光一扫，把文章推到桌边，一句话不说。馀杭生怀疑他根本没看，就再次请他看一看。宋生说已看完了。馀杭生又怀疑他没有读懂。宋生说：“有什么难懂的？只不过写的不好罢了。”馀杭生说：“只浏览了一下圈点，怎么就知道文章不好？”宋生就背诵馀杭生的文章，好像早就读过一样，一边背诵，一边批评。馀杭生难堪得浑身流汗，没说一句话就走了。

过了一会儿，宋生走了，馀杭生又进屋来，非要看王生的文章。王生不让他看，馀杭生硬给搜出来，看到文章有很多圈点，讥笑说：“这圈圈点点真像糖馅饺子。”王生本来不善言谈，这时只觉得尴尬羞惭而已。

第二天，宋生来了，王生把这事都告诉了他，宋生气愤地说：“我还以为他心悦诚服了呢，没想到这个南蛮子竟敢如此，我一定要报复他一下。”王生极力说人要厚道，以此来劝解宋生。宋生对王生的忠厚深为敬佩。

考完以后，王生把应试时的文章给宋生看，宋生很是称赞。二人偶然在寺内殿阁间散步，看见一位盲僧坐在廊檐下卖药。宋生惊讶地说：“这是位奇人呀！最善于评定文章，不能不向他请教。”就让王生回屋去取文章。正巧遇到馀杭生，也就一起来了。王生喊了声“禅师”，行了参见礼。盲僧还以为他是求医的，便问他有什么症候。王生就说了请教文章的事。盲僧笑着说：“是谁多嘴多舌？我看不见怎么能评论文章？”王生请以耳代目，盲僧说：“三篇文章二千多字，谁有耐性来听？不如把文章烧成灰，我用鼻子来嗅一下就知道了。”

王生听从了，每烧一篇文章，盲僧嗅一嗅点头说："你初学大家手笔，虽然还不够逼真，也近似了，我正好用脾脏来接受它。"问他："能考中吗？"盲僧说："也能中。"馀杭生不太相信盲僧的话，先用古文大家的文章烧来试验。盲僧嗅了又嗅说："妙哉！这篇文章我用心接受了，这样的文章不是归有光、胡友信这样的大手笔，谁能写得出来！"馀杭生大为惊讶，这才烧自己的文章。盲僧说："刚才只领教了一篇文章，还没欣赏他别的妙文，为何忽然又换了另一个人的文章？"馀杭生撒谎说："那篇是朋友的文章，只有这一篇，这个才是我的文章。"盲僧嗅了嗅馀杭生文章的灰，呛得咳嗽了好几声，说："不要再烧了，呛得我闻不进去，强吸进去，只能到达横膈膜那里，再烧，就要呕吐了。"馀杭生惭愧地走了。

过了几天发了榜，馀杭生竟然考中，而王生却落榜了。宋生和王生去告诉盲僧。盲僧叹息着说："我虽然眼睛盲了，但鼻子并不盲，主考大人连眼睛带鼻子都瞎了啊！"一会儿馀杭生来了，得意洋洋地说："瞎和尚，你也吃了人家的糖馅饺子了吧？你看现在怎么样？"盲僧说："我所评论的是文章，不是和你讨论命运。你去把各位主考官的文章拿来，各取一篇焚烧，我就能知道录取你的老师是哪一位。"馀杭生和王生一起去搜集，只找到八九个人的。馀杭生说："你要是找错了，如何处罚？"盲僧气愤地说："把我的瞎眼珠剜去！"

馀杭生开始焚烧，每烧一篇，盲僧都说不是，烧到第六篇，盲僧忽然对着墙大声呕吐，屁响如雷。众人都笑了。盲僧擦了擦眼睛对馀杭生说："这真是你的恩师了！开始不知道而骤然去嗅，先是刺鼻子，后是刺胃肠，膀胱也容纳不了，一直从下部出来了！"馀杭生大怒而去，边走边说："明天自然见分晓，你可别后悔！你可别后悔！"过了二三天，竟没有来，一看，已搬走了。因此知道写那篇呛鼻子文章的人就是馀杭生的恩师。

宋生安慰王生说："我们这些读书人，不应当抱怨别人，而应多反省自己。不抱怨别人道德会更高尚，能反省自己学业会更进步。眼前的挫折，故然是命运不好，但平心而论，你的文章也不算尽善尽美，从此以后更加努力钻研，天下自有不盲的人。"王生听了肃然起敬。又听说明年还要举行乡试，于是不回家去，留在京城继续跟着宋生学习。

宋生说："京城的柴米价钱昂贵，你不要发愁没有钱用。你住的房后有一窖银子，可以挖出来用。"就告诉了埋银子的地方。王生辞谢说："从前窦仪、范仲淹虽然贫穷，但很廉洁，现在我还能自给，怎敢做这种玷污自己的事呢？"

有一天王生喝醉酒睡着了，他的仆人和厨子偷偷把银子挖了出来。王生忽然醒来，听房后有声音，悄悄出去一看，银子堆在地上。仆人厨子见事情败露，赶快招认了。王生正在斥责他们时，看到金酒杯上似乎刻着字，拿来仔细一看，刻的都是他祖父的名字。原来他的祖父曾在南京六部任职，进京时住在报国寺，得暴病死了，这些金银就是他留下来的。

王生因而大喜，称了称有八百多两。第二天告诉了宋生，并把金酒杯拿给宋生看，要和他平分，宋生坚决不要。想赠给盲僧一百两银子，盲僧已经走了。

此后的几个月里，王生学习更加刻苦。去考试时，宋生说："这次再考不中，那真是命定的了。"一会儿，因犯规被取消了考试资格。王生还没说什么，宋生却伤心地大哭不止，王生反而来安慰他。宋生说："我遭到造物主的嫌弃，一辈子没有出息，现在又连累了朋友。这难道都是命吗？这难道都是命吗？"王生说："世间的万事万物都有定数，先生您是无意于进取，和命运无关。"

宋生擦了擦泪说："很久以前就想对你说，恐怕你受到惊吓：我不是活人，乃是一个飘泊不定的游魂啊，年轻时颇具才名，但在科场上很不得志。因而放荡不羁，来到京城，希望能找到理解我的人，把我的生平写出来流传后世。不料甲申年竟死于战乱，游魂年年飘荡不定。幸亏得到你的理解和友情，所以极力帮助你提高学业，使我平生没有实现的愿望，能在好友身上实现，成为人生的快慰啊！没想到文运如此不好，怎么能无动于衷呢？"王生听了也感动地流下泪来，问道："为什么还滞留在这里不走呢？"宋生说："去年天帝下令，委任宣圣王孔子和阎罗王一起核查阴间的鬼魂，上等的留下被阴间的衙门任用，其余的让他们转世投生。我的名字已在阴间衙门任用的名册中，我所以没去报到，是想看到你金榜题名时的快乐啊！现在请让我和你告别吧！"王生问："你被任命的是什么职务？"宋生说："梓潼府中缺一名司文郎，暂时让一个耳聋的仆役代理，所以搞得文运颠倒。万一我有幸得到这个职务，我一定要将圣人的教诲发扬光大。"

第二天，宋生高兴地来了，说："我的愿望达到了，宣圣王让我作一道《性道论》，他看后，面有喜色，说可以当司文郎。阎王查了查案卷，想以我说话不慎重的理由不让我当，宣圣王为我力争，才使我得到这个职位。我拜谢完毕，宣圣王又把我喊到桌前，嘱咐说：'今天因为爱惜你的才干，才选拔你担任这个清高显要的职务，你一定要改过自新克尽职守，不要再犯以前的过失。'以此可知，在阴间重德行更甚于重文才啊！你没有考中，必定是德行的修养还不够，要努力不懈地积德向善啊！"王生说："如果真像你说的那样，馀杭生的德行在哪儿呀？"宋生说："这个我也不知道，但阴间的赏罚，绝不会出错。就说前些时见到的盲僧，也是个鬼，是前朝的文章名家。因为前生抛弃的字纸太多，罚他做个瞎子。他愿用医术解救人们的痛苦，以赎生前的罪孽，所以才在街市上游逛。"

王生让人备酒，宋生说："不必了，一年都打扰你，现在只剩这最后一点儿时间，再为我做点儿糖水饺就心满意足了。"做好后，王生悲伤地吃不下，坐下让宋生自己吃。顷刻之间，吃了三碗，宋生捧着肚子说："这一顿饭可以饱三天了，我是以此来纪念你的友情的，以前吃的那些，都在屋后面，已经变成蘑菇了，收藏起来作药用，可以增加小孩的聪明。"王生问什么时候还能见面，宋生说："既然我官职在身，就要避嫌了。"王生又问："我到梓潼庙里去祭祷，你能够听到吗？"宋生说："这样做没有用处，九天之上离你很远，你只要洁身自好，一心修德，阴曹自有牒报，那样我必然会知道。”说完，告别后就不见了。

王生到房后一看，果然有紫色的蘑菇，就采下收藏起来。旁边还有新的土堆，挖开一看，刚才宋生包的糖水饺都在里面。王生回去以后，更加刻苦地修德学习。

一天夜里，王生梦见宋生坐着官轿来了，说：“你过去因为一件小事生气，误杀了一个丫鬟，所以被削去官禄。如今你一心向善，已将功折罪了，但因为命薄，还是不能进入仕途。”这一年，王生在乡试中告捷，中了举。第二年春天又考中了进士，就听从宋生的指点，没有去做官。

王生有两个儿子，有一个很笨，给他吃了宋生留下的蘑菇，立即变得十分聪慧。后来王生因事到南京去，在旅途中遇到馀杭生，馀杭生热情地向他问候，十分谦逊，但是两鬓已有了白发了。

异史氏说：馀杭生公然自我吹嘘，我想他的文章，也未必没有可观之处，但他那骄横傲慢的神态表情，让人一刻也容忍不了。有道德的人厌弃他已经很久了，所以鬼神也敢耍弄他。如果他能修养自己的道德，那么遇到懂文章的盲僧，正是—个好机会，怎能只中个举人呢？

［何守奇］文贵心受，今闱中辄言有目共赏，岂知瞽者固谓膀胱所不能容乎？但读书人当克己而不尤人，此自确论；否则文未登岸而公然自诩，是又馀杭生之不若矣。

丑狐

【原文】

穆生，长沙人，家清贫，冬无絮衣。一夕枯坐，有女子入，衣服炫丽而颜色黑丑，笑曰：“得毋寒乎？”生惊问之，曰：“我狐仙也。怜君枯寂，聊与共温冷榻耳。”生惧其狐，而厌其丑，大号。女以元宝置几上，曰：“若相谐好，以此相赠。”生悦而从之。床无裀褥，女代以袍。将晓，起而嘱曰：“所赠可急市软帛作卧具，余者絮衣作馔足矣。倘得永好，勿忧贫也。”遂去。

生告妻，妻亦喜，即市帛为之缝纫。女夜至，见卧具一新，喜曰：“君家娘子劬劳哉！”留金以酬之。从此至无虚夕。每去，必有所遗。年余，屋庐修洁，内外皆衣文锦绣，居然素封。女赂贻渐少，生由此心厌之，聘术士至，画符于门。女啮折而弃之，入指生曰：“背德负心，至君已极！然此奈何我！若相厌薄，我自去耳。但情义既绝，受于我者须要偿也！”忿然而去。

生惧，告术士。术士作坛，陈设未已，忽颠地下，血流满颊；视之，割去一耳。众大惧奔散，术士亦掩耳窜去。室中掷石如盆，门窗釜甑，无复全者。生伏床下，蓄缩汗耸。俄见女抱一物入，猫首猧尾，置床前，嗾之曰：“嘻嘻！可嚼

奸人足。”物即龁履，齿利于刃。生大惧，将屈藏之，四肢不能动。物嚼指爽脆有声。生痛极哀祝，女曰：“所有金珠，尽出勿隐。”生应之。女曰：“呵呵！”物乃止。生不能起，但告以处。女自往搜括，珠钿衣服之外，止得二百余金。女少之，又曰：“嘻嘻！”物复嚼。生哀鸣求恕。女限十日偿金六百，生诺之，女乃抱物去。

久之，家人渐聚，从床下曳生出，足血淋漓，丧其二指。视室中财物尽空，惟当年破被存焉；遂以覆生令卧。又惧十日复来，乃货婢鬻衣，以足其数。至期女果至，急付之，无言而去。自此遂绝。生足创，医药半年始愈，而家清贫如初矣。

狐适近村于氏。于业农，家不中资，三年间援例纳粟，夏屋连蔓，所衣华服半生家物。生见之，亦不敢问。偶适野，遇女于途，长跪道左。女无言，但以素巾裹五六金，遥掷生，反身径去。后于氏早卒，女犹时至其家，家中金帛辄亡去。于子睹其来，拜参之，遥祝曰：“父即去世，儿辈皆若子，纵不抚恤，何忍坐令贫也？”女去，遂不复至。

异史氏曰：“邪物之来，杀之亦壮；而既受其德，即鬼物不可负也。既贵而杀赵孟，则贤豪非之矣。夫人非其心之所好，即万钟何动焉。观其见金色喜，其亦利之所在，丧身辱行而不惜者欤？伤哉贪人，卒取残败！”

【译文】

穆生是长沙人，家中清贫，冬天没有棉衣。一天晚上独自在家呆坐，有位女子进屋来，穿的衣服很华丽，面容却很丑陋。女子笑着说：“你不冷吗？”穆生吃惊地问她是谁。女子说：“我是狐仙，怜惜你一人太寂寞，想和你同床共枕，为你暖暖被窝罢了。”

穆生既怕她是个狐狸精，又嫌她长得丑，因此大叫起来。女子拿出元宝放在桌上，说：“你若和我相好，把这个元宝送给你。”穆生很高兴，就同意了。床上没有被褥，女子用袍子代替。天快亮时，女子起床后嘱咐说：“你拿我的元宝，

赶快到市上去买些软布做被褥，剩下的银子买棉花做衣服，再买些粮菜，就够了。如果能永远和我相好，就不必担心受穷了。”说完就走了。

穆生将此事告诉了妻子，妻子也很高兴，就买了布做被褥。女子夜里来了，见被褥一新，高兴地说：“让你家娘子受累了！”留下一些银子酬劳她。从此以后每夜必来，临走时，必然留一些银子。

过了一年多，穆生家中房屋整齐洁净，一家人都穿上了漂亮的新装，居然成了个财主。女子留下的银子渐渐少了，穆生因此对她产生了厌恶之情，请来法术之士，在门口画上符咒。女子来了，把符咒咬下来扔了。进去指着穆生说：“你背德负心，已到了极点，这样做能把我怎么样！你若嫌弃我，我会自己离开，但现在情义已绝，你从我这里得到的都必须还给我！”说完愤恨地走了。

穆生害怕了，告诉了术士。术士设坛，准备施展法术。法坛还没设好，术士忽然倒在地上，血流满面，一看，被割去了一只耳朵。众人大为惊慌，四散逃走，术士也捂着耳朵逃窜了。屋内盆大的石头乱飞，门窗锅盆没有不砸坏的。穆生爬在床底下，吓得缩成一团，直流冷汗。

一会儿，看到女子抱一个动物进来了，猫头狗尾，女子把这动物放在床前，嗾使它说：“嘻嘻！去咬那坏人的脚。”那动物就咬穆生的鞋，牙齿比刀还锋利。穆生非常害怕，想赶快把脚缩回来，但四肢不能动。动物嚼着他的脚指，咬得“嘎嘣嘎嘣”直响，穆生疼极了，哀叫着求饶。女子说：“把所有的金银珠宝都拿出来，不要隐藏。”穆生答应了。女子说：“呵呵！”那动物才停止咬他。穆生爬不起来，只好告诉财物藏的地方。女子自己去搜寻，除了珠宝衣服以外，只有二百多两银子。女子嫌银子少，又唆使动物说：“嘻嘻！”那动物又去咬穆生。穆生哀叫请求饶恕。女子给了十天期限，到时拿出六百两银子赔偿，穆生答应了，女子才抱着动物走了。

过了好久，家里人才渐渐来到穆生屋里，从床下把穆生拽出来，只见他脚上鲜血淋漓，少了两个脚指，看看屋里，财物都没了，只有当初的破被子还在。就让穆生盖上被子，躺在床上养伤。又怕十天后女子再来，只好卖掉丫鬟及衣物等，凑足六百两之数。到期女子果然来了，急忙把银子给了她，她才什么也没说走了，从此以后再也没来。穆生的脚伤，治疗了半年才好，而家庭清贫如故。

那丑女子又来到附近村子于氏家中，于氏是农民，家中也不富裕。三年之间，照例给国家纳粮交税，家中房舍连片，所穿的华丽衣服，多半都是穆生家的东西，穆生看见也不敢问。

有一天，穆生在野外偶尔遇到那女子，他吓得跪在道边。女子没说话，只是用一条白手巾裹了五六两银子，远远扔给穆生，然后就返身走了。

后来于氏早早死了，女子还不时到他家去，她一去，于家的金银财物就减少。于氏的儿子看到她来，就给她磕头作揖，远远向他恳求说：“我父亲虽然去世，儿辈也都如同你的儿子，纵然不怜惜我们，怎忍心看着我们受穷呢？”女子

走了，从此以后再也没来。

异史氏说：邪物来到家中，杀了它也理直气壮，然而已经接受了它的恩惠，即使是鬼怪也不可辜负它。富贵以后杀掉恩人，贤士豪杰一定会责难他。如果那人不是自己心中爱慕的人，即使给万贯家财又怎能动心呢？看那穆生见到银子就面有喜色，也是为了钱财就不惜丧身败德的人吧！可怜啊，贪心的人，最终弄得身败名裂！

［何守奇］此孤虽丑，掷金道左，犹无失其为故；视穆之背德负心，相去远矣、

［但明伦］明知其狐，而又氏其丑；乃见金而悦从之。鄙矣，卑矣！

吕无病

【原文】

洛阳孙公子名麒，娶蒋太守女，甚相得。二十夭殂。悲不自胜。离家，居山中别业。

适阴雨昼卧，室无人，忽见复室帘下，露妇人足，疑而问之。有女子褰帘入，年约十八九，衣服朴洁，而微黑多麻，类贫家女。意必村中僦屋者，呵曰："所须宜白家人，何得轻入！"女微笑曰："妾非村中人，祖籍山东，吕姓。父文学士。妾小字无病。从父客迁，早离顾复。慕公子世家名士，愿为康成文婢。"孙笑曰："卿意良佳。然仆辈杂居，实所不便，容旋里后，当舆聘之。"女次且曰："自揣陋劣，何敢遂望敌体？聊备案前驱使，当不至倒捧册卷。"孙曰："纳婢亦须吉日。"乃指架上，使取《通书》第四卷——盖试之也。女翻检得之。先自涉览，而后进之，笑曰："今日河魁不曾在房。"孙意少动，留匿室中。女闲居无事，为之拂几整书，焚香拭鼎，满室光洁。孙悦之。

至夕，遣仆他宿。女俯眉承睫，殷勤臻至。命之寝，始持烛去。中夜睡醒，则床头似有卧人；以手探之知为女，捉而撼焉。女惊起，立榻下，孙曰："何不别寝，床头岂汝卧处也？"女曰："妾善惧。"孙怜之，俾施枕床内。忽闻气息之来，清如莲蕊，异之；呼与共枕，不觉心荡；渐与同衾，大悦之。念避匿非策，又恐同归招议。孙有母姨，近隔十余门，谋令遁诸其家，而后再致之。女称善，便言："阿姨，妾熟识之，无容先达，请即去。"孙送之，逾垣而去。孙母姨，寡媪也。凌晨启户，女掩入。媪诘之，答云："若甥遣问阿姨。公子欲归，路赊乏骑，留奴暂寄此耳。"媪信之，遂止焉。孙归，矫谓姨家有婢，欲相赠，遣人异之而还，坐卧皆以从。久益嬖之，纳为妾。世家论婚皆勿许，殆有终焉之志。女知之，苦劝令娶；乃娶于许，而终嬖爱无病。许甚贤，略不争夕，无病事许益恭，以此嫡庶偕好。许举一子阿坚，无病爱抱如己出。儿甫三岁，辄离乳媪，从

无病宿，许唤不去。无何许病卒，临诀，嘱孙曰：“无病最爱儿，即令子之可也，即正位焉亦可也。”既葬，孙将践其言，告诸宗党，佥谓不可；女亦固辞，遂止。

邑有王天官女新寡，来求婚。孙雅不欲娶，王再请之。媒道其美，宗族仰其势，共怂恿之。孙惑焉，又娶之。色果艳；而骄已甚，衣服器用多厌嫌，辄加毁弃。孙以爱敬故，不忍有所拂。入门数月，擅宠专房，而无病至前，笑啼皆罪。时怒迁夫婿，数相闹斗。孙患苦之，以故多独宿。妇又怒。孙不能堪，托故之都，逃妇难也。妇以远游咎无病。无病鞠躬屏气，承望颜色，而妇终不快。夜使直宿床下，儿奔与俱。每唤起给使，儿辄啼，妇厌骂之。无病急呼乳媪来，抱之不去，强之益号。妇怒起，毒挞无算，始从乳媪去。儿以是病悸，不食。妇禁无病不令见之。儿终日啼，妇叱媪，使弃诸地。儿气竭声嘶，呼而求饮，妇戒勿与。日既暮，无病窥妇不在，潜饮儿。儿见之，弃水捉衿，号啕不止。妇闻之，意气汹汹而出。儿闻声辍涕，一跃遂绝。无病大哭。妇怒曰：“贱婢丑态！岂以儿死胁我耶！无论孙家襁褓物，即杀王府世子，王天官女亦能任之！”无病乃抽息忍涕，请为葬具。妇不许，立命弃之。

妇去，窃抚儿，四体犹温，隐语媪曰：“可速将去，少待于野，我当继至。其死也共弃之，活也共抚之。”媪曰：“诺。”无病入室，携簪珥出，追及之。共视儿，已苏。二人喜，谋趋别业，往依姨。媪虑其纤步为累，无病乃先趋以俟之，疾若飘风。媪力奔始能及。约二更许，儿病危不复可前。遂斜行入村，至田叟家，倚门待晓，叩扉借室，出簪珥易资，巫医并致，病卒不瘳。女掩泣曰：“媪好视儿，我往寻其父也。”媪方惊其谬妄，而女已杳矣，骇诧不已。

是日孙在都，方憩息床上，女悄然入。孙惊起曰：“才眠已入梦耶！”女握手哽咽，顿足不能出声。久之久之，方失声而言曰：“妾历千辛，与儿逃于杨——”句未终，纵声大哭，倒地而灭。孙骇绝，犹疑为梦；唤从人共视之，衣履宛然，大异不解。即刻趣装，星驰而归。既闻儿死妾遁，抚膺大悲。语侵妇，妇

反唇相稽。孙忿，出白刃；婢妪遮救不得近，遥掷之。刀脊中额，额破血流，披发嗥叫而出，将以奔告其家。孙捉还，杖挞无数，衣皆若缕，伤痛不可转侧。孙命舁诸房中护养之，将待其瘥而后出之。妇兄弟闻之，怒，率多骑登门，孙亦集健仆械御之。两相叫骂，竟日始散。王未快意，讼之。孙捍卫入城，自诣质审，诉妇恶状。宰不能屈，送广文惩戒以悦王。广文朱先生，世家子，刚正不阿。廉得情，怒曰："堂上公以我为天下之龌龊教官，勒索伤天害理之钱，以吮人痈痔者耶！此等乞丐相，我所不能！"竟不受命。孙公然归。王无奈之，乃示意朋好，为之调停，欲生谢过其家。孙不肯，十反不能决。妇创渐平，欲出之，又恐王氏不受，因循而安之。

妾亡子死，夙夜伤心，思得乳媪，一问其情。因忆无病言"逃于杨"，近村有杨家疃，疑其在是；往问之，并无知者。或言五十里外有杨谷，遣骑诣讯，果得之。儿渐平复，相见各喜，载与俱归。儿望见父，嗷然大啼，孙亦泪下。妇闻儿尚存，盛气奔出，将致诮骂。儿方啼，开目见妇，惊投父怀，若求藏匿。抱而视之，气已绝矣。急呼之，移时始苏。孙恚曰："不知如何酷虐，遂使吾儿至此！"乃立离婚书，送妇归。王果不受，又舁还孙。孙不得已，父子别居一院，不与妇通。乳媪乃备述无病情状，孙始悟其为鬼。感其义，葬其衣履，题碑曰"鬼妻吕无病之墓"。无何，妇产一男，交手于项而死之。孙益忿，复出妇；王又舁还之。孙乃具状控诸上台，皆以天官故置不理。后天官卒，孙控不已，乃判令大归。孙由此不复娶，纳婢焉。

妇既归，悍名噪甚，居三四年无问名者。妇顿悔，而已不可复挽。有孙家旧媪，适至其家。妇优待之，对之流涕；揣其情，似念故夫。媪归告孙，孙笑置之。又年余妇母又卒，孤无所依，诸娣姒颇厌嫉之，妇益失所，日辄涕零。一贫士丧偶，兄议厚其奁妆而遣之，妇不肯。每阴托往来者致意孙，泣告以悔，孙不听。一日妇率一婢，窃驴跨之，竟奔孙。孙方自内出，迎跪阶下，泣不可止。孙欲去之，妇牵衣复跪之。孙固辞曰："如复相聚，常无间言则已耳；一朝有他，汝兄弟如虎狼，再求离逖，岂可复得！"妇曰："妾窃奔而来，万无还理。留则留之，否则死之！且妾自二十一岁从君，二十三岁被出，诚有十分恶，宁无一分情？"乃脱一腕钏，并两足而束之，袖覆其上，曰："此时香火之誓，君宁不忆之耶？"孙乃荧眦欲泪，使人挽扶入室；而犹疑王氏诈谖，欲得其兄弟一言为证据。妇曰："妾私出，何颜复求兄弟？如不相信，妾藏有死具在此，请断指以自明。"遂于腰间出利刃，就床边伸左手一指断之，血溢如涌。孙大骇，急为束裹。妇容色痛变，而更不呻吟，笑曰："妾今日黄粱之梦已醒，特借斗室为出家计，何用相猜？"孙乃使子及妾另居一所，而己朝夕往来于两间。又日求良药医指创，月余寻愈。

妇由此不茹荤酒，闭户诵佛而已。居久，见家政废弛，谓孙曰："妾此来，本欲置他事于不问，今见如此用度，恐子孙有饿莩者矣。无已，再觍颜一经纪

之。”乃集婢媪，按日责其绩织。家人以其自投也，慢之，窃相诮讪，妇若不闻。既而课工，惰者鞭挞不贷，众始惧之。又垂帘课主计仆，综理微密。孙乃大喜，使儿及妾皆朝见之。阿坚已九岁，妇加意温恤，朝入塾，常留甘饵以待其归，儿亦渐亲爱之。一日，儿以石投雀，妇适过，中颅而仆，逾刻不语。孙大怒，挞儿；妇苏，力止之，且喜曰：“妾昔虐儿，心中每不自释，今幸销一罪案矣。”孙益嬖爱之，妇每拒，使就妾宿。居数年，屡产屡殇，曰：“此昔日杀儿之报也。”阿坚既娶，遂以外事委儿，内事委媳。一日曰：“妾某日当死。”孙不信。妇自理葬具，至日更衣入棺而卒。颜色如生，异香满室；既殓，香始渐灭。

异史氏曰：“心之所好，原不在妍媸也。毛嫱、西施，焉知非自爱之者美之乎？然不遭悍妒，其贤不彰，几令人与嗜痂者并笑矣。至锦屏之人，其夙根原厚，故豁然一悟，立证菩提；若地狱道中，皆富贵而不经艰难者矣。”

【译文】

洛阳有位名叫孙麒的公子，娶了蒋太守的女儿为妻，夫妻感情很好。但只过了二十天妻子就死了，孙麒悲伤得难以自制，就离开家，居住到山里的别墅中。

在一个阴雨天，孙麒正在睡午觉，屋中没有别人，忽然看到里屋的门帘下露出一双女人的脚。孙麒感到奇怪，就问是谁。有个女子掀开门帘进来了，大约有十八九岁，衣服朴素整洁，面孔微黑有麻子，好像是个贫家女。孙麒心想，大概是村子里的人想来这里租房住，他呵斥说：“有什么事应和主人说一声，怎么能随便进来呢？”女子微笑着说：“我不是村里的人，我祖籍山东，姓吕，父亲是个读书人，我小名叫无病，跟父亲来到异乡，早就失去父母，因敬慕公子是世家名士，愿意成为侍奉您读书的婢女。”

孙麒笑着说：“你的用意很好，但我这里和仆人一起居住，实在不方便，等我回家以后，派一乘轿子聘你去。”吕无病犹豫地说：“我自知才疏貌丑，怎敢奢望您能平等相待，只要做个书案前的使女就行了，大概还不至于倒拿书册吧！”孙麒说：“收纳婢女也需要选个吉日。”说完指着书架，让她把《通书》第四卷拿来，以此来试验她的才学。

吕无病翻了一下就找到了，先自己浏览了一遍，然后递给孙麒，笑着说：“今天河魁星不在房内。”孙麒听到这句挑逗意味的话，也有点儿动心，就把吕无病偷偷留在屋中。

吕无病每天闲着没事，就为孙麒拂拭书案整理书籍，焚香擦炉，整个房间打扫得整齐明亮。孙麒很高兴。到了晚上，打发仆人到别处去住。吕无病低眉顺眼地照顾孙麒，殷勤备至。孙麒让她去睡觉，她才端着蜡烛走了。孙麒半夜醒来，觉得床头睡了一个人，用手一摸，知道是吕无病，就抓住她把她摇醒，吕无病惊醒了，赶快站起来立在床边。孙麒说：“为何不到别的屋去睡，床头能够睡觉吗？”吕无病说：“我胆小害怕。”孙麒很怜惜她，就在床的里边放了个枕头，让

她睡下。忽然从吕无病呼吸的气息中闻到一阵香气，如莲花蕊的清香，感到很奇怪。呼吕无病和他同枕而睡，不觉心神荡漾，和她睡到一起，非常喜爱她。但想想把她藏在屋里不是办法，带她回家又恐招来议论。

孙麒有位姨母，住的和他家隔十几个门，因而想个办法，让吕无病先住在姨母家中，然后再设法把她娶来。吕无病说这个办法很好，便说："你的姨妈，我很熟悉，不用你先去告诉，让我现在就去吧！"孙麒送她，她越过墙走了。

孙麒的姨母，是个寡妇，早晨刚一开门，吕无病一闪身就进来了。姨母问她是谁，吕无病回答说："您的外甥让我来看望姨妈。公子要回家乡去，路远又缺少车马，让我暂时住在您这儿。"姨母相信了，就让她住下。

孙麒回到家中，说了个谎，说姨妈家有个婢女，要送给他。于是派人把吕无病接回家来，从此以后，孙麒起居坐卧吕无病都跟在身边。时间长了，孙麒更加爱她，收她为妾。后来有大户人家想和他结亲，他都不答应，内心有和吕无病白头偕老的想法。吕无病知道了，苦苦劝他娶妻，于是娶了许氏为妻，但始终宠爱无病。

孙麒的妻子许氏很贤惠，不在乎孙麒在谁的屋里过夜。吕无病因此对许氏更加恭敬，妻妾相处十分融洽。许氏生了个儿子取名阿坚，吕无病非常喜欢他，经常抱着他玩，如同亲生的一样。

儿子刚三岁时，就离开了奶妈，和吕无病一起睡，许氏喊他，他也不去。不久，许氏得病死了。临死前嘱咐孙麒："无病最喜爱我们的儿子，让阿坚当她的儿子也可以，把无病扶为正妻也可以。"把许氏安葬以后，孙麒想照许氏的嘱咐办，把这个打算告诉了本家同族，他们都说不能这样做，吕无病也竭力推辞，这事就终止了。

同县有位王天官，他的女儿刚死了丈夫，想改嫁给孙麒。孙麒实在不想娶妻，王天官家再三请人来提亲，媒人也说王家女儿如何美丽，孙家畏惧王家的权势，一起怂恿孙麒答应这门婚事。孙麒也迷惑了，又娶了王氏。

王氏果然很美，但十分骄横，对衣服用品非常挑剔，不喜欢就毁坏丢掉。孙麒因喜欢她，不忍心不顺着她。进门后几个月，孙麒天天在她房中过夜，吕无病在她面前，做什么都不对。不时还迁怒到丈夫身上，几次大吵大闹。孙麒很苦恼，因此经常独宿。这样王氏更加生气。孙麒实在忍受不了，找了个借口到京城去，逃避这个悍妇的折磨。

王氏把丈夫离家归罪于吕无病，吕无病低声下气，小心翼翼地侍奉王氏，王氏还是不高兴。有一天夜间王氏让吕无病睡在自己房间的地上，阿坚跑去和吕无病睡在一起，每当吕无病被喊起来时，阿坚就啼哭。王氏很厌烦，不停地骂。吕无病急忙叫奶妈去抱他。阿坚不跟奶妈走，奶妈硬要抱他，他哭得更厉害了。王氏大怒，把阿坚毒打了一顿，阿坚才同奶妈走了。

从此以后，阿坚得了惊悸的病症，吃不下饭。王氏不让吕无病去看阿坚，阿坚终日啼哭，王氏呵斥奶妈，让她把阿坚扔在地上。阿坚哭得气竭声嘶，喊叫着要喝水，王氏不让给。到了傍晚，吕无病趁王氏不在，偷偷去给阿坚送水。阿坚看到吕无病，丢下水不要，拉住吕无病的衣襟，大哭不止。王氏听到了，气势汹汹地出来了。阿坚一听到王氏的声音就哭，身子一挺，倒地气绝。吕无病大哭，王氏怒骂道："你这个贱婢，作出这样的丑态，难道要用孩子的死来威胁我吗？不要说是孙家的小孩子，就是杀了王府里的公子，王天官的女儿也担当得起！"

吕无病抽泣着忍住眼泪，请求给孩子买口棺材。王氏不许，下令马上把尸首扔到野外去。王氏走后，吕无病偷偷摸摸阿坚的身体，觉得四肢还温热，就悄悄对奶妈说："你快点儿把孩子抱走，在野外等着，我马上就到。阿坚如果死了，咱们一起把他埋了；如果还活着，咱们共同抚养。"奶妈说："好吧！"

吕无病进屋，拿了些首饰，就追上了奶妈。一同来看阿坚，已经苏醒。二人非常高兴，商量到山中的别墅去，依靠姨妈。奶妈担心吕无病脚小走不动路，吕无病就先走等着她。吕无病走起来像一阵风，奶妈拼命奔跑才能赶上。到了二更时分，阿坚病危，不能再向前行，只好走近路进了一个村，来到一户农家门前，靠在门上等待天亮。实在不行，只好敲门借宿，拿出首饰换成银子，请来巫婆、医生诊治，最终没有治好。吕无病掩面哭泣说："奶妈你好好看着孩子，我去寻找他父亲。"奶妈听了，觉得吕无病的话很荒唐，正惊诧时，吕无病已不见了。奶妈惊骇不已。

这天，孙麒在京城，正躺在床上休息，吕无病忽然悄悄走了进来，孙麒吃惊地坐了起来，说："刚躺下就做梦了！"吕无病握着他的手哽咽，伤心地顿脚流泪，就是说不出话来。过了好半天，才放声大哭着说："我历尽千辛万苦，与阿坚儿逃到杨……"话没说完，放声大哭，倒在地上就不见了。

孙麒大惊失色，还以为是梦，把仆人叫来一看，吕无病的衣服鞋子都留在地上。大家对这件怪事都难以理解。孙麒立刻准备行装，星夜往家里赶，到家听说儿子死了吕无病逃了，捶胸痛哭。说话中冒犯了王氏，王氏反唇相讥。孙麒一发怒，拿出了刀子，婢女仆妇急忙来拉，孙麒无法靠近王氏，就从远处向王氏掷去。刀背打中了王氏额头，王氏头破血流，披着头发嗥叫着跑出去，要去告诉娘家。孙麒把她拉回来，用棍子抽打，衣服打得一条一缕，遍体鳞伤，疼得不能翻身。孙麒让人把她抬到房中护理，等伤好以后休她出门。

王氏的兄弟听到此事，大怒，率领不少人马登门问罪。孙麒也招集一些健壮的仆人手持器械抵御。双方不停地叫骂，闹了一天才散。王家还觉得没出这口气，就将孙麒告到了官府。孙麒在仆人的保护下进了城，亲自到大堂上去申辩，讲诉了王氏的种种恶行。县令不能使孙麒屈服，就把他送到广文馆的儒学先生那里去教诲，来取悦王家。广文馆里的朱先生也是世家子弟，刚正不阿。问清案情以后，恼怒地说："县官老爷还以为我是那种卑鄙无耻的教官，会勒索那些伤天害理的钱，来舔权势者的屁股吗？这种乞丐相，我做不出来！"竟然不接受这个

案子。

孙麒堂堂正正地回了家。王家无可奈何，就示意亲戚朋友，让他们出面调停，想让孙麒到王家来谢罪。孙麒不肯，有十几拨人来调停也没有成功。王氏的伤势渐渐好了，孙麒想休了她，又怕她娘家不接受，只好像原来那样过下去。妾亡子死，孙麒日夜伤心，很想找到阿坚的奶妈问问详情。因而回忆起吕无病说的“逃于杨”的话。附近有个村子叫杨家疃，怀疑这就是吕无病说的地方，到那里一问，没有一个人知道。有人说五十里外有个地方叫杨谷，孙麒派人骑马去探听，果然找到了。

原来阿坚的病已经好了，和找他的人相见以后很高兴，就把他接回家来。阿坚看到父亲，放声大哭，孙麒也流下泪来。王氏听说阿坚还活着，气哼哼地奔出来，又想大骂。阿坚正哭着，看到王氏，吓得赶快投到父亲怀中，好像要让父亲把他藏起来。孙麒抱起来一看，气已绝了。急忙呼唤，过了一会儿才苏醒过来。孙麒愤怒地说：“不知她是怎么残酷地虐待孩子，才使我儿子吓成这个样子！”于是立下休书，把王氏送回娘家。

王家果然不接受，又用轿子把王氏抬了回来。孙麒不得已，他和儿子另外居住在一个院子，不和王氏往来。奶妈详细讲了吕无病的一些奇异情况，孙麒才明白吕无病是鬼。感激她的情义，把她的衣服和鞋子埋葬了，题了一块墓碑，写着“鬼妻吕无病之墓”。

不久，王氏生了一个男孩，她竟然用手掐着孩子的脖子把孩子掐死了。孙麒更加愤怒，又将她休回娘家，王家又把她送了回来。孙麒就写了状子把她告到上一级官府。但都因为王天官的缘故，官府不受理此案。后来王天官死了，孙麒又不停地告状，官府才判决将王氏休回娘家。孙麒从此不再娶妻，只收了一个婢女为妾。

王氏回娘家以后，凶悍的名声传得很远，过了三四年，没有人来提亲。王氏突然悔悟了，但事情已不可挽回。有一位孙家昔日的老女仆，来到王家。王氏殷勤接待她，在她面前流出了眼泪。女仆猜测王氏可能在想念故夫孙麒，回来后把这个想法告诉了孙麒。孙麒笑了笑没放在心上，又过了一年多，王氏的母亲也去世了，她孤独无依靠，兄嫂弟媳又都嫌弃她，王氏更增加了流离失所的感觉，常常终日啼哭。有一位穷书生死了老婆，王氏的哥哥打算多给一些陪嫁把她嫁给这位书生，王氏不肯。常偷偷托来往的人向孙麒致意，哭着让人家转告她悔恨的心情，孙麒不理。

有一天，王氏带着一个婢女，偷偷骑上驴，竟然奔向孙家。孙麒刚从家中出来，王氏迎上去跪在台阶下，哭泣不止。孙麒要走，王氏拉着他的衣服又跪下来。孙麒坚决拒绝说：“如果再生活在一起，平时没什么纠纷还可以，一旦有事，你那兄弟如狼似虎，再想离婚，还办得到吗？”王氏说：“我是偷着跑到你这儿来的，万万没有返回的道理，你留我我就留下，否则我就死在这里。况且我从二十一岁嫁给你，二十三岁被休回娘家，即使有十分恶，难道没有一份隋吗？”说完摘下一只手镯来，两脚并在一起套上手镯，把衣袖盖在上面，说：“当日成亲时焚香立誓，你一点儿都不记得了吗？”孙麒听了此话也热泪盈眶，让仆人把王氏搀扶进屋。但这时仍怀疑王氏在耍什么手腕，想得到其兄弟的字据为凭证。王氏说：“我是私自跑出来的，有何脸面再去求兄弟？你如果不相信，我藏有自尽的工具在这里，请让我砍断手指来表明心迹。”于是从腰间拔出一把快刀，就在床边伸出左手砍断一个指头，血如泉涌。孙麒大为惊骇，急忙为她裹伤。王氏疼得脸色都变了，但一声没有呻吟，还笑着说：“我今日黄粱之梦已醒，只想在你这里借一间斗室出来修行，何必还猜疑呢？”孙麒就让儿子和妾另住在一处，自己早晚来往于妻妾两处房子之间，又每天寻找良医好药为王氏治伤，过了一个多月就痊愈了。

王氏从此不吃荤腥不饮酒，每天只是闭门念佛而已。过了一段时间，见家中的事务无人主持，就对孙麒说：“我这次回来，本想对什么事都不管不问，现在看家中这样花费，恐怕子孙将来会有饿死的啊。没办法，我只好厚着脸皮再来管一管吧！”说完把丫鬟仆妇叫到一起，让她们每天纺线织布。家人们因她是自己恳求回来的，瞧不起她，背后议论讥笑，王氏也假装不知道。接着检查他们的工作成效，对懒惰的就鞭打责罚，毫不客气，众人这才害怕了。又隔着帘子亲自教管账的人如何算账，对账目管理得非常细致。

孙麒看到这种情况，非常高兴，让儿子和妾都来拜见王氏。阿坚这时已九岁，王氏尽力关心照顾，儿子早晨去上学，王氏常把好吃的东西留下来等他放学再吃，阿坚渐渐地喜欢她了。

有一天，阿坚用石块打麻雀，王氏正好走过来，正好打在她的头上，立时倒在地上，过了好一会儿还昏迷不醒。孙麒大怒，就打阿坚。王氏苏醒过来，竭力劝阻，并且高兴地说：“我从前虐待孩子，心里常常悔恨，今天幸好抵销了这一罪案啊！”孙麒因此更加喜爱她，每次到王氏屋里去，她都拒绝他留下，让他到妾的屋里去住。

过了几年，王氏生了好几次孩子，都没能活下来。她说：“这是我昔日杀死儿子的报应啊！”阿坚娶了媳妇以后，王氏就把家外的事交给阿坚去办，家内的事交给儿媳管理。有一天她对孙麒说：“我某日要死。”孙麒不信。王氏自己准备好棺木衣服，到那天，换上寿衣躺在棺木里死了。她死时，面容和活着时一样，满屋还飘着一种奇异的香味，成敛之后，香气才慢慢散去。

异史氏说：心中爱一个人，原本不在于容貌的美丑。毛嫱、西施，怎知不是由爱慕她们的人描画出来的呢？然像吕无病这种人，如果不遭到悍妇的嫉妒，她的贤德就不会显现出来，差点儿让人把她当作爱谄媚的人加以讥笑。至于像王氏这个正妻，她的根基就很深厚，所以豁然醒悟，立刻就走上正道。进入地狱道上的人，都是富贵而没有经过艰难的人。

［何守奇］孙为宗族所惑，守志不定，王天官女一娶，不免蛇足矣。卒致家乱如此，可以为戒。

钱卜巫

【原文】

夏商，河间人。其父东陵，豪富侈汰，每食包子，辄弃其角，狼藉满地。人以其肥重，呼之“丢角太尉”。暮年家甚贫，日不给餐，两肱瘦垂革如囊，人又呼“募庄僧”，谓其挂袋也。临终谓商曰：“余生平暴殄天物，上干天怒，遂至冻饿以死。汝当惜福力行，以盖父愆。”

商恪遵治命，诚朴无二，躬耕自给。乡人咸爱敬之。富人某翁哀其贫，假以资使学负贩，辄亏其母。愧无以偿，请为佣，翁不肯。商瞿然不自安，尽货其田宅，往酬翁。翁诘得情，益直之，强为赎还旧业；又益贷以重金，俾作贾。商辞曰：“十数金尚不能偿，奈何结来生驴马债耶？”翁乃招他贾与偕。数月而返，仅能不亏；翁不收其息，使复之。年余贷资盈辇，归至江，遭飓，舟几覆，物半丧失。归计所有，略可偿主，遂语贾曰：“天之所贫，谁能救之？此皆我累君也！”乃稽簿付贾，奉身而退。翁再强之，必不可，躬耕如故。每自叹曰：“人生世上，皆有数年之享，何遂落魄如此？”

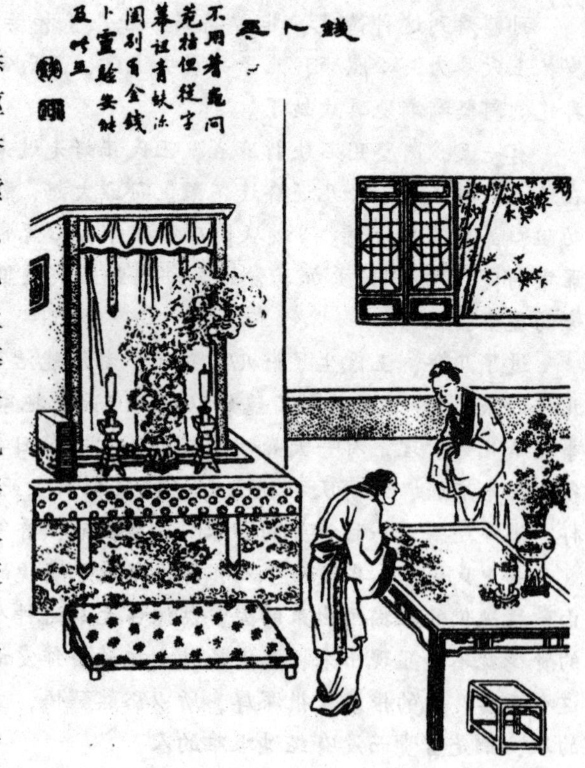

会有外来巫，以钱卜，悉知人运数。敬诣之。巫，老妪也。寓室精洁，中设神座，香气常熏。商入朝拜讫，巫便索资。商授百钱，巫尽纳木筒中，执跪座下，摇响如祈祷状。已而起，倾钱入手，而后于案上次第摆之。其法以字为否，幕为亨；数至五十八皆字，以后则尽幕矣。遂问：“庚甲几何？”答：“二十八岁。”巫摇首曰：“早矣！官人现行者先人运，非本身运。五十八岁方交本身运，始无盘错也。”问：“何谓先人运？”曰：“先人有善，其福未尽，则后人享之；先人有不善，其祸未尽，则后

人亦受之。”商屈指曰：“再三十年，齿已老耄，行就木矣。”巫曰：“五十八以前，便有五年回闰，略可营谋；然仅免饥寒耳。五十八之年，当有巨金自来，不须力求。官人生无过行，再世享之不尽也。”别巫而返，疑信半焉。

然安贫自守，不敢妄求。后至五十三岁，留意验之。时方东作，病痁不能耕。既痊，天大旱，早禾尽枯。近秋方雨，家无别种，田数亩悉以种谷。既而又旱，荞菽半死，惟谷无恙；后得雨勃发，其丰倍焉。来春大饥，得以无馁。商以此信巫，从翁贷资，小权子母，辄小获；或劝作大贾，商不肯。迨五十七岁，偶葺墙垣，掘地得铁釜；揭之，白气如絮，惧不敢发。移时气尽，白镪满瓮。夫妻共运之，称计一千三百二十五两。窃议巫术小舛。邻人妻入商家，窥见之，归告夫。夫忌焉，潜告邑宰。宰最贪，拘商索金。妻欲隐其半，商曰：“非所宜得，留之贾祸。”尽献之。宰得金，恐其漏匿，又追贮器，以金实之，满焉，乃释商。居无何，宰迁南昌同知。逾岁，商以懋迁至南昌，则宰已死。妻子将归，货其粗重；有桐油如干篓，商以直贱，买之以归。既抵家，器有渗漏，泻注他器，则内有白金二铤；遍探皆然。兑之，适得前掘镪之数。

商由此暴富，益赡贫穷，慷慨不吝。妻劝积遗子孙，商曰：“此即所以遗子孙也。”邻人赤贫至为丐，欲有所求，而心自愧。商闻而告之曰：“昔日事，乃我时数未至，故鬼神假子手以败之，于汝何尤？”遂周给之。邻人感泣。后商寿八十，子孙承继，数世不衰。

异史氏曰：“汰侈已甚，王侯不免，况庶人乎！生暴天物，死无饭含，可哀矣哉！幸而鸟死鸣哀，子能干蛊，穷败七十年，卒以中兴；不然，父孽累子，子复累孙，不至乞丐相传不止矣。何物老巫。遂宣天之秘？呜呼！怪哉！”

【译文】

夏商是河北河间县人，他的父亲夏东陵，是个奢侈成性的富翁，每当吃包子时，只把馅吃掉，把包子角扔掉，扔得满地都是，人们因他肥胖，称他为“丢角太尉”。到了晚年，家境极贫，每天饭都吃不饱，两臂干瘦，皮肉松弛如袋，人们又称他为“募庄僧”，意思说他像，个身挂袋子的化缘和尚。临死前，他对夏商说：“我平生暴殄天物，惹怒了老天爷，以致冻饿而死。你要珍惜上天赐予的福分，好好干活，来弥补我的过失。”

夏商严格遵守父亲的遗教，为人诚恳朴实，没有一点儿不好的念头，耕田种地，自食其力。村里人都喜爱和尊敬他。有位富人某翁可怜他贫穷，借给他本钱，让他学做贩运生意。可夏商往往连本钱都赔了进去。他因无力归还本金，心中很不安，就请求在某富翁家当佣工。某翁不肯让他这样，夏商心中更惴惴不安，卖掉了自家的田宅，拿得来的钱去还某翁。某翁问清了钱的来历，更加可怜他，强行为他赎回了卖出的产业，又借给更多的本钱，让他做买卖。夏商推辞说：“以前借的十几两银子尚且没还上，怎能背上来世当驴作马才能偿还的债务

呢！”某翁就请了一位商人和他一起去做生意。过了几个月回来了，仅仅没有亏本。某翁不收他的利息，让他拿着本钱再去做一次生意。过了一年多，夏商赚回了满车的货和钱，归途中在江上遇到飓风，船差点儿被掀翻，货物丧失了一半。回来后清点一下剩下的钱物，大约可偿还本钱。于是他对同行的商人说：“老天爷让我贫穷，谁能救我呢？这都是我连累了你啊！”于是把清点财物的账本交给那位商人，转身走了。

某翁再次恳切地让他仍去做买卖，他坚决不肯，依然耕田度日。他经常感叹地说：“人生世上，都有几年享福的日子，为什么我就落魄到这个地步呢！”这时正好从外地来了一位会巫术的人，用钱币占卜，能知道人的命运，夏商恭敬地去见她。

这个会巫术的人是一位老太太，她的寓所精致整洁，中间设立神位，香气缭绕。夏商进去向神座朝拜以后，巫婆便向他要占卜费。夏商给了她一百枚钱，巫婆都放人木筒中，然后拿着木筒跪在神座前，用手摇木筒，如同求签那样。一会儿站了起来，把钱倒在手上，然后在桌上依次摆开。方法是有字的一面是凶，背面就是吉，数到五十八枚时都是字，以后则都是背面了。巫婆问：“今年多大岁数了？”夏商回答：“二十八岁。”女巫摇着头说：“早着呢！官人你现在行的是先人运，并不是你本身运。到五十八岁，才交本身运，才不会有坎坷。”夏商问：“什么叫先人运？”巫婆说：“先辈人有善行，他的福没有享尽，后辈人可以享用。先人有恶行，他的祸没有遭尽，后辈人也得承受。”夏商屈指一算说：“再过三十年，我已老了，行将就木了。”巫婆说：“五十八岁以前，便有五年运气回转，略可干点儿事情，但只能免于饥寒罢了。到五十八岁这年，会有巨额的金钱送上门来，不需要费力去寻找。官人这一生没有过失，你的福气下辈子也享不尽。”

夏商告别女巫回了家，对女巫的话将信将疑，但仍安于贫穷，坚持操守，不敢妄求非分之财。到了五十三那年，就留心验证女巫的话是否灵验。当时正在春耕，夏商得了虐疾不能耕田。病好以后天又大旱，禾苗都枯死了。快到秋天才下雨，家里没有别的种子，把所有的地都种上了谷子。接着天又旱了，荞麦豆类等作物大半都枯死了，只有谷子没事，后来得到雨才滋润，苗壮生长，产量比往年增加一倍。第二年开春闹饥荒，夏商却没有挨饿。夏商因此相信了巫婆的话，向某翁借来本钱，做一些小生意，就得到些小的利润。有人劝他做大买卖，他不肯做。

到五十七岁那年，偶然修理院墙，挖地发现一个铁瓮，打开以后，有缕缕白气冒出，他吓得不敢伸手。过了一会儿，气散尽了，看到满瓮都是白花花的银子。夏商夫妻把银子取出来，一称，共一千三百二十五两。二人私下议论，巫婆的占卜也有点儿小错。

邻人的妻子到商家串门，看见了银子，回家告诉了她的丈夫。其夫十分嫉

妒，偷偷告诉了县官。县官是个贪官，把夏商抓来索要银子。夏商的妻子想隐藏一半，夏商说："如果不是我们应得的，留下来也要招祸。"于是把银子全部交了出来。县官得到银子，恐怕夏商还隐藏了一部分银子，又追要原来装银子的器具，把银子装进去正好装满，才释放了夏商。

过了不久，县官升任南昌同知。过了一年，夏商因做生意到了南昌，这时县官已死，他的妻子将要还乡，卖掉了一些粗重的东西。有若干篓桐油，夏商看到价钱便宜，便买了带回家。到家以后，有个油篓漏油，就把油倒到另一个容器中，这时发现篓内有两锭白银，再看看其他的油篓，每篓都有。总共一算，正好和原来挖出来的银数相同。

夏商从此突然富了起来，更加愿意帮助穷人，慷慨解囊，毫不吝啬。妻子劝他给子孙留一些遗产，夏商说："这就是给子孙留遗产啊！"那位告发他的邻居，这时穷得当了乞丐，想来求他帮助，可心中有愧不好开口。夏商知道以后告诉他说："过去的事，是我时运不到，所以鬼神借你的手把好事打破，你有什么错呢！"于是周济他，邻人感动得直掉眼泪。

后来夏商活到了八十岁，子孙继承了他的产业，好几代都兴盛不衰。

异史氏说：奢侈得太过分，王侯也不免遭殃，何况是普通百姓呢！活着时暴殄天物，死时穷得只能口中含口饭，也真可悲啊！幸亏如"鸟之将死其鸣也哀"一样，儿子能补正父亲的过错，勤俭持家，使穷困了七十年的家庭得以中兴。不然的话，父亲的罪孽连累儿子，儿子连累孙子，不成为乞丐世代相传不会停止啊！什么样的老巫婆，终于泄露了上天的秘密？唉，真奇怪啊！

[何守奇] 巫论先人运，即左氏武子之德，免在桓子，栾黡之汰。怨及栾盈之旨。

[但明伦] 此特以警天下之为人父者耳。若就为人子者而言：如有福方来，则当日，此先人积善之所遗也，我何德焉；如其祸未已，则当日，此我自作孽之所致也，先人何与焉。

姚　安

【原文】

姚安，临洮人，美丰标。同里宫姓，有女子字绿娥，艳而知书，择偶不嫁。母语人曰："门族风采，必如姚某始字之。"姚闻，给妻窥井，挤堕之，遂娶绿娥。雅甚亲爱。

然以其美也，故疑之。闭户相守，步辄缀焉；女欲归宁，则以两肘支袍，覆翼以出，入舆封志，而后驰随其后，越宿促与俱归。女心不能善，忿曰："若有桑中约，岂琐琐所能止耶！"姚以故他往，则扃女室中。女益厌之，俟其去，故以他钥置门外以疑之。姚见大怒，问所自来。女愤言："不知！"姚愈疑，伺察

弥严。一日自外至，潜听久之，乃开锁启扉，惟恐其响，悄然掩入。见一男子貂冠卧床上，忿怒，取刀奔入，力斩之。近视，则女昼眠畏寒，以貂覆面上。大骇。顿足自悔。

宫翁忿质于官。官收姚，褫衿苦械。姚破产，以具金赂上下，得不死。由此精神迷惘，若有所失。适独坐，见女与髯丈夫狎亵榻上，恶之，操刃而往，则没矣；反坐又见之。怒甚，以刀击榻，席褥断裂。愤然执刃，近榻以伺之，见女面立，视之而笑。遽斫之，立断其首；既坐，女不移处，而笑如故。夜间灭烛，则闻淫溺之声，亵不可言。日日如是，不复可忍，于是鬻其田宅，将卜居他所。至夜偷儿穴壁入，劫金而去。自此贫无立锥，忿恚而死。里人藁葬之。

异史氏曰："爱新而杀其旧，忍乎哉！人止知新鬼为厉，而不知故鬼之夺其魄也。呜呼！截指而适其屦，不亡何待！"

【译文】

姚安是临洮县人，人长得俊美，风度潇洒。同村有个姓宫的人，他有个女儿叫绿娥，容貌美丽，识文断字，一直在挑选女婿没有出嫁。她母亲对别人说："门第和长相，必须像姚安那样，我才会把女儿嫁给他。"

姚安听到这话，骗妻子看井中有什么东西，把妻子推入井中淹死了，于是娶了绿娥为妻，二人相亲相爱。但因绿娥长得太美，姚安不放心，就关着家门守着她，寸步不离。绿娥要回娘家，姚安用两手支撑着袍子，覆盖在绿娥身上出去，上了轿子拉上轿帘作好记号，然后他骑车跟在轿后，在娘家住一宿，就催促绿娥一起回去。绿娥心中很不高兴，生气地说："如果我和别的男人约会，你这点儿小动作就能限制我吗？"姚安有事外出，就把绿娥锁在屋内。绿娥更厌烦他，等他走后，故意找把钥匙放在门外，让他生疑。姚安看见钥匙大怒，问是从哪里来的。绿娥气愤地说："不知道。"姚安更加怀疑，看守得更严了。

有一天，姚安从外面回来，在门外偷听了很久，才打开锁推开屋门，又恐怕弄出响声，悄悄地进了屋。看到一名男子戴着貂皮帽子躺在床上，他气极了，取了把刀跑到

床前，用力一刀把他砍死了。走近一看，原来是绿娥白天睡觉怕冷，把貂皮盖在脸上。姚安惊慌万分，跺着脚后悔不已。

绿娥的父亲气得把姚安告到官府，官府把姚安抓去，扒了衣服施以重刑。姚家倾家荡产用重金贿赂了官府上下官吏，才免于一死。从此以后他精神恍惚，若有所失。

有一天，他正一人独坐，见绿娥和一个大胡子男人在床上亲热。心中厌恶，拿着刀奔过去，床上的人就不见了。他又回来坐下，又看见二人在亲热。他愤怒极了，用刀砍床，席子和褥子都砍断了。他又气愤地拿着刀走到床前等待，看到绿娥站在面前，看着她笑，他马上一砍，立刻把头砍了下来。他坐下以后，绿娥还站在床前，依然看着他笑。夜间灭灯以后，就听到绿娥与男人淫戏的声音，污秽得难以出口。天天如此，姚安忍无可忍，于是卖掉田宅，将要搬到别处去住。这天夜里，小偷打洞钻进屋内，把姚安的钱全都偷走了。从此姚安贫穷得无立锥之地，气愤而死。村里人把他草草埋葬了。

异史氏说：喜爱新人而杀掉旧人，太残忍了！人们只知新鬼在作祟，而不知是旧鬼夺去了他的魂魄。削短脚趾来适应鞋子，不死还等什么呢！

［何守奇］此事之报，与徐文长略相似。然徐则借官法以诬杀僧，姚以谋娶女而挤堕其妻，为更忍矣。得恚忿忿死，犹是报之轻者。

［但明伦］杀妻图娶，为其美也；乃即以其美而疑之。支袍覆翼而后出，入舆封志而后行，跬步弗离，行监坐守，岂人为哉？鬼凭之矣！貂冠覆面，斩之于亲爱之中，鬼即以其绐之之术而转绐之，亦巧矣夫！

采薇翁

【原文】

明鼎革，干戈蜂起。於陵刘芝生先生聚众数万，将南渡。忽一肥男子诣栅门，敞衣露腹，请见兵主。先生延入与语，大悦之。问其姓名，自号采薇翁。刘留参帷幄，赠以刃。翁言："我自有利兵，无须矛戟。"问："兵所在？"翁乃捋衣露腹，脐大可容鸡子；忍气鼓之，忽脐中塞肤，嗤然突出剑跗；握而抽之，白刃如霜。刘大惊，问："止此乎？"笑指腹曰："此武库也，何所不有。"命取弓矢，又如前状，出雕弓一具；略一闭息，则一矢飞堕，其出不穷。已而剑插脐中，既都不见。刘神之，与同寝处，敬礼甚备。

时营中号令虽严，而乌合之群，时出剽掠。翁曰："兵贵纪律；今统数万之众，而不能镇慑人心，此败亡之道。"刘喜之，于是纠察卒伍，有掠取妇女财物者，枭以示众。军中稍肃，而终不能绝。翁不时乘马出，遨游部伍之间，而军中悍将骄卒，辄首自堕地，不知其何因。因共疑翁。前进严饬之策，兵士已畏恶之；至此益相憾怨。诸部领谮于刘曰："采薇翁，妖术也。自古名将，止闻以智，

不闻以术。浮云、白雀之徒，终致灭亡。今无辜将士，往往自失其首，人情汹惧；将军与处，亦危道也，不如图之。”刘从其言，谋俟其寝而诛之。使觇翁，翁坦腹方卧，鼻息如雷。众大喜，以兵绕舍，两人持刀入断其头；及举刀，头已复合，息如故，大惊。又斫其腹；腹裂无血，其中戈矛森聚，尽露其颖。众益骇，不敢近；遥拨以矟，而铁弩大发，射中数人。众惊散，白刘。刘急诣之，已杳矣。

【译文】

明朝灭亡的时候，到处都在打仗。於陵人刘芝生，聚集了数万人，将渡江投奔南明的福王。

忽然有一名肥胖的男子来到兵营的栅门外，敞衣露腹，请求见主帅。刘芝生请他进来与他交谈，大为高兴。问他姓名，他自己说叫采薇翁。刘芝生把他留在军中当参谋，赠给他一把刀。采薇翁说：“我自己有兵器，不需要矛戟之类的东西。”问他兵器在哪里，采薇翁撩起衣服露出肚子，肚脐眼大得可以容纳鸡蛋，他憋住气鼓起肚子，忽然肚脐眼鼓了起来，“嗤拉”一声冒出一把剑柄，握住一抽，白刃如霜。

刘芝生大惊，问：“只有这把剑吗？”采薇翁笑着指指肚子说：“这就是武器库，什么没有？”让他取弓箭，他又像刚才那样，取出一把雕花的弓，略微屏气，又有一支箭飞堕地上，接着不停地往外飞箭。然后他把剑插入肚脐中，所有的武器都不见了。

刘芝生觉得采薇翁很神奇，和他同吃同住，十分尊敬，招待备至。当时兵营的军令虽严，但部下都是乌合之众，不时有人出去抢掠。采薇翁说：“兵贵纪律，现在统率着数万人马，而不能镇慑人心的话，这是自取灭亡的道路啊！”

刘芝生听了很高兴，于是认真纠察队伍，有抢掠妇女或财物的，要斩首示众。这样军中的纪律稍好一些，但抢掠的事还不能断绝。采薇翁不时骑马出去，巡行各队伍之间，军队中那些不守法纪的凶悍将领和骄横士卒，就会身首异处，也不知是什么原因。因此都怀疑是采薇翁干的。本来，对采薇翁此前建议用严刑峻法整顿军纪的策略，兵士们已经又怕又恨，到出现这件事情，大家怨恨之情更

强烈了。各部首领在刘芝生面前诋毁采薇翁，他们说："采薇翁这一套都是妖术。自古以来的名将，都是以智谋取胜的，没听说用法术取胜的，那些剑侠一类的人物最终都灭亡了。现在那些无辜的将士，往往不明不白地掉了脑袋，大家群情激愤。将军您和采薇翁住在一起，也是很危险的，不如设法将他杀掉。"

刘芝生听从了他们的建议，准备等采薇翁睡熟时将他杀掉，派人去察看采薇翁的动静，采薇翁正露着肚皮沉睡，酣声如雷。众人大喜，包围了他的住处，派两个人拿着刀进去，砍掉他脑袋，砍完后刚抽出刀来，采薇翁的头又和身子合在一起了，酣声如故。众人大惊，又砍他的肚子，肚子裂了，但没有血，肚里刀箭密密麻麻，锋刃都露在外面。众人更加惊骇，不敢靠近，远远用枪拨弄一下他肚子里的刀箭，这时他肚子里那些铁弓连连发射，射中了好几个人。众人惊慌逃散，跑去告诉刘芝生。刘芝生急忙前去，采薇翁已经不见了。

[冯镇峦]《史外》一书卷终有《采薇子》一篇，与此稍异，《史外》注有典著也。

[何守奇] 诸部领之言虽出于谮，而所言实当，自古未闻以术定天下者也。

崔猛

【原文】

崔猛字勿猛，建昌世家子。性刚毅，幼在塾中，诸童稍有所犯，辄奋拳殴击，师屡戒不悛，名、字皆先生所赐也。至十六七，强武绝伦。又能持长竿跃登夏屋。喜雪不平，以是乡人共服之，求诉禀白者盈阶满室。崔抑强扶弱，不避怨嫌；稍逆之，石杖交加，支体为残。每盛怒，无敢劝者。惟事母孝，母至则解。母谴责备至，崔唯唯听命，出门辄忘。比邻有悍妇，日虐其姑。姑饿濒死，子窃啖之；妇知，诟厉万端，声闻四院。崔怒，逾垣而过，鼻耳唇舌尽割之，立毙。母闻大骇，呼邻子，极意温恤，配以少婢，事乃寝。母愤泣不食。崔惧，跪请受杖，且告以悔，母泣不顾。崔妻周，亦与并跪。母乃杖子，而又针刺其臂，作十字纹，朱涂之，俾勿灭。崔并受之，母乃食。

母喜饭僧道，往往餍饱之。适一道士在门，崔过之。道士目之曰："郎君多凶横之气，恐难保其令终。积善之家，不宜有此。"崔新受母戒，闻之，起敬曰："某亦自知；但一见不平，苦不自禁。力改之，或可免否？"道士笑曰："姑勿问可免不可免，请先自问能改不能改。但当痛自抑；如有万分之一，我告君以解死之术。"崔生平不信厌禳，笑而不言。道士曰："我固知君不信。但我所言，不类巫觋，行之亦盛德；即或不效，亦无妨碍。"崔请教，乃曰："适门外一后生，宜厚结之，即犯死罪，彼亦能活之也。"呼崔出，指示其人。盖赵氏儿，名僧哥。赵，南昌人，以岁稷饥，侨寓建昌。崔由是深相结，请赵馆于其家，供给优厚。僧哥年十二，登堂拜母，约为弟昆。逾岁东作，赵携家去，音问遂绝。

崔母自邻妇死，戒子益切，有赴诉者，辄摈斥之。一日崔母弟卒，从母往吊。途遇数人絷一男子，呵骂促步，加以捶扑。观者塞途，舆不得进。崔问之，识崔者竞相拥告。先是，有巨绅子某甲者豪横一乡，窥李申妻有色，欲夺之，道无由。因命家人诱与博赌，贷以资而重其息，要使署妻于券，资尽复给。终夜负债数千，积半年，计子母三十余千。申不能偿，强以多人篡取其妻。申哭诸其门，某怒，拉系树上，榜笞刺剟，逼立“无悔状”。崔闻之，气涌如山，鞭马前向，意将用武。母搴帘而呼曰：“唶！又欲尔耶!”崔乃止。既吊而归，不语亦不食，兀坐直视，若有所嗔。妻诘之，不答。至夜，和衣卧榻上，辗转达旦，次夜复然。忽启户出，辄又还卧。如此三四，妻不敢诘，惟慑息以听之。既而迟久乃返，掩扉熟寝矣。

是夜，有人杀某甲于床上，刳腹流肠；申妻亦裸尸床下。官疑申，捕治之。横被残梏，踝骨皆见，卒无词。积年余，不堪刑，诬服，论辟。会崔母死，既殡，告妻曰：“杀甲者实我也，徒以有老母故不敢泄。今大事已了，奈何以一身之罪殃他人？我将赴有司死耳!”妻惊挽之，绝裾而去，自首于庭。官愕然，械送狱，释申。申不可，坚以自承。官不能决，两收之。戚属皆诮让申，申曰：“公子所为，是我欲为而不能者也。彼代我为之，而忍坐视其死乎？今日即谓公子未出也可。”执不异词，固与崔争。久之，衙门皆知其故，强出之，以崔抵罪，濒就决矣。会恤刑官赵部郎，案临阅囚，至崔名，屏人而唤之。崔入，仰视堂上，僧哥也。悲喜实诉。赵徘徊良久，仍令下狱，嘱狱卒善视之。寻以自首减等，充云南军，申为服役而去，未期年援赦而归，皆赵力也。

既归，申终从不去，代为纪理生业。予之资，不受。缘橦技击之术，颇以关怀。崔厚遇之，买妇授田焉。崔由此力改前行，每抚臂上刺痕，泫然流涕。以故乡邻有事，申辄矫命排解，不相禀白。

有王监生者家豪富，四方无赖不仁之辈，出入其门。邑中殷实者，多被劫掠；或迕之，辄遣盗杀诸途。子亦淫暴。王有寡婶，父子俱烝之。妻仇氏屡沮

王，王缢杀之。仇兄弟质诸官，王赇嘱，以告者坐诬。兄弟冤愤莫伸，诣崔求诉。申绝之使去。过数日，客至，适无仆，使申瀹茗。申默然出，告人曰："我与崔猛朋友耳，从徙万里，不可谓不至矣；曾无廪给，而役同厮养，所不甘也！"遂忿而去。或以告崔。崔讶其改节，而亦未之奇也。申忽讼于官，谓崔三年不给佣值。崔大异之，亲与对状，申忿相争。官不直之，责逐而去。又数日，申忽夜入王家，将其父子婶妇并杀之，粘纸于壁，自书姓名，及追捕之，则亡命无迹。王家疑崔主使，官不信。崔始悟前此之讼，盖恐杀人之累己也。关行附近州邑，追捕甚急。会闯贼犯顺，其事遂寝。及明鼎革，申携家归，仍与崔善如初。

时土寇啸聚，王有从子得仁，集叔所招无赖，据山为盗，焚掠村疃。一夜，倾巢而至，以报仇为名。崔适他出，申破扉始觉，越墙伏暗中。贼搜崔、李不得，据崔妻，括财物而去。申归，止有一仆，忿极，乃断绳数十段，以短者付仆，长者自怀之。嘱仆越贼巢，登半山，以火燕绳，散挂荆棘，即反勿顾。仆应而去。申窥贼皆腰束红带，帽系红绢，遂效其装。有老牝马初生驹，贼弃诸门外。申乃缚驹跨马，衔枚而出，直至贼穴。贼据一大村，申絷马村外，逾垣入。见贼众纷纭，操戈未释。申窃问诸贼，知崔妻在王某所。俄闻传令，俾各休息，轰然嗷应。忽一人报东山有火，众贼共望之；初犹一二点，既而多类星宿。申坌息急呼东山有警。王大惊，束装率众而出。申乘间漏出其右，返身入内。见两贼守帐，绐之曰："王将军遗佩刀。"两贼竞觅。申自后斫之，一贼踣；其一回顾，申又斩之。竟负崔妻越垣而出。解马授辔，曰："娘子不知途，纵马可也。"马恋驹奔驶，申从之。出一隘口，申灼火于绳，遍悬之，乃归。

次日崔还，以为大辱，形神跳躁，欲单骑往平贼。申谏止之。集村人共谋，众。眶怯莫敢应。解谕再四，得敢往二十余人，又苦无兵。适于得仁族姓家获奸细二，崔欲杀之，申不可；命二十人各持白梃，具列于前，乃割其耳而纵之。众怨曰："此等兵旅，方惧贼知，而反示之。脱其倾队而来，阖村不保矣！"申曰："吾正欲其来也。"执匿盗者诛之。遣人四出，各假弓矢火铳，又诣邑借巨炮二。日暮，率壮士至隘口，置炮当其冲；使二人匿火而伏，嘱见贼乃发。又至谷东口，伐树置崖上。已而与崔各率十余人，分岸伏之。一更向尽，遥闻马嘶，贼果大至，缁属不绝。俟尽入谷，乃推堕树木，断其归路。俄而炮发，喧腾号叫之声震动山谷。贼骤退，自相践踏；至东口，不得出，集无隙地。两岸铳矢夹攻，势如风雨，断头折足者枕藉沟中。遗二十余人，长跪乞命。乃遣人絷送以归。乘胜直抵其巢。守巢者闻风奔窜，搜其辎重而还。

崔大喜，问其设火之谋。曰："设火于东，恐其西追也；短，欲其速尽，恐侦知其无人也；既而设于谷口，口甚隘，一夫可以断之，彼即追来，见火必惧：皆一时犯险之下策也。"取贼鞫之，果追入谷，见火惊退。二十余贼，尽劓刖而放之。由此威声大震，远近避乱者从之如市，得土团三百余人。各处强寇无敢犯，一方赖之以安。

异史氏曰："快牛必能破车，崔之谓哉！志意慷慨，盖鲜俪矣。然欲天下无不平之事，宁非意过其通者与？李申，一介细民，遂能济美。缘植飞入，剪禽兽于深闺；断路夹攻，荡幺魔于隘谷。使得假五丈之旗，为国效命，乌在不南面而王哉！"

【译文】

崔猛，字勿猛，是建昌一个世代官宦人家的儿子。他性情刚毅，小时在学校读书时，别的儿童对他稍有侵犯，他就会拳脚相加，老师屡次惩戒，他也不改。他的名和字都是老师给起的。长到十六七岁时，武艺高强，又能撑着一根长竿登高上房。喜欢抱打不平，因而乡亲们都很敬佩他，向他诉说冤枉的人往往满屋满院。

崔猛扶弱抑强，不避怨仇，稍有顶撞他的，就会棒石交加，被打得肢体伤残。当他盛怒时，没有人敢于劝阻。只是对待母亲特别孝顺，母亲一到，才能将他说服。母亲往往对他痛加责骂，崔猛老老实实听从母命，可是走出家门就忘。

崔猛的邻居家有个刁妇，成天虐待婆婆。婆婆快要饿死了，儿子偷偷给母亲弄了点儿吃的，刁妇知道了，万般辱骂，骂声传到四邻。崔猛听到大怒，跳过墙去，把刁妇的鼻耳唇舌都割掉了，刁妇立时毙命。崔猛母亲听说后非常吃惊，喊来邻居的儿子，竭力地劝慰安抚，又把一个年轻的婢女许配给他，事情才作罢。母亲气得直哭，不思饮食。崔猛害怕了，跪着请求母亲责打，并说自己后悔了。母亲仍哭着不理睬他，崔猛的妻子周氏，也和丈夫一同跪下，崔母这才用棍子打了他一顿，又用针在他手臂上刺上十字花纹，涂上红色，让它永不褪色。崔猛都甘心受罚，母亲才吃饭。

崔猛的母亲喜欢对僧人道士施舍斋饭，往往让他们吃得又饱又好。正巧有一个道士来到他家，崔猛从他身边走过，道士看了看崔猛说："公子身上有不少凶横之气，恐怕难保善终。积善的人家，不应该有这样的事。"崔猛刚接受过母亲的惩戒，听到道士的话，恭敬地说："我自己也知道，但一见不平的事，就情不自禁地要发怒。我努力改正，或许能避免灾祸吧？"道士笑着说："暂且先别问能不能免灾，请先问问自己能不能改过。但你应当努力自我抑制，如有万分之一的可能，我也会告诉你避免灾祸的办法。"崔猛向来不信这些法术，笑了笑没说话。道士说："我本来就知道你不相信，但我所说的，不同于巫术，你按我说的话去做，也是积德行善，即使没有效验，也没什么妨碍。"崔猛请教如何去做，道士说："刚才门外有位后生，要和他结为深交，即使你犯了死罪，他也能使你活下来。"说完把崔猛叫出来，指出他应交接的后生，原来是赵某的儿子，名叫僧哥。赵某是南昌人，因为遇到灾荒，搬到建昌居住。

崔猛从此和赵家经常交往，请赵某到他家来教书，给予优厚的待遇。僧哥当时十二岁，让他到崔家来拜见崔母，并和崔猛结拜为兄弟，第二年春天，赵某带

着家眷回家乡去了，音讯就断绝了。

自从崔猛打死邻家的刁妇以后，崔母对儿子的劝诫更严了，再有到他家诉冤的，常常不让他们进门。

有一天，崔母的弟弟死了，崔猛跟随母亲去吊唁。路上遇到了几个人，捆着一个男人，骂着催这个人快走，还不停地打他。观看的人堵满了道路，崔家的车子走不过去。崔猛问是怎么回事，认识他的人竞相拥上前来诉说始末。原来有位大乡绅的儿子某甲，在乡里横行霸道，他看到李申的妻子有些姿色，就想夺过来，只是没找到借口。因此某甲就指使手下人引诱李申赌博，借给李申高息赌资，让他以妻子做抵押，钱输光了再借给他。李申赌了一夜就负债数千钱，过了半年，连本带利就欠了某甲三十万钱。李申无力偿还，某甲派了很多人把李申的妻子抢走。李申到某甲家门口哭诉，某甲大怒，把李申吊在树上，棒打刀割，逼他立下“无悔状”。

崔猛听到这些，气如山涌，打马向前，要去动武。崔母打开车帘喊道：“唉呀！又要去闯祸吗！”崔猛才没去。吊唁归来，既不说话也不吃饭，只是一个人坐着，两眼发呆，好像在生谁的气。妻子问他，他也不回答。到了晚上，和衣躺在床上，翻来复去睡不着，直到天亮。第二天夜里仍是这样。忽然打开门出去了，一会儿又回来躺下，如此三四次。妻子不敢问，只是屏息听他的动静。后来出去的时间较长，回来后关上门就睡着了。

就在这夜，有人把某甲杀死在床上，剖开肚子，肠子也流了出来。李申的妻子也光着身子死在床下。官府怀疑是李申干的，把他抓了起来，用了种种酷刑，脚踝骨都露出来，李申也不说一句话。过了一年多，李申忍受不了酷刑，屈打成招，判处死刑。

这时崔猛的母亲去世，安葬完毕，崔猛对妻子说：“杀某甲的人，实际是我，只因老母在世，不敢泄露。现在大事已经完毕，怎能因我犯的罪而累及他人呢？我要到官府去自首。”妻子惊慌地拉住他，他扯断了衣襟走了，到官府去自首。县官很惊讶，给他带上刑具送进监狱，释放了李申。李申不走，坚持说某甲是自己杀的，县官无法判定谁是凶手，把二人同时收监。李申的亲属都责备李申自寻死路，李申说：“公子所做的，是我想做而做不到的，他替我做了，我还忍心看着他去送死吗？今日就算崔公子没有出来自首好了。”一口咬定某甲是自己杀的，和崔猛争着抵罪。

时间长了，衙门都知道了真实情况，强令李申出狱，让崔猛抵罪，不久就要行刑。正在这时，刑部的赵部郎来巡视，在查阅案卷时，看到崔猛的名字，就屏退手下人，唤崔猛进来。崔猛进来，抬头向堂上一看，那赵部郎原来是僧哥。心中悲喜交加，如实叙述了案情。赵部郎犹豫了好久，仍下令让崔猛回到牢狱，嘱咐狱卒好好照顾他。不久，因崔猛是自首的，从轻判处，免除死罪，充军云南。李申为照顾崔猛，也跟着去了。不到一年，得到赦令，回到家乡。这些都是赵部

郎出力的结果。

回家以后，李申一直跟随着他，替他经营产业。崔猛给他钱，他不要，对于飞檐走壁、耍枪弄棒的武艺很感兴趣。崔猛对他很好，花钱为他娶了妻子，置了田产。

崔猛从此以后痛改以前的鲁莽行为，每当抚摸臂上刺的花纹，就不由地流泪。因此遇到乡邻有什么事，李申就出面排解，不告诉崔猛。

有位王监生，家中非常富有，四方的无赖之徒，经常在他家进进出出。县里一些殷实的人家，大多遭受抢劫。有人得罪了他，他就派强盗把这人杀死在路上。他的儿子也残暴荒淫。王监生有位寡婶，他们父子都去奸污她。王监生的妻子仇氏，经常劝他不要胡作非为，王监生也把她勒死了。仇氏的兄弟告到官府，王监生又贿赂官府，反而以诬告罪将仇氏的兄弟判为有罪。仇氏兄弟无处伸冤，就向崔猛求助。李申拒绝了他们，让他们走了。

过了几天，来了一位客人，正巧身旁没有仆人，就让李申为客人沏茶，李申一句话没说走了出去，对人说："我和崔猛只不过是朋友罢了，我跟他充军万里，对他的照顾关心不可谓之不周到，但他一点儿报酬不给，还把我当作仆人一般对待，我实在无法忍受！"于是气愤地离开了崔家。有人将李申的话告诉了崔猛，崔猛对李申突然改变态度很是惊讶，但也没有放在心上。李申忽然又向官府告状，说崔猛三年没给他工钱。崔猛感到非常奇怪，亲自和李申对质，李申愤怒地与他争辩。县官认为李申无理，把他斥责一番，撵出了公堂。

又过了几天，李申深夜进入王监生家，将王监生父子、婶娘、妻子全都杀了，在墙上贴了张条子，写上自己的姓名。等官府来追捕时，李申已逃得无影无踪。王监生家怀疑是崔猛指使的，官府不相信。崔猛这才醒悟李申状告自己，是怕杀人后连累了他啊！

官府向附近州县发出通辑令，紧急追捕李申。这时正遇上李自成造反，追捕李申的事就停止了。明朝灭亡之后，李申带着家眷回到家乡，仍然和崔猛亲密交往。

当时土匪聚集，王监生有个侄子叫王得仁，招集了王监生当年纠集的无赖之徒，占山为盗，经常到附近村中烧杀抢掠。一天夜里，倾巢而来，以报仇为名，来到崔、李二家。崔猛碰巧有事外出，李申在土匪打开门后才发觉，跳墙出去，伏在暗处。土匪找不到崔猛、李申，就劫走了崔猛的妻子，掠夺了财物走了。

李申回到家中，家里只剩下一个仆人，李申愤怒极了，把一根绳子剁成数十段，把短的交给仆人，长的自己带着，嘱咐仆人越过土匪窝爬到半山腰，用火点着绳子，分散挂在荆棘上，马上回来，不要回头看，仆人答应着走了。李申看到土匪都束着红腰带，帽上包块红绸子，也打扮成这种样子。有匹老母马刚生下马驹，土匪把它们丢弃在门外。李申把马驹拴在桩上，骑上老马，马口衔根木棍不让它发出声音，直奔贼巢而去。

土匪集聚在一个大村里，李申把马拴在村外，跳墙进了村。看见匪徒们乱哄哄的，武器还未放下。李申偷偷地向他们打听，知道崔猛的妻子在王得仁的住处。一会儿听到传令，让他们各自休息，匪徒们喊叫着一哄而散。忽然一个人跑来报告，说东山有火，众贼一起向东张望，那火开始只有一二点，接着多得像天上的星星。李申装出急促呼吸的声音大喊“东山有警”，王得仁大吃一惊，带上武器率领众匪出去了。李申乘机从王得仁身边闪出去，反身进入屋内。只见有两个土匪守在床边，李申骗他们说：“王将军忘了带佩刀。”两个土匪争着去寻找。李申从后边挥刀砍去，一个被砍倒，另一个回头来看，也被李申砍死了。李申赶快背着崔猛的妻子跳墙出来，把拴在村口的马解开，将缰绳交给崔妻，说：“娘子不知道回家的路，放松缰绳让它跑就行了。”母马惦念着马驹，快速往家奔驰，李申跟在后面。出了一个山口，李申把带的绳子都点着，遍挂在树上，然后回到家中。

第二天，崔猛回家，知道了这件事，认为是奇耻大辱，暴跳如雷，想单身匹马去踏平贼巢。李申劝阻了他。招集村人共同商议，众人胆小不敢响应。再三讲解利害，才有二十多人敢去，但又没有兵器。正巧在王得仁同族家中抓到两名奸细，崔猛想杀掉他们，李申说不要杀，下令让那二十人都手持白木棍，排队站好，当着这些人的面割掉两个奸细的耳朵，把他们放了。众人抱怨说：“我们这点儿队伍，本来怕土匪知道底细，现在反而把实情亮给他们，假如土匪倾巢出动，我们整个村子就保不住了。”李申说：“我正想让他们来呢！”接着把窝藏奸细的那家人杀死。

李申派了四个人出去，每人都去借弓箭火枪，又到县城借来二门大炮。天黑后，率领众壮士来到山口，把大炮安置在要道上，让两个人藏着火种埋伏着，嘱咐他们看见土匪再点火放炮。李申又带人来到山谷东口，砍下大树放在山崖上。接着和崔猛各率领十几个人，分头埋伏在山谷两旁。

一更天过去了，听到远处有马叫声，大批的土匪果然来了，一个挨一个连绵不断。等他们进入山谷，就把砍下的大树推下去，截断土匪的归路。接着炮火轰鸣，喊杀声、欢腾声震动山谷。土匪急忙撤退，人马自相践踏。来到山谷东口，出不去，挤在一起没有空隙。设在两边山上的火炮弓箭一起夹攻，势如暴风骤雨，土匪被打掉脑袋打折腿的，横躺竖卧在山沟中。剩下来的二十多个土匪，下跪求饶。李申就派人把俘虏捆起来押送回去。他们乘胜直捣匪巢。守巢的土匪闻风而逃，李申等人缴获了贼巢中武器物资而返回。崔猛非常高兴，问李申布火绳阵的道理。李申说：“在东面点火，恐怕他们往西追。火绳短，是让火赶快熄灭，恐怕敌人侦察到山上没人。在山谷口设长火绳，因谷口狭隘，一人就可以守住，土匪即使追来，看到火光必然害怕。这些都是一时冒险而想出来的下策。”

后来审问被俘的土匪，果然说追到山谷口，看见火光就退走了。后来二十几个被俘的土匪，都被他们割了鼻子耳朵放走了。从此李申、崔猛等人的威名大

震，远近避难的人都来依附他们，编成了三百多人的地方武装，各处的土匪强盗都不敢来进犯，使这一带得到了安宁。

异史氏说：快牛必然要弄坏车，但一定会有出息，这说的就是崔猛啊！他意气慷慨激烈，大概很少有人与之相比。然而他希望天下没有不公平的事，不是比那些通达事理的人更迫切吗？李申本是一个小民百姓，最后却成就了美名。攀援进入敌巢，翦除禽兽于深闺之内；切断道路夹攻，扫荡妖魔于狭谷之中，假使他能借助于五丈之旗，为国家效力，怎能不南面称王呢！

[何守奇] 崔猛刚毅，成于天性，其见戒于师与母者旧矣。李申，人夺其妻而不能报。何其弱欤？及乎手刃凶淫，计除逆贼，又何其壮也！岂立顽起懦，亲炙于猛者久，有以使之然欤？卒之寇盗抢攘。结团自固，远近归者，成赖以安。呜呼！勇矣！

[但明伦] 事妙文妙。吾于崔也敬其孝，于李也爱其谋。反复读之，有推倒智勇之慨。

诗　谳

【原文】

青州居民范小山，贩笔为业，行贾未归。四月间，妻贺氏独居，夜为盗所杀。是夜微雨，泥中遗诗扇一柄，乃王晟之赠吴蜚卿者。晟，不知何人；吴，益都之素封，与范同里，平日颇有佻达之行，故里党共信之。郡县拘质，坚不伏，惨被械梏，诬以成案；驳解往复，历十余官，更无异议。

吴亦自分必死，嘱其妻罄竭所有，以济茕独。有向其门诵佛千者，给以絮裤；至万者絮袄。于是乞丐如市，佛号声闻十余里。因而家骤贫，惟日货田产以给资斧。阴赂监者使市鸩，夜梦神人告之曰："子勿死，曩曰'外边凶'，目下'里边吉'矣。"再睡又言，以是不果死。

未几，周元亮先生分守是道，录囚至吴，若有所思。因问："吴某杀人，有何确据？"范以扇对。先生熟视扇，便问："王晟何人？"并云不知。又将爰书细阅一过，立命脱其死械，自监移之仓。范力争之。怒曰："尔欲妄杀一人便了却耶？抑将得仇人而甘心耶？"众疑先生私吴，俱莫敢言。

先生标朱签，立拘南郭某肆主人。主人惧，莫知所以。至则问曰："肆壁有东莞李秀诗，何时题耶？"答云："旧岁提学案临，有日照二三秀才，饮醉留题，不知所居何里。"遂遣役至日照，坐拘李秀。数日秀至，怒曰："既作秀才，奈何谋杀人？"秀顿首错愕，曰："无之！"先生掷扇下，令其自视，曰："明系尔作，何诡托王晟？"秀审视，曰："诗真某作，字实非某书。"曰："既知汝诗，当即汝友。谁书者？"秀曰："迹似沂州王佐。"乃遣役关拘王佐。佐至，呵问如秀状。佐供："此益都铁商张成索某书者，云晟其表兄也。"先生曰："盗在此矣。"执成至，一讯遂伏。

先是成窥贺美，欲挑之，恐不谐。念托于吴，必人所共信，故伪为吴扇，执而往。谐则自认，不谐则嫁名于吴，而实不期至于杀也。逾垣入逼妇。妇因独居，常以刃自卫。既觉，捉成衣，操刀而起。成惧，夺其刀。妇力挽，令不得脱，且号。成益窘，遂杀之，委扇而去。

三年冤狱，一朝而雪，无不诵神明者。吴始悟"里边吉"乃"周"字也。然终莫解其故。后邑绅乘间请之，笑曰："此最易知。细阅爰书，贺被杀在四月上旬；是夜阴雨，天气犹寒，扇乃不急之物，岂有忙迫之时，反携此以增累者，其嫁祸可知。向避雨南郭，见题壁诗与箑头之作，口角相类，故妄度李生，果因是而得真盗。"闻者叹服。

异史氏曰："入之深者，当其无有有之用。词赋文章，华国之具也，而先生以相天下士，称孙阳焉。岂非入其中深乎？而不谓相士之道，移于折狱。《易》曰：'知几其神。'先生有之矣。"

【译文】

青州府居民范小山，以贩卖毛笔为业，在外经商未归。四月间，他的妻子贺氏独居，夜间被强盗杀死。这夜曾下小雨，在泥水中遗留了一柄题着诗的扇子，是王晟赠给吴蜚卿的。王晟，不知是什么人。吴蜚卿则是青州的一个富户，和范小山同村，平日有轻佻放达的行为，因此同村的人都认为是他杀的人。

官府把吴蜚卿抓来审问，他坚决不承认。又加严刑拷打，才定了案，后来又多次申诉，经过十几位官员重新审议，都没有异议。吴蜚卿自料必死无疑，就嘱咐妻子用尽家中的一切财物，去救济那些穷困孤寡之人。有到他家门口念一千遍"阿弥陀佛"的人，赠给棉裤一条；念一万遍的，赠给棉袄一件。于是上门的乞丐成群结队，念佛的声音十几里外都能听到。因而吴家骤然变穷，只有靠一点点儿出卖田产，维持日常生活。吴蜚卿暗中贿赂狱卒，让他们买毒药准备自杀。夜间忽然梦见神人对他说："你不要死，往日'外边凶'，眼下是'里边吉'了。"

他睡着了，又梦见神人来说这句话，因此他就没自杀。

不久，周元亮先生出任青州知府，审阅囚犯案卷看到吴蜚卿的名字时，若有所思，因而问道："吴某杀人，有何确凿证据？"叫来范小山，范小山说有扇子为证。周元亮仔细审视扇子，问道："王晟是什么人？"都说不知道。周先生又把案卷仔细看了一遍，立即下令解除吴蜚卿的死囚枷索，从死囚监转到普通牢房。范小山竭力和周先生争辩，周先生生气地说："你是想胡乱杀一个人就了事呢？还是找到真正的仇人才甘心呢？"众人都怀疑周先生在袒护吴蜚卿，没有人敢说话。

周先生发出红签，立时命令拘押南门外开店的店主。店主很害怕，不知是为什么。店主来了以后，周先生问道："你店内的墙上有东莞李秀的诗，是什么时候题写的？"店主回答说："去年提学来视察，有日照县的二三位秀才，喝醉酒题写的，不知他们住在什么村。"于是派遣差役到日照县，去拘捕李秀。过了几天，李秀到堂，周先生愤怒地问："既然身为秀才，为什么要杀人？"李秀十分惊愕，叩头说："我没有杀人啊！"周先生把扇子扔到李秀面前，让他自己看，并说："明明是你写的诗，为什么假托王晟？"李秀仔细看了看说："诗确实是我作的，字却不是我写的。"周先生说："既然知道是你的诗，可能就是你的朋友，看看是谁的字。"李秀说："从笔迹看，好像是沂州王佐写的。"于是派衙役去拘捕王佐。王佐到堂，周先生像呵斥李秀那样训斥他，王佐供认说："这是益都铁商张成求我写的，说王晟是他的表兄。"周先生说："杀人凶手就在这里。"把张成抓来，一审问他就招认了。

原先，张成看到贺氏长得漂亮，想勾搭她，又恐怕不能成功，心想假装成吴蜚卿，人们一定会相信。所以伪造了一把吴蜚卿的扇子，拿着去了，事情成功就说出自己的真实姓名，不成就嫁祸于吴蜚卿，但没有想到会杀人。

张成先跳墙进了范家，要逼迫贺氏成奸。贺氏因独居，经常身边放一把刀用来自卫。她发觉有坏人，立即抓住张成的衣服，拿着刀跳起来。张成害怕了，就去夺刀。贺氏用力抓住张成不放，并且大声喊叫。张成更加慌乱，就杀死贺氏，丢下扇子逃走了。

三年的冤狱，一朝得到昭雪，没有人不称颂周先生神明。这时吴蜚卿才醒悟神人梦中说的"里边吉"就是周字。但他始终不明白周先生是如何破案的。后来县城的一位士绅找了一个机会向周先生请教。周先生笑着说："这容易极了。我仔细看那些案件文书，贺氏被杀在四月上旬，当夜是阴雨天，天气还很寒冷，扇子还用不着，岂有在慌乱急迫之时，反而带着它增添累赘呢？以此看来必想嫁祸他人。前些时我在南门外避雨，见到那店铺墙上的题诗和扇子上的诗口气相似，所以大胆怀疑是李秀，果然一步步得到了真凶。"听的人都感叹佩服。

异史氏说：天下的事，深入钻研的人，看似无用的东西就成了有用的东西。词赋文章，本是用来歌舞升平的，先生却用来考察天下的读书人，可称为相士的

伯乐啊！难道这不是钻研得很深吗？而没想到先生又把相士的方法用于断案。《易经》曰："知几其神（对事物细微方面的认识到了出神入化的程度）。"先生就达到这种程度了啊！

［何守奇］因诗成谳，知公于此道三折肱矣。

［王艺孙］如折狱者尽如先生。天下无冤狱矣。

邢子仪

【原文】

滕有杨某从白莲教党，得左道之术。徐鸿儒诛后，杨幸漏脱，遂挟术以遨。家中田园楼阁，颇称富有。至泗上某绅家，幻法为戏，妇女出窥。杨睨其女美，归谋摄取之。其继室朱氏亦风韵，饰以华妆，伪作仙姬；又授木鸟，教之作用；乃自楼头推堕之。朱觉身轻如叶，飘飘然凌云而行。无何至一处，云止不前，知已至矣。是夜，月明清洁，俯视甚了。取木鸟投之，鸟振翼飞去，直达女室。女见彩禽翔入，唤婢扑之，鸟已冲帘出。女追之，鸟堕地作鼓翼声；近逼之，扑入裙底；展转间，负女飞腾，直冲霄汉。婢大号。朱在云中言曰："下界人勿须惊怖，我月府姮娥也。渠是王母第九女，偶谪尘世。王母日切怀念，暂招去一相会聚，即送还耳。"遂与结襟而行。

方及泗水之界，适有放飞爆者，斜触鸟翼；鸟惊堕，牵朱亦堕，落一秀才家。秀才邢子仪，家赤贫而性方鲠。曾有邻妇夜奔，拒不纳。妇衔愤去，谮诸其夫，诬以挑引。夫固无赖，晨夕登门诟辱之，邢因货产僦居别村。有相者顾某善决人福寿，邢踵门叩之。顾望见笑曰："君富足千钟，何着败絮见人？岂谓某无瞳耶？"邢嗤妄之。顾细审曰："是矣。固虽萧索，然金穴不远矣。"邢又妄之。顾曰："不惟暴富，且得丽人。"邢终不以为信。顾推之出，曰："且去且去，验后方索谢耳。"是夜，独坐月下，忽二女自天降，视之皆丽姝。诧为妖，诘问之，初不肯言。邢将号召乡里，朱惧，始以实告，且嘱勿泄，愿终从焉。邢思世家女不与妖人妇等，遂遣人告其家。其父母自女飞升，零涕惶惑；忽得报书，惊喜过望，立刻命舆马星驰而去。报邢百金，携女归。邢得艳妻，方忧四壁，得金甚慰。往谢顾，顾又审曰："尚未尚未。泰运已交，百金何足言！"遂不受谢。

先是绅归，请于上官捕杨。杨预遁，不知所之，遂籍其家，发牒追朱。朱惧，牵邢饮泣。邢亦计窘，姑赂承牒者，赁车骑携朱诣绅，哀求解脱。绅感其义，为竭力营谋，得赎免；留夫妻于别馆，欢如戚好。绅女幼受刘聘；刘，显秩也，闻女寄邢家信宿，以为辱，反婚书，与女绝姻。绅将议姻他族，女告父母誓从邢。邢闻之喜；朱亦喜，自愿下之。绅忧邢无家，时杨居宅从官货，因代购之。夫妻遂归，出囊金，粗治器具，蓄婢仆，旬日耗费已尽。但冀女来，当复得

其资助。一夕，朱谓邢曰："孽夫杨某，曾以千金埋楼下，惟妾知之。适视其处，砖石依然，或窖藏无恙。"往共发之，果得金。因信顾术之神，厚报之。后女于归，妆资丰盛，不数年，富甲一郡矣。

异史氏曰："白莲歼灭而杨独不死，又附益之，几疑恢恢者疏而且漏矣。孰知天留之，盖为邢也。不然，邢即否极而泰，亦恶能仓卒起楼阁、累巨金哉？不爱一色，而天报之以两。呜呼！造物无言，而意可知矣。"

【译文】

滕县的杨某，加入了白莲教，学了些左道旁门的妖术。白莲教首领徐鸿儒被杀以后，杨某侥幸逃脱，依仗这点儿妖术四处游荡。家中有田园楼阁，颇为富足。

杨某曾到泗上某士绅家，表演魔术戏法，这家的妇女也出来观看。杨某看到士绅的女儿长得很美，回家以后就想用妖术把她弄来。杨某的继室朱氏，也有些风韵，杨某就让她穿上华丽的衣服。装成仙女，又给了她一只木鸟，教她操作的技巧，然后把朱氏从楼顶推了下去。

朱氏觉得身轻如叶，飘飘扬扬驾着云彩飞行。不久来到一个地方，云彩停住不再前进，朱氏知道已到了要去的地方。这天夜里，月光明亮，四处清爽，向下一看，什么都能看清。朱氏把木鸟向下一投，木鸟振翅飞走，一直飞到士绅女儿的闺房中。那小姐看到一只彩禽飞了进来，就喊丫鬟捕捉，这时鸟已冲开门帘飞了出去。小姐去追，鸟落在地上鼓动着翅膀，走近前去看，鸟扑到小姐的裙子底下，小姐正转着身体找鸟，这鸟一下子飞了起来，直冲云霄，丫鬟大叫。朱氏在云中喊道："下界人不要害怕，我是月宫的嫦娥，你家小姐是王母娘娘第九个女儿，偶然贬谪到尘世。王母娘娘日夜思念她，现在暂时招她回去相聚，不久就会送还。"说完，便将小姐的衣襟和自己的结在一起飞行。

二人刚到泗水地界，碰巧有人燃放炮竹，从斜下方冲上来碰到鸟的翅膀，鸟一惊坠落下来，朱氏也被牵着掉了下来，落到一位秀才家中。

这位秀才叫邢子仪，家境赤贫，但为人鲠直。曾有邻妇夜间私奔到他家，他拒不接纳。邻妇怀恨而去，回家在丈夫面前说邢子仪坏话，诬蔑他挑逗自己。邻妇的丈夫本来就是无赖，早晨晚上到邢子仪家中辱骂。邢子仪没办法，卖掉了田产搬到了别的村子居住。

有位算命先生顾某善于判断人的祸福寿夭，邢子仪登门拜访。算命先生看到他笑着说："你家富有万石粮食，为何穿着破棉袄来见人？难道认为我有眼无珠吗?"邢子仪说他简直是胡说八道。顾某又仔细看了看他，说："对呀！目前你虽然还穷困，但离发财不远了。"邢子仪还是认为他胡说。顾某说："你不只要发大财，还能得到美人。"邢子仪最终也不相信。顾某将他推了出去，说："快走快走，应验后再向你要谢钱。"

这天夜里，邢子仪独坐月下，忽然有两个女子自天而降，一看，都是美人。疑心她们是妖怪，就追问她们。开始她们不肯说，邢子仪说要把乡邻们叫来。朱氏害怕了，才讲了实情，并且嘱咐他不要泄露出去，愿意跟着他生活。邢子仪想，那位大户人家的小姐和妖人的妻子不同，于是派人告诉了小姐家。

小姐的父母自从女儿飞走以后，日夜啼哭惶惑，忽然得到报告女儿信息的书信，惊喜过望，立刻命人驾车星夜去接，酬谢邢子仪百两银子，把女儿带回家。邢子仪得到美貌的妻子，正在忧虑家境贫穷，得到百两银子，心中感到很欣慰。他去向顾某道谢，顾某又仔细看了看他，说："你的好运尚未完全来到，好运已交上了，百两银子何足挂齿。"因而没接受酬金。

在此之前，那位士绅回到家，已经向官府告发，请求逮捕杨某。杨某早已逃走，不知逃到哪里，于是抄了他的家，发通缉令追捕朱氏。朱氏害怕了，拉着邢子仪哭泣。邢子仪也想不出好办法，就暂且贿赂持缉捕令的官差，然后雇了车马带着朱氏去见那位士绅，哀求他帮助解脱困境。士绅被邢子仪的义气感动，为他竭力奔走谋划，最后得以用钱赎罪。士绅又留邢子仪夫妻二人住在另一座别墅，两家如亲戚般友好。

士绅的女儿小时受聘于刘家，刘家是大官，听说那小姐在邢家住过一宿，以为耻辱，返回了原来的婚书，与小姐断绝了婚姻关系。士绅将给女儿另找婆家，小姐告诉父母，立誓要嫁给邢子仪。邢子仪听说非常高兴，朱氏也很高兴，自愿当妾。士绅发愁邢氏没有家，当时杨某的房子正由官府拍卖，就出钱替他买了下来。

邢子仪和朱氏一起回到买来的新家，拿出以前得到的银子，草草置办了日用品，又买了丫鬟仆人，十几天钱就用光了，只希望小姐来时，再得到士绅的资助。

一天晚上，朱氏对邢子仪说："我那孽夫杨某，曾将千金埋在楼下，只有我知道。刚才我看看埋银子的地方，砖石一点儿没动，也许埋的银子还在。"两人一起去挖，果然得到了银子。邢子仪这才相信顾某算命术的神奇，给了他丰厚的酬金。后来士绅的女儿也嫁了过来，嫁妆丰厚，没过几年，邢子仪成了这城里的首富。

异史氏说：白莲教被剿灭而独有杨某得以不死，又得到了不少财物，几乎让

人认为天网恢恢疏而有漏了。谁知上天留下他，是为了邢子仪啊。不然的话，邢子仪即使是否极泰来，交了好运，也怎能在短时间内盖起楼阁，积累起巨资呢？他因为拒绝了一个美女，上天就报答他两个美女。唉！造物主虽然不说话，可他的意思是可以知道的啊！

［何守奇］志贫而方鲠，其为人可知。邢虽获朱，犹恐以妖党之妇，玷其清操耳。女归而朱下之，允当。

［但明伦］杨之作法自毙，恶贯已盈；而苟非邢之方鲠成性，不纳私奔，又何得以含愤反诬，僦居泗上，而适在两女堕落处哉！

李　生

【原文】

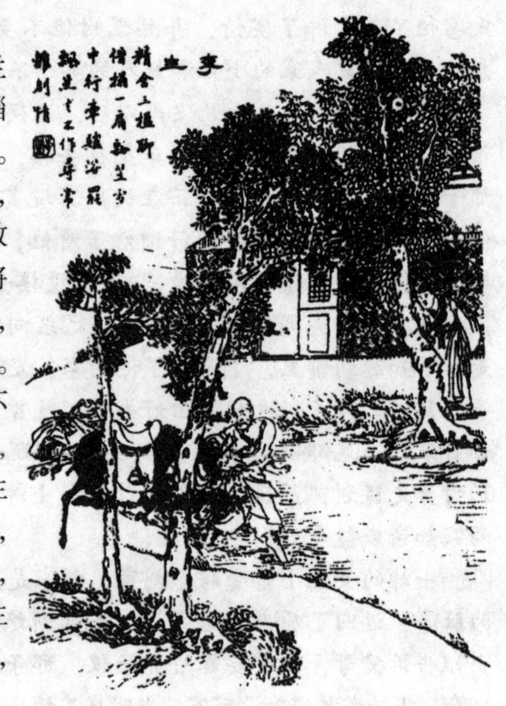

商河李生，好道。村外里余有兰若，筑精舍三楹，趺坐其中。游食缁黄，往来寄宿，辄与倾谈，供给不厌。一日，大雪严寒，有老僧担囊借榻，其词玄妙。信宿将行，固挽之，留数日。适生以他故归，僧嘱早至，意将别生。鸡鸣而往，叩关不应。逾垣入，见室中灯火荧荧，疑其有作，潜窥之。僧趣装矣，一瘦驴絷灯檠上，细审不类真驴，颇似殉葬物；然耳尾时动，气咻咻然。俄而装成，启户牵出。生潜尾之。门外原有大池，僧系驴池树，裸入水中，遍体掬濯已；着衣牵驴入，亦濯之。既而加装超乘，行绝驶。生始呼之。僧但遥拱致谢，语不及闻，去已远矣。

王梅屋言：李其友人。曾至其家，见堂上额书“待死堂”，亦达士也。

【译文】

山东商河县有位李生，酷爱道教。距村外一里多的地方有一座寺庙，李生在那里修建了三间精舍，在里面打坐修行。有些游方化缘的和尚道士来了，常在此住宿，李生经常和他们交谈，供给他们饭食，从不厌烦。

有一天，大雪纷飞，天气严寒，有个老和尚挑着行李借宿，言谈玄妙。过了

一夜，第二天要走，李生一再挽留，和尚又住了几天。正巧李生因有事要离开寺庙回家，和尚嘱咐他早点儿回来，意思想要和李生告别。

鸡叫时李生回到庙中，敲门没人答应，他就跳墙进去了。只见屋内有一点儿灯光，李生怀疑老和尚在作法，偷偷观看。和尚在收拾行装，把一条瘦驴拴在灯台上，仔细一看，不像真驴，好像殉葬物品，但驴的耳朵尾巴不时在动，还气喘吁吁。不一会儿整理好行装，打开门牵着驴走出来。李生偷偷跟在后面。

门外有个大水池，和尚把驴拴在池边的树上，脱光衣服跳入池中，把全身都洗了一遍。穿好衣服又把驴拉到池内，也洗了一番。接着给驴驮上行李，骑上驴而去。走得快要看不见时，李生才呼喊他，和尚只是在远处拱手致谢，听不清讲了些什么，就走远了。

王梅屋说，李生是他的朋友，他曾到过李生家，见堂上的匾额写着"待死堂"三字，看来也是一位豁达的人。

陆押官

【原文】

赵公，湖广武陵人，官宫詹，致仕归。有少年伺门下，求司笔札。公召入，见其人秀雅，诘其姓名，自言陆押官，不索佣值。公留之，慧过凡仆。往来笺奏，任意裁答，无不工妙。主人与客弈，陆睨之，指点辄胜。赵益优宠之。

诸僚仆见其得主人青目，戏索作筵。押官许之，问："僚属几何？"会别业主计者皆至，约三十余人，众悉告之数以难之。押官曰："此大易。但客多，仓卒不能遽办，肆中可也。"遂遍邀诸侣，赴临街店。皆坐。酒甫行，有按壶起者曰："诸君姑勿酌，请问今日谁作东道主？宜先出资为质，始可放情饮啖；不然，一举数千，哄然都散，向何取偿也？"众目押官。押官笑曰："得无谓我无钱耶？我固有钱。"乃起，向盆中捻湿面如拳，碎掐置几上，随掷遂化为鼠，窜动满案。押官任捉一头裂之，啾然腹破，得小金；再捉，亦如之。顷刻鼠尽，碎金满前，乃告众曰："是不足供饮耶？"众异之，乃共恣饮。既毕，会直三两余，众秤金，适符其数。

众索一枚怀归，白其异于主人。主人命取金，搜之已亡。反质肆主，则偿资悉化蒺藜。仆白赵，赵诘之。押官曰："朋辈逼索酒食，囊空无资。少年学作小剧，故试之耳。"众复责偿。押官曰："某村麦穰中，再一簸扬，可得麦二石，足偿酒价有余也。"因浼一人同去。某村主计者将归，遂与偕往。至则净麦数斛，已堆场中矣。众以此益奇押官。

一日赵赴友筵，堂中有盆兰甚茂，爱之。归犹赞叹之。押官曰："诚爱此兰，无难致者。"赵犹未信。凌晨至斋，忽闻异香蓬勃，则有兰花一盆，箭叶多寡，

宛如所见。因疑其窃，审之。押官曰：“臣家所蓄，不下千百，何须窃焉？”赵不信。适某友至，见兰惊曰：“何酷肖寒家物！”赵曰：“余适购之，亦不识所自来。但君出门时，见兰花尚在否？’，某曰：“我实不曾至斋，有无固不可知。然何以至此？”赵视押官，押官曰：“此无难辨：公家盆破有补缀处，此盆无也。”验之始信。夜告主人曰：“向言某家花卉颇多，今屈玉趾，乘月往观。但诸人皆‘不可从，惟阿鸭无害。”——鸭，宫詹僮也。遂如所请。公出，已有四人荷肩舆，伏候道左。赵乘之，疾于奔马。俄顷入山，但闻奇香沁骨。至一洞府，见舍宇华耀迥异人间，随处皆设花石，精盆佳卉，流光散馥，即兰一种约有数十余盆，无不茂盛。观已，如前命驾归。押官从赵十余年，后赵无疾卒，遂与阿鸭俱出，不知所往。

【译文】

赵公是湖广武陵人，曾任辅导太子的宫詹，后来退休回家。

有位年轻人在门外等候，请求为他管理往来书信。赵公将少年叫到家中，看他长得清秀文雅，问他姓名，他自己说叫陆押官，不要报酬。赵公将他留下，陆押官的聪明超过一般仆人，往来的信件奏折，他随意写来，文词无不精美巧妙。赵公与客人下棋，陆押官用眼光一扫，一指点就会获胜，因此赵公对他更加优待和宠爱。

赵公的众多仆人看到陆押官受到主人的青睐，开玩笑让陆押官请客。陆押官答应了，他问：“有多少人参加呀？”正巧赵公其他别墅的管事人都来了，大约有三十多人，众人把所有的人数都算在一起，想为难一下陆押官。陆押官说：“这事很容易，但客人多，仓猝之间不能立即办好，就到饭馆去好啦！”于是邀请所有的客人都来到临街的一家饭馆。大家落了座，刚要喝酒，一个人按着酒壶站起来说：“诸位先不要饮，请问今日是谁做东道主，应先把钱拿出来放在桌上，这样我们再开始纵情吃喝。不然的话，一下子花几千文钱，吃完一哄而散，向谁去要钱呢？”众人都看着陆押官。陆押官笑着说：“是不是认为我没钱啊？我有的是钱。”于是起身到厨房盆中拿来拳头大一块面团，掐碎了扔在桌上，随扔随变为小老鼠，满桌子乱窜。陆押官任意抓住一只，把肚子一撕，“吱”一声破了，得到一小块银子，再捉一只，也有银子。顷刻之间，老鼠没了，碎银子满桌。陆押官对众人说：“这些还不够喝酒的钱吗？”众人觉得很奇怪，一起纵情吃喝起来。吃完饭后，店家要收三两银子，众人一称桌上的银子，正好是这个数。

众人又向店家要了一小块碎银，带回了家，把这件怪事报告了赵公。赵公让拿出银子看看，一掏已经不见了。回去又质问店主，那些银子全都变成了蒺藜。又回去告诉了赵公，赵公问陆押官是怎么回事，陆押官说：“朋友们逼着我请客，无奈口袋里没钱。小时我学过变戏法，所以试了试。”众人听了，又责成他偿还店家酒钱。陆押官说：“我不是白赚人家酒食的人，某村的麦秸中，再簸扬一遍，可以得到二石麦子，足以偿还酒钱，还会有余。”因此叫上一个人同去。估计某村计算收成的人将要回家时，两个人一起去了。到那一看，簸得干干净净的两石麦子已堆在场中央了。众人因此更觉得陆押官神奇。

有一天，赵公到朋友家赴宴，见朋友家的厅堂里有盆兰花很茂盛，非常喜爱，回家后犹赞叹不已。陆押官说：“您确实爱这盆兰花，得到它不难。”赵公不相信。第二天凌晨到了书房，忽然闻到浓郁的花香，一看，则有兰花一盆，花枝和叶子的多少，和在朋友家见到的那盆一样。因此怀疑是偷来的，就审问他。陆押官说：“我家所养的兰花，不下千百盆，何须去偷呢？”赵公不相信。正巧赵公的朋友来了，见到兰花吃惊地说：“怎么酷像我家那盆兰花呀？”赵公说：“我刚买来的，也不知花的来历。但是你出门的时候，看到兰花还在不在？”朋友说：“我实在不曾到客厅去，有没有还不知道，但它怎么到这里来了？”赵公看了看陆押官，陆押官说：“这不难分辨，您家的花盆是破的，有补缀的地方，这盆没有。”仔细一查看，果然如此。

夜间，陆押官对赵公说：“我曾对您说我家花卉颇多，今晚有劳大驾，乘月去观赏一番，但别人都不能跟随，只有阿鸭没有关系。”阿鸭是赵公的一个小僮。赵公应邀前去，出门后，已有四人抬着轿子，恭候在路旁。赵公上了轿，轿夫快如奔马，一小会儿就进了山，只闻到奇香沁骨。到了一座洞府，只见楼舍华丽，与人间大不相同，随处都有奇花异石，精致的盆景，珍贵的花卉，光彩耀眼，香气四溢。仅仅兰花一种，约有数十盆之多，花开得都很茂盛。观看完毕，和来时一样乘轿回家。

陆押官跟随赵公十余年，后来赵公无疾而终，陆押官和阿鸭都离开赵家，不知到何处去了。

［何守奇］神仙游戏。

顾生

【原文】

江南顾生客稷下，眼暴肿，昼夜呻吟，罔所医药。十余日痛少减。乃合眼时辄睹巨宅，凡四五进。门皆洞辟；最深处有人往来，但遥睹不可细认。

一日方凝神注之，忽觉身入宅中，三历门户，绝无人迹。有南北厅事，内以红毡贴地。略窥之，见满屋婴儿，坐者、卧者、膝行者，不可数计。愕疑问，一人自舍后出，见之曰："小王子谓有远客在门，果然。"便邀之。顾不敢入，强之乃入。问："此何所？"曰："九王世子居。世子疟疾新瘥，今日亲宾作贺，先生有缘也。"言未已，有奔至者督促速行。俄至一处，雕榭朱栏，一殿北向，凡九楹。历阶而升，则客已满座。见一少年北面坐，知是王子，便伏堂下。满堂尽起。王子曳顾东向坐。酒既行，鼓乐暴作，诸妓升堂，演《华封祝》。才过三折，逆旅主人及仆唤进午餐，

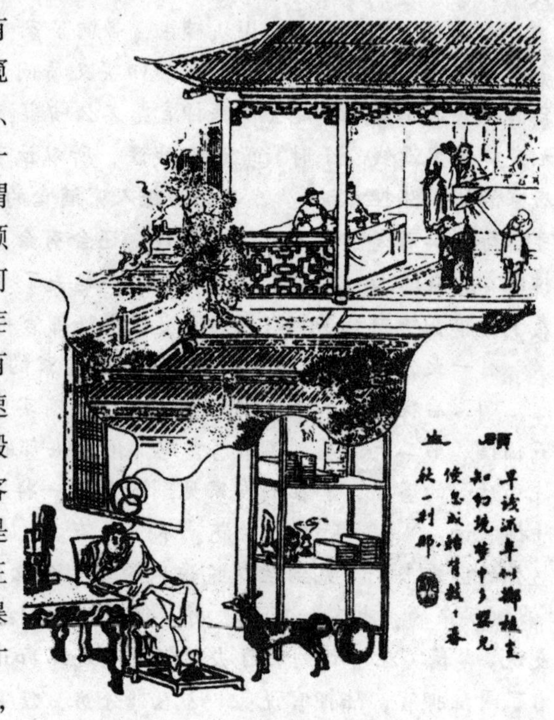

就床头频呼之。耳闻甚真，心恐王子知，遂托更衣而出。仰视日中夕，则见仆立床前，始悟未离旅邸。

心欲急返，因遣仆阖扉去。甫交睫，见官舍依然，急循故道而入。路经前婴儿处，并无婴儿，有数十媪蓬首驼背，坐卧其中。望见顾，出恶声曰："谁家无赖子，来此窥伺！"顾惊惧，不敢置辩，疾趋后庭，升殿即坐。见王子颔下添髭尺余矣。见顾，笑问："何往？剧本过七折矣。"因以巨觥示罚。移时曲终，又呈出目。顾点《彭祖娶妇》。妓即以椰瓢行酒，可容五斗许。顾离席辞曰："臣目疾，不敢过醉。"王子曰："君患目，有太医在此，便合诊视。"东座一客，即离坐来，两指启双眦，以玉簪点白膏如脂，嘱合目少睡。王子命侍儿导入复室，令卧；卧片时，觉床帐香软，因而熟眠。

居无何，忽闻鸣钲锽聒，即复惊醒。疑是优戏未毕，开目视之，则旅舍中狗

舐油铛也。然目疾若失。再闭眼，一无所睹矣。

【译文】

江南顾生，客居稷下，得了眼病，眼肿得很厉害，昼夜呻吟，用什么药都不见效。十几天以后，疼痛渐渐轻了，但合眼时就看到一座大宅院，共有四五进院落，门都大开着。最深处的院落中有人往来，只是远远地看不清楚。

有一天，正在凝神注视时，忽然觉得自己来到了宅院中，经过了三道门，都没有人迹。看到一个座南朝北的大厅，里面用红毡铺地。粗略一看，见满屋都是婴儿，有坐着的，有躺着的，有爬着的，不可数计。他正惊愕时，有一个人从屋后出来，看到他说："小王子说有远客来到门口，果然不错。"便邀请他进去。顾生不敢进，那人非让他进，他才进去。顾生问："这是什么地方？"那人说："是九王世子住的地方。世子患虐疾刚好，今天亲朋来庆贺，先生你有缘分啊！"话未说完，有一个人跑来，催促他们快走。

一会儿来到一处所，雕花的亭台，朱红的栏杆，一座北向的大殿堂，堂前有九根大柱子。顾生登阶而上，厅堂里已坐满了客人。见一少年北面而坐，他知道这就是王子，便跪伏在堂下。满屋子的人都站了起来，王子拉着顾生的手让他坐在东面。饮酒之时，鼓乐之声大作，歌妓们都来到殿堂，演出《华封祝》的戏文，刚演了三折，旅店的店主和仆人来喊顾生进午餐，在他的床头不停地叫他，他听得很清楚。他怕王子知道，就假托要换衣服就出来了。抬头一看太阳，正是中午，又看到仆人站在床前，才醒悟自己并没离开旅店。

心里想急着返回殿堂，就让仆人关上门出去。刚闭上眼睛，见还是刚才看到的宅院，他急忙按原道进去。一路上经过原来看到婴儿的大厅，里面没有了婴儿，有数十个老太婆，蓬首驼背，有的坐着有的躺着。看见顾生，恶声恶气地说："谁家的坏小子，到这里来偷看！"顾生既吃惊又害怕，不敢分辩，急忙向后院走，上台阶坐在原来的位子上，这时一看王子的下巴颌上已长出一尺多长的胡须了。王子看见顾生，笑着问："到哪儿去了，剧本已经演到第七折了。"因而拿出大酒杯罚顾生饮酒。过了一会儿，这出戏演完了，又呈上剧目，顾生点了一出《彭祖娶妇》。歌妓就用椰瓢斟酒，里面大约可容五斗左右，顾生离开座位辞让说："臣有目疾，不敢喝醉。"王子说："你得了眼病，这里有太医，让他给你看一看。"这时东边座位上的一位客人，就离开位子走过来，用两指分开眼皮，又用一根玉簪给点上一种如同凝脂的白膏，嘱咐他闭眼少睡一会儿。王子侍儿领他进了一个套间，让他躺下。顾生刚躺下一小会儿，觉得床褥又香又软，因而就睡着了。

过了不久，忽然听到锣声乱响，立刻惊醒了，以为戏还没有唱完。睁开眼一看，原来是旅店的狗舔油锅发出的声音。然而眼病好了，再闭上眼睛，什么景象也不见了。

［何守奇］目幻，一转瞬间少者已老，所谓百年犹旦暮耳。

陈锡九

【原文】

陈锡九，邳人。父子言，邑名士。富室周某，仰其声望，订为婚姻。陈累举不第，家业萧索，游学于秦，数年无信。周阴有悔心。以少女适王孝廉为继室，王聘仪丰盛，仆马甚都。以此愈憎锡九贫，坚意绝婚；问女，女不从。怒，以恶服饰遣归锡九。日不举火，周全不顾恤。

一日使佣媪以榼饷女，入门向母曰：“主人使某视小姑姑饿死否。”女恐母惭。强笑以乱其词。因出榼中肴饵，列母前。媪止之曰：“无须尔！自小姑入人家，何曾交换出一杯温凉水？吾家物，料姥姥亦无颜啖噉得。”母大恚，声色俱变。媪不服，恶语相侵。纷纭间锡九自外入，讯知大怒，撮毛批颊，挞逐出门而去。次日周来逆女，女不肯归；明日又来，增其人数，众口呶呶，如将寻斗。母强劝女去。女潸然拜母，登车而去。过数日，又使人来逼索离婚书，母强锡九与之。惟望子言归，以图别处。

周家有人自西安来，知子言已死，陈母哀愤成疾而卒。锡九哀迫中，尚望妻归；久而渺然，悲愤益切。薄田数亩，鬻治葬具。葬毕，乞食赴秦，以求父骨。至西安遍访居人，或言数年前有书生死于逆旅，葬之东郊，今冢已没。锡九无策，惟朝丐市廛，暮宿野寺，冀有知者。

会晚经丛葬处，有数人遮道，逼索饭价。锡九曰：“我异乡人，乞食城郭，何处少人饭价？”共怒，捽之仆地，以埋儿败絮塞其口。力尽声嘶，渐就危殆。忽共惊曰：“何处官府至矣！”释手寂然。俄有车马至，便问：“卧者何人？”即有数人扶至车下。车中人曰：“是吾儿也。孽鬼何敢尔！可悉缚来，勿致漏脱。”

锡九觉有人去其塞，少定细认，真其父也。大哭曰：“儿为父骨良苦。今固尚在人间耶！”父曰：“我非人，太行总管也。此来亦为吾儿。”锡九哭益哀。父慰谕之。锡九泣述岳家离婚，父曰：“无忧，今新妇亦在母所。母念儿甚，可暂一往。”遂与同车，驰如风雨。

移时至一官署，下车入重门，则母在焉。锡九痛欲绝，父止之。锡九啜泣听命。见妻在母侧，问母曰：“儿妇在此，得毋亦泉下耶？”母曰：“非也，是汝父接来，待汝归家，当便送去。”锡九曰：“儿侍父母，不愿归矣。”母曰：“辛苦跋涉而来，为父骨耳。汝不归，初志为何也？况汝孝行已达天帝，赐汝金万斤，夫妻享受正远，何言不归？”锡九垂泣。父数数促行，锡九哭失声。父怒曰：“汝不行耶！”锡九惧，收声，始询葬所。父挽之曰：“子行，我告之：去丛葬处百余步，有子母白榆是也。”挽之甚急，竟不遑别母。门外有健仆，捉马待之。既超乘，父嘱曰：“日所宿处，有少资斧，可速办装归，向岳索妇；不得妇，勿休也。”锡九诺而行。马绝驶，鸡鸣至西安。仆扶下，方将拜致父母，而人马已杳。寻至旧宿处，倚壁假寐，以待天明。坐处有拳石碍股，晓而视之，白金也。市棺赁舆，寻双榆下，得父骨而归。

合厝既毕，家徒四壁。幸里中怜其孝，共饭之。将往索妇，自度不能用武，与族兄十九往。及门，门者绝之。十九素无赖，出语秽亵。周使人劝锡九归，愿即送女去，锡九乃还。初，女之归也，周对之骂婿及母，女不语，但向壁零涕。陈母死，亦不使闻。得离书，掷向女曰：“陈家出汝矣！”女曰：“我不曾悍逆，何为出我？”欲归质其故，又禁闭之。后锡九如西安，遂造凶讣以绝女志。此信一播，遂有杜中翰来议姻，竟许之。亲迎有日，女始知，遂泣不食，以被韬面，气如游丝。周正无法，忽闻锡九至，发语不逊，意料女必死，遂舁归锡九，意将待女死以泄其愤。锡九归，而送女者已至；犹恐锡九见其病而不内，甫入门，委之而去。邻里代忧，共谋舁还；锡九不听，扶置榻上，而气已绝。始大恐。正遑迫间，周子率数人持械入，门窗尽毁。锡九逃匿，苦搜之。乡人尽为不平；十九纠十余人锐身急难，周子兄弟皆被夷伤，始鼠窜而去。周益怒，讼于官，捕锡九、十九等。锡九将行，以女尸嘱邻媪，忽闻榻上若息，近视之，秋波微动矣，少时已能转侧。大喜，诣官自陈。宰怒周讼诬。周惧，啖以重赂始得免。锡九归，夫妻相见，悲喜交并。

先是，女绝食奄卧，自矢必死。忽有人提起曰：“我陈家人也，速从我去，夫妻可以相见，不然无及矣！”不觉身已出门，两人扶登肩舆。顷刻至官廨，见公姑俱在，问：“此何所？”母曰：“不必问，容当送汝归。”一日见锡九至，甚喜。一见遽别，心颇疑怪。公不知何事，恒数日不归。昨夕忽归，曰：“我在武夷，迟归二日，难为保儿矣。可速送儿归去。”遂以舆马送女。忽见家门，遂如梦醒。女与锡九共述曩事，相与惊喜。从此夫妻相聚，但朝夕无以自给。锡九于村中设童蒙帐，兼自攻苦，每私语曰：“父言天赐黄金，今四堵空空，岂训读所

能发迹耶？"

一日自塾中归，遇二人问之曰："君陈某耶？"锡九曰："然。"二人即出铁索絷之，锡九不解其故。少间村人毕集，共诘之，始知郡盗所牵。众怜其冤，醵钱赂役，途中得无苦。至郡见太守，历述家世。太守愕然曰："此名士之子，温文尔雅，乌能作贼！"命脱缧绁，取盗严梏之，始供为周某贿嘱。锡九又诉翁婿反面之由，太守更怒，立刻拘提。即延锡九至署，与论世好，盖太守旧邳宰韩公之子，即子言受业门人也。赠灯火之费以百金；又以二骡代步，使不时趋郡，以课文艺。转于各上官游扬其孝，自总制而下皆有馈遗。锡九乘骡而归，夫妻慰甚。

一日妻母哭至，见女伏地不起。女骇问之，始知周已被械在狱矣。女哀哭自咎，但欲觅死。锡九不得已，诣郡为之缓颊。太守释令自赎，罚谷一百石，批赐孝子陈锡九。放归出仓粟，杂糠秕而辇运之，锡九谓女曰："尔翁以小人之心度君子矣。乌知我必受之，而琐琐杂糠核耶？"因笑却之。

锡九家虽小有，而垣墙陋蔽。一夜群盗入，仆觉大号，止窃两骡而去。后半年余，锡九夜读，闻挝门声，问之寂然。呼仆起视，则门一启，两骡跃入，乃向所亡也。直奔枥下，咻咻汗喘。烛之，各负革囊，解视则白镪满中。大异，不知其所自来。后闻是夜大盗劫周，盈装出，适防兵追急，委其捆载而去。骡认故主，径奔至家。

周自狱中归，刑创犹剧；又遭盗劫，大病而死。女夜梦父囚系而至，曰："吾生平所为，悔已无及。今受冥谴，非若翁莫能解脱，为我代求婿，致一函焉。"醒而呜泣。诘之，具以告。锡九久欲一诣太行，即日遂发。既至，备牲物酹祝之，即露宿其处，冀有所见，终夜无异，遂归。周死，母子逾贫，仰给于次婿。王孝廉考补县尹，以墨败，举家徙沈阳，益无所归。锡九时顾恤之。

异史氏曰："善莫大于孝，鬼神通之，理固宜然。使为尚德之达人也者，即终贫，犹将取之，乌论后此之必昌哉？或以膝下之娇女，付诸颁白之叟，而扬扬曰：'某贵官，吾东床也。'呜呼！宛宛婴婴者如故，而金龟婿以谕葬归，其惨已甚矣；而况以少妇从军乎？"

【译文】

陈锡九，邳县人，父亲陈子言，是县里的名士。有个富户周某，敬慕陈子言的名声，将女儿许配给陈锡九，两家结为亲家。

陈锡九多次参加科考都没有考中，家业逐渐衰败，他就到陕西去游学，多年没有音信。周某私下有悔婚的想法。他把小女儿嫁给了王孝廉当继室，王孝廉的聘礼特别丰厚，仆人车马齐全。因此他更加嫌弃陈锡九贫穷，下定决心悔婚。他又问女儿的意思，女儿坚决不同意退婚。周某很生气，让女儿穿上粗布衣服嫁给了陈锡九。

陈锡九家穷得常常断了烟火，周某一点儿也不帮助。有一天，他派了个女仆给女儿送去饭菜，女仆进门对陈锡九母亲说："我家主人让我来看看我家姑娘饿死没有。"周女怕婆婆难堪，勉强装出笑脸用别的话岔开。接着把送来的饭菜拿出来，摆到婆婆面前。女仆制止说："不要这样，自从我家姑娘到你家，我家何曾喝过你家一杯温凉水？我家的东西，料想姥姥你也无脸吃。"陈母很气愤，脸色声音都变了。女仆还不谦让，恶言恶语地说个不停。正在吵闹时，陈锡九从外面回来，听说这事勃然大怒，扯着女仆的头发打了她几个耳光，赶出门外。

第二天，周某来接女儿回去，女儿不肯。第三天又来接，还增加了来接的人数，乱喊乱叫，像要寻衅打架的样子。陈母一再地劝儿媳回娘家去，周女潸然泪下，拜别了婆母，上车走了。过了几天周家又派人来，逼迫陈锡九写离婚书，陈母强迫儿子写了离婚书交给周家。陈母一心盼望丈夫刘子言回来，再想别的办法。

周家有人从西安来，得知刘子言已死，陈母悲哀再加上愤怒，得病死了。陈锡九在悲伤焦急中，还盼望妻子能够回来。时间长了，愿望渺茫，悲愤心情更加深切。把几亩薄田卖掉，买棺木安葬了母亲。安葬完毕，沿路乞讨到陕西去，希望能找到父亲的尸骨。到了西安，遍访当地居民，有人说几年前有位书生死在旅店里，埋葬在城东郊，现在坟堆已找不到了。陈锡九没有办法，只有白天到街市上要饭，晚上到破庙住宿，希望能找到知道父亲遗骨的人。

有一天晚上经过一座乱坟岗子，有几个人拦住他的去路，索要饭钱。陈锡九说："我是异乡人，在这城里城外以要饭为生，在什么地方欠过别人的饭钱？"这几个人发怒了，把他打倒在地，把埋死孩子用的破棉絮塞在他的嘴里。陈锡九力尽声嘶，渐渐气息微弱。这些人忽然吃惊地说："这是何处的官府到了！"放开手就不见了。

一小会儿有车马来到，车上的人问："躺在那儿的是什么人？"就有几个人过来把陈锡九扶到车旁。车上的人说："这是我儿子呀！孽鬼怎敢如此，可把他们都绑来，不许一个漏掉。"陈锡九觉得有人取掉了他嘴里的破棉絮，他定了定神，仔细辨认，真是自己的父亲。他大哭着说："儿为了寻找父亲的遗骨历尽千辛万苦，难道您现在还在人间吗？"父亲说："我不是人，我是太行总管，这次来是为了儿子你啊！"陈锡九哭得更伤心了。父亲再三劝慰他，陈锡九哭着述说了岳父逼迫离婚的事。父亲说："不要发愁，现在你的媳妇也在你母亲那里，你母亲非常想你，你可去看看她。"陈锡九和父亲同坐车上，急速奔驰起来。

不一会儿，来到一座官署前，下车过了几道门，就看见母亲在那里。陈锡九悲痛欲绝，父亲让他止住哭泣。陈锡九抽泣着听从了。看到妻子在母亲身旁，就问母亲："儿的媳妇在这里，是不是也已是泉下之人了？"母亲说："不是，她是你父亲接来的，等你回家时，便一起送回去。"陈锡九说："儿想在这里侍奉父母，不想回去了。"母亲说："你千辛万苦跋涉而来，是为了父亲的遗骨，你不

回去，不是违背了当初的志向了吗？况且你的孝行上天已经知道了，赐给你万两黄金，夫妻二人享受的日子正长，怎能说不回去呢？”陈锡九只是垂着头哭泣。陈父多次催促他快走，陈锡九痛哭失声。父亲生气地说：“你不走吗！”陈锡九害怕了，止住哭声，才询问父亲葬在什么地方。父亲挽着他的手说：“你走，我告诉你，到离那乱坟岗子百余步的地方，有一大一小两棵白榆树的地方就是。”拉着他走得很急，竟来不及向母亲告别。门外有个年轻仆人正牵着马等待。陈锡九骑上马以后，父亲嘱咐他说：“你今天住宿的地方，有少量盘缠，可以快点儿整理行装回家，向你岳父索要你媳妇，得不到媳妇，不要和他罢休。”陈锡九答应后走了。

马跑得飞快，鸡叫时到了西安，仆人扶陈锡九下马，刚想让仆人代向父母致意，仆人和马都不见了。陈锡九找到原来住的地方，靠着墙壁打盹，等待天亮。坐的地方有拳头大的石头硌屁股，早晨一看，是块银子。他用这块银子买了棺木租了车马，来到双榆树下，找到父亲的尸骨，运回了家乡。将父亲与母亲合葬完毕，银子也用光了，家中四壁空空。幸而村里人可怜他是个孝子，都送给他饭吃。

陈锡九将要到岳父家去索要妻子，自己思量不能动武，就和本家哥哥陈十九一同去。到了岳父家门口，守门人不让进。陈十九向来是个无赖之人，出口就用污言秽语大骂。周某让人劝陈锡九回去，说愿意立即送回女儿，陈锡九就回来了。

当初，女儿回到娘家，周某当她的面大骂女婿及亲家母，女儿不吭声，只是对着墙壁哭泣。陈锡九母亲去世，也不让女儿知道。得到休书以后，扔给女儿说：“陈家把你休了！”周女说：“我不是泼妇也没违背妇德，为什么休我？”想回去问个究竟，周家又把她禁闭起来。后来陈锡九去了西安，周某预造谣说陈锡九已死，来断绝女儿回陈家的想法。陈锡九已死的消息一传出去，就有杜中翰来提亲，周某竟然答应了。迎娶的日子已定下来，周女才知道此事，于是只是哭，不吃饭，用被子捂住脸，气如游丝。周某正无法可想时，忽听陈锡九来了，而且出言不逊，周某预料女儿必死，就让人把女儿抬回陈锡九家，想等女儿死后再报复泄愤。

陈锡九回到家中，给他送妻子的人已到，恐怕他见周女病重而不收留，刚进门，扔下病人就走了。邻居也替陈锡九担忧，大家商议再将周女送回娘家。陈锡九不听，把妻子扶到床上，这时妻子就没气了。他大为惊恐。正在惶恐不安时，周某的儿子带了几个人拿着武器来了，把门窗全部打坏。陈锡九急忙藏起来，周家这帮人苦苦搜寻。邻居们都为陈锡九鸣不平，陈十九纠集了十多个人挺身来救助，周某的儿子及同伙都被打伤，这才抱头鼠蹿。

周某更加恼怒，告到官府，官府逮捕了陈锡九、陈十九等人。陈锡九临走前，将妻子的尸体托付给邻家婆婆看守。老婆婆忽然听到床上有呼吸的声音，走近一看，周女的眼珠已能微微转动。过了一会儿，已能翻身。邻居们大喜，赶快向官府报告。县官对周某诬告陈锡九很生气，周某害怕了，花了很多钱贿赂县官，才不再追究。

陈锡九回了家，夫妻相见，悲喜交集。原来，周女绝食掩面卧床时，已下了必死的决心。忽然有人拉她起来说："我是陈家的人，快跟我走，夫妻还可以相见，不然就来不及了！"她不知不觉身体已出了家门，两个人扶着她上了轿子，顷刻间到了一座官府，看到公公婆婆都在那里。周女问："这是什么地方？"婆婆说："不必问了，等几天就送你回家。"有一天，看到陈锡九来了，周女很高兴。刚见面马上又分别了，心中感到很奇怪。也不知公公有什么事，连着几天没有回家。昨天晚上忽然回来，说："我在武夷，迟回来了两天，难为你守护儿媳，可迅速送她回去。"于是用车马将儿媳送回。

周女忽然看到家门，如大梦初醒。她与陈锡九共同述说种种往事，两人都感到又惊又喜。从此夫妻得以团聚，但没有生活来源，陈锡九就在村中设馆教授学童，另外自己也努力攻读。往往私下自语说："父亲说上天会赐给我黄金，如今四壁空空，难道靠教几个学童就能发财吗？"

有一天他从私塾归家，在路上遇到两个人，问他说："你是陈锡九吗？"陈锡九说："是。"这两个人就拿出铁索把他锁了起来。陈锡九不知怎么回事。一会儿，村里人都来了，质问为什么要抓陈锡九，才知道他是受到州内一伙盗贼的牵连。众人可怜陈锡九被冤枉，凑了点儿钱贿赂两个衙役，路上陈锡九才没有受苦。到郡中见了太守，陈锡九陈述了自己的家世，太守惊讶地说："这是名士的儿子，温文尔雅，怎会做贼？"下令给他解除锁链，又提来盗贼严刑审讯，才知道盗贼是接受了周某的贿赂才诬陷陈锡九的。陈锡九又叙述了与岳父不和的原因，太守更加气愤，立刻拘捕周某。把陈锡九请到官署，谈起了两家的交情，原来太守是原邳县县令韩公的儿子，是陈锡九父亲陈子言的学生。韩太守赠给陈锡九一百两银子作为帮助他读书的费用，又送给他两头骡子，以便不时骑着到郡府来，学习文艺。韩太守又向州府内的高官们传扬陈锡九的孝行，因此，从总制以下的官员，对陈锡九都有馈赠。陈锡九骑着骡子回到家，夫妻二人甚感欣慰。

有一天，周女的母亲哭着来了，看到女儿伏在地上不起来，周女吃惊地问出了什么事。其母一讲，才知周某已被抓进监狱。周女痛哭自责，想要寻死。陈锡九不得已，又到州府为周某说情。太守让周某自己花钱来赎身，罚他出一百石米，并将此米赏给了孝子陈锡九。周某被释放后，从仓里拿出米来，又掺上糠秕，用车运到陈锡九家。陈锡九对妻子说："你父亲用小人之心度君子之腹啊！怎知道我一定会接受这米呢？还要偷偷摸摸掺上糠秕！"笑着拒绝接受这些粮食。

陈锡九家虽有点儿家产，但院墙已残破不堪。一天夜里，一群强盗进了院子，仆人发觉了，大声喊叫，强盗只偷走了两头骡子。过了半年多，陈锡九正在夜读，听到叩门声，问了几声也没人答应。叫仆人起来看看，刚一开门，两头骡

子跳了进来，原来就是偷走的那两头。骡子直奔槽头，气喘嘘嘘。拿灯一照，每头背上驮着一个皮口袋，打开一看，里面全是白银。全家人都感到很奇怪，不知从哪里来的。后来听说就是这天夜里强盗抢劫了周某家，刚把财物捆装到骡子背上走出门，正巧碰上巡夜的兵丁追来，急忙丢下财物跑了。骡子认识原来的家，就驮着财物回来了。

周某从监狱回到家，受刑的创伤仍很重，又遭到强盗抢劫，气得得病死了，周女夜间梦见父亲戴着枷锁来了，对她说："对我平生所做的事，后悔也来不及了。如今在阴间受到惩罚，非你公公不能帮我解脱，请你替我求求你女婿，给你公公写一封信。"周女醒后伤心哭泣。陈锡九问她怎么回事，周女把梦中的事告诉了他。陈锡九早就想去太行山一趟，当日就出发了。到了以后，备好祭品祈祷，就露宿在父母的坟旁，希望能见到什么，但一整夜也没有奇异的情况，只好回家去了。周某死后，周妻及其子更加贫穷，都依仗小女婿王孝廉接济。王孝廉后来经过考试补授了知县的官职，因贪污受到处罚，全家被贬到沈阳，周家母子更无依无靠，陈锡九时常照顾他们。

异史氏说：善行中没有比孝行更大的，能感通鬼神，就是当然之理了。那些具有高尚道德的通达之士，即使终生贫困，也要终生尽孝，不会考虑到子孙后代将来会不会兴旺发达。有的人把自己心爱的女儿，许配给满头白发的老头，还扬扬得意地说："某位高官，是我的女婿。"唉，那年轻貌美的女儿容颜未改，可那位做高官的女婿已命归黄泉，那种惨痛景象太可悲了，何况少妇还要和犯罪的丈夫一起去服刑呢？

[何守奇] 孝子节妇。出于一门，其为鬼神所祐宜矣，况又名士之后哉！

[但明伦] 陈之孝，女之贤，事皆处于万难，非人力所能为者：荒冢已没，谁其识之？即无孽鬼欺陵，亦沟壑之饿莩耳。

[王艺孙] 孝可格天，岂虚语哉！

卷九

聊斋志异

邵临淄

【原文】

临淄某翁之女，太学李生妻也。未嫁时，有术士推其造，决其必受官刑。翁怒之，既而笑曰：“妄言一至于此！无论世家女必不至公庭，岂一监生不能庇一妇乎？”既嫁，悍甚，指骂夫婿以为常。李不堪其虐，忿鸣于官。邑宰邵公准其词，签役立勾。翁闻之大骇，率子弟登堂，哀求寝息，弗许。李亦自悔，求罢。公怒曰：“公门内岂作辍尽由尔耶？必拘审！”既到，略诘一二言，便曰：“真悍妇！”杖责三十，臀肉尽脱。

异史氏曰：“公岂有伤心于闺闼耶？何怒之暴也！然邑有贤宰，里无悍妇矣。志之，以补《循吏传》之所不及者。”

【译文】

临淄某位老先生的女儿，是太学生李某的妻子，她未出嫁时，有个算命的推算她的生辰八字，断定她一定会受到官府的刑罚。老先生听了很生气，转而又笑着说：“你竟然这样胡说八道！不要说大家世族的女儿不会到公堂上去，难道一个监生还不能保护一个女人吗？”

她出嫁后，性情十分凶悍，打骂丈夫是家常事，李某受不了她的虐待，一气之下告到了官府。县令邵公批准了他的控告，发下捕人的签牌，打发公差立即去捉拿她。老先生听说了非常吃惊，便带着家人到衙门，哀求邵公撤销这个案子，邵公不同意。李某也感到后悔，请求撤诉。邵公生气地说：“官府的公事怎么能由着你们想告就告，想撤就撤？一定要捉来审讯！”她被带到公堂后，邵公略略地审问了一两句，便说：“真是个泼妇！”判定杖打三十下，臀部的肉都打掉了。

异史氏说：邵公难道是在女人方面受到过什么伤害吗？怎么如此气愤！然而县里有贤明的长官，乡里就没有泼妇了。记下这件事，来补史书“循吏传”的

不足吧！

于去恶

【原文】

北平陶圣俞，名下士。顺治间赴乡试，寓居郊郭。偶出户，见一人负笈佂儴，似卜居未就者。略诘之，遂释负于道，相与倾语，言论有名士风。陶大说之，请与同居。客喜，携囊入，遂同栖止。客自言：“顺天人，姓于，字去恶。”以陶差长，兄之。

于性不喜游瞩，常独坐一室，而案头无书卷。陶不与谈，则默卧而已。陶疑之，搜其囊箧，则笔研之外更无长物。怪而问之，笑曰：“吾辈读书，岂临渴始掘井耶？”一日就陶借书去，闭户抄甚疾，终日五十余纸，亦不见其折叠成卷。窃窥之，则每一稿脱，则烧灰吞之。愈益怪焉，诘其故，曰：“我以此代读耳。”便诵所抄书，顷刻数篇，一字无讹。陶悦，欲传其术，于以为不可。陶疑其吝，词涉诮让，于曰：“兄诚不谅我之深矣。欲不言，则此心无以自剖；骤言之，又恐惊为异怪。奈何？”陶固谓：“不妨。”于曰：“我非人，实鬼耳。今冥中以科目授官，七月十四日奉诏考帘官，十五日士子入闱，月尽榜放矣。”陶问：“考帘官为何？”曰：“此上帝慎重之意，无论乌吏鳖官，皆考之。能文者以内帘用，不通者不得与焉。盖阴之有诸神，犹阳之有守令也。得志诸公，目不睹坟典，不过少年持敲门砖，猎取功名，门既开则弃去；再司簿书十数年即文学士，胸中尚有字耶！阳世所以陋劣幸进，而英雄失志者，惟少此一考耳。”陶深然之，由是益加敬畏。

一日自外来，有忧色，叹曰：“仆生而贫贱，自谓死后可免；不谓迍邅先生相从地下。”陶请其故，曰：“文昌奉命都罗国封王，帘官之考遂罢。数十年游神耗鬼，杂入衡文，吾辈宁有望耶？”陶问：“此辈皆谁何人？”

曰："即言之，君亦不识。略举一二人，大概可知：乐正师旷、司库和峤是也。仆自念命不可凭，文不可恃，不如休耳。"言已怏怏，遂将治任。陶挽而慰之，乃止。

至中元之夕，谓陶曰："我将入闱。烦于昧爽时，持香炷于东野，三呼去恶，我便至。"乃出门去。陶沽酒烹鲜以待之。东方既白，敬如所嘱。无何，于偕一少年来。问其姓字，于曰："此方子晋，是我良友，适于场中相邂逅。闻兄盛名，深欲拜识。"同至寓，秉烛为礼。少年亭亭似玉，意度谦婉。陶甚爱之，便问："子晋佳作，当大快意。"于曰："言之可笑！闱中七则，作过半矣，细审主司姓名，裹具径出。奇人也！"

陶扇炉进酒，因问："闱中何题？去恶魁解否？"于曰："书艺、经论各一，夫人而能之。策问：'自古邪僻固多，而世风至今日，奸情丑态，愈不可名，不惟十八狱所不得尽，抑非十八狱所能容。是果何术而可？或谓宜量加一二狱，然殊失上帝好生之心。其宜增与、否与，或别有道以清其源，尔多士其悉言勿隐。'弟策虽不佳，颇为痛快。表：'拟天魔殄灭，赐群臣龙马天衣有差。'次则《瑶台应制诗》、《西池桃花赋》。此三种，自谓场中无两矣！"言已鼓掌。方笑曰："此时快心，放兄独步矣；数辰后，不痛哭始为男子也。"天明，方欲辞去。陶留与同寓，方不可，但期暮至。三日竟不复来，陶使于往寻之。于曰："无须。子晋拳拳，非无意者。"日既西，方果来。出一卷授陶，曰："三日失约，敬录旧艺百余作，求一品题。"陶捧读大喜，一句一赞，略尽一二首，遂藏诸笥。谈至更深，方遂留，与于共榻寝。自此为常。方无夕不至，陶亦无方不欢也。

一夕仓皇而入，向陶曰："地榜已揭，于五兄落第矣！"于方卧，闻言惊起，泫然流涕。二人极意慰藉，涕始止。然相对默默，殊不可堪。方曰："适闻大巡环张桓侯将至，恐失志者之造言也；不然，文场尚有翻覆。"于闻之色喜。陶询其故，曰："桓侯翼德，三十年一巡阴曹，三十五年一巡阳世，两间之不平，待此老而一消也。"乃起，拉方俱去。两夜始返，方喜谓陶曰："君不贺五兄耶？桓侯前夕至，裂碎地榜，榜上名字，止存三之一。遍阅遗卷，得五兄甚喜，荐作交南巡海使，旦晚舆马可到。"陶大喜，置酒称贺。酒数行，于问陶曰："君家有闲舍否？"问："将何为？"曰："子晋孤无乡土，又不忍恝然于兄。弟意欲假馆相依。"陶喜曰："如此，为幸多矣。即无多屋宇，同榻何碍。但有严君，须先关白。"于曰："审知尊大人慈厚可依。兄场闱有日，子晋如不能待，先归何如？"陶留伴逆旅，以待同归。

次日方暮，有车马至门，接于莅任。于起，握手曰："从此别矣。一言欲告，又恐阻锐进之志。"问："何言？"曰："君命淹蹇，生非其时。此科之分十之一；后科桓侯临世，公道初彰，十之三；三科始可望也。"陶闻欲中止。于曰："不然，此皆天数。即明知不可，而注定之艰苦，亦要历尽耳。"又顾方曰："勿淹滞，今朝年、月、日、时皆良，即以舆盖送君归。仆驰马自去。"方忻然拜别。

陶中心迷乱，不知所嘱，但挥涕送之。见舆马分途，顷刻都散。始悔子晋北旋，未致一字，而已无及矣。

三场毕，不甚满志，奔波而归。入门问子晋，家中并无知者。因为父述之，父喜曰："若然，则客至久矣。"先是陶翁昼卧，梦舆盖止于其门，一美少年自车中出，登堂展拜。讶问所来，答云："大哥许假一舍，以入闱不得偕来。我先至矣。"言已，请入拜母。翁方谦却，适家媪入曰："夫人产公子矣。"恍然而醒，大奇之。是日陶言，适与梦符，乃知儿即子晋后身也。父子各喜，名之小晋。儿初生，善夜啼，母苦之。陶曰："倘是子晋，我见之，啼当止。"俗忌客忤，故不令陶见。母患啼不可耐，乃呼陶入。陶呜之曰："子晋勿尔！我来矣！"儿啼正急，闻声辍止，停睇不瞬，如审顾状。陶摩顶而去。自是竟不复啼。数月后，陶不敢见之，一见则折膝索抱，走去则啼不可止。陶亦狎爱之。四岁离母，辄就兄眠；兄他出，则假寐以俟其归。兄于枕上教《毛诗》，诵声呢喃，夜尽四十余行。以子晋遗文授之，欣然乐读，过口成诵；试之他文不能也。八九岁眉目朗彻，宛然一子晋矣。

陶两入闱，皆不第。丁酉，文场事发，帘官多遭诛遣，贡举之途一肃，乃张巡环力也。陶下科中副车，寻贡。遂灰志前途，隐居教弟。尝语人曰："吾有此乐，翰苑不易也。"

异史氏曰："余每至张夫子庙堂，瞻其须眉，凛凛有生气。又其生平喑哑如霹雳声，矛马所至，无不大快，出人意表。世以将军好武，遂置与绛、灌伍；宁知文昌事繁，须侯固多哉！呜呼！三十五年，来何暮也！"

【译文】

北平人陶圣俞，是个有名的读书人。顺治年间，他赶赴省里参加科举考试，寄居在城郊。一天，他偶然出门，看见一个人背着书箱，慌慌张张地，好像在找住处。陶生刚问了几句，他就把书箱放在道边，与陶生聊了起来，言谈之间很有名士风度。陶生大喜，邀请他和自己一起住。客人很高兴，拿了行李走进来，于是两人住到了一起。客人自我介绍说："我是顺天人，姓于，字去恶。"陶生年纪略长，因此待以兄长之礼。

于生不喜欢交游，常常独自坐在屋里，但书桌上却没放书本。陶生如果不和他说话，他就自己默默地躺在那里。陶生对他的举动心存疑虑，就查看他的包袱和箱子，除了笔墨砚台之外，没有什么多余的东西。陶生感到奇怪，就问他，于生笑着说："我们读书，难道是要渴了才去挖井吗？"

一天，他从陶生那里借了书，关上房门便飞快地抄起来，从早到晚抄了五十余张纸，却不见他折叠装订成册。陶生偷偷地去看，只见他每抄完一篇，就把它烧成灰吞到肚子里去。陶生更加惊奇，就问他怎么回事，于生说："我用这个方法代替读书。"于是背诵所抄的书，一会儿就背了好几篇，一字不错。陶生很高兴，想要让他传授这种法术，于生不同意。陶生猜想他是不舍得传授，话语中流露出不满意。于生说："兄长真是太不体谅我了，如果我不说，心意就无法表明；如果一下子说出来，又怕你受惊，以为我是妖怪，怎么办呢?"陶生坚持说："没关系。"于是，于生说："我不是人，是鬼！现在阴间要以科举考试授官，七月十四日奉命选考帘官，十五日参加考试的人进入考场，月底发榜。"陶生问："什么是考帘官?"答道："这是天帝谨慎对待科考的意思，不管大官小官，都得考试。能写文章的用作内帘官，文墨不通的不能参与科举监考。阴间有各种各样的神，就像阳间有郡守、县令一样。现在那些考中做了官的人，就不再读书了。书籍不过是他们少年时期猎取功名的敲门砖，门一打开，它就被扔到一边去了。如果再掌管十几年的公文簿籍，即使原来是文学士，胸中还能剩下多少墨水呢！阳世所以不学无术的人得以侥幸晋升，而英才不得志，就是因为缺少这种先考帘官的办法啊。"陶生深以为然，于是对他更加敬畏。

一天，于生从外面回来，一脸愁容，感叹道："我从生下来就贫穷卑贱，自以为死后可以摆脱，不料倒霉的命运一直跟着我到阴间。"陶生问他怎么回事，回答说："文昌帝奉命到都罗国封王去了，帘官考试取消了。这样，那些在阴间游荡数十年的游神恶鬼来主持科举考试，我们这些人怎么会有考中的希望啊！"陶生问："这些鬼神都是谁?"答道："我就是说了，你也不认识，我只举一两个，你大概都知道：比如乐正师旷、司库和峤。我想自己的命运不能依靠，凭文章也不行，不如算了吧。"说完闷闷不乐，于是便打算收拾行李离开这里，陶生拉住他劝慰，他才留了下来。

到了七月十五中元节的晚上，于生对陶生说："我要进考场了，麻烦你在天刚亮时，拿着点着的香在东郊，呼唤三声'去恶'，我就会来。"说完就出门走了。陶生买了酒，煮了鲜鱼肉等着他。东方刚刚放亮，他便恭敬地按着于生的嘱咐做了。不一会儿，于生便和一个少年一同来了，陶生问他的姓名，于生说："这是方子晋，我的好朋友，刚才恰好在考场里遇上了，他听到兄长的大名，就很想来拜访你。"三人一同回到住所，点上香烛以礼相见。少年亭亭而立，仪态谦恭可爱，陶生很喜欢他，便问："子晋的佳作，一定是大快人意吧！"于生说："说来可笑！考场中七道题，他已经做了一半多了；但仔细看了主考官的姓名，他便立刻收拾笔墨退出考场，真是个奇人！"陶生扇着炉火，送上酒，接着问道："考场中出了些什么题目？去恶高中了吧?"于生答道："书艺、经论各一道，这些是人人都会的。策问是：'自古以来奸邪之气本来就多，而社会风气败坏到今天，奸邪丑态多得甚至叫不出名堂来，不仅十八层地狱不能囊括这些名目，而且也不是十八层地狱所能容得下的。这个问题有什么办法可解决呢？有人说可以增加一两层地狱，但是这样太违背天帝的好生之心。那么是应该增加呢，还是不应该增加？或者有别的办法可以正本清源，你们大家都来说说，不要有所保留。'小弟这篇策问虽然写得不好，却说了个痛快。表的题目是：拟一道'天魔殄灭，

群臣按功劳赐龙马天衣'的表文，再就是'瑶台应制诗'、'西池桃花赋'。这三种，我自认为是场中无人可比。"说完后，高兴得直鼓掌。方子晋笑着说："这时是任凭你痛快高兴，几个时辰后，不痛哭流涕才算真正男子汉呢。"天亮时，方生准备告辞回去，陶生留他同住，他不答应，只是约定晚上再来。三天过去了，方生竟然没有再来，陶生让于生去找他，于生说："不用找，子晋为人诚恳，不是没有信用的人。"太阳偏西时，方生果然来了。他拿出一本册子交给陶生，说："三天失约，是因为我在认真抄录过去作的百余篇文章，请你一一给予品评。"陶生很高兴地拿着读起来，读一句赞一句，大致看过一两篇之后，就把它收藏在竹箱里。两人畅谈到深夜，方生就留下来和于生同床而睡。自此以后，常常如此，方生没有一个晚上不来，陶生也是没有方生就不愉快。

一天晚上，方生慌慌张张地走进来，向陶生说："阴间已经发榜，于五兄落榜了。"于生正躺在床上，听到这话，吃惊地坐起来，伤心地流下泪来。两人尽力劝解，于生才不哭了。可是，三人你看我，我看你，都无话可说，很是难过。方生说："刚才听说大巡环张桓侯要来了，恐怕这话是落第的人编造出来的。如果是真的话，这场考试还会有反复。"于生听了，脸上露出喜色。陶生问这是怎么回事，答道："桓侯张翼德，三十年一巡视阴间，三十五年一巡视阳世，阴阳两界的不平事，都等着这位老先生来解决。"于生于是起身，拉着方生一齐走了。过了两天才回来，方生高兴地对陶生说："你不向五兄祝贺吗？桓侯前天晚上到了阴间，撕碎了地榜，榜上的名字只剩了三分之一。又审阅了一遍落选的卷子，看到五兄的卷子非常高兴，已经推荐五兄做交南巡海使了，很快就会有车马来到了。"陶生大喜，置办了酒宴来庆贺。酒喝过了几遍之后，于生问陶生："你家里有闲房子吗？"陶生问："你问这做什么？"于生说："子晋孤孤单单的，没有归宿，又不忍心随意托付给兄长，小弟想借间房子给他住，也好和你相互依靠。"陶生高兴地说："如果这样，我太荣幸了。即使没有多余的房子，和我同床住又有什么关系？只是我有父母在，得先禀报他们。"于生说："我知道你父母慈爱厚道，可以依靠。兄长临近考试还有些日子，子晋如果不能等，先回家去怎么样？"陶生要留下他做伴，等待考完再一同回去。第二天，天刚黑下来，就有车马来到门前，接于生去上任。于生起身握住陶生的手说："从此我们分别了，有句话想告诉你，又恐怕影响了你上进之心。"陶生问："是什么话？"答道："你命中注定困顿，生不逢时。这次科考只有十分之一的希望；下一科桓侯到阳世来，公道开始伸张，有十分之三的希望；第三次科考，你才有希望考中。"陶生听了，就不想参加考试了。于生说："不要这样，这都是天命，即使明知道不行，而注定的艰难困苦，也都是要经历的。"又回头对方生说："不要滞留了，今天的年、月、日、时辰都好，立刻用迎我的车马送你回去吧，我骑马自己去上任。"方生愉快地与他们告别。陶生心中迷乱，不知说什么好，只是挥泪送他们走了。眼看着车马各奔各的路，转眼间都散了。这时，他才后悔起来，子晋回家，也没

给家中父母捎封信去，此时已经晚了。

三场考过，不太满意，陶生就急忙赶回家去。进了家门就打听子晋，家里没人知道这个人。于是，他和父亲讲了这件事的经过，父亲一听高兴地问："要是这样的话，那么客人已经到了很久啦！"原来，陶父白天躺在床上，梦见车马伞盖停在自家门前，一位英俊少年从车中出来，进了堂屋来拜见陶父。陶父惊讶地问他从哪里来，回答说："大哥答应借我一间房子，因为他要考试不能和我一道回来，我就先来了。"说完，就请求进去拜见母亲。陶父正在谦让谢绝，这时，家中女仆进来说："夫人生了一位公子。"陶父恍然梦醒，觉得非常奇怪。这天陶生所说的，正好与梦相符，才知道这孩子是子晋托生的。父子俩都非常高兴，给孩子起名叫小晋。

这孩子刚生下时，爱在晚上哭闹，陶母为此很烦恼。陶生说："如果真的是子晋，我看看他，哭闹就该止住。"当地的风俗忌讳刚生的孩子见生人受惊吓，所以不让陶生去看。母亲忍受不了孩子的哭闹，于是叫陶生进去。陶生抚慰他说："子晋不要这样，我来了。"孩子哭得正厉害，听到陶生的声音，马上不哭了，目不转睛地看着陶生，好像是在仔细地端详。陶生抚摸一下孩子的头顶就出去了。从此以后，孩子竟然不再哭闹了。几个月后，陶生已经不敢见他了；一见，孩子就要他弯腰来抱；离开了，他就啼哭不止。陶生也非常喜爱他。四岁时，小晋就离开母亲，和哥哥睡在一起。哥哥出门去，他就假装睡觉，等着他回来。哥哥在枕席上教他读"毛诗"，他也能"咿咿呀呀"地读出来，一晚上能读四十多行。陶生用子晋留下的文章教他，他非常爱读，念一遍就能背诵下来了；拿别的文章试一试，就背不下来。八九岁的时候，已经长得眉清目秀，简直是又一个子晋。

陶生两次参加乡试都没考中。丁酉年间，考场作弊的事被揭发出来，许多考官被杀或被流放，科举途径得以肃清，这是桓侯张翼德的功劳。陶生在下科考试时考中副榜，不久成了贡生。这时陶生已对科举之志渐渐失去兴趣，就隐居在家教弟弟读书。他曾对人说："我有这样的乐趣，就是给我个翰林官职，我也不换。"

异史氏说：我每次到张夫子的庙堂，看到他的须眉，凛然而有生气。他一人叱咤如霹雳，枪马所到之处，无不大快人心，出人意料。世人因为将军好武，于是把他和汉代绛侯周勃、灌婴放在同列；哪里知道文昌帝事务繁忙，需要张侯的时候本来就多啊。唉，三十五年，来得太晚了。

［王士祯］数科来关节公行，非啖名即垄断，脱有桓侯，亦无如何矣。悲哉！

［何守奇］张为朱鸟七宿正位离明，故文昌、桓侯皆张姓，文场事须大巡环何疑。

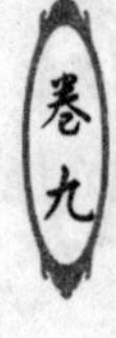

狂生

【原文】

刘学师言：济宁有狂生某，善饮；家无儋石，而得钱辄沽，殊不以穷厄为意。值新刺史莅任，善饮无对。闻生名，招与饮而悦之，时共谈宴。生恃其狎，凡有小讼求直者，辄受薄贿为之缓颊；刺史每可其请。生习为常，刺史心厌之。

一日早衙，持刺登堂，刺史览之微笑，生厉声曰："公如所请可之；不如所请否之，何笑也！闻之：士可杀而不可辱。他固不能相报，岂一笑不能报耶？"言已大笑，声震堂壁。刺史怒曰："何敢无礼！宁不闻灭门令尹耶！"生掉臂竟下，大声曰："生员无门之可灭！"刺史益怒，执之。访其家居，则并无田宅，惟携妻在城堞上住。刺史闻而释之，但逐不令居城垣。朋友怜其狂，为买数尺地，购斗室焉。入而居之，叹曰："今而后畏令尹矣！"

异史氏曰："士君子奉法守礼，不敢劫人于市，南面者奈我何哉！然仇之犹得而加者，徒以有门在耳；夫至无门可灭，则怒者更无以加之矣。噫嘻！此所谓'贫贱骄人'者耶！独是君子虽贫，不轻干人，乃以口腹之累，喋喋公堂，品斯下矣。虽然，其狂不可及。"

【译文】

刘学师讲：济宁有个狂放的书生，非常喜欢喝酒；即使家中没有糊口的米粮，得了钱也马上买酒喝，一点儿也不把贫困放在心上。

恰好当时有位新刺史到任，也能喝酒，却没有陪酒的对手，听说了狂生很能喝酒，就把他叫来一起喝。刺史很喜欢他，时常和他一起谈话宴饮。狂生仗着刺

史对他的宠信，凡有小纠纷打官司求他帮助的，就收些小贿赂，替人向刺史求情，刺史每次都答应他的请求。狂生渐渐习以为常，刺史心中就有些讨厌他。

一天，上早衙时，狂生拿着求情的名片走上公堂，刺史看过之后微微一笑，狂生一见便厉声说："您如果答应我的请求，就答应；不答应，就算了，笑什么！我听说：'士可杀不可辱。'别的事情没法报复，难道一笑还不能报复吗？"说完，放声大笑，笑声把公堂的四壁都震响了，刺史生气地说："你怎么敢这么无礼！难道没听说有灭门令尹吗？"狂生转身就走下公堂，还大声说："我无门可灭！"刺史一听更生气，把他抓了起来。查访他的住处，发现他并没有田地房屋，只是带着妻子在城墙上住。刺史听到这种情况，就把他放了，但下令不许他居住在城墙头上。朋友怜惜他的狂傲，给他买了一小块地，买了一小间房。狂生住进这间小房，感叹道："从今以后，我怕令尹了。"

异史氏说：有教养的读书人遵国法守礼节，不敢公然抢劫，皇帝对他也没有办法！然而，有怨恨还能够实施报复，只是因为还有家门在罢了！到了无门可灭的地步，那么被触怒的人也就没什么处罚可以实施了。啊，这就是所谓的"贫贱骄人"吧！只是有教养的人即使贫困，也不轻易求人。这个人却为了满足口腹，而在公堂上吵闹，品质可谓低下。即使如此，他的狂傲也不是一般人能赶得上的。

凤仙

【原文】

刘赤水，平乐人，少颖秀，十五入郡庠。父母早亡，遂以游荡自废。家不中资，而性好修饰，衾榻皆精美。

一夕被人招饮，忘灭烛而去。酒数行始忆之，急返。闻室中小语，伏窥之，见少年拥丽者眠榻上。宅临贵家废第，恒多怪异，心知其狐，亦不恐，入而叱曰："卧榻岂容鼾睡！"二人遑遽，抱衣赤身遁去。遗紫纨裤一，带上系针囊。大悦，恐其窃去，藏衾中而抱之。俄一蓬头婢自门罅入，向刘索取。刘笑要偿。婢请遗以酒，不应；赠以金，又不应。婢笑而去。旋返曰："大姑言：如赐还，当以佳偶为报。"刘问："伊谁？"曰："吾家皮姓，大姑小字八仙，共卧者胡郎也；二姑水仙，适富川丁官人；三姑凤仙，较两姑尤美，自无不当意者。"刘恐失信，请坐待好音。婢去复返曰："大姑寄语官人：好事岂能猝合？适与之言，反遭诟厉；但缓时日以待之，吾家非轻诺寡信者。"刘付之。

过数日渺无信息。薄暮自外归，闭门甫坐，忽双扉自启，两人以被承女郎，手捉四角而入，曰："送新人至矣！"笑置榻上而去。近视之，酣睡未醒，酒气犹芳，赪颜醉态，倾绝人寰。喜极，为之捉足解袜，抱体缓裳。而女已微醒，开

目见刘，四肢不能自主，但恨曰："八仙淫婢卖我矣！"刘狎抱之。女嫌肤冰，微笑曰："今夕何夕，见此凉人！"刘曰："子兮子兮，如此凉人何！"遂相欢爱。既而曰："婢子无耻，玷人床寝，而以妾换裤耶！必小报之！"

从此无夕不至，绸缪甚殷。袖中出金钏一枚，曰："此八仙物也。"又数日，怀绣履一双来，珠嵌金绣，工巧殊绝，且嘱刘暴扬之。刘出夸示亲宾，求观者皆以资酒为贽，由此奇货居之。女夜来，作别语。怪问之，答云："姊以履故恨妾，欲携家远去，隔绝我好。"刘惧，愿还之。女云："不必。彼方以此挟妾，如还之，中其机矣。"刘问："何不独留？"曰："父母远去，一家十余口，俱托胡郎经纪，若不从去，恐长舌妇造黑白也。"从此不复至。

逾二年，思念綦切。偶在途中，遇女郎骑款段马，老仆鞚之，摩肩过；反启障纱相窥，丰姿艳绝。顷，一少年后至，曰："女子何人？似颇佳丽。"刘亟赞之。少年拱手笑曰："太过奖矣！此即山荆也。"刘惶愧谢过。少年曰："何妨。但南阳三葛，君得其龙，区区者又何足道！"刘疑其言。少年曰："君不认窃眠卧榻者耶？"刘始悟为胡。叙僚婿之谊，嘲谑甚欢。少年曰："岳新归，将以省觐，可同行否？"刘喜，从入萦山。

山上故有邑人避难之宅，女下马入。少间，数人出望，曰："刘官人亦来矣。"入门谒见翁妪。又一少年先在，靴袍炫美。翁曰："此富川丁婿。"并揖就坐。少时，酒炙纷纶，谈笑颇洽。翁曰："今日三婿并临，可称佳集。又无他人，可唤儿辈来，作一团圆之会。"俄，姊妹俱出。翁命设坐，各傍其婿。八仙见刘，惟掩口而笑；凤仙辄与嘲弄；水仙貌少亚，而沉重温克，满座倾谈，惟把酒含笑而已。于是履舄交错，兰麝熏人，饮酒乐甚。刘视床头乐具毕备，遂取玉笛，请为翁寿。翁喜，命善者各执一艺，因而合座争取；惟丁与凤仙不取。八仙曰："丁郎不谙可也，汝宁指屈不伸者？"因以拍板掷凤仙怀中，便串繁响。翁悦曰："家人之乐极矣！儿辈俱能歌舞，何不各尽所长？"八仙起，捉水仙曰："凤仙从来金玉其音，不敢相劳；我二人可歌《洛妃》一曲。”二人歌舞方已，适婢以金盘进果，都不知其何名。翁曰：“此自真腊携来，所谓‘田婆罗’也。”因掬数枚送丁前。凤仙不悦曰：“婿岂以贫富为爱憎耶？”翁微哂不言。八仙曰：“阿爹以丁郎异县，故是客耳。若论长幼，岂独凤妹妹有拳大酸婿耶？”凤仙终不快，解华妆，以鼓拍授婢，唱《破窑》一折，声泪俱下；既阕，拂袖径去，一座为之不欢。八仙曰：“婢子乔性犹昔。”乃追之，不知所往。

刘无颜，亦辞而归。至半途，见凤仙坐路旁，呼与并坐，曰：“君一丈夫，不能为床头人吐气耶？黄金屋自在书中，愿好为之。”举足云：“出门匆遽，棘刺破复履矣。所赠物，在身边否？”刘出之，女取而易之。刘乞其敝者，辴然曰：“君亦大无赖矣！几见自己衾枕之物，亦要怀藏者？如相见爱，一物可以相赠。”旋出一镜付之曰：“欲见妾，当于书卷中觅之；不然，相见无期矣。”言已不见。

怊怅而归。视镜，则凤仙背立其中，如望去人于百步之外者。因念所嘱，谢客下帷。一日见镜中人忽现正面，盈盈欲笑，益重爱之。无人时，辄以共对。月余锐志渐衰，游恒忘返。归见镜影，惨然若涕；隔日再视，则背立如初矣：始悟为己之废学也。乃闭户研读，昼夜不辍；月余则影复向外。自此验之：每有事荒废，则其容戚；数日攻苦，则其容笑。于是朝夕悬之，如对师保。如此二年，一举而捷。喜曰：“今可以对我凤仙矣！”揽镜视之，见画黛弯长，瓠犀微露，喜容可掬，宛在目前。爱极，停睇不已。忽镜中人笑曰：“‘影里情郎，画中爱宠’，今之谓矣。”惊喜四顾，则凤仙已在座右。握手问翁媪起居，曰：“妾别后不曾归家，伏处岩穴，聊与君分苦耳。”刘赴宴郡中，女请与俱；共乘而往，人对面不相窥。既而将归，阴与刘谋，伪为娶于郡也者。女既归，始出见客，经理家政。人皆惊其美，而不知其狐也。

刘属富川令门人，往谒之。遇丁，殷殷邀至其家，款礼优渥，言：“岳父母近又他徙。内人归宁，将复。当寄信往，并诣申贺。”刘初疑丁亦狐，及细审邦族，始知富川大贾子也。初，丁自别业暮归，遇水仙独步，见其美，微睨之。女请附骥以行。丁喜，载至斋，与同寝处。棂隙可入，始知为狐。女言：“郎勿见疑。妾以君诚笃，故愿托之。”丁嬖之，竟不复娶。

刘归，假贵家广宅，备客燕寝，洒扫光洁，而苦无供帐；隔夜视之，则陈设焕然矣。过数日，果有三十余人，赍旗采酒礼而至，舆马缤纷，填溢阶巷。刘揖翁及丁、胡入客舍，凤仙逆妪及两姨人内寝。八仙曰：“婢子今贵，不怨冰人矣。钏履犹存否？”女搜付之，曰：“履则犹是也，而被千人看破矣。”八仙以履击背，曰：“挞汝寄于刘郎。”乃投诸火，祝曰：“新时如花开，旧时如花谢；珍重不曾着，姮娥来相借。”水仙亦代祝曰：“曾经笼玉笋，着出万人称；若使姮娥见，应怜太瘦生。”凤仙拨火曰：“夜夜上青天，一朝去所欢；留得纤纤影，遍与世人看。”遂以灰捻柈中，堆作十余分，望见刘来，托以赠之。但见绣履满柈，悉如故款。八仙急出，推柈堕地；地上犹有一二只存者，又伏吹之，其迹始灭。

次日，丁以道远，夫妇先归。八仙贪与妹戏，翁及胡屡督促之，亭午始出，与众俱去。

初来，仪从过盛，观者如市。有两寇窥见丽人，魂魄丧失，因谋劫诸途。侦其离村，尾之而去。相隔不盈一尺，马极奔不能及。至一处，两崖夹道，舆行稍缓；追及之，持刀吼咤，人众都奔。下马启帘，则老妪坐焉。方疑误掠其母；才他顾，而兵伤右臂，顷已被缚。凝视之，崖并非崖，乃平乐城门也；舆中则李进士母，自乡中归耳。一寇后至，亦被断马足而絷之。门丁执送太守，一讯而伏。时有大盗未获，诘之，即其人也。

明春，刘及第。凤仙以招祸，故悉辞内戚之贺。刘亦更不他娶。及为郎官，纳妾，生二子。

异史氏曰："嗟乎！冷暖之态，仙凡固无殊哉！'少不努力，老大徒伤'。惜无好胜佳人，作镜影悲笑耳。吾愿恒河沙数仙人，并遣娇女婚嫁人间，则贫穷海中，少苦众生矣。"

【译文】

刘赤水，广西平乐县人，从小聪颖俊秀，十五岁入郡学读书，后来因父母早亡，他就游逛起来，因而荒废了学业。他的家产逊于中等人家，却生性喜爱修饰，被褥床铺都十分讲究。

一天晚上，刘赤水被人邀请去喝酒，走时忘了吹灭蜡烛了。酒过几巡之后，才想起来，急忙回到家。未进门，听到屋里有人小声说话，伏上去一看，只见一个年轻人抱着一个美丽的姑娘躺在床上。刘赤水的房子靠近名家大族荒弃的住宅，常常闹神闹鬼。他一看心里知道他们是狐狸，也不害怕，进屋喝斥道："我的床铺，怎么容许别人睡大觉！"两人一见惊慌失措，抱起衣服，光着身子就跑了，丢下一条紫色的裤子，带子上还系着针线包。刘赤水一看，很高兴，怕被他们偷回去，就藏在被中抱着。

不一会儿，一个蓬头散发的小丫环，从门缝里挤进来，向刘赤水讨要丢下的裤子。刘赤水笑着要报酬，小丫环答应给他送酒喝，刘赤水不答应；又说给他钱，他也不同意，丫环笑着走了。不一会儿又回来说："我家大姑娘说，如果能赐还，一定送你个好媳妇作为报答。"刘赤水问："你家大姑娘是谁？"答道："我家姓皮，大姑娘小名叫八仙，和她睡在一起的是胡郎；二姑娘水仙，嫁给了富川的丁官人；三姑娘凤仙，比两位姑娘更美，从没有人看见不中意的。"刘赤水恐怕她不守信用，要坐等好消息。丫环去了又回来说："大姑娘让我传话给官人：好事哪能一下子就做成呢？刚才把这事与三姑娘说，反遭到一顿痛骂；请你宽缓几天，稍微等一下，我们家不是那种说话不算数、不守信用的人家。"刘赤水一听这样，就把东西还给了她。过了好几天，却一点儿消息也没有。

一天，天刚黑，刘赤水从外面回来，关上门刚刚坐下，忽然，两扇门自动开

了。只见两个人用被抬着一位姑娘，手拉着被的四个角，走进来，说："送新娘子来了。"笑着放在床上就走了。刘赤水走近床前一看，姑娘正沉睡未醒，浑身还散发着淳香的酒气，红红的脸带着醉态，动人极了。刘赤水高兴极了，握着她的脚替她脱袜子，抱着她替她脱衣服。这时，姑娘已经微微醒过来了，睁开眼睛，看见刘赤水，四肢却不听使唤，只是恨恨地说："八仙这个坏丫头，把我卖了！"刘赤水抱着她亲热，姑娘嫌刘赤水身上冰凉，微笑着说："今晚是什么日子啊，遇上这么冰凉的人。"刘赤水说："你啊，你啊，把我这个凉人又怎么样呢？"于是，两人便相亲相爱起来。随后，姑娘说："八仙这丫头真无耻，玷污了人家的床铺，却拿我来换裤子！多少一定要报复她一下。"从此以后，姑娘没有一天晚上不来的，两人爱得很深。

有一天，姑娘从袖子里拿出一枚金钏，说："这是八仙的。"又过了几天，从怀里又拿出一双镶珠绣金、做工精巧的绣鞋来，并且让刘赤水张扬出去。刘赤水便拿着这些东西向亲戚、朋友夸耀，想要看的人以钱酒作为礼物，由此，这些东西就成了稀罕物。

一天夜里，姑娘说起了告别的话，刘赤水诧异地问她缘故，答道："姐姐因为绣鞋的事恨我，想带着全家去很远的地方，以此隔绝我们俩相好。"刘赤水一听很害怕，愿意把东西还给八仙。姑娘说："不必，她正要用这个来要挟我，如果还了她，正中了她的计。"刘赤水问："你为什么不单独留下来呢？"姑娘说："父母远去，一家十余口，都托胡郎照应，若不跟着去，恐怕这个长舌女会造谣惹是非。"从此，姑娘没再来过。

过了两年，刘赤水非常思念凤仙。一天，他偶然在路上遇见一位女郎骑着一匹马，缓缓地向前走，一个老仆人拉着马缰绳，正和他擦肩而过。女郎回头掀起面纱偷偷看他，露出漂亮的面容。不一会儿，一位年轻人从后面走来，就问："那女郎是什么人？好像很美。"刘赤水极力称赞她，年轻人向他行礼，笑着说："太过奖了！那就是我妻子。"刘赤水赶快请他原谅，年轻人说："没关系，不过，南阳诸葛三兄弟，您已经得到了其中的龙，剩下的又有什么值得提的呢？"刘赤水不明白他的话，年轻人说："您不认识偷着睡在你床上的人了吗？"刘赤水才明白他就是胡郎。于是他们互认了连襟，亲热地说笑起来，年轻人说："岳父母刚回去，我们要去探望一下，你能一起去吗？"刘赤水很高兴，跟他们一起进了萦山。

山上有座城里人过去避乱用的宅子，八仙下马进了屋。不一会儿，有好几个人出来看，嚷着："刘官人也来了。"刘赤水进门拜见了岳父母。还有一位年轻人已经先在了，衣饰华美，光彩耀眼。岳父介绍说："这是富川的丁姑爷。"两人互相拜过就坐下了。不一会儿，酒菜纷纷摆上来，相互谈笑，很融洽。岳父说："今天三位姑爷都来了，可称得上是难得的聚会，又没有外人，可以叫女儿们出来，大家团聚团聚。"过了一会儿，三姐妹都出来了。老头子命人摆上座位，

让她们各挨着自己的女婿坐下。八仙见到刘赤水，只是掩口而笑；凤仙则与他互相戏闹；水仙容貌稍逊，但沉静温存，满屋都在谈笑，只有她只是握着酒杯微笑不语。于是宾客纷杂，屋内香气袭人，大家都喝得很高兴。刘赤水看见床头各种乐器都有，就拿了一枝玉笛，请求吹奏一曲为岳父祝寿。老头很高兴，让会吹奏的都去拿一件，于是全都争先恐后去拿；只有丁姑爷和凤仙不拿。八仙说："丁郎不会，可以不取，你怎么也不伸手？"于是把拍板扔到凤仙怀里。各种乐器演奏起来，老头欢喜地说："家人之间的欢乐也就是这样了！你们都能歌善舞，何不各尽所长呢？"八仙站起来，拉着水仙说："凤仙从来珍惜嗓音如珍惜金玉，不敢劳动人家；咱们俩可以唱一曲《洛妃》。"二人歌舞刚完，恰好婢女用金盘献水果，大家都不知道这水果叫什么名字。老头说："这是从真腊国带来的，叫'田婆罗'。"于是双手捧了几枚送到丁姑爷面前。凤仙不高兴地说："难道爱女婿也要以贫富论定吗？"老头笑笑不说话。八仙说："爹爹因为丁郎是外县人，是客人。如果论长幼，难道只有凤妹妹有个拳头大的穷酸女婿吗？"凤仙始终不高兴，脱下鲜艳的衣饰，把鼓拍扔给婢女，唱了一折《破窑》，声泪俱下。唱完拂袖而去，弄得满屋人都很不愉快。八仙说："这丫头和从前一样任性。"就去追她，已经不知道她去哪了。

刘赤水觉得很没面子，便告辞回去。走到半路，看见凤仙坐在路旁，叫他一起坐下。说："你也是个男子汉，不能为床头人出口气吗？黄金屋本自在书中，希望你好自为之。"又举起脚说："出门时太急，荆棘刺破了鞋。我给你的东西在身边吗？"刘赤水拿出绣鞋，凤仙拿过来穿在脚上。刘赤水想要她那双旧鞋，凤仙笑笑说："你真是太没用了！谁见过自己的被子枕头之类，也要藏在身上的？如果你真爱我，有一件东西可以送给你。"说完，拿出一面镜子给刘赤水，说："如果想见我，应当到书卷中去找，不然，我们就没有相见的时候了。"说完，就不见了，刘赤水只好失望地回去了。

一看镜子，凤仙正背对着他站在镜子里，看上去好像人在百步之外。于是想起凤仙的嘱咐，便谢绝会客，关起门来专心读书。一天，刘赤水看见镜中人忽然现出正面，美美地想要笑的样子，于是对她更加珍爱，没有人的时候，就与镜中人相对而视。一个月后，刘赤水发愤读书的志向逐渐消减了，到外面游玩，常常忘了回家。一天，他回家一看，镜中人满面愁容，好像要哭起来；过了一天再看，就又像最初那样背对他站在那里。刘赤水这才明白：凤仙如此，都是因为自己荒废学业的缘故。于是，他开始闭门研读，昼夜不停；一个月后，镜中人又面向外了。从此得到验证：每当有事荒废学业，镜中人就满面悲伤；连日苦苦攻读，镜中人就满面笑容。于是，他早晚都把镜子挂起来，如同对待老师一样。这样刻苦坚持了两年，一举考中。刘赤水高兴地说："今天我可以面对我的凤仙了！"拿过镜子一看，只见凤仙弯着两道乌黑的长眉，微微露出洁白的牙齿，满脸喜色，好像就在眼前，刘赤水喜爱已极，目不转睛地看着。忽然，镜中人笑着说："'影里的情郎，画中的爱宠'，说的就是今天这样吧。"刘赤水惊喜地四下一看，凤仙已经站在他右边了。刘赤水拉着她的手，问岳父母身体可好？凤仙说："我和你分别后，就不曾回家，自己住在山洞里，以此来与你共同分担清苦。"

刘赤水去郡中赴宴，凤仙要求一起去；两人乘一辆车去，人们对面都看不见她。后来要回家时，凤仙暗中与他商量，假装她是刘赤水在郡中娶的妻子。凤仙回到家中，才开始出来见客人，经营家务。人们都惊异于她的美丽，而不知道她是狐狸。

刘赤水是富川县令的学生，他去拜见县令，途中遇到了丁郎。丁郎热情地邀请他到家里去，款待得很周到。丁郎告诉他："岳父母最近又迁到别处去了。我妻子回娘家，也快回来了。我一定寄信去，并把你高中的消息告诉他们，让他们来祝贺。"

刘赤水起先怀疑丁郎也是狐狸，后来详细打听他的家族，才知道他是富川县大商人的儿子。当初，丁郎有一次晚上从别墅回家，遇到水仙一个人在路上，丁郎见她美丽，就偷偷斜眼看她。水仙请求跟他一起走，丁郎非常高兴，把她带到书房，便与她同居了。水仙能从窗格子中进出，丁郎才知道她是狐狸。水仙说："请您不要起疑心，我是因为您的诚实厚道，才愿意托身于您的。"丁郎非常爱她，竟然不再娶妻。

刘赤水回到家中，借富人家的大院子为客人准备食宿。院子打扫得非常干净，却苦于没有帐幔可用；转天去看，只见陈设焕然一新。过了几天，果然有三十多人，带着礼品来到门前，车马络绎不绝，挤满了街巷。刘赤水向岳父及丁郎、胡郎施礼，请进屋内。凤仙迎母亲及两位姐姐进了内室。八仙说："丫头今天富贵了，不怨我这媒人了吧。金钏、绣鞋还在吗？"凤仙找了出来还她，说："鞋倒还是这双鞋，只是被上千人看破了。"八仙用鞋打她的背，说："打你，把这记在刘官人身上。"于是，把鞋扔到火里，祝愿说："新时如花开，旧时如花谢；珍重不曾着，姮娥来相借。"水仙也代为祝愿说："曾经笼玉笋，着出万人称；若使嫦娥见，应，冷太瘦生。"凤仙拨拨火说："夜夜上青天，一朝去所欢；留得纤纤影，遍与世人看。"于是，凤仙把灰捻在盘中，堆成十余份。看见刘赤水过来，便托起来送给他，只见满盘绣鞋，都和原来的一样。八仙急忙走出来，把盘子推掉地上；地上还有一两只绣鞋，她又伏下身来吹，绣鞋的踪迹才没有了。

第二天，丁郎家因为路远，夫妇俩先回去了。八仙贪图和妹妹玩耍，父亲和胡郎多次催促，过午，她才从房里出来，和众人一起走了。

这些客人最初来时，气派很大，围观的人多得如赶集。其中有两个强盗看见这样漂亮的女人，魂都飞了，于是商量要在途中劫持她们。察看他们离开村子了，就尾随在后面；相距不到一尺，打马极力追赶，却怎么也赶不上。到了一个

地方，两边山崖夹道，车马行进稍慢；强盗乘机追上来，举刀大喊，人们都给吓跑了。强盗下马打开车帘一看，却是一个老太婆坐在里面。强盗刚怀疑是误抢了美人的母亲，才抬头四顾，就被兵器砍伤了右臂，立刻被绑了起来。强盗定睛一看，两边并不是山崖，而是平乐城门。车中是李进士的母亲，从乡下回来。另一个强盗后赶来，也被砍断了马腿，绑了起来。守城的士兵抓了他们去见太守，一审便招认了。当时正好有名大盗没抓着，一问，正好是他。

第二年春天，刘赤水中了进士，凤仙怕招惹祸事，一概推辞了亲戚的祝贺。刘赤水也不再娶别人，后来做郎官，纳了一个妾，生了两个儿子。

异史氏说：唉！人情的冷暖，仙界和人间原来并无区别呀！“少壮不努力，老大徒伤悲”，只可惜没有美好可爱的女人，做出镜中的悲欢罢了！我愿有许许多多仙人，都把他们可爱的女儿嫁到人间，那么，贫穷的苦海中，就会少了许多痛苦的人了。

[何守奇] 锐志攻苦，皆由于镜中悲笑，岂好色之心，重于好名乎？然天下有志者少，无志者多，季子简炼揣摩，亦由于妻不下机一激之力，则闺中之人，正自不可少耳。

佟客

【原文】

董生，徐州人，好击剑，每慷慨自负。偶于途中遇一客，跨蹇同行。与之语，谈吐豪迈；诘其姓字，云：“辽阳佟姓。”问：“何往？”曰：“余出门二十年，适自海外归耳。”董曰：“君遨游四海，阅人綦多，曾见异人否？”佟曰：“异人何等？”董乃自述所好，恨不得异人之传。佟曰：“异人何地无之，要必忠臣孝子，始得传其术也。”董又毅然自许；即出佩剑弹之而歌，又斩路侧小树以矜其利。佟掀髯微笑，因便借观。董授之。展玩一过，曰：“此甲铁所铸，为汗臭所蒸，最为下品。仆虽未闻剑术，然有一剑颇可用。”遂于衣底出短刃尺许，以削董剑，脆如瓜瓠，应手斜断如马蹄。董骇极，亦请过手，再三拂拭而后返之。邀佟至家，坚留信宿。叩以剑法，谢不知。董按膝雄谈，惟敬听而已。

更既深，忽闻隔院纷挐。隔院为生父居，心惊疑。近壁凝听，但闻人作怒声曰：“教汝子速出即刑，便赦汝！”少顷似加搒掠，呻吟不绝者，真其父也。生捉戈欲往，佟止之曰：“此去恐无生理，宜审万全。”生皇然请教，佟曰：“盗坐名相索，必将甘心焉。君无他骨肉，宜嘱后事于妻子；我启户为君警厮仆。”生诺，入告其妻。妻牵衣泣。生壮念顿消，遂共登楼上，寻弓觅矢，以备盗攻。仓皇未已，闻佟在楼檐上笑曰：“贼幸去矣。”烛之已杳。逡巡出，则见翁赴邻饮，笼烛方归；惟庭前多编菅遗灰焉。乃知佟异人也。

异史氏曰：“忠孝，人之血性；古来臣子而不能死君父者，其初岂遂无提戈

壮往时哉，要皆一转念误之耳。昔解缙与方孝孺相约以死，而卒食其言；安知矢约归后，不听床头人呜泣哉？”

邑有快役某，每数日不归，妻遂与里中无赖通。一日归，值少年自房中出，大疑，苦诘妻。妻不服。既于床头得少年遗物，妻窘无词，惟长跪哀乞。某怒甚，掷以绳，逼令自缢。妻请妆服而死，许之。妻乃入室理妆；某自酌以待之，呵叱频催。俄妻炫服出，含涕拜曰：“君果忍令奴死耶？”某盛气咄之。妻返走入房，方将结带，某掷盏呼曰：“哈，返矣！一顶绿头巾，或不能压人死耳。”遂为夫妇如初。此亦大绅者类也，一笑。

【译文】

有位姓董的书生，徐州人，喜欢剑术，常常自以为很了不起。

一次，他在路上偶然遇到一位客人，骑着驽马和他同行。他与客人交谈，觉得他谈吐有豪气，问他姓名，答道：“辽阳人，姓佟。”又问：“到哪里去？”答：“我出门二十年，刚从海外回来。”董生说：“您遨游四海，见的人一定很多，曾见到过异人吗？”佟客问：“异人什么样？”董生于是说出自己爱好剑术，恨不得有异人传授。佟客说：“异人什么地方没有？但必须是忠臣孝子，才能够把法术传给他。”董生便坚称自己是忠臣孝子，马上拿出佩剑，用手弹剑高声歌唱；又斩断路边小树，以炫耀佩剑的锋利。佟客捋着胡子微笑，又借剑来观看。董生把剑交给他，佟客接过来瞧了几眼说：“这是铠甲铁铸成的，被汗臭熏染，最为下品。我虽然不知晓剑术，但有一柄剑，很好用。”于是从衣襟下拿出一柄一尺左右长的短剑，用它来削董生的剑，脆如瓜瓠，顺手斜削，像削马蹄一样。董生非常吃惊，也请借剑一看，摸来摸去好久才还给佟客。于是，董生邀佟客到他家做客，强留他住了两宿，请教剑术。佟客说他不懂，董生扶膝侃侃而谈，佟客只是恭敬地听着罢了。

夜已深了，忽然听见邻院里人声嘈杂，邻院是董生父亲居住的，董生心中惊疑，站起来靠墙细听，只听有人怒声喝道："叫你的儿子快快出来受刑，就饶了你！"不一会儿，好像又加上了拷打，呻吟声不断传来，听声音真是他的父亲。董生拿起兵器想要过去，佟客阻止他说："你这样去恐怕就活不成了，还是想个万全的办法吧。"董生惶然请教，佟客说："强盗指名道姓叫你出去，不见到你，他们不会甘心，您没有其他至亲骨肉，应该向妻子嘱咐后事；我去打开门，替你防备他们。"董生答应着，进去告诉妻子，妻子拉着他的衣襟哭泣，董生的勇气顿时没了。于是，两人上了楼，寻找弓箭，以防备强盗进攻，慌里慌张还没找到，就听佟客在楼檐上笑着说："幸好强盗走啦。"用灯一照，佟客已经不见了。董生犹犹豫豫地走出来，就见到父亲到邻居家赴酒宴，打着灯笼才回来，只有院子里有些草秸、草灰，才知道佟客就是异人。

异史氏说：忠孝是人的血性，自古以来，臣下、儿子不能为国君、父亲死的，起初难道是没有提着兵刃慷慨前往的吗？说起来都是一念之差而做错了事啊。过去，明代解缙和方孝孺相约为君王而死，而解缙后来自食其言；怎么能知道他们约誓之后，回到家里，不是一样听到了妻子的哭泣声呢？

县里有一位捕快，往往几天不回家，妻子便与乡里的闲人通奸。一天，捕快回家，恰好这年轻人从房中出来，他非常怀疑，苦苦盘问妻子，妻子不承认此事。后来，从床头找到了年轻人丢下的东西，妻子一见羞得无话可说，只好长跪在地哀求他原谅。捕快非常生气，扔给她一条绳子，逼她上吊。妻子请求整理一下衣妆再死，捕快同意了。妻子于是进房中梳理；捕快自己在外面喝着酒等着，一面不停地催骂。一会儿，妻子身着漂亮衣服出来了，含着泪对他行礼说："您真地忍心叫我死吗？"捕快气势逼人，叫她去死。妻子返回房中，刚要把绳子打结，捕快扔掉酒杯喊道："咳，回来吧！一顶绿帽子，也许压不死人。"于是，夫妇和好如初。这也是解缙一类的人物，讲来供你一笑。

[冯镇峦] 己为妄人，将以善人为恶人；己为俗人，将以圣人为凡人。先哲诗云："英雄见惯只常人。"

[可守奇] 忠臣孝子，出于血性。是乃仁术也。乃人自有之，而自朱之，更于何处求异术哉？

张贡士

【原文】

安丘张贡士，寝疾，仰卧床头。忽见心头有小人出，长仅半尺；儒冠儒服，作俳优状。唱昆山曲，音调清彻，说白、自道名贯，一与己同；所唱节末，皆其生平所遭。四折既毕，吟诗而没。张犹记其梗概，为人述之。

高西园云：向读渔洋先生《池北偶谈》，见有记心头小人者，为安丘张某

張貢士

平生閱歷寸心知，誰譜崑腔絕妙詞。當作康成年表讀，黃粱原有夢醒時。夢醒特

事。余素善安丘张卯君，意必其宗属也。一日晤间问及，始知即卯君事。询其本末，云：当病起时，所记昆山曲者，无一字遗，皆手录成册。后其嫂夫人以为不祥语，焚弃之。每从酒边茶余，犹能记其尾声，常举以诵客。今并识之，以广异闻。其词云："诗云子曰都休讲，不过是'都都平丈'（相传一村塾师训童子读论语，字多讹谬。其尤堪笑者，读'郁郁乎文哉'为'都都平丈我'）。全凭着佛留一百二十行（村塾中有训蒙要书，名《庄农杂学》。其开章云：佛留一百二十行，惟有庄农打头强，最为鄙俚）。"玩其语意，似自道其生平寥落，晚为农家作塾师，主人慢之，而为是曲。意者：夙世老儒，其卯君前身乎？卯君名在辛，善汉隶篆印。

【译文】

安丘人张贡士，患病在床。一天，他仰卧在床头，忽然看见胸口有一个小人走出来，只有半尺高；身穿儒士的衣服，头戴儒士的帽子，做演员演戏的动作。唱的是昆山曲，音调清澈，说白、自道姓名，和自己一模一样；所唱的内容，都是自己平生的遭遇，四出戏唱完，吟着诗就无影无踪了。张贡士还能记住戏的梗概，便向人讲述。高西园、晤杞园两先生曾详细地询问过这件事，还能讲述戏文，可惜记不全了。

高西园说：从前读王士祯先生的《池北偶谈》，见到有记心头小人的，是安丘张某事。我一向和安丘张卯君很好，心想应当是他家的事。一天，谈话间问及，才知道确实是他的故事。询问事情经过，他说，当病好时，所记的昆山曲，没有一字遗漏，都记录成册了。后来他夫人认为是不吉祥的话，就烧了。每次喝茶饮酒闲谈，还能记起一些，常背诵给客人听。现在一块儿记下来，以增加奇闻。曲词说："诗云子日都休讲，不过是都都平丈（相传某村学堂的老师，教小孩读《论语》时，常读错字。其中尤其可笑的是，读"郁郁乎文哉"为"都都

平丈我”），全凭着佛留一百二十行（村中学堂有教育孩童的书，叫《庄农柴学》。书中首章写道：“佛留一百二十行，惟有庄农打头强。”最鄙俗）。玩味戏文的语意，好像是自己说自己生平寥落，晚年在农家做学堂老师，主人轻慢他，于是做了这个曲子。我心里忖度：这个上世的老儒生，是张卯君的前身吗？卯君的名字叫在辛，善于治汉隶篆印。

[何守奇] 此疑是贡士心神。

[但明伦] 人之一生，不过一场戏耳。只要问心，自己是何脚色，生平是何节末要作须眉毕现，毋为巾帼贻羞；要认本来面目，毋作粉脸逢迎；要求百世留芳，毋致当场出丑。能令人共看有好下场。

爱　奴

【原文】

河间徐生，设教于恩。腊初归，途遇一叟，审视曰：“徐先生撤帐矣。明岁授教何所？”答曰：“仍旧。”叟曰：“敬业姓施。有舍甥延求明师，适托某至东疃聘吕子廉，渠已受贽稷门。君如苟就，束仪请倍于恩。”徐以成约为辞。叟曰：“信行君子也。然去新岁尚远，敬以黄金一两为贽，暂留教之，明岁另议何如？”徐可之。叟下骑呈礼函，且曰：“敝里不遥矣。宅綦隘，饲畜为艰，请即遣仆马去，散步亦佳。”徐从之，以行李寄叟马上。

行三四里许，日既暮，始抵其宅，沤钉兽环，宛然世家。呼甥出拜，十三四岁童子也。叟曰：“妹夫蒋南川，旧为指挥使。止遗此儿，颇不钝，但娇惯耳。得先生一月善诱，当胜十年。”未几设筵，备极丰美，而行酒下食，皆以婢媪。一婢执壶侍立，年约十五六，风致韵绝，心窃动之。席既终，叟命安置床寝，始辞而去。

天未明，儿出就学。徐方起，即有婢来捧巾侍盥，即执壶人也。日给三餐悉此婢，至夕又来扫榻。徐问：“何无僮仆？”婢笑不言，布衾径去。次夕复至。入以游语，婢笑不拒，遂与狎。因告曰：“吾家并无男子，外事则托施舅。妾名爱奴。夫人雅敬先生，恐诸婢不洁，故以妾来。今日但须缄密，恐发觉，两无颜也。”一夜共寝忘晓，为公子所遭，徐惭怍不自安。至夕婢来曰：“幸夫人重君，不然败矣！公子入告，夫人急掩其口，若恐君闻。但戒妾勿得久留斋馆而已。”言已遂去。徐甚德之。

然公子不善读，诃责之，则夫人辄为缓颊。初犹遣婢传言；渐亲出，隔户与先生语，往往零涕。顾每晚必问公子日课。徐颇不耐，作色曰：“既从儿懒，又责儿工，此等师我不惯作！请辞。”夫人遣婢谢过，徐乃止。自入馆以来，每欲一出登眺，辄锢闭之。一日醉中快闷，呼婢问故。婢言：“无他，恐废学耳。如必欲出，但请以夜。”徐怒曰：“受人数金，便当淹禁死耶！教我夜窜何之乎？

久以素食为耻，赀固犹在囊耳。”遂出金置几上，治装欲行。夫人出，脉脉不语，惟掩袂哽咽，使婢返金，启钥送之。徐觉门户逼侧；走数步，日光射入，则身自陷冢中出，四望荒凉，一古墓也。大骇。然心感其义，乃卖所赐金，封堆植树而去。

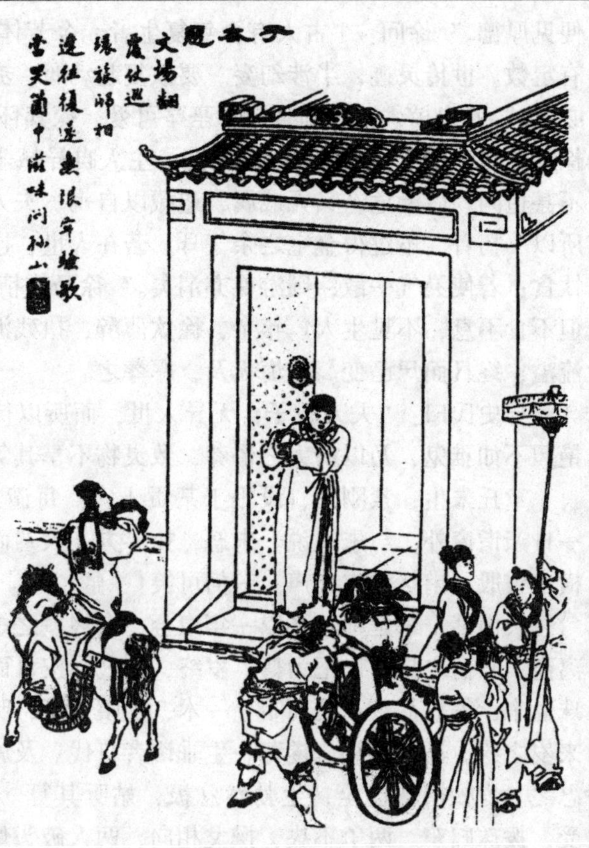

过岁复经其处，展拜而行。遥见施叟，笑致温凉，邀之殷切。心知其鬼，而欲一问夫人起居，遂相将入村，沽酒共酌。不觉日暮，叟起偿酒价，便言：“寒舍不远，舍妹亦适归宁，望移玉趾，为老夫袚除不祥。”出村数武，又一里落，叩扉入，秉烛向客。俄，蒋夫人自内出，始审视之，盖四十许丽人也。拜谢曰：“式微之族，门户零落，先生泽及枯骨，真无计可以偿之。”言已泣下。既而呼爱奴，向徐曰：“此婢，妾所怜爱，今以相赠，聊慰客中寂寞。凡有所须，渠亦略能解意。”徐唯唯。少间兄妹俱去，婢留侍寝。鸡初鸣，叟即来促装送行；夫人亦出，嘱婢善事先生。又谓徐曰：“从此尤宜谨秘，彼此遭逢诡异，恐好事者造言也。”徐诺而别，与婢共骑。至馆，独处一室，与同栖止。或客至，婢不避，人亦不之见也。偶有所欲，意一萌而婢已致之。又善巫，一挼挲而疴立愈。清明归，至墓所，婢辞而下。徐嘱代谢夫人。曰：“诺。”遂没。数日返，方拟展墓，见婢华妆坐树下，因与俱发。终岁往还，如此为常。欲携同归，执不可。岁杪辞馆归，相订后期。婢送至前坐处，指石堆曰：“此妾墓也。夫人未出阁时，便从服役，夭殂瘗此。如再过，以炷香相吊，当得复会。”

别归，怀思颇苦，敬往祝之，殊无影响。乃市榇发冢，意将载骨归葬，以寄恋慕。穴开自入，则见颜色如生。肤虽未朽，而衣败若灰；头上玉饰金钏都如新制。又视腰间，裹黄金数铤，卷怀之。始解袍覆尸，抱入材内，赁舆载归；停诸别第，饰以绣裳，独宿其旁，冀有灵应。忽爱奴自外入，笑曰：“劫坟贼在此耶！”徐惊喜慰问。婢曰：“向从夫人往东昌，三日既归，则舍宇已空。频蒙相邀，所以不肯相从者，以少受夫人重恩，不忍离逖耳。今既劫我来，即速瘗葬，

便见厚德。”徐问：“古人有百年复生者，今芳体如故，何不效之？”叹曰：“此有定数。世传灵迹，半涉幻妄。要欲复起动履，亦复何难？但不能类生人，故不必也。”乃启棺入，尸即自起，亭亭可爱。探其怀，则冷若冰雪。遂将入棺复卧，徐强止之，婢曰：“妾过蒙夫人宠，主人自异域来，得黄金数万，妾窃取之，亦不甚追问。后濒危，又无戚属，遂藏以自殉。夫人痛妾夭谢，又以宝饰入殓。身所以不朽者，不过得金宝之余气耳。若在人世，岂能久乎？必欲如此，切勿强以饮食；若使灵气一散，则游魂亦消矣。”徐乃构精舍，与共寝处。笑语一如常人；但不食不息，不见生人。年余，徐饮薄醉，执残沥强灌之，立刻倒地，口中血水流溢，终日而尸已变。哀悔无及，厚葬之。

异史氏曰：“夫人教子，无异人世，而所以待师者何厚也！不亦贤乎！余谓艳尸不如雅鬼，乃以措大之俗莽，致灵物不享其年，惜哉！”

章丘朱生，素刚鲠，设帐于某贡士家。每谴弟子，内辄遣婢为乞免，不听。一日亲诣窗外，与朱关说。朱怒，执界方，大骂而出。妇惧而奔；朱追之，自后横击臀股，锵然作皮肉声。一何可笑！

长山某，每延师，必以一年束金，合终岁之虚盈，计每日得如干数；又以师离斋、归斋之日，详记为籍；岁终，则公同按日而乘除之。马生馆其家，初见操珠盘来，得故甚骇；既而暗生一术，反嗔为喜，听其复算不少校。翁大悦，坚订来岁之约。马辞以故。遂荐一生乖谬者自代。及就馆，动辄诟骂，翁无奈，悉含忍之。岁杪携珠盘至，生勃然忿极，姑听其算。翁又以途中日尽归于西，生不受，拨珠归东。两争不决，操戈相向，两人破头烂额而赴公庭焉。

【译文】

河间人徐生，在恩县教书。腊月初回家，路上遇到一个老头，仔细地端详他说：“徐先生停课了吧？明年到哪里教书啊？”徐生说：“还在老地方。”老头说：“我叫施敬业，有个外甥想要聘请一位好老师，正托我到东疃去请吕子廉先生，但他已经接受了稷门某人的聘金。先生您如果肯屈就，酬金会比恩县多一倍。”徐生以已接受恩县聘请来推辞。老头说：“您真是守信用的人。然而，离新年还有一段时间，我诚心地以一两黄金作为聘金，请您暂时留下教他，明年再另行商议，怎么样？”徐生同意了。老头下马呈上礼盒，并说：“我们村子距此不远，只是宅院狭小，喂养牲口有困难，请让仆人和马先回家去，我们慢慢走回去也行。”徐生依他所说，把行李放在了老头的马上。走了约三四里路，天已经黑了，才到了他家，门上嵌着门钹，安着兽环，俨然大族世家。

老头叫外甥出来拜见，是一个十三四岁的孩子。老头说：“我妹夫蒋南川，做过指挥使，只留下这一个儿子，不是很笨，只是娇生惯养罢了。能够得到先生一个月的精心教导，一定会胜过十年。”不久，摆上酒宴，菜饭十分丰盛精美；斟酒送菜，都是丫鬟来做。有一个丫鬟拿着壶站在旁边，年纪约十五六，风流标

致，徐生暗自心动。酒宴结束，老头命人给徐生安排床铺，然后才告辞离开。

第二天，天还没亮，孩子就出来跟老师学习。徐生刚起床，就有丫鬟捧着毛巾来侍候梳洗，就是那个端壶的丫鬟。一日三餐，都是这个丫鬟送来。

到了晚上，丫鬟又来打扫床铺，徐生问："怎么没有男仆？"丫鬟笑着不答，铺好了被褥就走了。第二天晚上又来，徐生与她调笑，她只笑却不拒绝，徐生便与她亲热起来。丫鬟告诉他："我们家没有男子，外面的事都托付给施舅舅。我叫爱奴，夫人敬重先生，恐怕别的丫鬟不干净，所以让我来侍候。今天的事一定要保密，恐怕被人发觉了，我们俩都没面子。"

一在晚上，他们睡在一起，忘记天亮，被公子看见，徐生非常惭愧不安。到了晚上，爱奴来说："幸好夫人敬重先生，不然就坏了；公子进去告状，夫人急忙掩住了他的嘴，好像怕你听见。只是告诫我不要在书房久留而已。"说完，就走了。徐生很感激夫人。

然而公子不用心读书，徐生呵斥责备他，夫人就为他求情。最初还派丫鬟来传话，渐渐地亲自出来，隔着门和先生说话，往往说着说着就流泪，并且每晚必问公子白天的功课。徐生很难忍受，变脸道："既然放纵孩子懒惰，又责备孩子不用功，这样的老师我当不了，请让我走吧。"夫人派丫鬟来认错，徐生才没走。

自从来此教书，徐生常想出去登高远望，却因为宅门紧锁不能出去。一天，他喝醉后心中烦闷，叫来爱奴询问，爱奴说："没什么，是怕公子荒废学业，如果您一定要出去，只好请您晚上出去。"徐生生气地说："我受人家金钱，就应当在这里憋死？叫我晚上溜出去，上哪儿？我早就以白吃不做为耻，酬金还在包袱里。"于是拿出黄金放在桌上，收拾行李要走。夫人从屋里出来，默不作声，只是捂着脸哭泣，让丫鬟送回黄金，打开门送他走。徐生觉得房门很窄，走了几步，阳光射进来，才发现自己身陷坟墓中，四面望去，一片荒凉，原来这里是一座古墓。徐生非常害怕，然而心中感激他们的情谊，于是卖了所赠的黄金，把坟培了土、植了树，才离开。

过了一年，又经过那个地方，祭拜了坟墓向前走，远远地看见施老头，笑着向他问候，并热情地邀请他。徐生心知他是鬼，但很想问一问夫人的近况，就和他一起进了村，买酒一起喝起来。不觉天色已经黑了，老头起身付了酒钱，便说："我家离这不远，我妹妹正好回娘家来了，希望您能光临，为我祓除不祥之气。"出村走了几步，又有一处院落，叩门而人，为客人点上蜡烛。不久，蒋夫人从里面出来，徐生才细细看她，是一位大约四十岁的美貌女子。夫人拜谢道："我们是衰落的家族，门户萧条，先生施恩于泉下之人，真是无法报答。"说完，哭了起来，随后又叫来爱奴，对徐生说："这个丫鬟，是我所喜爱的，今天把她送给你，姑且给你在客居中做个伴，一解寂寞。只要你有什么需要，她大致也会知道的。"徐生连连答应。过了一阵，兄妹一块离开了，留下爱奴侍候徐生休息。

第二天，鸡叫头遍，老头就来催促整理行装上路；夫人也出来了，嘱咐爱奴

好好服侍先生。又对徐生说："从此以后，你要更谨慎，我们的交往在人们看来很诡异，恐怕好事的人会造谣生事。"徐生答应着告别了他们，与爱奴同骑一匹马走了。

到了教书的地方，两人单独住一间屋子，一同生活。有时客人来，爱奴也不躲避，别人也看不见她。徐生偶有什么愿望，念头刚滋生，爱奴就替他办好了。爱奴又会巫术，一拍击，疾病就能痊愈。

清明时节，徐生回家，到了墓地，爱奴告辞下马。徐生嘱咐她代为感谢夫人，爱奴说："好。"就隐人地下了。几天以后，徐生回来，刚准备省视坟墓，只见爱奴打扮得很漂亮坐在树下，于是一起出发。这样一年到头来来往往，习以为常。徐生想带爱奴一同回家，爱奴执意不肯。年底，徐生辞了课馆回家，相约以后再见。爱奴送他到以前坐过的地方，指着石堆说："这是我的墓，夫人没出嫁时，我就服侍她，死后葬在这里。如果你再经过这里，烧炷香悼念我，咱们就能相见。"

辞别爱奴回到家后，徐生十分想念她，就诚心诚意地到坟上去祝告，却毫无反应。于是，徐生买了棺材，挖开坟墓，想把爱奴的尸骨带回家去安葬，以寄托自己的眷恋之情。坟墓打开后，徐生进去，见爱奴面容与活着一般，肌肤虽然没有腐烂，衣服却化成了灰，头上的首饰金钏，都像新制的一样。又看她腰间，缠着几锭黄金，便都卷了放在怀中，这才脱下身上的衣服盖在尸体上，抱着放在棺材里，租了车载回家去。

徐生把棺材停放在一所单独的房子里，盖上绣花的衣裳。自己睡在旁边，希望能有灵验。一天，爱奴忽然从外面进来，笑着说："盗墓贼在这里！"徐生惊喜地慰问她。爱奴说："近来随夫人去东昌，几天后回来一看，房舍已空，过去承蒙您多次邀请我，之所以不肯相从，是因为从小受夫人大恩，不忍远离她。现在你既然把我劫来了，就赶快安葬吧，这就是你的恩德了。"徐生问："有百年之后又复生的，如今你的身体还和以前一样，为什么不效仿别人再生呢？"爱奴叹道："这都是有定数的，世间传说的灵迹，多半是人幻想出来的，想要再起来走动，又有什么难？只是不能像活人一样，所以也不必那样做了。"于是打开棺材进去，尸体马上自己起来了，亭亭玉立，十分可爱。伸手向她怀中探摸，则冷若冰霜。于是，爱奴还要入棺再躺下，徐生竭力阻止。爱奴说："我从前蒙夫人宠爱，主人从西域回来，得黄金数万，我偷偷拿了，她也不怎么追问。后来临死时，没有什么亲属，就藏在身上殉葬。夫人痛惜我早死，又拿了些宝物入殓。我的身体之所以不腐烂，不过是得了黄金珠宝的余气而已。如果在人世，哪能保持长久呢？如果你一定要我这样，那么切记不要强迫我吃喝；倘若灵气一散，游魂也就消失了。"徐生于是建了一所好房子，与爱奴一同居住。爱奴言谈笑语与从前一样，只是不吃喝不休息，不见生人。一年多，徐生饮酒微有些醉，拿起剩酒强行灌她；爱奴立刻倒在地上，口中流出血水。过了一天，尸体已经腐变。徐生

悲悔不及，隆重地安葬了爱奴。

异史氏说：夫人教育儿子，与人世无异；而她对待老师却非常周到，真是个贤明的人啊！我觉得美艳的尸首不如风雅的鬼，却因为穷酸秀才的庸俗莽撞，致使灵物不能享受她的天年，真是可惜！

章丘朱生，一向刚毅耿直，在某贡生家开馆授课，每责备弟子，内眷就派婢女替孩子开脱，朱生不听。一天，贡生内眷亲自到窗外，与朱生说情。朱生十分生气，拿起界尺大骂着出来，妇人害怕便跑，朱生追她，从后面横击臀部，“叭叭”有皮肉声，令人笑倒。

长山有一个人，每请老师，一定要以一年酬金核实一年之中真正的课时，计算出每一天该得多少钱；又把老师离开书房，回到书房的日子，详细记录下来，到了年末，则一块按日子算下来。马生在他家教书，开始见这人拿着算盘来，知道了缘故很害怕，转而暗生一计，反怒为喜，听任他反复计算而不和他计较。东家很高兴，坚持请马生订第二年的契约。马生托辞拒绝后，有意推荐了一位脾气古怪的人来代替自己。等到这位先生来教书时，动辄破口大骂，东家没办法，只好忍受着。年底，东家拿出算盘来，先生勃然大怒，暂且听他计算。东家又把路上花去的时间，全算给先生，先生不接受，拨过算珠算给东家，两人争执不清，动手打了起来，打得头破脸肿，只好对簿公堂了。

［何守奇］待师之厚。人不如鬼，岂不以世家故耶？彼虽觍然人面，曾不知师之为何物也音，而又何怪焉？

孙必振

【原文】

孙必振渡江，值大风雷，舟船荡摇，同舟大恐。忽见金甲神立云中，手持金字牌下示；诸人共仰视之，上书“孙必振”三字，甚真。众谓孙：“必汝有犯天谴，请自为一舟，勿相累。”孙尚无言，众不待其肯可，视旁有小舟，共推置其上。孙既登舟，回首，则前舟覆矣。

【译文】

孙必振渡江，正赶上大风

暴雨，渡船摇荡不停，同船人万分恐惧。忽然看见一位身穿金甲的神人立在云中，手持金字牌，给下面的众人看，大家都抬头看去，上写“孙必振”三字，非常真切。众人对孙必振说：“一定是你有罪要遭上天惩罚，请你自己上一条船去，别连累了大家。”孙必振还没回答，众人不等他答应，看见旁边有一条小船，就一齐把他推到小船上去。孙必振登上小船，回首一看，前面那条船已经翻沉在江中了。

邑 人

【原文】

邑有乡人，素无赖。一日晨起，有二人摄之去。至市头，见屠人以半猪悬架上，二人便极力推挤之，忽觉身与肉合，二人亦径去。少间屠人卖肉，操刀断割，遂觉一刀一痛，彻于骨髓。后有邻翁来市肉，苦争低昂，添脂搭肉。片片碎割，其苦更惨。肉尽，乃寻途归；归时日已向辰。家人谓其晏起，乃细述所遭。呼邻问之，则市肉方归，言其片数、斤数，毫发不爽。崇朝之间，已受凌迟一度，不亦奇哉！

【译文】

城外有个乡下人，一向无赖成性。一天，早晨起来，有两个人把他捉了去。一直来到集市前，看见一个屠夫把半头猪悬挂在架子上，两人便极力推挤他，他感到自己的身体和猪肉合在了一起，那两人就径直离开了。不久，屠夫开始卖肉，操起刀来切割，他便感觉切一刀痛一下，直痛到骨头里。后来，有位邻居老人来买肉，与屠夫苦苦争讲价钱高低，一会添油，一会搭肉，一片片碎着割，更是苦不堪言。肉卖完了，他才找到路回家；到家时，已经快上午七八点了。家人认为他起床晚了，他就详细地叙述了自己的遭遇。叫了邻居来问，老人买肉刚回来，说到他买肉的片数、斤数，丝毫不差。仅仅一个早晨时间，这人已经受了一次凌迟的处罚，这事不是很奇异吗？

[何守奇] 奇刑。

[但明伦] 碎割之惨，今于生前受之，自口述之。鬼神或予以自新之路耶？

抑借其言以警世耶？不然，恐他时再割地狱中。再无人证其片数、斤数矣。

大鼠

【原文】

万历间，宫中有鼠，大与猫等，为害甚剧。遍求民间佳猫捕制之，辄被啖食。适异国来贡狮猫，毛白如雪。抱投鼠屋，阖其扉，潜窥之。猫蹲良久，鼠逡巡自穴中出，见猫怒奔之。猫避登几上，鼠亦登，猫则跃下。如此往复，不啻百次。众咸谓猫怯，以为是无能为者。既而鼠跳掷渐迟，硕腹似喘，蹲地上少休。猫即疾下，爪掬顶毛。口龁首领，辗转争持，猫声呜呜，鼠声啾啾。启扉急视，则鼠首已嚼碎矣。然后知猫之避非怯也，待其惰也。彼出则归，彼归则复，用此智耳。噫！匹夫按剑，何异鼠乎！

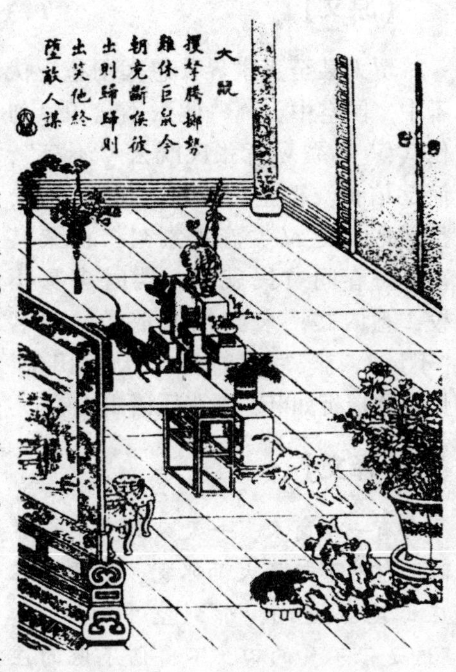

【译文】

明朝万历年间，宫中发现一只大老鼠，长得和猫一般大，祸害得很厉害。宫中遍求民间好猫捕捉制服它，却反被老鼠吃了。

恰好外国进贡来一只狮猫，这只猫周身洁白如雪。宫人抱着猫放进大老鼠的房间里，关上门，暗暗地观察它。猫蹲了很久，鼠逡巡着从洞穴中出来，见到猫，怒气冲冲地向猫奔来，猫避开它跳到桌子上，老鼠也跳到桌子上，猫又跳下去。如此跳上跳下，不下百次。大家都认为狮猫胆小，没有什么能耐。

不久，大老鼠的跳动渐渐慢下来，大肚子一鼓一鼓地好像在喘息，它蹲在地上刚刚休息，狮猫立刻飞快地跳下来，爪子抓住大老鼠的顶毛，一口咬在它的脖子上。它们翻来覆去地争斗，狮猫“呜呜”地吼着，老鼠“吱吱”地叫着。宫人赶快开门去看，只见大老鼠的头已经被狮猫咬碎了。

至此，人们才明白：狮猫避开老鼠，并不是因为胆怯，而是等待大老鼠斗志松懈下来。“你出来我就回去，你回去我就出来”，狮猫用的是当年伍子胥伐楚的计谋啊。啊，粗莽的人遇事便一手按剑，满腔怒气，和这只大老鼠有什么区

别呢？

[但明伦] 大勇若怯，大智若愚。伺其懈也，一击而覆之，啾啾者勇不足恃矣，呜呜者智诚可用矣。

张 不 量

【原文】

贾人某至直隶界，忽大雨雹，伏禾中。闻空中云：“此张不量田，勿伤其稼。”贾私意张氏既云“不良”，何反佑护？雹止，入村，访问其人，且问取名之义。盖张素封，积粟甚富。每春间贫民就贷，偿时多寡不校，悉内之，未尝执概取盈，故名“不量”，非“不良”也。众趋田中，见稞穗摧折如麻，独张氏诸田无恙。

【译文】

有一个商人，一天来到直隶地界时，忽然下起了大雨冰雹，他便趴在庄稼地里避雨，听到空中有人说：“这是张不量的田，不要伤了他的庄稼。”商人心想，张氏既然“不良”，为什么反倒要袪护他呢？雹子停了，商人进了村子，查访那个姓张的人，并问他取名的含义。原来，张不量一向富裕，积存了很多粮食。每到春天农民都来借贷，秋天还粮时，张家不计较还回多少，都照样收进，从来不用斗斛来量，因此，人们称他为“不量”，不是“不良”，大家赶到田里察看，只见田里的庄稼被雹子打得如乱麻一般，只有张家的田里庄稼完好无损。

牧 竖

【原文】

两牧竖入山至狼穴，穴有小狼二，谋分捉之。各登一树，相去数十步。少顷大狼至，入穴失子，意甚仓皇。竖于树上扭小狼蹄耳故令嗥；大狼闻声仰视，怒

奔树下，号且爬抓。其一竖又在彼树致小狼鸣急；狼辍声四顾，始望见之，乃舍此趋彼，跑号如前状。前树又鸣，又转奔之。口无停声，足无停趾，数十往复，奔渐迟，声渐弱；既而奄奄僵卧，久之不动。竖下视之，气已绝矣。

今有豪强子，怒目按剑，若将搏噬；为所怒者，乃阖扇去。豪力尽声嘶，更无敌者，岂不畅然自雄？不知此禽兽之威，人故弄之以为戏耳。

【译文】

有两个放牧的孩子，走进一座山里，到了一个狼洞前面，发现洞里有两只小狼崽，他们一合计，就一人抓了一只，然后两人各爬上一棵树，两树相距约有几十步远。

不久，大狼回来了，进洞一看，小狼不见了，立即显出焦急的样子。这时，一个小孩在树上扭小狼的爪子、耳朵，故意让它嗥叫。大狼听到声音抬头一看，就发疯地直奔到树下，一边号叫，一边抓树想爬上去。另外一个小孩又在另一棵树上弄得小狼叫得厉害。大狼停下嗥叫，四下观望，才发现那棵树上的小狼。于是，丢下这里，奔到那棵树下，像刚才一样奔跑嗥叫。这时，先头那棵树上的小狼又叫，大狼又转身奔回来，口中不停地嗥叫，脚下不停地奔跑，往返几十次以后，奔跑速度渐渐慢下来，叫声也渐渐小了，最后奄奄一息地趴在地上，久久不动。小孩下树一看，大狼已经断气了。

现今有种强横的汉子，瞪着眼睛，怒气冲冲地按着剑，好像要与人搏斗，把人吞掉。触怒他的人，却关上门自己走开了。汉子声嘶力竭，却没有对手，岂不心中畅快自以为英雄？却不知这只是一种禽兽的威风，人们故意戏弄他，为了好玩而已。

［冯镇峦］老子云："弱胜强，柔胜刚。"勾践之于夫差，汉高之于项羽，大概如此。即春秋，战国亦往往有用之音。

［何守奇］咆哮如狼，卒致毙于竖子，其故可思。

岳神

【原文】

扬州提同知，夜梦岳神召之，词色愤怒。仰见一人侍神侧，少为缓颊。醒而恶之。早诣岳庙，默作祈禳。既出，见药肆一人，绝肖所见。问之知为医生。既归暴病，特遣人聘之。至则出方为剂，暮服之，中夜而卒。或言：阎罗王与东岳天子，日遣侍者男女十万八千众，分布天下作巫医，名“勾魂使者”。用药者不可不察也！

【译文】

扬州一位姓提的同知，晚上梦见岳神召见他，言辞神色都十分愤怒。他抬头见一个人侍候在神的旁边，脸色稍微好些。醒来之后，他对这个梦很厌恶，便一早就来到东岳庙，在神像前默默祈祷，希望消灾。出了庙门，看到药店里有个人，很像梦里见到的那个人。一问，知道他是医生。提同知回到家里，突然得了病，特地派人去请那个医生。医生到了之后就开方抓药。晚上吃了药，半夜就死了。有人说：阎罗王和东岳天子，每天派男女侍者十万八千人，分散到天下做巫士、医生，叫做“勾魂使者”。用药的人，不能不考察一下啊。

小　梅

【原文】

蒙阴王慕贞，世家子也。偶游江浙，见媪哭于途，诘之。言：“先夫止遗一

子，今犯死刑，谁有能出之者？”王素慷慨，志其姓名，出橐中金为之斡旋，竟释其罪。

其人出，闻王之救己也，茫然不解其故；访诣旅邸，感泣谢问。王曰：“无他，怜汝母老耳。”其人大骇曰：“母故已久。”王亦异之。抵暮媪来申谢，王咎其谬诬，媪曰：“实相告：我东山老狐也。二十年前，曾与儿父有一夕之好，故不忍其鬼之馁也。”王悚然起敬，再欲诘之，已杳。

先是，王妻贤而好佛，不茹荤酒，治洁室，悬观音像，以无子，日日焚祷其中。而神又最灵，辄示梦，教人趋避，以故家中事皆取决焉。后有疾綦笃，移榻其中；又别设锦裀于内室而扃其户，若有所伺。王以为惑，而以其疾势昏瞀，不忍伤之。卧病二年，恶嚣，常屏人独寝。潜听之似与人语，启门视之又寂然。病中他无所虑，有女十四岁，惟日催治装遣嫁。既醮，呼王至榻前，执手曰：“今诀矣！初病时，菩萨告我，命当速死；念不了者，幼女未嫁，因赐少药，俾延息以待。去岁，菩萨将回南海，留案前侍女小梅，为妾服役。今将死，薄命人又无所出。保儿，妾所怜爱，恐娶悍怒之妇，令其子母失所。小梅姿容秀美，又温淑，即以为继室可也。”盖王有妾生一子，名保儿。王以其言荒唐，曰：“卿素敬者神，今出此言，不已亵乎？”答云：“小梅事我年余，相忘形骸，我已婉求之矣。”问：“小梅何处？”曰：“室中非耶？”方欲再诘。闭目已逝。

王夜守灵帏，闻室中隐隐啜泣，大骇，疑为鬼。唤诸婢妾启钥视之，则二八丽者缞服在室。众以为神，共罗拜之，女敛涕扶掖。王凝注之，俯首而已。王曰：“如果亡室之言非妄，请即上堂，受儿女朝谒；如其不可，仆亦不敢妄想，以取罪过。”女觍然出，竟登北堂。王使婢为设坐南向，王先拜，女亦答拜；下而长幼卑贱，以次伏叩，女庄容坐受，惟妾至则挽之。自夫人卧病，婢隋奴偷，家久替。众参已，肃肃列侍。女曰：“我感夫人盛意，羁留人间，又以大事相委，汝辈宜各洗心，为

主效力，从前愆尤，悉不计校。不然，莫谓室无人也！”共视座上，真如悬观音图像，时被微风吹动。闻言悚惕，哄然并诺。女乃排拨丧务，一切井井，由是大小无敢懈者。女终日经纪内外，王将有作，亦禀白而行；然虽一夕数见，并不交一私语。

既殡，王欲申前约，不敢径告，嘱妾微示意。女曰：“妾受夫人谆嘱，义不容辞；但匹配大礼，不得草草。年伯黄先生位尊德重，求使主秦晋之盟，则惟命是听。”时沂水黄太仆致仕闲居，于王为父执，往来最善。王即亲诣，以实告。黄奇之，即与同来。女闻，即出展拜。黄一见，惊为天人，逊谢不敢当礼；既而助妆优厚，成礼乃去。女馈遗枕履，若奉舅姑，由此交益亲。

合卺后，王终以神故，亵中带肃，时研诘菩萨起居。女笑曰：“君亦太愚，焉有正直之神，而下婚尘世者？”王力审所自。女曰：“不必研穷，既以为神，朝夕供养，自无殃咎。”女御下常宽，非笑不语；然婢贱戏狎时，遥见之，则默默无声。女笑谕曰：“岂尔辈尚以我为神耶？我何神哉！实为夫人姨妹，少相交好；姊病见思，阴使南村王媪招我来。第以日近姊夫，有男女之嫌，故托为神道，闭内室中，其实何神！”众犹不信。而日侍边旁，见其举动，不少异于常人，浮言渐息。然即顽奴钝婢，王素挞楚所不能化者，女一言无不乐于奉命。皆云：“并不自知。实非畏之；但睹其貌，则心自柔，故不忍拂其意耳。”以此百废具举。数年中，田地连阡，仓廪万石矣。

又数年，妾产一女。女生一子——子生，左臂有朱点，因字小红。弥月，女使王盛筵招黄。黄贺仪丰渥，但辞以耄，不能远涉；女遣两媪强邀之，黄始至。抱儿出，袒其左臂，以示命名之意。又再三问其吉凶。黄笑曰：“此喜红也，可增一字，名喜红。”女大悦，更出展叩。是日，鼓乐充庭，贵戚如市。

黄留三日始去。忽门外有舆马来，逆女归宁。向十余年，并无瓜葛，共议之，而女若不闻。理妆竟，抱子于怀，要王相送，王从之。至二三十里许，寂无行人，女停舆，呼王下骑，屏人与语，曰：“王郎王郎，会短离长，谓可悲否？”王惊问故，女曰：“君谓妾何人也？”答曰：“不知。”女曰：“江南拯一死罪，有之乎？”曰：“有。”曰：“哭于路者吾母也，感义而思所报，乃因夫人好佛，附为神道，实将以妾报君也。今幸生此襁褓物，此愿已慰。妾视君晦运将来，此儿在家，恐不能育，故借归宁，解儿危难。君记取家有死口时，当于晨鸡初唱，诣西河柳堤上，见有挑葵花灯来者，遮道苦求，可免灾难。”王曰：“诺。”因讯归期，女云：“不可预定。要当牢记吾言，后会亦不远也。”临别，执手怆然交涕。俄登舆，疾若风。王望之不见。始返。

经六七年，绝无音问。忽四乡瘟疫流行，死者甚众，一婢病三日死。王念曩嘱，颇以关心。是日与客饮，大醉而睡。既醒，闻鸡鸣，急起至堤头，见灯光闪烁，适已过去。急追之，止隔百步许，愈追愈远，渐不可见，懊恨而返。数日暴病，寻卒。

王族多无赖，共凭陵其孤寡，田禾树木，公然伐取，家日陵替。逾岁，保儿又殇，一家更无所主。族人益横，割裂田产，厩中牛马俱空；又欲瓜分第宅。以妾居故，遂将数人来，强夺鬻之。妾恋幼女，母子环泣，惨动邻里。方危难间，俄闻门外有肩舆入，共觇，则女引小郎自车中出。四顾人纷如市，问："此何人？"妾哭诉其由。女颜色惨变，便唤从来仆役，关门下钥。众欲抗拒，而手足若痿。女令一一收缚，系诸廊柱，日与薄粥三瓯。即遣老仆奔告黄公，然后入室哀泣。泣已，谓妾曰："此天数也。已期前月来，适以母病耽延，遂至于今。不谓转盼间已成丘墟！"问旧时婢媪，则皆被族人掠去，又益欷歔。越日，婢仆闻女至，皆自遁归，相见无不流涕。所絷族人，共噪儿非慕贞体胤，女亦不置辩。既而黄公至，女引儿出迎。黄握儿臂，便捋左袂，见朱记宛然，因袒示众人以证其确。乃细审失物，登簿记名，亲诣邑令。令拘无赖辈，各笞四十，械禁严追；不数日，田地马牛悉归故主。黄将归，女引儿泣拜曰："妾非世间人，叔父所知也。今以此子委叔父矣。"黄曰："老夫一息尚在，无不为区处。"黄去，女盘查就绪，托儿于妾，乃具馔为夫祭扫，半日不返。视之，则杯馔犹陈，而人杳矣。

异史氏曰："不绝人嗣者，人亦不绝其嗣，此人也而实天也。至座有良朋，车裘可共；迨宿莽既滋，妻子陵夷，则车中人望望然去之矣。死友而不忍忘，感恩而思所报，独何人哉！狐乎！倘尔多财，吾为尔宰。"

【译文】

山东蒙阴的王慕贞，是世家大族的子弟。有一次，他偶然到江浙一带游历，遇见一个老太婆在路上哭，就上前问她怎么回事。老太婆说："先夫只留下了一个儿子，如今他犯了死罪，谁能把他救出来呢？"王慕贞一向大方好义气，就记下老太婆儿子的姓名，拿出口袋中的钱替他活动，最终为他开脱了罪责。这个人出狱后，听说是王慕贞救的自己，茫然不解其中的缘故。他打听到王慕贞住的旅馆，感激涕零地向他道谢，并问为什么救他。王慕贞说："没什么，是可怜你母亲年老罢了。"那人一听大惊，说："我母亲去世很久了。"王慕贞也觉得奇怪，到了晚上，老太婆来道谢，王慕贞责怪她说谎。老太婆说："实不相瞒，我是东山的老狐狸，二十年前，曾与这个孩子的父亲有过一夕之好，因此不忍他绝后，在阴间挨饿。"王慕贞听了肃然起敬，再想问她几句话，她已经无影无踪了。

先前，王慕贞的妻子贤淑好佛，不食荤酒。她收拾了一间干净屋子悬挂佛像，因为没有儿子，所以天天在里面焚香祷告。那观音又很灵验，托梦告诉她，教人趋利避害，因此家中大小事都由她决定。后来，王妻生病，病重时，让人把床铺移到那间屋中，又另外铺设了绣花被褥在内室，关上门，好像在等待什么人。王慕贞因此很疑惑，又见她病得迷迷糊糊，不忍违背她的意思，伤她的心。王妻卧病两年，厌恶嘈杂的声音，常把人赶走，独自睡觉。王慕贞暗中去听，好像她在和人说话，打开门看时，又没声音了。王妻在病中没有别的顾虑，只是有

个十四岁的女儿，她天天催人准备嫁妆，把女儿嫁出去。女儿出嫁后，妻子把王慕贞叫到床边，拉着他的手说："今天要永别了！我刚病的时候，菩萨告诉我，我命中注定是要快死的，放不下的是，女儿还没出嫁，因此，菩萨赐给我一些药，让我拖些时日等着。去年，菩萨要回南海，把案前侍女小梅留下来侍候我。现在我快死了，我这薄命人又没生儿子。保儿是我疼爱的，恐怕你再娶了妒悍的女人，使他们母子无人依靠。小梅姿容秀美，性情温和，就把她娶过来做填房吧。"原来，王慕贞有一个妾，生了一个儿子，名叫保儿。王慕贞因妻子言谈荒唐，就说："你一向敬重菩萨，现在说出这样的话来，不是亵渎了菩萨吗？"王妻说："小梅服侍我一年多，我们已经不分彼此，我已经央求她答应这件事了。"王慕贞问："小梅在哪儿？"答："屋里的不是吗？"王慕贞刚想再问，妻子已经闭上眼睛死去了。

王慕贞夜里守灵，听见屋里隐隐约约有哭泣声，非常害怕，怀疑是鬼。叫来几个婢女侍妾打开锁一看，只见一位十五六岁的漂亮女郎，穿着孝服坐在屋里。众人以为她是神，一齐围着叩拜。女郎止住泪水，扶起大家。王慕贞目不转睛地盯着她，她只是低着头而已。王慕贞说："如果亡妻的话是真的，就请你走上厅堂，受儿女的叩拜；如果不行，我也不敢妄想，使自身招来罪过。"女郎羞羞答答地走出房门，登上北面的厅堂。王慕贞叫使女摆了一个朝南的座位让她坐下，王慕贞先拜，女郎也回拜了他；下面就按长幼尊卑的次序伏下叩拜，女郎神色端庄地接受拜见；只有小妾出来拜见时，她才起来扶起她。

自从王妻患病在床，丫鬟偷懒，仆人盗窃，家政废弃已久。众人参拜完了，都恭恭敬敬地站在一边。小梅说："我感激夫人的盛情，决定留在人间。夫人又把大事托付给我，你们各人应当洗心革面，为主人效力。从前的过错，就一概不再追究。否则，不要以为家中没人管事！"大家一起望着座上的小梅，真如悬挂的观音像一样，时时被微风吹动。听到她的话，心里更害怕，便齐声答应。于是，小梅吩咐安排丧事，一切都井井有条。因此，家中大小奴仆没有敢偷懒的。小梅整日忙着照管家里家外各种事务，王慕贞做什么，也先问过她然后再去办。然而他们虽然一天见几次面，却并不谈一句私房话。妻子殡葬以后，王慕贞想履行以前的约定，却不敢直接和小梅说，就嘱咐小妾暗中传话。小梅说："我答应了夫人的恳切嘱托，从情理上讲，是不能推辞的。但是婚姻大礼不能草率。年伯黄先生，位尊德重，能求他来主持婚礼，那我一定唯命是从。"

当时，沂水的黄太仆，正辞官闲居在家。他是王慕贞父亲的朋友，两家交往密切。王慕贞马上亲自去见黄老先生，把实情告诉了他。黄先生觉得很奇怪，当即与王慕贞一同来到王家。小梅知道后，立刻出来拜见。黄先生一见十分惊讶，认为小梅是天上人，谦逊地不敢答应主持婚礼；随即送来一份厚厚的贺礼，婚礼完毕才回家去。小梅送给他枕头、鞋，如同孝敬公婆一样。从此，两家交往更加亲密。

结婚以后，王慕贞总因为小梅是神女，亲热中也带着拘束，还时常打听菩萨

的起居。小梅笑着说："你也太愚迂了，哪有真正的神仙下嫁到尘世的呢？"王慕贞再三追问她的来历，小梅说："不必问那么多，既然认为我是神仙，那就早晚供奉，自然会没有灾祸。"

小梅对待下人很宽宏大量，不笑不说话。但是下人们戏耍时，远远见到她，便马上不出声了。小梅笑着告诉他们："难道你们大家还以为我是神吗？我是什么神仙！我其实是夫人的姨表妹，从小相好，姐姐病中想念我，暗中叫南村王姥姥接我来，但因天天接近姐夫，有男女之嫌，所以假托为菩萨的侍女，关在屋里，其实哪里是什么神仙。"众人还是不相信，但天天侍候在她身边，见她的举动，和平常人没有什么不同，谣言就渐渐平息了。即使如此，顽劣的仆人、懒惰的丫鬟，王慕贞一向用鞭子打也改不了的，小梅一说，没有不乐于遵从改正的。都说："我们自己也不明白，也不是怕她，只是一看她的样子，心就自然而然软下来了，所以也不忍心违背她的吩咐。"因此，家中各种事情都重新兴办起来，几年时间，田地扩大，仓库里堆了万石粮食。

又过了几年，小妾生了个女儿，小梅生了个儿子。儿子生下时，左胳膊上有个红点，因此叫小红。满月时，小梅让王慕贞摆上丰盛的酒席，邀请黄先生赴宴。黄先生送了很厚的贺礼，只是推辞自己年纪大了，不能出远门；小梅派了两个老婆子强去邀请，黄先生才到来。小梅抱着孩子出来，露出左胳膊给黄先生看，请他给起名字，又再三问这孩子的吉凶祸福。黄先生笑着说："这是喜红，可以增加一个字，名字叫喜红吧。"小梅很高兴，便出来叩谢。那天，鼓乐声充满庭院，亲戚、贵客纷至沓来，黄先生住了三天才回去。

一天，忽然门外有车马来，迎小梅回娘家去。十多年来，与小梅娘家并没有来往。人们纷纷议论，而小梅好像没有听到一样，她梳洗打扮完，把孩子抱在怀里，要王慕贞送她，王慕贞只好依她。大约走了二三十里路，路上寂静无人，小梅停下车，叫王慕贞下了马，避开别人对他说："王郎王郎，我们相聚短离别长，这就叫作悲伤吗？"王慕贞吃惊地问怎么回事，小梅说："你以为我是什么人？"答："不知道。"小梅说："你在江南救过一个死刑犯，有这回事吗？"说："有。"小梅说："在路上哭的人是我母亲，为感谢你的恩情，一心要报答你。于是，借夫人好佛的机会，假托是神仙，实际是用我来报答你。如今幸好生了这个孩子，这个心愿了了。我看你的坏运气要来了，这个孩子在家，恐怕不能养大，所以，借口回娘家，来解救孩子出危难。你要记住，家中有人死时，一定要在早晨公鸡叫第一遍时，到西河柳堤上，看见有挑着葵花灯来的人，就拦在路上苦苦求他，可以免去灾祸。"王慕贞说："好。"又问她什么时候回来，小梅说："不能预先定下来，你要牢记我的话，再见面的日子也不会太远。"临别时，互相拉着手，伤心地流下泪来。一会儿，小梅上了车，车子走得快如风；王慕贞望着望着就不见了，这才返回家中。

过了六七年，小梅音信全无。忽然，乡里流行瘟疫，死了很多人，家中一个丫鬟病了三日死了。王慕贞想起小梅往日的嘱咐，很留心此事。当日和客人饮酒，大醉后睡着了。醒来时听到鸡叫，急忙起来赶到堤头，见灯光闪烁，那人恰好已经过去了。王慕贞急忙去追，只隔百步左右，却愈追愈远，渐渐就看不见了。他懊悔地回到家，几天后，突然生病，不久就死了。

王氏家族里，很有一些无赖之徒，一起欺侮王家孤儿寡母，公然伐取庄稼、树木。王家一天比一天败落。过了一年，保儿又死去，一家更没有人主持。族里人更加横行霸道，他们瓜分田产，圈里牛马也被抢掠一空；又想瓜分宅院。因为王慕贞的妾住在这里，于是便有几个人来，强行要把她卖掉。母亲舍不得自己的小女儿，母女相拥痛哭，惨状惊动四邻。正在危急之时，忽听门外有轿子抬进来，大家一看，却是小梅拉着一个小男孩从车中出来。小梅四面一看，人乱纷纷的如集市，就问："这是些什么人？"妾哭着告诉了所发生的一切。小梅脸上立刻惨然变色，便叫跟来的仆人关门下锁。众人想反抗，手脚却不听使唤。小梅叫人把他们一个个都绑了，拴在廊下的柱子上，一天只给三碗稀粥。小梅马上打发老仆人跑去告诉黄先生，然后，走进内室痛哭，哭完，对妾说："这都是天数，本想上个月回来，恰好母亲病了，耽误了些时间，直到今天才到，不想转眼间这里已是人去屋空。"问到原来的仆人丫鬟，已经都被族人抢去了，又哭了一场。过了一天，仆人丫鬟听说小梅回来了，都自己偷着跑回来，相见之下，又痛哭流涕。被绑的族人，都说小梅的孩子不是王慕贞的亲生骨肉，小梅也不辩解。不久，黄先生来到了，小梅领着儿子出来迎接。黄先生握着孩子的手臂，便捋起左袖，见红痣清清楚楚，便袒露给大家看，以证明确是王慕贞的儿子。于是，黄先生便仔细审查丢失的东西，登记在簿册上，亲自去拜见县令，请县令拘捕无赖族人，各打四十大板，枷起手脚关押起来，并严命追回失物。没几天，田地牛马，统统物归了原主。黄先生要回家了，小梅拉着孩子哭拜说："我不是世间人，叔叔是知道的，现在，我把这个孩子托付给叔叔了。"黄先生说："我老头子只要还有一口气，就不会不为他做主。"黄先生回去后，小梅安排完家事后，把儿子托付给妾，便准备祭品去为丈夫扫墓。过了半天时间，还不见回来，派人去看，祭品还摆在那里，人却不知去向了。

异史氏说：不断绝人家后嗣的人，人家也不断绝他的后嗣，这是人事，实际也是天事。至于座中有好友、车马、皮衣可以共用；等到坟上长了隔年的草，妻子儿女遭受凌侮，那原来同车的朋友就很不高兴地离开了。不忍忘却死去的朋友，感激亡友的恩德而一心图报，这是什么人呢！是狐狸呀！假若你有钱，我愿做你的家臣，为你理财。

[何守奇] 王之施德，本不望报。而感其义者卒委屈以相报。人不务行其德者，抑独何也？

药僧

【原文】

济宁某偶于野寺外，见一游僧向阳扪虱，杖挂葫芦，似卖药者。因戏曰：“和尚亦卖房中丹否?”僧曰：“有。弱者可强，微者可巨，立刻见效，不俟经宿。”某喜求之。僧解衲角，出药一丸如黍大，令吞之。约半炊时，下部暴长；逾刻自扪，增于旧者三之一。心犹未足，窥僧起遗，窃解衲，拈二三丸并吞之。俄觉肤若裂，筋若抽，项缩腰橐，而阴长不已。大惧，无法。僧返见其状，惊曰：“子必窃吾药矣!”急与一丸，始觉休止。解衣自视，则几与两股鼎足而三矣。缩颈蹒跚而归，父母皆不能识。从此为废物，日卧街上，多见之者。

【译文】

济宁有个人，偶然在野寺外，见到一个游方的僧人，向着太阳在捉虱子；手杖上挂着一只葫芦，好像个卖药的。于是，这个人开玩笑说：“和尚也卖房中春药吗?”僧人回答：“有。弱的可以变强，细小的可以变粗壮。服后立即见效，不必等上一宿。”这人一听很高兴，立刻向僧人求买此药。僧人解开袍子一角，拿出一丸药，如同小米粒大小，让这人吞吃了。过了约半顿饭时间，这人的下部暴长；过了一刻自己一摸，比原来大了三分之一。此人心中还不满足，偷偷看和尚起身上厕所，私自解开僧袍，抓了两三丸一起吞下去。过不多久觉得皮肤像要裂开，筋抽了起来，脖子也缩了，腰也弯了，而阴茎却不停地长。他非常害怕，却没有办法。僧人回来后，看到他的样子，吃惊地说：“你一定偷吃了我的药?”急忙给他一丸药，吃后才觉得下部不再长了。他解开衣服一看，下部几乎和两腿呈三足鼎立之势了。这个人缩着脖子，蹒跚着走回家去，父母都认不出他来了。从此以后，他成了个废人，每天躺在街上，许多人都见过他。

于中丞

【原文】

于中丞成龙，按部至高邮。适巨绅家将嫁女，装奁甚富，夜被穿窬席卷而去。刺史无术。公令诸门尽闭，止留一门放行人出入，吏目守之，严搜装载。又出示谕阖城户口，各归第宅，候次日查点搜掘，务得赃物所在。乃阴嘱吏目：设有城门中出入至再者捉之。过午得二人，一身之外，并无行装。公曰："此真盗也。"二人诡辩不已。公令解衣搜之，见袍服内着女衣二袭，皆奁中物也。盖恐次日大搜，急于移置，而物多难携，故密着而屡出之也。

又公为宰时，至邻邑。早旦经郭外，见二人以床舁病人，覆大被；枕上露发，发上簪凤钗一股，侧眠床上。有三四健男夹随之，时更番以手拥被，令压身底，似恐风入。少顷息肩路侧，又使二人更相为荷。于公过，遣隶回问之，云是妹子垂危，将送归夫家。公行二三里，又遣隶回，视其所入何村。隶尾之，至一村舍，两男子迎之而入，还以白公。公谓其邑宰："城中得无有劫寇否？"宰曰："无之。"时功令严，上下讳盗，故即被盗贼劫杀，亦隐忍而不敢言。公就馆舍，嘱家人细访之，果有富室被强寇入家，炮烙而死。公唤其子来诘其状，子固不承。公曰："我已代捕大盗在此，非有他也。"子乃顿首哀泣，求为死者雪恨。公叩关往见邑宰，差健役四鼓出城，直至村舍，捕得八人，一鞫而伏。诘其病妇何人，盗供："是夜同在勾栏，故与妓女合谋，置金床上，令抱卧至窝处始瓜分耳。"共服于公之神。或问所以能知之故，公曰："此甚易解，但人不关心耳。岂有少妇在床，而容入手衾底者？且易肩而行，其势甚重，交手护之，则知

其中必有物矣。若病妇昏愦而至，必有妇人倚门而迎；止见男子，并不惊问一言，是以确知其为盗也。”

【译文】

于成龙中丞，巡查部属到了高邮。恰好一家豪绅将要嫁女儿，嫁妆丰厚，夜里却被强盗贼人全部偷光了，高邮刺史无计可施。于中丞命令把各城门都关上，只留一个门放行人出入，派吏目守门，严密搜查进出人所带的东西。又出告示，让全城人各自回家，等候第二天查点搜寻，一定要找到赃物所在。于公又暗中嘱咐守城的人：如果有人由城门再三出入，就抓起来。过了中午，抓到两人。除了一身衣服之外，并没有带任何东西。于公说：“这是真正的盗贼。”二人不住狡辩。于公叫人解开他们的衣服搜查，见他们的衣服里又穿着两套女人衣服，都是嫁妆里的东西。原来，盗贼害怕第二天的大搜查，急于转移赃物，而东西太多难于一下带出，因此偷偷地带在身上而频频出入城门。

还有一次，于成龙做县令时，到邻县去。一大早，经过城外，见两个人用床抬着病人，上面盖着大被；枕上露出头发，发上插着一股凤钗，侧卧在床上。有三四个健壮的男人左右随着，不时轮番用手去塞被子，压在病人身下，好像是怕风吹进去。不一会儿，就放在路边休息，又换两个人再抬。于公走过后，派差人回去问他们，他们说是妹妹病危，要送回妹夫家去。于公走了二三里，又派公差回去，看他们进了什么村子。公差尾随着他们，到了一个村子的房舍前，见两个男子迎接他们进去了。公差回来报告给于公。于公对那个县的县令说：“城中有没有发现盗劫案?”县令说：“没有。”当时官吏考核很严，官员和老百姓都不敢提到盗贼，因此，即使被盗贼劫杀了，也忍痛不敢报官。于公住进宾馆后，嘱咐随身家人仔细查访，果然有一家富人被强盗闯入家中，用铁烙折磨死了。于公叫那富人的儿子来，盘问事情的经过。被害人的儿子怎么也不承认有此事。于公说：“我已经在这里替你抓到了强盗，没有别的意思。”死者的儿子才叩头痛哭，请求于公为死者报仇雪恨。于公人关求见县令，派强壮的差人在四更出城，直至那家村舍，捕到八个人，一审便招认了。问那病妇是谁，盗贼供认：“那夜一起在妓院，因此与妓女合谋，把赃金放在床上，让她躺在床上抬到窝主处再瓜分。”人们都佩服于公的神明。有人问他是怎么识破这个案件的，于公说：“这很容易，只是人们不留心罢了。哪里有少妇躺在床上，却容许别人时时把手伸到被底的?而且时常换人来抬，样子很沉；又在两边保护着，就知道其中一定藏着东西。如果真是病妇昏迷不醒地回来了，一定会有妇人在门口迎接；却只见到男人，并且不吃惊，也不问一声，因此断定他们是盗贼。”

绩 女

【原文】

绍兴有寡媪夜绩，忽一少女推扉入，笑曰：“老姥无乃劳乎？”视之年十八九，仪容秀美，袍服炫丽。媪惊问：“何来？”女曰：“怜媪独居，故来相伴。”媪疑为侯门亡人，苦相诘，女曰：“媪勿惧，妾之孤亦犹媪也。我爱媪洁，故相就，两免岑寂，固不佳耶？”媪又疑为狐，默然犹豫。女竟升床代绩，曰：“媪无忧，此等生活，妾优为之，定不以口腹相累。”媪见其温婉可爱，遂安之。

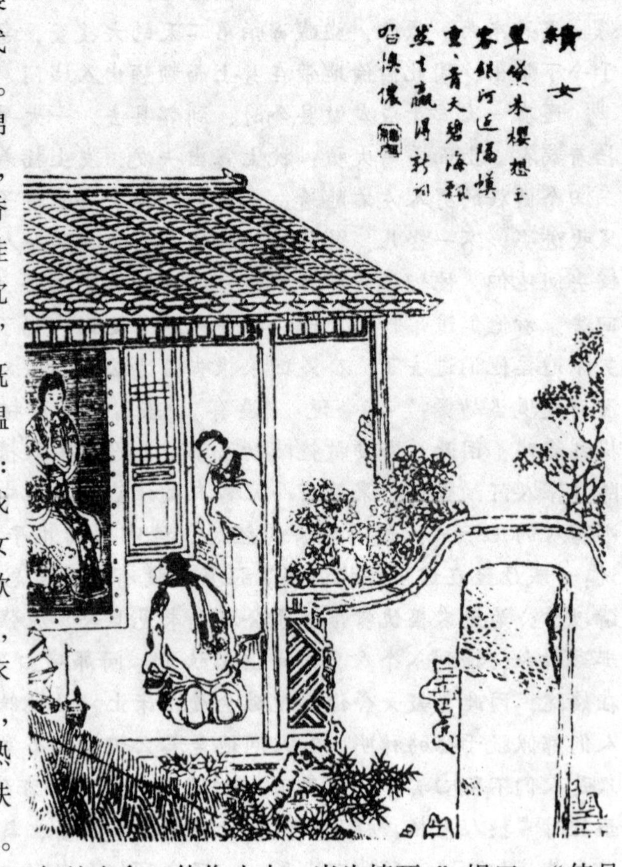

夜深，谓媪曰：“携来衾枕，尚在门外，出溲时烦代捉入。”媪出，果得衣一裹。女解陈榻上，不知是何等锦绣，香滑无比。媪亦设布被，与女同榻。罗衿甫解，异香满室。既寝，媪私念遇此佳人，可惜身非男子。女子枕边笑曰：“姥七旬犹妄想耶？”媪曰：“无之。”女曰：“既不妄想，奈何欲作男子？”媪愈知为狐，大惧。女又笑曰：“愿作男子，何心而又惧我耶？”媪益恐，股战摇床。女曰：“嗟乎！胆如此大，还欲作男子！实相告：我真仙人，然非祸汝者。但须谨言，衣食自足。”媪早起拜于床下，女出臂挽之，臂腻如脂，热香喷溢；肌一着人，觉皮肤松快。媪心动，复涉遐想。女哂曰：“婆子战栗才止，心又何处去矣！使作丈夫，当为情死。”媪曰：“使是丈夫，今夜那得不死！”由是两心浃洽，日同操作。视所绩匀细生光。织为布晶莹如锦，价较常三倍。媪出则扃其户，有访媪者，辄于他室应之。居半载，无知者。

后媪渐泄于所亲，里中姊妹行皆托媪以求见。女让曰：“汝言不慎，我将不

能久居矣。”媪悔失言，深自责；而求见者日益众，至有以势迫媪者。媪涕泣自陈。女曰：“若诸女伴，见亦无妨；恐有轻薄儿，将见狎侮。”媪复哀恳，始许之。越日老媪少女，香烟相属于道。女厌其烦，无贵贱，悉不交语，惟默然端坐，以听朝参而已。乡中少年闻其美，神魂倾动，媪悉绝之。

有费生者，邑之名士，倾其产以重金啖媪，媪诺为之请。女已知之，责曰：“汝卖我耶？”媪伏地自投。女曰：“汝贪其赂，我感其痴，可以一见。然而缘分尽矣。”媪又伏叩。女约以明日。生闻之，喜，具香烛而往，入门长揖。女帘内与语，问：“君破产相见，将何以教妾也？”生曰：“实不敢他有所干，只以王嫱、西子，徒得传闻，如不以冥顽见弃，俾得一阔眼界，下愿已足。若休咎自有定数，非所乐闻。”忽见布幕之中，容光射露，翠黛朱樱，无不毕现，似无帘幌之隔者。生意眩神驰，不觉倾拜。拜已而起，则厚幕沉沉，闻声不见矣。悒怅间，窃恨未睹下体；俄见帘下绣履双翘，瘦不盈指。生又拜。帘中语曰：“君归休！妾体惰矣！”媪延生别室，烹茶为供。生题《南乡子》一调于壁云：“隐约画帘前，三寸凌波玉笋尖。点地分明莲瓣落，纤纤，再着重台更可怜。花衬凤头弯，入握应知软似绵；但愿化为蝴蝶去，裙边，一嗅余香死亦甜。”题毕而去。

女览题不悦，谓媪曰：“我言缘分已尽，今不妄矣。”媪伏地请罪。女曰：“罪不尽在汝。我偶堕情障，以色身示人，遂被淫词污亵，此皆自取，于汝何尤。若不速迁，恐陷身情窟，转劫难出矣。”遂襆被出。媪追挽之，转瞬已失。

【译文】

浙江绍兴有位老寡妇，夜里纺线，忽然一个年轻女子推门进来，笑着说：“老妈妈不累吗？”看这女子，十八九岁的样子，容貌秀美，衣着炫丽。老太婆吃惊地问：“姑娘从哪儿来？”女子说：“我可怜你一个人孤单，来陪伴你。”老太婆怀疑她是从侯门大家逃出来的，再三追问，姑娘说：“老妈妈别害怕，我和你一样，都是孤身一人。我喜欢你洁净，所以来了。免得两人都孤孤单单的，这不好吗？”老太婆又疑心她是狐狸，犹疑着不作声。女子竟然自己上床，替老太婆纺起线来，说：“老妈妈不用担心，这些活计，我也很会做，一定不会增加你的负担。”老太婆见她温存可爱，也就安下心来。

夜深了，姑娘对老太婆说：“我带来的被褥，还在门外，麻烦你出去上厕所时，顺便拿进来。”老太婆出去，果然拿回一包被褥。女子解开被褥放在床上，不知是什么质地的绸缎，香滑无比。老太婆也铺开自己的布被褥，与姑娘同床。姑娘刚解开衣服，一股奇特的香气充满房中。睡下后，老太婆暗想：“遇到这样的漂亮女子，可惜自己不是个男人。”女子在枕边笑着说：“老妈妈七十岁了，还想人非非吗？”老太婆说：“没有呀。”女子说：“既不是想入非非，怎么想做男子呢？”老太婆更明白她是狐狸，非常害怕。女子又笑着说：“想做个男人，心里怎么又怕我了？”老太婆更害怕，两腿抖得床都跟着摇起来了，姑娘说：

“哎呀，就这么大的胆子，还想做男人呢？实不相瞒，我是仙女，但不是来祸害你的，只要你不乱说，保你衣食不愁。”老太婆早上起来便跪拜在床下。女子伸出手臂扶她起来，她手臂皮肉细腻如洁白的香脂，散发着香气；手臂一碰到，立刻觉得身上很松快。老太婆心动，又想入非非。姑娘嘲笑她说：“老婆子战栗才止住，心又想到哪儿去了！如果你是个男人，一定会为情死的。”老太婆说：“我若真是个男人，今晚哪能不死呢！”从此，两人相处十分融洽，每天一同纺线织布。看看姑娘纺出的线，又匀又细又光亮；织成布，光洁如同锦缎，卖价比平常的布高三倍。

老太婆每次出门，就从外面关紧门；有来探访她的，都在别的屋子里应酬。过了半年，没有人知道这件事。

后来，老太婆渐渐把这事透露给亲戚朋友，同村的姐妹们都托老太婆引见。姑娘责怪她说：“你说话不谨慎，我不能再在这里长住了。”老太婆后悔失言，深深自责；但是，要求见姑娘的人一天比一天多，甚至还有以权势逼迫老太婆的。老太婆哭着向姑娘说明。姑娘说：“如果是一些姐妹，见也无妨；只恐怕有不正派的人，难免会受到侮辱。”老太婆又一再哀求，姑娘才答应了。

第二天，一些老太婆、小姑娘都拿着香烛来拜见，一路络绎不绝。姑娘感到厌烦，不论贵贱，都不与她们交谈；只是默默地端坐在那里，听任她们参拜。乡中一些年轻人听说她的美貌，都神魂颠倒，老太婆一律拒绝他们求见。

有位姓费的书生，是城里名士，他听说了这件事，尽其家产，用重金买通老太婆。老太婆答应了他，替他请求姑娘接见。姑娘已经知道了这件事，责备她说：“你把我卖了？”老太婆立刻伏在地上说了经过。姑娘说：“你贪图他的钱财，我感念他的痴情，可以见他一面。但是，你我之间的缘分已经尽了。”老太婆又伏地叩头，姑娘约定第二天见面。费生听了，非常欢喜，拿着香烛前来，进门先施大礼，姑娘在帘子里和他说话，问：“你破费家产来见我，有什么话要对我说吗？”费生说：“实在不敢有什么非分之想。只是像王嫱、西施那样的美女，只有传闻；如果你不因我愚顽而嫌弃我，使我得以开阔一下眼界，看一下你的美貌，我就满足了。至于祸福吉凶自有定数，我并不想知道它。”忽然，只见布帘之中出现姑娘的面容，光彩四射，翠眉朱唇，清清楚楚，好像没有布帘相隔一样。费生神魂飘荡，不觉俯身下拜。拜完起身，只见布帘沉沉，只能听见声音，再见不到人了。费生暗自惆怅，恨自己没能见到姑娘的下半身体；忽然看见布帘下面翘着一双穿着绣鞋的小脚，瘦小不足一掌长，费生又拜下去。帘中说：“你回去吧，我身体疲倦了。”老太婆把费生请到别的屋里，烹茶招待他。费生题了一首《南乡子》在墙上：

隐约画帘前，三寸凌波玉笋尖；点地分明莲瓣落，纤纤，再着重台更可怜。

花衬凤头弯，入握应知软似绵；但愿化为蝴蝶去，裙边，

一嗅余香死亦甜。

题完就走了。姑娘看过费生的题词后，很不高兴，对老太婆说：“我说我们的缘分已经尽了，今天看，果然如此。”老太婆趴在地上叩头，请求原谅。姑娘说：“错不全在你身上，我一时不慎堕入情障，把容貌让人看了，才遭到淫词的亵渎，这都是我自找的，你又有什么过错？如果我不赶快离开这里，恐怕会身陷情网之中，历劫难出了。”于是把衣被打成包裹，就走了。老太婆追上去挽留她，但是一转眼她就不见了。

［何守奇］偶现色相，遽尔翻身，庶几由戒生定者。

：但明伦：“此皆自取，于汝何尤”八字，实实从情窟中转劫出来，使前此无数艳语情词，遂如风扫尘霾，一时都尽。

红毛毡

【原文】

红毛国，旧许与中国相贸易。边帅见其众，不许登岸。红毛人固请：“赐一毡地足矣。”帅思一毡所容无几，许之。其人置毡岸上，仅容二人；拉之容四五人；且拉且登，顷刻毡大亩许，已数百人矣。短刃并发，出于不意，被掠数里而去。

【译文】

红毛国，过去朝廷准许他们和中国贸易往来。边界官吏见他们人多，不许他们上岸。红毛国人坚持请求上岸，说：“只要赏我们一块毡子大小的地方就足够了。”边官想，一块毡子容不下几个人，就同意了。他们就把毡子放到岸上，只能容下两个人；拉一下，就容下四五个人；一边拉一边登，转眼间毛毡扩大到一亩地大小，已能容纳了数百人。这时，他们抽出短刃一齐进攻，边官大出意料，被掠走数里地，只好退却了。

张鸿渐

【原文】

张鸿渐，永平人。年十八，为郡名士。时卢龙令赵某贪暴，人民共苦之。有范生被杖毙，同学忿其冤，将鸣部院，求张为刀笔之词，约其共事。张许之。妻方氏美而贤，闻其谋，谏曰："大凡秀才作事，可以共胜，而不可以共败；胜则人人贪天功，一败则纷然瓦解，不能成聚。今势力世界，曲直难以理定；君又孤，脱有翻覆，急难者谁也！"张服其言，悔之，乃婉谢诸生，但为创词而去。

质审一过，无所可否。赵以巨金纳大僚，诸生坐结党被收，又追捉刀人。张惧亡去，至凤翔界，资斧断绝。日既暮，踟躇旷野，无所归宿。欻睹小村，趋之。老妪方出阖扉，见生，问所欲为。张以实告，妪曰："饮食床榻，此都细事；但家无男子，不便留客。"张曰："仆亦不敢过望，但容寄宿门内，得避虎狼足矣。"妪乃令入，闭门，授以草荐，嘱曰："我怜客无归，私容止宿，未明宜早去，恐吾家小娘子闻知，将便怪罪。"

妪去，张倚壁假寐。忽有笼灯晃耀，见妪导一女郎出。张急避暗处，微窥之，二十许丽人也。及门见草荐，诘妪。妪实告之，女怒曰："一门细弱，何得容纳匪人！"即问："其人焉往？"张惧，出伏阶下。女审诘邦族，色稍霁，曰："幸是风雅士，不妨相留。然老奴竟不关白，此等草草，岂所以待君子。"命妪引客入舍。俄顷罗酒浆，品物精洁；既而设锦裀于榻。张甚德之，因私询其姓氏。妪曰："吾家施氏，太翁夫人俱谢世，止遗三女。适所见长姑舜华也。"妪去。张视几上有《南华经注》，因取就枕上伏榻翻阅。忽舜华推扉入。张释卷，搜觅冠履。女即榻捺坐曰："无须，无须！"因近榻坐，觍然曰："妾以君风流才士，欲以门户相托，遂犯瓜李之嫌。得不相遐弃否？"张皇然不知所对，但云："不相诳，小生家中固有妻耳。"女笑曰："此亦见君诚笃，顾亦不妨。既不嫌憎，明日当烦媒妁。"言已欲去。张探身挽之，女亦遂留。未曙即起，以金赠张曰："君持作临眺之资；向暮宜晚来，恐旁人所窥。"张如其言，早出晏归，半年以为常。

一日归颇早，至其处，村舍全无，不胜惊怪。方徘徊间，闻妪云："来何早也！"一转盼间，则院落如故，身固已在室中矣，益异之。舜华自内出，笑曰："君疑妾耶？实对君言：妾，狐仙也，与君固有夙缘。如必见怪，请即别。"张恋其美，亦安之。夜谓女曰："卿既仙人，当千里一息耳。小生离家三年，念妻孥不去心，能携我一归乎？"女似不悦，曰："琴瑟之情，妾自分于君为笃；君守此念彼，是相对绸缪者皆妄也！"张谢曰："卿何出此言。谚云：'一日夫妻，百日恩义。'后日归念卿时，亦犹今日之念彼也。设得新忘故，卿何取焉？"女

乃笑曰："妾有褊心，于妾愿君之不忘，于人愿君之忘之也。然欲暂归，此复何难？君家咫尺耳！"遂把袂出门，见道路昏暗，张逡巡不前。女曳之走，无几时，曰："至矣。君归，妾且去。"张停足细认，果见家门。逾垝垣入，见室中灯火犹荧。近以两指弹扉，内问为谁，张具道所来。内秉烛启关，真方氏也。两相惊喜。握手入帷。见儿卧床上，慨然曰："我去时儿才及膝，今身长如许矣！"夫妇依倚，恍如梦寐。张历述所遭。问及讼狱，始知诸生有瘐死者，有远徙者，益服妻之远见。方纵体入怀，曰："君有佳偶，想不复念孤衾中有零涕人矣！"张曰："不念，胡以来也？我与彼虽云情好，终非同类；独其恩义难忘耳。"方曰："君以我何人也！"张审视竟非方氏，乃舜华也。以手探儿，一竹夫人耳。大惭无语。女曰："君心可知矣！分当自此绝矣，犹幸未忘恩义，差足自赎。"

过二三日，忽曰："妾思痴情恋人，终无意味。君日怨我不相送，今适欲至都，便道可以同去。"乃向床头取竹夫人共跨之，令闭两眸，觉离地不远，风声飕飕。移时寻落，女曰："从此别矣。"方将订嘱，女去已渺。怅立少时，闻村犬鸣吠，苍茫中见树木屋庐，皆故里景物，循途而归。逾垣叩户，宛若前状。方氏惊起，不信夫归；诘证确实，始挑灯呜咽而出。既相见，涕不可仰。张犹疑舜华之幻弄也；又见床卧一儿如昨夕，因笑曰："竹夫人又携入耶？"方氏不解，变色曰："妾望君如岁，枕上啼痕固在也。甫能相见，全无悲恋之情，何以为心矣！"张察其情真，始执臂欷歔，具言其详。问讼案所结，并如舜华言。方相感慨，闻门外有履声，问之不应。

盖里中有恶少甲，久窥方艳，是夜自别村归，遥见一人逾垣去，谓必赴淫约者，尾之入。甲故不甚识张，但伏听之。及方氏亟问，乃曰："室中何人也？"方讳言："无之。"甲言："窃听已久，敬将以执奸也。"方不得已以实告，甲曰：

"张鸿渐大案未消，即使归家，亦当缚送官府。"方苦哀之，甲词益狎逼。张忿火中烧，把刀直出，剁甲中颅。甲踣犹号，又连剁之，遂死。方曰："事已至此，罪益加重。君速逃，妾请任其辜。"张曰："丈夫死则死耳，焉肯辱妻累子以求活耶！卿无顾虑，但令此子勿断书香，目即瞑矣。"

天明，赴县自首。赵以钦案中人，姑薄惩之。寻由郡解都，械禁颇苦。途中遇女子跨马过，一老妪捉鞚，盖舜华也。张呼妪欲语，泪随声堕。女返辔，手启障纱，讶曰："表兄也，何至此？"张略述之。女曰："依兄平昔，便当掉头不顾，然予不忍也。寒舍不远，即邀公役同临，亦可少助资斧。"从去二三里，见一山村，楼阁高整。女下马入，令妪启舍延客。既而酒炙丰美，似所夙备。又使妪出曰："家中适无男子，张官人即向公役多劝数觞，前途倚赖多矣。遣人措办数十金为官人作费，兼酬两客，尚未至也。"二役窃喜，纵饮，不复言行。日渐暮，二役径醉矣。女出以手指械，械立脱。曳张共跨一马，驶如龙。少时促下，曰："君止此。妾与妹有青海之约，又为君逗留一晌，久劳盼注矣。"张问："后会何时？"女不答，再问之，推堕马下而去。

既晓问其地，太原也。遂至郡，赁屋授徒焉。托名宫子迁。居十年，访知捕亡寝怠，乃复逡巡东向。既近里门，不敢遽入，俟夜深而后入。及门，则墙垣高固，不复可越，只得以鞭挝门。久之妻始出问，张低语之。喜极纳入，作呵叱声，曰："都中少用度，即当早归，何得遣汝半夜来？"入室，各道情事，始知二役逃亡未返。言次，帘外一少妇频来，张问伊谁，曰："儿妇耳。"问："儿安在？"曰："赴郡大比未归。"张涕下曰："流离数年，儿已成立，不谓能继书香，卿心血殆尽矣！"话未已，子妇已温酒炊饭，罗列满几。张喜慰过望。居数日，隐匿屋榻，惟恐人知。一夜方卧，忽闻人语腾沸，捶门甚厉。大惧，并起。闻人言曰："有后门否？"益惧，急以门扇代梯，送张夜度垣而出；然后诣门问故，乃报新贵者也。方大喜，深悔张遁，不可追挽。

张是夜越莽穿榛，急不择途，及明困殆已极。初念本欲向西，问之途人，则去京都通衢不远矣。遂入乡村，意将质衣而食。见一高门，有报条粘壁上，近视知为许姓，新孝廉也。顷之，一翁自内出，张迎揖而告以情。翁见仪容都雅，知非赚食者，延入相款。因诘所往，张托言："设帐都门，归途遇寇。"翁留诲其少子。张略问官阀，乃京堂林下者；孝廉其犹子也。月余，孝廉偕一同榜归，云是永平张姓，十八九少年也。张以乡谱俱同，暗中疑是其子；然邑中此姓良多，姑默之。至晚解装，出"齿录"，急借披读，真子也。不觉泪下。共惊问之，乃指名曰："张鸿渐，即我是也。"备言其由。张孝廉抱父大哭。许叔侄慰劝，始收悲以喜。许即以金帛函字，致告宪台，父子乃同归。

方自闻报，日以张在亡为悲；忽白孝廉归，感伤益痛。少时父子并入，骇如天降，询知其故，始共悲喜。甲父见其子贵，祸心不敢复萌。张益厚遇之，又历述当年情状，甲父感愧，遂相交好。

【译文】

张鸿渐，河北永平人，十八岁，是郡里有名的读书人。

当时，卢龙的赵县令又贪婪又凶残，老百姓深受其苦。有个姓范的秀才被他用棍棒活活打死了，范秀才的同学为他鸣不平，准备到巡抚那里去告赵知县，求张鸿渐给写张状纸，并邀他一同来打这个官司，张鸿渐同意了。张妻方氏，美貌又贤慧，她听说了这件事，便劝告张鸿渐说："大凡秀才做事，可以一块儿成功，但不能一起失败；成功了则人人都要争头功，失败了就纷纷逃避，不能团结起来。如今是个权势的世界，是非曲直难以用公理定论；你又孤单一人，没有兄弟，一旦有翻覆，急难时谁来救你！"张鸿渐信服她的话，感到后悔，于是婉言谢绝了这件事，只是给他们写了状子的草稿。

秀才们告上去，巡抚审讯了一回，判断不出谁是谁非。赵知县拿出一大笔钱贿赂了审案的长官，给这些秀才加了个结党的罪名，把他们抓了起来，又追查写状子的人。

张鸿渐听到这个消息很害怕，就从家里逃了出来。到了陕西凤翔境内，路费花光了。天已经黑了，他在旷野里走来走去，不知道去哪里好。正在为难，突然看见前边有一个小村子，便快跑了过去。有个老太太正出来关门，看见张鸿渐，问他想干什么。张鸿渐把实情告诉了她。老太太说："留你吃饭、住宿都是小事，只是家里没有男人，不便留你。"张鸿渐说："我也不敢有什么奢望，只求允许我在门里头借住一宿，能够躲避虎狼也就足够了。"老太太才让他进来，关了门，给了他一个草垫子，嘱咐道："我可怜你无处可去，私自留你住在这里，天亮前你就得赶快离开，恐怕我家小姐听说了要怪罪我。"老太太走了，张鸿渐靠着墙壁打盹。忽然一阵灯笼光闪亮，只见老太太引着一位女郎出来。张鸿渐急忙躲到暗处，偷偷看去，女郎是一位二十岁左右的美人。女郎走到门口，看见草垫子，问老太太是怎么回事。老太太如实回答了，女郎生气地说："一家子都是柔弱女子，怎么能收留来历不明的男人？"随即问："那人去哪儿了？"张鸿渐害怕了，出来跪伏在台阶下。女郎仔细地盘问了他的姓名和家世，脸色稍稍缓和了，说："幸亏是知书识礼的人，留下也没关系。可是，这老奴竟然不来报告一声，这样随随便便，哪里是招待君子的礼节。"于是，叫老太太引客人进屋。不一会儿，便摆上了精美洁净的酒食，饭后又拿出绣花锦被，铺好床。张鸿渐心中十分感激，于是私下打听姑娘的姓氏。老太太说："我家姓施，老爷、太太都去世了，只剩下三个女儿，刚才见到的，是大小姐舜华。"

老太太走了，张鸿渐看见桌上有部《南华经注》，就拿来放在枕头上，趴在床上翻阅。忽然，舜华推门进来。张鸿渐放下书，慌忙找鞋帽，准备迎接。舜华走到床边按他坐下，说："不用起来，不用起来。"于是靠着床坐下来，羞涩地说："我看你是个风流才子，想把终身托付给你，所以才不避嫌疑，自己向你提

出来。你不会因此看不起我，拒绝我吧？”张鸿渐惊慌得不知说什么好，只是说：“实不相瞒，我家里已经有妻子了。”舜华笑着说：“这也看出你是个老实人。不过这没关系，既然你不嫌弃我，明天我就请媒人来。”说完，就要走，张鸿渐探起身拉住她，她也就留下了。

第二天天不亮，舜华就起来了，送给张鸿渐一些银子，说：“你拿去做游玩的费用吧。到了晚上，你要晚点儿来，免得被别人看见。”张鸿渐按照她的吩咐，每天早出晚归，这样过了半年。

一天，张鸿渐回来得很早，到了那个地方，村庄、房屋全都没有了，他十分惊异。正徘徊不定时，听到老太太说：“怎么回来得这么早？”一转眼间，院落就出来了，和往常一样，自己也已经在屋子中了，于是，他更加惊异。舜华从里间走出来，笑着说：“你怀疑我了吧？实话对你说，我是狐仙，与你有前世的姻缘。如果你一定要见怪，那么我们马上分手吧。”张鸿渐贪恋她的美貌，也就安心地留了下来。

晚上，张鸿渐对舜华说：“你既是仙人，千里路程也能一口气走到吧。我离开家三年了，一直惦念我的妻子和孩子，你能带我回一趟家吗？”舜华听了好像不太高兴，说：“从夫妻之情来说，我自信对你一往情深。可是，你守着我却想着别人，可见你对我的恩爱，都是假的？”张鸿渐道歉说：“你怎么这样说。俗话说：‘一日夫妻，百日恩义。’以后，我回了家，想念你的时候，也会像今天我想念她一样啊。如果我是个得新忘旧的人，你爱我什么呢？”舜华才笑着说：“我的心很狭窄，于我，希望你永远不忘；于别人，希望你忘了她。然而你想暂时回家一趟，又有什么难的，你的家就在眼前啊。”于是拉起他的袖子走出门去，只见道路昏暗，张鸿渐畏畏缩缩不敢往前走。舜华拉着他走，不一会儿，说：“到了，你回去吧，我先走了。”张鸿渐停下来细细辨认，果然看见家门，他从坏墙中跳进去，见屋中灯烛还亮着，就靠上前用两个手指弹叩窗户。里面人问是谁，张鸿渐说自己回来了，屋里人拿着灯烛打开门，真是妻子方氏。两人相见，又惊又喜，手拉着手走进床帷，看见儿子睡在床上，感叹道：“我离开时，儿子才有我膝头那么高，如今长这么大了！”夫妇依偎在一起，恍如在梦中。张鸿渐从头至尾说了出逃后的遭遇。又问到那件官司，才知道那些秀才，有的在狱中病死，有的流放远方。于是，更加佩服妻子的远见。方氏扑到他怀里，说：“你有了漂亮的新夫人，想来不会再惦记我这个终日哭泣、孤苦零丁的人了吧？”张鸿渐说：“不惦记你，怎么会回来呢？我和她虽说感情很好，但终究不是同类；只是她的恩义难忘罢了。”方氏说：“你以为我是谁？”张鸿渐仔细一看，竟然不是方氏，而是舜华。用手去摸儿子，却是一个消暑用的“竹夫人”。张鸿渐非常惭愧，说不出一句话。舜华说：“你的心我算知道了！咱们的缘分已经没了，所幸你还未忘掉我的恩情，勉强还可以赎你的罪。”

过了两三天，舜华忽然说：“我想我一厢情愿地痴恋着你这个人，终究没什

么意思，你天天抱怨我不送你，今天正好我要去京城，顺便可以送你回去。”于是从床头上拿过“竹夫人”，两人一起跨上去，让张鸿渐闭上眼睛。张鸿渐只觉离地不远，风声“飕飕”。不多时，就落到了地面，舜华说：“我们从此分别吧。”张鸿渐刚要和她约定再见的日子，舜华就已经走得看不见了。

张鸿渐失望地站了一会儿，就听见村中有狗叫声，模模糊糊看见树木房屋，都是故乡的景物，便顺着路向家走。跳过院墙，再敲门，一切和上次一样。方氏惊醒了爬起来，却不相信是丈夫回来了。隔门盘问确实，才点上灯，呜咽着出来迎接。一见面，方氏便止不住哭起来，张鸿渐还在怀疑是舜华戏弄他；又看见床上躺着一个孩子，像那天一样，于是，笑着说：“你把‘竹夫人’又带来了？”方氏一听莫名其妙，生气地说：“我盼望你回来，度日如年，枕头上的泪痕还在。刚刚相见，你却没有一点儿悲伤之情，真不知你长的是一副什么心肠。”张鸿渐看出她是真的方氏，才拉起她的手流下泪来，详详细细向她说明了一切，又问官司的结果，和舜华说的一样。

两人正相对感慨，忽然听见门外有脚步声，问是谁，却没人应。原来，乡里有个恶少甲，一直窥视方氏的美貌。这天晚上，他从别的村子回来，远远地看见一个人跳墙过去，以为一定是和方氏来约会的，就尾随着进来了。甲本来不太认识张鸿渐，只是趴在外面听。等到方氏连连问外面是谁，他才说：“屋里是谁？”方氏骗他：“屋里没人。”甲说：“我已经听了半天了，我是来捉奸的。”方氏不得已，告诉他是丈夫回来了。甲说：“张鸿渐这桩大案还没了结呢，即便是他回来了，也该绑了送官。”方氏苦苦哀求他，甲却乘机逼她，话愈不堪入耳。张鸿渐怒火中烧，拿着刀直冲出去，一刀剁在甲的头上。甲倒在地上，还在叫喊；张鸿渐又连剁几刀，杀死了他。方氏说：“事已至此，你的罪更加重了。你快逃吧，我来顶罪。”张鸿渐说：“大丈夫死就死，怎么能连累妻子、儿子，而求自己活命！你不要管我了，只要让这个孩子接续了我们张家读书门第的香火，我死也瞑目了。

天亮后，张鸿渐到县里去自首。赵知县因为他是朝廷追查的犯人，所以，只微微用了用刑。不久，就由郡县押解到京城。一路上枷重铐紧，受尽折磨。一天，他们在路上遇到一个女子骑马而过，一个老太太拉着马缰绳，却是舜华。张鸿渐叫住老太太想说话，一开口眼泪就流下来了。女子勒马回来，用手撩开面纱，惊讶地说：“表兄，你怎么这样了？”张鸿渐把事情经过大致说了一遍。女子说：“如果按表兄往日的作为，我应当掉头不理你；但我还是不忍心。我家离这儿不远，也请两位差官一起过去，我也好多少帮助一点儿盘费。”几个人跟着她走了二三里路，看见一座山村，楼阁高大整齐。女子下马走进去，让老太太开门请客人进去。一会儿，又摆上丰美的酒菜，好像早就准备好了的。又派老太太出去说：“家里刚好没有男人，张官人就多劝差官喝几杯吧，今后路上还要二位多关照呢。已经打发人去张罗几十两银子给张官人做路费，并一起酬谢两位差官，还没回来呢。”两个差官暗自高兴，放开量喝酒，不再想赶路的事。天渐晚

了，两个差官全都喝醉了，舜华走出来，用手一指枷锁，锁立即开了。拉着张鸿渐共跨一匹马，像龙一样飞腾而去。不一会儿，舜华让他下马，说：“你就在这儿下吧。我和妹妹约好在青海见面，又因为你耽误了一会儿，恐怕她已经等久了。”张鸿渐问：“我们什么时候再见面？”舜华不答，再问她，她就把张鸿渐推下马走了。

天亮后，张鸿渐打听这里是什么地方，原来是太原，于是他到了城里，租了间屋子开课教学为生，化名宫子迁。

他在太原住了十年，打听到官府追捕他的事渐渐放松了，才又慢慢往家里走。走到村口，不敢马上进村，等到夜深后才进去。到了家门口，只见院墙又高又厚，再也爬不进去了，只好用马鞭敲门。过了很久，妻子才出来问是谁，张鸿渐低声告诉她。方氏高兴极了，连忙开门让他进来，却大声呵斥说：“少爷在京城里钱不够用，就该早些回来，为什么打发你三更半夜地跑回来？”进了屋，两人互相说了分别后的情况，才知道那两个差官逃亡在外一直没回来。他们说话的时候，门帘外面有一个少妇走来走去张望，张鸿渐问是谁，方氏答：“是儿媳。”问：“儿子呢？”答道：“到省里赶考还没回来。”张鸿渐流着泪说：“我在外面颠簸了这么多年，儿子已经长大成人了，想不到能接续我们家的香火了，你也真是熬尽了心血啊！”话没说完，儿媳已经烫好了酒，做好了饭，满满地摆了一桌子，张鸿渐真是喜出望外。

张鸿渐在家住了几天，都是藏在屋里不敢出门，惟恐别人知道。一天夜里，他们刚刚躺下，忽然听见外面人声嘈杂，有人用力捶打。两人吓坏了，一齐起来。听见有人说：“有后门吗？”他们更加害怕，急忙用门扇代替梯子，送张鸿渐跳墙逃了出去。然后到门口问是干什么的，才知道是儿子中举了，来报告的。方氏大喜，非常后悔让张鸿渐逃跑了，可是再追也来不及了。

这天夜里，张鸿渐在乱树荒林中奔逃，急不择路，天亮时，已经困乏到了极点。开始他本来想往西走，一问路上的行人，才知道离去京城的大路不远了，于是进了一座村子想要卖了衣服换碗饭吃。看到一所大宅门，墙上贴着报喜的条子，近前一看，知道这家姓许，是新中的孝廉。不一会儿，一个老翁从里面出来，张鸿渐迎上去行礼，说明自己想换碗饭吃。老翁见他文质彬彬，知道他不是那种来骗饭吃的，就请他进去招待他吃饭。老翁又问他要去哪里，张鸿渐随口编道：“在京城教书，回家路上遇到了强盗。”老翁就把他留下教自己的小儿子，张鸿渐略略问了老翁的情况，原来是曾在京城做官的，现在告老还乡了，新举的孝廉是他的侄子。

住了一个多月，孝廉带了一位和他同榜的举人回家，说是永平人，姓张，是个十八九岁的年轻人。张鸿渐因他的家乡、姓氏都和自己一样，暗里怀疑他是自己的儿子，然而县里张姓的人很多，他就暂且保持沉默。到了晚上，许孝廉打开行李，拿出一本记载同科举人的《同年录》。张鸿渐急忙借过来仔细翻读，发现果然是自己的儿子，不由得流下泪来。大家都很吃惊，问他怎么回事，他才指着上面的名字说："张鸿渐就是我。"接着，他详细地讲述了自己的经历。张孝廉抱着父亲大哭。许家叔侄在一旁劝慰，两人才转悲为喜。许翁便给几位大官写信，为张鸿渐的官司疏通，父子俩才得以一同回家。

方氏自从得了儿子的喜报后，整天因张鸿渐逃亡在外而悲伤；忽然有人说孝廉回来了，她心中更加难过。不一会儿，却见父子二人一同走进来，惊奇不已，好像丈夫是从天上掉下来的一般。她问清了事情的经过，才同大家一样悲喜交集。甲的父亲看到张鸿渐的儿子中了举人，也不敢再有报复之心。张鸿渐格外优厚地照顾他，又从头到尾讲述这件事当时的情况，甲父感到很惭愧，于是，两家成了好朋友。

[何守奇] 身为名士，流离坎壈数十年，皆由于捉刀书词，不可不戒。

[但明伦] 虽则贤妻用尽心血，令子能继书香；而十数载流离，百千番磨折。至是而始服床头之远见，亦已晚矣。捉刀之自贻伊戚也，可胜道哉。

太医

【原文】

万历间，孙评事少孤，母十九岁守节。孙举进士，而母已死。尝语人曰："我必博诰命以光泉壤，始不负萱堂苦节。"忽得暴病，綦笃。素与太医善，使人招之，使者出门，而疾益剧。张目曰："生不能扬名显亲，何以见老母地下乎！"遂卒，目不瞑。无何太医至，闻哭声，即入临吊。见其状异之。家人告以故，太医曰："欲得诰赠，即亦不难。今皇后旦晚临盆矣，但活十余日，诰命可得。"立命取艾灸尸一十八处。炷将尽，床上已呻；急灌以药，居然复生。嘱曰："切记勿食熊虎肉。"共志之。然以此物不常有，颇不关意。

既而三日平复，仍从朝贺。过六七日果生太子，召赐群臣宴。中使出异品，遍赐文武，白片朱丝，甘美无比。孙啖之，不知何物。次日访诸同僚，曰："熊膰也。"大惊失色，即刻而病，至家遂卒。

【译文】

明朝万历年间，孙评事从小就失去了父亲，母亲十九岁开始守寡。孙评事中进士时，母亲已去世。他曾对别人说："我一定要为母亲得到朝廷的封诰，使母亲在地下也感到荣耀，这才不辜负母亲一生守寡的清苦。"可是，他突然得了暴病，十分严重。他平时与太医很好，就让人叫太医来，派出的人刚出门，他的病就更重了。他睁着眼睛说："活着不能扬名，使亲人荣耀，死后怎么见地下的老母亲啊！"说完，就死了，双目不闭。

不久，太医来了，听到哭声，就进门吊唁死者。他看到死者睁着双眼，觉得很奇怪，家人就告诉他原因。太医说：“想得到朝廷的封诰，并不难。今天皇后即将临产，只要他能再活上十几天，封诰就可以得到。”说完，太医命人马上拿来艾草，用来灸尸体的十八个穴位。艾炷快要烧尽时，床上的孙评事已经开始呻吟，急忙给他灌药，居然又苏醒过来了。太医嘱咐说：“记住，一定不要让他吃熊肉和虎肉。”全家都记着太医的嘱咐，但因为这两种肉也不常见，所以也很不在意。三天后，孙评事就恢复了健康，仍和同僚一同上朝。

过了六七天，皇后果然生了一位太子。皇帝召见大家，赐宴群臣。席中使者捧出一盘不寻常的东西，赐给文武朝臣。这东西白片红丝，鲜美无比。孙评事吃了，不知是什么。第二天，访问各同僚，有人说：“是熊掌。”孙评事大晾失色，马上病倒了，回到家就死了。

［何守奇］良医也。至评事食熊膰而死，则命也。无亦命不可强，符延须臾之死，使博诰命，以遂人子之志欤？

牛　飞

【原文】

邑人某，购一牛，颇健。夜梦牛生两翼飞去，以为不祥，疑有丧失。牵入市损价售之，以巾裹金缠臂上。归至半途，见有鹰食残兔，近之甚驯。遂以巾头絷股，臂之。鹰屡摆扑，把捉稍懈，带巾腾去。此虽定数，然不疑梦，不贪拾遗，则走者何遽能飞哉？

【译文】

县里有一个人，买了一头牛，很健壮。夜里，他梦见牛生了两个翅膀飞走了，他认为这个梦是不祥之兆，怀疑牛会丢，就把牛牵到市场上折价卖了。他用头巾包着卖牛的钱，缠在胳膊上，在回家的路上，他看见有一只鹰正在叼食兔子，走过去，鹰也不飞走，很驯服。于是，他用头巾头绑鹰的脚，把它搭在臂上。鹰不断地扑腾，他抓着稍一松劲，鹰就带着包钱的头巾飞走了。

这件事虽然是命中注定的，但是，如果这个人不相信梦兆，不贪图便宜去捡东西，那么，即使是想跑掉的东西又怎么能飞走呢？

王子安

【原文】

王子安，东昌名士，困于场屋。入闱后期望甚切。近放榜时，痛饮大醉，归卧内室。忽有人白：“报马来。”王踉跄起曰：“赏钱十千！”家人因其醉，诳而安之曰：“但请睡，已赏矣。”王乃眠。俄又有入者曰：“汝中进士矣！”王自言：“尚未赴都，何得及第？”其人曰：“汝忘之耶？三场毕矣。”王大喜，起而呼曰：“赏钱十千！”家人又诳之如前。又移时，一人急入曰：“汝殿试翰林，长班在此。”果见二人拜床下，衣冠修洁。王呼赐酒食，家人又绐之，暗笑其醉而已。久之，王自念不可不出耀乡里，大呼长班，凡数十呼无应者。家人笑曰：“暂卧候，寻他去。”又久之，长班果复来。王捶床顿足，大骂：“钝奴焉往！”长班怒曰：“措大无赖！向与尔戏耳，而真骂耶？”王怒，骤起扑之，落其帽。王亦倾跌。

妻入，扶之曰：“何醉至此！”王曰：“长班可恶，我故惩之，何醉也？”妻笑曰：“家中止有一媪，昼为汝炊，夜为汝温足耳。何处长班，伺汝穷骨？”子女皆笑。王醉亦稍解，忽如梦醒，始知前此之妄。然犹记长班帽落。寻至门后，得一缨帽如盏大，共疑之。自笑曰：“昔人为鬼揶揄，吾今为狐奚落矣。”

异史氏曰："秀才入闱，有七似焉：初入时，白足提篮似丐。唱名时，官呵隶骂似囚。其归号舍也，孔孔伸头，房房露脚，似秋末之冷蜂。其出场也，神情惝恍，天地异色，似出笼之病鸟。迨望报也，草木皆惊，梦想亦幻。时作一得志想，则顷刻而楼阁俱成；作一失志想，则瞬息而骸骨已朽。此际行坐难安，则似被絷之猱。忽然而飞骑传人，报条无我，此时神色猝变，嗒然若死，则似饵毒之蝇，弄之亦不觉也。初失志心灰意败，大骂司衡无目，笔墨无灵，势必举案头物而尽炬之；炬之不已，而碎踏之；踏之不已，而投之浊流。从此披发入山，面向石壁，再有以'且夫'、'尝谓'之文进我者，定当操戈逐之。无何日渐远，气渐平，技又渐痒，遂似破卵之鸠，只得衔木营巢，从新另抱矣。如此情况，当局者痛哭欲死，而自旁观者视之，其可笑孰甚焉。王子安方寸之中，顷刻万绪，想鬼狐窃笑已久，故乘其醉而玩弄之。床头人醒，宁不哑然失笑哉？顾得志之况味，不过须臾；词林诸公，不过经两三须臾耳，子安一朝而尽尝之，则狐之恩与荐师等。"

【译文】

王子安，是东昌县的名士，但是在科场中却很不得意。这一次考试，他抱着很大的希望。临近发榜时，他喝得大醉，回家以后躺在卧室，忽然有人说："报喜的人来了。"王子安踉跄着起来，说："赏钱十千。"家人趁他醉了，骗他安慰他说："你只管睡吧，已经赏过了。"王子安才睡下了。不一会儿，又有人进来说："你中进士了。"王子安自言自语说："还没去京城，哪里会中进士？"那人说："你忘了吗？三场考试都已经完了。"王子安大喜，起来喊道："赏钱十千！"家人又像刚才那样诳他。又过了一阵儿，一个人急急忙忙地进来，说："你殿试中了翰林，随从们在此。"果然见有两个人在床下拜见他，穿戴都很整洁华丽。王子安叫家人赏赐他们酒饭，家人又骗他，暗笑他喝醉了。

后来，王子安想，不能不出去在乡里显耀一番，就大喊跟班随从，喊了几十声，也没人答应。家人笑着说："你先躺着等一会儿，我们去找他们。"又过了很久，跟班的果然又来了。王子安捶床跺脚，大骂："蠢奴才，去哪儿了？"跟班的生气地说："你这穷酸无赖，这是和你闹着玩呢，你还真骂呀？"王子安非常生气，突然站起来扑过去，一下子打掉了那人的帽子，自己也跌倒了。王妻走进来，扶起他说："怎么醉成这样？"王子安说："跟班的太可恶了，我才惩罚他们，哪里是醉了？"妻子笑着说："家中只有一个老妈子，白天给你做饭，晚上给你暖脚，哪里有什么跟班，伺候你这穷骨头？"孩子们都笑了。王子安的醉意也稍稍过去了，忽然像梦醒了一样，才明白刚才那些都是假的。然而还记得跟班的帽子被打落在地上，他找到门后，发现一个像小杯子大小的缨帽。大家都很奇怪，王子安自我解嘲地笑着说："从前有人被鬼戏弄，今天我却被狐狸耍弄了。"

异史氏说：秀才人考场，有七种样子。刚进去时光着脚，提着篮子，像乞

丐。点名时，考官呵斥，差人责骂，像囚犯。进入考场号房子，每个洞都露出一个头，每一房都露出一双脚，像秋末冷风中的蜂子。出了考场，一个个失魂落魄，天地变色，像出笼的病鸟。等待传报时，草木皆惊，白天晚上，梦想不断。一想到考中得志，则顷刻间楼台亭阁都在眼前；一想到落榜，则瞬间骸骨都腐烂了。这一段时间，人坐立不安，像被拴住的猴子。忽然有骑快马传报的人来到，报单上没有自己的名字，马上神色大变，“叭嗒”一下子像死了似的，就像吃了毒药的苍蝇，弄他也不觉得了。初次考场失意，心灰意懒，大骂考官没长眼睛，笔墨没有灵气，势必把案头的东西全都烧掉；烧不完的，就踩碎，踩不了的，就扔到脏水沟里去，从此要披发入山，面向石壁，再有说要以“且夫”、“尝谓”之文来推荐自己的，一定要操戈赶他走。过了一段时间，失败的日子渐渐远去，气也渐渐平了，想做文章的心渐渐痒起来。于是，像个破壳而出的鸠鸟，只好衔树枝造新巢，从头开始了。这样的情形，当局者痛哭欲死，而旁观的人看来，却是非常好笑。王子安心中突然间涌出万般思绪，想到鬼狐一定是暗笑了很久了，因此乘他醉了来耍弄他。醉卧床头的人醒了，哪里不会哑然失笑呢？看一看得意时的情景、滋味，不过是一时罢了；翰林院的各位，也不过是经历了两三个瞬间罢了。王子安一下子便都尝到了，那么，狐狸的恩惠与举荐的考官的恩惠是一样的。

［何守奇］子安弋获心切，故狐戏之。然当其心满意足时，何知为戏？齐量等观，则词林诸公，安非出于造物之戏也？世事种种色色，不必认真。

［但明伦］幻想所结，得意齐来，报马长班，无妨以不甚爱惜之虚名，暂令措大醉中一快心耳。乃欲出耀乡里，认假作真，狐亦怒而去之矣。缨帽如盏，留与穷骨子自笑耳。

刁姓

【原文】

有刁姓者，家无生产，每出卖许负之术——实无术也——数月一归，则金帛盈橐。共异之。会里人有客于外者，遥见高门内一人，冠华阳巾，言语啁噫，众妇丛绕之。近视则刁也。因微窥所为，见有问者曰：“吾等众人中有一夫人在，能辨之乎？”盖有一贵人妇微服其中，将以验其术也。里人代为刁窘。刁从容望空横指曰：“此何难辨。试观贵人顶上，自有云气环绕。”众目不觉集视一人，觇其云气，刁乃指其人曰：“此真贵人！”众惊以为神。里人归述其诈慧，乃知虽小道，亦必有过人之才；不然，乌能欺耳目、赚金钱，无本而殖哉！

【译文】

有个姓刁的人，家中没有什么生计，常常出外兜售许负相面之术，实际上没

什么技能。几个月一回家，常常装回满袋子的钱财，大家都感到奇怪。

正好，乡里有一个人在外面做客，远远看见一座高门大院里有个人，头戴华阳巾，正轻声说着些什么，一些妇人前后左右围着他。到近处一看，是姓刁的那个人。于是，就偷偷地看他在做什么，只见有人问道："我们这些人中，有一位是夫人，你能认出来吗?"大概是有一个贵妇人微服混在里面，想要检验一下他的法术，同乡听后很为姓刁的发窘。只见姓刁的从容地望着空中，横手一指，说："这有什么难辨别的，你们看那贵妇人的头顶上，自会有云气环绕。"众人不觉一块儿去看其中一个人，以察看她的云气。姓刁的于是指着那人说："这位就是真正的贵夫人。"众人都很惊讶，认为他是神仙。

乡人回到家里，讲述了姓刁的欺人的小把戏。从这件事才知道，即使是小把戏，也一定要有过人的才能；否则，怎么能骗得了人，赚得了钱，无本而万利呢！

［胡泉］是技也，施之素不相识之人则可；若不去其乡，而公然冠华阳巾，立于家门内，指天画地，啁嗻向人，人即可欺，而回顾妻子，未有不以面向壁者。顾世人访求艺术。犹往往轻乡里而重远人。亦独何欤?

农妇

【原文】

邑西磁窑坞有农人妇，勇健如男子，辄为乡中排难解纷。与夫异县而居。夫家高苑，距淄百余里；偶一来，信宿便去。妇自赴颜山，贩陶器为业。有赢余，则施丐者。一夕与邻妇语，忽起曰："腹少微痛，想孽障欲离身也。"遂去。天明往探之，则见其肩荷酿酒巨瓮二，方将入门。随至其室，则有婴儿绷卧，骇问之，盖娩后已负重百里矣。故与北庵尼善，订为姊妹。后闻尼有秽行，忿然操杖，将往挞楚，众苦劝乃止。一日遇尼于途，遽批之。问："何罪?"亦不答。拳石交施，至不能号，乃释而去。

异史氏曰："世言女中丈夫，犹自知非丈夫也，妇并忘其为巾帼矣。其豪爽自快，与古剑仙无殊，毋亦其夫亦磨镜者流耶?"

【译文】

县城西边磁窑坞，有一个农人的妻子，她非常健壮勇敢，像男子一样，因此常常替乡里排解纠纷。她与丈夫分居在两县，夫家在高苑，距淄川县有一百多里。丈夫偶尔来一次，住上两宿便回去。农妇自己到颜山去，以贩卖陶器为生，做生意挣到了钱，就施舍给要饭的。

一天晚上，她正和邻居的女人说话，忽然站起来说："我肚子有些痛，想来是这孽障要离开我的身子了。”于是，就走了。天亮后，邻居女人去看她，见她肩上挑着两只酿酒用的大罐子，刚要进门。跟着她进了屋，只见有个婴儿包裹着躺在那里，邻妇吃惊地问她怎么回事，原来她分娩后已经背着重担走了上百里路了。

她原来与北庵的尼姑很好，两人认为姐妹。后来听说尼姑行为不检点，便生气地拿着木棒，要去打她，大家苦苦劝阻才没去成。一天，农妇在路上遇到了尼姑，立刻上前打了她。尼姑说：“我有什么过错？”她也不回答，拳头和石块一起打，一直打到尼姑叫不出声来，才放了她，自己走了。

异史氏说：世人说“女中丈夫”的时候，是知道自己不是“丈夫”，妇人也忘了自己是巾帼女子了。农妇的豪放、直爽，与古代剑仙没什么区别，她的丈夫不也是娶了剑客聂隐娘的磨镜少年之类的人物吗？

金陵乙

【原文】

金陵卖酒人某乙，每酿成，投水而置毒焉，即善饮者，不过数盏，便醉如泥。以此得“中山”之名，富致巨金。

早起见一狐醉卧槽边，缚其四肢。方将觅刃，狐已醒，哀曰：“勿见害，请如所求。”遂释之，辗转已化为人。时巷中孙氏，其长妇患狐为祟，因问之，答云：“是即我也。”乙窥妇娣尤美，求狐携往。狐难之，乙固求之。狐邀乙去，入一洞中，取褐衣授之，曰：“此先兄所遗，着之当可去。”既服而归，家人皆不之见，袭衣裳而出，始见之。大喜，与狐同诣孙氏家。见墙上贴巨符，画蜿蜒如龙，狐惧曰：“和尚大恶，我不往矣！”遂去。乙逡巡近之，则真龙盘壁上，

昂首欲飞，大惧亦出。盖孙觅一异域僧，为之厌胜，授符先归，僧犹未至也。

次日僧来，设坛作法。邻人共观之，乙亦杂处其中。忽变色急奔，状如被捉；至门外踣地，化为狐，四体犹着人衣。将杀之，妻子叩请。僧命牵去，日给饮食，数月寻毙。

【译文】

金陵有一个叫乙的卖酒人，每当酒酿成时，他便在兑水的同时放一些烈性的麻药。因此，即使是很能喝酒的人，几杯过后，也是烂醉如泥。因此，他得了个“中山”之名（传说中山人狄希能造千日酒，饮后醉千日），发了大财。

一天，他早晨起床后，看见一只狐狸醉倒在酒槽边，他用绳子绑了狐狸的四只腿，刚要找刀，狐狸已经醒了，向他哀求说：“请不要杀我，你有什么要求，我都答应。”于是，乙放了它。狐狸—转身，变成了人。当时，胡同中有—个姓孙的人家，家中的大媳妇被狐狸迷住了。于是，乙问它是怎么回事，狐狸答道：“那就是我。”乙暗中偷看，觉得孙家二媳妇更美，就求狐狸带他去，狐狸很为难，乙坚持求它答应。狐狸邀请乙和它一块儿去，进了一个洞，拿出一件褐色衣服给他，说：“这是我过世的兄长留下来的，你穿上它就可以去了。”乙穿上衣服回家，家里人都看不见他；换了自己的衣裳出来，家人才看见他。乙大喜，与狐狸一同去孙家。

他们看见孙家的墙壁上贴着一道巨大的符，蜿蜒着像一条龙，狐狸很害怕，说：“和尚太可恶了，我不去了！”于是，它就跑了。乙慢慢地凑过去，看见一条真龙盘在墙壁上，昂着头要飞腾而去。乙吓了一大跳，也跑出来了。

原来，孙家找了一个外地和尚，为他家驱魔降鬼。和尚给了孙家人一张符，让他先回去，和尚还没来呢。第二天，和尚来了，设坛作法。邻居们一起来看，乙也夹杂在人群里。忽然，乙脸色大变，急忙跑了出来，好像被抓住的样子。到了门外，乙倒在地上变成了一只狐狸，身上还穿着人的衣服，和尚准备杀了它，

乙的妻子向和尚叩头请求饶恕。和尚让她牵走，每天给它饭吃，过了几个月，它就死了。

［何守奇］酿酒置毒，已为致富不仁，更欲垂涎邻妇，贪财好色，不死何待？

郭安

【原文】

孙五粒，有僮仆独宿一室，恍惚被人摄去。至一宫殿，见阎罗在上，视之曰：“误矣，此非是。”因遣送还。既归大惧，移宿他所。遂有僚仆郭安者，见榻空闲，因就寝焉。又一仆李禄，与僮有夙怨，久将甘心，是夜操刀入，扪之以为僮也，竟杀之。郭父鸣于官。时陈其善为邑宰，殊不苦之。郭哀号，言：“半生止此子，今将何以聊生！”陈即以李禄为之子。郭含冤而退。此不奇于僮之见鬼，而奇于陈之折狱也。

济之西邑有杀人者，其妇讼之。令怒，立拘凶犯至，拍案骂曰：“人家好好夫妇，直令寡耶！即以汝配之，亦令汝妻寡守。”遂判合之。此等明决，皆是甲榜所为，他途不能也。而陈亦尔尔，何途无才！

【译文】

孙五粒有个小僮独自睡在一间屋子里，恍惚被人捉了去，到了一处宫殿，只见阎王爷坐在上面，看了看他，说：“错了，不是他。”于是把他送了回来。小僮回来以后，非常害怕，就搬到另一个地方去住了。于是，有个叫郭安的仆人，见床空着，就在那睡下。又有一个叫李禄的仆人，与小僮一向有仇，早就想报复。这天晚上，他拿着刀进了这间屋子，摸了一下，以为是小僮，就把他杀了。郭安的父亲告到官府，当时陈其善是县令，很不以为意。郭父痛哭着，说：“我半辈子就只有这一个儿子，今后我该怎么活啊！”陈县令就判李禄做郭父的儿子，郭父含冤回去了。

这段故事不奇在小僮见鬼，而奇在陈县令如此断案。

济南的西城有个人杀了人，被杀者的妻子告到了官府，县令十分生气，立刻把凶犯抓了来，拍着桌子骂道："人家好好的夫妻，你却竟让人当了寡妇！那就把你配给她做丈夫，也让你的妻子守寡。"于是就这样判了。这种明了快速的判案，都是进士所为，其他出身做官的人是办不到的。陈县令也是这样，怎么说没有才能呢？

[但明伦] 或援经据典，或取怀而予，或如分相偿，未尝不自信曰："此真颠扑不破矣。"不是科甲，如何有此见解？

折 狱

【原文】

邑之西崖庄，有贾某被人杀于途，隔夜其妻亦自经死。贾弟鸣于官。时浙江费公祎祉令淄，亲诣验之。见布袱裹银五钱余，尚在腰中，知非为财也者。拘两村邻保审质一过，殊少端绪，并未搒掠，释散归农，但命地约细察，十日一关白而已。逾半年事渐懈。贾弟怨公仁柔，上堂屡聒。公怒曰："汝既不能指名，欲我以桎梏加良民耶！"呵逐而出。贾弟无所伸诉，愤葬兄嫂。

一日以逋赋故逮数人至，内一人周成惧责，上言钱粮措办已足，即于腰中出银袱，禀公验视。公验已，便问："汝家何里？"答云："某村。"又问："去西崖几里？"答云："五六里。""去年被杀贾某，系汝何人？"答云："不识其人。"公勃然曰："汝杀之，尚云不识耶！"周力辩不听，严梏之，果伏其罪。

先是，贾妻王氏，将诣姻家，惭无钗饰，聒夫使假于邻。夫不肯；妻自假之，颇甚珍重。归途卸而裹诸袱，内袖中；既至家，探之已亡。不敢告夫，又无力偿邻，懊恼欲死。是日周适拾之，知为贾妻所遗，窥贾他出，半夜逾垣，将执以求合。时溽暑，王氏卧庭中，周潜就淫之。王氏觉，大号。周急止之，留袱纳钗。事已，妇嘱曰："后勿来，吾家男子恶，犯恐俱死！"周怒曰："我挟勾栏数宿之资，宁一度可偿耶？"妇慰之曰："我非不愿相交，渠常善病，不如从容以待其死。"周乃去。于是杀贾，夜诣妇曰："今某已被人杀，请如所约。"妇闻大哭，周惧而逃，天明则妇死矣。

公廉得情，以周抵罪。共服其神，而不知所以能察之故。公曰："事无难办，要在随处留心耳。初验尸时，见银袱刺万字文，周袱亦然，是出一手也。及诘之，又云无旧，词貌诡变，是以确知其真凶也。"

异史氏曰："世之折狱者，非悠悠置之，则缧系数十人而狼藉之耳。堂上肉鼓吹，喧阗旁午，遂嚬蹙曰：'我劳心民事也。'云板三敲，则声色并进，难决之词，不复置念，专待升堂时，祸桑树以烹老龟耳。呜呼！民情何由得哉！余每曰：'智者不必仁，而仁者则必智；盖用心苦则机关出也。''随在留心'之言，可以教天下之宰民社者矣。”

邑人胡成，与冯安同里，世有隙。胡父子强，冯屈意交欢，胡终猜之。一日共饮薄醉，颇倾肝胆。胡大言：“勿忧贫，百金之产不难致也。”冯以其家不丰，故嗤之。胡正色曰：“实相告：昨途遇大商，载厚装来，我颠越于南山眢井中矣。”冯又笑之。时胡有妹夫郑伦，托为说合田产，寄数百金于胡家，遂尽出以炫冯。冯信之。既散，阴以状报邑。公拘胡对勘，胡言其实，问郑及产主皆不讹。乃共验诸眢井。一役缒下，则果有无首之尸在焉。胡大骇，莫可置辩，但称冤苦。公怒，击喙数十，曰：“确有证据，尚叫屈耶！”以死囚具禁制之。尸戒勿出，惟晓示诸村，使尸主投状。

逾日有妇人抱状，自言为亡者妻，言：“夫何甲，揭数百金作贸易，被胡杀死。”公曰：“井有死人，恐未必即是汝夫。”妇执言甚坚。公乃命出尸于井，视之果不妄。妇不敢近，却立而号。公曰：“真犯已得，但骸躯未全。汝暂归，待得死者首，即招报令其抵偿。”遂自狱中唤胡出，呵曰：“明日不将头至，当械折股！”押去终日而返，诘之，但有号泣。乃以梏具置前作刑势，却又不刑，曰：“想汝当夜扛尸忙迫，不知坠落何处，奈何不细寻之？”胡哀祈容急觅。公乃问妇：“子女几何？”答曰：“无。”问：“甲有何戚属？”“但有堂叔一人。”慨然曰：“少年丧夫，伶仃如此，其何以为生矣！”妇乃哭，叩求怜悯。公曰：“杀人之罪已定，但得全尸，此案即结；结案后速醮可也。汝少妇勿复出入公门。”妇感泣，叩头而下。公即票示里人，代觅其首。

经宿，即有同村王五，报称已获。问验既明，赏以千钱。唤甲叔至，曰：“大案已成；然人命重大，非积岁不能成结。侄既无出，少妇亦难存活，早令适人。此后亦无他务，但有上台检驳，止须汝应声耳。”甲叔不肯，飞两签下；再辩。又一签下。甲叔惧，应之而出。妇闻，诣谢公恩。公极意慰谕之。又谕：“有买妇者，当堂关白。”既下，即有投婚状者，盖即报人头之王五也。公唤妇上，曰：“杀人之真犯，汝知之乎？”答曰：“胡成。”公曰：“非也。汝与王五乃真犯耳。”二人大骇，力辩冤枉。公曰：“我久知其情，所以迟迟而发者，恐有万一之屈耳。尸未出井，何以确信为汝夫？盖先知其死矣。且甲死犹衣败絮，数百金何所自来？”又谓王五曰：“头之所在，汝何知之熟也！所以如此其急者，意在速合耳。”两人惊颜如土，不能强置一词。并械之，果吐其实。盖王五与妇私已久，谋杀其夫，而适值胡成之戏也。

乃释胡。冯以诬告重笞，徒三年。事结，并未妄刑一人。

异史氏曰：“我夫子有仁爱名，即此一事，亦以见仁人之用心苦矣。方宰淄时，松裁弱冠，过蒙器许，而驽钝不才，竟以不舞之鹤为羊公辱。是我夫子生平有不哲之一事，则松实贻之也。悲夫！”

【译文】

县城西崖庄，有个商人，在路上被人杀死了，过了一夜，他妻子也上吊死

了。商人的弟弟告到官里。当时，浙江人费祎祉在临川做县令，亲自去验尸，发现包袱里裹着五钱多银子，还在死者腰中，断定不是谋财害命。费公传来两村地保和死者邻居，审问一番，也没有什么头绪。他并没用刑，就都放了回去。只是让地保们仔细侦察，每十天报告一次。过了半年，事情渐渐松懈下来，商人的弟弟抱怨费公心慈手软，多次上公堂来吵闹。费公大怒，说："你既然不能指出凶手的姓名，难道想让我用枷锁伤害好人吗？"把他轰出了衙门，商人的弟弟无处申诉，只好气愤地安葬了兄嫂。

一天，衙门因为催交赋税的事，抓来了几个人。其中有个叫周成的，害怕受到刑罚，上前说，我的钱粮已经筹备够了，便从腰中拿出一个布钱袋，呈上去请费公验看。费公验完，便问："你家在哪？"答道："某村。"又问："离西崖几里？"答道："五六里。""去年被杀的那个商人，是你的什么人？"答道："不认识。"费公勃然大怒，说："你杀了他，还说不认识！"周成极力辩解，费公不听，对他进行严刑拷打，他果然招认了。

原来，商人的妻子王氏准备去亲戚家，因为没有首饰，觉得没面子，就唠唠叨叨让丈夫去邻居家借，丈夫不肯去，妻子就自己去借了来，并且很珍惜它。回家路上，她把首饰摘下来包在钱袋里，放在袖子中，到了家，发现首饰丢了。她不敢告诉丈夫，自己又赔偿不起，后悔得要死。那天，周成恰好在路上捡了这个钱袋，知道是商人妻子丢的，就暗中趁商人外出，半夜跳墙到商人家，准备拿首饰逼商人妻子与他通奸。当时天很热。王氏睡在庭院里，周成悄悄过去奸污了她。王氏醒过来大喊，周成急忙制止她，留下钱袋，还了她首饰。事完后，王氏叮嘱他说："以后不要来了，我家男人很厉害，被他发现，恐怕我们都活不成！"周成生气地说："我拿着够在妓院玩几宿的钱，怎么能玩一次就行了呢？"王氏安慰他说："我不是不愿意和你相好，我丈夫常患病，不如慢慢等他死后再说。"周成一听便走了，于是杀了商人，当夜又来到王氏那里，说："现在你丈夫已经被人杀了，请你履行你的话。"王氏听了大哭，周成害怕地跑了。天亮后，王氏也死了。

费公查清了此案的前后经过，就用周成来抵罪，大家都很佩服费公的神明，却不知道他是怎么查清的。费公说："这不难办，只要时时处处留心就行。当时验尸时，我看见钱袋上绣着万字纹，周成的钱袋也一样，是出于同一人之手。等我审问周成时，他又说不认识死者，他言语支唔，神情多变，因此判定他就是真正的凶手。"

异史氏说：世上断案的人，对待案件，不是漠然不顾，就是一下抓来数十个人来用刑折磨。公堂上拷打声不断，喧闹纷杂。断案人于是皱着眉说："我是尽心办事啊。"只听见衙门前告状的云板敲打三下，就会厉声厉气地出现在公堂上。对于难以决断的案件，不再细想，专等升堂时，把无辜的百姓屈打成招。唉！民情又从哪里了解呢？我常说："智者不一定仁，而仁者一定要智。"大概尽心竭力才能找到解决的办法。“处处留心”这句话，可以教导天下所有治理百姓的官员。

县里有一个叫胡成的，和冯安是同乡，两家世代不和。胡成父子强硬，冯安曲意与他们交好，但胡成始终不信任他。一天，两个人在一起喝了酒，微有醉意时，互相说了些心里话。胡成吹牛说：“不用怕穷，百两银子的钱财不难弄到。”冯安知道胡家并不富裕，因此嘲笑他。胡成一本正经地说：“实话告诉你，昨天路上遇见了一个大商人，带了很多行李，我把他推到南山的枯井里了。”冯安又嘲笑他。当时，胡成有个妹夫郑伦，托他说合购买田产，寄存了几百两银子在胡家，胡成于是拿出来向冯安炫耀。冯安就相信了。

酒席一散，冯安便暗中写了状子告到官府。县令费公把胡安抓去对证，胡安说了实情，问郑伦和卖田产的人，都这样说。于是，一块儿去枯井那里检查。放一名差役下去看，果然有一具无头尸体在里面。胡成吓坏了，没有话辩解，只说冤枉。费公大怒，打了胡成几十个嘴巴，说：“证据确凿，还有冤吗?”命令用死囚刑具拘禁他。又吩咐不要把尸体弄出来，只发告示到各村，让死者家属来认领。

过了一天，有一个妇人递上状子，自称是死者的妻子。说：“丈夫何甲，带了几百两银子做买卖，被胡成杀死了。”费公说：“井中是有死人，恐怕未必就是你丈夫。”妇人坚持说是。费公才命人将尸体弄出井，一看，果然是。妇人不敢走近，只站在那里号哭。费公说：“凶犯已经抓住了，但尸体不全，你暂时先回去，等找到了死者的头，就立刻告诉你，要他抵命。”于是从狱中把胡成传唤出来，向他呵道：“明天不拿头来，一定打断你的腿!”派人押着胡成去找，转了一天回来，问他，只是号哭。于是费公把刑具摆在前面，作出要动刑的样子，却又不动，说：“想你当天夜里扛着尸体很匆忙，不知头掉到哪里了，怎的不仔细找找?”胡成哀求宽限些时候好好找。费公于是问妇人：“你有几个女子?”答：“没有。”问：“何甲有什么亲戚?”“只有一个堂叔。”费公感叹道：“你年轻丧夫，孤苦伶仃地怎么生活啊。”妇人于是哭起来，叩头请求怜悯。费公说：“杀人已经定下来了，只等得到全尸，这个案子就结了，结案后，你可以马上再嫁。你一个年轻妇人，以后不要再抛头露面出入公门了。”妇人感动得哭了起来，叩了头便走下堂去。

费公马上签发文书，让乡里人代为寻找尸体的头，过了一天，就有同村王五，报告说已经找到了。费公讯问，验看清楚后，赏了他一吊钱，又传唤何甲的堂叔到公堂，说：“这个大案已经查清了，然而人命重大，不经过一些年月是不能结案的。你侄子既然没有儿子，你侄媳妇年轻，也难以生活，早点儿让她嫁人吧。此后也没有其他事，如果有上级长官来复查，只须你来应付就行了。”何甲的叔叔不肯答应，费公立即发下两支动刑的竹签，何甲的叔叔还是不答应，费公又发下一签，何甲的叔叔害怕了，答应了就出来了。妇人听说了，便来向费公谢恩。费公极力安慰她，又宣布：“有要娶这个妇人的，可以当堂说明。”这话传

下去后，马上有要求婚娶的，就是那个报告找到人头的王五。费公传妇人上堂，说："杀人的真凶，你知道是谁吗？"妇人回答说："胡成。"费公说："不对，你和王五才是真凶。"两人大惊，极力说冤枉。费公说："我早就知道案子的真相，之所以迟迟不揭发出来，是恐怕万一冤枉了好人。尸体还未出井，你凭什么确信是你的丈夫？一定是事先知道他死了。而且何甲死的时候还穿得破破烂烂，哪里来的几百两银子？"又对王五说："头在什么地方，你是多么熟悉啊！之所以这么着急地找出了，就是为了你们俩快些结合。"两人吓得面如土色，不能狡辩一句。于是，对他俩一块儿用刑，果然都说了实话。原来，王五与妇人私通很久了，两人谋杀了她的丈夫，恰好胡成开了这样的玩笑。于是放了胡成，冯安以诬告罪，重重打了一顿，判刑三年。案子了结，没有对一个人乱用刑罚。

异史氏说：我先生有仁爱的名声，只此一件事，也可以看出仁人的用心良苦。费公刚任淄川县令时，松裁刚刚成人，费公对他过分器重了，而他却愚钝没有才能，竟使费公因此遭受了举荐不良的耻辱。这是我先生不明智的一件事，这实际上是由松裁引起的，令人惋惜！

[冯镇峦] 聊斋不如人，只甲乙两科耳。为问当时两科中人至今有一存者否？而聊斋名在千古。费公知人之名，转借聊斋以传，呜呼幸哉！

[但明伦] 果仁爱，则无时无处而不用心。心之所在，如镜高悬，物来自照；而又衡其轻重，发以周详，使之自投，无可复遁，至犯人斯得，传为美谈。不知迟迟而发之时，费无限心思，费无限筹画。伊古以来，岂有全不用心之神明哉！

义犬

【原文】

周村有贾某，贸易芜湖，获重资，赁舟将归，见堤上有屠人缚犬，倍价赎之，养豢舟上。舟人固积寇也，窥客装，荡舟入莽，操刀欲杀。贾哀赐以全尸，盗乃以毡裹置江中。犬见之，哀嗥投水；口衔裹具，与共浮沉。流荡不知几里，达浅搁乃止。犬泅出，至有人处，狺狺哀吠。或以为异，从之而往，见毡束水中，引出断其绳。客固未死，始言其情。复哀舟人载还芜湖，将以伺盗船之归。登舟失犬，心甚悼焉。

抵关三四日，估楫如林，而盗船不见。适有同乡估客将携俱归，忽犬自来，望客大嗥，唤之却走。客下舟趁之。犬奔上一舟，啮人胫股，挞之不解。客近呵之，则所啮即前盗也。衣服与舟皆易，故不得而认之矣。缚而搜之，则裹金犹在。呜呼！一犬也，而报恩如是，世无心肝者，其亦愧此犬也夫！

【译文】

周村有个商人，到安徽芜湖做买卖，赚了一大笔钱。他租了船准备回家，看

到江堤上有个屠夫正在绑一只狗，他便出了一倍多的价钱把狗买下来，养在船上。

这船家本来是个惯匪，暗地里看见商人的行李很重，就把船划到深草丛里，举刀要杀商人。商人哀求他给自己留下全尸，强盗就用毡子裹起他扔到了江里。那条狗见了，哀号着跳进水里，用嘴叼着毛毡，与商人一起在江中漂流，漂了不知几里，直到江水浅处才停住。

这只狗浮出水面后，跑到有人的地方，汪汪地哀号着。有人觉得奇怪，就跟着它过来，看见有个毡子卷搁在江里，就拉出来割断上面绑的绳子。商人还没有死，就把自己遭抢劫的遭遇告诉了大家，又哀求一位船家，把他载回芜湖，以便守在那里等着强盗船回来。商人上了船，却不见了狗的踪影，心中十分痛惜。

商人到了芜湖，找了三四天，商船如林，却不见那条强盗船。恰好有个同乡做买卖的，准备带商人一同回家时，那条狗忽然独自来了，看见商人就大声嚎叫，商人一叫它，它就跑开。商人下了船跟着它，只见那条狗蹿上一条船，一口咬住一个人的小腿，打也不松口。商人走上前去吆喝它，一看，狗咬住的就是那个强盗。这个强盗把原来穿的衣服和船都换了，所以不容易认出来。商人把他绑起来搜查，发现那天被抢去的银子还在。

唉，一只狗尚且能够这样报答恩人。世人忘恩负义没有心肝的人，看到这条狗的行为大概也会感到惭愧吧！

杨大洪

【原文】

大洪杨先生涟，微时为楚名儒，自命不凡。科试后，闻报优等者，时方食，含哺出问："有杨某否？"答云："无。"不觉嗒然自丧，咽食入鬲，遂成病块，噎阻甚苦。众劝令录遗才；公患无资，众醵十金送之行，乃强就道。

夜梦人告之云："前途有人能愈君疾，宜苦求之。"临去赠以诗，有"江边柳下三弄笛，抛向江心莫叹息"之句。明日途次，果见道士坐柳下，因便叩请。道士笑曰："子误矣，我何能疗病？请为三弄可也。"因出笛吹之。公触所梦，拜求益切，且倾囊献之。道士接金掷诸江流。公以所来不易，哑然惊惜。道士曰："君未能恝然耶？金在江边，请自取之。"公诣视果然。又益奇之，呼为仙。道士漫指曰："我非仙，彼处仙人来矣。"赚公回顾，力拍其项曰："俗哉！"公受拍，张吻作声，喉中呕出一物，堕地堛然，俯而破之，赤丝中裹饭犹存，病若失。回视道士已杳。

异史氏曰："公生为河岳，没为日星，何必长生乃为不死哉！或以未能免俗，不作天仙，因而为公悼惜；余谓天上多一仙人，不如世上多一圣贤，解者必不议予说之慎也。"

【译文】

杨涟，号大洪。他还没有发达的时候，已经是楚地很有名的读书人，因此，自以为很了不起。参加科举考试后，听到有人传报考取者名单，当时他正在吃饭，口中含着饭出去问："有我杨某人吗？"答："没有。"他不觉感到非常沮丧，咽下口中饭时，便噎了一下，于是成了一块病，噎得他很是痛苦。朋友们劝他去参加录遗才考试，杨大洪担心没钱去考，大家就凑了十两银子送给他，他才勉强启程了。

一天夜里，他梦见有人告诉他说："前面路上有人能治好你的病，你最好苦苦求他。"临别，那人又赠他一首诗，诗中有"江边柳下三弄笛，抛向江心莫叹息"一句。第二天，在路上，果然看见一位道士坐在柳树下，杨大洪便上前拜见，请求他给治病。道士笑着说："先生误会了，我哪里能治病呢？请我吹一曲《梅花三弄》倒可以。"于是拿出笛子吹起来，杨大洪想起梦中的情景，更加恳切地求道士为他治病，且把身上的钱都拿出来给了道士。道士接过银子，便扔到江里面去了，杨大洪因为这些银子来之不易，吃了一惊，觉得很可惜。道士说：

“你对此不能释怀吗？银子在江边，请你自己去拿吧。”杨大洪到江边一看，银子果然在那里，越发觉得神奇，便称呼道士为神仙。道士随便一指，说：“我不是神仙，那边神仙来了。”骗得杨大洪回头去看时，道士用力一拍杨大洪的脖子说：“真俗！”杨大洪被这么一拍，张口出声，喉咙里吐出一个东西，“叭”地一声落在地上，俯下身子把它弄破，见红血丝里包着的饭还没消化，病好像消失了，回头一看，道士也已经无影无踪了。

异史氏说：杨公“生为河岳，没为日星”，既然这样，又何必要长生不死呢？有的人因为他未能免俗，没能做天上的神仙，而感到惋惜。我说，天上多一个仙人，不如世上多一个贤人。理解我的人一定不会认为我的说法是偏狂的。

［何守奇］杨公忠义，足维持名教纲常；纵复成仙，究亦何益人世？世上多一神仙，不如多一圣贤，我亦云然。

查牙山洞

【原文】

章丘查牙山，有石窟如井，深数尺许。北壁有洞门，伏而引领望见之。会近村数辈，九日登临，饮其处，共谋入探之。三人受灯，缒而下。洞高敞与夏屋等，入数武稍狭，即忽见底。底际一窦，蛇行可入。烛之，漆漆然暗深不测。

两人馁而却退；一人夺火而嗤之，锐身塞而进。幸隘处仅厚于堵，即又顿高顿阔，乃立，乃行。顶上石参差危耸，将坠不坠。两壁嶙嶙峋峋然，类寺庙中塑，都成鸟兽人鬼形：鸟若飞，兽若走，人若坐若立，鬼魅魍魉，示现忿怒；奇奇怪怪，类多丑少妍。心凛然作怖畏。喜径夷，无少陂。逡巡几百步，西壁开石室，门左一怪石，鬼面人身而立，目怒口箕张，齿舌狞恶，左手作

拳触腰际，右手叉五指欲扑人。心大恐，毛森森以立。遥望门中有燕灰，知有人曾至者，胆乃稍壮，强人之。见地上列碗盏，泥垢其中，然皆近今物，非古窑也。旁置锡壶四，心利之，解带缚项系腰间。即又旁瞩，一尸卧西隅，两肱及股四布以横。骇极。渐审之，足蹑锐履，梅花刻底犹存，知是少妇。人不知何里，毙不知何年。衣色黯败，莫辨青红；发蓬蓬，似筐许乱丝粘着髑髅上；目、鼻孔各二，瓠犀两行白巉巉，意是口也。存想首颠当有金珠饰，以火近脑，似有口气嘘灯，灯摇摇无定，焰缥黄，衣动掀掀。复大惧，手摇颤，灯顿灭。忆路急奔，不敢手索壁，恐触鬼者物也。头触石，仆，即复起；冷湿浸颔颊，知是血，不觉痛，抑不敢呻；坌息奔至窦，方将伏。似有人捉发住，晕然遂绝。

众坐井上俟久，疑之，又缒二人下。探身入窦，见发罥石上，血淫淫已僵。二人失色，不敢入，坐愁叹。俄井上又使二人下；中有勇者，始健进，曳之以出。置山上，半日方醒，言之缕缕。所恨未穷其底；极穷之，必更有佳境。后章令闻之，以丸泥封窦，不可复入矣。

康熙二十六七年间，养母峪之南石崖崩，现洞口，望之钟乳林，林如密笋。然深险无人敢入。忽有道士至，自称钟离弟子，言："师遣先至，粪除洞府。"居人供以膏火，道士携之而下，坠石笋上，贯腹而死。报令，令封其洞。其中必有奇境，惜道士尸解，无回音耳。

【译文】

章岳的查牙山中，有一个石洞像一口井一样，有几尺深。山洞北墙上有个洞门，人趴在地上伸着脖子就能看见。恰好附近村子里有几个人，九月九日登高那天，坐在洞边喝酒，一块儿商量着要进洞去看看。于是，三个人带着灯火，顺着放下来的绳子到了洞里。

洞的高低大小如同一座大房子，走进去几步后，稍窄一些，就忽然发现了洞底。洞底还有一个洞，爬着可以进去。用灯烛照着，漆黑一片，昏暗不明，深浅难测。其中两个人胆怯了，想退回去。另一个人夺过灯火，嘲笑他们，一边大着胆子把身子塞着挤了进去。幸亏狭窄处只有一堵墙厚，挤过后马上又高又宽起来，于是，这个人站起来往前走，石洞顶部岩石参差耸立，摇摇欲坠，两壁岩石高高低低，很像寺庙中的雕塑，都是些鸟兽人鬼的形象：鸟好像在飞，兽在跑，人似坐似立，鬼怪则显示出愤怒的样子。奇奇怪怪的，其中丑陋的多，美丽的少。这人心中冷冷的，感到可怕，可喜的是路很平，很少有坡，慢慢地走了几百步后，西边洞壁上开了一个石室，门左边有一个怪石鬼，面对着人站在那里，瞪着眼，张着簸箕般的嘴，牙齿和舌头狰狞可怕；左手握成拳，放在腰间。右手叉开五指，好像要抓人。这人心里非常害怕，毛骨悚然。远远地望见石门里面有些烧过的灰，知道有人曾到过这里，胆子才稍壮了些，勉强走进去，只见地上放着一些碗和杯子，里面积满了尘垢。但是能看出来这些东西都是现代的，而非古代

的。旁边放着四个锡酒壶，这人想自己拿走，便解开带子系在壶颈上，挂在腰间，随后又向旁边看，有一具尸体躺在西边墙角上，四肢叉开横放着。这人一见怕极了，慢慢细看，只见尸体脚穿尖鞋，鞋底梅花还在，知道是个年轻妇女，也不知道她是哪里人，也不知道什么时候死的。衣服的颜色都褪掉了，分不清青红，头发乱蓬蓬的，像筐里装的乱丝，粘在头骨上，眼睛和鼻子各有两个孔，牙齿两排，白森森的，想是嘴了。这人心想尸头上应该有金银珠宝首饰，便把灯火靠近头部，却好像有从口里吐出来的气吹灯，灯火摇摆不定，火焰昏黄，尸衣也掀动起来。这人又十分害怕，手便颤抖起来，灯一下子就灭了。他回想着来路，急忙往回跑，不敢用手扶墙，唯恐摸到石头鬼怪，头碰到了石头，跌倒了，马上又爬起来；冷冷的湿乎乎的东西流了满脸，知道是血，却不觉得疼，也不敢呻吟；一口气跑到洞口，刚要倒下，似乎有人抓住他的头发拉住了，便一下子昏死了过去。

其他的人坐在洞口等了很久，怀疑洞里出事了，又用绳子放了两个人下来，探身进洞，发现这人的头发挂在石头间，头上血流不止，已经昏死过去。两人大惊失色，不敢进去，坐在那里发愁，不久，上面又放下两个人，其中有一个勇敢的，才大胆地进去，把那人拉了出来。把他放在山上，半天后才醒过来，把他的遭遇详详细细地说了出来。遗憾的是没有在洞里探到底，探到底一定会有更好的地方。后来，章丘县令听说了这件事，下令用泥封住了洞口，再不能进去了。

康熙二十六七年间，养母峪南面的石崖崩毁了，露出一个洞口。向里面看，钟乳石密密麻麻地像竹笋一样。然而，洞口又深又险，没有人敢进去。忽然有个道士来了，自称是钟离的弟子，说："师傅派我先去，清理洞府。"村民们给他提供了灯火，道士拿着下去了，跌在石笋上，石笋刺穿了肚子死了。有人报告了县令，县令封了这个洞。这个洞里一定有奇异的景观，可惜道士死了，没有他探洞的回音了。

[但明伦] 洞之幽深奇险，即身入其中，亦不过逐处称怪，张目吐舌而已。

安期岛

【原文】

长山刘中堂鸿训，同武弁某使朝鲜。闻安期岛神仙所居，欲命舟往游。国中臣僚佥谓不可，令待小张。盖安期不与世通，惟有弟子小张，岁辄一两至。欲至岛者，须先自白。如以为可，则一帆可至，否则飓风覆舟。

逾一二日，国王召见。入朝，见一人佩剑，冠棕笠，坐殿上；年三十许，仪容修洁。问之即小张也。刘因自述向往之意，小张许之。但言："副使不可行。"又出遍视从人，惟二人可以从游。遂命舟导刘俱往。水程不知远近，但觉习习如驾云雾，移时已抵其境。时方严寒，既至则气候温煦，山花遍岩谷。导入洞府，

见三叟趺坐。东西者见客入，漠若罔知；惟中坐者起迎客，相为礼。既坐，呼茶。有僮将盘去。洞外石壁上有铁锥，锐没石中；僮拔锥，水即溢射，以盏承之；满，复塞之。既而托至，其色淡碧。试之，其凉震齿。刘畏寒不饮。叟顾僮颐视之。僮取盏去。呷其残者；仍于故处拔锥溢取而返，则芳烈蒸腾，如初出于鼎。窃异之。问以休咎，笑曰：“世外人岁月不知，何解人事？”问以却老术，曰：“此非富贵人所能为者。”刘兴辞，小张仍送之归。

既至朝鲜，备述其异。国王叹曰：“惜未饮其冷者。此先天之玉液，一盏可延百龄。”刘将归，王赠一物，纸帛重裹，嘱近海勿开视。既离海，急取拆视，去尽数百重，始见一镜；审之，则鲛宫龙族，历历在目。方凝注间，忽见潮头高于楼阁，汹汹已近。大骇，极驰；潮从之，疾若风雨。大惧，以镜投之，潮乃顿落。

【译文】

长山人刘鸿训中堂，与武官某出使朝鲜，听说安期岛是神仙住的地方，便想坐船去游历一番。朝鲜国中的官员都说不可以去，让他等候小张。原来安期岛与世间没有来往，只有神仙的弟子小张，每年来返一两次。要去岛上的人，必须先向小张说明，如果小张认为可以，那么就会一帆风顺地到达，否则，就会有飓风把船吹翻。

过了一两天，国王召见刘中堂。入朝，看见一个人佩着剑，戴着棕笠，坐在殿堂上，年纪大约三十，容貌端正整洁，一问，这人就是小张。刘中堂于是自己向小张说明了想去安期岛的心愿，小张答应了。只是说：“你的副官不能去。”又出了大殿，挨个查看他的随从，只有两个人可以跟着去。于是，命令船引导刘中堂等和他一起去安期岛。

不知行了多少里水路，只觉风声习习如腾云驾雾，不久就到了安期岛境内。当时正是寒冬，到了岛上，却气候温暖，山花开满山谷。小张引导他们进到洞

中，见到三位老人盘腿而坐。东西两位见到客人来，好像不知道一样。只有坐在中间的起身迎客，与客人相互施礼。坐定后，叫人送茶。只见有个小僮拿着盘子走出去。洞外石壁上有个铁椎，刃没在石头中。小僮拔起铁椎，水马上射了出来，用杯子去接，接满后，又塞上。然后把水托着送进来，水色浅绿，试着喝了一小口，凉得冰牙，刘中堂怕冷不喝。老头回头示意了小僮一眼，小僮把杯子拿去，喝了杯中剩下的水，仍然到原处拔下锥子，装满了回来，这杯则香气四溢，热气腾腾，好像刚出锅一样，刘中堂心中感到奇怪，便请教自己的富贵祸福，老人笑着说："世外人连何年何月都不知道，又怎么能知道人间的事呢？"问他长寿的办法，他说："这不是有钱有势的人所能办到的。"刘中堂起身告辞，小张仍然送他回到了朝鲜，刘中堂详细叙述了见到的奇人奇事。国王感叹说："可惜你没喝那杯冷茶，这水是先天的玉液，一杯便可延长百年的寿命。"

刘中堂将要回国，国王赠他一件东西，用纸和帛一层一层地包着，嘱咐他离海近时不要打开看。已经离海很远后，他急忙拿出来拆开看，剥去几百层纸帛，才见到一面镜子，一看，镜中龙宫水族，历历在目。正注视着，忽然发现海潮的水头已经高过楼台殿阁，汹涌逼近。刘中堂害怕极了，使劲跑，潮水也追过来，快得如刮风下雨。刘中堂更加害怕，把镜子投向海潮，潮水才一下子退掉了。

［何守奇］写岛中景致，飘飘欲仙。

沅　俗

【原文】

李季霖摄篆沅江，初莅任，见猫犬盈堂，讶之。僚属曰："此乡中百姓，瞻仰风采也。"少间人畜已半；移时都复为人，纷纷并去。一日出谒客，肩舆在途。忽一舆夫急呼曰："小人吃害矣！"即倩役代荷，伏地乞假。怒呵之，役不听，疾奔而去。遣人尾之。役奔入市，觅得一叟，便求按视。叟相之曰："是汝吃害矣。"乃以手揣其肤肉，自上而下力推之，推至少股，见皮内坟起，以利刃破之，取出石子一枚，曰："愈矣。"乃奔而返。后闻其俗有身卧室中，手即飞出，入人房闼，窃取财物。设被主觉，絷不令去，则此人一臂不用矣。

【译文】

李季霖代理沅江县令，刚上任，看见猫狗挤满了衙门，很吃惊。属官说："这是本地的百姓，来瞻仰您的风采。"不多时，衙门里已经一半是人，一半是猫狗。再过一会儿，都变回人，纷纷离开了。

一天，李季霖出去拜见客人，轿子走在路上，忽然一个轿夫着急地叫着："我被人陷害了。"立刻请别人帮他抬轿，跪在地上请假。李季霖生气地骂他，

轿夫不听，急忙地跑了。李公派人跟着他。只见轿夫跑进市场，找到一个老头，便求他给看看，老头看着他说：“你是被人陷害了。”于是用手拽着轿夫的皮肉，从上往下用力推，推到小腿，从皮里鼓起一个小包，用快刀割破它，取出一枚石子，说：“好了。”轿夫才又跑了回来。

后来又听说，沅江的风俗中，有身子躺在家中，手却能飞出去的。飞到别人家里，偷别人的财物。如果被主人发现，抓住这只手不让它回去，那么这个人的一只手臂就不中用了。

云萝公主

【原文】

安大业，卢龙人。生而能言，母饮以犬血始止。既长，韶秀，顾影无俦，慧而能读。世家争婚之。母梦曰：“儿当尚主。”信之。至十五六迄无验，亦渐自悔。

一日安独坐，忽闻异香。俄一美婢奔入，曰：“公主至。”即以长毡贴地，自门外直至榻前。方骇疑间，一女郎扶婢肩入；服色容光，映照四堵。婢即以绣垫设榻上，扶女郎坐。安仓皇不知所为，鞠躬便问：“何处神仙，劳降玉趾？”女郎微笑，以袍袖掩口。婢曰：“此圣后府中云萝公主也。圣后属意郎君，欲以公主下嫁，故使自来相宅。”安惊喜不知置词，女亦俯首，相对寂然。

安故好棋，楸枰尝置坐侧。一婢以红巾拂尘，移诸案上，曰：“主日耽此，不知与粉侯孰胜？”安移坐近案，主笑从之。甫三十余着，婢竟乱之，曰：“驸马负矣！”敛子入盒，曰：“驸马当是俗间高手，主仅能让六子。”乃以六黑子实局中，主亦从之。主坐次，辄使婢伏座下，以背受足；左足踏地，则更一婢右伏。又两小鬟夹侍之；每值安凝思时，辄曲一肘伏肩上。局阑

未结，小鬟笑云："驸马负一子。"进曰："主惰，宜且退。"女乃倾身与婢耳语。

婢出，少顷而还，以千金置榻上，告生曰："适主言居宅湫隘，烦以此少致修饰，落成相会也。"一婢曰："此月犯天刑，不宜建造；月后吉。"女起；生遮止，闭门。婢出一物，状类皮排，就地鼓之；云气突出，俄顷四合，冥不见物，索之已杳。

母知之，疑以为妖。而生神驰梦想，不能复舍。急于落成，无暇禁忌；刻日敦迫，廊舍一新。

先是，有滦州生袁大用，侨寓邻坊，投刺于门；生素寡交，托他出，又窥其亡而报之。后月余，门外适相值，二十许少年也。宫绢单衣，丝带乌履，意甚都雅。略与倾谈，颇甚温谨。喜，揖而入。请与对弈，互有赢亏。已而设席流连，谈笑大欢。明日邀生至其寓所，珍肴杂进，相待殷渥。有小僮十二三许，拍板清歌，又跳掷作剧。生大醉不能行，便令负之，生以其纤弱恐不胜，袁强之。僮绰有余力，荷送而归。生奇之。明日犒以金，再辞乃受。由此交情款密，三数日辄一过从。袁为人简默，而慷慨好施。市有负债鬻女者，解囊代赎，无吝色。生以此益重之。过数日，诣生作别，赠象箸、楠珠等十余事，白金五百，用助兴作。生反金受物，报以束帛。

后月余，乐亭有仕宦而归者，橐资充牣。盗夜入，执主人，烧铁钳灼，劫掠一空。家人识袁，行牒追捕。邻院屠氏，与生家积不相能，因其土木大兴，阴怀疑忌。适有小仆窃象箸，卖诸其家，知袁所赠，因报大尹。尹以兵绕舍，值生主仆他出，执母而去。母衰迈受惊，仅存气息，二三日不复饮食。尹释之。生闻母耗，急奔而归，则母病已笃，越宿遂卒。收殓甫毕，为捕役执去。尹见其少年温文，窃疑诬枉，故恐喝之。生实述其交往之由。尹问："其何以暴富？"生曰："母有藏镪，因欲亲迎，故治昏室耳。"尹信之，具牒解郡。

邻人知其无事，以重金赂监者，使杀诸途。路经深山，被曳近削壁，将推堕。计逼情危，时方急难，忽一虎自丛莽中出，啮二役皆死，衔生去。至一处，重楼叠阁，虎入，置之。见云萝扶婢出，凄然慰吊曰："妾欲留君，但母丧未卜窀穸。可怀牒去，到郡自投，保无恙也。"因取生胸前带，结连十余扣，嘱云："见官时，拈此结而解之，可以弭祸。"生如其教，诣郡自投。太守喜其诚信，又稽牒知其冤，销名令归。

至中途，遇袁，下骑执手，备言情况。袁愤然作色，默然无语。生曰："以君风采，何自污也？"袁曰："某所杀皆不义之人，所取皆非义之财。不然，即遗于路者不拾也。君教我固自佳，然如君家邻，岂可留在人间耶！"言已超乘而去。

生归，殡母已，杜门谢客。忽一日盗入邻家，父子十余口尽行杀戮，止留一婢。席卷资物，与僮分携之。临去，执灯谓婢；"汝认明：杀人者我也，与人无涉。"并不启关，飞檐越壁而去。明日告官。疑生知情，又捉生去。邑宰词色甚

厉，生上堂握带，且辨且解。宰不能诘，又释之。既归，益自韬晦，读书不出，一跛妪执炊而已。服既阕，日扫阶庭，以待好音。

一日异香满院，登阁视之，内外陈设焕然矣。悄揭画帘，则公主凝妆坐，急拜之。女挽手曰："君不信数，遂使土木为灾；又以苫块之戚，迟我三年琴瑟：是急之而反以得缓，天下事大抵然也。"生将出资治具。女曰："勿复须。"婢探椟，有肴羹热如新出于鼎，酒亦芳烈。酌移时，日已投暮，足下所踏婢，渐都亡去。女四肢娇惰，足股屈伸，似无所着，生狎抱之。女曰："君暂释手。今有两道，请君择之。"生揽项问故，曰："若为棋酒之交，可得三十年聚首；若作床笫之欢，可六年谐合耳。君焉取？"生曰："六年后再商之。"女乃默然，遂相燕好。

女曰："妾固知君不免俗道，此亦数也。"因使生蓄婢媪，别居南院，炊爨纺织以作生计。北院中并无烟火，惟棋枰、酒具而已。户常阖，生推之则自开，他人不得入也。然南院人作事勤惰，女辄知之，每使生往谴责，无不具服。女无繁言，无响笑，与有所谈，但俯首微哂。每骈肩坐，喜斜倚人。生举而加诸膝，轻如抱婴。生曰："卿轻若此，可作掌上舞。"曰："此何难！但婢子之为，所不屑耳。飞燕原九姊侍儿，屡以轻佻获罪，怒谪尘间，又不守女子之贞；今已幽之。"

阁上以锦裀布满，冬未尝寒，夏未尝热。女严冬皆着轻縠，生为制鲜衣，强使着之。逾时解去，曰："尘浊之物，几于压骨成劳！"一日抱诸膝上，忽觉沉倍曩昔，异之。笑指腹曰："此中有俗种矣。"过数日，颦黛不食，曰："近病恶阻，颇思烟火之味。"生乃为具甘旨。从此饮食遂不异于常人。一日曰："妾质单弱，不任生产。婢子樊英颇健，可使代之。"乃脱衷服衣英，闭诸室。少顷闻儿啼声，启扉视之，男也。喜曰："此儿福相，大器也！"因名大器。绷纳生怀，俾付乳媪，养诸南院。女自免身，腰细如初，不食烟火矣。

忽辞生，欲暂归宁。问返期，答以"三日"。鼓皮排如前状，遂不见。至期不来；积年余音信全渺，亦已绝望。生键户下帏，遂领乡荐。终不肯娶；每独宿北院，沐其余芳。一夜辗转在榻，忽见灯火射窗，门亦自辟，群婢拥公主入。生喜，起问爽约之罪。女曰："妾未愆期，天上二日半耳。"生得意自诩，告以秋捷，意主必喜。女愀然曰："乌用是傥来者为！无足荣辱，止折人寿数耳。三日不见，入俗幛又深一层矣。"生由是不复进取。过数月又欲归宁，生殊凄恋，女曰："此去定早还，无烦穿望。且人生合离，皆有定数，撙节之则长，恣纵之则短也。"既去，月余即返。从此一年半载辄一行，往往数月始还，生习为常，亦不之怪。

又生一子。女举之曰："豺狼也！"立命弃之。生不忍而止，名曰可弃。甫周岁，急为卜婚。诸媒接踵，问其甲子，皆谓不合。曰："吾欲为狼子治一深圈，竟不可得，当令倾败六七年，亦数也。"嘱生曰："记取四年后，侯氏生女，左

胁有小赘疣，乃此儿妇。当婚之，勿较其门第也。”即令书而志之。后又归宁，竟不复返。生每以所嘱告亲友。果有侯氏女，生有赘疣，侯贱而行恶，众咸不齿，生竟媒定焉。

大器十七岁及第，娶云氏，夫妻皆孝友。父钟爱之。可弃渐长，不喜读，辄偷与无赖博赌，恒盗物偿戏债。父怒挞之，而卒不改。相戒提防，不使有所得。遂夜出，小为穿窬。为主所觉，缚送邑宰。宰审其姓氏，以名刺送之归。父兄共縶之，楚掠惨棘，几于绝气。兄代哀免，始释之。父忿恚得疾，食锐减。乃为二子立析产书，楼阁沃田，悉归大器。可弃怨怒，夜持刀入室将杀兄，误中嫂。先是，主有遗裤绝轻软，云拾作寝衣。可弃斫之，火星四射，大惧奔出。父知，病益剧，数月寻卒。可弃闻父死，始归。兄善视之，而可弃益肆。年余所分田产略尽，赴郡讼兄。官审知其人，斥逐之。兄弟之好遂绝。

又逾年，可弃二十有三，侯女十五矣。兄忆母言，欲急为完婚。召至家，除佳宅与居；迎妇入门，以父遗良田，悉登籍交之，曰：“数顷薄田，为若蒙死守之，今悉相付。吾弟无行，寸草与之皆弃也。此后成败，在于新妇。能令改行，无忧冻馁；不然，兄亦不能填无底壑也。”

侯虽小家女，然固慧丽，可弃雅畏爱之，所言无敢违。每出限以晷刻，过期则诟厉不与饮食，可弃以此少敛。年余生一子，妇曰：“我以后无求于人矣。膏腴数顷，母子何患不温饱？无夫焉，亦可也。”会可弃盗粟出赌，妇知之，弯弓于门以拒之。大惧避去。窥妇入，逡巡亦入。妇操刀起，可弃返奔，妇逐斫之，断幅伤臀，血沾袜履。忿极往诉兄，兄不礼焉，冤惭而去。过宿复至，跪嫂哀泣，乞求先容于妇，妇决绝不纳。可弃怒，将往杀妇，兄不语。可弃忿起，操戈直出。嫂愕然，欲止之；兄目禁之。俟其去，乃曰：“彼固作此态，实不敢归也。”使人觇之，已入家门。兄始色动，将奔赴之，而可弃已坌息人。

盖可弃入家，妇方弄儿，望见之，掷儿床上，觅得厨刀；可弃惧，曳戈反走，妇逐出门外始返。兄已得其情，故诘之。可弃不言，惟向隅泣，目尽肿。兄怜之，亲率之去，妇乃纳之。俟兄出，罚使长跪，要以重誓，而后以瓦盆赐之食。自此改行为善。妇持筹握算，日致丰盈，可弃仰成而已。后年七旬，子孙满前，妇犹时捋白须，使膝行焉。

异史氏曰：“悍妻妒妇，遭之者如疽附于骨，死而后已，岂不毒哉！然砒、附，天下之至毒也，苟得其用，瞑眩大瘳，非参、苓所能及矣。而非仙人洞见脏腑，又乌敢以毒药贻子孙哉！”

章丘李孝廉善迁，少倜傥不泥，丝竹词曲之属皆精之。两兄皆登甲榜，而孝廉益佻脱。娶夫人谢，稍稍禁制之。遂亡去，三年不返，遍觅不得。后得之临清勾栏中。家人入，见其南向坐，少姬十数左右侍，盖皆学音艺而拜门墙者也。临行积衣累笥，悉诸姬所贻。既归，夫人闭置一室，投书满案。以长绳系榻足，引其端自棂内出，贯以巨铃，系诸厨下。凡有所需则蹑绳，绳动铃响，则应之。夫

人躬设典肆，垂帘纳物而估其直；左持筹，右握管；老仆供奔走而已。由此居积致富。每耻不及诸姒贵。锢闭三年而孝廉捷。喜曰："三卵两成，吾以汝为鰕矣，今亦尔耶?"

又耿进士崧生，章丘人。夫人每以绩火佐读：绩者不辍，读者不敢息也。或朋旧相诣，辄窃听之：论文则瀹茗作黍；若恣谐谑，则恶声逐客矣。每试得平等，不敢入室门；超等始笑迎之。设帐得金悉内献，丝毫不敢匿。故东主馈遗，恒面较锱铢。人或非笑之，而不知其销算良难也。后为妇翁延教内弟。是年游泮，翁谢仪十金，耿受盒返金。夫人知之曰："彼虽固亲，然舌耕为何也?"追之返而受之。耿不敢争，而心终歉焉，思暗偿之。于是每岁馆金，皆短其数以报夫人，积二年余得若干数。忽梦一人告之曰："明日登高，金数即满。"次日试一临眺，果拾遗金，恰符缺数，遂偿岳。后成进士，夫人犹呵谴之。耿曰："今一行作吏，何得复尔?"夫人曰："谚云：'水长则船亦高。'即为宰相，宁便大耶?"

【译文】

安大业，河北卢龙县人。他生下后就会说话，母亲给他喝狗血，才止住。长大后，风流俊秀，无人可以相比，聪明又爱读书。名门大家争着要和他结亲。他母亲做了个梦，梦中人告诉她："你儿子命该娶公主为妻。"便相信了。到了十五六岁，这个梦也没有应验，他母亲自己也渐渐感到懊悔。

一天，安大业独自坐在房中，忽然闻到一股奇异的香气。不一会儿，一个美丽的婢女跑进来，说："公主到。"便立刻把长长的毛毡铺在地上，自门外一直铺到床前。安大业正在惊疑之间，只见一个女郎扶着婢女的肩进来了，她美丽的容貌和光彩的衣服，立即照亮了四壁。婢女把一个绣垫放在床上，扶着女郎坐下。安大业仓皇之间不知该做什么，鞠着躬便问："是哪里来的神仙，劳您降临此地?"女郎微笑着，用衣袖掩着嘴。婢女说："这是圣后府中的云萝公主，圣后看中了你，想把公主下嫁给你，因此，让公主自己来看看住处。"安大业又惊又喜，不知道说什么好；女郎也低着头，两人都默默无语。安大业一向爱下围棋，棋盘、棋子常放在自己座位旁边。一个婢女用红手巾拭去灰尘，把棋盘挪到桌子上，说："公主平日很爱下棋，不知与驸马下起来谁能赢?"安大业挪到桌子旁边坐下，公主笑着跟过来，刚刚下了三十多子，婢女竟把棋子搅乱了，说："驸马输了。"便收起棋子放在盒中，说："驸马应当是人间下棋高手，公主只能让六个子。"于是，把六颗黑子放在棋局中，公主也就依从她。公主坐下，则让一个婢女趴在座位下，把脚踩在她背上；如果她左脚踩在地上，就换一个婢女趴在右边承受她的右脚，又有两个小丫鬟在左右服侍着；每当安大业凝神思考时，公主就曲着肘子放在小丫鬟肩上。棋还没最后下完，小丫鬟就笑着说："驸马输了一子。"婢女上前说："公主累了，该回去了。"公主就侧身与婢女耳语了几

句，婢女就出去了，不一会儿回来，把一千两银子放在床上，告诉安大业说："刚才公主说，这宅院低小狭窄，麻烦你用这些银子稍稍整修一番，等修完后再来相会。"另一个婢女说："这个月犯天刑，不宜建造房屋，下个月才是黄道吉日。"公主站起来，安大业拦住她，关了门不让她走。只见一个婢女拿出一件很像鼓风皮囊的东西，就地鼓起来，一会就云气腾腾，刹那间充满了四周，昏暗得不见人影，再看公主，已经不见了。母亲知道了这件事，怀疑是妖怪。但是，安大业却日思夜想，思念不已。他急于把房子修起来，也不顾什么禁忌，日夜催促整修，终于把宅院修饰一新。

当初，有位滦州的书生袁大用，侨居在安大业家的邻街，曾送名帖来拜访安大业，安大业一向很少与人交往，就推托不在家。但为了礼节的周全，又暗察袁大用不在家时，故意去回访。后来，过了一个多月，两人恰好在门外遇上了。袁大用是一个二十岁左右的年轻人，穿着一身宫绢做的衣服，头扎丝带，脚穿黑鞋，仪态很是风雅。安大业和他略谈了几句，觉得他很温文尔雅，非常高兴，就请他进屋坐。两个人下了几盘棋，互有输赢。接着又设酒摆宴，两人谈得十分融洽。第二天，袁大用邀请安大业到他住的地方去，拿出山珍海味，招待得十分周到。袁家有个十二三岁的小僮，在席前拍板清唱，又跳跃作戏。安大业喝得大醉，自己不能走路，袁大用便叫这个小僮背他回家。安大业看小僮单薄瘦弱，怕他背不动，但袁大用一定要他背。小僮背他起来，力气还绰绰有余，安大业非常惊奇。第二天，安大业给他赏钱，小僮推辞再三，才接过去。从此，安、袁两人交往愈加密切，隔三两天就来往一次。袁大用为人坦率朴实、沉静寡言，又为人大方，好施舍。到了集市上有因负债而卖女儿的，他就拿出钱来代为还债，毫不吝啬，安大用因此更加敬重他。

过了几天，袁大用到安大业家中来告别，赠给安大业象牙筷子、楠木珠等十几件贵重礼物，又送他五百两银子，用作修缮宅院。安大业接受了礼物，把银子又还了回去，同时，回赠些绢帛作为谢礼。

过了一个多月，乐亭县有一个卸职回家的大官，家中藏有大量金钱。一天夜里，盗贼闯入他家中，抓住这个官员，用烧红的铁钳折磨他，把所有钱财抢劫一空。这家的一个仆人，认出强盗是袁大用，官府便下了通缉令追捕他。安家邻院一个姓屠的人，与安家向来不和，看到安家大兴土木，暗暗怀疑忌妒。这时，恰好安家的一个小仆人，偷出象牙筷子，卖给了屠家。姓屠的得知筷子是袁大用所赠，就向官府告了安大业，县官派兵包围了安家，正赶上安大业带着仆人出去了，官兵就抓了他的母亲。安母年老，一受惊吓，便气息奄奄，两三天不吃不喝，县官就把她放了。安大业在外面听到母亲被捕的凶信，急忙奔回家，但安母已经病得很重，过了一宿就死了。

安大业刚把母亲收殓完毕，就被捕役抓了去。县官见他年轻，温文尔雅，心中怀疑他是被人诬陷的，就故意吓唬他，让他从实招来，安大业如实说了他和袁

大用的交往经过。县官又问："你们家怎么突然富了起来？"安大业回答说："我母亲有些积蓄的银子，因为我要娶亲，所以她拿出来给我修整新房。"县官相信了他的话，准备了公文，把他押送到府里去。姓屠的邻居知道他没事，便用重金买通押送的差人，让他们半路上杀了安大业。他们经过一座大山，安大业被差人拉到陡峭的山崖旁，准备将他推下去。正在这万分危急的时候，忽然有一只老虎从草丛中奔出来，咬死了两个差人，叼着安大业离开了。到了一个地方，那里楼阁重重叠叠，老虎走进去，把安大业放在里面，只见云萝公主扶着婢女走出来，悲凄地慰藉他说："我想把你留下，但你母亲去世还未安葬，你可以拿着押解你的公文，自己到府里衙门投送，保你没事。"于是，取下安大业胸前的带子，连着结了十多个扣子，嘱咐他说："见官时，拿起这些结把它们解开，就能消除灾祸。"安大业按着公主的嘱咐，到府衙自首。太守很满意他的诚实，又查看了他的公文，知道他是冤枉的，便撤销了他的罪名，放他回家。

安大业在回家的路上，恰好遇到袁大用，就下马和袁大用握手相见，详细地叙说了自己的不幸遭遇。袁大用十分气愤，却默默不说一句话。安大业说："以你的仪表才华，为什么要做这种事玷污自己呢？"袁大用说："我所杀的都是不义之人，所取的都是不义之财。否则，即便是掉在路上的钱财，我也不会去捡。你对我的指教，当然是好意。但是，像你邻居姓屠的这种人，怎么能够让他留在人间呢？"说完，打马超过安大业就走了。

安大业回到家中，安葬了母亲之后，便闭门谢客。忽然有一天，邻居家进了盗贼，父子十多口，全都杀光了，只留了一个婢女。盗贼席卷了屠家的财物，与小僮各拿一半，临走，强盗提着灯对婢女说："你认清了，杀人的是我，与别人无干。"说完，并不开门，飞檐走壁地离开了。第二天，婢女告到官府，县官怀疑安大业知道内情，又把他提了去。县官十分严厉地审讯他。安大业到公堂上后，手里握着带子，一边辩解，一边解带子上的结。县官问不出什么，只好又把他放了。

回到家里，安大业愈发规规矩矩，闭门勤奋读书，家中只留了一名跛脚的老太婆给他做饭。母亲的丧期满了之后，他就天天打扫庭院，以等待公主到来的好消息。

一天，一股奇异的香气充满庭院，安大业登上阁楼一看，家中里里外外陈设已经焕然一新。他悄悄打开画帘，见公主盛装端坐在那里，急忙上前拜见。公主挽着他的手说："你不相信天数，偏要兴土木，才招来了灾祸，又为了给母亲守丧，使我们的好事推迟了三年，这是求快反而慢了，世间的事情大多都是这样的。"安大业准备出钱去置办酒宴，公主说："不用麻烦。"只见一个婢女，把手伸到柜子里，端出菜和汤，都热气腾腾的像新出锅的一样，酒也十分芳香清澈。他们喝了一阵子，太阳落山了，公主脚下踏着的婢女也都渐渐离开了，公主四肢娇懒，两腿一会曲一会伸，好像没有地方放。安大业亲热地去抱她，公主说：

"你先把手放开，现在有两条路，请你选择。"安大业搂着公主的脖子问是什么路，公主说："我们如果做棋酒上的朋友，可以有三十年相聚的日子；如果做床第之欢，就只有六年的欢聚，你选哪一种？"安大业说："六年后再商量吧。"公主于是不说话，便与安大业做了夫妻。公主说："我本来就知道你是难于免俗的，这也是天数啊！"

公主让安大业蓄养了婢女和老妈子，单独在南院居住。每天让她们做饭、纺织，来维持生活。公主住的北院不动烟火，只有棋盘、酒具一类的东西。北院门常关着，安大业来了，一推就自己开了，别人则进不去。然而，南院人做事是勤快还是懒惰，公主都能知道，每次叫安大业过去责备他们，他们没有不服气的。公主说话不多，也不大声嘻笑，安大业与她说些什么，她总是低着头微笑。每当肩并肩坐在一起时，喜欢斜倚在安大业身上。安大业把她抱起放在自己膝上，轻得像抱个婴儿。安大业说："你这么轻，可以跳掌上舞了。"公主说："这有什么难的！但这是婢女们做的事，我是不屑做的。飞燕原来是我九姐的侍女，多次以轻佻获罪，九姐生气，把她降罚到人间，她又不守女子的贞节；现在，她已经被关起来了。"公主住的阁楼上放满了锦缎的坐垫，冬天不冷，夏天不热。公主在寒冬里也只穿一件薄薄的纱衣。安大业给她做了件鲜艳华丽的衣服，强迫她穿上，过后她就脱下来，说："这种尘世间的不干不净的东西，几乎把我的骨头都压痛了。"

一天，安大业把公主抱在膝上，忽然觉得比平时重了一倍，很吃惊。公主笑着指着自己的肚子说："这里面有个俗种了。"又过了几天，公主皱着眉头，不爱吃东西，说："我近来厌食，很想吃些人间的东西。"安大业于是为她做了精美的饭菜。从此，公主便和普通人一样饮食。一天，公主说："我身体柔弱，负担不了分娩。婢女樊英很健壮，可以让她代替我。"于是脱了内衣给樊英穿上，把她关在屋里。不一会儿，就听见婴儿的哭声。开门一看，生了个男孩。公主高兴地说："这个孩子长得很有福相，将来一定能成大器。"因此，给孩子起名叫大器。公主把孩子包裹好，放到安大业怀里，叫他交给奶妈，在南院抚养。

公主自分娩以后，腰和以前一样细，又不再吃人间的食物了。一天，忽然向安大业告别，说想暂时回娘家去看看。问她什么时候回来，回答说："三天。"说完，又像以前一样鼓起皮囊，腾起云雾不见了，到了归期也不见她回来。过了一年多，音信全无。安大业已经绝望了，他紧闭家门，认真读书，最终考中了举人，但他始终不肯再娶，每晚自己住在北院，回味着与公主在一起的甜蜜日子。一天晚上，安大业正在床上翻来覆去睡不着，忽然看见灯火照射在窗户上，门也自动打开了，一群婢女拥着公主走了进来。安大业高兴地起来，埋怨她失约。公主说："我没有失约，天上才过了两天半呀。"安大业得意洋洋地向公主夸耀，告诉她自己在秋天的乡试中考中了举人，心想公主肯定会高兴。可是，公主却伤心地说："你何必追求这种无足轻重的东西，这事谈不上什么荣耀和耻辱，只是

减损人的寿命罢了。三天不见，你陷入世俗的泥潭又深了一层。”安大业从此就不再追求功名了。过了几个月，公主又要回娘家，安大业十分悲伤留恋。公主说：“这次去一定早回来，不用你盼望很久，而且人生的离合，都是有定数的，节约用就长些，随意用就短。”公主离去，一个多月就回来了。从此，一年半年就回去一次，往往几个月才回来，安大业习以为常，也不觉得奇怪。又生了一个儿子，公主举着他说：“这是个豺狼！”马上叫人扔掉他。安大业不忍心，就留下来抚养，取名叫可弃。可弃刚满周岁，公主就急着给他定亲，很多媒人陆续跑来，公主问了生辰八字，都说不合。公主说：“我想给这个小狼找一个深圈，竟然找不到。该当被他败家六七年，这也是天数啊。”公主嘱咐安大业说：“你要记住：四年后，有个姓侯的人家，生了个女儿，左胁有个小赘疣，她就是可弃的媳妇。一定要把她娶过来，不要计较她家的门第高低。”说完，还让安大业把这件事写下来记住。后来，公主又回娘家，从此就没有再回来。

安大业经常把公主的嘱咐告诉亲戚朋友。果然有家姓侯的，女儿生下来就有赘疣，姓侯的贫穷低贱，品行不好，大家都看不起他，安大业终于还是定了这门亲事。

大器十七岁中了举人，娶了云家的女儿。夫妻都对父亲孝顺，对弟弟友爱，父亲非常喜欢他们。可弃渐渐长大，不爱读书，却偷偷与一些无赖闲人赌博，常常从家里偷出东西还赌债。父亲很生气，就打他，他也始终不改。家里人都互相告诫要提防他，不让他在家里偷到东西。于是，他便夜里跑出去，到别人家去偷盗，被主人发觉后，绑起来送到了官府。县官一审问他的姓名，便用自己的名帖把他送回家去。父亲和哥哥一起把他绑起来，痛打一顿，几乎快断气了。兄长代他向父亲求饶，父亲才放了他。父亲因为这件事气得得了病，饭量大减。于是，便给两个儿子立下分家的文书，楼房、好田都分给了大器，可弃因此又怨又气，夜里拿着刀进哥哥的屋子，准备杀了哥哥，却误砍到嫂子身上。先前，公主留下一条裤子，十分轻软，云氏拿来做了一件睡衣。可弃一刀砍上去，火星四射，吓得他跑了出来。父亲知道了这件事，病更重了，过了几个月就死了。可弃听说父亲死了，才回到家，哥哥对他很好，而他却愈加放肆，一年多，他所分的田产就差不多花光了，他就到官府里去控告哥哥。县官一审，认识这个人，就把他责备了一顿，赶出了衙门，兄弟之间从此断绝了往来。

又过了一年，可弃已经二十三岁，侯家的女儿也十五岁了，哥哥记起母亲的话，准备赶紧给可弃完婚。便把可弃叫到家里来，分出一所好房子给他。等新媳妇迎进门，把父亲留下的好田，都登记在册交给她，说：“这几顷薄田，是我拼命留下来的，现在全都交给你。我兄弟品行不好，就是一寸草给了他，他也会丢光。此后家业的兴败，都在你身上了，你能让他改过自新，就不愁吃穿，不然，我这个做哥哥的，也填不满这个无底洞。”侯氏虽然是小户人家的女儿，但却贤慧美丽，可弃对她又爱又怕，从不敢违背她的吩咐。每次可弃外出，都给他限定时间，不按时回来，就大骂一顿，才给饭吃，可弃因此行为稍有收敛。婚后一年多，侯氏生了一个儿子，她说："我以后不用求人了，有几顷好地，我们母子不愁吃不饱穿不暖，没有丈夫也行。"

有一次，可弃偷了粮食出去赌博，侯氏知道了，就拉着弓箭在门口等着不让他进门。可弃吓得急忙逃走，偷偷地看老婆进去了，才畏畏缩缩地进了家门。侯氏拿起一把刀，可弃转身就跑，侯氏追着砍他，一刀划破衣服，伤了臀部，血都流到了袜子和鞋里。可弃气得要命，到哥哥那里去告状，哥哥不理他，他只好满脸羞愧地走了。过了一天，他又来到哥哥家，跪在嫂子面前，伤心地哭起来，请求嫂子为他说合，先让他回家去，可是侯氏不肯收留他。可弃大怒，要回去杀了侯氏，哥哥也不劝阻。可弃气得操起矛枪径直跑出去，嫂子吓坏了，要去阻拦，哥哥使了个眼色，让她别管。等他走了，哥哥才说："他这是故意做样子给我们看，其实他不敢回家。"嫂子不放心，派人偷偷去看，说他已经进了家门，哥哥才有些害怕，准备马上过去，这时，可弃却灰溜溜地回来了。原来，可弃进了家门，侯氏正在逗儿子玩，一看见他，就把孩子扔到床上，找了把厨刀，可弃一看，吓得拖着矛枪转身就逃。侯氏一直把他赶出门外才回去。兄长已经知道了事情的经过，又故意问他。可弃不说话，只对着墙角哭，眼睛都哭肿了。哥哥可怜他，亲自领着他回家，侯氏才接纳了他。等到哥哥一走，侯氏就罚他长跪，逼他发重誓，然后用瓦盆盛饭给他吃。自此以后，可弃改恶向善了。侯氏主持着家务，家业一天比一天兴旺，可弃只是坐享其成而已。后来，他活到七十多岁，都儿孙满堂了，侯氏还时常揪着他的白胡子，让他跪着。

异史氏说：悍妻妒妇，遇到她们就如同骨头上长了毒疮，只有死了算了，这不是太毒了吗？然而，砒霜、附子，是天下最毒的东西，如果用得恰到好处，虽使人头晕目眩但能治好大病，这种效果，是人参、伏苓所不能比的。如果不是仙人洞察明白，又怎么敢把毒药留给子孙呢？

章丘李孝廉，名善迁，年轻时风流倜傥不拘小节，对弹唱词曲之类都很精通，他的两个兄弟都考中了进士，他却愈加放纵不拘。娶了一位姓谢的夫人，稍稍管了管他，他就从家里逃了出来，三年不回来。家人四处找也找不到，后来在临清的妓院中找到他。家人进去后，看见他面南而坐，十几个年轻女人在左右服侍他，都是向他学习说唱技艺的门徒。临回家时，他的衣服装满了好几箱子，都是这些妓女送给他的。回到家后，谢夫人把他关在一间屋子里，放了一桌子书，用一条长绳绑在床腿上，另一头从窗格子拉出去，拴上一个大铃铛，系在厨房里，他凡有需要，就踩绳子，绳动铃响，仆人便答应他。夫人亲自开设当铺，在帘子后面对典当的物品进行估价；左手拿着算盘，右手握着笔，老仆人在中间奔走。由此积蓄富有起来，但时常耻于不如妯娌们尊贵。把李善迁关了三年，终于在科举中考中，谢夫人高兴地说："三个蛋孵化出两个，我以为你是个孵不成鸟的蛋，今天却也成了。"

耿崧生进士也是章丘人。夫人常用纺线的灯给他照明读书：纺织的人不停，

读书的也不敢休息。有朋友到家里来，夫人就偷偷听着：若是谈论文章，就上茶做饭；若是无事闲谈，就恶声恶气赶人走。耿生每次考试得了三四等，就不敢进家门；超过等级之上，夫人才笑着迎他。耿生在外设馆教学生得到的钱，都交给夫人，丝毫不敢隐藏。因此，东家付钱时，他总是当面计较清楚钱数。有人笑话他，却不知道他报账时的难处。后来，他被岳父请去教授妻弟功课，那一年，妻弟就被录取进了学官。岳父酬谢他十两银子，耿生谢过之后把钱还了回去。夫人知道这件事后，说："虽然是至亲，但我们是靠教书生活的。"赶他回去让他把钱拿回来。耿生不敢争辩，但心里始终感到歉意，便想暗中偿还岳父。于是每年教书的报酬，他都向夫人少报一点儿，积累了两年多，得了一些钱。忽然梦见一个人告诉他说："明天去登高，钱数就够了。"第二天，他试着去登高，果然拾到了一笔钱，恰好是他缺的钱数，于是，就还给了岳父。后来，耿生成了进士，夫人还是呵斥他。耿生说："如今我已经做官了，你怎么还这样对我？"夫人说："俗话说：'水涨船高'，就是你做了宰相，难道就大过我不成？"

[何守奇] 子可使婢代生，又能逆知未生之妇可制其子，甚异。使非有此圈。则仙人亦穷于术矣父名大业，子名大器，岂右军大令之比乎？

鸟语

【原文】

中州境有道士，募食乡村。食已闻鹂鸣，因告主人使慎火。问故，答曰："鸟云：'大火难救，可怕！'"众笑之，竟不备。明日果火，延烧数家，始惊其神。好事者追及之，称为仙。道士曰："我不过知鸟语耳，何仙乎！"适有皂花雀鸣树上，众问何语。曰："雀言：'初六养之，初六养之；十四、十六殇之。'想其家双生矣。今日为初十，不出五六日，当俱死也。"询之果生二子，无何并死，其日悉符。

邑令闻其奇，招之，延为客。时群鸭过，因问之。对曰："明公内室必相争也。鸭曰：'罢罢！偏向他！'"令大服，盖妻妾反唇，令适被喧聒而出也。因留居署中，优礼之。时辨鸟言，多奇中。而道士朴野多肆言，辄无顾忌。令最贪，一切供用诸物，皆折为钱以入之。一日方坐，群鸭复来，令又诘之。答曰："今日所言，不与前同，乃为明公会计耳。"问："何计？"曰："彼云：'蜡烛一百八，银朱一千八。'"令惭，疑其相讥。道士求去，不许。逾数日宴客，忽闻杜宇。客问之，答云："鸟曰：'丢官而去。'"众愕然失色。令大怒，立逐而出。未几令果以墨败。呜呼！此仙人儆戒之，惜乎危厉熏心者，不之悟也！

齐俗呼蝉曰"稍迁"，其绿色者曰"都了"。邑有父子，俱青、社生，将赴岁试，忽有蝉落襟上。父喜曰："稍迁，吉兆也。"一僮视之，曰："何物稍迁，

都了而已。”父子不悦。已而果皆被黜。

【译文】

河南境内有个道士，在村中化缘，吃完饭后，听到黄鹂叫，便告诉主人让他注意防火。问他为什么，他说：“鸟儿说：‘大火难救，可怕！’”众人都嘲笑他，竟然不防备。

第二天，果然着了火，大火漫延，烧了好几家。众人才惊服道士的神明。爱凑热闹的人追上他，称他为神仙。道士说：“我不过是懂得鸟语罢了，哪里是什么神仙。”正好有只黑花雀在树上叫，众人问它说什么。道士说：“这鸟说：‘初六生的，初六生的，十四十六就死。’推想这家生了双生子。今天是初十，不出五六日，应当都会死的。”众人一打听，果然有一家生了一对男孩；不久，又都死了，生死的日子与道士说的一样。

县令听说了道士的神奇，就把他招来，请他做客。这时有一群鸭子走过，县令就问他，鸭子叫什么，道士回答：“大人的屋里人，一定在争吵。鸭子说：‘算了，算了！偏向她！偏向她！”’县令十分佩服。原来县令的妻子和妾在吵嘴，他被吵得不耐烦就出来了。于是，县令就把道士留在衙门中，十分恭敬地招待他。道士不时地辨别鸟语，多数都说中了。然而，道士质朴，说话随便无所顾忌。这个县令最贪财，一切地方上供给衙门的物品，他都折算成钱装入自己腰包。一天，县令和道士刚坐下，一群鸭子又走过来，县令又问它们说什么，道士回答说：“今天说的，和以前不一样，它们是在替您算账。”问：“算什么？”答：“它们说：‘蜡烛一百八，铁珠一千八。’”县令一听很羞惭，疑心是道士故意讥笑他。道士就请求离开这里，县令不同意。过了几天，县令请客，忽然听见杜鹃鸟叫，客人问鸟叫什么，道士回答说：“鸟说：‘丢官而去。’”众人大惊失色。县令大怒，立刻把道士赶了出去。过了不多久，县令果然因为贪污被罢了官。唉！这些都是仙人的警告，可惜那些心中迷乱的人不肯醒悟啊！

山东人把蝉叫做“稍迁”，其中有一种绿色的叫“都了”。县里有父子俩，

都是读书人，两个人将要去参加岁考，忽然有蝉落在衣襟上，父亲高兴地说：“稍迁，是好兆头。”一个书僮看了看，说：“什么稍迁，是都了罢了。”父子俩很不高兴，后来，果然都没考中。

天　宫

【原文】

郭生京都人，年二十余，仪容修美。一日薄暮，有老妪贻尊酒，怪其无因，妪笑曰：“无须问。但饮之自有佳境。”遂径去。揭尊微嗅，冽香四射，遂饮之。忽大醉，冥然罔觉。

及醒，则与一人并枕卧。抚之肤腻如脂，麝兰喷溢，盖女子也。问之不答，遂与交。交已，以手扪壁，壁皆石，阴阴有土气，酷类坟冢。大惊，疑为鬼迷，因问女子：“卿何神也？”女曰：“我非神，乃仙耳。此是洞府。与有夙缘，勿相讶，但耐居之。再入一重门，有漏光处，可以溲便。”既而女起，闭户而去。久之腹馁，遂有女僮来，饷以面饼、鸭臛，使扪索而啖之。黑漆不知昏晓。无何女子来寝，始知夜矣。郭曰：“昼无天日，夜无灯火，食炙不知口处；常常如此，则姮娥何殊于罗刹，天堂何别于地狱哉！”女笑曰：“为尔俗中人，多言喜泄，故不欲以形色相见。且暗中摸索，妍媸亦当有别，何必灯烛！”

居数日，幽闷异常，屡请暂归。女曰：“来夕当与君一游天宫，便即为别。”次日忽有小鬟笼灯入，曰：“娘子伺郎久矣。”从之出。星斗光中，但见楼阁无数。经几曲画廊，始至一处，堂上垂珠帘，烧巨烛如昼。入，则美人华妆南向坐，年约二十许，锦袍眩目，头上明珠，翘颤四垂；地下皆设短烛，裙底皆照，诚天人也。郭迷乱失次，不觉屈膝。女令婢扶曳入坐。俄顷八珍罗列。女行酒曰：“饮此以送君行。”郭鞠躬曰：“向觌面不识仙人，实所惶悔；如容自赎，愿收为没齿不二之臣。”女顾婢微笑，便命移席卧室。室中流苏绣帐，衾褥香软。使郭就榻坐。饮次，女屡言：“君离家久，暂归亦无妨。”更尽一筹，郭不言别。女唤婢笼烛送之。郭仍不言，伪醉眠榻上，挽之不动。女使诸婢扶裸之。一婢排私处曰：“个男子容貌温雅，此物何不文也！”举置床上，大笑而去。

女亦寝，郭乃转侧。女问：“醉乎？”曰：“小生何醉！甫见仙人，神志颠倒耳。”女曰：“此是天宫。未明宜早去。如嫌洞中怏闷，不如早别。”郭曰：“今有人夜得名花，闻香扪干，而苦无灯火，此情何以能堪？”女笑，允给灯火。漏下四点，呼婢笼烛抱衣而送之。入洞，见丹垩精工，寝处褥革棕毡尺许厚。郭解履拥衾，婢徘徊不去。郭凝视之，风致娟好，戏曰：“谓我不文者卿耶？”婢笑，以足蹴枕曰：“子宜僵矣！勿复多言。”视履端嵌珠如巨菽。捉而曳之，婢仆于怀，遂相狎，而呻楚不胜。郭问：“年几何矣？”答云：“十七。”问：“处子亦知情否?”曰:“妾非处子,然荒疏已三年矣。”郭研诘仙人姓氏,及其清贯、尊行。婢曰:“勿问!即非天上,亦异人间。若必知其确耗,恐觅死无地矣。”郭遂不敢复问。

次夕女果以烛来,相就寝食,以此为常。一夜女入曰:“期以永好;不意人情乖阻,今将粪除天宫,不能复相容矣。请以卮酒为别。”郭泣下,请得脂泽为爱。女不许,赠以黄金一斤、珠百颗。三盏既尽,忽已昏醉。

既醒,觉四体如缚,纠缠甚密,股不得伸,首不得出。极力转侧,晕堕床下。出手摸之,则锦被囊裹,细绳束焉。起坐凝思,略见床棂,始知为己斋中。时离家已三月,家人谓其已死。郭初不敢明言,惧被仙谴,然心疑怪之。窃间以告知交,莫有测其故者。被置床头,香盈一室;拆视,则湖绵杂香屑为之,因珍藏焉。后某达官闻而诘之,笑曰:“此贾后之故智也。仙人乌得如此?虽然,此亦宜甚秘,泄之,族矣!”有巫常出入贵家,言其楼阁形状,绝似严东楼家。郭闻之大惧,携家亡去。未几严伏诛,始归。

异史氏曰:“高阁迷离,香盈绣帐;雏奴蹀躞,履缀明珠:非权奸之淫纵,豪势之骄奢,乌有此哉?顾淫筹一掷,金屋变而长门;唾壶未干,情田鞠为茂草。空床伤意,暗烛销魂。含颦玉台之前,凝眸宝幄之内。遂使糟丘台上,路入天宫;温柔乡中,人疑仙子。伧楚之帷薄固不足羞,而广田自荒者,亦足戒已!”

【译文】

郭生,京都人,二十多岁,容貌俊美,一表人才。

一天,刚近黄昏,有一个老婆婆送来一杯酒。郭生感到奇怪,不知为什么无缘无故送酒来。老婆婆笑着说:“不用问,喝了它,自然会到好地方。”说完就走了,郭生端起酒杯轻轻一闻,酒香四溢,于是就喝了。

郭生喝完酒,忽然就醉了,什么都不知道了。等他醒来,正和一个人并排躺着,他用手一摸,那人皮肤如油脂一般光滑,一阵麝兰香气飘过来,原来是个女人。郭生问她是谁,她不回答,便和她交合,交合完毕,郭生用手摸摸墙壁,墙壁都是石头的,阴森森的有泥土味,很像坟墓。郭生大吃一惊,疑心自己被女鬼迷惑了,于是问女子:“你是什么神呀?”女子说:“我不是神,是仙。这是洞府,我与你前世有缘。你不要吃惊,只安心住下就行了。再进一道门,有一个漏光的地方,可以方便。”然后女子就起身,关了门离开了。

过了很久,郭生肚子饿了,便有小女仆来,送来面饼、鸭肉,让他摸索着吃下去。洞里黑漆漆的,分不清昼夜。不久,女子来睡觉,才知道是晚上了。郭生说:“白天不见天日,晚上没有灯火,吃东西不知道嘴在何处。常常这样,嫦娥和罗刹有什么区别,天堂和地狱有什么不同!”女子笑着说:“因为你是尘世中的人,爱说话,喜欢泄露出去,所以不想让你见到我的样子,而且暗中摸索,也能区分出美丑,何必一定要点灯!”

住了几天，郭生觉得非常烦闷，几次请求让他暂时回去，女子说："明天与你一起去游览天宫，然后就和你分别。"

第二天，忽然有个小丫鬟打着灯笼进来，说："夫人等先生很久了。"郭生随着她出来。夜空星光之下，只见楼阁无数，经过几道画廊，才到了一处地方，堂上垂着珠帘，点着巨大的蜡烛，照得如同白昼。进去之后，就见到一位美人，穿着华丽的衣服，面向南坐着，年纪约二十岁左右。锦缎袍子耀人眼目，头上的明珠，翘着在头四周颤动。地面上都放着短蜡烛，连女人的裙底都照亮了，真是天上的仙女啊！

郭生眼花缭乱，不知所措，不觉要跪下行礼。女子让婢女扶起，拉着他坐下。不久，珍馐美味摆满了桌子。女子劝酒说："喝了这杯酒来为你送行。"郭生鞠躬说："以前相会不识仙人的真面目，实在惶恐不安。如果仙人容我以赎前罪，愿意做你的忠实臣子。"女子回头望着婢女微笑，便命人把酒席移到卧室去。卧室里挂着流苏绣花帐子，被褥又香又软，女子让郭生坐在床上。饮酒时，女子几次说："你离开家很久了，暂时回去也没关系。"又喝了一阵子酒，郭生也不说告别。女子叫婢女打着灯笼送他走，郭生不说话，假装酒醉睡倒在床上，摇他也不动。女子叫几个婢女扶着他，给他脱了衣服。一个婢女握着他私处说："这个男子看起来温文尔雅，这个东西为什么不文明呢？"抱着他放到床上，大笑着离开了。女子也上了床，郭生才转过身来，女子问："醉了？"郭生说："小生如何能醉！刚见仙人，神魂颠倒罢了。"女子说："这是天宫，天还没亮，你该早点儿离开，如果嫌洞中烦闷，不如早些回去。"郭生说："如今有人夜里得到了名花，闻着它的香气，摸弄它的枝干，却苦于没有灯火看不着它，这种感情能怎么受得了呢？"女子笑了，答应给他灯火。到了四更，女子叫婢女点上灯笼，抱着衣服送郭生出去。进了洞中，看见红色的石壁，做工十分精巧，睡觉的地方铺的棕革毡垫有一尺多厚。郭生脱了鞋进了被窝，婢女转来转去不肯离开。郭生仔细一看，这婢女风致美好，就开玩笑说："说我不文明的，是你吗？"婢女笑了，用脚踢踢枕头说："你该睡倒了，别再多说了。"郭生见她鞋端嵌着的珠子有如大豆粒。抓住她一拉，婢女扑倒在他怀里，于是相交合，而婢女呻吟着好像不胜痛楚。郭生问："你多大了？"答："十七。"问："处女也知道男女之情吗？"答道："我不是处女，只是有三年没做此事了。"郭生追问仙人的姓名及籍贯、排行。婢女说："不要问了，既不是天上，也与人间不同，如果一定要知道她的真实情况，恐怕你要死无葬身之地了。"郭生于是不敢再问。第二天晚上，女子果然带着灯烛来，和郭生一起吃住。以后，常常如此。一天晚上，女子进来说："本想与你长久相好，不料人情多变，今天要清扫天宫，不能再留你了，请以这杯酒作别。"郭生哭了，请求女子留件身上的东西作为纪念，女子不答应，送了他一斤黄金，一百颗珍珠。

郭生喝了三杯酒后，突然醉倒了，再醒来，觉得四肢像被捆住了一样，缠得

很紧，腿伸不了，头也伸不出来。郭生使劲儿转来转去，迷迷糊糊掉到了床下，伸手一摸，全身被锦被裹着，细绳捆绑。郭生坐起来后细回想，抬头看看床榻和窗户，才明白是在自己的书房里。

这时，郭生离开家已经三个月了，家人以为他已经死了。郭生开始不敢说出自己的经历，害怕被仙人责罚，然而心中有很多怀疑。暗中告诉给他的好朋友，也没有人能猜出其中的奥妙，锦被放在他的床头，香气满屋，拆开一看，是湖棉掺杂香料做成的，于是，珍藏了起来。

后来，有一位大官听到这件事，就向郭生询问了经过，然后，笑着说："这是汉朝贾皇后用过的办法，仙人怎么能这样做呢？虽然如此，这件事也应该严守秘密，泄露出去，会株连家族的！"有个巫婆常常进出显贵之家，说那楼阁的形状，非常像严嵩的儿子严东楼家。郭生一听，非常恐慌，带着家属逃走了。不久，听说严氏被朝廷处决，郭生一家才回来。

异史氏说：高高的楼阁朦朦胧胧，芬芳的气味充满绣花帐；年轻的奴仆小步徘徊，鞋子上缀着珍珠；不是权势显赫的奸臣淫逸放纵，豪家大族的骄奢，哪能有这样的排场呢？看淫巾一掷，金屋娇妻变为长门怨妇；唾壶还没有干，情感的田地已经长满了野草。空旷的床使人伤心，暗淡的灯光使人销魂。含笑镜台前，凝神绣帐里，于是使酒台之上，路通天宫；温柔乡里，使人疑心是仙女。严氏的家丑不足为耻，而荒疏了自己的田地的人，足以以此为戒！

［何守奇］赞语五色迷目，亦可谓赵子龙一身是胆矣。恰可与后土作对。

乔　女

【原文】

平原乔生有女黑丑，壑一鼻，跛一足。年二十五六，无问名者。邑有穆生四十余，妻死，贫不能续，因聘焉。三年生一子。未几穆生卒，家益索，大困，则乞怜其母。母颇不耐之。女亦愤不复返，惟以纺织自给。

有孟生丧偶，遗一子乌头，裁周岁，以乳哺乏人，急于求配；然媒数言，辄不当意。忽见女，大悦之，阴使人风示女。女辞焉，曰："饥冻若此，从官人得温饱，夫宁不愿？然残丑不如人，所可自信者，德耳。又事二夫，官人何取焉！"孟益贤之，使媒者函金加币而说其母。母悦，自诣女所固要之，女志终不夺。母惭，愿以少女字孟，家人皆喜，而孟殊不愿。

居无何，孟暴疾卒，女往临哭尽哀。孟故无戚党，死后，村中无赖悉凭陵之，家具携取一空。方谋瓜分其田产，家人又各草窃以去，惟一妪抱儿哭帷中。女问得故，大不平。闻林生与孟善，乃踵门而告曰："夫妇、朋友，人之大伦也。妾以奇丑为世不齿，独孟生能知我。前虽固拒之，然固已心许之矣。今身死子幼，自当有以报知己。然存孤易，御侮难，若无兄弟父母，遂坐视其子死家灭而

不一救，则五伦可以无朋友矣。妾无所多须于君，但以片纸告邑宰；抚孤，则妾不敢辞。”林曰：“诺。”女别而归。林将如其所教；无赖辈怒，咸欲以白刃相仇。林大惧，闭户不敢复行。女见数日寂无音，问之，则孟氏田产已尽矣。

女忿甚，挺身自诣官。官诘女属孟何人，女曰：“公宰一邑，所凭者理耳。如其言妄，即至戚无所逃罪；如非妄，则道路之人可听也。”官怒其言戆，呵逐而出。女冤愤无伸，哭诉于搢绅之门。某先生闻而义之，代剖于宰。宰按之果真，穷治诸无赖，尽返所取。

或议留女居孟第，抚其孤；女不肯。扃其户，使媪抱乌头从与俱归，另舍之。凡乌头日用所需，辄同妪启户出粟，为之营办；己锱铢无所沾染，抱子食贫，一如曩昔。积数年乌头渐长，为延师教读；己子则使学操作。妪劝使并读，女曰：“乌头之费，其所自有；我耗人之财以教己子，此心何以自明？”又数年，为乌头积粟数百石，乃聘于名族，治其第宅，析令归。乌头泣要同居，女从之；然纺绩如故。乌头夫妇夺其具，女曰：“我母子坐食，心甚不安。”遂早暮为之纪理，使其子巡行阡陌，若为佣然。乌头夫妻有小过，辄斥谴不少贷；稍不悛，则怫然欲去，夫妻跪道悔词始止。未几乌头入泮，又辞欲归。乌头不可，捐聘币，为穆子完婚。女乃析子令归。乌头留之不得，阴使人于近村为市恒产百亩而后遣之。后女疾求归。乌头不听。病益笃，嘱曰：“必以我归葬！”乌头诺。

既卒，阴以金啖穆子，俾合葬于孟。及期，棺重，三十人不能举。穆子忽仆，七孔血出，自言曰：“不肖儿，何得遂卖汝母！”乌头惧，拜祝之，始愈。乃复停数日，修治穆墓已，始合厝之。

异史氏曰：“知己之感，许之以身，此烈男子之所为也。彼女子何知，而奇伟如是？若遇九方皋，直牡视之矣。”

【译文】

山东平原县有个姓乔的读书人，他有个女儿，又黑又丑，还豁着鼻子，瘸了一条腿。二十五六岁了，也没人来聘娶。城里有个姓穆的书生，四十多岁，妻子死了，家里贫穷，无力续娶，就娶了乔家女儿。乔女过门三年，生了一个儿子。不久，穆生便故去了，家里更加贫穷，生活十分困难。乔女向自己母亲请求帮助，母亲很不耐烦。乔女也很生气，不再回娘家，就靠纺线、织布来维持生活。有个姓孟的书生，死了妻子，留下一个儿子叫乌头，才满周岁，因为孩子没有奶吃，急着要续娶，但媒人向他提了几个，他都不满意。忽然见到乔女，非常高兴，暗中让人向乔女示意，乔女拒绝了，说：“我现在穷困到这个地步，嫁给官人可以得到温饱，哪能不愿意呢？然而我又残又丑，比不上别人，所能自信的只有品德了，但如果嫁了两个丈夫，连德也有亏了。那么，官人你为什么娶我呢？”孟生愈发看重她，思慕之情更深，便让媒人送上礼物和金钱去说服乔女的母亲。她母亲很高兴，亲自到女儿家，坚持让女儿答应下来，乔女坚决不嫁。母亲很羞

愧，表示愿意把小女儿嫁给孟生，孟家人都很高兴，而孟生却不同意。

过了不久，孟生突然得急病死了，乔女到孟家去吊丧，极尽哀思。孟生本来没有什么亲戚、族人，死后，村中无赖都乘机欺负孟家，把家具掠取一空，正商量着瓜分孟家的田产。家里的仆人也各偷了东西跑了，只有一个老妈子抱着乌头在帐子里哭。乔女问明了原委，非常气不平。听说林生与孟生生前友好，就登门告诉林生说："夫妇、朋友，是人生最重要的关系，我因为很丑陋，被世人瞧不起，只有孟生能看重我；从前虽然坚决拒绝了他，然而心已经许给他了。如今，孟生死了，孩子年幼，我自己觉得应当做些事来报答孟生的知己之恩。可是，收养孤儿容易，防止外人欺负很难。如果没有兄弟父母，就等着看他子死家亡，而不去救，那么五伦之中可以用不着朋友这一项了。我没有更多的事麻烦您，只是请您写一张状子告到县里；抚养孤儿的事，我也不敢推辞。"林生说："好。"乔女告别他回了家。林生准备按乔女所教的去办，村中的无赖们火了，都威胁他要白刀子进红刀子出。林生十分害怕，关了门不敢再出去。乔女等了几天，毫无音信，等到一打听，孟家的田产已经分光了。乔女非常气愤，挺身自己到官中去告状。县令问乔女是孟生的什么人，乔女说："您管理一个县，所凭的只是公理罢了，如果说的话是假的，就是至亲也逃脱不了罪名；如果不假，就是路边人的话也该听。"县令不高兴她说话太直，把她赶了出去。乔女气愤得无处申辩，就到当地大户人家去哭诉。有一位先生听到这件事，为她的义气而感动，代她向县令说明原委，县令一查，乔女说的果然是真的。追究了那些无赖的罪行，把他们夺去的产业都追了回来。

有人提议让乔女留在孟家，抚养孤儿。乔女不肯，她锁了孟家的门，让老妈子抱着乌头和她一起回家，另找房子安排她们住下。凡是乌头日常需要的东西，就和老妈子打开门拿出粮食换钱，为他置办。自己则分文不取，带着孩子过穷日子，和从前一样。过了几年，乌头渐渐长大，便为他请老师，教他读书；自己的儿子则叫他学干活。老妈子劝她让两孩子一起读，乔女说："乌头的费用，是他自己的；我消耗别人的钱财来教育自己的儿子，我的心意怎么能表明呢?"又过了几年，乔女替乌头积累了几百石粮食，为他聘娶了名门的女儿，修葺了宅院，把产业给他，让他自己回去过。乌头哭着要和乔女一起住，乔女才答应了。但是，依然像往常一样纺线、织布。乌头夫妇夺走了她的工具，乔女说："我们母子坐着白吃，心里怎么能安稳呢?"于是整天替乌头经营家业，让他的儿子去田里监工，好像雇工一样。乌头夫妇有小过失，就责备他们不肯轻饶；稍不悔改，乔女就生气地要离开。直到夫妻俩跪着道歉才行。不久，乌头入学宫读书，乔女又要离开他们回家，乌头不同意，拿出钱，给穆生的儿子娶了亲。乔女便让儿子回家过活，乌头留不住，便暗中让人在附近村子为穆子买了百亩地，才让他回去。

后来，乔女得了病要回家去，乌头不同意。病加重了，乔女嘱咐说："一定

要把我归葬穆家。”乌头同意了。乔女死后，乌头暗中送些钱给穆子，要将乔女与孟生合葬。到了出殡那天，棺材重得三十个人也抬不起来。穆子忽然倒在地上，七窍流血，自己说：“不肖儿子，怎么能卖你母亲呢！”乌头害怕了，连忙拜倒祝告，才好。于是，棺材又停了几天，把穆生的墓地修治好，才把他们合葬了。

异史氏说：感激别人以自己为知己，就以性命来报答，这是刚烈男子的作为。这个女人有什么智慧，却如此了不起？如果遇到善识良马的九方皋，也会把她看作男人。

[何守奇] 女为穆守，孟生欲娶之，矢志不移，是也。厥后之所为，虽曰愤于义，似非妇之所宜矣。故但谓之乔女而不谓之穆妇。

[但明伦] 美哉乔女！其德之全矣乎：不事二夫，节也；图报知己，义也；锐身诣官，勇也；哭诉缙绅，智也；食贫不染，廉也；幼而抚之，长而教之，仁也，礼也。

蛤

此名寄生

【原文】

东海有蛤，饥时浮岸边，两壳开张；中有小蟹出，赤线系之，离壳数尺，猎食既饱乃归，壳始合。或潜断其线，两物皆死。

【译文】

东海有一种蛤，饥饿时便浮到岸边，两壳张开，从里面爬出小螃蟹，用红线系着它，小蟹离蛤壳几尺远，猎取食物，吃饱了才回到壳里，壳也开始合起来。有人偷偷扯断它们之间的红线，蛤和小蟹就都死了，真是物中奇观啊！

刘夫人

【原文】

廉生者，彰德人。少笃学；然早孤，家甚贫。一日他出，暮归失途。入一村，有媪来谓曰：“廉公子何之？夜得毋深乎？”生方皇惧，更不暇问其谁何，便求假榻。媪引去，入一大第。有双鬟笼灯，导一妇人出，年四十余，举止大家。媪迎曰：“廉公子至。”生趋拜。妇喜曰：“公子秀发，何但作富家翁乎！”即设筵，妇侧坐，劝酉爵甚殷，而自己举杯未尝饮，举箸亦未尝食。生惶惑，屡审阅阅。笑曰："再尽三爵告君知。"生如命饮。妇曰："亡夫刘氏，客江右，遭变遽殒。未亡人独居荒僻，日就零落。虽有两孙，非鸱鹗即驽骀耳。公子虽异姓，亦三生骨肉也；且至性纯笃，故遂觍然相见。无他烦，薄藏数金，欲倩公子持泛江湖，分其赢余，亦胜案头萤枯死也。"生辞曰："少年书痴，恐负重托。"妇曰："读书之计，先于谋生。公子聪明，何之不可？"遣婢运资出，交兑八百余两。生惶恐固辞，妇曰："妾亦知公子未惯懋迁，但试为之，当无不利。"生虑重金非一人可任，谋合商侣。妇曰："勿须。但觅一朴悫谙练之仆，为公子服役足矣。"遂轮纤指以卜之曰："伍姓者吉。"命仆马囊金送生出，曰："腊尽涤盏，候洗宝装矣。"又顾仆曰："此马调良，可以乘御，即赠公子，勿须将回。"生归，夜才四鼓，仆系马自去。

明日多方觅役，果得伍姓，因厚价招之。伍老于行旅，又为人戆拙不苟，资财悉倚付之。往涉荆襄，岁杪始得归，计利三倍。生以得伍力多，于常格外，另有馈赏，谋同飞洒，不令主知。甫抵家，妇已遣人将迎，遂与俱去。见堂上华筵已设；妇出，备极慰劳。生纳资讫，即呈簿；妇置不顾。少顷即席，歌舞鞺鞳，伍亦赐筵外舍，尽醉方归。因生无家室，留守新岁。次日又求稽盘，妇曰："后无须尔，妾会计久矣。"乃出册示生，登志甚悉，并给仆者亦载其上。生曰："夫人真神人也！"过数日，馆谷丰盛，待若子侄。一日堂上设席，一东面，一南面；堂下设一筵西向。谓生曰："明日财星临照，宜可远行。今为主价粗设祖帐，以壮行色。"少间伍亦呼至，赐坐堂下。一时鼓钲鸣聒。女优进呈曲目，生命唱《陶朱富》。妇曰："此先兆也，当得西施作内助矣。"宴罢，仍以全金付生，曰："此行不可以岁月计，非获巨万勿归也。妾与公子，所凭者在福命，所信者在腹心。勿劳计算，远方之盈绌，妾自知之。"生唯唯而退。

往客淮上，进身为鹾贾，逾年利又数倍。然生嗜读，操筹不忘书卷，所与游皆文士；所获既盈，隐思止足，渐谢任于伍。桃源薛生与最善，适过访之，薛一门俱适别业，昏暮无所复之，阍人延生入，扫榻作炊。细诘主人起居，盖是时方讹传朝廷欲选良家女，犒边庭，民间骚动。闻有少年无妇者，不通媒妁，竟以女送诸其家，至有一夕而得两妇者。薛亦新婚于大姓，犹恐舆马喧动，为大令所闻，故暂迁于乡。生既留，初更向尽，方将拂榻就寝，忽闻数人排闼入。阍人不知何语，但闻一人云："官人既不在家，秉烛者何人？"阍人答："是廉公子，远客也。"俄而问者已入，袍帽光洁，略一举手，即诘邦族。生告之。喜曰："吾同乡也。岳家谁氏？"答云："无之。"益喜，趋出，即招一少年同入，敬与为礼。卒然曰："实告公子：某慕姓。今夕此来，将送舍妹于薛官人，至此方知无益。进退维谷之际，适逢公子，宁非数乎！"生以未悉其人，故踌躇不敢应。慕竟不听其致词，急呼送女者。少间二媪扶女郎入，坐生榻上。睨之，年十五六，佳妙无双。生喜，始整巾向慕展谢；又嘱阍人行沽，略尽款洽。

慕言："先世彰德人；母族亦世家，今陵夷矣。闻外祖遗有两孙，不知家况

何似。”生问：“伊谁？”曰：“外祖刘，字晖若，闻在郡北三十里。”生曰：“仆郡城东南人，去北里颇远；年又最少，无多交知。郡中此姓最繁，止知郡北有刘荆卿，亦文学士，未审是否？然贫矣！”慕曰：“某祖墓尚在彰郡，每欲扶两榇归葬故里，以资斧未办，姑犹迟迟。今妹子从去，归计益决矣。”生闻之，锐然自任。二慕俱喜。酒数行辞去。生却仆移灯，琴瑟之爱，不可胜言。次日薛已知之，趋入城，除别院馆生。生诣淮，交盘已，留伍居肆，装资返桃源，同二慕启岳父母骸骨，两家细小，载与俱归。入门安置已，囊金诣主。前仆已候于途。

从去，妇逆见，色喜曰：“陶朱公载得西子来矣！前日为客，今日吾甥婿也。”置酒迎尘，倍益亲爱。生服其先知，因问：“夫人与岳母远近？”妇云：“勿问，久自知之。”乃堆金案上，瓜分为五；自取其二，曰：“吾无用处，聊贻长孙。”生以过多，辞不受。凄然曰：“吾家零落，宅中乔木被人伐作薪；孙子去此颇远，门户萧条，烦公子一营办之。”生诺，而金止收其半，妇强纳之。送生出，挥涕而返。生疑怪间，回视第宅，则为墟墓。始悟妇即妻之外祖母也。

既归，赎墓田一顷，封植伟丽。刘有二孙，长即荆卿；次玉卿，饮博无赖，皆贫。兄弟诣生申谢，生悉厚赠之。由此往来最稔。生颇道其经商之由，玉卿窃意冢中多金，夜合博徒数辈，发墓搜之，剖棺露胔，竟无少获，失望而散。生知墓被发，以告荆卿。诣同验之，入圹，见案上累累，前所分金具在。荆卿欲与生共取之。生曰：“夫人原留此以待兄也。”荆卿乃囊运而归，告诸邑宰，访缉甚严。

后一人卖坟中玉簪，获之，穷讯其党，始知玉卿为首。宰将治以极刑，荆卿代哀，仅得赊死。墓内外两家并力营缮，较前益坚美。由此廉、刘皆富，惟玉卿如故。生及荆卿常河润之，而终不足供其博赌。一夜盗入生家，执索金资。生所藏金皆以千五百为个，发示之。盗取其二，止有鬼马在厩，用以运之而去。使生送诸野，乃释之。村众望盗火未远，噪逐之。贼惊遁。共至其处，则金委路侧，马已成灰烬。始知马亦鬼也。是夜止失金钏一枚而已。先是盗执生妻，悦其美，将欲淫。一盗带面具，力呵止之，声似玉卿。盗释生妻，但脱腕钏而去。生以是疑玉卿，然心窃德之。后盗以钏质赌，为捕役所获，诘其党，果有玉卿。宰怒，备极五毒。兄与生谋，欲为贿脱，谋未成而玉卿已死。生犹时恤其妻子。生后登贤书，数世皆素封焉。呜呼！“贪”字之点画形象甚近乎“贫”。如玉卿者，可以鉴矣！

【译文】

有位姓廉的书生，是河南彰德人。从小好学，但很早就失去了父亲，家里非常贫困。

有一天，廉生外出，傍晚回来时迷了路。进了一个村子，有个老妇过来说：“廉公子去哪里？天不是黑了吗？”廉生正在着急，也顾不上问老妇是谁，便求借宿。老妇带着他进了一个大宅。只见两个丫鬟提着灯笼，引导着一位夫人出来。夫人四十多岁，举止有大家风度。老妇迎上去说："廉公子到了。"廉生急忙上前拜见。夫人高兴地说："公子这么清秀俊雅，何止是做个富家翁啊！"随即摆上酒宴，夫人坐在一边，频频劝酒，而自己举杯却不曾喝，拿起筷子也没有吃。廉生很疑惑，再三打听她的家世。夫人笑着说："再喝三杯就告诉你。"廉生依命喝了三杯。夫人说："亡夫姓刘，客居江西时，突然遭到意外亡故了。我独自住在这荒丘野岭，家境日益败落，虽有两个孙子，不是败家子，就是无用之才。公子虽然不与我们同姓，按佛家说法也是三生的亲骨肉，而且你秉性纯朴忠厚，所以虽然才来相见，我没有别的事麻烦你，我藏了一点儿钱，想请公子拿到外面做个买卖，分点儿余利，也胜过你案头苦读。"廉生推辞说自己年轻，又是书呆子，恐怕有负重托。夫人说："读书的道理，比谋生难得多，以公子的聪明，干什么不行？"于是派婢女拿出钱来，当面交付了八百多两银子。廉生诚惶诚恐地坚持推辞。夫人说："我也知道公子不习惯跑买卖，只是试着做，一定不会不顺的。"廉生考虑这么多银子，不是一个人承担得了的，商议找合伙人。夫人说："不用。只找一个诚实能干的仆人，给公子干活就够了。"于是她掰着纤细的手指算了一下，说："姓伍的吉利。"命家人备马、装银子送廉生出去，说："腊月底一定洗刷杯盘，恭候为公子洗尘。"又回头对家人说："这匹马已经驯服了，可以骑，就送给公子，不用牵回来了。"廉生回到家，才四更天，家人拴了马自己回去了。

第二天，廉生到处找仆人，果然找到一个姓伍的，就用大价钱把他雇来了。姓伍的熟悉贩运买卖的事，为人又憨厚耿直，廉生把钱财都交付给他。他们到湖北一带去做买卖，到了年底才回来。计算一下得了三倍的利钱，廉生因为姓伍的仆人很得力，在工钱之外，又给他些报酬。廉生与仆人商量，将额外给姓伍的钱记在别的项目中，不让夫人知道。刚到家，夫人已经派人来迎接了，于是一起进去，只见堂上已经摆好了丰盛的宴席。夫人出来，再三表示慰劳。廉生交纳了钱财，便把财簿送上，夫人接过放在一边。不一会儿，大家入席了，歌舞演奏，热闹非凡，姓伍的也在外间被赐了酒席，喝醉了才回家去。因为廉生没有家室，便留下来过年。第二年，廉生又求夫人查账。夫人笑着说："以后不用这样了，我早已算好了。"于是拿出账本给廉生看，上面记载的很详细，连给仆人的，也记在上面。廉生吃惊地说："夫人真是神人！"住了几天，夫人招待得十分周到，像对待自家的侄子一样。

一天，堂上摆了酒席，一桌朝东，一桌朝南，堂下有桌向西。夫人对廉生说："明天财星照临，适合出远门做生意，今天我为你们主仆二人摆酒送行。"不一会儿，把姓伍的也叫来了，请他坐在堂下，一时鼓乐齐鸣。女戏子送上剧目，廉生点唱一曲《陶朱富》。夫人笑着说："这是先兆，你一定会得到西施做内助的。"酒宴结束，夫人便把所有的钱都交给了廉生，说："这次出门，不要

限定日期，不获上万利钱，不要回来。我和公子所靠的是福气和命运，所信托的是心腹之人。你们也不用费心计算，远方的盈亏，我自会知道。”廉生连连答应着退出来。

他们到两淮一带去做买卖，当了盐商。过了一年，盈利数倍。然而廉生酷爱读书，做生意也不忘记书本，交往的都是文人。生意盈利之后，他暗想停下不干了，渐渐全部交给姓伍的去管理。

湖南桃源薛生与廉生最好。一次恰好经过薛家，便去拜访。不巧薛家全家去乡下别墅了。天已经黑了，廉生无处可去。门人请廉生进屋，扫床做饭招待他，廉生向他详细地打听薛生的情况。原来，此时正讹传朝廷要挑选良家妇女，送去慰劳边关军人，百姓慌乱，听说有年轻人没媳妇的，也不请媒人，就直接把姑娘送到那家，甚至有人家一晚上得到两个媳妇的。薛生也是刚刚和一户大家女儿结亲，恐怕车马喧动惊动官府，因此暂时迁居到乡下去了。

初更未尽，廉生刚要扫床就寝，忽然听到许多人推开大门进来。门人不知说着什么，只听见一人说：“官人既然不在家，拿着蜡烛的是什么人？”门人答道：“是廉公子，远方来的客人。”一会儿，问话的人已经进来了，衣帽整洁华丽，略一拱手施礼，便问廉生的家世，廉生告诉了他。他高兴地说：“是我同乡，岳父是哪位？”答道：“没有。”那人更高兴，急忙出去，招呼一个年轻人进来，恭恭敬敬地见礼。又突然说：“实话告诉您，我姓慕，今夜到这来，是准备把妹妹嫁给薛官人，到这才知道办不成了，正进退两难时，遇到了公子，这不是天意吗！”廉生因为和这人素不相识，所以犹豫着不敢答应。姓慕的竟然不听廉生回答，急忙招呼送亲的人。一会儿，两个老太婆扶着姑娘进来，坐在廉生的床上。廉生斜眼一看，姑娘十五六岁，美貌无比。廉生很高兴，才开始整衣正帽向姓慕的致谢。又让门人去买酒，款待他们。姓慕的说：“我先祖是彰德人，母族也是大家，如今败落了。听说外祖父留下两个孙子，不知家境怎么样。”廉生问：“您外祖父是谁？”答道：“外祖父姓刘，字晖若，听说在城北三十里。”廉生说：“我住在城东南，离北面很远，年纪又轻，交往很少。郡中刘姓最多，只知道郡北有个刘荆卿，也是文学之士，不知是不是，但是这家很贫穷。”姓慕的说：“我祖父的坟墓还在彰郡，常想把父母的棺梓归葬故乡，因为盘费不足，一直没办成，如今妹妹跟你去了，我回去的打算更坚决了。”廉生一听，便爽快地表示愿意帮他移葬，慕家兄弟都很高兴。喝了一阵儿酒后，慕家人便告辞去了。廉生打发走仆人，移过灯烛，夫妻恩爱，无法描述。

第二天，薛生知道了这件事，急忙进城，选了一所宅院安置廉生夫妇。廉生回到淮上，处理了生意上的事务，留下姓伍的在那里，然后装上货物，返回桃源。他同慕家兄弟一起启出岳父母的骸骨，带着两家老小，一起回到故乡。

廉生回到家里安顿好了，就拿着钱去见夫人，先前送他的仆人已经等在路上。廉生随他前去，夫人迎出来，满脸喜色地说：“陶朱公带西施回来了，先前是客人，今天是我外甥女婿了。”摆酒洗尘，更加亲热。廉生佩服夫人的先见之明，于是问道：“夫人与岳母什么关系？”夫人说：“不要问，时间一长你就知道了。”于是把银子堆在桌上，分成五份，自己取两份，说：“我没用处，只是留给长孙。”廉生觉得分给他太多，推辞不肯接受。夫人悲伤地说：“我家败落，院中的大树被人砍作烧柴。孙子离这里很远，门户萧条，麻烦公子给收拾收拾。”廉生答应了，而只拿一半银子。夫人强塞给他，送他出来，挥泪回去了。廉生正奇怪，回头看宅院，却是一片坟地，才明白夫人就是妻子的外祖母。他回到家，买了一块坟地，封土植树，修建得非常壮观。

刘氏有两个孙子，大的就是刘荆卿，小的刘玉卿是个饮酒赌博的无赖，两人都很穷。兄弟俩到廉生那里感谢他修整了他们家的祖坟，廉生送给他们很多钱，从此两家来往密切。廉生对他们讲了夫人让自己经商的过程，玉卿暗想墓里有很多钱，晚上勾结了几个赌友，挖开祖坟找寻，打开棺材，露出尸体，竟什么也没找到，只好失望地散了。廉生知道墓被盗了，告诉了荆卿。荆卿和廉生一块儿去查看，进了墓坑，见桌上堆着先前所分的两份银子。荆卿想与廉生一起分了。廉生说：“夫人本来留在这儿就是等着给你的。”荆卿于是装起来运回家中，然后向官府报告祖坟被盗，官府追查很严。后来有一个人卖坟中的玉簪，被抓到了。追查他的同党，才知道以玉卿为首。县令将处玉卿的极刑，荆卿代他求情，仅仅是免了死刑。两家合力修缮坟墓内外，比以前更加坚固、壮美。从此廉、刘两家都富了起来，只有玉卿还和从前一样。廉生和荆卿常常资助他，但始终不够供他赌博的。

一天晚上，盗贼进了廉生家，抓住他索要钱财。廉生所藏的银子，都以一千五百两为一捆，拿出来给强盗看，强盗只拿了两捆。只有鬼马拴在马厩里，强盗用它运银子，让廉生送到野外，才放了他。村民们看见强盗的火把光没走远，喊叫着追上去，盗贼惊慌地逃跑了。村人一起到了那个地方，看见银子掉在路边上，马已经倒在地上变成灰了，才知道马也是鬼。这天晚上只丢了一枚金钏。

最初，盗贼抓住廉生的妻子，见她漂亮，将要强奸她。另一个盗贼戴着面具，大声呵止了他，声音很像玉卿。盗贼放了廉生的妻子，只是把手腕上的金钏拿走了。廉生因此怀疑那个人是玉卿，然而心中暗暗感激他。后来，强盗用金钏押赌，被捕役抓获，审问他的同党，果然是玉卿。县令大怒，抓来玉卿，用尽五种毒刑。荆卿与廉生商量，要用重金贿赂县令，使玉卿脱掉官司，还没疏通了，玉卿已经死了。廉生仍时常周济玉卿的妻儿。廉生后来考中了举人，几代都是富贵人家。唉！“贪”字的点画样子，和“贫”很接近。像玉卿这样的人，是可以引为借鉴的。

[何守奇] 死无需金，何庸商贩？无亦以墓田零落，贻厥长孙，因并为三生骨肉缔此良姻耳。乃知世情惓惓，鬼亦犹人。

[但明伦] 鬼借人谋，人资鬼力，虽云福命，亦由至性纯笃所致耳。

陵县狐

【原文】

陵县李太史家，每见瓶鼎古玩之物，移列案边，势危将堕。疑厮仆所为，辄怒谴之。仆辈称冤，而亦不知其由，乃严扃斋扉，天明复然。心知其异，暗觇之。一夜光明满室，讶为盗。两仆近窥，则一狐卧椟上，光自两眸出，晶莹四射。恐其遁，急入捉之。狐啮腕肉欲脱，仆持益坚，因共缚之。举视则四足皆无骨，随手摇摇若带垂焉。太史念其通灵，不忍杀；覆以柳器，狐不能出，戴器而走。乃数其罪而放之，怪遂绝。

【译文】

陵县李太史家，常常发现屋中的瓶、鼎、古玩之类的东西，被移放到桌边，样子很危险，好像马上就要掉下来了。开始时，太史怀疑是家中奴仆干的，就生气地责罚他们。可是，奴仆们都喊冤，但也不知道原因。于是把书房的门窗锁紧，天亮后，古玩等仍然这样放着。太史心中明白这件事不寻常，便在暗中观察。

一天晚上，满室通亮，李太史大吃一惊，以为是盗贼。两个仆人靠近窗户偷看。只见一只狐狸卧在匣子上，光亮是从它的两只眼睛中射出的，晶莹四射。仆人怕它跑了，急忙跑进去抓。狐狸一口咬住仆人的手腕，肉都要咬掉了。仆人抓得更紧，其他仆人一起上前抓住这只狐狸绑了起来。举起这只狐狸一看，只见它的四条腿都没有骨头，随手摇摇晃晃的，像带子一样垂着。太史想到这只狐狸通了灵气，不忍心杀它，就用柳筐扣上它。狐狸跑不出来，便戴着柳筐到处跑，太史列数了它的罪过，放了它。从此，怪事才不再出现了。